Laura Kneid
Die Krone der Dun

LAURA KNEIDL

Magieflimmern

PIPER

*Melde dich für den Fantasy-Newsletter an und behalte
den Überblick über neue Bücher, exklusive Zusatzinhalte und
Gewinnspiele für Laura Kneidl:
piper.de/newsletter*

Von Laura Kneidl liegen im Piper Verlag vor:
Die Krone der Dunkelheit 1
Die Krone der Dunkelheit 2. Magieflimmern

Originalausgabe
ISBN 978-3-492-70527-1
© Piper Verlag GmbH, München 2019
Karte: Markus Weber
Satz: Kösel Media GmbH, Krugzell
Gesetzt aus der Minion
Druck und Bindung: CPI books GmbH, Leck
Printed in Germany

Für Nadine und Phila
In Erinnerung an Nikolai

Prolog – Odell

– Levátt –

»Vermaledeite Drecksviecher!«, fauchte Odell und starrte auf die Überreste dessen, was die Elva zurückgelassen hatten – und das war nicht viel. Das meiste war zerstört. Die Regale mit den Gläsern voll eingelegtem Gemüse waren umgestoßen worden. Ölig ergoss sich deren Inhalt über den sandigen Boden des Lagers und vermischte sich mit dem Getreide und dem Mehl, das aus den aufgeschlitzten Säcken rieselte. Äpfel und Kartoffeln waren aus umgekippten Eimern gerollt und zertrampelt worden. Und das gepökelte Fleisch, das an Schnüren zwischen den Dachbalken gehangen hatte, war verschlungen worden.

Das nagende Gefühl von Sorge mischte sich unter die brennende Wut in Odells Magen. »Wie sind die hier hereingekommen?«, fragte er und schritt tiefer in das Lager hinein. Mit matschenden Geräuschen gab die von Öl und Sud durchnässte Erde unter seinen Stiefeln nach, und auch das Knacken brechender Eierschalen war zu hören.

»Sie haben Löcher hineingegraben«, antwortete Rourke, der gemeinsam mit zwei anderen Männern und drei Frauen für die Vorratshaltung verantwortlich war. Seine Stimme klang niedergeschlagen und beschämt.

Odell trat ein Brett beiseite und bückte sich nach einer Birne, die darunter zum Vorschein kam. Auf den ersten Blick wirkte sie unberührt. Als er sie jedoch umdrehte, entdeckte er den Kratzer, den eine Klaue im Fruchtfleisch hinterlassen hatte. Damit war das Obst ungenießbar, die Gefahr einer Vergiftung allzu groß.

»Ein Loch?«

»Ja.«

Odell wandte sich zu dem anderen Halbling um. »Lächerlich! Elva graben keine Löcher, vor allem nicht, um ein Lager zu zerstören.«

Rourke hob die Brauen. »Und wie erklärst du dir die Klauenabdrücke?«

Wenn er das nur wüsste! Elva waren wild und blutrünstig. Sie jagten aus Freude am Leid, und schon viele Einwohner Levátts waren ihnen mit den Jahren zum Opfer gefallen. Doch bei diesem Angriff war kein Bewohner zu Schaden gekommen. Stattdessen hatten sich die Kreaturen bei Nacht auf geradezu durchdachte Art und Weise auf das Lager gestürzt, und das machte Odell mehr Angst, als er zugeben wollte.

Denn die Elva waren in letzter Zeit noch angriffslustiger als sonst. Erst vergangene Woche hatten sie einen Fischer zerfetzt und seinen Gesellen verstümmelt am Flussufer zurückgelassen. Ein solch monströses Verhalten war zur Wintersonnenwende und auch während der Sommersonnenwende nicht ungewöhnlich. Nicht umsonst herrschte an diesen Tagen eine Ausgangssperre in Levátt. Die Nähe zur Anderswelt machte die Biester fahrig, aber die Konvergenz der Welten lag inzwischen einige Wochen zurück, und ihr Verhalten hatte sich seitdem nicht wieder gebessert.

»Odell?«

Aus seinen Gedanken gerissen, blickte er zu Rourke auf. Seine eigenen Sorgen spiegelten sich in dessen Augen wider. Noch waren sie von der schlimmsten Kälte verschont geblieben, nicht zuletzt, weil ihre Stadt im südlichen Teil von Lavarus lag, aber ohne ausreichend Nahrung waren selbst die mildesten Winter hart.

Odell warf die faulige Birne zurück auf den Boden. »Vergiss

die Elva. Sie sind ohnehin schon über alle Berge. Wir müssen hier aufräumen und uns einen Überblick verschaffen, ob die verbliebenen Vorräte reichen.« »Das würden sie nicht.« Das wusste er bereits jetzt, aber er wollte den Schein wahren, bis er sich einen Plan überlegt hatte. Als erwählter Anführer der Halblinge war es seine Aufgabe, für das Wohl seines Volkes zu sorgen. Und wenn es sein müsste, würde er persönlich nach Daaria reisen, um das dortige Königshaus anzubetteln, aber das wäre der letzte Ausweg.

»Ich möchte, dass du rings um das Dorf weitere Wachen aufstellst. Jeder, dessen Arbeit entbehrlich ist, hat dir zu helfen. Lehrer eingeschlossen. Schick sie zum Hafen und auf die Jagd! Wir brauchen auch noch mehr Brennholz.« Zwar besaßen sie Feuer-Talente, aber je nachdem, wie lange der Winter wurde, konnten sie ihnen ausgehen. Und unter den Halblingen gab es nur wenige, die das Element Feuer beherrschten.

»Vater?«, hörte Odell eine zarte Stimme fragen. Er drehte sich um und entdeckte seine Tochter Noreèn. Sie stand in der offenen Tür des Lagers und betrachtete das Durcheinander mit demselben entsetzten Gesichtsausdruck, den vermutlich auch er zur Schau trug. Die Augen vor Schreck weit aufgerissen und der Mund in Fassungslosigkeit geöffnet.

»Ich habe dir doch gesagt, du sollst im Dorf bleiben«, mahnte Odell, stieg über das Chaos hinweg zu seiner Tochter hinüber und versperrte ihr mit seinen breiten Schultern den Blick.

Sie reckte das Kinn. »Ich weiß, aber wir haben Besuch.«

»Besuch?«

Noreèn nickte. »Ein Fremder. Er möchte dich sprechen.«

»Woher kommt er?«, fragte Odell voller Misstrauen.

»Das weiß ich nicht. Er ist wie aus dem Nichts beim Anschlagbrett aufgetaucht.«

»Wie sieht er aus?«

»Wie ein Unseelie.«

Großartig, als wäre dieser Tag nicht schon schlimm genug, dachte Odell. Mit Valeskas Leuten wäre er zurechtgekommen. Sie ließen mit sich reden, aber Abgesandte von König Nevan – oder inzwischen Prinz Kheeran – waren die Schlimmsten. Die Unseelie blickten auf die Halblinge herab wie auf einen stinkenden Klumpen Pferdemist. Abstoßend und wertlos. Was die Frage aufwarf, was der Unseelie in Levátt wollte. Hoffentlich würde es ein schnelles Gespräch werden. Odell hatte sich um Wichtigeres zu kümmern als um das Wohlbefinden der Fae.

»Ich bin gleich da. Kehr du nach Hause zurück und warte dort auf mich, verstanden?«

Noreèn zögerte, wie in letzter Zeit so oft, wenn er eine Bitte an sie stellte. Schließlich aber nickte sie und eilte in Richtung ihrer Hütte davon. Odell mochte es nicht, wenn die Fae seine Tochter oder die anderen Kinder sahen. Denn mit jeder weiteren Generation, die in Levátt aufwuchs, schwanden die Merkmale der Fae, und die Eigenschaften der Menschen traten deutlicher hervor. Viele der Kinder, die in den letzten fünfzig Jahren geboren worden waren, besaßen keine spitzen Ohren mehr, und nur noch wenige von ihnen wussten Elementarmagie zu wirken. Odell selbst war diese Fähigkeit schon nicht mehr vererbt worden, obwohl – anders als bei seiner Tochter – keine Gefahr bestand, dass man ihn mit einem Menschen verwechselte.

»Du solltest schon mal die Leute zusammentrommeln«, wandte sich Odell an Rourke und überprüfte den Dolch, der an seiner Hüfte hing. Nicht, dass er damit viel gegen den Unseelie ausrichten könnte, denn es war keine magische Waffe. Eine solche vermochte er nicht zu führen. »Ich stoße zu euch, sobald der Besuch gegangen ist.«

Er verließ das zerstörte Lager und machte sich auf den Weg zum Anschlagbrett, das in der Mitte des Dorfes stand. Da Talente bei ihnen ein Verbrauchsgut waren und sie auch sonst keine

Währung besaßen, tauschten sie Gefälligkeiten und Aufträge miteinander. Jeder leistete seinen Teil und wurde dafür mit allem Notwendigen versorgt. Umso katastrophaler war der Verlust des Lagers, denn in Zeiten der Not gab es immer Leute, die nach vorn traten und das System infrage stellten.

Odell folgte dem festgetretenen Pfad durch das Dorf, das aus einfachen Holzhütten bestand. Levátt war nicht so elegant wie Nihalos und auch nicht befestigt wie die Stadt der Seelie, aber Odell hatte nie eine andere Heimat gekannt. Er störte sich nicht an den schiefen Dachziegeln, dem verwitterten Holz und der unebenen Wegführung, die sich um Bäume und Hügel herumschlängelte, wodurch das Dorf eins mit der Natur wurde. In Odells Augen gab es kaum einen schöneren Anblick als den der Morgensonne, die durch die Äste der Baumkronen brach und Levátt zum Leuchten brachte.

An diesem Tag wirkte das Dorf jedoch stumpf wie eine abgegriffene Münze. Der Überfall der Elva auf das Lager hatte sich bereits herumgesprochen, und die Ängste und Sorgen der Bewohner trübten die Luft. Ihre heiteren Stimmen waren verstummt, ihre verschreckten Blicke suchten die Gegend ab. Odell hasste es, sein Volk so zu sehen, und beschleunigte seine Schritte. Je rascher er mit dem Unseelie sprach, desto früher konnte er mit anpacken und beim Wiederaufbau des Lagers oder beim Aufstocken der Vorräte helfen.

Er erreichte das Anschlagbrett, konnte den Unseelie, von dem Noreèn gesprochen hatte, aber nirgends ausmachen. Der Platz war leer, mit Ausnahme eines schwarzen Raben, der auf dem Dach einer Hütte hockte. Sollte das ein Scherz sein? Suchend blickte er sich um und umrundete den Baum mit dem massiven Stamm, der sich in der Mitte des Platzes erhob. Den Unseelie entdeckte er allerdings nicht. Womöglich hatte er Unterschlupf vor dem kühlen Wind gesucht. Odell spähte in das Fenster einer Hütte, in der ein Feuer brannte, aber er erkannte nur die Schneiderinnen, die an ihren Plätzen saßen und sich leise unterhielten, ihre Gesichter von Schwermut gezeichnet.

Odell drehte ihnen den Rücken zu – und fuhr erschrocken zurück, während sein Puls schlagartig in die Höhe schoss. Er war nicht mehr allein. Hinter ihm stand eine vermummte Gestalt in einem dunklen Umhang. Blonde Spitzen blitzten unter der Kapuze hervor, die das Gesicht verdeckte.

»Wer seid Ihr?«, fragte Odell. Seine Hand hatte sich wie von selbst auf den Griff des Dolches gelegt, und die Härchen an seinen Armen richteten sich auf, als witterten sie die Bedrohung, die von dem Fremden ausging. Er hätte nicht einmal mit Gewissheit sagen können, was es war, aber der Mann vor ihm strahlte eine Gefahr aus wie eine zähnebleckende Elva.

»Ich habe einen Auftrag für euch«, sagte der Fremde, ohne auf Odells Frage einzugehen.

»Einen Auftrag?«

Der Fremde nickte.

Odell schnaubte belustigt. Er sollte einem Unseelie helfen? Das kam nicht infrage. Wann hatten die Fae ihnen das letzte Mal geholfen? Sie hatten sie aus ihrer Stadt vertrieben und den Gefahren des Nebelwaldes überlassen. Sein eigener Urgroßvater – ein in Nihalos geborener Halbling – wäre beinahe von Elva getötet worden, weil ihn der damalige König entwaffnet und vertrieben hatte. »Danke, kein Bedarf«, knurrte er und wandte sich ab, um in das zerstörte Lager zurückzukehren, als die Stimme des Fremden ihn zum Innehalten zwang.

»Das war keine Bitte, Odell.«

Er erstarrte. »Was habt Ihr gesagt?«

»Ich bitte euch nicht um eure Hilfe. Ich verlange sie.«

Odell schüttelte den Kopf. »Ihr seid verrückt. Wir machen keinen Finger für Euch krumm. Und jetzt hört auf, meine Zeit zu verschwenden. Ich will Euch hier nicht mehr sehen. Verschwindet aus meiner Stadt!« Er setzte sich wieder in Bewegung, kam jedoch nur wenige Schritte weit, ehe sich eine Wand aus schwarzem Nebel vor ihm aufbaute und ihm den Weg versperrte. »Was …?«

Die Worte erstarben ihm auf der Zunge, als sich der Rauch zu der Gestalt verdichtete, die wenige Sekunden vorher noch hinter ihm gestanden hatte. Dies war keine gewöhnliche Luftmagie. So etwas hatte er noch nie gesehen. Ohne Zögern zückte er den Dolch und richtete die nutzlose Klinge auf die Brust des Fremden. Töten konnte er ihn damit nicht, aber die Schmerzen würden ihm einen Vorsprung verschaffen.

»Wer … wer seid Ihr?«, stammelte er und nahm aus den Augenwinkeln eine Bewegung wahr. Zuerst dachte er, es sei ein Dorfbewohner, der nach dem Rechten sehen wollte, dann aber erkannte er, dass es eine Elva war, die auf dem Anschlagbrett gelandet war. Sorgfältig faltete sie ihre schwarzen Flügel zusammen, während ihr Schwanz, der dem eines Ochsen glich, ungeduldig hin und her schwang. Mit großen Augen starrte sie ihn an, doch trotz der Gier, die sich in ihrem Blick widerspiegelte, griff sie nicht an.

Panik kroch Odell den Rücken herauf.

»Wer ich bin? Das darfst du entscheiden«, sagte der Fremde. »Entweder bin ich dein Verbündeter oder dein Feind.«

Odell schluckte schwer. »Was wollt Ihr von uns?«

»Ich habe einen Auftrag für dich und deine Männer. Wenn ihr ihn zu meiner Zufriedenheit ausführt, erfülle ich euch jeden Wunsch. Gold. Talente. Macht. *Nahrung.*« Das letzte Wort schien förmlich auf der Zunge des Fremden zu zergehen.

Odell hatte keine Ahnung, wie er es angestellt hatte oder wie er über die Elva befahl, aber das konnte kein Zufall sein. Dieser Unseelie war für die Zerstörung des Lagers verantwortlich. Er hatte das Unheil angerichtet!

Trotz zitternder Knie trat Odell einen Schritt nach vorn, bis die Spitze seines Dolches das Gewand des Unseelie streifte. »Und was hält mich davon ab, Eurem Leben sofort ein Ende zu bereiten?«

Ungerührt betrachtete der Fremde die Klinge, die nah an seinem Herzen schwebte, als über ihren Köpfen plötzlich das Schlagen von Flügeln zu hören war. Eine zweite Elva landete auf dem Dach einer Hütte. Ihre Flügel waren nicht gefiedert, sondern ein dünner Hautlappen spannte sich zwischen ihrem Körper und zwei knochigen Stecken, die wohl Arme sein sollten. Dennoch wirkte sie keineswegs gebrechlich. Sie schlug ihre Klauen in das Holz und brachte es zum Splittern.

Bilder von Blut und Verderben stiegen in Odell auf, und als er einen Augenblick später zu dem Fremden hinübersah, entdeckte er ein feines Lächeln um dessen Lippen. Nicht freundlich, sondern wie das Fletschen von Zähnen. »Du kannst gern versuchen, mich zu töten«, sagte dieser in einem Tonfall, so eisig wie die Platte eines zugefrorenen Sees. »Aber überleben würdest du es nicht.«

Teil 1

1. Kapitel – Elroy

– Amaruné –

Elroy würde diesen Mistkerl töten. Er würde ihn von oben nach unten aufschlitzen und dann … neidisch dabei zusehen, wie sich die Wunden wieder schlossen. *Unsterblicher Drecksack.* Doch er war selbst schuld. Er hätte der Prinzessin und ihrem Wächter nicht so blind vertrauen dürfen. Hatten ihn die Jahre auf hoher See unter Piraten, Dieben, Hehlern und Betrügern nichts gelehrt? Man war nie der Erste, der die Ware auf den Tisch legte, und dennoch hatte er die beiden bereitwillig nach Meridian geschifft, ohne ihre Worte zu prüfen. Warum hatte er angenommen, Freya und Larkin seien ehrlicher als das Pack, mit dem er es gewöhnlich zu tun hatte? Alle Menschen waren gleich.

Elroys Hände umklammerten das Holz des Waschzubers, und er stemmte sich in die Höhe. Die dickflüssige braune Masse schwappte hin und her, was den Gestank noch unerträglicher machte als ohnehin schon, und lief in schwerfälligen Rinnsalen über seinen Körper. Er rümpfte die Nase und rügte sich einmal mehr für seine eigene Dummheit. Die Aussicht auf die Unsterblichkeit hatte ihn unvorsichtig und gierig gemacht. Er hätte Larkin in der Kneipe in Askane damals wohl alles geglaubt, in der Hoffnung, endlich das Geheimnis des ewigen Lebens gefunden zu haben. Stattdessen hatte er den Tiefpunkt seines zweiundzwanzigjährigen Lebens erreicht – nackt und von oben bis unten mit Scheiße beschmiert. Und übel war ihm auch. Nicht von dem

Gestank, der ohnehin überall im fünften Ring herrschte, sondern von dem Gesöff, zu dem der Wächter ihn verleitet hatte. Moos, alte Kröte und Rosmarin, eingekocht mit dem Haar einer Fae. Er hatte sein Leben riskiert, um an dieses Haar zu gelangen. Auf dem Schwarzmarkt war er einem Seelie hinterhergestiegen, bis sich die Gelegenheit geboten hatte, ihm eine seiner feuerroten Strähnen abzuschneiden. Das war allerdings nicht unbemerkt geblieben, und Elroy wäre beinahe an der Luftmagie der Fae erstickt, wäre ihm seine Mannschaft nicht zu Hilfe gekommen.

Er hasste die Fae für diese Gabe und ihr langes Leben. In Wirklichkeit sprach jedoch nur der Neid aus ihm. Die Fae besaßen, was er begehrte und nicht besaß, aber irgendwann bekommen würde. Larkin hatte ihn vielleicht täuschen können, aber er gab nicht auf. Sollte der Wächter ihm jemals wieder begegnen, würde er den Tag bereuen, an dem er Captain Elroy belogen hatte.

Manchmal fragte er sich, ob er einfach den Wächtern beitreten sollte, um sich die Unsterblichkeit verleihen zu lassen. Das wäre der einfachste Weg. Doch die Männer in Schwarz waren streng, wenn es um ihren Eid ging. Vor zwei Jahrzehnten hatte ein Mann dasselbe versucht. Er war zum Wächter geworden und anschließend geflohen. Die anderen hatten ihn gejagt, zurück an die Mauer geschleift und mit einem magischen Schwert enthauptet. Es war die einzige aufgezeichnete Hinrichtung, die es unter den Wächtern je gegeben hatte. Und obwohl sich Elroy aufs Fliehen und Untertauchen verstand, wollte er es nicht riskieren. Immerhin waren die Wächter keine gewöhnlichen Männer, und ihnen blieb die Ewigkeit, um ihm nachzujagen.

Elroy stieg aus dem Waschzuber, und Scheiße tropfte zu Boden. Immerhin musste er das Zeug nicht wegtragen und aufwischen, dafür bezahlte er dem Wirt und der Wirtin zu viel. Auf seine Anfrage nach einem Fass Gülle hatten sie sich eigenartig abweisend gezeigt, aber mit ausreichend Gold hatte er alle Bedenken zum Schweigen gebracht.

Sich an der Wand abstützend, humpelte er zu einem zweiten Zuber, der mit Wasser gefüllt war, und ließ sich in das warme Nass gleiten. Ein Seufzer entwich seinen Lippen, und er beobachtete, wie sich der Dreck von seiner braunen Haut löste, bevor er den Kopf in den Nacken legte und abermals wohlig stöhnte. Es war nicht die Wärme, sondern die Nähe zum Wasser, die seine Muskeln augenblicklich entspannte.

Über ihm kroch ein Käfer an der Decke, der mit seiner Größe selbst den Viechern aus seiner Heimat Séakis Konkurrenz machte, allerdings störte er sich nicht an dem Insekt. Was hatte er auch in einer Spelunke wie dieser erwartet? Sie lag im fünften Ring der thobrischen Hauptstadt, weit entfernt vom königlichen Schloss der Draedons, aber dafür näher am Meer, und nur das zählte.

Elroy blieb noch eine Weile im Wasser. Mit geschlossenen Augen dachte er an sein Schiff, die *Helenia*. Sie lag sicher im nächsten Hafen, bewacht von einem Teil seiner Mannschaft, und wartete geduldig auf seine Rückkehr, aber er hatte noch Geschäfte in Amaruné zu erledigen.

Apropos Geschäfte – es wurde Zeit.

Elroy hievte sich in die Höhe und ließ sich auf dem Rand des Waschzubers nieder. Diesmal war es nur noch Wasser, das von seinem Körper tropfte. Suchend blickte er sich um und fluchte laut, als er das Tuch, welches ihm die Wirtin gegeben hatte, am anderen Ende des Raumes auf der Pritsche entdeckte. Er blickte an sich hinab und betrachtete den Stumpf, der einst sein linkes Bein gewesen war. Inzwischen vermisste er es nicht mehr, aber manches wäre schon einfacher gewesen, wäre es noch da.

Zum Glück konnte ihn niemand sehen, als er zur Pritsche hüpfte. Er trocknete sich ab und legte die Prothese an. Sie hatte ihn ein Vermögen gekostet, war aber jedes Stück Gold wert gewesen. Die meisten Menschen bemerkten nicht einmal, dass ihm ein Bein fehlte. Die Männer, die mit ihm auf See waren, wussten Bescheid, aber auch nur, weil sie dabei gewesen waren, als er es verloren hatte.

Nachdem das künstliche Glied an seinem Platz saß, legte er seine Uniform an, die aus braunen, dunkelroten und goldenen Stoffen bestand.

Gerade als er sich seine Ringe über die Finger streifte, war ein Klopfen an der Tür zu hören. »Herein!«, rief er und war nicht überrascht, Yale zu sehen, das älteste Mitglied seiner Mannschaft. Nicht in dem Sinn, dass Yale alt war, er war nur ein Jahr älter als Elroy selbst, aber er begleitete ihn bereits, seit sein Schiff vor sechs Jahren erstmals Segel gesetzt hatte.

»Hier stinkt es, als hättest du eine Verabredung mit einer Giftmischerin gehabt«, sagte Yale und rümpfte die Nase. Dennoch lag ein Schmunzeln auf seinen Lippen. Sie alle würden sich auf ewig über Braxton lustig machen, ein weiteres Mitglied der Mannschaft. Vor zwei Jahren hatte er eine Giftmischerin so lange in einer Taverne bedrängt, bis sie ihn mit zu sich nach Hause genommen hatte. Drei Wochen lang hatte sein Atem nach vergorenem Fisch und ranziger Butter gerochen. Bisher hatten sie nicht herausgefunden, was die Mischerin ihm damals verabreicht hatte.

»Das ist der Gestank des Verrats«, antwortete Elroy und blickte in den Spiegel, um sich den goldenen Ring durch die Nase zu schieben.

In der Spiegelung des trüben Glases beobachtete er, wie sich Yales Stirn in Falten legte. Die Haut des Steuermannes war dunkler als seine eigene, und während ihm das schwarze Haar bis auf die Schultern fiel, wenn er es offen trug, war Yales Kopf kahl geschoren. »Es ist also nicht gelungen?«

Elroy richtete sich auf. »Was glaubst du?«

»Ich glaube, du könntest etwas zu trinken vertragen. Die anderen und ich besuchen die Spielhalle, die wir gestern entdeckt haben.« Das erklärte seinen Aufzug. Statt der dunklen Leinenhose und des Hemdes, die immerzu nach Salz und Schweiß rochen, trug er ein Gewand, das Elroy noch nie an ihm gesehen hatte. Hoffentlich hatte der Tölpel es nicht geklaut. Das Letzte, was sie brauchten, war Ärger in einer Stadt, in der es von Gardisten nur so wimmelte. »Kommst du mit, Captain?«

Elroy schüttelte den Kopf. »Später. Ich habe noch etwas zu erledigen.« Sein Blick zuckte zu den beiden Waschzubern hinüber. »Und sag dem Wirt, dass er hier aufräumen kann.«

Yale nickte. »Aye.«

Elroy wartete, bis der andere Mann das Zimmer verlassen hatte, bevor er vor seiner Pritsche auf die Knie ging und einen länglichen Koffer darunter hervorzog. Er öffnete die Schnallen, und mit einem Klicken sprangen sie auf.

Sein Schatz war noch da.

Auf den ersten Blick war Amaruné keine prächtige Stadt. Angeordnet wie eine Zielscheibe, empfing sie Ankommende im äußersten und schäbigsten Bezirk. Die unebenen Straßen mit den verfallenen Hütten wiesen so viele Löcher auf, dass sich die Schrauben aus den Karren drehten. Dieser hässliche erste Eindruck wirkte alles andere als einladend auf einen Fremden. Das Elend verschwand jedoch, je tiefer man in die Stadt vordrang. Aus verkommenen Hütten wurden Häuser und schließlich Villen. Holperige Wege weiteten sich zu befestigten Straßen, und der Unrat wich unter die Erde.

Elroy mochte schöne Dinge, und anfangs hatte dieser Aufbau sein ästhetisches Empfinden gestört, aber der Stratege in ihm wusste die Architektur zu schätzen. Sollte ein Krieg ausbrechen, würden erst die unbedeutenden Teile der Stadt zerstört, und die

Verluste wären geringer. Dennoch war er froh, nun durch einen der nobleren Stadtteile zu spazieren.

Hier war es nicht nur schöner, sondern es gab auch Menschen, bei denen sich der Betrug lohnte. Zwar hatte er diesmal nicht vor, die Taschen irgendwelcher Adliger zu leeren, aber zumindest konnte er sich einen Überblick verschaffen. Außerdem gefiel es ihm, wie das Licht an diesem trüben Tag durch die Fenster der Häuser hereinfiel. Als wäre jede Hütte ein eigener kleiner Leuchtturm. Alles, was fehlte, waren das Meer und sein Schiff.

Er folgte dem Weg aus Lichtern, bis er sein Ziel erreichte – das *Königlich*, ein Laden im ersten Ring der Stadt, in dem wohlhabende Bürger und reiche Kaufleute mit ihrem Geld unnütze Dinge erwerben konnten. Bei dem Gedanken, seinen Schatz an einen Ort wie diesen zu bringen, blutete Elroy das Herz. Sein Schatz gehörte nicht hierher und sollte auch nicht als Wanddekoration in den Häusern gelangweilter Adliger enden. Der Inhaber des *Königlich* konnte ihm jedoch sicher mehr bezahlen als jene Menschen, die seines Schatzes würdig waren. Zwar mangelte es Elroy nicht an Gold, aber das meiste davon lag sicher in seiner Schatzkammer in Séakis, und seine Mannschaft wollte vor Ort bezahlt werden. Männer wie Yale machten ihre Treue nicht vom Gold abhängig, aber nicht alle waren wie er, zumal sein Wunsch nach der Unsterblichkeit die *Helenia* schon an so manchen gefährlichen Ort gebracht hatte. Melidrian war harmlos dagegen.

Das Läuten einer hellen Glocke kündigte Elroy an, als er das *Königlich* betrat.

»Seid gegrüßt, mein Herr«, sagte ein Mann, der hinter dem Tresen stand. Doch es war kein gewöhnlicher hölzerner Tresen, vielmehr bestand dieser aus Glas. Darin wurden Waren zur Schau gestellt. Filigrane Figuren, goldene Kompasse und üppige Ringe. Über dem Kopf des Mannes schwebte der Nachbau eines

Schiffes, das an Fäden von der Decke hing. Ringsum säumten Regale mit alten Büchern und Schriftrollen die Wände. Glänzende Steine und Kristalle, für deren Besitz arme Bürger schon als angebliche Anhänger der Alchemie auf dem Scheiterhaufen gelandet waren, häuften sich in den Vitrinen und wurden für ein Vermögen verkauft, das in keinem Verhältnis zu ihrer Herkunft stand.

Elroy durchquerte den Laden und blieb vor dem Mann stehen. Ein Monokel klemmte in dessen rechtem Auge, das von Fältchen umgeben war. »Seid Ihr Norwell?«

Der Mann nickte. Weder Skepsis noch Misstrauen spiegelten sich in seinen Gesichtszügen. Der Blick aus seinen blauen Augen war klar. Dies war die Überheblichkeit eines Mannes, der noch keinen Tag seines Lebens in Angst verbracht hatte. »Und wer seid Ihr?«

»Ich habe etwas für Euch«, erwiderte Elroy, ohne auf die Frage einzugehen, und hob seinen Koffer auf den Tresen. Als er die Schnallen öffnete, hob Norwell vor Neugier die Brauen. Zum Vorschein kamen zehn sorgfältig zusammengerollte Landkarten. An den Schnüren, die sie zusammenhielten, hingen silberne Taler, in denen ein Emblem eingeprägt war.

Die Neugier in Norwells Gesicht verwandelte sich in blankes Erstaunen. Seine Lippen teilten sich, und seine Augen glänzten vor Aufregung. »Sind das ...?«

»Ja«, antwortete Elroy und ließ den Händler nicht aussprechen. »Zehn Morthimer. Handgefertigt. Unbenutzt.«

»Woher habt Ihr sie?«

»Spielt das eine Rolle?«, fragte Elroy. Die Wahrheit hätte Norwell ihm ohnehin nicht abgenommen.

Andächtig, als würde er eine Geliebte liebkosen, ließ der Händler die Finger über das Papier gleiten. Und es war nicht irgendein Papier. Es war das Papier, das die Hohepriester von Khariore für ihre heilige Schrift herstellten. Unbezahlbar für die

Anhänger ihres Glaubens. Nicht, dass Norwell das wusste, vermutlich hatte er Thobria noch nie in seinem Leben verlassen.

»Wie viel verlangt Ihr dafür?«

»Hundert Goldstücke.«

»Hundert Goldstücke für alle Karten?«

Elroy lachte. »Pro Karte.«

Empört starrte Norwell ihn an. »Das ist zu viel!«

»Ist es nicht, und das wissen wir beide. Ihr könnt zweihundert pro Karte verlangen. Für diese beiden vermutlich sogar mehr.« Er deutete auf zwei der Rollen. Es waren Landkarten von Grahúll und Ivregos, und die darauf abgebildeten Symbole der Städte waren aus flüssigem Gold gezeichnet.

Norwell seufzte. »Ich bezahle Euch achtzig.«

»Hundert.«

»Fünfundachtzig.«

»Hundert.«

»Neunzig.«

Elroy biss die Zähne zusammen. Dank Larkin und dessen Lüge hing seine Geduld ohnehin schon an einem seidenen Faden. Er wollte hier nicht herumstehen und handeln. Er wollte sein Geld, ein Bier und eine hübsche Frau, bei der er vergessen konnte, dass er vor Kurzem eine Stunde lang in Pferdedung gesessen hatte. »Hundert.«

»Fünfundneunzig.«

»Wisst Ihr was? Vergesst es! Ich finde einen anderen Käufer.« Elroy griff nach dem Koffer, um ihn zu schließen, als Norwells Hand nach vorn schoss und sein Handgelenk packte. Es lag erstaunlich viel Kraft in den filigranen Fingern.

»Ich nehme sie.«

Elroy blickte auf die Hand, die ihn festhielt, und ließ vom Koffer ab. »Einverstanden, hundertzehn Goldmünzen pro Karte, und sie gehören Euch.«

Eine Furche bildete sich in Norwells Stirn. Ein Wunder, dass ihm das Monokel nicht vom Auge fiel.»Ihr sagtet hundert Goldmünzen.«

Elroy setzte ein Lächeln auf, das alles andere als freundlich war.»Das war der Preis, bevor Ihr mich verärgert und angefasst habt.«

Norwell zog seine Hand zurück.»Aber …«

»Spart Euch Euren Atem!«, unterbrach er ihn.»Hundertzehn Goldmünzen. Nicht mehr und nicht weniger. Und das nächste Mal, wenn Ihr mich herunterzuhandeln versucht, wandert der Preis auf hundertfünfzig Dukaten. Also, kommen wir ins Geschäft oder nicht?«

Norwell presste die Lippen aufeinander, bis die Haut um seinen Mund blass wurde. Er wusste, dass er gerade erpresst wurde, doch die Aussicht auf die Morthimers war für ihn genauso reizvoll wie die Unsterblichkeit für Elroy.»Aber zuerst muss ich die Karten auf ihre Echtheit hin überprüfen.«

Elroy lehnte sich gegen den gläsernen Tresen und machte eine auffordernde Handbewegung. Das Licht der Petroleumlampen, die an der Decke des Ladens hingen, brachte seine Ringe zum Glänzen.»Nur zu!«

Norwell nahm die erste Karte aus dem Koffer, löste vorsichtig die Schnüre und legte den Taler mit dem Emblem – ein kunstvoll geschwungenes *M* – vorsichtig zur Seite. Dann rollte er die Karte aus, und ein andächtiger Laut entfuhr seinen Lippen. Elroy konnte der Bewunderung nur zustimmen. Dies war mit Abstand eine der besten Arbeiten Morthimers. Vielleicht sogar die beste.

»Erstaunlich«, murmelte Norwell und beugte sich mit einem Vergrößerungsglas über die Karte, deren Farben leuchteten wie der Sonnenaufgang.»Ist das Gold?« Ohne die Tinte zu berühren, deutete er auf eine Krone, welche die Stadt Vreéwth symbolisierte.

Elroy nickte.

»Erstaunlich«, wiederholte Norwell. Dabei lehnte er sich so weit nach vorn, als wollte er in die Karte hineinkriechen.

Hinter Elroy erklang das Läuten der Glocke. Er drehte sich um und beobachtete, wie eine Frau den Laden betrat. Sie trug ein schlichtes blaues Kleid, und ohne die glänzende Spange, die ihr hellbraunes Haar zusammenhielt, hätte Elroy sie der neuen Mittelschicht zugeordnet. So jedoch war ihr Wohlstand deutlich zu erkennen. Ungeniert betrachtete er sie, und ihre Blicke begegneten sich.

Der Atem der Frau stockte. Sie wandte sich eilig ab und tat so, als würde sie eins der Ausstellungsstücke bewundern, während ihr die Röte in die blassen Wangen kroch. Beinahe glaubte Elroy ihr Herz schneller schlagen zu hören. Er wusste um seine Wirkung auf Frauen und so manch einen Mann. Nicht einmal Prinzessin Freya hatte sich bei ihrem ersten Treffen seiner Ausstrahlung entziehen können. Er war schön, und das wusste er. Oft verschaffte ihm sein Aussehen Vorteile, aber manchmal wünschte er sich ein weniger auffälliges Gesicht, das nicht ständig die Blicke irgendwelcher Fremder auf sich zog.

Zögernd hob die Frau den Kopf und blinzelte verlegen in seine Richtung. Ein zartes Lächeln trat auf ihre Lippen, und er fragte sich, ob sie ihm später womöglich Gesellschaft leisten würde. »Guten Abend«, sagte er und hob die Mundwinkel.

»Seid gegrüßt«, erwiderte die Frau mit einer Stimme seicht wie das Meer vor dem Sturm.

»Gefällt Euch die Uhr?«

Verwirrt runzelte sie die Stirn, und er deutete auf die Uhr, die sie betrachtet hatte, um seinem Blick zu entgehen. Ihre Wangen nahmen eine noch dunklere Farbe an. »Sie ist schön, aber nicht außergewöhnlich.«

»Ihr mögt es außergewöhnlich?«, fragte Elroy und war sich der Zweideutigkeit seiner Worte bewusst. Denn in einer Stadt wie Amaruné und einem Land wie Thobria war er außergewöhnlich. Und vielleicht wollte sie ihn ihrer Sammlung hinzufügen.

Die Frau nickte und blieb neben ihm stehen. Der Duft von Rosen haftete ihr an, und als sie sich über den Tresen beugte, streifte ihre Hand seinen Arm. Norwell war gerade mit der Überprüfung der zweiten Karte beschäftigt. Sie zeigte die Ansicht einer Insel, jenseits der grauen See. »Die ist wirklich sehr schön«, sagte die Frau. »Morthimer?«

Norwell hob den Kopf. »Ja. Der Herr will sie mir gerade verkaufen. Findet Ihr Gefallen daran?«

Die Frau sah von der Karte auf und wandte sich an Elroy. Er war gut einen Kopf größer als sie. Ihre grünen Augen schimmerten begierig. »Seid Ihr ein Kaufmann?«

»Das oder ein Pirat. Wer weiß das schon!«

Sie lachte. »Welche Karte gefällt Euch am besten?«

»Diese hier.« Elroy griff nach der Karte, die Norwell zuvor gesichtet hatte. Dabei entging ihm dessen mürrische Miene nicht. Doch noch hatte er kein Gold gesehen, also gehörten die Karten ihm, und er durfte damit tun und lassen, was er wollte. Also konnte er sie auch ohne Zwischenhändler verkaufen.

Nachdenklich studierte die Frau die Karte. »Wusstet Ihr, dass Morthimer verrückt ist?«, fragte sie, ohne Elroy anzusehen. »Angeblich hat er sich selbst ein Bein abgehackt.«

»Wieso sollte er das tun?«

»Er ist verrückt. Ist das nicht Grund genug?«

Elroy biss sich auf die Unterlippe. Er hatte sich sein Bein nicht aus Vergnügen oder Tollheit abgeschlagen. Ein Seetyrann hatte sich darin verbissen, und er hatte eine Entscheidung treffen müssen – ohne Bein zu leben oder mit Bein zu sterben. Er hatte das Leben gewählt. Das machte ihn nicht verrückt, sondern vernünftig. Doch das sagte er nicht. »Und, was denkt Ihr? Wollt Ihr die Karte?«

2. Kapitel – Larkin

– Glènkoh –

»Wo ist das Geld?«, zischte Larkin und presste den Kopf des Mannes gegen die Tischplatte. Er konnte dessen Schädel zum Platzen bringen, aber das würde ihm keine Antworten liefern und dem Wirt nur eine noch größere Sauerei bescheren.

»Ich habe es nicht!«, brüllte der Mann, der im Dorf als Manú bekannt war, aber Larkin bezweifelte, dass dies sein richtiger Name war. Tränen strömten ihm über das Gesicht und vermischten sich mit seinem Blut.

»Lügt mich nicht an!« Larkin griff nach dem Dolch, der in Manús rechter Hand steckte, zwischen Mittel- und Ringfinger, und ihn an den Tisch nagelte. Allmählich war seine Geduld erschöpft, obwohl es ihm als unsterblichem Wächter nicht an Zeit mangelte. Manú jagte er jedoch bereits seit zwei Wochen hinterher. Als der Oberste des Dorfes ihn darum gebeten hatte, sich die Diebesbande vorzuknöpfen, die regelmäßig über seine Straßen herfiel, hatte er nicht damit gerechnet, länger als drei oder vier Tage in Glènkoh zu bleiben. Doch er hatte die Umstände unterschätzt. Diese Männer und Frauen waren nicht wie Tomas und seine Gefährten, die Freya und ihn im Dornenwald überfallen hatten. Sie waren klüger. Strategisch gewitzter. Und hatten einen Verräter an ihrer Seite. Manú hatte sich als Gardist ausgegeben, um Schutzgeld von den Einwohnern zu erpressen – zur Abwehr genau jener Diebe, deren eigener Anführer er war. Larkin hatte das falsche Spiel nicht sofort durchschaut, und das gefiel ihm gar nicht. Er hasste es, an der Nase herumgeführt zu werden. »Wo habt Ihr die Münzen versteckt?«

»Ihr habt den Falschen!«

O nein, habe ich nicht, dachte Larkin und riss den Dolch in Manús Hand herum. Der Dieb schrie auf, und weiteres Blut spritzte aus der Wunde. Sein Wimmern war das einzige Geräusch in der alten Taverne, die schon über hundert Winter überstanden hatte. Die anderen Gäste waren wie erstarrt. Mit weit aufgerissenen Augen, erhobenen Krügen und Löffeln beobachteten sie das Geschehen. Larkin hätte die Sache lieber an einem verschwiegeneren Ort geklärt, aber der vermeintliche Gardist hatte sich dagegen gewehrt, mit ihm zu kommen.

»Verratet mir, wo das Geld versteckt ist, oder Eure Finger müssen dran glauben!« Er zog einen zweiten Dolch hervor, in dessen Griff das Emblem der königlichen Familie eingelegt war. Ein Abschiedsgeschenk von Freya. Drohend hielt er die Klinge vor Manús Gesicht. Das Metall glänzte im Schein der Kerzen, als hätte es noch nie einen Tropfen Blut gekostet. Dennoch wurde der Mann immer blasser, und Larkin sah, wie die Wahrheit seine Kehle heraufkroch, noch bevor er sie aussprach.

»Ich habe es vergraben«, antwortete Manú, und seine Stimme klang vor Schmerz wie gebrochen. »Außerhalb des Dorfes, hinter dem Baum mit den niedrig hängenden Ästen. Dort ist alles versteckt.«

Larkin nickte zufrieden und sah sich in der Schenke um, die ihm in den letzten Tagen so vertraut geworden war. Mit den schiefen Deckenbalken, den oft geleimten Tischen und den Stühlen, die unterschiedlichste Formen aufwiesen, da sie nach und nach von den Dorfbewohnern zusammengetragen worden waren. Am Kamin entdeckte er den ältesten Sohn des Wirtes, dem er zwei- oder dreimal Unterricht mit dem Schwert erteilt hatte. »Sieh nach, ob er die Wahrheit sagt«, verlangte er.

Der Junge, der noch nicht ganz ein Mann war, nickte entschlossen und stürmte los. Hoffentlich vergaß er vor Aufregung seine Schaufel nicht. Larkin ließ sich auf den Hocker neben Manú gleiten und nahm sich dessen Bier. »Ich hoffe für Euch, dass er das Gold findet. Andernfalls trenne ich Euch nicht nur die Finger ab.«

△

Manú hatte nicht gelogen und durfte seine Eier vorerst behalten. Was die Dorfbewohner jedoch mit ihm anstellen würden, war eine ganz andere Geschichte. Vermutlich konnte er sich freuen, wenn er nur seine Hoden verlor und nicht sein Leben. Doch Larkin verspürte kein Mitleid. Er und seine Diebesbande hatten das ärmliche Dorf inmitten des Dornenwaldes um mehrere Dutzend Silbermünzen gebracht. Einem Adligen hätte das nichts bedeutet, aber in Glènkoh waren diese Nobelstücke lebensnotwendig für die Versorgung der Menschen. Sie kauften davon fehlende Vorräte für den Winter und ließen undichte Dächer flicken, um sich vor Schnee und Eisregen zu schützen. Unter diesen Bedingungen hatte Larkin seine Bezahlung nur widerwillig angenommen, aber der Oberste hatte darauf bestanden. Er ahnte nichts von dem Gold, das Freya ihm überlassen hatte, und Larkin durfte auch niemandem davon erzählen, denn das Geld würde Fragen aufwerfen, die ihm gefährlich werden konnten.

»Du willst schon gehen?«

Larkin blickte von seinem Seesack auf. Cara stand vor der offenen Tür seines Zimmers und beobachtete ihn beim Packen, die Hände in die Schürzentasche geschoben. Dennoch sah er, dass sie unruhig mit ihren Fingern herumspielte. Cara bediente in der Taverne, die in den vergangenen Wochen sein Zuhause gewesen war. »Die Diebe sind gefasst. Meine Aufgabe ist erledigt.«

»Das war erst vor einer Stunde.«

Er hob die Brauen. »Und?«

»Du könntest noch eine Nacht bleiben.« Verlegen strich sie sich eine Strähne ihres schwarzen Haars hinter die Ohren, und eine zarte Röte überzog ihre Wangen. »Ich würde dir auch Gesellschaft leisten.«

Es war nicht das erste Mal, dass Cara Verlangen nach ihm zeigte, aber bisher war Larkin nie darauf eingegangen. Sie war ohne Frage eine schöne Frau, aber er konnte nicht mit ihr zusammen sein. Nicht, solange er jede Nacht wach lag und sich vorstellte, wie es wäre, ein Bett mit Freya zu teilen. Anfangs hatten diese Gedanken Schuldgefühle in ihm geweckt, und hätte er nur Lust empfunden, wäre dies wohl noch immer so. Doch da gab es noch so viele andere Gefühle. Er vermisste Freya. Nicht seine Göttin. Nicht die Prinzessin. Nicht die Alchemistin. Sondern einfach Freya.

»Es wird Zeit zu gehen«, erwiderte Larkin.

Cara nickte, als hätte sie bereits mit dieser Antwort gerechnet. Einen Moment lang betrachtete sie ihn schweigend und mit ausdrucksloser Miene, bevor sich ein Lächeln auf ihre Lippen legte. »Wirst du mir irgendwann verraten, wer sie ist?«

Er wich ihrem Blick aus und stopfte eins seiner Hemden in den Seesack. Dankbar darüber, dass die Wirtin am Vortag alles frisch für ihn gewaschen hatte. »Ich weiß nicht, wovon du sprichst.«

Sie schmunzelte. »Lüg nicht! Die Frau, die du liebst. Wer ist sie?«

Larkin kehrte Cara den Rücken zu, damit sie die Sehnsucht in seinem Blick nicht wahrnahm. »Das spielt keine Rolle.«

»Oh, eine verbotene Liebe?«

Er presste die Lippen aufeinander. Über Freya zu reden, war noch gefährlicher, als an sie zu denken. Zahlreiche Geschichten rankten sich um das Verschwinden und die Rückkehr der Prinzessin. In einigen davon ging es auch um Liebe, und unter keinen Umständen durfte er damit in Verbindung gebracht werden.

Noch immer war ein Kopfgeld auf *Larkin Welborn* ausgesetzt, und obwohl Freya ihn aus dem Kerker befreit hatte, beschuldigte man ihn der Entführung. Aus diesem Grund musste er ständig in Bewegung bleiben und durfte nicht allzu lange an einem Ort ausharren. Zumindest so lange, bis alle, die ihn suchten und sein Gesicht kannten, zu Rauch und Asche geworden waren.

Danach konnte er sich niederlassen, allerdings fand er keinen Gefallen an dem Gedanken, sesshaft zu werden. Ein eigenes Heim, ein kleiner Garten, eine Arbeit, bei der er nicht jeden Tag Blut sehen musste. All das lohnte sich in seinen Augen nicht ohne einen Menschen, mit dem er ein solches Leben teilen konnte.

»Ist sie mit einem anderen verheiratet?«, fragte Cara und betrat sein Zimmer. Einen Augenblick lang blieb sie neben dem Schreibtisch stehen, an dem er mindestens ein Dutzend Mal gesessen hatte und versucht gewesen war, Freya einen Brief zu schreiben.

»Nein, sie ist nicht verheiratet.«

Cara schürzte die Lippen. Sie stand nun dicht neben ihm, und er registrierte ihren Duft von Nelken und dem Bier, das sie jeden Tag ausschenkte. »Ist sie eine Adlige?«

Mit einer ruppigen Bewegung schloss er seinen Seesack. »Wie kommst du darauf?«

Ein wissendes Lächeln trat auf Caras Gesicht. »Ich habe also recht.«

»Nein.«

»Lügner.« Sie lachte. Ein heller, fröhlicher Laut, der einen anderen Mann vermutlich bezirzt hätte. »Erzähl mir von ihr.«

Larkin schüttelte den Kopf. »Es ist gleichgültig, um wen es sich handelt. Sie und ich – wir kommen nicht zusammen. Nicht in diesem Leben. Nicht im nächsten.«

»Dann helfe ich dir, sie zu vergessen«, schlug Cara vor. Einladend leckte sie sich mit der Zunge über die Lippen. Eine Aufforderung, sie ebenfalls zu kosten. Dann legte sie ihm eine Hand auf die Schulter und strich langsam über den dunklen Stoff seines Hemdes, über die Brust und die Knopfleiste entlang.

Doch Larkin packte Caras Hand, bevor sie auch nur einen Knopf öffnen konnte. »Ich will sie nicht vergessen.«

Cara schien belustigt. »Dich hat es ja wirklich schlimm erwischt.« Sie entzog ihm ihre Finger, die im Vergleich zu seinen unglaublich zart und zerbrechlich waren. »Ich wünsche dir alles Gute, Kaiden, und solltest du deine Meinung ändern, weißt du, wo du mich findest.« Cara stellte sich auf die Zehenspitzen und hauchte einen Kuss auf Larkins unrasierte Wange, ehe sie sich abwandte und das Zimmer verließ.

Er seufzte und bedauerte, diesen Leuten seinen echten Namen nicht verraten zu können. Aber die Gefahr, dass irgendein Gardist ihn aufschnappte, war zu groß. Und er durfte nicht auffallen, es sei denn, er wollte sich abermals im Verlies des Königs wiederfinden. Schwermütig schwang er sich den alten Seesack über die Schulter. Ein letztes Mal sah er sich in dem Zimmer um und stieg dann die Treppe zum Schankraum hinunter. Die Dämmerung brach bereits herein, und in der Taverne drängten sich mehr Gäste als noch vor einer Stunde, vermutlich nicht zuletzt wegen des Zwischenfalls. Jeder wollte wissen, was sich zwischen ihm und Manú abgespielt hatte. Der Geruch von Bier hing in der Luft, und die Stimmen der Gäste klangen lauter und ausgelassener – erleichterter. Zahlreiche Talgkerzen flackerten an den Wänden und schienen Larkin zum Abschied zuzuwinken. Einige der Dorfbewohner bemerkten ihn, und ihre Blicke folgten ihm an den Tresen. Das Blut, das Manú dort hinterlassen hatte, war verschwunden. Nur die Einkerbung des Dolches war noch im Holz erkennbar.

»Das tut mir übrigens leid«, sagte Larkin. Er deutete auf den Spalt und schwang sich auf einen der Hocker. »Ich bezahle die Reparatur.«

»Behalt dein Gold«, erwiderte Ryneé und griff nach einem Kelch, den er mit Wasser füllte und ihm zuschob. »Ich wollte das alte Ding längst austauschen. Es hat bereits zu viele Winter auf dem Buckel.«

Larkin nahm einen Schluck. »Und wie viel schulde ich dir für das Zimmer?«

»Du willst uns doch nicht etwa schon verlassen, oder?«

»Doch. Ich muss weiter.«

»Das erklärt Caras enttäuschtes Gesicht. Wohin geht es?«

»In den Westen. Angeblich treiben Banditen am Ufer des Drachensees ihr Unwesen«, antwortete Larkin. »Und von dort aus ziehe ich vielleicht in den Norden, hoch nach Evardir.«

»Die Heimat besuchen?«

Larkin nickte. Für gewöhnlich versuchte er seinen Akzent zu verstecken, um keine Hinweise auf seine wahre Herkunft zu geben. Aber er war so lange in Glènkoh geblieben, dass die Bewohner seiner Abstammung dennoch auf die Schliche gekommen waren.

»Hast du Familie in der eisigen Stadt?«

»Jetzt nicht mehr.«

»Verständlich. Vor dieser Kälte wäre ich auch geflohen.«

»Meine Verwandten sind nicht geflohen. Sie sind tot.« An manchen Tagen, wenn die Einsamkeit besonders schwer auf ihm lastete, schmerzte ihn die Erinnerung an seine Mutter, die er doch kaum gekannt hatte. An anderen Tagen wiederum empfand er kaum etwas für diese Fremde, die bereits vor über hundert Jahren gestorben war.

»Das tut mir leid«, murmelte Ryneé.

Larkin zuckte mit den Schultern. »Also, wie viel schulde ich dir?«

»Vergiss es! Dank dir habe ich das Silber zurückbekommen, das Manú mir abgeknöpft hatte. Das reicht als Bezahlung.«

Larkin wollte widersprechen, aber dieser Dörfler war so herzlich und dankbar, dass er sich den Atem sparte. »Dann ist es wohl an der Zeit, Lebewohl zu sagen.« Er streckte Ryneé eine Hand entgegen.

Der Wirt ergriff sie. »Pass auf dich auf, Kaiden!«

»Versprochen.« Larkin rutschte vom Hocker und nahm mit einer geschmeidigen Bewegung eine goldene Dukatmünze aus der Manteltasche. Wortlos legte er sie auf den Tresen. Bevor Ryneé etwas bemerken konnte, eilte er davon und verließ die Schenke. Zu dieser Jahreszeit war es nicht nur in der eisigen Stadt kalt. Ein kühler Wind blies über Thobria und trug den Geruch von Schnee heran, der schon bald fallen würde. In Melidrian hingegen schien vermutlich die Sonne, und es herrschten mildere Temperaturen, die nicht nur von der Natur vorbestimmt, sondern auch von den Fae mit ihrer Magie erschaffen worden waren.

Doch Larkin störte sich nicht an der Kälte. Er schlug die Kapuze seines Mantels hoch und folgte einem Pfad in den Süden des Dorfes, bis in den Wald hinein. Er hatte bereits überlegt, ob er sich von Freyas Gold ein Pferd kaufen sollte. Aber wofür? Er hatte kein Ziel und somit alle Zeit der Welt.

So war die Sonne bereits vollständig untergegangen, als er die alte Tempelruine inmitten des Dornenwaldes erreichte. Sie war völlig verfallen und sogar als Ruine kaum mehr zu erkennen. Lediglich vereinzelte Steine, die so etwas wie ein Viereck andeuteten, waren von dem Tempel übrig, der vor dem Krieg erbaut und vermutlich währenddessen zerstört worden war. Er stammte aus einer Zeit, als die Menschen noch einen überirdischen Gott angebetet hatten.

Larkin betrat den Tempelbereich, in dessen Mitte ein Baum seine Wurzeln geschlagen hatte. Ohne seine Blätter ragte er wie ein Skelett in die Höhe. Seine Äste bogen sich im Wind und knackten wie die Knochen einer alten Frau. Im Stamm des Baumes klaffte ein großer Riss, wo wahrscheinlich vor langer Zeit ein Blitz eingeschlagen hatte. Larkin tastete ins Innere des Baumes. Sofort fanden seine Finger, wonach er suchte. Er zog die schwarze Scheide hervor, die sich mit einem Riemen auf den Rücken schnallen ließ. Darin steckte sein feuergebundenes Schwert. Das Vibrieren der Magie grüßte ihn, und ein feines Lächeln kräuselte seine Lippen. Beim König, wie hatte er die Waffe vermisst.

3. Kapitel – Elroy

– Amaruné –

In der Spielhalle roch es nach Rauch, Schweiß und dem Metall der Münzen, die ihre Besitzer wechselten. Elroys Blick schweifte durch den überfüllten Raum. Männer wie Frauen waren dem Lockruf des Geldes gefolgt und saßen in edle Gewänder gekleidet beisammen, als kämen sie geradewegs von einem Ball im Schloss, spielten Karten und betranken sich. Und Yale war einer von ihnen. Lachend saß er auf dem Schoß einer korpulenten Frau und warf zwei Würfel über den Tisch. Die Gäste ringsum applaudierten, und ein Mann mit einer Anstecknadel an der Brust, die ihn als Bediensteten des Etablissements auswies, schob ihm einen Haufen Münzen zu. Beim Anblick des Geldes funkelten Yales Augen, und er drückte der Frau einen Kuss auf die Lippen. Lüstern legte sie ihm eine Hand auf den Oberschenkel.

Elroy verdrehte die Augen. Nichts brachte seinen treusten Matrosen schneller auf Trab als Gold. Es wirkte auf ihn wie ein Aphrodisiakum, und irgendwann wäre es vermutlich so weit, dass der Anblick einer verschlossenen Holzkiste ausreichte, um ihn vollends in Erregung zu versetzen. Elroy wandte sich vom Spiel ab und steuerte auf den Tresen zu. Er unterschied sich von den Schanktischen in jenen Spelunken, in denen seine Mannschaft und er sich für gewöhnlich vergnügten. Diese Theke bestand aus makellosem dunklem Holz. Die Wand dahinter war mit einem Spiegel versehen, der den Raum reflektierte, und davor hingen Regale, die in der Luft zu schweben schienen. Flaschen verschiedenster Größen und Formen, befüllt mit edelsten Tropfen, stapelten sich darin.

Elroy ließ sich auf einem der Hocker nieder und schob eine Silbermünze über die Theke. Sofort war die Schankfrau bei ihm. Sie hatte verführerisch rote Lippen, die sich bei seinem Anblick zu einem Lächeln verzogen. »Was kann ich Euch bringen?«

»Ein Glas Eures besten Weines.«

»Kommt sofort, mein Schöner.« Die letzten Worte hauchte sie, und da wusste Elroy, dass er sich nicht sonderlich anstrengen musste, um später nicht allein ins Bett gehen zu müssen. Aber die Nacht war noch zu jung, um eine solche Entscheidung zu treffen, und die Auswahl zu groß. Nur einen Hocker weiter saßen zwei weitere Frauen. Sie hatten ihn noch nicht bemerkt, aber das war nur eine Frage der Zeit.

»Sie hat das Schloss seit ihrer Rückkehr nicht mehr verlassen«, hörte er die Frau sagen, die mit dem Rücken zu ihm saß. Dem trägen Klang ihrer Stimme nach war der Weinkelch, der neben ihr stand, vermutlich nicht ihre erste Bestellung.

»Sicherlich eine Anordnung des Königs«, erwiderte die andere Frau und schürzte nachdenklich die Lippen. Ihr schwarzes Haar war zu einer eleganten Hochsteckfrisur aufgetürmt, was Elroy in dem Verdacht bestärkte, dass die beiden womöglich geradewegs von einem Ball oder Bankett kamen.

»Vermutlich, aber wer kann es ihr verdenken, nach allem, was mit ihrem Bruder geschehen ist? Sie hätte niemals wegrennen dürfen. Vor allem nicht für diesen Bauerntölpel. Angeblich züchtet er Schweine.«

Elroy unterdrückte ein Schnauben. Seit er in Amaruné weilte, waren ihm schon einige Gerüchte über Freyas Verschwinden und ihre Rückkehr zu Ohren gekommen. Manche waren traurig, andere amüsant und wieder andere einfach nur lächerlich. Die Geschichte, dass sie mit einem Schweinebauern durchgebrannt war, gehörte eindeutig in die letzte Kategorie.

Dennoch nickte die schwarzhaarige Frau, als hätte sie das Gerücht über Freya und den Bauern ebenfalls gehört. »Ein Bekannter erzählte mir, dass Kommandant Roland ihn auf der Stelle gehängt hat.«

»Tatsächlich? Und ich habe gehört, er lebt bei seinen Eltern in Ciradrea.«

»Mhh«, brummelte die Frau. »Ich frage mich, wie die Prinzessin ihn wohl kennengelernt hat.«

»Sicherlich in der Markthalle, dort treibt sie sich öfter herum. Ständig kauft sie irgendwelche Kräuter für Tees und Salben, um jünger auszusehen. Als hätte sie es nötig mit ihrer Haut. Sie sieht aus wie eine Puppe.«

»Allerdings. Kein Wunder, dass die Männer ...«

»Bitte schön, Euer Wein«, sagte die Schankfrau und stellte einen Kelch vor Elroy ab. Er griff danach und erhob sich von seinem Hocker, um sich weiter umzusehen. Gemächlich schlenderte er durch den Raum, und obwohl er dieselbe Uniform wie an Bord seines Schiffes trug, fiel er zwischen den reichen Kaufleuten und Adligen kaum auf, denn mit ihren dunkelroten und goldenen Stoffen sah Kleidung aus Séakis immer elegant aus.

Nachdem Elroy seine Runde gedreht hatte, beschloss er, ebenfalls an einem der Spieltische sein Glück zu versuchen. Er hatte Norwells Geld an einen sicheren Ort gebracht, um es später seiner Mannschaft auszuzahlen. Zehn Goldmünzen hatte er allerdings für sich selbst behalten. Das hatte er sich an einem Tag wie diesem verdient. Es dauerte eine Weile, bis er einen Tisch fand, an dem keiner seiner Gefährten saß. Die eigenen Männer zu betrügen, war schließlich nicht gut für die Moral an Bord.

An dem Tisch wurde ein einfaches Kartenspiel gespielt, und nur zwei Spieler nahmen daran teil, ein Mann und eine Frau. »Seid gegrüßt«, sagte Elroy und setzte sich auf einen der beiden freien Plätze. »Worum wird gespielt?«

»Ein Goldstück die Runde«, antwortete die Frau, auf deren

Kinn ein Muttermal saß, das an eine Rosine erinnerte, die auf der Haut klebte. Sie musterte den Neuankömmling, und was sie sah, schien ihr zu gefallen. Nur der goldene Ring in Elroys rechtem Nasenflügel entlockte ihr ein Stirnrunzeln. »Wie ist Euer Name?«

»Elroy.«

»Ich bin Caitlín.«

»Hògh«, nuschelte der Mann.

Elroy nickte den beiden zu und griff in seine Tasche. Er zog einen Dukaten hervor und reichte ihn dem Kartengeber, welcher das Spiel überwachte. In den Kneipen, in denen er sich sonst herumtrieb, hätte man die Münzen einfach in die Mitte des Tisches geschoben. Der Mann jedoch legte das Geld vorsichtig in ein ornamentverziertes Kästchen. Anschließend verteilte er die Karten. Elroy hatte ein gutes Blatt. Nicht überragend, aber gut genug, um sogar auf ehrliche Weise zu gewinnen, wenn er es geschickt ausspielte. Aber er war ein Pirat, und Ehrlichkeit lag ihm nicht im Blut.

Er gewann. Drei Runden lang. Die vierte verlor er mit Absicht, um kein Misstrauen zu erwecken. Sein Gewinn machte Hògh überheblich, und Elroy konnte ihn überzeugen, den Einsatz auf zwei Goldstücke zu erhöhen. Die zwei darauffolgenden Runden gewann Elroy wieder. Beleidigt zog Hògh von dannen.

»Ist hier noch frei?«, fragte kurz darauf ein Mann und trat an den Tisch. Seine Gesichtszüge wirkten jung, als wäre er in Elroys Alter, doch seine Augen waren dunkel umschattet, was entweder auf mangelnden Schlaf oder allzu üppigen Weingenuss schließen ließ. So wie der Mann roch, vermutete Elroy Letzteres. Seinen eigenen Kelch hatte er bisher kaum angerührt, denn mit klarem Kopf ließ sich leichter gewinnen.

»Selbstverständlich, Lord DeFelice«, antwortete Caitlín.

Dieser Trunkenbold war ein Lord? Er rutschte auf den Stuhl neben Elroy, wobei er sich an der Tischkante festklammerte, als würde sich der Raum um ihn drehen. DeFelice griff in die Hosentasche und schob dem Kartengeber fünf Goldmünzen entgegen. Anscheinend wurde der Einsatz soeben erhöht. Doch Elroy ließ sich die Chance nicht entgehen. Er setzte ebenfalls fünf Dukaten. Caitlín hatte aus den letzten Runden gelernt und verließ das Spiel, angeblich, um sich Wein nachschenken zu lassen.

»Ich habe Euch noch nie hier gesehen«, sagte DeFelice und griff nach seinen Karten. Er hielt sie so schief, dass Elroy sich nicht einmal bemühen musste, auf dessen Deck zu schielen.

»Ich bin auf der Durchreise.«

»Kaufmann?«

»So etwas in der Art.«

DeFelice gab ein Grunzen von sich und spielte seine erste Karte. Elroy übertrumpfte ihn mit der seinen. Ein paarmal ging es so hin und her, und immer wieder nippte DeFelice an seinem Kelch, bis er leer war. Doch Elroy war noch nicht bereit, den Lord gehen zu lassen, und schob ihm auffordernd seinen Wein entgegen. Er trank ohne Zögern und ohne Angst vor Gift oder Krankheiten. Elroy fragte sich, was es brauchte, um einen Mann wie DeFelice, der auf den ersten Blick alles hatte – Ansehen, Geld und Aussehen –, zu solch selbstzerstörerischem Verhalten zu bewegen.

Die Antwort lag auf der Hand.

»Frauenprobleme?«, fragte Elroy, als DeFelice die Nase ein weiteres Mal tief in den Kelch steckte.

Der Lord legte den Kopf in den Nacken, bis auch der letzte Tropfen auf seiner Zunge gelandet war. Mit dem Unterarm wischte er sich über den Mund. »Ja.«

»Hat sie Euch verlassen?«

»Verlassen? Ha!« Er stieß ein bitteres Lachen aus. »Schön wäre es. Ich werde bald verlobt. Und dann ist es nur noch eine Frage der Zeit, bis ich ein verheirateter Mann bin. Mit Pflichten und Verantwortung und …« Er presste die Lippen aufeinander, als müsste er aufsteigende Übelkeit verdrängen.

Elroy rutschte auf seinem Stuhl in die entgegengesetzte Richtung, weg von Lord DeFelice. »Ist eine Hochzeit kein Grund zur Freude? Liebt Ihr sie nicht?«

Sein Gegenüber schüttelte träge den Kopf und klammerte sich wieder am Tisch fest. »Freya ist großartig«, lallte er. »Aber ich will kein Prinz werden … oder König oder Prinzgemahl oder wie das heißt. Mein Leben ist gut. Ich brauche diesen ganzen Scheiß nicht. Und eine Frau für den Rest meines Lebens? Ich will sie alle ficken. Alle!« Beim letzten Ausruf richteten sich die Blicke der Umsitzenden auf ihren Tisch.

Vor Überraschung hob Elroy die Brauen, aber schnell gelang es ihm, wieder eine gleichmütige Miene zu zeigen. »Ihr sollt Prinzessin Freya heiraten?«

DeFelice nickte.

»Ich habe nichts von einer Verlobung gehört.«

»Noch ist es nicht offiziell. Ich habe nur ein Schreiben des Königs an meinen Vater gefunden.« In DeFelices Stimme lag derartig viel Leid und Schmerz, als würde kein Leben in Wohlstand und Reichtum auf ihn warten, sondern der Galgen.

»Die meisten Männer wären glücklich, sich Hoffnung auf den Thron machen zu können«, wandte Elroy ein und spielte seine letzte Karte. Er gewann, und das Kästchen mit dem Gold wanderte in seine Richtung.

DeFelice beugte sich zu ihm herüber. »Was bringt mir der Thron? Außer Hass und Verantwortung?« Seine Worte klangen erstaunlich klar. Wahrscheinlich hatte er sie sich schon so oft vorgesagt, dass auch sein betrunkener Verstand sie wiederzugeben vermochte. »Gleichgültig, welche Entscheidung du als König triffst, in den Augen des Pöbels ist es immer die falsche. Die Ernte fällt schlecht aus? Du bist schuld, weil es zu wenig Brunnen gibt. Du verlangst mehr Steuern, um Brunnen zu bauen? Du bist gierig und so weiter und so weiter und so weiter …«, lallte DeFelice nun wieder.

Elroy fragte sich, wie die Prinzessin wohl über diese arrangierte Ehe dachte. Der Lord war ganz eindeutig nicht der Mann, dem ihr Herz gehörte. Zwar wusste Elroy nicht, was Freya mit dem unsterblichen Wächter verband, doch ihm war die Art und Weise nicht entgangen, wie Larkin sie stets angesehen hatte. Und auch in ihren Augen hatte Elroy des Öfteren ein Funkeln entdeckt, das über einfache Zuneigung hinausging. Den Lord hingegen hatte sie während ihrer Zeit auf seinem Schiff kein einziges Mal erwähnt.

Vermutlich war diese Verlobung die Maßregel eines besorgten Vaters und strengen Königs. Freyas Verschwinden hatte in ganz Thobria für Aufsehen gesorgt. Die Verlobung mit einem Lord würde die Gerüchte zum Verstummen bringen und sie wieder in die Verantwortung zwingen, vor der sie hatte fliehen wollen. Eigentlich hätte sie Elroy leidtun sollen, aber das war nicht der Fall. Sie hatte dieses Schicksal verdient, für jene Lüge, die sie ihm aufgetischt hatte. Und hoffentlich würde auch der Wächter leiden, sobald die Nachricht über die Verlobung …

Elroy erstarrte. Ein Gedanke hatte seinen Verstand gestreift. Nein, nicht einfach nur ein Gedanke. Ein Plan, wie er die Unsterblichkeit erlangen konnte. Er war riskant, aber für das ewige Leben hatte Elroy sich schon größeren Gefahren gestellt.

Er sprang vom Stuhl auf und stopfte sich das Gold in die Hosentasche. Verblüfft musterte ihn DeFelice. »Wo wollt Ihr hin?«

»Ich habe etwas zu erledigen«, antwortete Elroy und lachte. Es war an der Zeit, der Prinzessin einen Besuch abzustatten.

4. Kapitel – Freya

– Amaruné –

Es gab drei Dinge auf der Welt, die Freya mehr herbeisehnte als alle anderen: ihren Bruder, ihre Freiheit und Larkin Welborn. Weder Larkin noch Kheeran konnte sie bekommen, ihre Freiheit aber würde sie sich in der kommenden Nacht zurückholen.

Es waren keine verrosteten Gitterstäbe, die sie gefangen hielten, sondern das goldene Schloss ihres Schlafgemachs. Seit ihrer Rückkehr an den Hof ließ ihr Vater sie bei Sonnenuntergang einsperren. Doch an diesem Tag würde sie ausbrechen. Sie war es leid, wie ein Kind behandelt zu werden. Sie war achtzehn. Eine erwachsene Frau. Und die zukünftige Königin dieses Landes.

Mit angehaltenem Atem presste Freya ein Ohr an die verschlossene Tür und lauschte. Das leise Murmeln der Gardisten, die ihr Zimmer bewachten, war deutlich zu hören. Sie redeten über die Entscheidung ihres Vaters, weitere Tempel in der Stadt errichten zu lassen. Öffentlich war diese Entscheidung vom Volk mit Jubel aufgenommen worden. Doch trotz ihrer Gefangenschaft war Freya nicht entgangen, dass sich dabei auch weniger erfreute Stimmen erhoben hatten. Die ihr Vater wie immer gekonnt überhörte. Widerworte auszublenden, gehörte zu seinen Stärken, wie Freya gerade am eigenen Leib erfuhr.

Ihr Fluchtplan war gewagt, aber inzwischen war sie zu fast allem bereit, um ihrem Gefängnis aus vertäfelten Wänden zu entkommen. Denn wenn sie nicht bald diesem Schloss entfliehen und mit Moira reden konnte, würde sie noch wahnsinnig werden. Sie musste der Alchemistin erzählen, was in Melidrian geschehen war. Vielleicht hatte sie eine Antwort auf die Frage, die nicht einmal Larkin hatte beantworten können: Warum hatte sie den feuergeschmiedeten Dolch aus Kheerans Körper ziehen können, ohne Qualen zu erleiden?

Angeblich war es Menschen nicht möglich, die Waffen der Fae zu berühren, das machte sie im Kampf so gefährlich, aber Freya war es gelungen. Nur was hatte das zu bedeuten? Einige Nächte lang hatte sie sich dem absurden Gedanken hingegeben, dass sie wie Kheeran ebenfalls kein Mensch war. Aber sie war ganz sicher auch keine Fae. Sie besaß weder spitze Ohren noch übernatürliche Heilkräfte. Außerdem gehörte das Element Feuer zu den Seelie, und wie eine Seelie sah sie ganz gewiss nicht aus. Vielleicht war sie einfach etwas Besonderes, wie Larkin gesagt hatte, aber mit dieser Erklärung wollte sich Freya nicht zufriedengeben.

Zu ihrer Erleichterung war bis auf das Gemurmel der Gardisten kein weiteres Geräusch zu hören. Der Palast schlief, und niemand rechnete damit, dass in dieser Nacht etwas Unvorhergesehenes geschehen könnte. Auf leisen Sohlen trat Freya zurück und schlich zum Balkon. Ein Sturm tobte über Amaruné. Der Wind peitschte gegen die Scheiben und brachte die Fensterläden zum Erzittern. Regentropfen zerplatzten auf dem Gestein und trommelten eine Symphonie, die vom Donner untermalt wurde. Hin und wieder zuckten auch Blitze über den dunklen Nachthimmel, aber ihr Licht reichte nicht aus, um die Finsternis zu durchbrechen.

Freya holte ein letztes Mal tief Luft und öffnete die gläserne Tür, die auf den Balkon führte. Der Wind brauste in ihr Zimmer, und der Sturm riss an ihrer Kleidung, wie um sie zurückzudrängen. Sie ignorierte die Warnung. Entschlossen trat sie ins Freie, dankbar dafür, dass die Gardisten ihres Vaters ihr nicht auch diesen Weg versperrten. Vermutlich gaben sie sich dem Glauben hin, die vierzig Fuß Tiefe könnten Freya aufhalten. Doch nicht einmal Fesseln hätten dies vermocht. Sie hatte genug davon, eine Gefangene ihres Vaters zu sein. Zwar schmachtete sie in keiner Kerkerzelle, aber frei war sie auch nicht. Am meisten störte sie der Umstand, dass ihr Schicksal völlig anders ausgesehen hätte, wäre sie nicht König Andreus' Tochter, sondern sein Sohn gewesen. Als Junge hätte sie für ihre Flucht aus dem Palast nur eine kurze Standpauke bekommen, bevor sie für ihre Abenteuerlust und ihren Mut, eigene Wege zu beschreiten, gelobt worden wäre. Als Tochter hingegen war sie in den Augen ihrer Eltern nichts als eine naive, zerbrechliche Porzellanpuppe, die vor sich selbst beschützt werden musste.

Sie irrten sich.

Freya war vielleicht nicht so stark wie Larkin. Nicht so groß wie Kheeran. Und nicht so muskulös wie der Halbling, der Aldren verletzt hatte. Das hatte sie allerdings nicht davon abgehalten, ihn niederzustechen. Denn sie war nicht das hilflose Prinzesschen, das ihre Eltern in ihr sehen wollten. Bis zum heutigen Tag glaubten sie nicht, dass sie es gewesen war, die Larkin entführt hatte, obwohl mehrere Gardisten genau das bezeugten. Unmöglich konnte sie einen solchen Plan ausgeheckt und die Explosion herbeigeführt haben, um den ehemaligen Field Marshal aus dem Verlies zu befreien.

Nun aber kam es Freya sehr gelegen, dass sie von allen unterschätzt wurde. Sie schloss die gläserne Tür zu ihrem Zimmer und trat an den Rand des Balkons. Ein letztes Mal rückte sie den Beutel auf ihren Schultern zurecht, bevor sie auf die Brüstung kletterte und sich am nassen Stein des Schlossgemäuers festhielt. Es war rutschig, aber ihr Mut würde sich bezahlt machen, und der Sturm bot ihr günstige Deckung vor den Gardisten, welche durch die Innenhöfe und Gärten patrouillierten. Die Männer hielten die Blicke gesenkt, um ihre Gesichter vor dem Regen zu schützen, und bemerkten dabei nicht, was sich über ihren Köpfen abspielte.

Vorsichtig tastete Freya nach einem vorstehenden Brocken in der Mauer. Ihre Hände steckten in rauen Lederhandschuhen, ihre Füße in Stiefeln mit tiefen Kerben, die ihr Halt verschaffen sollten. In den letzten Tagen hatte sie viel Zeit auf dem Balkon verbracht, um sich jeden einzelnen Schritt einzuprägen, denn ein Fehltritt könnte tödlich enden. Sie presste sich dicht an den Stein, der von der Witterung gezeichnet war. Risse zogen sich über das Gemäuer, und in manchen der Ritzen spross Unkraut. Die zarten Pflanzen erinnerten Freya an die Dachgärten in Nihalos. Nur war das triste Grau des Palastes nicht annähernd mit dem leuchtenden Mauerwerk und dem satten Grün der Unseelie-Stadt zu vergleichen.

Das kurze Aufflackern eines Blitzes beleuchtete Freya den Weg, und sie hangelte sich bedächtig an der Mauer entlang. Sie musste nur den nächsten Balkon erreichen.

Plötzlich war ein ohrenbetäubendes Grollen zu hören. Vor Schreck zuckte Freya zusammen und geriet ins Taumeln. In ihrer Verzweiflung wollte sie einen der lebensrettenden Steine zu fassen bekommen, doch die Sonne hatte ihn spröde gemacht, und er zerbröselte unter ihren Fingern zu Staub. Ein Schrei entwich ihrer Kehle. Sie sah sich bereits auf dem Boden aufschlagen. Ihr Kopf gespalten. Ihr Körper verdreht. Ihre Augen leer … als ihre Finger gerade noch rechtzeitig Halt in einer der Ritzen fanden.

Beim König!

Aufgeschreckt und mit keuchender Atmung drückte sie sich an das Gemäuer wie an den Körper eines geliebten Menschen. Aus Furcht vor der Tiefe, aber auch voller Angst, ertappt zu werden, pochte ihr Herz wie wild. Hoffentlich hatte niemand ihren Schrei gehört! Eine innere Stimme riet ihr, den Blick zu senken und das Treiben der Gardisten unter ihr zu beobachten. Sie widerstand dem Drang und richtete ihr Augenmerk wieder auf die Brüstung, die sie erreichen musste. Nein, sie ließ sich von ihrer Angst nicht lähmen! Regen schlug ihr ins Gesicht und raubte ihr die Sicht. Sie blinzelte, um die Tropfen loszuwerden. Zum Glück hatte sie ihr blondes Haar zu einem Zopf geflochten und in den Kragen ihres Hemdes gesteckt, so war es ihr wenigstens nicht im Weg.

Noch achtsamer als zuvor hangelte sie sich am Mauerwerk entlang und verscheuchte jeden Gedanken an einen möglichen Sturz. Sie hatte schon gefährlicher gelebt und war weitaus größere Wagnisse eingegangen. Ein Sturz, gefolgt von einem schnellen Tod, war nichts im Vergleich zu der Aussicht, im Nebelwald von einer Elva bei lebendigem Leib gehäutet oder auf dem Scheiterhaufen verbrannt zu werden, sollte man sie der Zauberei beschuldigen.

Freya erreichte den benachbarten Balkon und stieg über die Brüstung. Als sie endlich wieder festen Boden unter den Füßen verspürte, seufzte sie vor Erleichterung laut auf. Erst einmal wollte sie nicht daran denken, dass sie den Weg noch einmal zurücklegen musste, wenn sie sich bis zum Morgengrauen unbemerkt in ihr Zimmer zurückschleichen wollte. Ihre Hände zitterten, als sie die Tür aufschob, die vom Balkon in die Bibliothek führte. Bevor sie am Abend von dem Gardisten in ihr Zimmer gesperrt worden war, hatte sie die Tür geöffnet, und zum Glück war sie von niemandem wieder verschlossen worden.

Das Regenwasser, das sich in ihre Kleidung gesaugt hatte und den Stoff nass und schwer machte, tropfte zu Boden. Einige Herzschläge lang war dieses Tropfen das einzige Geräusch im Raum, bevor sie einen Fuß vor den anderen setzte. Es war finster in der Bibliothek, aber sie kannte diesen Ort in- und auswendig. Ihr war jedes Regal vertraut, und jedes Buch hatte sie mindestens schon einmal in den Händen gehalten. Selbst mit geschlossenen Augen hätte sie den Weg zum Kamin gefunden, in dem wohl noch nie ein Feuer gebrannt hatte. Darüber hing ein uralter Stammbaum der königlichen Familie, beginnend mit König Nechtan dem Dritten und seiner Frau. Das Wissen um die vorherigen Herrscher war im Krieg verschüttet und zerstört worden. Freya und Kheeran hatten diese Tafel auswendig lernen müssen. Nächtelang hatte sie von den Namen der toten Könige und Königinnen geträumt, und noch immer konnte sie sie aus dem Gedächtnis aufsagen. Diesmal schenkte sie dem Dokument jedoch keine Beachtung. Sie ging vor dem Kamin in die Hocke und schob die unbenutzten Holzscheite beiseite, bevor sie mit aller Kraft gegen die Rückwand der Feuerstelle drückte. Ein einfacher Stoß reichte nicht aus, aber als sie sich fest genug gegen den Stein stemmte, teilte sich das Gemäuer wie eine Flügeltür. Langsam schob sie die Mauer auf, und dahinter kam ein schwarzer Schlund zum Vorschein, so dunkel, dass sie keine drei Fuß tief blicken konnte. Sie und Talon, wie sie Kheeran damals noch genannt hatte, waren bei einer ihrer Entdeckungstouren auf den Geheimgang gestoßen. Begeistert hatten sie das Schloss erkundet und immer neue Verstecke gefunden, um ihre Eltern und die Bediensteten an der Nase herumzuführen. Einmal hatten sie so lange in einem der geheimen Gänge ausgeharrt, dass ihre Mutter, Königin Erinna, schon eine Entführung befürchtet hatte. Damals hatten Kheeran und sie noch darüber gelacht, bis er drei Jahre später tatsächlich aus dem Schloss verschleppt worden war.

Freya streifte sich die Handschuhe ab und legte sie neben den Kamin. Ihre Finger waren steif vor Anstrengung und Kälte. Sie blies sich warmen Atem in die Handflächen und rieb sie aneinander, bevor sie in ihre Hosentasche griff und einen der leuchtenden Glasanhänger hervorzog, die sie für gewöhnlich um den Hals trug. Inzwischen wusste sie, dass es sich bei den gläsernen Perlen mit dem orangefarbenen Schimmer im Innern um ein *Talent* handelte – um ein Feuer-Talent, um genau zu sein. Es war die Währung der Fae. Sie sperrten kleine Mengen ihrer Magie in die Kugeln ein und trieben damit Handel. So konnten auch die Unseelie ihre Fackeln mit magischem Feuer zum Leuchten bringen, obwohl sie selbst nur die Elemente Wasser und Erde beherrschten. Die Seelie, welche die Elemente Luft und Feuer befehligten, betrieben mit Erd- oder Wasser-Talenten ihre Landwirtschaft oder überbrückten Dürreperioden damit.

Eine Weile betrachtete Freya das Feuer-Talent und dessen zarten Schimmer, bevor sie eine Faust darum ballte. Der Anhänger zersplitterte zwischen ihren Fingern, und sie verspürte einen stechenden Schmerz, nicht schlimmer als bei einer Haarnadel, die versehentlich ihre Kopfhaut aufritzte. Andächtig öffnete sie die Hand, und eine Flamme loderte darin auf. Das Feuer verbrannte sie nicht, denn niemals würde es der Herrin schaden, die es befreit hatte. Doch es wärmte ihre vom Regen ausgekühlte Haut und beleuchtete ihr den Weg. Der Durchgang hinter dem Kamin war schmal, aber aus Erfahrung wusste Freya, dass er sich nach einigen Fuß öffnen würde, sodass sie dank ihrer zierlichen Figur sogar aufrecht darin stehen konnte.

Sie nahm den Beutel vom Rücken, schob ihn durch die Öffnung und kletterte hinterher. Die Luft innerhalb des Gemäuers war feucht und roch abgestanden. Ein gewöhnliches Feuer hätte in dieser Umgebung nie so groß und lebendig gebrannt wie das in ihrer Hand. Doch selbst wenn dem so gewesen wäre, hätte sie es sich nicht nehmen lassen, die magische Flamme zu entzünden. Sie vermisste das Knistern der Magie, die sie nur herbeirufen konnte, wenn sie allein war. Das aber war seit ihrer Rückkehr nach Amaruné nur noch selten der Fall.

Freya erreichte das Ende des schmalen Durchgangs und konnte sich nun endlich aufrichten. Sie schulterte ihre Tasche und folgte dem Geheimgang, der nur in eine Richtung führte. Gelegentlich blieb sie stehen und lauschte, ob jemand sie bemerkt hatte. Aber selbst wenn dies der Fall gewesen wäre, hätte man die Geräusche wohl eher den Mäusen zugeschrieben, die sich des Öfteren im Gemäuer verirrten.

Schließlich gelangte Freya an eine schiefe Treppe, an deren Ende sich eine Tür befand. Dahinter lag die königliche Vorratskammer, und von dort aus gelangte sie über den Dienstbotenweg zum Ausgang des Schlosses.

Die Tür war von innen verkeilt, sodass man den Geheimgang verlassen, aber nicht betreten konnte. Von der anderen Seite war der Eingang gar nicht zu erkennen, sondern schien nur ein Teil des Mauerwerks zu sein. Fünf eiserne Riegel hielten die Tür verschlossen. Freya entriegelte die Schlösser und ließ das Feuer in ihrer Hand erlöschen, bevor sie zögernd die Tür aufschob.

Es war zu spät für die Köche und zu früh für die Bäcker. Kisten mit allerlei Zutaten stapelten sich in den alten Holzregalen, und Dutzende von Mehlsäcken lagen in den Ecken. Freya trat aus dem Geheimgang und bemühte sich, keinen Laut von sich zu geben. Sie hätte sich verflucht, jetzt noch aufgehalten zu werden. Sie konnte die Freiheit bereits riechen!

»Guten Abend, Prinzessin«, hörte Freya eine fremde Stimme sagen. »Welch nette Überraschung! Ich dachte, wir sähen uns erst morgen wieder.«

Freya erstarrte. Ihr Blick zuckte zur Seite, und im matten Schein einer Kerze erkannte sie eine schattenhafte Gestalt, die ihr in keiner Weise vertraut vorkam. Der Fremde lehnte lässig an einem Tisch und hielt etwas in der Hand. Ein Messer?

Einen Moment lang überlegte Freya, loszustürmen und davonzurennen. Vielleicht gelang ihr dennoch die Flucht aus dem Schloss. Aber während sie bereit war, das eigene Leben aufs Spiel zu setzen und den Zorn ihres Vaters auf sich zu lenken, war sie keinesfalls dazu bereit, Moira zu opfern. Die Befürchtung, dass man sie zu deren Hütte verfolgte, war nun zu groß. Und so dringlich Freya mit der Alchemistin reden und endlich wieder eigene

Magie wirken wollte, auf den Scheiterhaufen wollte sie sie auf keinen Fall bringen.

»Ein Ausbruch bei Gewitter«, spottete der Fremde. »Sehr dramatisch.«

Langsam wandte sich Freya in Richtung der Stimme und kniff die Augen zusammen, um in der Dunkelheit besser sehen zu können. Aber ihre Sicht war noch vernebelt vom Schein des magischen Feuers. Ihr Herz raste vor Aufregung. Angst aber verspürte sie nicht. Dennoch legte sich ihre Hand auf den Dolch, den sie am Gürtel befestigt hatte. »Wer seid Ihr?«

»Erkennst du mich nicht?«

Diese Stimme ... Freya kannte sie. Es wollte ihr allerdings nicht gelingen, sie einem Gesicht zuzuordnen. Dem Akzent nach stammte der Fremde nicht aus Amaruné. Hatte sie ihn auf ihrer Reise nach Melidrian kennengelernt? Plötzlich dämmerte es ihr, auch wenn es eigentlich nicht sein konnte. »Elroy?«, fragte sie zögernd.

»Höchstpersönlich.« Er stieß sich vom Tisch ab und kam auf sie zu. Ein Blitz flackerte in der Ferne auf, und sie erhaschte einen Blick auf das Gesicht des Mannes, der sie über die Atmende See geleitet hatte.

Fassungslos starrte Freya den Piraten an. Er sah genauso aus wie in ihrer Erinnerung – braune Haut, schwarzes Haar und goldene Ringe an den Fingern, in der Nase und in den Ohren. Doch statt seiner Kapitänsuniform trug er eine schlichte Hose und ein helles Hemd, das aussah, als hätte er es eilig vom Boden aufgehoben. Und er hielt tatsächlich ein Messer in der einen und eine Birne in der anderen Hand. Eine andere Bewaffnung als die stumpfe Klinge schien er nicht bei sich zu haben. Dies war nicht das Auftreten eines Einbrechers.

In Freyas Kopf schwirrte es, und Dutzende von Fragen jagten durch ihren Verstand. Er konnte unmöglich hier sein. Er *durfte* nicht hier sein. Ebenso wie Moira gehörte Elroy zu ihrem anderen Leben. Nicht dem Leben am Hof, sondern dem Leben in den Schatten von Amaruné, versteckt und verborgen vor ihrer Familie und den Gesetzen des Königs.»Was willst du hier?«

Elroys Mundwinkel zuckten.»Ich freue mich auch, dich zu sehen.«

»Jaja, ich bin ganz außer mir vor Freude.«

»Ich tue so, als würde ich dir glauben.«

»Also, was hat dich hierher verschlagen?«, drängte sie mit einer ungeduldigen Handbewegung.

»Das ist eine lange Geschichte.«

»Erzähl sie mir!«, verlangte Freya, die ihren Augen immer noch nicht traute. In allen Plänen, die sie geschmiedet, in allen Szenarien, die sie für ihre Flucht durchgespielt hatte, war diese Wendung nie vorgekommen. War sie womöglich doch von der Fassade des Schlosses abgerutscht und befand sich in einer Art Ohnmacht?

Gemächlich schnitzte Elroy mit dem Messer Stücke aus der Birne und hob die Klinge an den Mund. Genüsslich schob er sich das Fruchtfleisch auf die Zunge. Den Rest warf er achtlos in einen leeren Eimer. Das hohle Geräusch des Aufschlags dröhnte durch den Raum.»Die Geschichte beginnt mit einem unsterblichen Wächter und einer verzogenen Prinzessin, die mich in Askane belogen haben.«

Freya schluckte schwer.»Bist du gekommen, um dich an mir zu rächen?«

»Nein«, erwiderte Elroy und kam auf sie zu, bis sie nur noch eine Armlänge voneinander trennte. Trotz der Ferne zum Meer roch Elroy nach Salz, Wasser und Algen, als wäre der Duft des Ozeans bereits ein Teil von ihm. Für Freya war es der Geruch der Freiheit.»Ich bin hier, um mir zu holen, was mir zusteht – das Geheimnis der Unsterblichkeit.«

»Dann bist du bei mir falsch. Ich kenne das Geheimnis nicht.«

»Du nicht, aber dein Vater.«

»Bist du hier, um mich zu entführen?«

»Nein, Freya. Ich habe mich vielleicht von euch an der Nase herumführen lassen, aber so dämlich, eine Prinzessin zu entführen, bin nicht einmal ich. Ich will nicht, dass dein Wächter mir nachjagt. Ich will ihn dort treffen, wo es ihn am meisten schmerzt.«

»Was meinst du damit?«

»Ich werde dich heiraten.«

Freya konnte nicht anders. Sie lachte laut auf, so laut, dass vermutlich nicht einmal das Prasseln des Regens und das Pfeifen des Windes ihre Stimme zu übertönen vermochten. »Du hast wohl etwas zu viel Salzwasser geschluckt. Niemals werde ich *dich* heiraten.«

Elroy wurde ernst. Seine Gesichtszüge glätteten sich, bis nichts mehr von dem hitzköpfigen Piraten übrig war, den Freya bisher in ihm gesehen hatte. »Doch, das wirst du.«

»Du bist verrückt.« Belustigt schüttelte sie den Kopf und rückte den Riemen ihres Beutels zurecht. Wenn sie sich beeilte, schaffte sie es vielleicht doch noch zu Moira. Elroy würde ihr dabei ganz sicher nicht im Weg stehen. »Das wird mein Vater niemals erlauben.«

Er hob die Brauen. »Bist du dir da sicher?«

»Ja.«

»Tja, du irrst dich.« Er zuckte mit den Schultern. »König Andreus hat mir heute Nachmittag deine Hand versprochen. Schon bald gibt er unsere Verlobung bekannt.« Elroys Stimme triefte vor Selbstgefälligkeit, und gegen ihren Willen spürte Freya, wie sich ein Funke Unsicherheit in ihre Gedanken drängte. Aber das war lächerlich! Es war ein schlechter Versuch, sie hinters Licht zu führen. Ein Trick, um sich das Geheimnis der Unsterblichkeit zu ergaunern. Sie schüttelte den Kopf. »Du lügst. Mein Vater würde mich niemals mit einem Piraten verheiraten.«

»Nein, nicht mit einem Piraten«, versicherte Elroy mit durchtriebenem Lächeln. »Aber mit einem Prinzen.«

5. Kapitel – Ceylan

– Nihalos –

Hass war für Ceylan kein fremdes Gefühl. Sie hatte in ihrem Leben schon viel davon empfunden. Für die Elva, die ihre Eltern getötet hatten. Für jene Männer, die sie während ihrer Zeit auf der Straße bedrängt hatten, als sie noch nicht einmal eine Frau gewesen war. Und für sich selbst, da sie mehr Fehler begangen hatte, als sie an zwei Händen abzählen konnte. Dennoch war sie sich sicher, noch nie jemanden so abgrundtief verachtet zu haben wie den Halbling in der Zelle gegenüber – der einfach die Klappe nicht halten wollte.

Auf ihrer dünnen Pritsche aus morschem Holz und Stroh richtete sich Ceylan auf. Es war dunkel im Verlies, das abgelegen im hintersten Hof des Palastes lag. Abgesenkt in die Erde mit einem einzigen schmalen Fenster in jeder Zelle, nicht breiter als eine Hand. Selbst tagsüber drang kaum Licht nach unten, aber im Schein einer einsamen Kerze, die ihrer Wache Gesellschaft leistete, erkannte Ceylan den Halbling in seiner Zelle. Er lag ebenfalls auf seiner Matte. Seine mit magischen Fesseln zusammengebundenen Hände hatte er hinter dem Kopf verschränkt, während seine Füße im Takt des Liedes wippten, das er angestimmt hatte.

Schließ deine Augen, finde den Weg.
Hinab in die Höhle, wo dein Herz schlägt.
Tief, tief im Dunkel von Wurzeln durchwebt.
Ist es gefangen …

»Sei still!«, zischte Ceylan durch zusammengebissene Zähne.

Unbeirrt sang der Halbling weiter. Zugegeben, er hatte eine schöne Stimme, tief und sanft zugleich, wie ein Donner, der vom Prasseln eines lieblichen Sommerregens begleitet wurde. Aber sie wollte ihre Ruhe und keine Lieder über Elva hören, die Herzen einsammelten.

»Ich will schlafen.«

»Was kümmert's mich?«, unterbrach der Halbling seinen Gesang, bevor er nahtlos zu den nächsten Versen wechselte, als hätte er das Lied schon Hunderte Male gesungen. Ceylan wusste, dass er sie nicht mit Absicht um den Schlaf bringen wollte. Vielmehr versuchte er, die tödliche Stille aus dem Verlies zu vertreiben.

Bei Tageslicht konnten sie durch die vergitterten Fenster die Fae belauschen, die den Hof überquerten. Dann war die Luft erfüllt vom Kreischen der Aras und dem Rascheln, Klappern und Klirren der Bediensteten, die ihrer Arbeit nachgingen. Die Welt lebte. Bei Nacht jedoch senkte sich eine drückende Stille über den Palast. Alles verstummte, nichts blieb zurück. Ein Nichts, das Ceylan Angst machte, blieb doch als einzige Beschäftigung das Warten auf die eigene Hinrichtung.

Im Gegensatz zu ihr hatte der Halbling dieses Schicksal verdient. Er hatte nicht nur versucht, Kheeran zu ermorden. Er war auch derjenige, der Königin Zarina auf dem Gewissen hatte – nicht Ceylan. Sie hatte lediglich einen weiteren Fehler begangen, indem sie ihm nachgeschlichen war. Es verging kein Tag, an dem sie ihre Entscheidung von damals nicht bereute. Hätte sie nicht mit ihm gekämpft, hätte sich keins ihrer langen schwarzen Haare in seiner Kleidung verfangen und sie säße nicht hier fest, sondern wäre mit Tombell und den anderen Wächtern ins Niemandsland zurückgekehrt, um ihre Ausbildung als Novizin fortzusetzen. Stattdessen war sie hier gefangen, in einem modrigen Kerker, den sie mit einer Spinne teilte, deren Beine so dick waren wie ihre Finger. Dennoch war das Ungetüm, das sich gerade an der Wand entlanghangelte, eine angenehmere Gesellschaft als der Halbling.

»Halt einfach die Klappe, bis ich eingeschlafen bin!«, drängte Ceylan, denn nur in ihren Träumen entkam sie dem Verlies. Sie war es gewohnt, in Bewegung zu sein. Nach dem Tod ihrer Eltern war sie bis zu ihrer Rekrutierung nie länger als wenige Tage am gleichen Ort geblieben. Anfangs aus Angst, die Elva könnten zurückkommen und sie holen. Später aus Furcht, gefasst zu werden, nachdem sie zur Diebin geworden war, um nicht zu verhungern. Aus ihrer Zelle konnte sie allerdings nicht flüchten, und das ruhelose Gefühl in ihrer Brust wurde immer schlimmer.

Der Halbling jedoch machte sich nichts aus ihren Worten. Ungerührt sang er weiter und stimmte ein neues Lied an, düsterer und makabrer als das vorherige. Strophen, gewebt aus Leid und Blut, erfüllten das Verlies, in dem ohnehin das Elend hauste. Ceylan wollte nichts dergleichen mehr hören. Ruckartig erhob sie sich von ihrer Pritsche, bückte sich nach einem aus dem Mauerwerk herausgebrochenen Stein und warf ihn in Richtung des Halblings. Er prallte gegen die metallenen Gitterstäbe und fiel mit einem dumpfen Geräusch zu Boden.

Der Halbling lachte leise in seinen Gesang hinein.

Na warte! Ceylan ergriff einen weiteren Brocken und schleuderte ihn auf den Störenfried. Diesmal fand der Stein seinen Weg zwischen den Stäben hindurch und traf sein Ziel mitten auf der Brust.

Der Halbling verstummte mit einem Ächzen.

Ein gefälliges Lächeln trat auf Ceylans Lippen.

»Miststück!«, zischte der Halbling und riss an den Fesseln, die ihn vom Wirken seiner Magie abhielten. Er packte den Stein, der ihn getroffen hatte, um ihn zurückzuschleudern, aber Ceylan war schneller. Sie warf den nächsten Brocken. Zwar durfte sie den Halbling nicht steinigen, aber sie konnte ihn ein wenig quälen. Er durfte erst sterben, nachdem er den Mord an Königin Zarina gestanden hatte. Die Beweise sprachen gegen Ceylan, und nur er und sie wussten, was in jener Nacht wirklich geschehen war. Ohne sein Schuldbekenntnis würde auch sie früher oder später in Melidrian am Galgen enden.

»He!«, mahnte der Gardist, der die Gefangenen bewachte. Mit seinem langen blonden Haar, den goldenen Ringen, die darin eingeflochten waren, und der hellen Uniform wirkte er an diesem dunklen Ort fehl am Platz. »Hier wird nicht mit Steinen geworfen.«

Ceylan schnaubte. »Sei froh, dass ich nur mit Steinen werfe und mit nichts anderem.« Ihr Blick zuckte zu dem Eimer, der als Ersatz für eine Latrine in der Ecke stand und nur morgens geleert wurde.

Die Miene des Gardisten verhärtete sich. »Ist das eine Drohung?«

»Finde es heraus.«

Er sah von ihr zu dem Eimer und wieder zurück. Im Schein der Kerze wirkte sein blasses Gesicht noch gespenstischer als sonst. Er schüttelte den Kopf und trat einen Schritt zurück. »Für morgen lasse ich dir die Essensration streichen.«

Empört rang Ceylan nach Luft. »Das kannst du nicht tun! Er hat angefangen.« Anklagend deutete sie auf den Halbling. Obwohl sie bereits seit Wochen gemeinsam in dieser Einsamkeit festsaßen, kannte sie seinen Namen nicht. Er hielt ihn geheim wie eine Armee ihre Manöver. Offenbar befürchtete er den Verlust seiner Macht, wenn er ihr verriet, wie er hieß.

»Nur du hast mit Steinen geworfen.«

»Er wollte nicht aufhören zu singen!«

»Das ist mir egal, und wenn du den Rest der Woche nicht hungern willst, solltest du besser den Mund halten.« Der Gardist verschränkte die Arme vor der Brust und betrachtete sie lauernd.

Um Beherrschung ringend ballte Ceylan die Hände zu Fäusten, auch wenn sie dem Eimer mit den Exkrementen am liebsten einen Tritt verpasst hätte. Dann aber dachte sie an Leigh und seine Mahnung. *Benimm dich und verhalte dich ruhig. Lenk keine Aufmerksamkeit auf dich. Wenn du für Aufsehen sorgst, zwingst du Kheeran schneller zu einer Entscheidung.* Er hatte recht, und sie wollte ihm nicht noch mehr Ärger aufhalsen. Schließlich war Leigh ihretwegen in Nihalos geblieben, obwohl er genauso gut mit den anderen ins Niemandsland hätte zurückkehren können. Das rechnete Ceylan ihm hoch an, denn noch nie hatte jemand so große Mühe auf sich genommen, um ausgerechnet ihr zu helfen.

Sie würgte die Worte hinunter, die ihr auf der Zunge lagen. Aber beim König, sie hasste dieses Spitzohr! Sollte man sie für den Tod an Königin Zarina verurteilen, würde sie der Wache sowie dem Halbling auf dem Weg zum Schafott die Kehlen aufschlitzen. Schließlich konnte man sie nicht zweimal hinrichten.

Wütend ließ sie sich auf ihre Pritsche fallen. Das Holz knarrte gefährlich, als könnte es jeden Moment brechen. Sie linste zum Halbling hinüber, der ebenfalls zu ihr herüberblitzte. Ein spöttisches Lächeln umspielte seine Lippen, das zu sagen schien: *Du kannst mir nichts anhaben.*

Für einen Moment hielten ihre Blicke einander stand, bevor der Halbling die Augen schloss und den Kopf abwandte. Ceylan hingegen war zu aufgebracht, um Schlaf zu finden. Rastlos starrte sie zur Decke hinauf, die von Rissen durchzogen war wie ein Flussdelta von Rinnen.

Würde sie jemals wieder frei sein? Sie wünschte es sich, aber ihre Hoffnung schwand mit jedem Tag. Schon bald würde ein neuer Sonnenaufgang über dem Land aufziehen, den sie nicht würde sehen können.

Unerwartet wurde ihr die Kehle eng, und sie spürte, wie ihre Augen feucht wurden. Entschlossen drängte sie die Tränen zurück und klammerte sich an Leighs Versprechen. Er würde sie hier herausholen, und wenn nicht, würde sie eben sterben. Was war schon dabei? Zumindest wäre sie dann wieder mit ihren Eltern vereint.

6. Kapitel – Freya

– Amaruné –

Freya stieß die Tür zum Thronsaal auf. Das laute Geräusch hallte von den hohen Wänden wider, und aus den Augenwinkeln beobachtete sie, dass die Hände einiger schreckhafter Gardisten zu den Waffen zuckten. Mit den ersten Sonnenstrahlen war Freya aus ihrem Zimmer befreit worden. Das Licht brach sich in den frostbeschlagenen Fenstern, und die sandsteinernen Wände des Palastes glänzten golden. Es war ein traumhafter Morgen, der vom verheißungsvollen Duft herannahenden Schnees begleitet wurde. Doch Freyas Bewunderung für diese Schönheit hielt sich an diesem Tag in Grenzen.

Mit festen Schritten näherte sie sich ihrem Vater, der bereits auf dem Thron Platz genommen hatte, um die ersten Entscheidungen des Tages zu fällen. Daneben saß Freyas Mutter. Königin Erinna war in ein edles Gewand aus violettem Stoff gekleidet, das über und über mit Perlen verziert war. Das dunkelblonde Haar, das sie früher gern offen getragen hatte, war zu einem raffinierten Knoten geschlungen worden und verbarg die hellgrauen Strähnen, die seit einiger Zeit zum Vorschein kamen. »Guten Morgen, Freya«, begrüßte sie ihre Tochter mit einem Lächeln auf den Lippen.

Freya hingegen missachtete sämtliche höfischen Floskeln und Gepflogenheiten. »Stimmt es?«, erkundigte sie sich fordernd. Ihre Stimme bebte, ebenso wie ihre Hände, die in der letzten Nacht trotz der Handschuhe etliche Schrammen abbekommen hatten. Schweren Herzens hatte sie ihren geplanten Besuch bei Moira aufgeschoben und war nach ihrem Zusammenstoß mit Elroy in ihr Schlafgemach zurückgeklettert. Bis in die Morgenstunden hatte sie wach gelegen, über seine Worte nachgedacht und sich gefragt, woher er von ihrem Fluchtplan gewusst hatte.

Abwartend betrachtete sie nun das vertraute Gesicht ihres Vaters mit den buschigen Augenbrauen, die von derselben aschblonden Farbe waren wie sein Haar.

»Stimmt was?«, fragte er mit einer Ahnungslosigkeit, die nur vorgespielt sein konnte.

»Bin ich verlobt?« Die Worte kamen Freya kaum über die Lippen. Ihre Bedeutung war zu abscheulich. Schon vor ihrer Flucht nach Melidrian hatte sie kurz vor der Verlobung mit Melvyn gestanden. Bereits da war ihr der Gedanke zuwider gewesen, mittlerweile war er unerträglich. Inzwischen hatte sie eine Welt erkundet, die sie zuvor noch nie gesehen hatte. Und sie hatte sich in einen Mann verliebt, den sie zuvor nicht gekannt hatte.

Eine Falte trat auf die Stirn ihres Vaters. »Wer hat dir das erzählt?«

Freyas Nackenhaare sträubten sich. Es stimmte also …

»Ich«, erklang plötzlich Elroys Stimme hinter ihr. Sämtliche Muskeln in ihrem Körper verkrampften sich. Sie hatte ihn nicht kommen hören. Vorsichtig spähte sie über die Schulter und entdeckte den Piraten, der gemächlich auf sie zuschlenderte. Warum versperrten die Gardisten ihm nicht den Weg? Er hatte sich umgezogen und trug nun wieder die rotbraune Uniform, in der sie ihn kennengelernt hatte, seinerzeit auf dem magischen Schwarzmarkt. »Freya und ich sind uns vergangene Nacht zufällig in der Küche begegnet, und ich habe mich verplappert.«

Freya fing den Blick ihres Vaters auf, und sie erkannte die Frage in seinen Augen. *Wie bist du aus deinem Schlafgemach ent-*

kommen? Doch er sprach die Worte nicht aus, sondern wandte sich an Elroy. Ein Lächeln trat auf sein Gesicht, und Übelkeit stieg in Freya auf. Dies war nicht das Gebaren eines Mannes, der einen unwillkommenen Gast in seiner Nähe erblickte. »Seid gegrüßt, Prinz Deèglan. Ich hoffe, Ihr habt gut genächtigt.«

Wie hatte ihr Vater Elroy eben genannt? Prinz Deèglan?

»Hervorragend«, erwiderte Elroy und blieb neben Freya stehen, die Arme hinter dem Rücken verschränkt, die Schultern durchgedrückt. »Ihr habt wirklich ein sehr schönes Schloss. Klein, aber behaglich.«

Etwas Dunkles flackerte in König Andreus' Augen auf, das er hinter einem Lächeln zu verbergen suchte. Freya musste ihrerseits ein Schmunzeln unterdrücken. Ihr Vater mochte es nicht, wenn sein Heiligstes als *klein* bezeichnet wurde. »Danke.« Das Wort klang gezwungen. »Wir denken über einen Ausbau nach. Immerhin ist das Schloss schon sehr alt. Es wurde nach dem Krieg von den besten Baumeistern erschaffen, nachdem das frühere Schloss zerstört worden war. Die Ruine liegt im sechsten Ring der Stadt. Ihr könnt sie gern besichtigen, aber Ihr solltet nicht allein gehen. Die Männer aus meiner Garde stehen Euch zur Verfügung.«

Elroy nickte dankend. »Vielleicht komme ich darauf zurück.«

Sollte das ein Scherz sein? Die beiden planten einen Tagesausflug zu einer Ruine, während Freya ihr eigenes Leben nicht mehr verstand? »Also stimmt es?«, fragte sie abermals, obwohl sie die Antwort bereits kannte. Das entnahm sie den zufriedenen Gesichtern ihrer Eltern und Elroys selbstgefälligem Lächeln. »Ich bin verlobt – mit ihm?«

König Andreus nickte. »Prinz Deèglan hat bei mir um deine Hand angehalten. Ich habe Ja gesagt.«

»Was?«, platzte Freya heraus. Elroy hatte die Wahrheit gesagt. Sie waren verlobt. Was dachten sich ihre Eltern nur dabei? Und vor allem – was dachte sich Elroy? Er war besessen von der

Unsterblichkeit. Und das bedeutete, dass er sein Leben lieben musste. Wieso setzte er es auf diese Weise aufs Spiel? Wenn ihr Vater herausfand, wer er wirklich war, würde er ihn hängen lassen. Das musste ihm doch bewusst sein. »Das ist ein Scherz, oder?«

»Nicht im Geringsten.« Die Stimme ihres Vaters klang stolz. Erhaben. Siegessicher. Sie hatte dieselbe Klangfarbe wie stets, wenn er davon sprach, dass die Draedons vor Jahrhunderten die Fae und Elva aus Thobria verbannt hatten. Dabei tat er so, als wäre es seine Leistung gewesen.

Freya wurde schwindelig. Das konnte ihr Vater unmöglich ernst meinen. Er hatte sie verlobt. Verlobt! Ohne ihre Einwilligung und ohne sie überhaupt zu fragen, hatte er sie einem Fremden versprochen. Ja, sie kannte Elroy, aber das wusste ihr Vater nicht. Hatte sie in den Augen ihrer Eltern überhaupt kein Recht auf eigene Entscheidungen?

»Was ... was ist mit Melvyn?«, fragte Freya stockend. Vor ihrer Flucht nach Melidrian war sie ihm so gut wie versprochen gewesen. Er gehörte zumindest in ihre Welt.

»Ich bin mir sicher, der junge Lord und sein Vater werden diese Entscheidung verstehen. Eine Vermählung zwischen Prinz Deèglan und dir ist das Beste für unser Land«, erklärte ihr Vater. Anscheinend waren er und ihre Mutter wirklich überzeugt, Prinz Deèglan vor sich zu haben. Verständlich, immerhin ließ sich aus Elroys Hautfarbe und seinem Kleidungsstil schließen, dass er aus Séakis stammte und Geld besaß. Prinz Deèglan war er mit Gewissheit aber nicht! Dieser war der älteste Sohn von Kaiserin Atessa, der Herrscherin über das Reich Séakis. Keiner von ihnen war dem Prinzen je begegnet, aber natürlich war sein Name auch in Thobria bekannt. Zwar würde der Prinz den Thron nie besteigen, da diese Aufgabe in Séakis nur den weiblichen Erbinnen zustand. Doch er würde Anführer der größten Streitmacht der Welt werden. Angeblich besaß die séakische

Armee mehr Männer und Frauen als Amaruné Einwohner. Kein Wunder, dass Freyas Vater nicht gezögert hatte, sie mit dem vermeintlichen Prinzen zu verloben. Allerdings konnte sie sich nicht erklären, wie Elroy ihn davon überzeugt hatte, dass er besagter Prinz war. Womöglich hatte er amtliche Dokumente gestohlen ... oder gefälscht. Ein Akt des Hochverrats. Es verlangte Freya sehr, den Irrtum aufzuklären, aber damit hätte sie Elroys Todesurteil unterschrieben. Und so einfältig der Pirat auch war, Freya mochte ihn irgendwie. Und schließlich war er nur hier, weil Larkin und sie ihn belogen hatten. »Ich bin noch nicht bereit zum Heiraten.«

König Andreus wandte sich an Elroy, ein entschuldigendes Lächeln auf den Lippen. »Lasst Ihr meine Frau und mich einen Augenblick mit Freya allein?«

»Selbstverständlich«, erwiderte Elroy mit belustigter Miene. Er genoss es sichtlich, Unheil zu stiften. Ohne sich zu verbeugen, verließ er den Saal, eine Respektlosigkeit, die ihr Vater bei keinem anderen geduldet hätte. Doch er sagte nichts und ließ Elroy davonziehen.

Die Gardisten öffneten ihm die Tür, und nachdem sie geschlossen war, ergriff Freyas Vater erneut das Wort. »Ich weiß, diese Verlobung kommt plötzlich, aber sie ist ein Geschenk. Séakis ist ein bedeutendes Reich, und viele meiner Vorgänger wollten das dortige Königshaus schon für ein Bündnis gewinnen. Dass Prinz Deèglan ausgerechnet dich zur Frau nehmen will, gleicht einem Wunder.«

Als ein Wunder hätte Freya den Heiratsantrag nicht bezeichnet, eher als verbrecherische List. Hätte Larkin Elroy damals doch nur die Wahrheit über die Unsterblichkeit gesagt! Sie verstand ohnehin nicht, weshalb er den Wächtern und ihrem Vater noch so treu ergeben war. König Andreus hatte ihn zum Verrotten in einem Kerker weggesperrt, sie hingegen war nur in ihr Zimmer eingeschlossen worden und wollte diesem Mann schon nicht mehr gehorchen.«Ihr könnt mich nicht zu einer solchen Heirat zwingen.«

»Wir *wollen* dich nicht zwingen, aber wir *werden* es tun, wenn es sein muss«, sagte ihr Vater und richtete sich auf seinem Thron auf, dessen Gerüst aus edlem Kirschholz bestand und mit üppigen Schnitzereien versehen war.»Du wirst eines Tages diesen Thron besteigen und Königin werden.« Er strich mit den Händen über die dunklen Lehnen.»Dein Volk erwartet von dir, angeführt und angeleitet zu werden. Ihr Leben liegt in deiner Hand«, zitierte er das Gebet der Königsreligion.»Und es ist an der Zeit, dass du dich benimmst wie eine zukünftige Königin. Ich weiß, diese Aufgabe war dir nicht zugedacht, und es ist nicht dein Verschulden, dass es dir an Wissen, Reife und Haltung mangelt.«

»Dann sollte ich vielleicht nicht Königin werden«, erwiderte Freya und gab sich Mühe, kein Gefühl von Kränkung in sich aufkommen zu lassen. Sie sah sich selbst nicht als Königin, diese Worte mit solcher Klarheit zu hören, war dennoch nicht leicht.

»Leider hast du keine andere Wahl«, erklärte ihr Vater. Er hatte sich den dichten Bart vor wenigen Tagen abrasiert, und das ermöglichte Freya einen ungehinderten Blick auf sein entschlossenes Gesicht.»Es wird nicht einfach werden, aber du wirst an deinen Aufgaben wachsen. Und solange deine Mutter und ich leben, werden wir alles in unserer Macht Stehende tun, um dich zu unterstützen. Als Erstes musst du dem Volk zeigen, dass du gefestigt bist und deine Pflichten kennst. Du bist nicht das Blatt im Wind, sondern der Baum. Du musst Wurzeln schlagen, um den Stürmen standzuhalten, die in Zukunft über das Land hinwegfegen werden. Durch deine Flucht wirkst du wie ein Blatt im Wind und hast viele Gerüchte losgetreten. Diese müssen wir zum Verstummen bringen. Das Volk muss sehen, dass das Haus Draedon bereitsteht. Heute. Morgen. Und auch noch in fünfzig Jahren. Um dies zu beweisen, eignet sich eine Vermählung ganz ausgezeichnet.«

»Ebenso wie die Geburt eines neuen Thronerben«, warf Königin Erinna ein.

Fassungslos starrte Freya ihre Mutter an. Vergangene Woche hatten sie Elroy noch nicht einmal gekannt, und nun erwarteten ihre Eltern bereits Enkel? »Du hältst das auch für einen guten Plan?«

Ein feines, aber freudloses Lächeln trat auf die Lippen der Königin, bevor sie nickte. »Freya, wir lieben dich und wollen nur das Beste für dich, aber auch für das Volk. Und das Volk braucht eine gefestigte Herrscherin mit einem starken Partner an ihrer Seite.«

Nein, sie brauchte keinen Ehemann. Keine weitere Person, die sie überwachte. Sie brauchte ihre Freiheit. Larkin. Kheeran. Und ihre Magie. Valeska regierte seit Jahrzehnten ohne Partner und ohne Erben über die Seelie, und Freya hatte in Melidrian keine Klagen darüber gehört. »Es muss noch einen anderen Weg geben.«

»Vertrau uns. Die Menschen lieben Hochzeiten. Dabei kommen sie auf andere Gedanken. Die Gerüchte werden verstummen, und alle werden nur noch über den Prinzen, dich und dein Kleid reden. Thobria braucht das nach den schlechten Nachrichten der letzten Zeit.«

Schlechte Nachrichten? Sicherlich hatte das Königshaus immer wieder mit Anfeindungen zu kämpfen, und immer öfter meldeten sich Gegner der Königsreligion zu Wort. Aber bisher hatte sich ihr Vater von diesen Zwischenfällen nie beirren lassen. »Wovon redest du?«

»Darum musst du dir keine Sorgen machen, vor allem nicht mit Prinz Deèglan an deiner Seite. Dieses Bündnis wird nicht nur dir, sondern auch unserem Land guttun«, fuhr ihr Vater unbeirrt fort. Ein großspuriger Unterton hatte sich in seine Stimme gemischt. »Seit Jahrzehnten bemühen wir uns, mit dem Königshaus in Séakis in Verbindung zu treten. Nun ist es so weit. Deine

Vermählung mit dem Prinzen wird vieles ändern. Verbesserungen bringen.«

Nein, wird es nicht, dachte Freya. Es stand ihr gar nicht mehr der Sinn danach, ihren Vater über Elroy aufzuklären und ihm die Demütigung zu ersparen, wenn das Volk die Wahrheit erfuhr. Nein, er hatte es verdient, hereingelegt zu werden. Wenn sie die Hochzeit schon nicht verhindern konnte, so konnte sie womöglich Rache für all die Jahre nehmen, in denen er Kheeran und sie in dem Glauben gelassen hatte, sie seien Geschwister.

»Urteile nicht vorschnell«, sagte ihre Mutter. Ihre Gesichtszüge wirkten streng, aber die Liebe, von der sie gesprochen hatte, schimmerte noch immer in ihren Augen. Zwei Seelen schienen in ihr zu hausen – die der Herrscherin und die der Mutter. Die Herrscherin wünschte sich ein starkes Bündnis, die Mutter das Glück ihrer Tochter. »Lerne Deèglan erst einmal kennen. Dein Vater und ich sind überzeugt, dass du ihn mögen wirst. Wusstest du, dass er die gesamte Welt umsegelt hat?«

Freya setzte ein Lächeln auf, so falsch wie die Behauptung ihrer Eltern, dass Talon ihr Zwillingsbruder sei. »Nein, aber es klingt aufregend.«

»Vielleicht kannst du ihm die Stadt zeigen, und er erzählt dir mehr darüber«, schlug ihr Vater vor.

Überrascht hob Freya die Brauen. »Ich darf in die Stadt?«

König Andreus nickte.

»Was ist mit meiner Strafe?«, hakte sie nach. Seit Tagen bedrängte sie ihre Eltern, sie in die Stadt zu lassen. Natürlich unter dem Vorwand, sich neue Kleider kaufen zu wollen. Bisher war ihr dieser Wunsch jedoch verwehrt geblieben.

König Andreus seufzte. »Freya, es tut mir leid, wie die vergangenen Wochen seit deiner Rückkehr verlaufen sind. Wir haben uns große Sorgen um dich gemacht. Dass du wohlauf zurückgekehrt bist, ist das größte Geschenk, das deiner Mutter und mir gemacht werden konnte. Du magst daran zweifeln, aber wir lieben dich wirklich. Du bist uns das Wichtigste. Wir wollten dich nicht einsperren, aber zu deinem Schutz mussten wir es tun. Die Welt dort draußen ist gefährlich, vor allem für eine Prinzessin.«

»Das weiß ich«, erwiderte Freya mit erhobenem Haupt. Sie dachte an die Diebesbande, die Larkin und sie im Dornenwald überfallen hatte. Und an die Schneiderin und ihren Bruder, die sie in Ciradrea bedroht hatten. Ganz abgesehen von den Elva und dem hinterlistigen Halbling, der sie erstochen hätte, wäre sie ihm nicht zuvorgekommen. »Meine Entscheidungen waren nie unüberlegt. Und meine Flucht nicht ungeplant. Ich hatte triftige Gründe.«

»Dann verrate sie uns«, verlangte ihr Vater.

»Das kann ich nicht.«

»Wie sollen wir dir glauben, wenn du uns die Wahrheit verschweigst?«

»Ihr könntet mir vertrauen.«

»Hier geht es nicht um Vertrauen.«

Freya verschränkte die Arme vor der Brust. Doch, genau darum ging es. Ihre Eltern vertrauten ihr nicht, und deshalb wollten sie sie bevormunden. Sie nutzten ihre angebliche Liebe als Vorwand, dabei wollten sie nur sich selbst und den Ruf des Königshauses schützen. Denn würden sie ihr wahrhaftig vertrauen, wären weder Schlösser noch Gardisten nötig gewesen. Und erst recht kein vermeintlicher Prinz, der sie beschützen sollte. Falls ihre Eltern glaubten, Elroy werde auf sie aufpassen, täuschten sie sich. Sollten sie überfallen werden, würde Elroy sie vermutlich vorschieben und sein eigenes Leben zu retten versuchen. Aber natürlich sagte sie das nicht. Schließlich war sie dankbar für die Gelegenheit, den Palast endlich wieder verlassen zu dürfen. Womöglich erwies sich diese Verlobung doch als ein Wunder. Ein Wunder, das ihr ein Wiedersehen mit Moira ermöglichte.

7. Kapitel – Kheeran

– Nihalos –

»Es war mir eine Ehre, Euch und Eurem Vater zu dienen«, erklärte Teagan, der ehemalige Kommandant der Garde, mit so fester Stimme, dass Kheeran beeindruckt war. Er konnte auch keine Lüge in den Worten des anderen Unseelie erkennen und stellte sich einmal mehr die Frage, warum der Kommandant der Garde ihn verraten hatte. Ihn. Seine Mutter. Und vielleicht auch seinen Vater. Denn nach den jüngsten Ereignissen zweifelte Kheeran am natürlichen Tod von König Nevan. Vermutlich fand er die Wahrheit nie heraus, denn diese würde nun Teagan mit ins Grab nehmen.

Teagan kniete auf dem Schafott nieder. Auf den ersten Blick schien der Holzblock vor ihm aus rotbraunem Holz zu bestehen, aus Kastanie oder Kirsche. Auf den zweiten Blick war jedoch zu erkennen, dass sich das einst helle Holz nur verfärbt hatte. Getränkt von Blut und anderen Körperflüssigkeiten, die so tief eingesickert waren, dass es nicht einmal mit Magie zu reinigen war. Bei diesem Gedanken überlief Kheeran ein kalter Schauer, und seine Finger krallten sich in die Lehnen seines Stuhles.

Erhaben thronte Kheeran über Teagan und den Zuschauern, die gekommen waren, um der Hinrichtung beizuwohnen. Ihre Köpfe schienen in einem Meer aus Gold zu verschwimmen. Er hatte Angst, ihre Gesichter zu sehen, ahnte er doch, was er dort erblicken würde. Was er hörte, reichte schließlich schon aus, um ihn in Panik zu versetzen. Die Unseelie, die ihn eigentlich bejubeln sollten, riefen ihm vulgäre Beschimpfungen zu und beschuldigten ihn, mit einem ungerechten Urteil das Andenken seines Vaters in den Schmutz zu ziehen. Teagan war ein treuer Untergebener gewesen und hatte dem Hof viele Jahre lang gute Dienste geleistet. Das wusste Kheeran, dennoch hatte er ihn und sechs seiner Männer am Tag zuvor zum Tod durch Enthauptung verurteilt. Ihm war keine andere Wahl geblieben. Die Angeklagten hatten ihre Unschuld beteuert, aber die Beweise waren erdrückend gewesen. Teagan und die anderen hatten ihn ermorden wollen und bei seiner Krönung Sprengstoff gezündet. Ein jahrhundertealter Tempel war beschädigt worden, Gebäude waren eingestürzt und viele Fae verletzt worden. Zwei von ihnen hatten im magischen Feuer der Explosionen ihr Leben gelassen, darunter ein achtjähriges Mädchen. Dies war unverzeihlich und der Tod die einzig gerechte Strafe, auch wenn ein Großteil des Volkes glaubte, dass Teagan aufgrund seiner langjährigen Treue Verschonung verdient habe.

Fragend blickte der Scharfrichter zu Kheeran auf. Sein Gesicht wurde von einer Maske verdeckt, als Symbol für seine Nichtigkeit in diesem Ritual. Er war ein Niemand. Ein Werkzeug wie das Beil in seinen Händen. Er führte Kheerans Befehle aus und war nicht verantwortlich für seine Entscheidung.

Kheeran straffte die Schultern und nickte, ohne seine Aufmerksamkeit von dem Mann abzuwenden, dem er bis vor wenigen Tagen sein Leben anvertraut hatte. Teagan erwiderte seinen Blick, die blauen Augen klar und ohne Reue, bevor er den Kopf auf den Holzblock legte. Einen Herzschlag später sauste das Beil des Scharfrichters nieder. Beim Geräusch von Metall auf Knochen und Holz zuckte Kheeran zusammen und musste sich zwingen, nicht wegzusehen. Sein Magen krampfte sich zusammen, und auf dem Marktplatz brach Unruhe aus. Die empörten Rufe wurden lauter, aber auch Stimmen des Zuspruchs erhoben sich. Die Fae drängten gegen die Absperrung, aber die

Gardisten, die wie ein Wall zwischen ihnen standen, hielten sie zurück.

Drei Fae in dunkler Kleidung waren zu dem Scharfrichter hinaufgestiegen. Zwei schleiften Teagans Leichnam weg, die dritte befreite das Beil und den Holzblock vom Blut. Die klare Flüssigkeit, die sie mit ihren Händen und ihrer Wassermagie dirigierte, färbte sich rosarot, während sie das Blut in sich aufnahm. Sauber wurde das Schafott dennoch nicht, und noch bevor Teagans Körper kalt war, schleppte man den nächsten Gardisten auf die Empore.

Dieser Mann war nicht so tapfer wie eben noch sein Kommandant. Jede Erhabenheit war von ihm abgefallen. Beine und Hände zitterten, und Tränen strömten ihm über das Gesicht, das von Trauer und Panik verzerrt war. Sein blondes Haar hatte man ihm abgeschnitten, damit er sich nicht dahinter verstecken konnte. Seine Lippen bewegten sich, aber Kheeran konnte die Worte nicht verstehen. Entweder verfluchte er ihn oder betete zu seinen Göttern.

»Wir hätten sie auch alle auf einmal verbrennen können«, erhob sich eine glockenhelle Stimme neben Kheeran.

Die Worte jagten ihm einen Schauer über den Rücken. Dennoch zwang er sich zu einem Lächeln und wandte sich zu Valeska um. Ihre alabasterfarbene Haut schimmerte wie Schnee im Schein der Sonne, und er fragte sich, wie jemand so schön und so hässlich zugleich sein konnte. »Kein Unseelie hat es verdient, durch ein Element der Seele zu sterben. Ihr lasst Eure Gefangenen doch auch nicht ertränken.«

Valeska sah ihn nicht an, sondern klatschte mehrmals in die Hände, während sie das Schafott im Auge behielt, wo gerade der zweite Unseelie hingerichtet wurde. Kheeran hörte das schmatzende Geräusch des Beils, das aus Fleisch und Knochen gezogen wurde. »Ertränken erscheint mir ebenfalls eine sehr unergiebige Methode.«

Warum? Euch gefällt es doch sicher, die Leute leiden zu sehen, dachte Kheeran, schaffte es aber, den Mund zu halten. Er hatte genug Bedrängnisse und Sorgen, ohne auch noch die Königin der Seelie zu verärgern. Was diese nach wie vor hier wollte, verstand er ohnehin nicht. Die Sommersonnenwende war vorbei. Seine Krönung war verschoben worden. Und als Zugabe hatte sie beobachten können, wie sein Volk und sein eigener Hofstaat sich gegen ihn wandten, während seine Stadt zerstört wurde. Ein Gefühl, schwer wie der Schutt, der während der Krönung auf ihn eingestürzt war, legte sich auf seine Seele. Er wusste einfach nicht, wie er all das bewältigen sollte, was in den nächsten Tagen und Wochen auf ihn zukam. Vor allem ohne den Halt jener Menschen und Fae, die ihm immer eine Stütze gewesen waren.

Ein dritter Unseelie wurde auf das Schafott geschleift, und Kheeran fragte sich unweigerlich, was er wohl denken und fühlen würde, wäre er derjenige, der dort oben stand. Ausgelacht, verspottet und angegafft im Angesicht des Todes. Gab es etwas Erniedrigenderes?

»Mein Prinz?«

Kheeran wandte sich nach rechts, beinahe erleichtert, dass nicht Königin Valeska, sondern Onora ihn angesprochen hatte. Ihre Miene wirkte nicht annähernd so kühl wie die der Königin. Dennoch war ihr keine Spur von Trauer anzumerken, obwohl Teagan und sie einander jahrzehntelang – womöglich sogar jahrhundertelang – gekannt hatten.

»Soll ich den Halbling aus dem Verlies holen lassen?«, fragte Onora. Sie hatte ihr langes Haar zu einem dichten Zopf geflochten, der schwer über ihrer Schulter hing.

Kheeran presste die Lippen aufeinander. Der Rat hatte den Tod des Halblings nicht nur einmal seit dessen Festnahme gefordert. Und wenn er ehrlich war, wollte auch er den Mann bluten sehen für das, was er Aldren angetan hatte. Außerdem hatte er

Larkin angegriffen und damit unweigerlich Freya in den Kampf hineingezogen. Bei den Elva, sie war ein Mensch! Ihren Tod hätte sich Kheeran niemals verziehen. Dennoch zögerte er, den Halbling hinrichten zu lassen, und das aus Gründen, die er nicht aussprechen, ja, nicht einmal denken durfte. Vielmehr sollte er so handeln, wie es für ihn und sein Land richtig war, statt Rücksicht auf eine Wächterin zu nehmen.

»Kheeran?« Onoras Stimme riss ihn aus seinen Gedanken. »Was meint Ihr? Mit Sicherheit würde der Tod des Halblings das Volk milder stimmen. Wir wollen doch keinen Aufstand herausfordern.« Wie zur Bestätigung ihrer Worte erhoben sich wilde Rufe aus den Reihen der Zuschauer, die ihn als unwürdig beschimpften. Eigentlich sollte er diese Männer und Frauen ebenfalls hinrichten lassen, aber wenn er erst einmal damit begann, würde er wohl in kürzester Zeit sein gesamtes Volk ausrotten.

Plötzlich spürte Kheeran eine Veränderung in der Luft. Es wurde kälter, und der Wind blies ihm ins Gesicht, obwohl sich die Blätter an den Bäumen ringsum nicht bewegten. Luftmagie. Ging sie von Valeska aus? Er linste zur Königin hinüber, aber ihre Miene wirkte nach wie vor wie versteinert. Vermutlich war sie verärgert, weil die Köpfe der Unseelie nicht schnell genug rollten.

Er wandte sich wieder an Onora. »Heute nicht«, erklärte er. »Wir lassen den Halbling ein andermal hinrichten.« Für den Moment hatte er genug Tod und Blut gesehen.

Es war ein schwarzer Tag für das wohl strahlendste Gebäude in Nihalos. Die Stimmung war getrübt, und das Wasser in den Brunnen hatte sich rot gefärbt, nicht nur bildlich gesprochen. Aufständische hatten Blut in die Zuflüsse geschüttet, um ihren Unmut über Teagans Hinrichtung auszudrücken. Es würde tagelang dauern, bis die Wasserläufe, die den Palast durchzogen, wieder geklärt wären.

Kheeran wandte sich von dem Blutwasser ab und schritt mit strenger Miene zum Ratssaal, wo man ihn erwartete. Dabei war er sich der Blicke seiner Bediensteten nur allzu bewusst. Sie neigten die Köpfe, um ihm den Respekt zu zollen, den der Anstand verlangte. Aus ihren Augen aber sprachen Unmut und Angst. Sie alle fürchteten sich davor, dass sich ein Anschlag wie der während der Krönung im Schloss wiederholen könnte. Gleichermaßen zweifelten jedoch viele an der Entscheidung des Rates, Teagan hinrichten zu lassen. Trotz eindeutiger Beweise hätten sie sich umfangreichere Nachforschungen gewünscht. Kheeran stimmte ihnen zu. Wäre er bereits ein vollwertiger König und wäre sein Wort das Gesetz gewesen, hätte er Teagan noch mehr Zeit verschafft. Doch Onora hatte auf einen schnellen Prozess mit dem früheren Kommandanten gedrängt. Sie hatte befürchtet, dass es seinetwegen zu weiteren Ausschreitungen kommen könnte. Damit hatte sie vermutlich nicht falschgelegen, wenn Kheeran an die Zwischenrufe der Bürger während der Hinrichtung zurückdachte. Nun war Teagan allerdings tot, und das Vergessen konnte einsetzen. Wárdt war der neue Kommandant der Garde, und ihm gelang es hoffentlich, den Unseelie ihre Angst zu nehmen. Auch wenn es wohl eine Weile dauern würde, bis sie wieder Vertrauen fassten. Nach allem, was geschehen war.

Der Anschlag.

Das Attentat.

Die Hinrichtung.

Die Ermordung der Königin.

Der Tod des Königs.

Alle diese Ereignisse hatten der Bindung zwischen Königshaus und Bevölkerung geschadet. Dass Kheeran nicht der Anführer war, den sich die Unseelie wünschten, half auch nicht gerade. Im Moment blieb ihm jedoch keine andere Wahl, als seinen Pflichten gerecht zu werden. Er musste stark sein. Für seine Mutter. Für seinen Vater. Auch wenn es nicht leicht war. Er fühlte sich erschöpft, und morgens fiel es ihm schwer, aus dem Bett zu steigen. Aber er zwang sich zum Durchhalten, bis zumindest wieder mehr Ruhe einkehrte. Erst danach durfte er zerbrechen.

Kheeran atmete tief ein, und mit dem Ausatmen verdrängte er die Schatten in seinem Kopf, während er die Stufen des Turmes erklomm. Am Ende der Treppe befand sich eine Tür. Sie wurde von einem Wächter flankiert. Er neigte das Haupt und wies Kheeran den Weg in den Saal. Dessen Wände bestanden aus undurchsichtigem Milchglas, das nur von kleinen Fenstern durchbrochen wurde. Der Rat wartete bereits auf ihn. Doch der lange Tisch war nicht voll besetzt. Zwei Stühle waren frei. Der Platz seiner Mutter. Und der von Aldren. Wie gern hätte Kheeran ihn bei sich gehabt.

»Prinz Kheeran«, begrüßte ihn Onora mit verhaltenem Nicken und erhob sich von ihrem Platz, ebenso wie die übrigen Anwesenden. Reihum hießen ihn alle willkommen und gratulierten ihm zu den geglückten Hinrichtungen, als hätte er irgendetwas dazu beigetragen. Er verbiss sich jegliche Widerworte und nahm das Lob entgegen, das in seinen Augen nicht einmal gerechtfertigt war.

»Lasst uns anfangen! Es gibt etliche Punkte zu besprechen«, begann Onora schließlich, und ausnahmsweise war Kheeran ihrer Meinung.

Die Ratsmitglieder nahmen ihre Plätze ein. Nur Wárdt blieb stehen, ein Mann von beeindruckender Größe. Zwar waren die meisten Unseelie hochgewachsen wie Kheeran selbst, aber der neue Kommandant überragte ihn dennoch um Haupteslänge. »Mein Prinz, verehrte Ratsmitglieder«, setzte Wárdt an. Seine Stimme hatte einen ruhigen, tiefen Klang. Sie erinnerte Kheeran an den Priester, den er früher des Öfteren im Königstempel in Amaruné hatte beten hören. »Bedauerlicherweise habe ich auch heute keine guten Nachrichten zu überbringen.«

»Welche Überraschung«, murmelte Kheeran und erntete einen Seitenblick von Onora. Seit Wochen gab es kaum noch erfreuliche Neuigkeiten. Gleichgültig, wie übel die Lage bereits war, sie wurde immer noch schlimmer.

»Weitere Wächter haben ihr Amt niedergelegt. Damit hat sich unsere Streitmacht bereits um ein Zehntel verringert. Ich musste Wachleute aus der Stadt abziehen, um den Schutz des Palastes zu gewährleisten.«

Seit Tagen verließen immer mehr Männer und Frauen die Garde, aus Verbundenheit mit Teagan, aus Angst vor der hochkochenden Stimmung oder weil sie nach dem Verrat aus den eigenen Reihen kein Vertrauen mehr zu ihren Kameraden hatten. »Müssen wir uns Sorgen machen?«, fragte Kheeran.

»Noch nicht«, beteuerte Wárdt. »Aber sollten sich die Zahlen weiter verringern oder die Aufstände heftiger werden, bekommen wir ernste Schwierigkeiten.«

»Und was schlagt Ihr vor?«, fragte Onora in gereiztem Ton.

»Sollen wir einfach abwarten und zusehen, was passiert? Oder habt Ihr bereits Pläne für einen Wiederaufbau der Streitkraft?«

Wárdt räusperte sich. »Es gibt mehrere Herangehensweisen, die in Betracht zu ziehen sind, aber fürs Erste schlage ich eine Erhöhung des Lohnes vor. Das stimmt die Gemüter milder und zeigt, dass trotz der Zwischenfälle noch Vertrauen besteht. Außerdem mindert es die Gefahr von Verrat. Denn warum sollte ich einen Herrscher hintergehen, der sich mir gegenüber als großzügig erweist?«

»Einverstanden«, stimmte Kheeran zu.

»Auf keinen Fall!«, antwortete Onora im gleichen Augenblick und starrte ihn stirnrunzelnd an. »Mit Verlaub, mein Prinz, die Schatzkammern werden derzeit mit dem Aufbau der Stadt bereits aufs Höchste strapaziert. Wir können es uns nicht leisten, den Gardisten mehr zu bezahlen.«

»Das können wir sehr wohl«, widersprach Kheeran. Er war vielleicht noch jung und vermochte die Lebensweise der Fae nicht so gut nachzuempfinden, wie er eigentlich sollte. Aber seit er denken konnte, wurde er darauf vorbereitet, ein Land zu regieren, wenn auch ein anderes. »Ich kenne die Schatzbücher. Ich studiere sie jeden Tag. Und obwohl die Schatzkammern nicht mehr so reich gefüllt sind wie noch vor einem Jahr, droht dem Königshaus doch keine Armut.«

Onora schürzte die Lippen. »Aber uns stehen schwere Zeiten bevor.«

»Wisst Ihr, was uns bevorsteht, wenn es keine Garde mehr gibt?«, fragte Kheeran mit erhobenen Brauen. Er wartete ihre Antwort jedoch nicht ab, sondern wandte sich an die versammelte Runde. »Wer dafür ist, den Lohn der Gardisten zu erhöhen, hebe die Hand!« Er streckte den Arm in die Höhe, die von Wárdt und Gemhá folgten, und weitere Ratsmitglieder schlossen sich ihnen an. »Beschlossen! Jeder Gardist erhält ab heute zusätzliche Talente. Wárdt, trefft Euch mit dem Schatzmeister und kümmert Euch um eine Aufstellung, die Ihr bei der nächsten Versammlung vorlegt.«

Der Kommandant nickte. »Selbstverständlich, mein Prinz.«

Sie redeten noch eine Weile über die Garde, deren Verteilung und Positionierung innerhalb des Palastes und der Stadt. Außerdem wurde beschlossen, dass Kheeran wieder einmal ein neues Zimmer beziehen sollte. Dem Gefühl nach wechselte er jede zweite Nacht sein Schlafgemach, damit mögliche Angreifer ihn nicht so einfach aufspüren konnten.

»Abgemacht. Dann bezieht Ihr als Nächstes ein Zimmer im Westflügel des Schlosses«, erklärte Onora und gab dem Schriftführer ein Zeichen, diese Anweisung nicht in seinen Unterlagen zu vermerken. »Wenden wir uns dem nächsten Punkt der Tagesordnung zu – der Wächterin. Wie wollen wir mit ihr verfahren? Nachdem wir Teagan bereits den Prozess gemacht haben, fragt sich das Volk, weshalb wir noch kein Urteil über die Königsmörderin gefällt haben.«

Königsmörderin.

Ceylan.

Nur ihre Erwähnung reichte aus, um ein Bild vor Kheerans innerem Auge heraufzubeschwören. Langes schwarzes Haar, braune Haut und ein störrischer Blick, in dem stets eine gewisse Herausforderung lag. Er hatte Ceylan seit ihrer Verhaftung nicht mehr gesehen, aber oft an sie gedacht. Und das nicht nur, weil der andere Wächter – Leigh – seine Leute jeden Tag um ihre Freilassung bat. Doch er konnte sie nicht gehen lassen. Eines ihrer Haare war am toten Körper seiner Mutter gefunden worden. Ein solcher Beweis ließ sich nicht einfach übergehen, auch wenn Ceylan felsenfest behauptete, der Halbling, der Aldren und ihn angegriffen hatte, sei der Mörder. Angeblich hatte der sich als Unseelie und Wächter verkleidet in den Palast eingeschlichen, um seine Mutter zu töten. Kheeran glaubte ihr. Nicht zuletzt, weil er inzwischen Teagan hinter dem Mord vermutete. Wie sonst sollte der Halbling an eine Gardistenuniform gekommen sein? Der ehemalige Kommandant hatte diese Vorwürfe jedoch abgestritten, auch unter Folter, und so blieb nur Ungewissheit. Wäre es nicht um die Königin gegangen, hätte Kheeran längst nach seinem Bauchgefühl gehandelt und Ceylan freigelassen. Seine Mutter war jedoch beim Volk höchst beliebt gewesen, und nach allem, was geschehen war, musste er bedachter und vorsichtiger mit seinen Entscheidungen umgehen als je zuvor. Die Stimmung in Nihalos war angespannt. Und die Bedrohung durch einen Aufstand allgegenwärtig. Kheeran durfte nicht zu viel wagen, nicht einmal für Ceylan, aber er konnte ihr Zeit verschaffen.

»Wir haben noch kein Urteil über sie gefällt, weil ich noch

keine Gelegenheit hatte, mit ihr zu sprechen«, sagte Kheeran, um einen kühlen Tonfall bemüht. »Sie hat meine Mutter ermordet. Bevor ihr Kopf rollt, will ich mit ihr reden.«

Voller Missfallen verzog Onora die Lippen. »Worauf wartet Ihr?«

Er straffte die Schultern und setzte ein falsches Lächeln auf, wie sein Vater es ihm vor seinem Tod gelehrt hatte. Damit verbarg er seine wahren Gefühle nicht gänzlich, aber er tarnte sich damit wie ein wildes Tier, das sich im Unterholz versteckt. »Ich warte auf nichts, aber ich habe gerade Wichtiges zu erledigen. Ceylan ist eine unsterbliche Wächterin, und es wird ihr nicht schaden, wenn sie noch eine Weile im Verlies vor sich hin rottet.«

»Aber das Volk …«

»Das Volk hat in diesem Fall nichts zu entscheiden«, fiel Kheeran Onora ins Wort. »Es geht um meine Mutter, und ich lege fest, wann und wie mit ihrer Mörderin verfahren wird. Bitte respektiert diesen Wunsch. Ich habe mich bereits von Euch überzeugen lassen, Teagan hinrichten zu lassen. Reicht das nicht fürs Erste? Lasst sein Blut und das seiner Männer trocknen, bevor wir weitere Todesstrafen verhängen.«

Vor Verärgerung blitzten Onoras Augen auf, und einen Moment lang erwartete Kheeran, dass sie noch etwas zu dem Thema sagen und wie bei Teagan ihren Willen durchsetzen wollte. Doch die vormalige Beraterin seines Vaters lehnte sich auf ihrem Stuhl zurück und schwieg.

Kheeran nickte ihr dankbar zu, und Ruhe kehrte ein. Nur das kratzende Geräusch des Schreibers, dessen Feder über das Papier glitt, bewahrte sie vor vollkommener Stille.

Doch die Unterbrechung währte nicht lange. Gemhá ergriff die Gelegenheit und erhob sich von ihrem Platz. Sie trug ein Kleid aus beigefarbenen und grünen Stoffen, die sich um ihren Körper wanden wie Schlangen um den Stamm eines Baumes.

»Es kam gestern Abend leider zu einer weiteren Ausschreitung in jener Straße, in der Aldren und unser Prinz angegriffen worden sind. Zwei Unseelie erlitten dabei Verletzungen, und ein Haus wurde im Eifer des Gefechts mit Erdmagie schwer beschädigt. Die Verantwortlichen wurden bereits festgenommen. Sie haben gestanden und befinden sich zur Verwahrung im südlichen Stadtverlies. Wie wollen wir mit ihnen verfahren? Eine Hinrichtung käme mir wie ein allzu strenges Urteil vor.«

Kheeran konnte nicht sagen, ob Gemhá wirklich dieser Meinung war oder ihm mit ihrer Äußerung gefallen wollte.

»Wenn ich einen Vorschlag anbringen darf«, sagte Eachna und zog damit die Aufmerksamkeit auf sich. Onora war vielleicht die Beraterin, die Kheerans Vater am längsten gedient hatte, aber in Jahren gemessen war Eachna das älteste Ratsmitglied. Sie hatte bereits mehr als fünfhundert Winter gesehen, und das Alter zeichnete sich allmählich auf ihrem Gesicht ab.

»Ich habe es bereits auf einer der letzten Versammlungen angesprochen – es gibt Ärger mit den Elva. Wie Ihr wisst, setzen wir seit Jahrhunderten Bluthunde ein, um sie von der Stadt fernzuhalten. Immer wieder kam es zu Zwischenfällen, doch zu ihrem eigenen Wohl haben sie die Stadt bisher weitestgehend gemieden. Das ist nun nicht mehr der Fall. Sie verhalten sich ungewohnt angriffslustig und vergreifen sich an den Bluthunden. Acht von ihnen wurden bereits getötet, drei unserer Wächter erlitten Verletzungen, und heute Morgen haben die Elva einen Mann gerissen, der am Stadtrand lebte.«

Voller Erwartung wandte sich Kheeran an Eachna. »Und was schlagt Ihr vor?«

»Wie bereits zuvor festgestellt, dünnen sich die Reihen der Gardisten aus, und unserer Stadtgrenze fehlen Wachleute. Setzt die Häftlinge auf die Elva an, damit sie Wiedergutmachung für die Zerstörung leisten, die sie zu verantworten haben.«

»Das ist ein sinnvoller Vorschlag«, stimmte Wárdt zu.

Gemhá nickte gleichfalls. »Diese Männer scheinen talentierte Erdmagier zu sein. An den Stellen, die von den Elva besonders bedroht sind, sollen sie Mauern hochziehen.«

Kheeran bezweifelte, dass sich die Kreaturen von solchen Maßnahmen aufhalten ließen. Dafür bedurfte es eher eines steinernen Ungetüms, wie es im Niemandsland stand, aber schaden konnte es nicht.

Kheeran stieg die Stufen des Turmes hinab, in dem die Ratsbesprechungen stattfanden. Diese Sitzungen waren für ihn schon seit jeher eine Qual gewesen, aber inzwischen wurden sie immer unerträglicher. Jeden Tag überbrachte man ihm weitere schlechte Nachrichten, die sich seiner Meinung nach nicht mehr übertreffen ließen, bis er am darauffolgenden Tag eines Besseren belehrt wurde. Hoffentlich hatte er für den Rest des Tages, von dem ohnehin nur noch der Abend blieb, seine wohlverdiente Ruhe. Alles, wonach er sich noch sehnte, waren ein heißes Bad und ein Teller mit süßem Obst.

»Kheeran!«

So viel zur wohlverdienten Ruhe …

Er blieb am Fuß der Treppe stehen und erkannte Leigh, der auf ihn zukam. Ohne Zweifel hatte der Wächter auf ihn gewartet. Er hatte seine bedrohliche Montur abgelegt und trug stattdessen eine einfache Hose und ein schwarzes Hemd. Die Ärmel hatte er hochgekrempelt, wodurch seine muskulösen Arme zum Vorschein kamen. Nur das erdgebundene Schwert an seiner Hüfte kennzeichnete ihn noch als Krieger.

Die Gardisten, die Kheeran umringt hatten, versperrten Leigh mit ihren Klingen den Weg. Mit einer einzigen Handbewegung bedeutete er ihnen, den Wächter durchzulassen. Auch wenn es ihm immer schwerfiel, den anderen Mann anzusehen, denn seine Augen waren von einer geisterhaften Blässe, als fehlte ihm die Seele.

»Wie waren die Hinrichtungen?«, fragte Leigh.

»Sehr angenehm«, entgegnete Kheeran und setzte seinen Weg durch den Palast fort. »Ich freue mich schon auf die Fleischsuppe heute Abend.«

Leigh geriet ins Stolpern. »Du scherzt, oder?«

Kheeran warf ihm einen Seitenblick zu, der Antwort genug war. Aber welche Antwort hatte Leigh auf eine solche Frage erwartet?

Erleichtert atmete der Wächter auf. »Ich bin kein Freund von dem ganzen Grünzeug, das mir hier vorgesetzt wird, aber so sehr vermisse ich einen guten Braten dann doch nicht.«

Kheeran hatte seit seiner Rückkehr an den Hof der Unseelie vor sieben Jahren weder Fleisch noch Fisch gegessen, und dies war gewiss nicht der Tag, an dem er sich danach sehnte. »Was willst du, Leigh?«

Sie bogen um eine Ecke und betraten einen breiten Korridor, durch den ein Bächlein floss. Das Wasser plätscherte und spielte mit dem Licht der Abendsonne, das durch die gläsernen Wände des Schlosses fiel. Pflanzen säumten den Weg, und ein Schmetterling, der sich ins Innere des Palastes verirrt hatte, umtanzte eine rote Blüte.

»Das weißt du ganz genau«, erwiderte Leigh.

Kheeran seufzte. »Ich kann sie nicht freilassen. Sie wird beschuldigt, meine Mutter – die Königin – ermordet zu haben. Und du weißt um meinen Ruf. Das Volk wird Fragen stellen und sich erst mit einem handfesten Beweis zufriedengeben.«

»Sag, dass es der Halbling war. Oder Teagan. Von mir aus auch Bríon. Der ist längst wieder im Niemandsland, ihm könnt ihr nichts mehr anhaben.«

»Das ist nicht möglich.« Kheeran hätte Ceylan gern ihre Freiheit geschenkt, aber selbst ihm als Prinzen waren in diesem Fall die Hände gebunden, vor allem mit solch wankelmütigen Untertanen im Rücken.

Leigh biss die Zähne zusammen, was sein Kinn noch markanter hervorhob. »Das heißt, sie muss im Kerker bleiben, weil dein Volk dich hasst und dir nicht vertraut.«

Seine Worte waren keine Frage, sondern eine Feststellung, die Kheeran nicht abstritt. Er rieb sich über die Schläfen. Ein pochender Schmerz hatte sich während der Ratssitzung in seinem Kopf eingenistet und seitdem nicht mehr nachgelassen. »Bring mir einen Beweis für ihre Unschuld, und ich lasse sie frei.«

Leigh schwieg. Sie erreichten einen Treppenaufgang und stiegen Seite an Seite die Stufen hinauf. Zwei Gardisten gingen vor ihnen, drei hinter ihnen. In diesen Tagen stand Kheeran unter ständiger Beobachtung. Es grenzte an ein Wunder, dass er noch allein in seinem Bett schlafen durfte. »Und was ist, wenn jemand anderes den Mord gesteht?«, fragte Leigh, die Stimme zu einem Flüstern gesenkt. »Könntest du sie dann gehen lassen?«

»Das ließe sie dir nicht durchgehen. Vermutlich bliebe sie mit dir in der Zelle sitzen.«

Der Wächter schnaubte. »Ich rede von dem Halbling, nicht von mir. Verschaff mir etwas Zeit mit ihm, und ich besorge dir das Geständnis, das du brauchst, um Ceylan gehen zu lassen.«

Kheeran dachte über die Antwort nach, denn keine Entscheidung durfte unüberlegt fallen. Schließlich blieben die beiden Männer und ihr Gefolge vor einer geschlossenen Tür stehen. Die Gardisten stellten sich rings um den Durchgang auf. Kheeran betrachtete Leigh und nickte knapp. Hoffentlich hatte es keine Folgen, wenn sich ein Wächter in die Belange der Fae einmischte. »Ich kümmere mich darum.«

»Danke.«

»Ist das alles?«

»Vorerst.« Leigh deutete eine Verbeugung an und eilte davon.

Kheeran blickte ihm nach. Während seine grauen, beinahe weißen Haare mit dem Mauerwerk des Palastes zu verschmelzen schienen, zeichnete sich seine Kleidung hart von dem hellen Gestein ab. Erst als Leigh nicht mehr zu sehen war, drehte er sich um. »Ich möchte nicht gestört werden«, wandte er sich an die Gardisten und klopfte an.

»Herein«, antwortete eine Stimme von innen.

Kheeran schob die Tür auf und betrat das Zimmer, das ihm genauso vertraut war wie sein eigenes Schlafgemach. Sein Blick fiel zuerst auf das Bett in der Mitte des Raumes. Die Laken waren zerwühlt, aber es war leer. »Der Heiler hat verboten, dass du allein aufstehst«, tadelte Kheeran.

»Der Heiler hat auch gemeint, meine Wunden würden in wenigen Tagen heilen. Offenbar hat er nicht immer recht«, erwiderte Aldren. Er saß in einem Sessel vor dem Fenster und beobachtete die Papageien in der Voliere, die Kheeran ihm hatte bringen lassen, nachdem er das Bewusstsein wiedererlangt hatte. Einer der Aras putzte sich geschäftig das Gefieder, und eine rote Feder segelte zu Boden.

»Vielleicht heilen die Wunden nicht, weil du ständig deine Bettruhe missachtest.« Kheeran nahm in dem freien Sessel gegenüber von Aldren Platz und musterte seinen alten Freund. Dessen blondes Haar fiel ihm glatt von den Schultern. Die Ringe, die er für gewöhnlich in die Strähnen hineinflocht, waren verschwunden. Seine Haut war blass, aber nicht mehr so durchscheinend wie noch vor einigen Tagen. Er befand sich auf dem Weg der Besserung, und für Kheeran gab es keine schönere Erkenntnis. Sein Vater. Seine Mutter. Nun Teagan und in gewisser Weise auch Freya. Sie alle hatten ihn verlassen. Was hätte er nur getan, wäre auch Aldren von ihm gegangen? Lange Zeit hatte es schlecht um den Fae gestanden. Die magiegeschmiedete Klinge des Halblings, die ihm in den Rücken gedrungen war, hatte sein Herz nur knapp verfehlt.

Nachdem Aldren aus seiner Bewusstlosigkeit erwacht war, hatte er eine Zeit lang die Beine nicht bewegen können. Inzwischen war das Gefühl in die Gliedmaßen zurückgekehrt. Aber er brauchte eine Krücke, und ob er jemals wieder wie früher gehen konnte, war noch ungewiss, denn jeder Körper heilte anders. Kheeran beispielsweise hatte sich rasch von seinen Verletzungen erholt, nur Narben waren zurückgeblieben. Einzig seine Füße, mit denen er nackt durch das magische Feuer gewatet war, bereiteten ihm hin und wieder noch Beschwerden.

»Wie geht es dir?«, fragte Aldren. Von den Kräutern, die der Heiler ihm verabreichte, war der Blick aus seinen blauen Augen trübe und verhangen.

Kheeran schmunzelte. »Sollte nicht *ich* dich das fragen?«

»Du weißt, wie es mir geht. Glaubst du, ich bekomme nicht mit, dass du dir zweimal am Tag Bericht über meinen Zustand erstatten lässt? Also, erzähl schon, wie geht es dir nach den Hinrichtungen?«

»Es war grauenhaft. Und weißt du, was das Schlimmste ist?«

Aldren schüttelte den Kopf.

»Ich werde das Gefühl nicht los, dass Teagan es nicht war. Ja, die Beweise sprechen gegen ihn, und wir fanden keinen Hinweis, der seine Unschuld bezeugte. Dennoch ...« Kheeran stützte die Ellbogen auf die Knie und verschränkte die Hände, um seine Gedanken zu ordnen. Die Rufe und Forderungen der Bürger hallten ihm noch in den Ohren, und ihm barst schier der Kopf. An manchen Tagen war er nicht mehr sicher, welche Worte wirklich seine eigenen waren und welche von außen an ihn herangetragen wurden. »Ich werde dieses Gefühl nicht los ...«

»Ich kenne dich, Kheeran. Du glaubst immer an das Gute. Du mochtest Teagan. Natürlich willst du nicht, dass er die Schuld an allem trägt, aber je schneller du dich den Tatsachen stellst, umso besser. Blick nach vorn. Dein Volk braucht dich.« Er lächelte. »*Ich* brauche dich.«

»Und ich dich«, entgegnete Kheeran. »Du musst bald wieder gesund werden.«

»Ich gebe mein Bestes.« Aldren lächelte. »Wie kommst du mit Onora zurecht?«

Kheeran hob die Schultern. »Es könnte schlimmer sein. Sie ist nicht ganz so kratzbürstig wie früher. Das bereitet mir Sorgen.«

»Unsinn. Sie versucht dir nur zu helfen, und so grausam die Umstände sind, vielleicht haben sie auch ihr Gutes«, sinnierte Aldren. »Es könnte ein Neuanfang für euch beide sein. Mach dir einfach nicht so viele Gedanken, dafür ist der Rat da. Wir unterstützen dich.«

»Ich will es versuchen.«

»Mehr wollte ich gar nicht hören. Hast du inzwischen etwas von Freya gehört?«, fragte Aldren. Er hatte die Finger durch das Gitter der Voliere geschoben und wollte einen der Papageien streicheln, doch dieser hackte mit dem Schnabel nach ihm. Eilig zog Aldren die Hand zurück und bedachte den Vogel mit einem finsteren Blick.

Kheeran unterdrückte ein Schmunzeln. »Nein, noch habe ich nichts von Freya gehört«, beantwortete er Aldrens Frage. Am Tag nach der Zeremonie war seine Schwester aufgebrochen und nach Thobria zurückgekehrt. Er hatte sie nicht gehen lassen wollen, aber mit dem Anschlag und der Ermordung seiner Mutter hatte es zu viel Unsicherheit gegeben. Und als Mensch war sie in Nihalos nicht mehr sicher gewesen. Wäre ihr etwas zugestoßen, wäre Kheeran untröstlich gewesen. Also hatte er sie gemeinsam mit Larkin weggeschickt mit der Bitte, ihm zu schreiben, sobald sie sicher in Amaruné angekommen war.

»Bestimmt trifft ihr Brief bald ein.«

Kheeran nickte voller Hoffnung, denn dann hätte er zumindest eine Sorge weniger gehabt. Doch es war nicht gerade einfach, eine Nachricht von Thobria nach Melidrian zu überbringen. Unterwegs gab es unzählige Möglichkeiten, einen Brief zu verlieren.

»Du solltest gehen«, sagte Aldren. Er richtete sich in seinem Sessel auf und griff nach dem Gehstock, dessen Griff die Form eines Rabenkopfes hatte.

»Wieso?«

»Du siehst müde aus, und morgen hast du noch vor dem Frühstück ein Treffen mit dem Schriftführer, um die Protokolle der letzten Ratstreffen durchzugehen.«

Kheeran runzelte die Stirn. »Woher weißt du das?«

Aldren lächelte auf ihn herab. »Nun, du bist nicht der Einzige, der sich Bericht erstatten lässt.«

8. Kapitel – Freya

– Amaruné –

In welchem Winkel des Palastes hatte sich der Kerl nur versteckt? Auf der Suche nach Elroy eilte Freya mit schnellen Schritten durch das Schloss. Die Gardisten ihres Vaters blieben ihr dicht auf den Fersen. Nach dem Verlassen des Thronsaales hatte sie versucht, die Männer abzuschütteln. Vergebens. Für eine Flucht war ihr Kleid einfach nicht geeignet. Obwohl sie dringend mit ihrem *Verlobten* unter vier Augen reden musste. Ob Melvyn bereits wusste, dass er ersetzt worden war? Vermutlich würde sich ihr alter Freund aus Kindheitstagen über diese Entwicklung freuen, so konnte er weiterhin Nacht für Nacht in ein anderes Bett steigen. Sein Vater hingegen würde es wohl bereuen, nicht früher auf eine Verlobung gedrängt zu haben, um seine Familie mit dem Königshaus zu verbandeln.

Freya konnte das gleichgültig sein. Elroy. Melvyn. Oder ein Fremder. Das spielte für sie keine Rolle. Sie wollte nicht heiraten. Niemanden. Sie brauchte keinen Mann. Sie brauchte Zeit und Freiheit, um herauszufinden, wer sie war und sein wollte. Denn sie war nicht die Thronerbin, die ihre Eltern wollten. Aber sie war auch noch nicht die Alchemistin, die sie selbst sein wollte.

Doch womöglich konnte ihr Elroy zumindest dabei helfen. Er kannte das Geheimnis um ihre Magie bereits, und sie kannte das seine. Er hatte praktisch keine andere Wahl, als ihr beizustehen. Entweder halfen sie einander, oder sie starben gemeinsam am Galgen oder im Feuer eines Scheiterhaufens. Und nachdem

Elroy so besessen von der Unsterblichkeit war, unterstützte er sie bestimmt. Er hing viel mehr an seinem Leben als Freya an dem ihren.

»Ist Prinz Deèglan hier entlanggekommen?«, fragte sie einen Gardisten. Starr wie eine der Marmorstatuen ihrer Vorfahren stand er an der Wand, den Blick unbewegt geradeaus gerichtet. Nun zuckten seine Pupillen in ihre Richtung. Eine blasse Narbe zog sich quer über seine Lippen, aber sein Gesicht war jung. Vermutlich hatte er erst kürzlich eine der königlichen Akademien verlassen. »Seid gegrüßt, Prinzessin«, sagte er mit ausdrucksloser Stimme. »Der Prinz wollte in die Gärten. Soll ich Euch begleiten?«

»Nein, das ist nicht nötig.« Einen weiteren Schoßhund, der sie beschützen wollte, brauchte sie nun wirklich nicht. Und sie lebte lange genug in diesem Schloss, um den Weg in den Garten sogar mit verbundenen Augen zu finden. Kurz überlegte sie, in ihr Schlafgemach zurückzukehren und sich einen Mantel zu holen, aber sie wollte Elroy endlich erwischen. Ihr Schloss war vielleicht nicht so groß, und mit Gewissheit hatte Elroy auf seinen Reisen schon prächtigere Paläste gesehen. Dennoch konnte man sich in den verwinkelten Gängen und zahlreichen Räumen leicht verstecken.

Freya erreichte das Gartenportal. Kalte Luft schlug ihr entgegen, und trotz der langen Ärmel ihres Kleides überlief sie ein Kälteschauer, als sie den Innenhof betrat. Von hier aus gelangte man in sämtliche Gärten, die das Schloss umgaben. Sie waren weniger exotisch als jene, die sie in Nihalos gesehen hatte, aber sie besaßen ihre eigene Schönheit, vor allem im Winter. Allerdings mochte Freya die Kälte nicht und konnte sich nicht vorstellen, länger als einige wenige Tage in einer Stadt wie Evardir zu verweilen. Doch auch diese Jahreszeit verwandelte die Natur in etwas Zauberhaftes. Eiskristalle brachten jede Oberfläche zum Schimmern. Die Luft roch frischer als in den warmen

Monaten. Und alles erschien ihr ruhiger und weniger turbulent, als wäre die Zeit gemeinsam mit den Brunnen und Bächen eingefroren. Dasselbe hätte sie gern auch in Bezug auf ihr Leben behauptet. Doch dieses wirkte im Vergleich dazu wie ein tobender Sturm, und sie wusste nicht, wohin er sie noch treiben würde.

Abermals lief ihr ein kalter Schauer über den Rücken, und sie schlang die Arme um den Oberkörper, während sie Ausschau nach Elroy hielt. Lange musste sie nicht suchen, denn sie fand ihn im Rosengarten ihrer Mutter, der nur noch aus dürren Ästen bestand. Eiskristalle hingen wie Dornen an den Zweigen und verliehen den Sträuchern, die eigentlich grazil wirken sollten, etwas Bedrohliches.

»Wartet hier!«, befahl Freya den Gardisten, die ihr in einigem Abstand besorgt gefolgt waren.

Einer der Männer trat auf sie zu und räusperte sich. »Prinzessin, Euer Vater ...«

»Hat Euch befohlen, mich im Auge zu behalten.« Über die Schulter hinweg warf sie ihm einen ärgerlichen Blick zu. »Und das ist aus etwas größerer Entfernung sehr wohl möglich. Oder seid Ihr in den letzten Minuten ohne mein Wissen erblindet?«

Der Gardist schüttelte den Kopf. »Nein, Prinzessin.«

»Gut. Ich bin gleich zurück.« Sie raffte den Rock, damit er nicht über die feuchte Erde schleifte, und ging auf Elroy zu. Der hatte sie längst bemerkt. Mit seinen dunklen Augen verfolgte er jeden ihrer Schritte, bis sie fröstelnd neben ihm stand. Gänsehaut kroch ihr über den Nacken. »Was suchst du hier draußen? Es ist bitterkalt.«

»Hättest du dich wärmer angezogen, müsstest du nicht frieren«, bemerkte Elroy. Er betrachtete ihre zitternde Gestalt und stieß einen Seufzer aus. Weiße Wölkchen stiegen von seinen Lippen auf und verloren sich in der Luft, bevor er die Knöpfe seines Mantels öffnete. Noch ehe Freya ihn davon abhalten konnte, streifte er sich das Kleidungsstück von den Schultern und hielt es ihr entgegen. Unter anderen Umständen hätte sie es abgelehnt, aber ihr war zu kalt.

»Danke.« Sie vergrub die Hände in den Taschen des Mantels. Der Stoff war dick und hatte Elroys Körperwärme gespeichert. Außerdem roch er nach Salz und Meer und erinnerte sie daran, wie sie damals gemeinsam an der Reling der *Helenia* gestanden hatten. »Aber jetzt bist du derjenige, der friert. Vielleicht sollten wir besser ins Schloss gehen«, schlug Freya vor.

»Glaub mir, ich habe bereits schlimmere Kälte überstanden. Bist du schon einmal inmitten der Atmenden See gekentert?« Sie schüttelte den Kopf. »Das Wasser wird bei Nacht so eisig, dass du in einem Meer aus Klingen zu schwimmen glaubst, die dir die Gliedmaßen abtrennen. Und irgendwann spürst du sie überhaupt nicht mehr. Dagegen kommt dir Amaruné im Winter wie die séakische Wüste vor.«

»Ich nehme an, dort ist es warm.«

Elroy nickte. »Die Wüste ist der südlichste Punkt des Landes. Dort gibt es keine Kälte. Nur heiße und noch heißere Tage. Du könntest es keine Woche dort aushalten.«

»Das werden wir erfahren, wenn wir Séakis besuchen.«

»Wir werden Séakis besuchen?«

»Natürlich, ich will doch die Heimat meines *Verlobten* sehen.« Freyas Worte waren von Spott begleitet, aber sie war in keiner Weise belustigt. Ganz im Gegenteil. In den Taschen des Mantels ballten sich ihre Hände zu Fäusten, und sie trat noch dichter an Elroy heran. »Was hast du dir nur dabei gedacht, hier aufzukreuzen?«, zischte sie. Obwohl sie die Stimme senkte, war ihre Wut nicht zu überhören, und sie war sich sicher, dass ihre Augen vor Zorn funkelten wie die Eiskristalle auf den Rosen. »Bisher habe ich dich für einen vernunftbegabten Mann gehalten, aber offenbar habe ich mich geirrt. Mein Vater wird dich hängen lassen, wenn er erfährt, wer du wirklich bist. Das weißt du hoffentlich.«

»Du hast mich nicht verraten?«

»Natürlich nicht.«

»Warum nicht?«, fragte Elroy. Er klang ehrlich überrascht und schien fast damit zu rechnen, jeden Augenblick von den Gardisten ihres Vaters abgeführt zu werden. Was einmal mehr die Frage aufwarf, warum er dieses Wagnis einging. Freya musste zugeben, dass der Gedanke an die Unsterblichkeit durchaus seinen Reiz hatte. Aber warum dafür das Leben opfern, das man bereits besaß? Das ergab keinen Sinn.

»Weil ich dich über alles liebe und nicht erwarten kann, deine Frau zu werden.« Sie rollte mit den Augen. »Was glaubst du denn? Ich will nicht mit ansehen müssen, wie du am Galgen endest. Außerdem schulde ich dir etwas. Immerhin hast du Larkin und mich trotz allem nach Melidrian gebracht. Und …« Sie verstummte verlegen.

Elroy runzelte die Stirn. »Und was?«

»Und ich könnte noch einmal deine Hilfe brauchen.«

Er schnaubte. »Sieh an! Und wieder einmal bin ich ungewollt der Ritter in glänzender Rüstung. Was erwartest du diesmal? Soll ich dich auf die Vulkanhöhe der Seelie begleiten? Oder einem Seemonster vorstellen?«

»Nein, ich würde dir gern die Stadt zeigen, und wenn es so weit ist, möchte ich meinen Wachhunden für einige Minuten entkommen. Ich will eine alte Freundin besuchen. Allein. Könntest du die Gardisten ablenken?«

»Was bekomme ich dafür?«

»Mein Versprechen, meinem Vater nicht zu verraten, wer du in Wahrheit bist«, antwortete Freya. Es war ein hoher Preis für ein einfaches Gespräch mit Moira, aber das war es ihr wert. Früher oder später fanden ihre Eltern sicherlich heraus, dass Elroy nicht der Mann war, für den er sich ausgab. Spätestens wenn kein einziges Mitglied der séakischen kaiserlichen Familie zu ihrer Hochzeit käme, würden sie Elroys Herkunft infrage stellen.

Wie er überhaupt auf den Gedanken gekommen war, mit dieser Lüge durchzukommen, war ihr unerklärlich. Aber erst einmal würde sie sich damit abfinden, denn die derzeitige Situation war nur von Vorteil.

»Einverstanden. Und wo lebt deine Freundin?«, fragte Elroy und hob eine Hand. Er streckte sie nach ihr aus und strich ihr zärtlich eine Haarsträhne zur Seite. Dabei streiften seine Finger ihre ausgekühlten Wangen.

Sie furchte die Stirn. »Was tust du da?«

»Wir stehen hier seit zehn Minuten, und wenn die Aufpasser glauben, wir seien uns wohlgesinnt, werden sie später unachtsamer sein.« Er lächelte sie an. Kein verwegenes Piratenlächeln. Nicht schief und frech, sondern strahlend und vertraut, wie man es von einem Prinzen erwartete. »Also, deine Freundin«, raunte er. »In welchem Ring lebt sie?«

»Im fünften.«

»Die Gardisten sind sicher nicht sonderlich begeistert, dich ausgerechnet in diesem Stadtteil aus den Augen zu lassen. Gib mir einen Tag, um die Sache vorzubereiten.«

Nur einen Tag? »Was hast du vor?«, fragte sie zweifelnd.

»Das wirst du schon sehen. Ich habe einen Plan.«

Der leicht heimtückische Klang seiner Stimme gefiel Freya nicht, und als ihr dieses Mal ein Schauer über den Rücken lief, lag das nicht nur an der Kälte. »Du wirst doch niemanden töten, oder?« Ihre Verunsicherung war nicht zu überhören.

»Jemanden töten?« Elroys Mundwinkel zuckten verwegen, obwohl er noch immer sein charmantestes Lächeln zur Schau trug. »Schon vergessen? Ich bin ein Prinz. Kein Mörder.«

9. Kapitel – Leigh

– Nihalos –

Die unsterblichen Wächter hatten Leigh viel beigebracht. So hatten sie ihn gelehrt, mit Pfeil und Bogen zu jagen und ein Wildschwein zu häuten. Auch mit dem Schwert hatte er gelernt umzugehen, und inzwischen konnte er sogar eigenhändig die Löcher in seiner Uniform flicken. Eine Fähigkeit, auf die seine Mutter besonders stolz gewesen wäre, hätte sie noch gelebt. Am wichtigsten war für Leigh jedoch etwas ganz anderes. Er hatte nämlich gelernt, dass sich der Wert einer Sache nicht immer durch die Münzen aufwiegen ließ, die ein anderer zu zahlen bereit war. Ein Beispiel dafür war der Brief, der in der Tasche seines Mantels steckte. Ein einfaches Stück Papier, mit einigen Wachstropfen versiegelt. Wertlos für die meisten, kostbar für ihn.

Endlich besaß er die Erlaubnis, den Halbling zu befragen, der Aldren und Kheeran angegriffen hatte. Er hatte die Explosionen, welche die Krönung erschüttert hatten, ausgenutzt und Jagd auf die beiden Unseelie gemacht. Aldren erholte sich noch immer von seinen Verletzungen, und Kheeran hatte sein Leben Prinzessin Freya und Larkin zu verdanken, die ihm zu Hilfe geeilt waren. Doch das Attentat auf den Prinzen war nicht das einzige Verbrechen, das der Halbling begangen hatte – und das würde Leigh beweisen.

Er beschleunigte seine Schritte in Richtung des Kerkers. Es war noch früh am Morgen, und das einzige Geräusch außer dem

Tappen seiner Stiefel war das Plätschern eines Baches, der mitten durch den Korridor floss und in regelmäßigen Abständen von Brücken aus weißem Metall überspannt wurde. Dieser Ort war das genaue Gegenteil des Niemandslandes. Dort bestand alles nur aus Holz oder Stein, alles war dunkel und grau. Gleichgültig, wie lange er den Boden in seinem Zimmer schrubbte, es blieben immer Erde und Sand in den Dielen zurück. In Kheerans Schloss hingegen schien es kein einziges Staubkorn zu geben. Dafür sorgten zahlreiche Bedienstete mithilfe ihrer Wassermagie.

Leigh folgte den Wegen bis in den hintersten Teil des Schlosses. Der Kerker lag abgelegen zwischen den Pferdeställen und einer Brennerei. Der Geruch von gärendem Obst, Branntwein und Pferdedung ergab eine Mischung, die nicht nur widerlich roch, sondern auch unangenehm in den Augen brannte. Er stieg die Treppe zum Verlies hinab und fand es entsetzlich, wie vertraut ihm die Unebenmäßigkeiten der einzelnen Stufen inzwischen waren. Mittlerweile hätte er sich blind hinuntertasten können, ohne ein einziges Mal zu stolpern. Aber vielleicht fanden die Besuche ja schon bald ein Ende. Alles, was es dafür brauchte, war ein Geständnis.

Am Ende der Treppe befand sich eine schwere Tür aus Metall. Das einzige Material, auf das die Magie der Fae keine Wirkung hatte. Es gab Gerüchte, dass einzelne erdbegabte Unseelie dieses Element dennoch beherrschten, doch Leigh war während seiner Zeit als Wächter noch nie eine ernst zu nehmende Geschichte darüber zu Ohren gekommen. Mit geballter Faust hämmerte er gegen die Tür, bis ihm der Wachmann schließlich öffnete. Der Geruch von Fäulnis, Schimmel und Fäkalien, der ihm dabei entgegenschlug, kam ihm wesentlich einladender vor als der Gesichtsausdruck des Unseelie, der ihn anstarrte, als käme er nicht bereits seit Wochen jeden Morgen und jeden Abend in den Kerker.

»Guten Morgen, mein Schöner«, spottete Leigh mit breitem Lächeln und klopfte dem Unseelie im Vorbeigehen auf die Schulter. Aus den Augenwinkeln nahm er wahr, wie die Hand des Wachmannes zu seiner Waffe zuckte, aber er würde Leigh nicht behelligen. Schließlich war er Prinz Kheerans Gast, und seine Ermordung würde unliebsame Folgen mit sich bringen.

Ceylan stand erwartungsvoll an den Gitterstäben ihrer Zelle, ähnlich wie Bríon, wenn er auf sein Abendessen wartete, nur war sie weniger gut genährt als er und sah blass aus. Sie hatte fettiges Haar, und sowohl ihre Haut als auch ihre Kleidung war von einer Schmutzschicht überzogen. Ihr Hemd wirkte schon nicht mehr schwarz, sondern grau verschmiert. Es schmerzte Leigh, sie so zu sehen, und gerade deshalb schenkte er ihr ein Lächeln.

Sie lächelte zurück.

Beim König! Am liebsten hätte er sein Schwert gezogen und sie mit Gewalt befreit. Wenn er sich geschickt anstellte, konnte er die Gardisten niederschlagen, Ceylan aus der Zelle holen und mit ihr aus dem Schloss fliehen, noch bevor die anderen Unseelie es bemerkten. Aber dieser Plan war zum Scheitern verurteilt, denn wenn Tombell Wind davon bekam, würde Leighs Strafe alles andere als glimpflich ausfallen. Sein jüngeres Ich wäre das Wagnis eingegangen, aber er hatte mit den Jahren dazugelernt, auch wenn er es selbst kaum glauben konnte.

»Eines Tages wird er dir die Zunge abschneiden«, bemerkte Ceylan mit einem Blick zu dem Unseelie, als er vor ihr stehen blieb. Nur das rostige Gitter trennte sie voneinander.

»Das könnte Khoury so gefallen.« Während der Field Marshal und er sich ein Zimmer im Palast geteilt hatten, war er von diesem mehrmals ermahnt worden, er solle doch die Klappe halten. Vergeblich. Er redete gern. Und viel. Und er mochte es, anderen seine Meinung zu sagen. Es nicht zu tun, wäre fatal, denn meistens hatte er recht. Nun ja, manchmal zumindest.

Leigh nahm das erdgebundene Schwert ab, das an seiner rechten Seite hing, und ließ sich ungeachtet des Unrats auf dem Boden vor Ceylans Zelle nieder. Sie tat es ihm gleich, und er musste an ihr erstes Gespräch denken. Damals hatte sie im Schatten eines Baumes die Zielscheiben repariert, und er hatte sich ebenfalls zu ihr in den Staub gesetzt. »Wie geht es dir?«

»Bestens«, behauptete Ceylan und klang aufrichtig, obwohl sie ihm nichts vormachen konnte. Er hatte bereits vor langer Zeit gelernt, hinter diese Fassade zu blicken, denn einst hatte er jemanden gekannt, der genauso gewesen war wie sie – Edan. Beide waren eigensinnig und stolz, mit einem Hang zur Überheblichkeit. Und ebenso wie Ceylan hatte Edan alles immer am liebsten mit sich selbst ausgemacht. Es hatte Leigh Jahre seines Lebens gekostet, die Mauer einzureißen, die Edan um sich errichtet hatte. Vermutlich war das einer der Gründe, weshalb er sich sofort zu der jungen Wächterin hingezogen gefühlt hatte. Sie erinnerte ihn an ein Leben vor der Unsterblichkeit. Und an eine Person, für die er ohne Zögern sein Leben hingegeben hätte. Und in gewisser Weise hatte er das auch getan.

»Ich habe jetzt übrigens ein Haustier.« Ceylan deutete auf eine gigantische Spinne, die dicht über ihrer Pritsche nistete. Das Vieh war riesengroß und hätte mit der pelzigen schwarzen Haut genauso gut eine Elva sein können.

Angewidert verzog Leigh die Lippen. »Hat sie einen Namen?«

»Noch nicht. Ich überlege gerade, bei welchem Namen ich die größte Genugtuung verspüre, wenn ich sie irgendwann zertrete. Aber das Spitzohr dort drüben will mir seinen Namen nicht verraten.« Mit gerunzelter Stirn blinzelte Ceylan an ihm vorbei zur gegenüberliegenden Zelle.

Leigh spähte über die Schulter kurz zu dem Halbling hinüber, der teilnahmslos auf seiner Pritsche lag. »Er redet noch immer nicht?«

»Nein, aber er singt gern. Nicht wahr, Spitzohr?«, rief Ceylan in Richtung des Halblings, der aber nicht auf die schroffen Worte antwortete. »Er hat mich die halbe Nacht wach gehalten.«

»Den Schlaf kannst du gleich nachholen. Der Halbling und ich haben etwas zu besprechen.«

Blitzartig richtete Ceylan sich auf. Ihre dunkelbraunen, fast schwarzen Augen weiteten sich und verliehen ihr ein jüngeres, geradezu unschuldiges Aussehen. Ein Trugschluss. »Du hast die Erlaubnis?«

Leigh nickte. Er griff in die Tasche seines Mantels und zog den Brief so weit hervor, dass Ceylan das königliche Siegel sehen konnte. Anschließend schob er das Schreiben wieder zurück und beförderte etwas anderes ans Tageslicht – ein Kartendeck. Sie spielten jeden Tag einige Runden zum Zeitvertreib. Ceylan hatte hier unten nichts Besseres zu tun, und Leigh war froh, den Unseelie für eine Weile zu entkommen.

Er hegte keinen persönlichen Groll gegen die Fae und verabscheute Melidrian nicht, aber die Stimmung in der Stadt und im Schloss war angespannt wie ein Muskel, der sich vor Anstrengung verkrampft und einen stechenden Schmerz durch den ganzen Körper jagt. Und Leigh wollte diesen Schmerz hinter sich lassen. Wohin er sich auch wandte, überall bedachten sich die Unseelie mit misstrauischen Blicken, als würden sie einander nicht mehr vertrauen. Was nicht weiter verwunderlich war. Immerhin waren Fae aus den eigenen Reihen für das Attentat während der Krönung verantwortlich. Und nicht nur irgendwelche Fae. Angesehene Fae. Ratsmitglied Teagan und seine Wachen, die ihr Leben dem Schutz der Krone und des Volkes verschrieben hatten. Ihr Verrat hatte tiefe Wunden gerissen, die sich nicht einfach durch Magie heilen ließen. Das mussten die Unseelie mit sich selbst ausmachen. Leigh war dabei wie ein Steinchen im entzündeten Fleisch, und das bekam er von den meisten Einwohnern Nihalos' zu spüren.

»Geht es voran mit den Übungen?«, fragte Leigh und verteilte die Karten. Er hatte sie heimlich vorsortiert, damit Ceylan, die wohl schlechteste Kartenspielerin der Welt, ein Blatt bekam, mit dem sie schwerlich verlieren konnte. Es war nur eine harmlose Mogelei, aber was sie jetzt am wenigsten brauchte, waren weitere Rückschläge.

»Übungen?« Ceylan gab einen abfälligen Laut von sich. »Das sind keine Übungen.«

»Das sind sie sehr wohl.«

»Ich sitze reglos auf meiner Pritsche und starre an die Wand.«

»Vielleicht ist das dein Fehler. Du solltest die Augen geschlossen halten.«

»Ich weiß, aber es gelingt mir nicht.« Mutlos ließ sie die Schultern hängen. Leigh konnte es nicht ertragen, sie so niedergeschlagen zu erleben, aber er war nicht nur ihr Freund, sondern auch ihr Mentor. Und wenn er nicht mit ihr übte, wer dann? Sie musste noch viel lernen, um an der Mauer zu bestehen, sobald sie wieder zurück war.

»Du musst dich mehr anstrengen«, mahnte er.

»Warum? Sobald ich draußen bin, bekomme ich mein Schwert zurück.«

»Du kannst dich nicht immer auf dein wassergebundenes Schwert verlassen. Du musst auch lernen, allein auf deine Magie zuzugreifen.« Selbstheilung, Langlebigkeit, Ausdauer, all das bewirkte die Magie selbst, denn sie wollte nur in den stärksten und gesündesten Wirten hausen. Doch andere, niedere Fähigkeiten wie ein besseres Gehör, eine klarere Sicht oder gar die Möglichkeit, sich die Elemente zu eigen zu machen, mussten erlernt werden. Letzteres gelang nur den wenigsten Wächtern. Dabei waren die magiegeschmiedeten Waffen der Fae wie ein Hocker, der dem Reiter dabei half, auf einem Pferd aufzusatteln. Aber Ceylan musste lernen, sich auch selbst in den Sattel zu schwingen.

»Gibt es nicht noch einen anderen Weg?«

»Eine Abkürzung? Nein.«

Sie stieß ein gereiztes Zischen aus und griff nach ihrem Kartenstapel. Für einen kurzen Augenblick hellte sich ihre Miene auf, dann wurde sie wieder ernst. »Wie lange hast du gebraucht, um es zu lernen?«

Leigh spielte seine erste Karte aus. »Zwei Tage.«

»Wirklich?«

»Ich bin eben ein Naturtalent.«

Ceylan sah von ihrem Deck auf, ohne eine Karte auszuspielen, und betrachtete ihn abschätzend. Genau dieser Blick. So hatte Edan ihn auch immer angesehen, wenn er ihm seinen Mist nicht abgekauft hatte.

Leigh schmunzelte in sich hinein. »Erwischt. Ich war kein Naturtalent, aber ich hatte bereits viel Übung, bevor ich Wächter wurde. Wie du weißt, habe ich mein Geld nicht immer auf anständige Art und Weise verdient. Und bevor ich an die Mauer kam, verbrachte ich viel Zeit bewegungslos und allein auf Dächern. Dabei lernte ich, auf meinen Körper zu hören und ihn zu beherrschen.«

Ceylan legte ihre Karte. »Großartig. Das heißt, ich werde bestraft, weil ich ein anständiges Leben geführt habe?«

»Anständig?«, fragte Leigh belustigt.

Sie stutzte. »Nun ja … zumindest weitgehend«, grummelte Ceylan und spielte eine Karte aus. Schweigend legte Leigh die nächste, und so ging es hin und her. Ceylan bemühte sich um eine unbeteiligte Miene, aber Leigh entging das erfreute Aufblitzen ihrer Augen nicht, jedes Mal, wenn sie eine Karte ablegte, die sie dem Sieg näher brachte. Sie gewann die Runde, und er mischte die Karten für eine zweite Partie. »Erzähl mir noch einmal, was passiert ist«, forderte Leigh sie währenddessen auf.

Ceylan musste nicht fragen, wovon er redete. Ihr Blick zuckte zu dem Halbling hinüber und wieder zurück, bevor sie zu erzählen begann. Dabei senkte sie die Stimme, als wollte sie nicht belauscht werden. Allerdings nutzte das wenig, denn trotz ihres menschlichen Anteils verfügten Halblinge über ein ausgezeichnetes Gehör. »Ich war in meinem Zimmer und habe ein Bad genommen. Ich war wütend, weil ihr eure ganze Zeit mit diesem ... diesem Dreckskerl Welborn verbracht habt.«

Erstaunt hob Leigh die Brauen. Das hatte sie zuvor noch nie erwähnt. Ceylan mochte Larkin nicht? »Warum warst du deswegen wütend?«, fragte er und verteilte die Karten.

Ceylan verschränkte die Arme vor der Brust und starrte an die Decke, um ihn nicht ansehen zu müssen. »Weil ich mit euch üben wollte, er aber die ganze Zeit bei euch war. Er war der Field Marshal, als mein Dorf angegriffen wurde. Ich weiß, es ist dumm. Vermutlich hast du damals auch gekämpft. Aber er hat euch angeführt und ...« Sie schüttelte den Kopf und fuhr sich mit dem Handrücken über die Augen, obwohl sie nicht weinte. Vielmehr zeigte sie jenen entschlossenen Blick, den Leigh an ihr kannte. »Ich will einfach nichts mit ihm zu tun haben.«

»Das verstehe ich.« Er mochte Larkin auch nicht sonderlich, und dieses Gefühl beruhte auf Gegenseitigkeit. Der ehemalige Field Marshal hatte ihn nie gemocht, weil er ein Dieb war und wegen des Geldes zum Wächter geworden war. Anders als Welborn selbst, der sich für einen Ehrenmann hielt, weil sein Glaube ihn ins Niemandsland gebracht hatte. Damit hatte Leigh keine Schwierigkeiten, obwohl er selbst kein Anhänger der Königsreligion war. Ihm hatte es aber immer missfallen, wie Larkin deswegen auf ihn und andere herabgesehen hatte. Khoury war anders. Er schätzte alle seine Wächter und respektierte sie für ihren Mut.

»Was ist dann geschehen?«

»Ich bin zu Bett gegangen, hatte aber Hunger, nachdem ich kaum etwas gegessen hatte. Also ging ich los, um mir etwas aus der Küche zu holen«, erklärte Ceylan und ließ die Arme sinken. Die Karten, die vor ihr lagen, nahm sie nicht zur Kenntnis. »In den Gängen war es still. Die Gardisten waren damals wohl alle zu Kheerans Bewachung abgestellt. Bis ich plötzlich einen von ihnen entdeckte. Allerdings stand er nicht einfach nur herum, sondern schlich durch die Flure des Schlosses. Was mir merkwürdig erschien, also folgte ich ihm.«

»Warum?«

»Das sagte ich schon. Sein Verhalten kam mir seltsam vor.«

»Was, dachtest du, würde passieren?«

»Das weiß ich nicht«, fauchte Ceylan. »Warum verhörst du eigentlich mich?«

»Ich will nur herausfinden, was genau an jenem Abend geschah. Deshalb ist es wichtig, dass ich alles weiß, was es zu wissen gibt.« Leigh war von Ceylans Unschuld überzeugt. Ja, die junge Novizin hasste die Elva und Fae. Und ja, sie war impulsiv und unbeherrscht, aber nicht dumm. Niemals hätte sie ihren Hass auf Königin Zarina übertragen, davon war er überzeugt. Anderenfalls wäre er nicht gemeinsam mit ihr in Nihalos zurückgeblieben.

»Ich war einfach nur neugierig. Und gelangweilt. Und ich dachte, vielleicht würde etwas passieren, das mich endlich aus dieser Stadt bringt.« Ceylan nahm ihre Karten und lehnte sich mit dem Rücken gegen die Wand.

»Was ist dann geschehen?«

»Der Gardist … der *falsche* Gardist blieb stehen und drehte sich um. Ich suchte mir ein Versteck hinter einer Mauer, und als ich wieder nach ihm sehen wollte, stand er plötzlich vor mir. Es kam zum Kampf. Ich hatte meinen Dolch bei mir, aber er war mir keine Hilfe. Der Kerl war vorbereitet. Er hatte irgendein Zeug dabei, das ich einatmete, bevor ich das Bewusstsein verlor. Als ich wieder zu mir gekommen war, wollte ich nur noch in mein Zimmer zurück, aber auf dem Weg dorthin fingen mich Teagan und seine Männer bereits ab.«

»Warum bist du nicht zu Khoury oder mir gekommen?«

»Ich wollte euch nicht gestehen müssen, dass ich schon wieder einen Kampf verloren hatte.«

»Zu verlieren ist keine Schande.«

»Ach nein?« Ceylan räusperte sich. »*Möge dein Sieg dir Schande bringen, ebenso wie deine Niederlage*«, zitierte sie die Worte, die Khoury zu Leigh gesagt hatte, nachdem er sich bereit erklärt hatte, gegen Ceylan zu kämpfen.

Er schüttelte den Kopf. »Das ist etwas anderes. Aber selbst die besten Wächter verlieren gegen Fae und Elva … und Halblinge. Wäre es ein Kinderspiel, sie zu besiegen, wären wir überflüssig. Also hör auf, dich fertigzumachen, und leg endlich eine Karte, damit *ich* dich fertigmachen kann.«

Ceylan folgte seiner Aufforderung. Sie spielten noch einige Runden, die Leigh fast immer gewann, denn Ceylan spielte, wie sie kämpfte – zu offensiv und ohne Taktik. Irgendwann würde er ihr das schon noch austreiben. Schließlich packte er die Karten weg und erhob sich vom Boden. »Brauchst du noch etwas?«

»Abgesehen von meiner Freiheit?« Ceylan schürzte die Lippen. »Nein.«

»Keine Sorge, die verschaffe ich dir. Ich kann sehr überzeugend sein.« Zur Aufmunterung zwinkerte er ihr zu und hoffte einmal mehr, sein Versprechen halten und sie befreien zu können. Widerwillig ließ er Ceylan in ihrer Zelle zurück und näherte sich dem Fae, der wie eine Statue am Eingang des Kerkers stand. »He, Sonnenschein!«

Mit einer trägen Bewegung wandte sich der Wächter zu Leigh um. Seine Augen blickten leer, und er wirkte wie eine Hülle ohne jede Anteilnahme an der Welt. »Ja?«

»Ich möchte den Halbling verhören.«

Der Unseelie verdrehte die Augen. »Wie ich schon sagte, ist das nur mit einem Schreiben von Prinz Kheeran oder seiner Stellvertreterin möglich.«

»Wie gut, dass ich ein solches Schreiben besitze.« Leigh griff in die Tasche seines Mantels, zog Kheerans Brief hervor und hielt ihn dem mürrischen Fae vor die Nase. Missbilligend linste dieser auf das Stück Papier, nahm es aber schließlich entgegen und brach das königliche Siegel, bevor er mit dem Lesen begann. Leigh ließ ihn keinen Moment lang aus den Augen und zählte unterdessen die Ringe, die in das Haar des Wächters eingeflochten waren. Angeblich waren es Trophäen für besiegte Feinde, aber aus irgendeinem Grund bezweifelte Leigh, dass der Fae schon einmal einen ernsthaften Kampf bestritten hatte.

Der Wächter hob den Blick von dem Schreiben und reichte es Leigh zurück. »Ich lasse den Halbling in die Folterkammern bringen.«

»Nein, das ist nicht nötig. Lieber unternehme ich mit dem Halbling einen Spaziergang. Dabei redet es sich besser.«

Der Fae schüttelte den Kopf. »Das ist nicht möglich.«

»Natürlich ist das möglich. Siehst du? Hier steht es.« Er faltete den Brief auseinander und deutete auf den entsprechenden Absatz. »*Dem Besitzer dieses Schreibens ist es gestattet, den Gefangenen in eigenem Ermessen zu befragen. Methode und Vorgehen sind ihm überlassen. Untersagt sind jedoch alle Mittel, die einen frühzeitigen Tod des Gefangenen herbeiführen.*«

»Das bezieht sich auf die Wahl der Folterinstrumente. Nicht des Ortes.«

»Das steht hier nicht.«

»Aber so ist es gemeint.«

Leigh schnaubte. »Keine Sorge, ich passe schon auf ihn auf. Was soll denn groß passieren? Er trägt seine Handschellen, und ich trage mein Schwert.«

Der Fae schien das Geplänkel schon nach wenigen Worten leid zu sein. Er seufzte und machte eine nichtige Handbewegung. »Einverstanden. Zwei Stunden. Wenn Ihr bis dahin nicht zurück seid, schlage ich Alarm und lasse Euch ebenfalls in Ketten legen.«

»In diesem Fall wäre ich gern in der Zelle neben Ceylan untergebracht.«

Darauf erwiderte der Wächter nichts, sondern bedeutete Leigh wortlos, ihm zu folgen. Vor der Zelle des Halblings blieben sie stehen, und der Unseelie zog einen Bund mit mindestens zwei Dutzend Schlüsseln hervor. Dann entsperrte er das Schloss.

»Heute ist dein Glückstag«, sagte er an den Halbling gewandt. »Du wirst mit dem netten Wächter einen Ausflug machen.«

Leigh runzelte die Stirn. *Netter Wächter?*

Der Halbling regte sich nicht. Mit geschlossenen Augen und gefesselten Händen lag er völlig still auf seiner Pritsche. Er war das genaue Gegenstück zu Leigh. Sein Haar war dunkel wie die Nacht, während das von Leigh die Farbe der Monde hatte – hell und leuchtend. Und während die Augen des Halblings düster waren wie der Grund des Ozeans, waren die von Leigh farblos wie die Gischt, die das Meer aufwühlte.

Der Gardist wurde ungeduldig. »Wird's bald?«

Das war keine Frage, sondern eine Drohung.

Der Halbling öffnete die Augen und blinzelte träge wie nach einer langen Nacht, die er in tiefem Schlaf verbracht hatte. Er drehte den Kopf, und als sein Blick dem von Leigh begegnete, war es, als würde sein Herz für einen Moment aufhören zu schlagen. Das Gesicht des Halblings war so ebenmäßig wie das der meisten Fae. Er besaß eine spitz zulaufende Nase und ein ausgeprägtes Kinn, das bei seiner Inhaftierung glatt rasiert gewesen war. Inzwischen war ihm jedoch ein dunkler Bart gewachsen. Der einzig erkennbare Makel war die Brandnarbe in Form einer Hand, die an seinem Hals saß, als hätte eine Seelie oder jemand mit einem mächtigen Feuer-Talent seine Kehle gepackt.

»Los, hoch mit dir!«, befahl der Gardist.

Trotz der harschen Aufforderung blieb der Halbling sitzen, und von der Seite sah Leigh, dass der Unseelie eine Hand auf seine Waffe legte. Als Ausbilder waren Leigh widerborstige Novizen vertraut. Sie hielten sich für besonders schlau oder fühlten sich überlegen, weil sie mit einem Adelstitel an die

Mauer kamen. Ihr Widerstand war jedoch meist von kurzer Dauer. Oft genügten mahnende Blicke und halbherzige Drohungen, damit sich die meisten von ihnen vor Angst in die Hose machten. Der Halbling hingegen zeigte keine Spur von Angst. Leigh trat an dem Gardisten vorbei auf die Schwelle der offen stehenden Tür, und sogleich breitete sich ein beklemmendes Gefühl in seiner Brust aus. Während seiner Zeit als Dieb hatte er so manche Nacht im Kerker verbracht. Das war keine Erfahrung, die er noch einmal erleben wollte. »Komm schon, ich will nur mit dir reden.«

»Und was ist, wenn mir nicht nach Reden ist?«, fragte der Halbling und musterte Leigh von Kopf bis Fuß. Dieser hatte seine Wächteruniform abgelegt, um weniger aufzufallen. Stattdessen trug er eins der hellen Gewänder der Unseelie. Eine Leinenhose in der Farbe von Sand und ein weißes Hemd. Nur sein Schwert passte nicht in das scheinbar unschuldige Bild.

»Pech. Du hast keine andere Wahl«, erklärte Leigh und war bereit, den Halbling von seiner Pritsche zu stoßen, sollte er sich weiterhin widerspenstig zeigen. »Sieh es als Möglichkeit, für zwei Stunden deiner Zelle zu entkommen.«

Zustimmung blitzte in den Augen des Halblings auf. »Und wohin gehen wir?«

Leigh hob die Schultern. »Wohin du möchtest.«

10. Kapitel – Freya

– Amaruné –

Die hölzernen Räder der Kutsche ratterten über den Kiesweg, der vom Schloss wegführte. Das Krachen, das Freya stets als unangenehm empfunden hatte, hörte sich diesmal wie liebliche Musik an. Dies war der Klang der Freiheit. Sie rutschte näher zum Fenster und schob vorsichtig den dunklen Vorhang beiseite, der sie vor den neugierigen Blicken der Bevölkerung schützen sollte. Sie hatten die Mauern des Palastes bereits hinter sich gelassen, und ringsum entfaltete sich das Stadtleben. Menschen, die weder in die einfache Kluft von Bediensteten gekleidet waren noch die Uniform von Gardisten trugen, tummelten sich auf den Straßen und Plätzen.

Ein Maler, dessen Kleidung mit Farbe besprenkelt war, stand auf einer wackeligen Leiter und besserte das Ladenschild eines Schuhmachers aus. Dicht daneben befand sich das Kontor eines Geldverleihers. Zwei ältere Damen, in dicke Mäntel gehüllt, verließen gerade eins von Freyas Lieblingsgeschäften – das *Bittersüß*. Es war ein Laden für Naschwerk aller Art. In den warmen Sommermonaten wurde Speiseeis in den verschiedensten Geschmacksrichtungen verkauft, im Winter geröstete Mandeln oder Maronen und das ganze Jahr über köstliche Kuchen und Torten. Vielleicht konnten sie auf der Rückfahrt zum Schloss hier kurz anhalten. Allerdings musste zuvor Elroys Plan aufgehen, der sie zu Moira brachte, ohne dass sie abermals ihrem Vater vorgeführt wurde.

»Man könnte meinen, du seist noch nie hier gewesen«, bemerkte Elroy von seiner Seite der Kutschbank.

Freya warf ihm einen flüchtigen Blick zu. »Es fühlt sich danach an.« Nach ihrer Rückkehr war ihr nicht viel Zeit geblieben, die Schönheit der Stadt gebührend zu bewundern. Die Gardisten hatten sie aufgelesen und umgehend ins Schloss zurückgebracht. Seither hatte man sie nicht mehr aus dem Palast gelassen, aber das würde sich nun ändern. Dank Elroys Hilfe. Sie konnte es kaum glauben, aber nach dem Gespräch mit ihm im Schlossgarten hatte man sie nicht in ihr Zimmer zurückgeschickt. Vielmehr hatte sie sich frei im Schloss bewegen können, und niemand hatte sie aufgehalten, als sie die Waffenkammer aufgesucht hatte, um sich einen neuen Dolch zu beschaffen, nachdem sie ihre Waffe Larkin überlassen hatte. Ein Andenken an ihre gemeinsame Zeit.

»War dein Vater schon immer so streng mit dir?«, fragte Elroy und zog das linke Bein zu sich auf die Sitzbank, ohne auf die schmutzigen Stiefel und die feine Samtpolsterung zu achten.

Freya schüttelte den Kopf und ließ den Vorhang zurückfallen. »Er war schon immer sehr bestimmend, vor allem nach Talons Verschwinden, aber seit meiner Rückkehr ist es um einiges schlimmer. Er und meine Mutter behaupten, aus Liebe zu handeln. In Wahrheit haben sie nur Angst, dass ich sterbe und die Linie der Draedon den Thron verliert. Seit über tausend Jahren haben wir die Macht inne.«

»Das ist eine sehr lange Zeit. Hat nie eine andere Familie versucht, den Thron für sich zu beanspruchen?«

»Natürlich, aber es waren nur wenige. Die Draedons haben das Abkommen zwischen den Menschen und den Fae geschlossen. Damit haben sie nicht nur den Krieg beendet, sondern auch die meistgefürchtete Macht aus dem Land vertrieben. Die Magie«, erklärte sie. Allein beim Aussprechen des Wortes *Magie* lief ihr ein wohliger Schauder über den Rücken. Hoffentlich ging

Elroys List auf, denn sie musste unbedingt mit Moira reden. »Dafür dankt uns die Bevölkerung und ist uns treu ergeben.« *Treuer, als manchmal gut für sie ist,* befand Freya, sprach den Gedanken aber nicht laut aus. Vielleicht war auch das einer der Gründe, warum ihr Vater ein so scharfes Auge auf sie hatte. Womöglich ahnte er bereits, dass sie ihre Krone nur mit Widerwillen trug und den Regeln dieses Landes selbst nicht treu war.

»Beeindruckend«, murmelte Elroy. »Ein Tausendjähriger Frieden.«

»Mhh«, brummte Freya. So hatte sie das noch nie betrachtet. Vermutlich lag dies daran, dass ihre Eltern, deren Gefolgsleute und die Garde so taten, als wäre die Gefahr durch die Fae und die Elva allgegenwärtig. Als könnten feindliche Horden jeden Augenblick die Mauer niederreißen und Thobria überfallen. Ein mulmiges Gefühl beschlich Freya, und sie fragte sich, ob ihr Vater die ständige Erwähnung drohender Gefahr einsetzte, um jede Opposition im Keim zu ersticken. Natürlich griffen hin und wieder Elva die Mauer an, aber bei ihnen handelte es sich um wilde Tiere. Die Fae hingegen waren anders, und niemals würde Kheeran sein Volk in eine Schlacht gegen die Menschen führen.

Freya löste sich von diesen Gedanken und wandte sich wieder an Elroy. »Kommt es in deiner Heimat öfter zu Kriegen?«

»Öfter?« Er schnaubte. »Ständig. Séakis ist groß und reich an Bodenschätzen. Euer Schatzgebirge ist nichts im Vergleich zu den Rohstoffvorräten, die bei uns gewonnen werden können. Seit Jahren bemüht sich der König von Ewjanà um die Einnahme der Westküste. Und im Süden versuchen die Kosscony bei jeder Gelegenheit die Wüste zu überwinden, was ihnen bisher jedoch nicht gelang.«

Damit hatte Elroy auch alle Gründe aufgezählt, weshalb Séakis zu keiner Zeit ein Bündnis mit Thobria angestrebt hatte. In den Augen der Kaiserinnen waren sie keine gleichwertigen Partner. Ihr Reich maß nur einen Bruchteil der séakischen Landfläche. Gold und Edelsteine besaß der dortige Adel im Überfluss, und das Heer der Draedons hätte einen Marsch durch die Wüste ebenso wenig überstanden wie die Angreifer selbst. »Du scheinst dich gut auszukennen«, stellte Freya fest.

Elroy nickte. »Wer reist, kann viel lernen.«

Die Kutsche blieb stehen. Das Rattern der Räder verstummte, und es herrschte Stille, bevor ein leises Klopfen zu hören war. Ein Zeichen dafür, dass sie ihr erstes Ziel erreicht hatten. Elroy hatte sie angewiesen, sich unauffällig zu verhalten und sich wie gewohnt durch die Stadt kutschieren zu lassen.

Anfangs werden die Aufpasser deines Vaters dir viel Aufmerksamkeit schenken. Immerhin ist es dein erster Ausflug seit Wochen. Wir müssen dafür sorgen, dass sie sich langweilen und unachtsam werden.

Wie ihr dies gelang, wusste Freya ganz genau. Sie hatte dem Kutscher eine Liste ihrer Lieblingsgeschäfte überreicht, die sie nach und nach abfahren wollte. Wie Elroy sie anschließend zu Moira bringen würde, wusste sie noch nicht, aber in dieser Hinsicht vertraute sie dem Piraten. Immerhin gehörten Gaunereien und Betrügereien zu seinem Tagesgeschäft.

Die Türen der Kutsche öffneten sich gleichzeitig. Freya raffte den Saum ihres Kleides und griff nach der dargebotenen Hand, als sie erkannte, dass deren Haut nicht weiß war wie ihre eigene, sondern dunkel wie die von Elroy. Unüblich für die Garde ihres Vaters. Verwundert sah sie auf und blickte in das lächelnde Gesicht von Yale. »Seid gegrüßt, Prinzessin.«

»Seid gegrüßt«, erwiderte sie überrascht. Sie hatte Yale bereits an Bord der *Helenia* kennengelernt. Mit dem kahl geschorenen Schädel, den dichten Brauen und der blassen Narbe, die sich über sein linkes Augenlid zog, hatte sie ihn anfangs gefürchtet. Bis er eines Abends mit seinem Kartendeck zu ihr gekommen war, um gemeinsam mit ihr die Zeit totzuschlagen. Larkin war von seiner Seekrankheit zu erschöpft gewesen, um ihr Gesellschaft zu leisten. Elroy hingegen zu beschäftigt mit seinen Plänen und die anderen Matrosen zu misstrauisch, um sich ihr bis auf wenige Fuß zu nähern. »Hast du schon einmal *Seditt* gespielt?«, hatte er sie gefragt, und sie hatte verneint. Anschließend hatte er es ihr beigebracht, bis sie selbstsicher genug gewesen war, sogar um einige Münzen zu spielen.

Damals hatte Yale ein zerschlissenes Hemd und eine kurze Hose getragen, die seine kräftigen Beine so deutlich zur Schau gestellt hatten, dass Freya fast unangenehm berührt gewesen war. Diesmal hatte er eine Uniform an, die der von Elroy ähnelte. Seine Kleidung bestand aus dunkelroten und braunen Stoffen, nur an den goldenen Besätzen war gespart worden.

»Was führt dich hierher?«, fragte Freya leise und stieg vorsichtig die Stufen der Kutsche hinab, um auf dem Glatteis nicht auszurutschen.

»Das ist doch offensichtlich«, murmelte Yale. »Ich diene dem Schutz von Prinz Deèglan.«

Freya stieß ein kaum hörbares Zischen aus. Dass Elroy sein Leben aufs Spiel setzte und ihrem Vater eine faustdicke Lüge auftischte, war seine Angelegenheit. Dass er aber auch Yale und womöglich weitere Mitglieder seiner Mannschaft in das Komplott hineinzog, war eine andere Sache. Doch nun ließ sich nichts mehr daran ändern. Sie ließ Yales Hand los und atmete mehrmals tief durch. Die kalte Luft war erfüllt von den Gerüchen der Stadt. Es roch nach der Kohle, die ein Schmied verbrannte, um Stahl zu formen. Nach dem Zucker aus einer nahe gelegenen Bäckerei und dem Leder auf dem Karren, der an ihrer Kutsche vorbeigeschoben wurde.

»Meine Prinzessin, Herrscherin über Thobria, meine Göttin, ich bin Euer Diener, Euer Knecht und Euer Geselle. Mein Leben liegt in Eurer Hand. Meine Zukunft in Eurem Tun ...«

Bitte nicht!, flehte Freya im Stillen und sah sich auf der Straße um. Gleich darauf entdeckte sie den Mann, der das Gebet gesprochen hatte. Trotz seines edlen Gewandes kniete er in einer Pfütze, den Kopf andächtig gesenkt, während seine Lippen die hehren Worte formten. Weitere Fußgänger waren stehen geblieben und beobachteten Freya. Teils voller Ehrfurcht, teils sichtlich erstaunt. Vermutlich war es nur eine Frage der Zeit, bis sie in das Gebet mit einstimmen würden, das nur eine weitere Lüge war, auch wenn sie sich dessen nicht bewusst waren. Denn ihre Ehrerbietung würde mit Gewissheit ein rasches Ende finden, sollten sie je die Wahrheit über sie und ihre Magie herausfinden.

»Du hast nicht übertrieben. Das Volk vergöttert dich und deine Familie wirklich«, sagte Elroy, der an ihre Seite getreten war. Bei seinem Anblick verwandelte sich die Ehrfurcht in allgemeine Neugier. Freya spürte förmlich, wie die Stimmung umschlug. Aus dem andächtigen Schweigen wurde leises Gemurmel, und die ersten Gerüchte wurden laut.

»Lass uns gehen«, stieß Freya hervor und eilte auf das Geschäft zu, das sie aufsuchen wollte. *Königlich,* so verhieß das Ladenschild. Der Besitzer Norwell sammelte Besonderes und Seltenes aus aller Welt. Immer wenn Freya in der Stadt war, kam sie hierher, um sich die neuesten Schätze anzusehen. Viele ihrer Bücher über fremde Welten hatte sie hier erstanden, ebenso wie ihre Brosche, die aus dem Knochen eines wilden Tiers geschnitzt war, das jenseits der Grauen See lebte und das sie wohl nie zu Gesicht bekommen würde.

»Du willst in *diesen* Laden?«, fragte Elroy. Er war unvermittelt stehen geblieben, und seine Stimme hatte einen merkwürdigen Unterton, den sich Freya nicht erklären konnte.

»Ja. Was spricht dagegen?«

»Nichts, rein gar nichts.« Er räusperte sich und lächelte gezwungen. Trotzdem reichte er ihr den Arm. Sie zögerte kurz, bevor sie sich einhakte, denn unter den neugierigen Blicken des Volkes wollte sie jede Unstimmigkeit vermeiden. Elroy hielt ihr die Tür auf, und gemeinsam betraten sie das *Königlich,* während Yale und die Gardisten rings um das Haus Stellung bezogen.

Wie jedes Mal, wenn sie die Türschwelle zu Norwells Laden überschritt, glaubte Freya, eine andere Welt zu betreten. Inmitten all dieser Schätze war sie nicht länger einfach nur in Amaruné. Sie war auch in Melidrian. Und in Séakis. Sie war auf einer Insel. Und auf einem Berg. Sie wanderte durch die Wüste. Und schwamm inmitten des Nordmeers. Nachbauten von edlen Schiffen hingen an Fäden von der Decke. Puppen, deren Gesichtszüge denen von Freya vollkommen fremd waren, saßen auf einem Regal. Kristalle, aus den Tiefen der Erde geschürft, funkelten im Licht der Lampen. Die Magie, welche sich in den alten Steinen verbarg, war förmlich zu spüren. Waffen, wie sie Freya noch nie gesehen hatte, hingen Schmuckstücken gleich an den Wänden. Besonders gefielen ihr zwei gebogene Klingen, die sich überschnitten wie einander zugewandte Halbmonde.

Sie sah sich weiter in dem Laden um, bis sie Norwell entdeckte. Seit sie den Alten kannte, war er bei jeder ihrer Begegnungen in demselben dunklen Gewand gekleidet gewesen. Da er durch sie aber bereits ein Vermögen verdient hatte, trug er sicherlich nicht immer das Gleiche. Wahrscheinlich besaß er mehrere Gewänder gleicher Ausfertigung.

»Prinzessin Freya!«, begrüßte Norwell sie überschwänglich und nahm das Monokel ab, das in seinem rechten Auge klemmte. »Welche Freude, Euch zu sehen! Ich habe mich schon gefragt, wie lange es wohl noch dauert, bis Ihr mich mit Eurer Anwesenheit beehrt.«

Sie lächelte. »Ich wäre gern früher gekommen, aber ich war verhindert.«

»Jetzt seid Ihr hier, und ich habe viele Raritäten, die ich Euch ...« Mitten im Satz verstummte Norwell. Verblüfft hob Freya den Blick von einer Schmuckschatulle, die sie gerade betrachtete. Verwundert bemerkte sie, dass Norwell nicht mehr sie ansah, sondern Elroy. Die Falten zwischen seinen Augenbrauen vertieften sich merklich.»Was wollt Ihr hier?«, fragte er in barschem Ton.

»Ich begleite die Prinzessin bei ihrem Einkauf«, erwiderte Elroy ungerührt.

Norwells Blick zuckte von dem Piraten zu Freya.»Er gehört zu Euch?«

Sie nickte, allerdings fühlte es sich wie ein Fehler an.

»Wisst Ihr, dass er ein Betrüger ist?«, fragte Norwell, und vor Aufregung überschlug sich seine Stimme.»Er hat mich hintergangen! Ihr solltet ihm nicht vertrauen.« Nachdrücklich schüttelte er den Kopf und wich einen Schritt zurück, um Abstand zwischen Freyas Begleiter und sich zu bringen. Dabei musterte er Elroy wie eine Giftschlange.

»Ich habe Euch nicht betrogen«, entgegnete Elroy und lehnte sich gegen eins der Regale, dessen Bretter gefährlich ins Wanken gerieten. Doch davon ließ er sich nicht beirren, obwohl die Waren vermutlich ein halbes Vermögen kosteten.»Ich habe nur verkauft, was mir gehörte.«

»In meinem Laden!«

Elroy stieß ein verächtliches Zischen aus.»Tut nicht so, als hättet Ihr mit mir kein gutes Geschäft gemacht. Oder wollt Ihr, dass ich das nächste Mal dem *Was ImmerWERT* einen Besuch abstatte?«

Norwells Augen wurden groß.»Das würdet Ihr nicht wagen. Dieser Gauner von Hollánd würde Euch nur einen Bruchteil dessen bezahlen, was ich Euch gegeben habe.«

»Vielleicht, aber vermutlich würde er sich auch nicht trauen, die Stimme gegen mich zu erheben.«

Norwell presste die Lippen zu einem schmalen Strich zusammen. Er zögerte kurz, bevor er die nächsten Worte aussprach, die ihm sichtlich schwerfielen.»Es tut mir leid, mein Herr. Ich wollte Euch nicht kränken.« Dann wandte er sich wieder an

Freya. »Verzeiht, Prinzessin, dass Ihr Zeugin dieses Wortwechsels werden musstet.«

Sie lächelte matt, insgeheim dankbar, ausnahmsweise nicht der Anlass eines Streits zu sein. Um von dem Zwischenfall abzulenken, machte sich Norwell umgehend an die Arbeit und zeigte ihr seine neuesten Waren. Darunter Notizbücher, in feinstes Leder eingeschlagen und so sauber vernäht, als wären sie nicht von Menschenhand gefertigt. Gläser voller Sand, gesammelt auf den verschiedensten Stränden rings um die Welt. Es gab antike Haarnadeln, die großzügig mit Diamanten besetzt waren, und einen Globus, der sich aufziehen ließ wie eine Spieluhr, sodass er sich drehte, drehte, drehte ...

Freya beobachtete die schier endlosen Bewegungen. Als diese schließlich endeten und sie aufblickte, entdeckte sie hinter dem Verkaufstisch vier Papierrollen. Sie deutete darauf. »Was ist das?«

Norwells Blick folgte ihrer ausgestreckten Hand. »Diese Waren wurden schon verkauft.«

»Das war nicht meine Frage.«

»Natürlich nicht, Prinzessin.« Norwell umrundete den Tresen und zog eine der Rollen hervor. Vorsichtig löste er die Schnur, welche sie zusammenhielt, und rollte das Papier auseinander. Zum Vorschein kam eine Landkarte, die einen unverkennbaren Stil aufwies.

»Morthimer«, flüsterte Freya andächtig und unterdrückte den Drang, die Karte zu berühren. Sie war wunderschön. Auch wenn der Kartograf womöglich verrückt war, so hatte er doch Talent. Kräftige Farben kennzeichneten die Kontinente und Inseln, blasse Blau- und Türkis-Töne die Meere und Seen. Skizzen kleiner Skulpturen besetzten die größten und bedeutendsten Städte der Welt. Für Amaruné hatte Morthimer eine Krone eingezeichnet, ohne Zweifel ein Symbol für die Königsreligion. Nihalos wurde von einem Brunnen versinnbildlicht, Daaria von einer Rose. Was dies zu bedeuten hatte, konnte Freya nur erahnen und spürte, wie ein Gefühl von Neid in ihr aufstieg. Wie frei musste Morthimer sein, wenn er alle diese Orte besuchen konnte?»Was hältst du von der Karte?«

Elroy war hinter sie getreten und spähte ihr über die Schulter. »Sie ist mittelmäßig.«

Entsetzt sah sie ihn an, und auch Norwell rang empört nach Luft.»Mittelmäßig?«

»Ja, er hatte schon schönere Karten.«

»Ich finde sie wunderschön«, warf Freya ein.

»Ihr könnt sie haben«, sagte Norwell.

Sie blickte zu dem Händler auf.»Ich dachte, sie seien bereits verkauft.«

»Schon, aber lieber gäbe ich sie Euch ... sofern Ihr sie wollt.«

Freya war versucht, das Angebot anzunehmen, und zögerte kurz. Doch dann schüttelte sie den Kopf. Ein anderer Liebhaber schöner Dinge hatte das Fundstück vor ihr entdeckt und freute sich vermutlich, die Karte bald abholen zu können. Norwell wollte es ihr nur überlassen, weil sie eine Draedon war. Ihren verhassten Adelstitel zu missbrauchen, um eine Karte von Morthimer zu ergattern, wäre ihr unangemessen vorgekommen. »Seid so freundlich und bewahrt mir bei der nächsten Lieferung eine Karte auf.«

Norwell nickte.»Selbstverständlich, Prinzessin.«

Freya bedankte sich und kaufte eins der edlen Notizbücher, das wie dafür geschaffen war, ihre Erlebnisse in Melidrian niederzuschreiben. Gemeinsam mit ihrem magischen Würfel würde sie es hinter der losen Diele unter ihrem Bett aufbewahren, so lange, bis sie Königin war und solche Schriften nicht länger verboten wären.

Sie bezahlte Norwell, nahm das Notizbuch an sich und verließ mit Elroy den Laden. Sie spürte das weiche Leder unter den Fingerspitzen und drückte es an die Brust. Die Gardisten, die vor dem *Königlich* gewartet hatten, geleiteten sie zurück zur Kutsche, die sich alsbald in Bewegung setzte. Freya legte das Notizbuch in eine Kiste, die man später in ihr Zimmer bringen würde. »Was ist unser nächstes Ziel?«, fragte Elroy.

»Eine Parfümerie«, antwortete Freya und nahm aus den Augenwinkeln wahr, wie er etwas aus der Tasche seiner Uniform zog. Sie erkannte das Armband, das sie wenige Minuten zuvor in einer von Norwells Auslagen gesehen hatte. Es war aus Silber und hatte einen Anhänger aus Gold, der die Form eines Schlüssels aufwies. »Du hast etwas geklaut?«

»Ich bin Pirat«, erklärte Elroy kaltschnäuzig. »Piraten klauen.«

»Ich dachte, du seist ein Prinz.«

»Prinz. Pirat. Liebhaber. Ich habe viele Gesichter.«

Sie betrachtete ihn mit finsterem Blick.

Er seufzte. »Mach dir keine Sorgen. Norwell wird es überleben. Ein Mann, der fünf Dukatmünzen für ein Glas Dreck verlangt, besitzt genug Gold.«

»In den Gläsern war Sand. Kein Dreck«, beharrte Freya.

Elroy hob die Schultern. »Dreck. Sand. Alles dasselbe.«

△

Der Parfümerie folgten eine Schneiderei und ein Buchbinder. Auch dem Badehaus statteten Elroy und Freya einen Besuch ab. Nicht um sich in den Thermen zu vergnügen, sondern um einige Flaschen des Badeöls zu kaufen, das die Herrin des Hauses persönlich herzustellen pflegte.

Es hatte zu schneien begonnen, aber nicht einmal die dicken Flocken, die sich wie eine Decke über die Stadt legten, hielten die Bevölkerung in den Häusern. Inzwischen hatte es sich herumgesprochen, dass die Prinzessin erstmals seit ihrer Rückkehr das Schloss verlassen hatte. Wann immer Freya der Kutsche entstieg, wurde sie von einer Menschenmenge begrüßt. Gern hätte sie über die vielen Leute hinweggesehen, aber das wollte ihr nicht gelingen. Einige von ihnen beteten, andere schwiegen, und wieder andere stellten Mutmaßungen über ihr Verschwinden und ihren geheimnisvollen Begleiter an. Wobei vor allem den Frauen Elroys Schönheit nicht entging. Er indes zeigte sich von diesen Schwärmereien unbeeindruckt. Vermutlich war er es gewohnt, im Mittelpunkt weiblicher Aufmerksamkeit zu stehen. Immerhin lebte er jeden Tag mit seinem Gesicht. Als die Kutsche das nächste Mal vor der Markthalle anhielt, wollte Freya bereits nicht mehr aussteigen. Sie fühlte sich von dem ganzen Trubel wie erschlagen. Mit Larkin auf der Flucht zu sein, war eine Herausforderung und nicht immer einfach gewesen. Dennoch vermisste sie die Zeit, als sie mehr oder weniger unbemerkt durch Thobria reisen konnte. Unter ihrem Umhang war sie ein Niemand gewesen. Bedeutungslos. Ein Zustand, den die meisten Menschen nicht anstrebten. Sie allerdings hatte ihn zu schätzen gelernt.

Doch ihr blieb keine andere Wahl, als sich erneut in das Getümmel zu stürzen. Sie hatte Moira seit Wochen nicht mehr gesehen und plante, sie mitten am Tag zu besuchen. Es war ein Wagnis, und sie wollte keinesfalls mit leeren Händen bei der Alchemistin erscheinen. Natürlich konnte sie ihr wie üblich einige Goldstücke mitbringen. In der Markthalle des ersten Rings gab es jedoch Händler, die ausschließlich seltene und exotische Kräuter oder Gewürze verkauften. Unerschwinglich für Bewohner des fünften Rings, die mit ihrer zerschlissenen Kleidung vermutlich schon im dritten Ring von den Gardisten zurückgetrieben wurden.

Die Markthalle war ein eindrucksvolles Gebäude aus grauem Stein, das trotz des wolkenverhangenen Himmels einen Schatten auf den schneebedeckten Boden warf. Mehrere Fuß hohe Fenster waren in das Mauerwerk eingelassen. An sonnigen Tagen flutete blendende Helligkeit ins Innere der Halle und rückte die Waren der Händler ins rechte Licht. Nachdem Yale Freya ein weiteres Mal aus der Kutsche geholfen hatte, wurden sie und Elroy von den Gardisten umringt und in die Halle geleitet. Dort wimmelte es nur so von Menschen. Lautstark priesen die Händler ihre Waren an, während die Kunden die Preise herunterhandelten. Hier gab es alles, was das Herz begehrte. Frisches Fleisch, noch lebenden Fisch, Obst und Gemüse aus den Winterlagern der Bauern oder als Einfuhr aus südlich gelegenen Gebieten. Doch neben Nahrungsmitteln fanden auch Rohstoffe wie Leder und Papier ihre Abnehmer. Es waren vor allem Laufburschen und Dienstmädchen, die im Auftrag ihrer adligen Herrschaft unterschiedliche Besorgungen tätigten. Aber auch einige Lords und Ladys waren anwesend und schlenderten an den Ständen vorbei. Im Vergleich zu den Auslagen, die Freya auf dem magischen Schwarzmarkt gesehen hatte, wirkten diese jedoch grau und trist.

Sie konnte es kaum erwarten, wieder zu verschwinden und den vielen neugierigen Blicken zu entgehen. Was wohl in den Köpfen der Leute vorging? Sahen sie in ihr das unbeständige Mädchen, das sie in den Augen ihres Vaters war? Oder erblickten sie ihre zukünftige Königin?

Es dauerte nicht lange, bis Freya einen Stand entdeckte, an dem getrocknete Kräuter angeboten wurden. Sie erstand Mistelzweige, Augenkraut, Zaunwinde, Driantenwurzel, Wolfsbann und noch einiges andere. Wie sie wusste, hatte Moira für diese Pflanzen vielfältige Verwendung. Sie entlohnte die Händlerin großzügig und bat die Gardisten, sie nach draußen zu geleiten, da ihr das Gedränge zu viel wurde. Zurück im Freien, bemerkte sie erst, wie warm und stickig die Luft innerhalb der Halle gewesen war.

»Wohin als Nächstes?«, fragte einer der Gardisten. »Zurück zum Schloss?« Hoffnung schwang in seiner Stimme mit, und damit hatte Freya ihn genau dort, wo sie ihn haben wollte. Abwartend blickte sie zu Elroy hinüber, der ihr ein kaum merkliches Nicken schenkte.

»Zum versunkenen Tempel«, erklärte er.

Überrascht horchte Freya auf. Sie hatte schon darüber nachgedacht, was Elroy wohl im Schilde führte, aber auf den versunkenen Tempel war sie nicht gekommen. Wer hatte ihm überhaupt davon erzählt?

Unschlüssig wandte sich der Gardist an seine Begleiter. »Zum versunkenen Tempel?«

»Ja, oder habe ich mich unklar ausgedrückt?«, fragte Elroy gereizt.

Der Gardist, dessen Namen Freya nicht kannte, runzelte die Stirn. In seinen blauen Augen erkannte sie den Zwiespalt, in dem er sich befand. Zwar durfte er den zukünftigen Prinzgemahl nicht verärgern, doch der Tempel lag in einem gefährlichen Viertel. »Ihr wisst, dass der Tempel zwischen dem fünften und sechsten Ring liegt, nicht wahr?«

Elroy verschränkte die Arme vor der Brust. »Ist das ein Hindernis?«

»Selbstverständlich nicht.«

»Gut, dann lasst uns fahren! Vor dem Essen möchte ich wieder im Schloss sein.«

11. Kapitel – Leigh

– Nihalos –

Leigh hatte mit allem gerechnet. Mit einer Taverne. Mit einem Badehaus. Mit einer Spielhalle. Oder einem Bordell. Auf keinen Fall aber mit einem Laden für Musikinstrumente. Der Halbling hatte diesen Ort zielstrebig ausgesucht, und nun fragte er sich, ob er wohl geradewegs in eine Falle tappte.

»Ich hoffe, du lässt mich das nicht bereuen«, sagte Leigh. Er packte den Ärmel des Halblings und führte ihn über den Innenhof des Palastes in Richtung der Gärten. Sie waren die einzige Abgrenzung zwischen der Stadt und dem schimmernden Schloss. Mauern gab es in Nihalos nicht. Ein Fehler, wie Leigh fand, wenn er auf die letzten Wochen zurückblickte. Aber nichts lag ihm ferner, als Kheeran vorzuschreiben, wie er sein Land regieren sollte. Dafür waren Aldren und Onora zuständig. »Solltest du mir Ärger machen, gehe ich doch noch auf das Angebot der Wache ein, und wir unternehmen als Nächstes einen gemeinsamen Ausflug in die Folterkammer. Hast du mich verstanden?«

Er schielte zu dem Halbling hinüber, der gebannt in den Himmel starrte, als hätte er den Anblick der Wolken vermisst. Ohne Leigh anzusehen, nickte er und schloss ungeachtet des Weges die Augen, während ihm Sonnenstrahlen auf das erhobene Gesicht fielen.

In der Zeit, die Leigh im Kerker verbracht hatte, war Leben auf dem Hof eingekehrt. Bedienstete gingen ihrer Arbeit nach, um Kheerans Leben so angenehm wie möglich zu gestalten.

Körbe mit frischem Obst wurden aus den Lagern in die Küche getragen. Blumengestecke wurden geflochten. Verkümmerte Blüten wurden mit Erdmagie ins Leben zurückgeholt, Bäume und Büsche wurden mit Wassermagie gepflegt. Manchmal hatte Leigh den Eindruck, dass es in diesem Palast mehr Gärtner als Gardisten gab, wobei ihm des Öfteren vor allem ein ganz bestimmter Gärtner aufgefallen war. Er hatte schulterlanges aschblondes Haar, das er zum Zopf geflochten hatte. Gerade kniete er vor einem Beet und wollte Unkraut jäten, doch dazu verwendete er weder Hacke noch Schaufel. Kleine Bewegungen seiner Finger reichten aus, um unerwünschte Pflänzchen zu entfernen. Für Unseelie-Verhältnisse hatte der Fae breite Schultern und starke Arme, die den Eindruck erweckten, er könne ein Krieger sein. Das allerdings war nicht der einzige Grund, warum er Leigh in Erinnerung geblieben war ...

Der Unseelie hob den Blick, als hätte er Leighs Anwesenheit gespürt, und ein Lächeln trat auf seine Lippen. Es gab nicht viele Fae, die Leigh wohlgesinnt waren, schließlich war er trotz seiner vermeintlichen Unsterblichkeit ein Mensch. Dieser Fae aber freute sich, ihn zu sehen. Sein Lächeln war nicht einfach nur zuvorkommend – es war verlockend. Ein Versprechen auf mehr, wenn Leigh nur wollte. Und zugegeben, der Fae war hübsch, hübsch genug, um Leigh ernstlich in Versuchung zu führen, hätte er nicht den Halbling befragen müssen.

Er erwiderte die Geste des Unseelie, gerade als dessen Lächeln plötzlich erlosch und stattdessen ein dunkler Ausdruck auf seinem Gesicht erschien. Verächtlich zog er die Augenbrauen zusammen, und seine zuvor einladenden Lippen wurden zu einem harten Strich, als sein Blick auf Leighs Begleiter fiel. Genau genommen auf dessen Fesseln, die der Welt lautstark verkündeten, wer er war.

Ein Gefangener.

Und da es vermutlich nur selten Halblinge in Gefangenschaft

der Unseelie gab, wussten die meisten von ihnen wahrscheinlich auch, welchen Verbrechens Leighs Begleitung beschuldigt wurde. Keine guten Aussichten für ein ruhiges Gespräch bei einem harmlosen Spaziergang durch die Stadt. Vielleicht hatte Leigh das Vorhaben nicht ganz zu Ende gedacht, aber nun war es zu spät für einen Rückzieher.

Leigh griff in die Manteltasche, zog Kheerans Schreiben hervor und stopfte es in die Hosentasche, bevor er die Knöpfe seines Mantels öffnete. Die Bewegung erregte die Aufmerksamkeit des Halblings, und er beobachtete ihn dabei, wie er das Kleidungsstück von den Schultern streifte. Lediglich mit seinem Hemd bekleidet, überlief Leigh ein kalter Schauer. Dabei war es in Nihalos nicht annähernd so kalt wie in Thobria zu dieser Jahreszeit. Zwar lag die Stadt südlicher, aber er vermutete, dass auch die Magie der Fae etwas mit der Wärme vor Ort zu tun hatte. Mit ihrer Wassermagie konnten die Unseelie die Wolken vertreiben, so gab es weder kühlen Regen noch Schnee. Feuer- und Luft-Talente erledigten den Rest. Vermutlich hatten die meisten Fae noch nie in ihrem Leben eine Schneeflocke gesehen oder echte Kälte erlebt. Kälte, die bis in die Knochen kroch und jede Erinnerung an Wärme auslöschte.

»Warte!«, sagte Leigh und bedeutete dem Halbling, stehen zu bleiben. Er faltete seinen Mantel zusammen und legte ihn wie ein Tuch über dessen gefesselte Hände. So sah es aus, als trüge dieser das Kleidungsstück vor sich her.

»Netter Versuch, aber du weißt hoffentlich, dass das nichts nutzen wird«, schnaubte der Halbling. »Du müsstest mir das Ding schon über den Kopf ziehen, damit sie mich nicht länger anstarren. Sie hassen uns Halblinge. Noch unverhohlener als euch Wächter.«

»Warum?«, fragte Leigh. Nur ungern setzten sich die Wächter mit den Halblingen und deren Belangen auseinander. Sie nahmen ihre Existenz noch nicht einmal zur Kenntnis, galten Halblinge doch als Beweis für ihr Versagen. Wenn Menschen sich mit Fae paarten, zeugte dies von einem Verstoß gegen das Abkommen und das Verbots des Überwindens der Mauer.

»Weil wir Fae sind und dennoch als schwach gelten«, antwortete der Halbling und erwiderte den kühlen Blick einer Unseelie, die mit gerümpfter Nase an ihnen vorbeieilte. Zuvor hätte Leigh ein solches Verhalten auf den Geruch des Halblings geschoben, der nach Wochen im Kerker nicht gerade wie eine Blumenwiese duftete. Nun erkannte er eine ganz andere Art von Ekel auf den Mienen der Unseelie, und das ergab für ihn keinen Sinn. Dass die Fae die Menschen verachteten, war verständlich. Schließlich hatten sie Krieg gegeneinander geführt, aber Halblinge verfügten über Magie. Sie waren immer eher Fae als Mensch, warum also dieser Hass? Das konnte sich Leigh nicht erklären, aber er hatte Hass schon immer als ein unnötiges Gefühl empfunden.

»Lass uns gehen«, wies er den Halbling an. Ohne auf die abschätzigen Gesichter der Unseelie zu achten, verließen die beiden schweigend den Palastbereich und durchquerten die Gärten. Diese bewiesen einmal mehr, dass die Fae der Natur zu trotzen vermochten. Denn während zu dieser Jahreszeit in Thobria nur noch Eiskristalle an den Ästen hingen, gab es hier noch immer Blätter, Blüten und Knospen, wie sie sonst nur im Frühling sprossen. Sobald sie an einer besonders prächtigen Blume vorbeikamen, verlangsamte der Halbling seine Schritte, wie um sich diesen Anblick ein letztes Mal einzuprägen. Viele Gelegenheiten würden sich ihm dafür wahrscheinlich nicht mehr bieten.

»Wie ist dein Name?«, fragte Leigh und wandte dem Papagei, der in einem der Brunnen gebadet hatte, den Rücken zu. Die dunkle Erscheinung des Halblings wirkte in dieser Umgebung geradezu befremdlich.

Sein Blick streifte Leigh nur flüchtig. »Warum ist das wichtig?«

»Ich wüsste einfach gern, mit wem ich spreche.«

»Nenn mich, wie du willst. Bald habe ich ohnehin keine

Bedeutung mehr«, entgegnete der Halbling. Seiner Stimme war weder Angst noch Verzweiflung anzumerken. Hatte er bereits mit seinem Dasein abgeschlossen? Ein merkwürdiger Umstand, wenn Leigh bedachte, wie sehr sich die meisten Fae an ihr Leben klammerten. Nicht aus Freude, sondern aus Gewohnheit.

Sie verließen die Gärten und begaben sich auf eine gepflasterte Straße. Links und rechts säumten Häuser aus hellem Gestein mit wuchernden Dachgärten ihren Weg. Und gleichgültig, wohin Leigh auch blickte, entdeckte er fließendes Gewässer. Kleine Bäche entlang des Weges oder Brunnen im Herzen zweier sich kreuzender Straßen. Eins musste er den Unseelie lassen – sie kümmerten sich mit Hingabe um ihre Heimat.

Leigh wandte sein Augenmerk wieder auf den Halbling. »Dann erzähl mir, woher du kommst, Goldstück.«

Zweifelnd hob der Halbling die Brauen, die unter den Spitzen seines schwarzen Haars verschwanden, das ihm in die Stirn fiel. »Goldstück?«

Leigh schmunzelte. »Du sagst, ich darf dich nennen, wie ich will.«

»Und etwas Besseres fällt dir nicht ein?«

»Nun, dann nenn mir eben deinen echten Namen, wenn du darauf bestehst.«

Der Halbling grunzte belustigt. »Sehr gerissen.«

»Es hätte gelingen können.« Gleichgültig hob Leigh die Schultern. »Ich nehme an, dass du nicht aus Nihalos kommst, wenn die Unseelie deinesgleichen so sehr hassen. Deine Mutter war also eine Seelie?«

»Mein Vater«, erwiderte der Halbling zu Leighs Erstaunen. Er hatte keine Antwort erwartet, aber vielleicht erkannte der Halbling allmählich, dass Ceylan und er nicht die Bösen in diesem Spiel waren.

»Lebt er noch?«

»Schon lange nicht mehr.«

»Meiner auch nicht.« Leighs Eltern hatten ein langes und erfülltes Leben geführt. Sein Vater war im hohen Alter über Nacht entschlafen, seine Mutter ein Jahr später erkrankt. Damals war er bereits ein Wächter gewesen. Sie hatte nach ihm rufen lassen, und er hatte die Mauer für einige Tage verlassen dürfen, um ihr während ihrer letzten Stunden beizustehen. Er hatte ihre Hand gehalten, ein gleichermaßen wunderbares wie schmerzliches Gefühl. Noch immer wünschte er sich, er hätte dasselbe für Edan tun können.

»War dein Vater auch Wächter?«, fragte der Halbling.

»Nein, ein Heiler.«

»Warum geht der Sohn eines Heilers an die Mauer?«

»Das ist eine lange Geschichte und *du* bist derjenige, der reden soll, nicht ich«, murrte Leigh und blieb vor einer Taverne stehen, die sich *Das Zepter* nannte. Er zog die Tür auf und bedeutete dem Halbling, er möge eintreten.

Dieser runzelte die Stirn. »Was woll'n wir hier?«

»Etwas essen und trinken. Was glaubst du denn?«

»Ich dachte, wir gehen in den Laden.« Verunsichert spähte der Halbling über die Schulter, vermutlich in die Richtung, in der das Musikgeschäft lag.

»Später«, versprach Leigh. »Zuerst reden wir.«

»Das war so nicht ausgemacht.«

»Keine Sorge, ich halte mein Versprechen. Aber ich habe Hunger und glaube, du könntest auch etwas anderes vertragen als die Krumen vom Tisch des Prinzen.«

Der Halbling bewegte sich nicht. Mit zusammengepressten Lippen starrte er Leigh an, und dieser fragte sich, ob die Augen des Halblings schon immer so düster, so hoffnungslos gewesen waren. Oder ob ihm ein Ereignis so zugesetzt hatte? Schließlich wurde niemand mit gebrochener Seele geboren.

»Komm schon, nur ein paar Minuten«, ermunterte ihn Leigh und nickte auffordernd ins Innere der Taverne. Der Halbling zögerte noch kurz, bevor er erkennbar widerwillig die Schankstube betrat. Um diese Stunde war sie wie erwartet noch recht leer. Nur wenige verlorene Gestalten saßen an den Tischen aus hellem Ahornholz. Über ihren Köpfen reihten sich gläserne Kugeln, in denen magische Feuer brannten und für eine behagliche Stimmung sorgten. Überall standen Kübel mit grünen Pflanzen, und Ranken hingen von der Decke, ebenso wie gläserne Windspiele, die leise klimperten und sich sacht im Wind der offenen Tür drehten. Der Geruch von Kräutern und süßem Apfelmus lag in der Luft.

Gemeinsam mit dem Halbling trat Leigh an den Tresen. Dahinter stand eine Fae mit goldenem Besatz auf den spitzen Ohren und rührte geschäftig in einem Kessel, der über einer Flamme köchelte. Der Umstand, dass bei den Unseelie die Frauen das Haar für gewöhnlich kurz trugen, brachte Leigh noch immer leicht aus der Fassung, zumal man ihm im sterblichen Land jahrhundertelang beigebracht hatte, dass langes Haar für Weiblichkeit stand. Ein Trugschluss der Menschen, wenn er die Unseelie betrachtete, die ihn mit einem unwilligen Blick bedachte.

»Seid gegrüßt«, sagte Leigh und setzte ein Lächeln auf, das die störrische Miene der Unseelie allerdings nicht milderte. »Wir hätten gern zwei Becher Tee und zwei Schüsseln von der Köstlichkeit, die da in Eurem Topf schmort.«

Die Unseelie schwieg eine Weile und schien zu überlegen, ob sie ihnen Essen und Trinken verweigern sollte. Schließlich aber kam sie zur Besinnung. »Was habt Ihr für Talente?«

Leigh lächelte. »Ich habe etwas viel Besseres als Talente.« Er griff in die Hosentasche und zog das gefaltete Stück Papier hervor. »Ein Schreiben des Prinzen. Ich bin aus offiziellem Anlass hier.«

Misstrauisch musterte die Fae den Brief und das gebrochene Siegel. Offenbar vermutete sie eine Fälschung. Doch die Echtheit des Dokuments war nicht anzuzweifeln, und schließlich nickte sie. »Ich schreibe es auf die Rechnung des Königshauses. Setzt Euch an einen der Tische. Ich lasse Euch das Essen bringen.«

Leigh bedankte sich und sah sich in dem Raum um. Sie hätten sich an eins der Fenster setzen können, die zum Garten der Taverne hinausblickten. Oder an das offene Feuer am Kamin. Leigh entschied sich jedoch für die hinterste und dunkelste Ecke, um möglichst ungestört mit dem Halbling reden zu können.

Leigh nahm ihm den Mantel ab und ließ sich nieder. Der Halbling hielt die gebundenen Hände unter der Tischplatte versteckt. Wobei sein Gesicht im warmen Licht der Flammen weniger finster wirkte. Seine Brandnarbe hingegen schien zu leuchten und sich dem lodernden Feuer anzupassen.

»Wer hat dir das angetan?«, fragte Leigh und berührte seinen eigenen Hals dort, wo sich die Verbrennung des Halblings befand, dicht über den lebenswichtigen Adern, in denen Leigh seinen Herzschlag spürte.

»Niemand«, antwortete der Halbling und neigte den Kopf so tief, dass ihm eine Strähne des schwarzen Haars vor die Augen fiel. Es war eigentlich recht kurz, aber Leigh vermutete, dass es irgendwann einmal lang gewesen sein musste und die fahrige Bewegung eine Angewohnheit war, um die Narbe zu verdecken.

Leigh stützte die Ellbogen auf dem Tisch ab, ohne den Blick von seinem Gegenüber zu lösen. »Du hast dich ganz sicher nicht selbst verbrannt.«

Hastig fuhr sich der Halbling mit der Zunge über die Lippen. »Was willst du von mir hören?«

»Die Wahrheit«, verlangte Leigh. »War es ein Unfall?«

Der Halbling schüttelte den Kopf. »Nein.«

»Ein Angriff?« Leigh wusste nicht, warum es ihm so wichtig war, dies zu erfahren. Vielleicht weil er nichts mehr hasste als den Geruch von verkohlter Haut. Und weil es seine größte Angst war, bei lebendigem Leib zu verbrennen. Er hatte schon ganze

Dörfer abfackeln und Menschen auf dem Scheiterhaufen brennen sehen. Ihre Schmerzensschreie waren mit nichts zu vergleichen.

Der Halbling schnaubte. »Eher nicht.«

Leigh stutzte. Er hatte fest damit gerechnet, aber sein Bauchgefühl sagte ihm, dass der Halbling die Wahrheit sprach. Welchen Grund sollte er auch haben, ihn anzulügen? Die Verbrennung musste schon einige Jahre zurückliegen. Sie heilte nicht mehr aus, denn sie sah noch genauso aus wie am Tag seiner Einkerkerung. Doch woher kam die Narbe, wenn weder ein Angriff noch ein Unfall sie verursacht hatten?

Eine Strafe, ging es Leigh durch den Kopf. Bevor er seinen Verdacht äußern konnte, trat die Unseelie an den Tisch. Wortlos stellte sie zwei Becher und Schüsseln ab. Es gab gekochten Hafer, doch es war nicht bloß ein zäher hellbrauner Brei, wie Leigh ihn aus dem Niemandsland kannte. Bunte Obststücke waren mit eingekocht und verströmten einen köstlich süßen Duft.

Sofort griff der Halbling nach dem Löffel und schob sich einen großen Bissen in den Mund, den er trotz der Dampfschwaden, die von der Schüssel aufstiegen, sofort hinunterschluckte. Er stieß einen zufriedenen Seufzer aus und nahm gierig einen weiteren Bissen. Dabei lehnte er sich tief über den Teller und schaufelte das Essen geradezu in den Mund, nachdem ihm die Fesseln nicht allzu viel Bewegungsfreiheit ließen.

Abgesehen von Bríon hatte Leigh noch nie einen Mann so essen sehen und wagte den Halbling nicht zu stören. Er nahm einen vorsichtigen Schluck seines Tees und rührte in seiner eigenen Schale, ohne den anderen Mann aus den Augen zu lassen. Anscheinend versorgten die Unseelie ihre Gefangenen nicht ausreichend mit Nahrung, obwohl sich Ceylan diesbezüglich noch nie beklagt hatte. Dennoch beschloss Leigh, ihr bei nächster Gelegenheit etwas in die Zelle zu schmuggeln. Zwar hielten es Wächter sehr lange ohne Nahrung aus, und noch nie hatte er gehört, dass einer seiner Brüder verhungert wäre, aber mit leerem Magen ließ sich nur schwer kämpfen, und auch die Ausrichtung auf das Ziel ging verloren. Womöglich hatte Ceylan deshalb solche Schwierigkeiten, auf ihre Magie zurückzugreifen.

Ein schabendes Geräusch riss Leigh aus seinen Überlegungen, und er bemerkte, dass der Halbling seine Schale leer kratzte, um sich auch den letzten Rest des Breis einzuverleiben. Leigh seufzte und schob seine Schüssel über den Tisch.

Fragend sah der Halbling zu ihm auf. »Sagtest du nicht, du hättest Hunger?«

»Stell keine Fragen und iss«, erwiderte Leigh und nippte an seinem Tee, um die Leere in seinem Magen zumindest damit zu füllen. Er konnte jederzeit essen. Wann immer er wollte, bereiteten ihm die Köche im Schloss eine nahrhafte Mahlzeit zu. Und vielleicht war der Halbling aus Dankbarkeit doch noch zum Reden bereit.

Er zog Leighs Schale zu sich heran und nahm einen Löffel. Offenbar war sein größter Hunger gestillt, denn diesmal ließ er sich mehr Zeit. Genüsslich schob er den Brei im Mund hin und her.

»Warum hast du Aldren und Prinz Kheeran am Tag der Krönung angegriffen?«, fragte Leigh geradeheraus und behielt den Halbling scharf im Auge, um die Antwort nicht zu verpassen.

»Weil ich es so wollte«, erwiderte er nach einer ganzen Weile, ohne vom Teller aufzusehen.

»Warum?«

Nun zuckte der Blick des Halblings doch in Leighs Richtung, wenn auch nur für einen winzigen Augenblick. Dann wandte er sich wieder seiner Mahlzeit zu. »Frag mich lieber, was du wirklich wissen willst.«

Leighs Mundwinkel zuckten. »Warum hast du Königin Zarina ermordet?«

»Ich habe sie nicht ermordet.«

»Ceylan behauptet etwas anderes.«

»Sie lügt«, widersprach der Halbling und nahm einen Schluck von seinem Tee, bevor er sich einen weiteren Löffel mit Haferbrei in den Mund schaufelte.

»Das glaube ich nicht«, widersprach Leigh und sah sich flüchtig in der Schenke um. Er musste sichergehen, dass sie nicht belauscht wurden. Doch die Mienen der einsamen Gestalten ringsum blieben völlig ausdruckslos. »Warum hätte sie die Königin töten sollen?«

Der Halbling hob die Schultern. »Woher soll ich das wissen?«

Leigh zwang sich zur Ruhe. Welches Ziel verfolgte der Halbling? Er würde so oder so sterben. Ein Geständnis brächte ihm dem Tod nicht näher, sondern nur der Erlösung. Im Kerker der Unseelie zu verrotten, war kein Leben.

»Weißt du, wie alt Ceylan ist?«, fragte Leigh und änderte damit seine Taktik. »Neunzehn. Sie wurde erst kürzlich zur Wächterin ernannt und hat noch kein ganzes Menschenleben geführt. Sie hat ihre Eltern bei einem Angriff der Elva verloren. Aus tiefster Überzeugung wollte sie immer nur der Mauer dienen, um zu verhindern, dass anderen Familien ähnlich Grausames widerfährt. Dafür nahm sie sogar den Zorn des Field Marshal auf sich. Mich und die anderen Wächter zu Kheerans Krönung zu begleiten, war eine Strafe, die ihr auferlegt wurde, weil sie uns bei einem Angriff der Elva verbotenerweise gefolgt war, obwohl sie so gut wie keine Erfahrung im Kampf gegen diese Kreaturen hat. Um Unschuldige zu retten, hat sie ihr eigenes Leben aufs Spiel gesetzt. Die Möglichkeit, dies wieder zu tun, würde sie keinesfalls gefährden, indem sie eine Frau tötet, die ihr nicht das Geringste bedeutet.«

Der Halbling hatte seine Mahlzeit unterbrochen und starrte Leigh gebannt an. »Warum erzählst du mir das?«

»Weil du sterben wirst«, erklärte Leigh, und aus irgendeinem Grund stellten sich ihm bei diesen Worten die Härchen an den

Armen auf. »Es tut mir leid, aber daran führt kein Weg vorbei. Dein Henker wartet nur auf den Befehl des Prinzen. Ob du Königin Zarina ermordet hast oder nicht, spielt da eigentlich keine Rolle mehr, aber mit einem Geständnis könntest du Ceylan das Leben retten. Ihr Leben und das der Menschen, die sie beschützen wird.«

»Die Menschen sind mir gleichgültig«, erwiderte der Halbling und wandte das Gesicht ab, nicht ohne Leigh einen Blick in seine Augen erhaschen zu lassen, die nicht länger leer waren.

»Das würde ich dir glauben, wäre deine Mutter keine von uns. Sie hat dir das Leben geschenkt. Was würde sie von dir halten, wenn sie wüsste, dass du die Hinrichtung eines unschuldigen Mädchens zulässt?«

»Sie ist eine Wächterin und folglich ganz gewiss nicht unschuldig.«

»Du irrst dich«, konterte Leigh. Er hatte in seinem Leben schon mit vielen zwielichtigen Gestalten zu tun gehabt. Betrügern. Hehlern. Freiern. Und Auftragsmördern. Dunkle Gestalten, frei von jedem Gewissen. Mit Taschen voller Gold und Klingen, triefend von Blut. Bekanntschaften, die man notgedrungen schloss, wenn man als Dieb lebte. Ceylan war nicht wie sie. Sicherlich hatte sie schon gegen das eine oder andere Gesetz verstoßen, aber da stand sie den meisten Einwohnern Thobrias in nichts nach. Ihnen blieb keine andere Wahl, wenn sie nicht zu jenen vermeintlich vom König gesegneten Bürgern gehörten.

Der Halbling legte seinen Löffel beiseite und ließ von der noch halb vollen Schale ab. »Liebst du die Kleine?«

Die Frage überraschte Leigh. »Warum willst du das wissen?«

»Ich wüsste es einfach gern.« Der Tonfall des Halblings ließ auf Gleichgültigkeit schließen. Aber warum sollte er es wissen wollen, wäre ihm die Antwort gleichgültig?

»Wenn ich Ja sage, würde das etwas ändern?«, fragte Leigh.

Der Halbling verzog die Lippen zu einem schwachen Lächeln

und schüttelte den Kopf. »Nein, denn ich würde dir ohnehin nicht mehr glauben. Dein Blick und dein Zögern sprechen Bände. Sie ist dir vielleicht wichtig, aber du liebst sie nicht.« Er schob den Stuhl zurück und stand auf. »Also mach dir keine Sorgen, du kommst über ihren Tod hinweg. Und jetzt lass uns gehen!«

Leigh sah zu dem Halbling auf. »Wir sind noch nicht fertig.«

»Wir können unterwegs weiterreden, aber du verschwendest deinen Atem, wenn du glaubst, ich gestünde den Mord an der Königin.«

12. Kapitel – Freya

– Amaruné –

Der Mann war tot. Erstochen. Ausgeraubt. Seine nackten Füße schleiften über den Boden, während die Gardisten seinen Leichnam wegschleppten, um Freya den Anblick zu ersparen. Zu spät. Die Kutsche war stehen geblieben, aber niemand hatte Elroy und ihr die Türen geöffnet. Also hatte sie aus dem Fenster gespäht und entdeckt, was die Gardisten vor ihr hatten verbergen wollen. Unweit der Treppen, die zum Tempel hinabführten, hatte der Mann gelegen. Seine Haut war noch nicht von den Flecken gezeichnet, die wenige Stunden nach dem Tod auftraten. Er war erst kürzlich gestorben. Sein Mörder war vielleicht noch in der Nähe. Freya drehte sich der Magen um, und sie ließ den Vorhang wieder fallen.

»Wir können die Sache auch verschieben«, schlug Elroy vor und spielte mit dem gestohlenen Armband, das nun an seinem Handgelenk baumelte.

Sie schüttelte den Kopf. »Auf keinen Fall. Ich muss mit Moira reden.«

»Moira«, wiederholte er langsam, als wollte er Erinnerungen an den Namen erwecken. Freya war sich jedoch sicher, ihm nie von ihr erzählt zu haben. »Warum?«

»Das ist nicht wichtig.«

Elroy musterte sie neugierig. »Verstehe. Es geht um Magie.« Natürlich hatte er sie durchschaut. »Ist sie eine Alchemistin?«

Freya seufzte. »Ja.«

»Nun, weiß sie zufällig, wie man unsterblich wird?«

»Vermutlich nicht.«

»Schade.« Elroy ließ von seinem Armband ab. »Das wäre auch zu schön gewesen.«

Kaum hatte er den Satz beendet, wurden die Türen der Kutsche geöffnet. Freya stieg die Stufen hinab und versank mit ihren Schuhen im matschigen Untergrund, denn hier gab es keine befestigten Wege. Aufmerksam sah sie sich um und mied den Blick auf den Blutfleck, den der tote Mann hinterlassen hatte. Noch nie hatte sie den versunkenen Tempel besucht, und bisher hatte es auch keinen Grund dafür gegeben. Doch während vom Tempel selbst nichts zu sehen war, fielen die darauf erbauten, längst verfallenen Hütten sofort ins Auge. Trümmergebilde aus morschem Holz mit eingesunkenen Dächern, verzogenen Fenstern und ausgehebelten Türen, die allerlei Ungeziefer Einlass gewährten. Nicht einmal der Duft teurer Parfüms hatte in dieser Gegend Bestand. Bereits nach kurzer Zeit war der Gestank von Fäkalien, Schmutz und Krankheit schier überwältigend.

»Ich möchte mit Freya allein in den Tempel«, erklärte Elroy. »Seht nach, ob sich jemand dort drinnen aufhält.«

Bevor die anderen Gardisten den Befehl infrage stellen konnten, eilte Yale voraus und erkundete die Lage. Gleich darauf war er schon wieder zurück. Er gab Elroy ein Zeichen, dass die Luft rein war, und erteilte den Gardisten des Königs einen Befehl. »Ich bewache den Hinterausgang, ihr passt hier vorn auf.« Seine Worte wurden mit solchem Nachdruck vorgetragen, dass niemand Einspruch erhob, obwohl er kein offizielles Mitglied der Garde war. Vermutlich schlug er an Bord der *Helenia* ähnlich strenge Töne an.

Die Männer stellten sich auf, und Freya raffte ihr Kleid. Dabei tastete sie flüchtig nach den Kräutern, die sie im Mantel versteckt hielt. Obwohl sie noch nichts Verbotenes getan hatte, breitete sich ein ängstliches Flattern in ihrer Brust aus, während

Elroy sie zur Treppe des Tempels geleitete. Ein Erdbeben hatte diesen vor einigen Jahrzehnten in die Erde sinken lassen.

Elroy lief voraus. Mit bedachten Schritten folgte Freya ihm die Stufen hinab, die schief aus dem Stein geschlagen worden waren. Auf der Treppe gab es keine Fackeln, nur am Ende des Gangs flackerte Licht. Freya klammerte sich an Elroys Schultern, denn für einen solchen Ausflug war ihr Schuhwerk wahrhaftig nicht gemacht. Besser hätte sie die Stiefel von der Nacht ihrer Flucht eingepackt. Je tiefer sie in den Tempel vordrangen, umso mehr verflüchtigte sich der Gestank, bis Freya sogar den Duft von ätherischem Öl wahrnahm. Natürlich. So erbärmlich die Menschen in diesen Stadtvierteln auch lebten, hätte ihr Vater doch nie zugelassen, dass einer seiner Tempel nach Exkrementen roch.

Elroy stieß einen anerkennenden Pfiff aus. »Eins muss ich deinem Vater lassen. Er weiß, wie man sich vergöttern lässt.«

Dem konnte Freya nichts entgegensetzen. Die Gebetsstätte war erfüllt von einem orangefarbenen Licht, erzeugt von Dutzenden von Kerzen, die auf steinernen Altären brannten. Wappen der königlichen Familie zierten die Wände, die sich zu einer Kuppel wölbten. In der Mitte des Raumes senkten sie sich allerdings wieder ab, so als tropfte das Gestein herunter. Dieser Tropfen markierte den innersten Bereich des Tempels, und genau dort war eine goldene Krone in den Boden eingelassen, geschützt von schmalen Gittern.

Dieser Anblick traf Freya bis ins Mark. In den letzten Wochen hatte sie lernen müssen, dass ihr Vater nicht der Mann war, für den sie ihn immer gehalten hatte, aber das? Täglich verhungerten Menschen in den Armenvierteln der Stadt, und inmitten des Elends lag weggesperrt eine Krone, mit deren Erlös die Bevölkerung für viele Tage hätte verköstigt werden können.

»Wir haben nicht viel Zeit«, mahnte Elroy und spähte die Treppen zu den Gardisten nach oben. Seine Stimme war zu einem Flüstern gesenkt.

Verwirrt blickte Freya von der Krone auf. »Du kommst mit?«

»Was glaubst du? Ich helfe dir gern, eine Dummheit zu begehen, aber ich kenne deine Neigung zur Flucht. Daher habe ich wenig Lust, dem König erklären zu müssen, dass ich dich bei unserem Ausflug verloren habe.«

»Du vertraust mir nicht?«

»Kein bisschen. Und jetzt zieh dich aus!«

»Ähm ... was?«

»Zieh dein Kleid aus! Damit kannst du nicht durch den fünften Ring spazieren«, erklärte er und zog sich die goldenen Ringe von den Fingern.

»Du meinst das ernst«, stellte Freya fest.

»Natürlich. Wir werden in diesem Stadtteil schon genug auffallen, auch ohne deinen schicken Mantel und die Rüschen und Spitzen an deinem Kleid.«

Er übertrieb. Ihr Kleid hatte keine Rüschen, aber recht behielt er dennoch. Außerdem konnte sie in dem Ungetüm nicht rennen. »Und was schlägst du vor? Soll ich nackt durch die Straßen laufen?«

»Auch wenn ich die Vorstellung äußerst reizvoll finde – nein.« Er durchquerte den Raum und umrundete einen steinernen Altar. Zögernd folgte ihm Freya. In dem schmalen Gang zwischen Altar und Rückwand entdeckte sie am Boden eine hölzerne Falltür mit einem rostigen Riegel. Elroy musste fest daran ziehen, um sie zu öffnen. Zu Freyas Erstaunen befand sich darunter nicht nur eine Höhlung, sondern auch ein tiefes Loch, von dem ein Gang wegführte. Offenbar ein Fluchtweg durch die Tempelwand und das Erdreich dahinter. Freya verkniff sich die Frage, woher Elroy von diesem Geheimgang wusste. Besser, sie kannte die Antwort nicht.

An der Unterseite der Falltür war ein Beutel befestigt. Elroy öffnete ihn, und zum Vorschein kam verschlissene Kleidung. Er reichte Freya ein Paar Schuhe und ein zerlumptes Kleid, das aussah, als wäre es bei Ausgrabungen im Schatzgebirge getragen worden.

Elroy erhob sich und machte sich an den Knöpfen seiner Jacke zu schaffen. Er streifte sie von den Schultern und nestelte sein Hemd auf. Darunter kam gebräunte Haut zum Vorschein, die sich über feine Muskelstränge spannte. Freya rang nach Luft, bevor sie Elroy eilig den Rücken zuwandte.

Er lachte leise in sich hinein.

»Dreh dich um!«, forderte Freya, da sie seinen Blick noch immer auf sich spürte. Elroy schnaubte, und als sie vorsichtig über die Schulter spähte, hatte er sich tatsächlich abgewandt. Sie nahm die erworbenen Kräuter aus ihrem Mantel, knöpfte ihn auf und öffnete die Schnüre der Korsage, die sie ohne fremde Hilfe wahrscheinlich nicht mehr würde schließen können. Allerdings sagte ihr Gefühl, dass Elroy nicht viel Erfahrung darin hatte, Frauen *anzuziehen*.

»Dir ist hoffentlich klar, dass ich dich irgendwann ohnehin nackt sehen werde«, spottete Elroy leise lachend hinter ihr. »Spätestens in unserer Hochzeitsnacht.«

Vor Schreck hielt Freya in der Bewegung inne. Daran hatte sie überhaupt noch nicht gedacht! Auch bei Melvyn hatte sie diesen Teil ihrer königlichen Pflicht immer verdrängt – die Vorstellung war ihr einfach zu fremd. Sie schüttelte den Kopf. »Dazu wird es nicht kommen.«

»Das kannst du dir ruhig einreden«, entgegnete Elroy, und sie wusste nicht, ob seine Worte als Versprechen oder Drohung gemeint waren. Manchmal fiel es ihr schwer, den Piraten zu durchschauen. Er scherzte bei Bemerkungen, die er in Wirklichkeit ernst meinte. Und sprach todernst über Angelegenheiten, die er in Wahrheit als lächerlich empfand. Doch eins wusste Freya ganz genau – sie würde nicht mit Elroy schlafen. Und sollte er es wagen, sie mit Gewalt zu nehmen, würde er dies bitter bereuen.

Sie schnürte ihr Gewand auf, bis es nach unten sank. Darunter trug sie ein knielanges Unterkleid, das sie nicht ablegte. Sie schlüpfte in das schmutzige Kleid, das Elroy ihr gereicht hatte. Trotz ihrer zierlichen Statur reichte es nur bis zu den Waden.

»Du kannst dich wieder umdrehen«, sagte sie und warf sich das Tuch über, das ihren Mantel ersetzen sollte.

Elroy hatte sich ebenfalls umgekleidet und wirkte auf Freya plötzlich eigenartig fremd. Zuerst dachte sie, es liege an der schmucklosen Kleidung, bis sie erkannte, dass es sein Gesicht war. Er hatte nicht nur die goldenen Ringe an den Fingern, sondern auch die in den Ohren und der Nase abgenommen. Ohne den Schmuck wirkte er jünger. Gewöhnlicher.

»Lass uns gehen!« Er sammelte ihre Kleidung ein und verstaute sie in dem Beutel, der an der Falltür hing. »Willst du vorgehen?«

Freya spähte in das schwarze Loch, dessen Tiefe vom Schein der Kerzen nicht ausgeleuchtet wurde. Doch sie brauchte kein Licht, um das Krabbeln und Flattern der Insekten zu hören, die sich in der Dunkelheit eingenistet hatten. »Nein, danke. Ich gewähre dir den Vortritt.«

Ohne Widerworte ließ sich Elroy in das Loch hinabgleiten. Eine Leiter war nicht zu entdecken, aber die Aushebung war ohnehin nur wenige Fuß tief. Es gab auch keine Stufen, die hinauf zum Hinterausgang führten, wo Yale – so vermutete Freya – auf sie wartete, nur einen niedrigen Tunnel mit einer Steigung, auf der man sich nach oben hangeln musste. Nachdem Elroy Platz gemacht hatte, folgte Freya ihm durch die Luke. Das Blut rauschte ihr in den Ohren. Das beklemmende Gefühl, in ein Grab hinabzusteigen, wollte ihr einen Moment lang die Brust zuschnüren. Ringsum nichts als dunkle, nasse Erde und der Geruch von modrigem Wasser. Sie stützte sich an einer der Wände ab, als plötzlich etwas über ihre Finger krabbelte. Vor Schreck zog sie die Hand zurück und schüttelte sie heftig, bis die Wahr-

nehmung von kleinen Beinen auf ihrer Haut verschwunden war.
»Igitt, ist das eklig!«

Elroy lachte leise. »Du wirst es überleben.«

»Oder auch nicht.« Sie verschränkte die Arme vor der Brust.
»Mich würde es nicht wundern, wenn hier unten eine Riesenspinne lebt, die uns fressen will.«

»Dafür, dass du bereits in Melidrian warst, bist du verdammt zimperlich.«

»Das war etwas ganz anderes.«

»Weil Larkin bei dir war?«

Freya verkniff sich eine Antwort, denn sie wollte nicht an den Wächter denken. Die Erinnerung an ihn lenkte sie zu sehr ab, und sie musste ihre Gedanken auf Moira richten. An Larkin würde sie später denken. Nachts. Allein. In ihrem Bett. »Wir sollten gehen«, sagte sie stattdessen und ließ den Arm wieder sinken, denn die Hände würde sie wohl oder übel brauchen, um nach oben zu klettern. »Die Zeit wird knapp.«

Elroy ging voraus. Mit geduckten Köpfen folgten sie der Steigung, die jedes Mal bei Regen von Wasser geflutet werden musste, denn die Erde war nicht einfach nur feucht, sie war rutschig. Immer wieder drohte Freya nach unten abzugleiten. Zuerst war ihr die Dunkelheit in dem Loch unangenehm gewesen. Inzwischen aber war sie dankbar, nicht sehen zu müssen, in welcher Gesellschaft sie sich gerade befand. Eigentlich fürchtete sie sich nicht vor Insekten, aber es gefiel ihr nicht, mit ihnen auf engstem Raum zu kuscheln. Während des Aufstiegs redeten Elroy und sie kein Wort. Nur das Rasseln ihrer Atmung war zu hören, begleitet vom gelegentlichen Knacken eines Käfers, der unter ihren Händen und Füßen sein Ende fand.

»Gleich haben wir es geschafft«, verkündete Elroy am Ende des Tunnels, der ebenfalls mit einer Falltür verschlossen war. Wenn alles nach Plan verlief, musste Yale oben auf Posten stehen. Elroy klopfte dagegen. Ein hohles Geräusch war zu hören, und der Dreck, der sich in den Ritzen des Holzes gesammelt hatte, rieselte auf sie herab. Hastig kniff Freya die Augen zusammen und wandte den Kopf ab.

Yale rüttelte von außen an der Tür. »Sie lässt sich nicht öffnen«, beschwerte er sich. »Sie muss von innen verschlossen sein.«

»Das kann nicht sein.« Blind tastete Elroy die Tür nach einem Riegel ab – vergeblich.

»Lass mich«, verlangte Freya und griff nach dem gläsernen Anhänger an ihrer Kette. Seit ihrer Rückkehr aus Melidrian war kein Tag vergangen, an dem sie kein Talent um den Hals getragen hatte. Die Magie so offenkundig mit sich zu führen, war gefährlich. Allerdings hätte niemand, der einen solchen Anhänger als magisch erkannte, dies geäußert. Schließlich hätte er damit nur sich selbst und sein eigenes Wissen verraten. Freya brachte den Anhänger zwischen ihren Fingern zum Bersten. Eine Flamme erwachte in ihrer Hand zum Leben und erhellte den Tunnel. Ein Dutzend Kellerasseln entfleuchte, und eine Spinnwebe dicht über Freyas Kopf fing Feuer. Es war jedoch nur ein kurzes Aufleuchten, bevor sie zu Staub und Asche zerfiel.

»Darauf hättest du auch früher kommen können«, bemerkte Elroy.

»Tut mir leid. Ich habe meine Hand anderweitig gebraucht.« Freya verdrehte die Augen und bedeutete ihm, die Luke zu öffnen. Er schob den Riegel auf, der nun deutlich zu erkennen war. Noch während er den Durchgang öffnete, erstickte Freya die Flamme zwischen ihren Fingern. Welche Verschwendung an Magie!

Elroy bedankte sich bei Yale, und sie machten sich umgehend auf den Weg zu Moira. Vermutlich waren die ersten Gardisten bereits unruhig geworden und warteten auf ihre Rückkehr aus dem Tempel. Später würden sie ihnen einfach erzählen, dass sie das *Hohelob* gebetet hatten. Ein ellenlanges Gebet zu Ehren König Nechtans des Dritten und der Männer, die sich todesmutig gemeinsam mit den Fae an einen Tisch gesetzt hatten, um das Abkommen auszuhandeln.

»Kannst du nicht schneller laufen?«, drängte Freya. Sie war vorgestürmt, hatte nach kurzer Zeit aber bemerkt, dass Elroy nicht Schritt halten konnte. Ihr Herz raste vor Aufregung und Vorfreude. Sie konnte es nicht erwarten, Moira zu sehen und mit ihr über Magie zu reden. Sie hatte so viel zu sagen. Viel zu lange hatte sie die Worte zurückgehalten, und nun fühlte sie sich wie ein Teekessel kurz vor dem Überkochen.

»Kann ich nicht.« Finster runzelte Elroy die Stirn. Es wirkte, als wollte er sie anschreien, aber über seine Lippen kam nur ein Fauchen.

Unruhig trat Freya auf der Stelle. »Willst du, dass sie uns erwischen?«

»Nein, das will ich nicht, aber ich *kann* nicht schneller.« Flüchtig zog er das linke Hosenbein hoch. Statt goldbrauner Haut spiegelte sich dort nur mattes Metall. Eine Prothese. Wie hatte ihr das während der Zeit an Bord der *Helenia* nur entgehen können?

»Tut mir leid, das wusste ich nicht«, stammelte Freya.

»Das tun die wenigsten.« Elroy blieb stehen, nachdem er zu ihr aufgeschlossen hatte. Sie hob den Kopf und betrachtete seine ebenmäßigen Gesichtszüge. Dabei glaubte sie zu sehen, wie sich der helle Schnee in seinen dunklen Augen spiegelte. »Sieh mich nicht so an! Ich brauche dein Mitleid genauso wenig wie mein linkes Bein. Ich kann alles tun und lassen, was ich will – nur nicht rennen. Aber ich habe es auch nicht eilig, denn sobald ich unsterblich bin, habe ich alle Zeit der Welt.«

13. Kapitel – Leigh

– Nihalos –

Der Halbling führte Leigh mit zielstrebigen Schritten in Richtung des Musikladens, als hätte er den Weg schon unzählige Male zurückgelegt. Seine ursprüngliche Befürchtung, es könnte sich um eine Falle handeln, hatte Leigh längst verworfen. Seit sie die Taverne verlassen hatten, redete der Halbling ununterbrochen von einer Harfe, die er im Schaufenster des Geschäfts gesehen zu haben meinte. Angeblich bestand sie aus dunklem Holz, war mit Schnitzereien verziert und verfügte über einen »Hals aus Gold«, was immer das bedeuten mochte. Leigh verstand nichts von Musik. Zwei der Wächter an seinem Stützpunkt besaßen Lauten, und gelegentlich hatte er sich dazu hinreißen lassen, an den Saiten zu zupfen, aber das war auch schon alles. Inzwischen lauschte er dem Halbling nur noch mit halbem Ohr.

»Ich wollte immer ein solches Instrument besitzen«, sagte der Halbling und beobachtete eine Fae, die mit erhobenen Händen vor einem Haus stand. Sie dirigierte eine einzelne Wolke und ließ sie auf das bepflanzte Dach hinabregnen, während die umliegenden Gärten trocken blieben.

»Warum hast du dir keins gekauft?«, fragte Leigh.

»Ich hatte nie genug Geld oder das Glück, einen Patron zu finden.« Der Halbling schluckte hart, und zum ersten Mal seit Beginn der Unterhaltung klang er wehmütig, als wäre sein eigener Tod mehr als eine Nichtigkeit. »Ich wünschte, mir bliebe noch genügend Zeit, um diesen Traum wahr zu machen.«

»Du bist selbst schuld. Hättest du Kheeran nicht angegriffen, wärst du jetzt nicht in dieser Lage«, sagte Leigh, und obwohl seine Worte der Wahrheit entsprachen, empfand er aus unerklärlichen Gründen ein gewisses Mitleid. »Du hast dir dieses Schicksal ausgesucht.«

»Davon kann nicht die Rede sein«, erwiderte der Halbling, dessen Stimme wieder matt und ausdruckslos klang. Jegliche Lebendigkeit, die bei der Erwähnung von Musik aus seinen Worten gesprochen hatte, war plötzlich verschwunden.

Leigh musterte ihn von der Seite. Sein Mund war eine harte Linie, und zwischen den Augenbrauen hatten sich tiefe Falten gebildet. *Merkwürdig.* »Wieso nicht? Hat man dich etwa gezwungen, Kheeran anzugreifen?«

»Nein.«

Eine Lüge. Leigh konnte sie riechen wie ein frisch gedüngtes Feld im Wind. Aber wer sollte den Halbling genötigt haben? Die einzige Person, die Leigh in den Sinn kam, war Teagan. Es wäre denkbar gewesen, immerhin war es dem Kommandanten auch gelungen, einige seiner eigenen Männer gegen Kheeran aufzuhetzen. Sie hatten Aldren und den Prinzen angegriffen, kurz bevor sich der Halbling auf sie gestürzt hatte. Zu schade, dass man ihn nicht mehr danach fragen konnte!

Plötzlich blieb der Halbling stehen, und Leigh stellte fest, dass sie den Musikalienladen erreicht hatten. Er lag eingezwängt zwischen einer Bäckerei und einer Glaserei, wie es sie in Nihalos zuhauf zu geben schien. In die Fassade des Ladens war ein großes Fenster eingelassen, das einen Blick ins Innere des Geschäfts gewährte. Zudem gab es eine hübsche Auslage, aber die Harfe, die der Halbling so begeistert beschrieben hatte, war nicht ausgestellt. Stattdessen lagen dort Flöten aus Metall und Holz, wie Leigh sie nie zuvor gesehen hatte.

»Sie ist weg«, sagte der Halbling so leise, dass seine Worte im Lärm der Stadt fast untergingen.

»Vielleicht hat man sie nur anderswo aufgestellt«, tröstete ihn Leigh. Er wusste nicht, weshalb er das Bedürfnis verspürte, dem Halbling Hoffnung zu machen. »Gehen wir doch hinein und sehen nach.« Er öffnete die Tür, und ein sanftes Läuten erklang. Doch der Halbling rührte sich nicht vom Fleck.

»Was ist mit dir?«

Der Halbling musterte ihn scharf, so scharf, dass Leigh mit einem Angriff gerechnet hätte, wäre ihm nicht der verlorene Ausdruck in den Augen seines Gegenübers aufgefallen. Dessen Mund stand leicht offen, als wollte er etwas sagen, doch kein Laut kam ihm über die Lippen.

»Komm schon!«, verlangte Leigh. Er packte den Ärmel des Halblings und zog ihn in den Laden. Sofort verwandelte sich dessen Gesichtsausdruck, und er wirkte so erstaunt, als hätte er das Portal in eine andere Welt durchschritten. Dabei waren es nur altbekannte Instrumente, die sie umgaben. Geigen, Lauten und weitere Flöten reihten sich an den Wänden. Notenblätter häuften sich zu Bündeln, und der Geruch von Papier und geöltem Holz lag in der Luft. Leigh hielt Ausschau nach der Harfe, die der Halbling ihm beschrieben hatte, konnte sie aber nirgends entdecken.

»Sucht ihr etwas Bestimmtes?«, hörte Leigh eine Stimme aus einer Ecke fragen. Hinter einem Flügel trat ein Fae hervor, der für einen Unseelie ungewöhnlich klein war. Sein blondes Haar reichte ihm bis in die Kniekehlen, und er trug einen langen Bart, wie man ihn in Nihalos nur selten sah.

»Nein, nichts«, antwortete der Halbling.

»Eine Harfe«, widersprach Leigh gleich darauf.

Der Fae schmunzelte. »Was nun? Eine Harfe oder ein Nichts?«

»Eine Harfe«, bestätigte Leigh. Was war auf einmal in den Halbling gefahren? Er hatte doch hierherkommen wollen. »Mit Schnitzereien im Holz und einem goldenen Hals. Sie stand vor einer Weile in der Auslage.«

»Ahh.« Die Miene des Fae hellte sich auf. »Ein schönes Instrument. Tristhán fertigte sie kurz vor seinem Tod an und vererbte sie einem Freund, der sie dem Theater vermachte. Dort stand sie einige Jahrzehnte unbespielt, bis sie ihren Weg zu mir fand und ich sie restauriert habe.«

»Ist sie noch hier?«

Der Ladenbesitzer nickte. »Ich habe sie aus dem Schaufenster genommen, um sie nicht so lange der Sonne auszusetzen. Kommt mit!«

Leigh fürchtete schon, den Halbling abermals zu seinem Glück zwingen zu müssen, doch diesmal folgte er ohne Zögern. Sie drangen tiefer in den Laden vor, der größer war, als es von außen den Anschein hatte. Leigh entdeckte Trommeln, weitere Flöten und hinter einer offen stehenden Tür, die zu einer Werkstatt zu führen schien, auch einen Flügel. Dabei hatte er immer gedacht, dass es diese Instrumente nur in Thobria gab.

»Hier ist sie«, verkündete der Unseelie mit ausgebreiteten Armen und stolzgeschwellter Brust. Die Harfe sah genauso aus, wie der Halbling sie geschildert hatte. Sogar noch schöner, das musste Leigh zugeben. Und wäre sie ein Schwert gewesen, hätte wohl auch er in andächtigem Staunen davorgestanden. »Seht sie euch in Ruhe an!«, fuhr der Händler fort. »Aber wenn ihr sie beschädigt, müsst ihr sie kaufen.«

»Wie teuer ist sie?«, fragte Leigh.

Der Fae zupfte an der Spitze seines Bartes. »In Wasser-Talenten zwanzig.«

»Nur zwanzig?«

»Tausend«, ergänzte der Halbling ehrfürchtig.

»Oh!« Dann sollten sie besser vorsichtig sein. Kheeran ließ ihm so einiges durchgehen, aber eine beschädigte Harfe für zwanzigtausend Talente konnte er nicht einmal dem Prinzen so einfach erklären.

Der Unseelie kehrte in seine Werkstatt zurück und ließ Leigh und den Halbling allein. Regungslos stand dieser vor dem Instrument und starrte es an wie ein Verirrter, der endlich den Weg gefunden hat. Nichts erinnerte mehr an jene schweigsame Kreatur, die seit Wochen in der Zelle neben der von Ceylan ausgeharrt hatte. »Möchtest du sie nicht spielen?«, fragte Leigh.

»Nein.«

»Wieso nicht?«

»Ich kann nicht.«

Leigh stutzte. »Du kannst nicht spielen?«

»Selbstverständlich *kann* ich spielen«, zischte der Halbling, als hätte er ihm gerade die schlimmste aller Beleidigungen an den Kopf geworfen. »Aber es ist nicht möglich.« Er hob die Hände, über denen noch immer Leighs Mantel lag. Natürlich, die Fesseln!

Leigh wusste, dass er es nicht tun durfte. Der Halbling hatte bisher zwar keinen Ärger gemacht, aber er war noch immer ein Gefangener. Ein wegen Verrats Angeklagter, der sich seines Schicksals gewiss war, und dennoch geriet Leigh in Versuchung. Wenn er ihm diesen letzten Gefallen erwies, war er vielleicht eher gewillt, das Angebot anzunehmen, das Leigh ihm als letzten Ausweg unterbreiten wollte. Nach allem, was der Halbling bisher gesagt oder besser *nicht* gesagt hatte, war die Aussicht darauf verschwindend gering. Aber Leigh musste das Wagnis eingehen, und wenn es misslang, so hatte er noch immer sein Schwert bei sich. »Versprichst du mir, dich anständig zu verhalten, wenn ich dir die Fesseln abnehme?«

Die Augen des Halblings weiteten sich. »Du hast den Schlüssel?«

»Das habe ich nicht gesagt. Versprich mir, dass du keine Magie wirkst!«

Der Halbling verdrehte die Augen. »Mach dir keine Sorgen! Meinesgleichen ist nicht gerade für starke Elementarmagie bekannt, und ich bezweifle, dass ein Lufthauch ausreicht, um dich zur Strecke zu bringen.«

»Versprich es!«, wiederholte Leigh.

»Versprochen. Keine Magie.«

»Gut. Und wenn du wegrennst oder ein anderes krummes Ding drehst, ziehe ich ohne Zögern meine Klinge. Also versuch es besser erst gar nicht, wenn du bis zu deinem Tod alle Gliedmaßen behalten willst.« Mahnend legte Leigh die Hand auf das Heft seines Schwertes.

Mit den Augen folgte der Halbling der Bewegung und nickte.

Leigh holte tief Luft und hoffte, mit dieser Entscheidung keinen Fehler zu begehen. Er ließ sich auf die Knie nieder und zog ein Stück Draht aus dem Stiefel, das er stets dort aufbewahrte. Eine Angewohnheit von früher, die er nie ablegen konnte. Schließlich mussten immer wieder die verschiedensten Schlösser aufgebrochen werden. Er streifte den Mantel von den Händen des Halblings und betrachtete die Fesseln. Sie waren von Erdmagie durchtränkt, um ihr Gegenstück – die Luftmagie – zu dämmen, jedoch mit einem einfachen Mechanismus verschlossen, der sicherlich nicht schwer zu knacken war. Leigh hatte sich immer darauf verstanden, unterschiedlichste Gegenstände aufzubrechen, aber die Zeit an der Mauer hatte ihn zum Meister gemacht. Abgesehen von den Kampfübungen gab es nicht viel Abwechslung an der Mauer, es sei denn, man wollte sein Geld beim Kartenspiel verlieren.

Bereits wenige Herzschläge später gab das Schloss ein leises Klicken von sich, und die Fesseln fielen ab. Die Gelenke des Halblings waren wund gescheuert vom Metall und entzündet vom Schmutz des Kerkers.

»Danke«, sagte er und ließ die Hände kreisen.

Leigh richtete sich wieder auf. »Beeil dich! Wir haben nicht mehr viel Zeit.«

Dies ließ sich der Halbling kein zweites Mal sagen. Er setzte sich auf den Hocker, welcher vor der Harfe stand, und zog das Instrument an die Schulter. Seine Bewegungen waren vorsichtig, geradezu andächtig, als er mit den Händen über die Saiten strich. Mit Bedacht zupfte er an den Strängen, und ihr Klang erfüllte den Laden. Zuerst erzeugte er nur unzusammenhängende Töne, wie um sich mit dem Instrument vertraut zu machen, aber es dauerte nicht lange, bis sich die einzelnen Laute zu einer Melodie verwoben. Zarter als das lieblichste Glockenspiel und reiner als die Bäche, die durch Nihalos flossen. Eine Symphonie, die Leigh an die Geräusche des Waldes erinnerte, vollkommen im Einklang mit der Natur, dazu bestimmt, genau so zu klingen und nicht anders.

Der Halbling hatte die Augen geschlossen, dennoch verfehlten seine Finger keine einzige Saite, und auf seinem Gesicht lag ein Ausdruck völliger Glückseligkeit.

Eine Gabe, ging es Leigh durch den Kopf. Einzelne Fae waren von ihren Göttern nicht nur mit Elementarmagie beschenkt worden, sondern mit Fähigkeiten, die man im sterblichen Land wohl allgemein als Talent bezeichnet hätte, dabei war es so viel mehr. Eine Gabe war für die beschenkten Fae wie das Atmen. Kein Wunder, dass der Halbling diesen Ort auserkoren hatte.

Er änderte den Rhythmus der Melodie und stimmte schwermütigere Töne an, die Leigh keinem ihm bekannten Lied zuordnen konnte. Die Härchen an seinen Armen stellten sich auf. Er unterdrückte den Drang, ebenfalls die Lider zu schließen, obwohl er sich gern in diesem Klang verloren hätte, doch er durfte den Halbling nicht aus den Augen lassen. Dessen Hände bewegten sich so fließend über die Saiten, als würden sie zu dem Takt tanzen und ihn nicht selbst erzeugen.

Leigh hätte dem Harfenspiel eine Ewigkeit lang lauschen können, aber der Halbling hatte keine Ewigkeit mehr. Und das wusste er. Die Töne der Harfe wurden leiser und leiser und leiser, bis sie verstummten und sich eine schwere Stille über den Laden legte. Der Halbling ließ die Hände sinken, rührte sich aber nicht vom Fleck.

»Was war das für ein Lied?«, raunte Leigh.

»Es hat keinen Namen.«

»Und woher stammt es?«

Der Halbling öffnete die Augen. Als er zu Leigh aufsah, war sein Blick glasig. »Von mir. Ich habe es vor einer Weile komponiert.«

»Du bist Komponist?«

»Nein, nur jemand, der Musik liebt.« Sanft fuhr der Halbling ein letztes Mal über die Saiten der Harfe, bevor er vom Hocker aufstand. Seine Bewegungen waren schwerfällig, als hätte das Spiel ihn seiner Kräfte beraubt. Willig streckte er Leigh die Hände entgegen, damit ihm dieser die Fesseln wieder anlegen konnte.

Er trat dicht an den Halbling heran, bis keine zwei Fuß sie mehr trennten und er die Wärme des anderen Mannes spüren konnte. Ohne Eile legte er ihm die Fesseln an und achtete darauf, die wunden Stellen möglichst auszusparen. Als sie mit einem Klicken einrasteten, zuckte der Halbling kaum merklich zusammen. Das war's. Doch statt zurückzutreten, blieb Leigh stehen und griff in die Tasche seines Mantels. Seine Finger schlossen sich um das Fläschchen aus Kristall, das der Halbling unwissentlich bereits die ganze Zeit mit sich herumgetragen hatte.

Jetzt oder nie.

Leigh zog den Flakon hervor und hielt ihn zwischen sich und den Halbling. Eine klare Flüssigkeit, die entfernt an weißen Wein erinnerte, schwappte darin hin und her. »Weißt du, was das ist?«, fragte er zögernd.

Der Halbling nickte, wobei Leigh die Bewegung nicht nur sehen, sondern geradezu spüren konnte.

»Es wurde vom besten Giftmischer der Stadt gebraut und wirkt innerhalb weniger Augenblicke. Nur ein Schluck, und dein

Herz hört auf zu schlagen. Kein Schmerz. Du kannst es haben, wenn du den Mord an der Königin gestehst.«

Der Halbling sah auf. Sein Blick brannte sich in den von Leigh, und für einen Moment glaubte dieser, erneut die Melodie der Harfe zu hören. »Warum sollte ich das tun?«

»Um in Frieden zu sterben. Keine Unseelie, die dich angaffen und beschimpfen. Kein Henker, der sich über dir erhebt. Du allein in deiner Zelle, wann immer du beschließt, es zu tun. Und wenn du nicht allein sein willst, kann ich bei dir sein. Nun, vermutlich gehöre ich nicht zu den Leuten, die du in diesem Moment gern um dich hättest, aber ... es gibt nur mich«, sagte Leigh, obwohl das eigentlich nicht Teil seines Plans gewesen war.

Der Kehlkopf des Halblings hüpfte auf und ab, und Leigh beobachtete den Kampf, den dieser mit sich ausfocht. Sein Gesicht, auf dem sich vor Kurzem noch Freude abgezeichnet hatte, war nun qualvoll verzerrt. Leigh hasste es, andere leiden zu sehen, ungeachtet der Untaten, die sie begangen haben mochten. Er empfand dabei weder Freude noch Genugtuung, denn Leid konnte Leid nicht auslöschen oder ausgleichen.

»Was sagst du?«, fragte Leigh vorsichtig

Der Halbling schüttelte den Kopf. »Nein.«

»Wieso nicht?«

»Es ist nicht möglich.«

Leigh presste die Lippen aufeinander und verfluchte die Sturheit des Halblings. Warum tat er Ceylan und sich das an? Er hatte bekommen, was er wollte. Was hielt ihn davon ab, den Mord zu gestehen und in der kommenden Nacht einfach sanft zu entschlafen? »Bitte!«, drängte Leigh. »Du würdest ihr das Leben retten.«

»Ich kann nicht.«

Leigh kniff die Augen zusammen. »Bist du dir sicher?«

»Ja.«

»Es wäre schmerzlos.«

Der Halbling lächelte traurig. »Das glaube ich dir gern.«
Warum kannst du das Gift dann nicht annehmen?, flehte eine
Stimme in Leighs Kopf. Ceylan saß schon zu lange in dieser
Zelle, und es war nur eine Frage der Zeit, bis Kheerans Beraterin
auf ihre Hinrichtung drängen würde. Mit jedem Tag wurde es
schwieriger, die Entscheidung noch weiter aufzuschieben. Und
Leigh konnte sie nicht sterben sehen. Nicht so jung. Nicht auf
dem Schafott. Aber er war auch noch nicht bereit, ihr das Gift
anzubieten.

14. Kapitel – Freya

– Amaruné –

Freya hatte Moira noch nie bei Tag besucht, und beinahe hätte sie ihr Haus nicht wiedererkannt. Es war, als hätten die Schatten der Nacht die Armut und das Elend verschluckt. Das Holz der Hütte war schon immer morsch gewesen, aber Freya waren nie die Löcher aufgefallen, welche die Termiten gefressen hatten. Auch die schief gehämmerten Bretter auf dem Dach wirkten so, als könnte der nächste Windstoß sie hinwegfegen. Das hatte Freya bei Dunkelheit noch nie bemerkt. Verstärkt wurde der heruntergekommene Eindruck von den erfrorenen Büschen, die vor dem Haus standen wie die Skelette ermordeter Wächter.

»Nett hier«, meinte Elroy nur und beobachtete eine Frau, die einen Eimer mit Fäkalien auskippte. In Rinnsalen lief die dickflüssige Jauche über den Boden und erfüllte die Straße mit dem fauligen Gestank von Schwefel.

»Sei nicht so zimperlich. Immerhin hast du in Pferdemist gebadet.«

»Danke für die Erinnerung.« Er rümpfte die Nase. »Wie hast du Moira überhaupt gefunden?«

Freya stieg die Stufen zur Hütte nach oben. Dabei hatte sie das Gefühl, sich auf Eisklötzen statt auf Beinen zu bewegen. »Bestechungsgeld. Eine lange Suche. Und noch mehr Bestechungsgeld. Du glaubst nicht, wie unvorsichtig und dumm die meisten werden, wenn du ihnen Gold vor die Nase hältst.«

»Das glaube ich gern, denn viele unserer Mitmenschen brauchen nicht einmal Gold, um dumm zu sein«, stimmte ihr Elroy zu. Er löste den Blick von dem Unrat und folgte Freya die Stufen hinauf, die unter ihrem Gewicht verdächtig knarrten.

Sie klopfte an. Ihre Finger waren klamm vor kaltem Schweiß, und obwohl sie fror, war ihr vor Aufregung dennoch heiß. Hitze wallte in ihr auf, als sie Schritte im Innern der Hütte hörte. Die Tür wurde geöffnet. Ein Lächeln trat auf Freyas Lippen, als sie in das Gesicht der Frau blickte, die ihr in den letzten Jahren so viel mehr Verständnis geschenkt hatte als ihre Familie.

Moiras Augen weiteten sich. »Freya?«, fragte sie ungläubig und mit der krächzenden Stimme, die Freya so vertraut war. »Was führt dich hierher? Mitten am Tag?« Sie beugte sich aus der Tür, und eine Strähne ihres dunkelgrauen Haars fiel ihr über die Schulter. Misstrauisch sah sie sich in alle Richtungen um, als befürchtete sie, Freya könne die Gardisten geradewegs vor ihr Haus geführt haben. Schließlich fiel ihr Blick auf Elroy. »Und wer ist dieser Mann?«

»Elroy, ein Freund«, versicherte ihr Freya. »Du kannst ihm vertrauen.«

Sie schüttelte den Kopf. »Ich vertraue keinem.«

»Er hat mir geholfen, nach Melidrian zu kommen.«

»Du warst also wirklich dort?« Moiras Stimme nahm einen ehrfürchtigen Klang an.

»Ja. Und ich muss mit dir darüber reden.«

»Nicht jetzt.«

Moira wollte die Tür schließen, doch Freya stellte den Fuß dazwischen, damit sie nicht zufallen konnte. »Bitte, schick mich nicht weg! Ich weiß nicht, wann ich das nächste Mal den Lakaien meines Vaters entkommen kann.« Zu lange hatte sie auf diesen Moment gewartet. Sie griff in eine Tasche ihres Kleides und tastete nach den Kräutern. Dann zog sie eins der Säckchen hervor und hielt es Moira entgegen. »Ich habe dir etwas mitgebracht.«

Die alte Frau zögerte, bevor sie nach dem Beutel griff. Sie

spähte hinein, führte ihn an ihre Nase und nahm einen tiefen Atemzug. Schließlich hellte sich ihre Miene kaum merklich auf. »Ist das Wolfsbann?«

Freya nickte. »Ich habe ihn eben in der Markthalle gekauft, zusammen mit anderen Kräutern, die du sicherlich gut brauchen kannst.«

Moira presste die Lippen aufeinander und stieß einen tiefen Seufzer aus. »Einverstanden, du darfst hereinkommen. Aber nur du.« Dabei warf sie Elroy einen warnenden Blick zu.

Er hob die Brauen. »Also soll ich hier draußen warten?«

»Ich lasse keine Fremden in mein Haus.«

»Dann erfriere ich«, klagte Elroy.

»Was kümmert's mich?«

Moira verdrehte die Augen und murmelte etwas Beleidigendes, bevor sie in ihrer Hütte verschwand. Als sie wieder herauskam, hielt sie eine schwere Decke in den Händen, die sie Elroy reichte. »Das muss genügen. Ich habe schon strengere Winter mit weniger Wärmendem überlebt.« Dann wandte sie sich an Freya. »Komm herein!«

Mit einem entschuldigenden Blick in Elroys Richtung trat Freya über die Schwelle. Wärme und der vertraute Duft von Kräutern umfingen sie. Nichts hatte sich verändert. Die Falltür zum Keller lag noch immer unter einem Teppich verborgen. Tiefe Kerben durchzogen den alten Holztisch, der wie üblich vor dem Fenster stand. Und ein Kessel mit warmem Tee hing über den Flammen des Kamins. »Wir bleiben auch nicht lange«, versprach Freya und zog das Tuch vom Kopf, das ihr Gesicht hatte verbergen sollen. »Die Männer meines Vaters suchen vermutlich bereits nach uns.«

»Und genau aus diesem Grund solltest du eigentlich gar nicht hier sein«, tadelte Moira und schloss die Tür. »Aber ich bin froh, dass du gekommen bist. Ich habe mir Sorgen um dich gemacht.«

»Das wäre nicht nötig gewesen.« Freya trat auf Moira zu und

schlang die Arme um die Alchemistin, die mit ihrem gekrümmten Rücken einen halben Kopf kleiner war als sie selbst. Ihr Haar roch nach den Seiten eines alten Buches. »Ich habe dich vermisst.«

Moira tätschelte Freya den Rücken. »Ich dich auch, Kindchen. Um ehrlich zu sein, habe ich nicht damit gerechnet, dass du zurückkommst. Ich hätte dir nicht erlauben dürfen, nach Melidrian zu reisen. Das war ein Fehler.«

»Du hättest mich nicht abhalten können. Niemand hätte das geschafft.«

Moira löste sich aus der Umarmung und schob Freya auf Armeslänge von sich weg. Ihre schwieligen Hände ruhten weiterhin auf den Schultern ihrer Besucherin, die sie mit forschendem Blick von Kopf bis Fuß musterte. »Hat der Wächter gut auf dich aufgepasst?«

»Ja, Larkin war großartig … *ist* großartig.« Freya lächelte. Sie hätte Stunden damit verbringen können, über den Wächter zu reden, aber sie wollte ihre begrenzte Zeit mit Moira nicht vergeuden. Also kam sie umgehend auf den Grund ihres Hierseins zu sprechen. »Ich habe Talon gefunden.«

»Tatsächlich?« Moira klang überrascht und schob Freya zum Tisch. Bei ihrem letzten Besuch hatte sie dort gesessen und sich von der bestürzenden Mitteilung erholt, dass sich ihr Bruder im Reich der Fae aufhielt. Damals hatte sie noch geglaubt, er lebe als Sklave in Gefangenschaft. Das schien Jahre her zu sein, obwohl seitdem nur wenige Monate vergangen waren. »Was ist mit ihm geschehen?«, fragte Moira und goss wie üblich Tee auf.

Freya leerte die Taschen ihres Mantels und legte die mitgebrachten Kräuter auf den Tisch. »Nichts. Man hat ihn nur in seine Heimat zurückgeholt.«

Moira runzelte die Stirn. »Was meinst du damit?«

»Talon war nie dazu bestimmt, unser König zu werden«, begann Freya mit ihrer Erzählung und berichtete in kurzen Worten, was sie in Melidrian herausgefunden hatte und wer Khee-ran in Wirklichkeit war. So sprachlos und gebannt hatte sie ihre Mentorin noch nie erlebt. Sonst hatte immer sie an deren Lippen gehangen, aber diesmal war es umgekehrt. Dabei berichtete sie nur das Wichtigste, denn die Zeit war knapp. Irgendwann wollte sie Moira jedoch die ganze Geschichte erzählen, beginnend mit dem ersten Überfall im Dornenwald über ihren Besuch auf dem magischen Schwarzmarkt bis hin zu ihrer ersten Begegnung mit einer Elva. Bei ihrem jetzigen Treffen ging es ihr allerdings um etwas anderes.

»Am Tag von Kheerans Krönung gab es einen Anschlag auf die Zeremonie und ein Attentat auf ihn. Ein Halbling setzte seinen Leibwächter Aldren außer Gefecht und rammte Kheeran anschließend einen Dolch in die Brust«, erinnerte sich Freya und sah dabei in die Flammen, die so still auf- und abtanzten, als würden sie ihr lauschen. »Larkin stürzte sich auf den Halbling, und ein wilder Kampf entbrannte. Während die beiden abgelenkt waren, eilte ich zu Kheeran und dachte, er sei tot. Aber er lebte noch. Ich packte den Dolch und zog ihn aus seiner Brust. Mir war nicht klar, was ich tat. Erst Larkin machte mich darauf aufmerksam.«

Ein verständnisloser Ausdruck trat auf Moiras Gesicht.

»Es war nicht einfach irgendein Dolch«, erklärte Freya. Bei der Erinnerung an die Magie kribbelten ihr die Finger. »Es war ein feuergebundener Dolch. Er war magisch.«

Moiras Augenbrauen zuckten. »Bist du dir sicher?«

Freya nickte.

Fassungslos schüttelte die Alchemistin den Kopf und erhob sich von der Sitzbank. Unruhig streifte sie durch den Raum, wobei jede einzelne Diele unter ihren Füßen knirschte. »Das kann nicht sein.«

»Es *sollte* nicht sein, aber es stimmt«, beharrte Freya. »Ich habe die Magie gespürt.«

Moira blieb stehen. Sah sie an. »Und sie hat dich nicht verletzt?«

»Nein. Rückblickend glaube ich, ein Kribbeln oder Zucken gespürt zu haben, aber das war auch schon alles. Ich weiß allerdings nicht, was das zu bedeuten hat.«

»Und du bist sicher keine von ihnen? Keine Fae?«

»Nein, gewiss nicht.«

»Mhh«, brummte Moira. »Dafür muss es eine schlüssige Erklärung geben. Lass mich mit den anderen reden. Vielleicht wissen sie mehr darüber.« *Die anderen.* Freya hatte schon öfter von ihnen gehört, aber noch nie war sie einem von ihnen begegnet. Sie waren Moiras Zirkel. Ein Kreis von Alchemisten, die sich gegenseitig schützten und einander halfen. Obwohl sie bereits seit einigen Jahren bei ihr in der Lehre war, hatte ihr Moira bisher nicht erlaubt, den Zirkel kennenzulernen. Sie behauptete, sie sei noch nicht bereit. Insgeheim aber hatte Freya die Vermutung, dass die anderen ihr aufgrund ihres königlichen Titels nicht genug vertrauten, um preiszugeben, wer sie waren.

»Du musst jetzt gehen«, verlangte Moira mit misstrauischem Blick zum Fenster, vor dem Elroy in eine Decke gehüllt auf und ab marschierte. Noch auffälliger hätte er sich kaum verhalten können. »Du bekommst eine Nachricht von mir, sobald ich mehr weiß.«

»Danke!« Freya scheute sich davor, wieder in die Kälte hinauszutreten, nun, da sie einigermaßen aufgewärmt war, aber sie hatte keine andere Wahl. Rasch verabschiedete sie sich von Moira, zog sich das Tuch über den Kopf und huschte ins Freie.

»Endlich«, brummte Elroy. Trotz seiner braunen Haut wirkte er blass vor Kälte. Dennoch zögerte er nicht, die Decke abzulegen und sie an einem der skelettartigen Büsche aufzuhängen. »Das hat ganz schön lange gedauert.«

»Tut mir leid«, entschuldigte sich Freya mit schlechtem Gewissen. Doch sie hatte ihn in der Kälte zurücklassen müssen.

Talons – oder besser: Kheerans – Geheimnis war zu wertvoll. Die Zukunft des Landes hing möglicherweise davon ab, und jemand wie Elroy würde es vermutlich bei einem Kartenspiel verhökern, wenn es den Einsatz wert war.

»Entschuldigung angenommen«, sagte Elroy, als sie sich auf den Rückweg zum Tempel machten. »Konntet ihr alles klären?«

Freya schüttelte den Kopf. »Nicht einmal im Ansatz.«

15. Kapitel – Weylin

– Nihalos –

Weylin starrte auf das Fläschchen in Leighs Hand. Beklommen betrachtete er die klare Flüssigkeit, die sanft hin und her schwappte. Noch nie hatte etwas auf ihn gleichermaßen anziehend wie abstoßend gewirkt. Ein Schluck, und alles wäre vorbei. Das Leid. Die Qual. Die Demütigung. Er fürchtete weniger den Tod als den Gedanken, die Welt zu verlassen, ohne je frei gewesen zu sein. Damit meinte er nicht die Freiheit, die ihm von Gitterstäben und Fesseln genommen wurde. Sondern die Freiheit, die ihm von Valeskas Blutschwur geraubt wurde, der seinen Verstand in Ketten legte. Allein diesen Flakon zu ergreifen und dessen Inhalt zu schlucken, würde für Weylin Freiheit bedeuten. Die Freiheit, über sein eigenes Leben verfügen zu dürfen. Aber nicht einmal ein würdevoller Tod wurde ihm gewährt. »Ich kann nicht«, sagte er.

Leighs Augen wurden schmal, und Weylin fragte sich, wie der Wächter seine Nähe ertrug. Er hatte sich seit Wochen nicht gewaschen und nahm seinen eigenen Gestank bereits selbst wahr. »Bist du dir sicher?«

»Ja.«

»Es wäre schmerzlos.«

Weylins Kehle schnürte sich zusammen. »Das glaube ich gern.«

Und er glaubte es wirklich. Der Tag, den er mit Leigh verbracht hatte, war einer der schönsten seit Langem gewesen. Und vermutlich war es auch der schönste Tag, den er je wieder erleben würde. Nicht nur wegen des köstlichen Mahls und des Harfenspiels, sondern weil er seit langer Zeit das Gefühl hatte, mit jemandem zu sprechen, der nicht auf ihn herabblickte, als wäre er Abschaum. Natürlich handelte Leigh, um Ceylan zu helfen, aber auch Weylins Schicksal war ihm nicht vollkommen gleichgültig.

Und wenn du nicht allein sein willst, kann ich bei dir sein. Bei diesen Worten hatte Leighs Hand, die das Giftfläschchen hielt, sichtbar gezittert. So etwas widerfuhr einem Wächter mit Gewissheit nicht oft. Diese Männer waren darin geübt, ihre Ängste und Unsicherheiten zu verstecken, und Leigh war gewiss keine Ausnahme. Doch in diesem Moment erlaubte er Weylin, alles zu sehen, und er wünschte sich, er könnte für Leigh dasselbe tun. Doch immer wenn er die Wahrheit sagen oder einen Hinweis darauf geben wollte, entflammte die Narbe auf seinem Rücken von Neuem und brannte ihm die Worte von der Zunge.

»Sind die Herren fertig?«, fragte plötzlich der Ladenbesitzer.

Erschrocken fuhr Weylin zurück. Er hatte den Unseelie nicht kommen hören. Das war ihm schon lange nicht mehr passiert, denn eigentlich war er immer auf der Hut. In Leighs Gegenwart war er jedoch unvorsichtig geworden. Allerdings wirkte auch der Wächter überrumpelt. Hastig stopfte er das Giftfläschchen in die Hosentasche und warf den Mantel über Weylins Hände, damit der Händler seine Fesseln und die vom Metall aufgescheuerten Handgelenke nicht sah.

»Ja, wir sind fertig«, bestätigte Leigh. Mit einer Hand fuhr er über das glatte Holz der Harfe und lächelte den Händler an. Trotz des hellen Blaus seiner Augen wirkte er nicht kühl oder abweisend. »Ein wirklich beeindruckendes Instrument, das Ihr hier habt.«

»Danke.« Der Fae faltete die Hände und ließ den Blick langsam über Weylins verdreckte Kleidung wandern. Was er sah, versetzte ihn offenbar in Erstaunen, aber er schien nicht angewidert zu sein.»Wo habt Ihr gelernt, so zu spielen?«

Weylin neigte den Kopf, um die Narbe an seinem Hals zu verstecken. Der Unseelie hatte sie bereits bei ihrer Ankunft bemerkt. Zwar wollte er wegsehen, aber sein Blick wurde immer wieder von der geröteten Haut angezogen. Nach über sieben Jahren hatte Weylin gelernt, mit diesem Makel zu leben. Dennoch vermisste er es, die alte Verletzung hinter seinem langen Haar verstecken zu können.»Ich habe mir das Spiel selbst beigebracht.«

»Aber Ihr habt eine Begabung für die Musik, nicht wahr?«

Weylin nickte.

Das Gesicht des Händlers hellte sich auf, aber bevor er noch etwas sagen konnte, fiel Leigh ihm ins Wort.»Leider müssen wir gehen. Danke für Eure Zeit. Euer wundervolles Instrument ist für uns derzeit leider nicht erschwinglich. Ich hoffe aber, Ihr findet einen geeigneten Käufer für die Harfe. Lebt wohl!«

Er packte Weylin am Ärmel und zog ihn hinter sich her aus dem Laden, vorbei an Violinen aus Kirschholz, Flöten aus Esche und einer Laute, deren Korpus mit filigranen Schnitzereien versehen war. Der Laden war wirklich ein Traum, ihn zu verlassen, ein Albtraum. Am liebsten hätte Weylin hier tagelang ausgeharrt und jedes Instrument angespielt, aber er wollte Leigh keinen Ärger machen.

Nur ungern ließ er sich aus dem Geschäft und auf die Straße ziehen. Kühler Wind streifte sein Haar, und Sonnenstrahlen küssten seine Haut. Sie blendeten ihn, aber er wandte das Gesicht nicht ab, sondern genoss das kribbelnde Gefühl der Wärme. Er war nicht naiv und wusste, dass er sterben würde. Seine Hinrichtung war unausweichlich. Man hatte ihn dabei ertappt, als er Prinz Kheeran hatte töten wollen. Für diesen Verrat würde sein Kopf rollen. Viele Gelegenheiten, die Sonnenwärme zu spüren, blieben ihm nicht mehr. Daher hielt er seine Schritte langsam, trotz der verachtenden Blicke, welche die Unseelie ihm zuwarfen. Er hörte geflüsterte Kränkungen und höhnisches Gemurmel hinter vorgehaltenen Händen. Mehr als diese Beleidigungen störte ihn allerdings die Ablehnung, die Leigh galt. Sie war unauffälliger als die Verachtung, die man ihm entgegenbrachte. Dennoch war sie deutlich in den Gesichtern der meisten Fae zu erkennen. Und das ärgerte Weylin mehr, als es sollte.

Schweigend schritt der Wächter neben ihm her und hing seinen eigenen Gedanken nach, während sie der Straße zum Schloss folgten. Als Weylin vor einigen Monaten in Nihalos angekommen war, hatte er die Stadt als hässlich empfunden, sogar als widerwärtig. Er liebte seine Heimat Daaria, die Gebäude aus dunklem Stein, die Gatter aus schwerem Eisen, welche die einzelnen Grundstücke markierten, und die Fackeln, die überall brannten. Es war dunkel, aber gemütlich wie eine Gewitternacht im Herbst, die man mit seinem Liebsten vor dem Kamin verbrachte. Nihalos hingegen war ihm vorgekommen wie ein zugefrorener See. Schön aus der Ferne, starr und kalt aus der Nähe. Aber womöglich hatte er sich geirrt, denn trotz der sinkenden Temperaturen blühte die Stadt, und die Luft vibrierte vor Lebendigkeit. Schmetterlinge, die in Daaria bereits zu Boden gesunken wären, flatterten durch die Luft, und Libellen surrten um die Brunnen, deren Wasser im Sonnenlicht so herrlich schimmerte.

Weylin saugte den Anblick in sich auf und suchte Trost bei dem Gedanken, dass er auch nach dem Tod Teil dieses Kreislaufes bleiben würde.

Viel schneller, als ihm lieb war, erreichten sie den gläsernen Palast. Weylin wurde noch langsamer, und in den Gärten, die das Schloss von der Stadt trennten, spürte er mehrmals das Verlangen, einfach stehen zu bleiben. Doch er zwang seine Füße vorwärts, bis er den Innenhof betrat. Noch immer schweigend folgte er dem Weg zum Kerker.

Sein Herz wurde schwer.

Vor den Stufen, die in das Verlies hinabführten, hielt Leigh inne. Er betrachtete Weylin, und beide wussten, dass ihr nächstes Gespräch nicht in einer Taverne, sondern in einer dunklen Folterkammer stattfinden würde. Und statt Obst würde Weylin sein eigenes Blut schmecken.

Es wäre zwecklos. Gleichgültig, wie sehr er litt, der Blutschwur blieb bestehen. Und es gab keine Möglichkeit, Leigh darüber in Kenntnis zu setzen, dafür hatte Valeska gesorgt. Sie hatte ihm nicht nur verboten, irgendjemandem von dem Schwur zu erzählen, sondern ihm auch befohlen, sich niemals vor anderen zu entkleiden. Auf diese Weise bekam niemand das Blutmal auf seinem Rücken zu sehen.

Bei den Elva, wie sehr er diese Frau hasste!

»Und du bist sicher, dass du es nicht willst?«, fragte Leigh mit gesenkter Stimme und berührte die Tasche, in die er das Giftfläschchen gesteckt hatte.

Weylin zögerte, doch bereits dieser kurze Moment des Zweifels reichte aus, dass das Mal auf seinem Rücken aufloderte. Hitze, die nur er spürte und die niemand sah, kroch seinen Nacken empor bis in seinen Kopf, wie ein Parasit, der Besitz von ihm ergriff. Er verdrängte das Zögern und brachte Weylin dazu, den Kopf zu schütteln.

»Es war einen Versuch wert.« Leigh stieß einen Seufzer aus und forderte ihn zum Vorangehen auf. Obwohl sich Weylins Herz, Kopf und Seele dagegen wehrten, stieg er die unebenen Stufen zum Kerker hinab.

»Gerade noch rechtzeitig«, murrte der Fae, als er ihnen die Tür öffnete, die das Gefängnis vom Rest der Welt trennte. Sein Blick schweifte von Weylin zu Leigh, und er betrachtete dessen enttäuschte Miene. Dabei trat ein selbstgefälliges Grinsen auf seine Lippen und verzerrte sein hübsches Gesicht zu einer hässlichen Fratze. »Sieht so aus, als hättet Ihr keinen Erfolg gehabt. Dann bleibt Eure Wächterin wohl noch eine Weile in unserer Obhut.«

»Halt die Klappe!«, fauchte Leigh und drängte den Unseelie beiseite. Die Luft im Verlies war abgestanden und stank nach ungewaschenen Körpern, die vor sich hin vegetierten. Weylin rümpfte die Nase. Hatte es hier unten schon immer so furchtbar gerochen?

Ceylan stand in ihrer Zelle, die Finger um die Gitterstäbe gekrallt, und musterte Weylin. Der Hass in ihren Augen war so deutlich, als hätte sie ihn in Worte gefasst. Die Blicke, die Weylin Valeska zuwarf, waren dieselben. Doch anders als die Seelie-Königin bedauerte er Ceylan um ihr Schicksal. Sie war unschuldig. Ihr einziger Fehler war es gewesen, sich ihm in der Nacht der Ermordung in den Weg zu stellen. Bis zu seiner eigenen Gefangennahme am Tag von Kheerans Krönung hatte Weylin nicht einmal gewusst, dass man sie für Zarinas Tod verantwortlich machte.

Der Hass, der Ceylans Miene verhärtet hatte, schwand in dem Moment, als sie Leigh erblickte. Ihr Zorn wich tiefer Enttäuschung, und ihre Finger lösten sich von den rostigen Metallstäben. Leighs Scheitern musste ihr nicht erst durch Worte mitgeteilt werden. Sie presste die Lippen fest aufeinander und wandte sich ab, bis ihr Gesicht nicht länger erkennbar war.

Leigh blieb vor Weylins leerer Zelle stehen. Es bedurfte keines Befehls. Weylin überschritt die Schwelle in sein letztes Zuhause und hörte das Schloss hinter sich einrasten. Ein letztes Mal wandte er sich an Leigh. »Wie gern würde ich Ceylan helfen.«

Der Parasit in seinem Verstand bäumte sich auf. Dieses Geständnis missfiel ihm, aber es verstieß gegen keinen von Valeskas Befehlen – nicht unmittelbar.

Leigh schüttelte den Kopf, ob bedauernd oder ungläubig, konnte Weylin nicht deuten. Vielleicht war es eine Mischung aus beidem. Leigh schenkte ihm ein letztes müdes Lächeln. Mit seinen geisterhaft blassen Augen und dem erdgebundenen Schwert an seiner Hüfte konnte er furchterregend wirken. Doch wenn sich seine Mundwinkel hoben, war seine Gutmütigkeit nicht länger zu übersehen.

Leigh kehrte zu seinem Schützling zurück, und Weylin schlurfte zu seiner Pritsche. Er ließ sich auf dem harten Strohlager nieder und rollte sich herum, bis er nichts weiter sah als fleckigen grauen Stein.

»Es tut mir leid«, hörte er Leigh sagen.

»Ich wusste, er würde nicht reden.«

»Es ist noch nicht vorbei.«

Ceylan seufzte, ein hoffnungsloser Laut. »Doch, es ist vorbei.«

»Nein, gib mir noch etwas Zeit!«, drängte Leigh. Die Verzweiflung in seiner Stimme war nicht zu überhören. Weylin kniff die Augen zusammen. Mit jedem Mord, den er in den letzten Jahrzehnten begangen hatte, war auch ein Teil von ihm gestorben, aber noch war er nicht tot. Er lebte. Er hatte sich gezwungen, um jeden Preis weiterzukämpfen. Verletzt und wimmernd kroch dieser Teil über die Scherben seiner zertrümmerten Seele und suchte nach einem Ausweg. Eine letzte Hoffnung auf ein erfülltes Leben, die es nun nicht mehr gab. Hätte er sein eigenes Ich nur schon früher aufgegeben, so müsste er jetzt nicht unter der Qual seiner Schuld leiden, sondern wäre nur noch eine Hülle, der das Schicksal der Wächterin gleichgültig war.

Leigh blieb diesmal länger im Kerker und trug noch eine Partie Karten mit Ceylan aus. Sie spielte schlecht. Richtig schlecht. Aber gelegentlich ließ er sie gewinnen, nur um ihr eine Freude zu machen. Sie konnte sich glücklich schätzen, jemanden wie ihn zu haben. Und Weylin wünschte sich, Leigh unter anderen Umständen kennengelernt zu haben. Denn trotz des Schicksals, das Ceylan seinetwegen bevorstand, hatte der Wächter ihn mit größerer Achtung behandelt, als Valeska sie je aufgebracht hatte.

Regungslos blieb Weylin auf seiner Pritsche liegen und ließ den Tag an sich vorüberziehen. Seine Gedanken kamen und gingen. Manchmal war sein Kopf leer. Manchmal erfüllt von Erinnerungen. Und manchmal suchten ihn Melodien heim, bekannte Reime, die er einmal gehört hatte, oder neue Klänge, die sein Inneres erschuf.

Er konnte den Sonnenuntergang nicht sehen, denn im Verlies herrschte trotz der schmalen Fenster immerwährende Dunkelheit. Doch er spürte den Abstieg der Sonne – und hörte ihn. Nicht im eigentlichen Sinn des Wortes, aber mit dem Ende des Tages veränderten sich die Geräusche am königlichen Hof. Die Stimmen wurden leiser, die Schritte träger, und die Pferde kehrten nach harter Arbeit in den Stall zurück. Ihr Wiehern und das Klappern ihrer Hufe verschmolzen zu einem Takt, der Weylin mittlerweile vertraut geworden war.

Er schloss die Augen, aber der Schlaf wollte nicht kommen, und sein Magen knurrte vor Hunger. Schließlich gab er dem Verlangen nach und setzte sich auf. Sein Blick richtete sich erst auf Ceylan. Sie schlief auf ihrer Pritsche, die Beine an den Oberkörper gezogen. Erst danach wandte sich Weylins Aufmerksamkeit der Schüssel zu, die ein Bediensteter des Schlosses bereits vor einer Weile durch die Gitterstäbe seiner Zelle geschoben hatte.

Angewidert betrachtete Weylin die Mahlzeit, braune Apfelstücke, matschige Weintrauben und ein verkohltes Stück Brot. In den letzten Wochen hatte er gelernt, für solch karge Kost dankbar zu sein. Zumindest füllte sie die schmerzende Leere in seinem Magen, aber inzwischen verspürte er bei ihrem Anblick nur Ekel. Er dachte an den fruchtigen Brei mit dem frischen Obst in der Taverne, als ihm Leigh so großzügig seine Schale überlassen hatte.

Und nicht nur das. Leigh hatte ihn auch zu seiner Harfe geführt. Noch immer fühlte er den Druck der Saiten an den Fingerkuppen und hörte die Melodie des Instruments im Kopf nachklingen. Niemals würde er ihren Farbton vergessen. Und er fragte sich, wer die Harfe wohl eines Tages kaufen würde. Würde sie von zarten Fingern berührt werden, die ihren Klang zu schätzen wussten? Oder würden ihre Stränge von einem Anfänger malträtiert werden, der nicht wusste, was er tat? Er hoffte auf das Erste. Eine solche Schönheit verdiente nur den besten Künstler und wurde nur einem wahren Meister gerecht.

Plötzlich streifte ein kühler Lufthauch Weylins Nacken. Er erschauerte. Braute sich da ein Unwetter zusammen? Allerdings hörte er weder das Rascheln der Blätter noch das unheilvolle Kreischen der Vögel, die nach einem Unterschlupf suchten. Natürlich nicht. Denn was auf ihn zukam, war kein Sturm, sondern eine andere Naturkatastrophe.

Valeska.

Sie war hier.

»Weylin.«

Er schloss die Augen und kämpfte vergeblich gegen den Zwang an, aber sein Körper gehörte nicht mehr ihm. Der Parasit hatte die Herrschaft übernommen. Er trieb ihn dazu, sich von der Pritsche zu erheben und auf das schmale Fenster zuzugehen. Dabei trat ein Lächeln auf seine Lippen, schmerzhafter als jede Folter, die er in den vergangenen Jahren hatte ertragen müssen.

Valeska kniete vor dem Fenster. Ihre Gestalt war nicht klar auszumachen, denn Luftmagie verschleierte ihre Erscheinung. Der Schwur, der sie verband, erlaubte es Weylin jedoch, die Königin durch die Magie hindurch zu erkennen. Er hatte sie seit Wochen nicht mehr gesehen. Ihm waren Gerüchte zu Ohren gekommen, dass sie den Palast noch nicht verlassen hatte. Er verstand nicht, weshalb sie sich noch immer hier aufhielt. Aber er hätte gut und gern sterben können, ohne ihren Anblick nochmals ertragen zu müssen. Andere sahen in der Königin eine Schönheit mit vollen Lippen, Porzellanhaut und Augen, so grün, als sprösse ein Wald darin. Weylin hingegen nahm ein Monster wahr. Grausam. Abscheulich. Tödlich.

»Meine Königin«, grüßte er mit fast tonloser Stimme, die

vom Wachmann gewiss nicht gehört wurde. Sofern er nicht ohnehin über seinem Buch eingeschlafen war.

»Schön, dich wiederzusehen, Weylin«, erwiderte sie mit versöhnlicher Geste. »Du bist dir hoffentlich im Klaren darüber, wie sehr du mich während der Krönung enttäuscht hast.«

Er nickte.

»Gut. Ich hoffe, du hast deine Auszeit im Kerker genossen und deine Lektion gelernt.«

Er runzelte die Stirn. Lektion? »Was wollt Ihr hier?«

»Was glaubst du?« Sie lachte einmal kurz auf. »Dich befreien.«

»Mich befreien?«, fragte er ungläubig und spähte über die Schulter, doch die Unseelie-Wache schien nichts von dem Gespräch mitzubekommen. Vermutlich war der Fae wirklich wieder einmal über seinem Buch eingenickt.

Valeska schnaubte. »Du hast doch wohl nicht ernsthaft geglaubt, dass ich dich durch die Hände eines Unseelie sterben lasse.« Sie lachte. »Es gibt nur eine Person, die über dein Leben verfügt, und das bin ich.« Die Königin griff in eine ihrer Manteltaschen und zog etwas Glänzendes hervor. Einen Schlüssel. Sie schob ihn durch die schmalen Gitterstäbe, und er fiel mit einem sachten Geräusch vor Weylin auf das Bett.

Ihm wurde eiskalt.

»Damit lässt sich deine Zellentür öffnen«, erklärte Valeska. »Für die Fesseln konnte ich keinen Schlüssel ergattern, aber irgendwie kannst du dich gewiss befreien. Ich möchte, dass du morgen unbemerkt ausbrichst und mir nach Daaria folgst. Ich warte im Schloss auf dich.«

16. Kapitel – Ceylan

– Nihalos –

Verdammt! Verdammt! Verdammt! Warum gelingt mir das nicht? So fest wie möglich kniff Ceylan die Augen zusammen, obwohl es hinter ihren Lidern nicht noch dunkler werden konnte. Die Nacht hatte sich über Nihalos gelegt wie eine samtige Decke, und das gesamte Königreich schien darunter zu ruhen. Eigentlich sollte sie ebenfalls im Land der Träume sein, aber der Ansturm ihrer Gedanken ließ sie einfach nicht zur Ruhe kommen. Immerzu musste sie an das Gespräch denken, das sie vergangene Nacht belauscht hatte – oder belauscht zu haben glaubte. Denn sie war sich nicht sicher, wen oder was sie eigentlich gehört hatte. Der Halbling hatte am Fenster gestanden und – so schien es – mit sich selbst geredet. Er hatte etwas von einer Königin gefaselt, aber da war noch eine andere Stimme gewesen, die Stimme einer Frau. Doch sosehr sich Ceylan auch bemüht hatte, etwas in der Dunkelheit zu erkennen, hatte sie niemanden gesehen. Vielleicht verlor der Halbling allmählich den Verstand.

Damit ihr nicht das Gleiche widerfuhr, hatte sie beschlossen, die Stille zu nutzen und zu meditieren. Angeblich sollte sie dabei lernen, ohne Hilfe ihres wassergebundenen Schwertes auf ihre Magie zuzugreifen. Inzwischen hielt sie das allerdings für ein Gerücht, von Leigh in die Welt gesetzt, um sie beschäftigt zu halten.

Ceylan holte ein weiteres Mal tief Luft und konzentrierte sich darauf, wie der Atem ihre Brust in Schwingung versetzte. Die kalte Kerkerluft strömte durch ihr Innerstes und wich erwärmt wieder von ihren Lippen. Gleichzeitig tastete sie mit dem Verstand ihren Körper ab, auf der Suche nach der Magie, die Kheeran ihr verliehen hatte und die irgendwo tief in ihr schlummerte. Allerdings fühlte sie lediglich die Verspannung in ihren Schultern, die Leere in ihrem Magen und den Druck auf ihrer Blase. Da war keine Magie, nicht einmal ein Funke!

Enttäuscht öffnete Ceylan die Augen und starrte an die Decke ihrer Zelle. Dicht über ihrem Kopf starrte die schwarze Spinne herab, und fast glaubte sie, Spott in den dunklen Augen zu entdecken. Was tat sie hier eigentlich? Sie war keine Wächterin geworden, um eins mit sich selbst zu werden. Sie war eine Wächterin geworden, um eine Waffe zu führen und das Blut der Elva fließen zu sehen.

Dennoch war ihr einfach nicht begreiflich, weshalb ihr der Zugriff auf die Magie nicht gelingen wollte. Leigh hatte gesagt, sie müsse mit sich selbst im Einklang sein – und das war sie. Ihr Körper war mit den Jahren zu ihrem Werkzeug geworden. Eine Notwendigkeit, wenn man als Zwölfjährige allein auf den Straßen Thobrias überleben wollte. Sie wusste, wie viel sie ihrem Körper zutrauen konnte und wo seine Grenzen lagen, auch wenn ihr Kampfgeist sie immer wieder aufforderte, diese Grenzen auszuloten und zu überschreiten. Warum ihr Körper sie nach all den Jahren im Stich ließ und ihr die Magie verweigerte, war ihr unerklärlich. Es musste noch einen anderen Weg geben!

In einem neuen Versuch schloss Ceylan die Augen und horchte abermals auf ihre Atmung. Sie war niemand, der leicht aufgab, vor allem nicht, wenn es um ihr Dasein als Wächterin ging. Sie wusste nicht, ob sie die Mauer jemals wiedersehen würde. Aber sollte sie eines Tages ins Niemandsland zurückkehren, wollte sie bestmöglich vorbereitet sein. Die anderen Novizen wären ohnehin bereits im Vorteil. Seit Wochen, nein, inzwischen seit Monaten hatte sie nicht mehr an den Übungen teilgenommen, und vermutlich wären ihr die Männer, die sie damals noch niedergerungen hatte, schon bald überlegen.

Ein Gedanke, der ihr so sauer aufstieß wie das faulige Obst, das die Unseelie ihr auftischten. Daher zwang sie sich zu immer weiteren Meditationen, um zumindest eine Bindung zu ihrer Magie herzustellen, obwohl sie es allmählich leid war, immer nur auf die Atmung achten zu müssen.

Ein.

Aus.

Ein.

Aus.

Ein.

Aus.

Meine Königin.

Was hatte der Halbling damit gemeint? Welche Königin? Hatte er von Zarina gesprochen? Aber warum sollte er die Königin der Unseelie als *seine Königin* bezeichnen? Oder sprach er von Königin Valeska, die ihr Unwesen noch immer auf dem Hof der Unseelie trieb?

Nein.

Ceylan unterbrach ihre Gedanken.

Sie musste sich konzentrieren.

Ein.

Aus.

Ein.

Aus.

Weylin.

Lautete so der Name des Halblings? Sie war sich nicht sicher, ob sie die Frauenstimme richtig verstanden hatte oder ob es nur das Pfeifen des Windes gewesen war, der sich durch die Gitterstäbe hindurchgezwängt hatte.

Beim König! Wieso konnte sie mit ihren Gedanken nicht bei sich selbst und ihrer Magie bleiben? Vielleicht war sie einfach zu erschöpft. Und hungrig. Sie hatte die vergangene Woche nicht viel zu essen bekommen. Zu oft hatte sie einen Streit mit dem Bewacher vom Zaun gebrochen, der ihr daraufhin die Mahlzeiten verweigert hatte. Natürlich wusste sie, dass ihr Körper diese Nahrung nicht so lebensnotwendig brauchte wie zu ihrer Zeit als gewöhnlicher Mensch. Dennoch verspürte sie ein nagendes Hungergefühl, das sich nicht so leicht unterdrücken ließ.

Sie beschloss, zu schlafen und es am nächsten Tag nach dem Frühstück erneut zu versuchen. Irgendwann würde es ihr gelingen. Die Magie war da. Sie musste sie nur finden. Vermutlich war sie von ihren Ängsten und Sorgen verschüttet worden und musste nur wieder ausgegraben werden.

Plötzlich vernahm Ceylan ein Geräusch. Das Knacken von Stroh und das Knarren von sprödem Holz. Wollte da jemand wieder Selbstgespräche führen? Zögernd, um ihn nicht auf sich aufmerksam zu machen, wandte sie sich zu dem Halbling um. Er war von seiner Pritsche aufgestanden, aber statt sich dem schmalen Fenster zu nähern, schlich er vorsichtig durch seine Zelle. Allerdings ging er nicht zu dem Eimer, der ihnen als Latrine diente, sondern blieb vor der verschlossenen Tür stehen.

Ceylan runzelte die Stirn. Was hatte er vor?

Er drängte sich gegen die Gitterstäbe und spähte in Richtung des Wachsoldaten. Sie konnte den Unseelie von ihrem Platz aus nicht sehen, aber vermutlich saß er wie jede Nacht auf seinem Hocker, versunken in ein Buch. Langsam zog der Halbling etwas aus der Hosentasche. Erst erkannte Ceylan nicht, was er da in Händen hielt, bis er die gefesselten Hände bedächtig und lautlos durch die Gitterstäbe seiner Zellentür schob. Im fahlen Schein der Kerze blitzte das Metall in seiner Hand auf. Ein Schlüssel!

Ceylan rang hörbar nach Luft und richtete sich hastig auf ihrer Pritsche auf. Der Blick des Halblings zuckte erschrocken zu ihr herüber. Mit geweiteten Augen starrte er sie an. Einen Herzschlag lang blieb er völlig still, bevor er die Lippen aufeinanderpresste und nachdrücklich den Kopf schüttelte. Ein Befehl und eine Bitte zugleich. Sie sollte für ihn den Mund halten, während er sich davonmachte? Ausgerechnet er? Sollte das ein Scherz sein?

Andererseits besaß er einen Schlüssel, und Leigh hatte beteuert, der Halbling sei recht vernünftig. Ceylan hatte ihre Zweifel daran, aber was hatte sie schon zu verlieren? So wie sie es sah, gab es zwei Möglichkeiten. Sie konnte Lärm machen und die Flucht des Königinnenmörders vereiteln. Was aber nicht zwangsläufig zu ihrer eigenen Freilassung führen würde. Oder sie hielt sich zurück und beobachtete, wie sich die Sache entwickelte. Vielleicht eröffnete sich dabei auch für sie ein Weg in die Freiheit.

Abwartend verschränkte sie die Arme vor der Brust und gab dem Halbling ein Zeichen, er möge fortfahren. Er erwiderte die Geste mit einem Nicken und schob den Schlüssel in das Schloss, ohne den wachhabenden Unseelie aus den Augen zu lassen. Nachdem der Schlüssel steckte, hielt er inne und ließ mehrere Momente verstreichen.

Ceylans Herz pochte, und sie wagte kaum zu atmen, als wäre es ihre Tür, in welcher der Schlüssel steckte. Sie war mehr als bereit, diesen widerwärtigen Ort zu verlassen. Dabei waren es nicht die einengenden Wände, nicht die schäbige Pritsche und nicht die Gitter, die sie so sehr hasste. Es war die Hoffnungslosigkeit, die mit ihr in dieser Zelle hauste und der sie endlich entkommen wollte. Sobald sie wieder in Freiheit war, wollte sie nie wieder ein Gesetz brechen, das hatte sie sich geschworen. Nun gut, zumindest wollte sie besser darauf achten, nicht erwischt zu werden.

Nach einer gefühlten Ewigkeit drehte der Halbling den Schlüssel behutsam um. Das alte Schloss war rostig, und das Metall knirschte. Er erstarrte in der Bewegung, und sein Blick zuckte von der Wache zu Ceylan. Sie hielt den Atem an. Doch statt sich wieder abzuwenden, sah er sie weiter auffordernd an. Er wollte etwas von ihr, aber was? Sie beugte sich weiter nach vorn. Vielleicht sah er etwas, das sie noch nicht bemerkt hatte. Ihre Pritsche knarrte – und der Halbling nickte. Das also wollte er! Sie sollte Lärm machen. Nun ja, keinen Lärm, schließlich sollte die Wache nicht aufgescheucht werden. Aber Geräusche, die verbargen, dass gerade ein Ausbruch versucht wurde.

Ceylan legte sich wieder auf die Pritsche und rutschte darauf herum. Das Stroh knirschte, und das alte Holz knarrte. Wehe, das Spitzohr holte sie nicht auch aus ihrer Zelle! Sie spähte zu ihm hinüber und sah gerade noch, wie er den Schlüssel wieder in der Hosentasche verschwinden ließ. Er umklammerte die Gitterstäbe seiner Tür mit beiden Händen und hielt sie geschlossen.

»He!«, rief der Halbling dem Wachsoldaten zu.

Ceylan hörte den Unseelie seufzen. »Was ist?«

»Ich brauche Hilfe.«

»Ist dein Eimer voll? Dann verkneif es dir bis morgen!«

»Nein«, beteuerte der Halbling. Leigh hatte ihr erzählt, dass er ein talentierter Musiker war, aber anscheinend war auch ein Schauspieler an ihm verloren gegangen. Denn seine Worte klangen erstaunlich aufrichtig. »Das solltet Ihr Euch wirklich ansehen.«

Der Fae stöhnte gereizt und klappte sein Buch zusammen. Sein Hocker knarrte, als er aufstand und sich der Zelle des Halblings näherte. Dicht vor ihm blieb er stehen. »Was soll ich sehen?«, murrte er.

»Das!«, erwiderte der Halbling und stieß die Tür auf. Mit voller Wucht schlug das Metall gegen die Stirn des Unseelie. Benommen taumelte er zurück, aber seine Verwirrung währte nicht lange. Er griff nach dem Schwert an seinem Gürtel. Doch der Halbling war schneller. Mit einer wendigen Bewegung, die Ceylan an ihren eigenen Kampfstil erinnerte, warf er sich herum und hechtete hinter den Fae. Dann hob er die gefesselten Hände über dessen Kopf und zog die Kette stramm, um seinen Gegner zu erdrosseln.

Röchelnd schlug der Unseelie nach dem Halbling und wollte dessen Hände wegzerren, aber der ließ sich nicht beirren. Ceylan beobachtete, wie sich die Muskeln in seinen Armen anspannten, während das Gesicht des Fae eine rötliche Färbung annahm. Er hustete, kam aber nicht mehr zu Atem. Das Geräusch klang eher wie ein Würgen. Seine Gegenwehr wurde zunehmend schwächer, bis sie schließlich gänzlich erstarb und er bewusstlos in den Armen des Halblings zusammensank. Dieser hielt sofort inne und ließ sein Opfer zu Boden gleiten. Der Mann war ohnmächtig, aber nicht tot.

Ceylan sprang von ihrer Pritsche auf und klammerte sich an die Gitter ihrer Zellentür. Ihre Handflächen waren feucht vor Aufregung. Sie konnte die Freiheit bereits riechen.

Der Halbling schleifte den bewusstlosen Fae in seine Zelle, was ihn kaum Kraft zu kosten schien, und nahm ihm das wassergebundene Schwert ab. Er befestigte es an seinem eigenen Gürtel, bevor er den Körper des Bewusstlosen abtastete und nach einer Weile dessen Schlüsselbund fand. Daran hingen mindestens drei Dutzend Schlüssel.

»So ein Mist!«, fluchte der Halbling und griff nach dem ersten von vielen Schlüsseln. Damit versuchte er das Schloss seiner Fesseln zu öffnen.

Natürlich. »Lass mich hinaus!«, zischte Ceylan. »Um deine Fesseln kannst du dich später noch kümmern.«

Der Halbling hielt inne und musterte sie. Beinahe fürchtete sie, er werde ihr widersprechen. Stattdessen verschloss er seine eigene Zelle, damit der Soldat nach seinem Erwachen festsaß, und trat näher, um die verschiedenen Schlüssel an ihrer Tür auszuprobieren. Sie hatte den Halbling noch nie aus solcher Nähe gesehen, zumindest nicht in seiner natürlichen Gestalt, nur als

Unseelie verkleidet. Er sah erstaunlich menschlich aus mit seinen braunen Augen, dem dunklen Haar, der Narbe am Hals und den tiefen Ringen unter den Augen, die entstanden, wenn man sich Nacht für Nacht schlaflos von einer Seite auf die andere wälzte.

»Da ist er«, sagte der Halbling, als einer der Schlüssel schließlich einrastete. Doch statt ihn umzudrehen, zog er ihn wieder aus dem Schloss und trat einen Schritt zurück.

»Was soll das?« Ceylan klammerte sich noch fester an die Gitterstäbe ihrer Zellentür. »Sperr schon auf!«

Der Halbling stieß ein abgehacktes Lachen aus und schüttelte den Kopf. »Damit du dich auf mich stürzen kannst? Ich denke nicht daran. Du kannst abhauen, sobald ich weg bin.«

»Gib mir den Schlüssel!« Sie streckte die Hand durch die Stäbe und presste das Gesicht gegen das kühle Metall. Dabei versuchte sie den Halbling zu packen. Doch alles, was sie zu fassen bekam, war Luft.

Er löste den passenden Schlüssel vom Bund und legte ihn vor ihrer Zelle auf den Boden. Weit genug entfernt, um ein Herankommen schwer, aber nicht unmöglich zu machen, falls sie bereit war, sich dabei die Schulter auszukugeln.

Wütend funkelte Ceylan den Halbling an und ließ die Hand sinken. Sie verabscheute dieses Gefühl der Machtlosigkeit und sehnte sich nach ihrem Schwert als Verlängerung ihres Armes. Mit der Klinge hätte sie dem Halbling trotz der Entfernung den selbstgefälligen Ausdruck aus dem Gesicht schlagen können. »Wenn du mir den Schlüssel nicht gibst, schreie ich laut um Hilfe.«

Der Halbling hob herausfordernd eine Braue. »Nur zu.«

Ceylan biss die Zähne zusammen. Dieser Mistkerl! Er hatte sie durchschaut. Natürlich würde sie nicht schreien. Ein Laut, und der Kerker wäre im Handumdrehen von Unseelie geflutet, und sie könnte sich von ihrem Schlüssel und ihrer Freiheit verabschieden. Sie hatte in ihrem Leben schon viele Dummheiten begangen, aber so dämlich war nicht einmal sie.

»Dachte ich mir's doch«, sagte der Halbling und stopfte den Schlüsselbund in die Hosentasche, wahrscheinlich um sich später um seine Fesseln zu kümmern. »Viel Glück bei deiner Flucht! Ich wünsche dir noch ein schönes Leben.« Ein letztes Mal betrachtete er den bewusstlosen Wächter, der nun in seiner Zelle lag, bevor er sich zum Ausgang wandte.

Ceylan ballte die Hände zu Fäusten. »He, Halbling!«

Er blieb stehen, ohne sich umzudrehen. »Was?«

»Sollten wir uns jemals wieder begegnen, werde ich dich töten.«

Er lachte. »Leb wohl, Ceylan!«

Teil 2

17. Kapitel – Larkin

– Rigwall –

Rigwall, las Larkin auf dem vermoderten Wegweiser, der über und über mit Vogelkot verkrustet war. Er hatte noch nie von diesem Dorf gehört und auch nicht geplant, für die Nacht irgendwo einzukehren, aber seine letzte Mahlzeit, die nicht aus Dörrobst und Trockenfleisch bestanden hatte, lag Tage zurück. Und er war hungrig von der Jagd nach einer Elva, die sich angeblich in diesem Teil des Dornenwaldes eingenistet hatte.

Gerüchte über einen schwarzen Vogel, der den Einwohnern die Augen aus dem Schädel pickte, hatten die Runde gemacht und seine Neugier erregt. Doch wie sich herausgestellt hatte, war die vermeintliche Elva nichts als eine ungewöhnlich große Krähe. Und die Sache mit den Augen? Vermutlich eine Schauergeschichte, die Eltern ihren Kindern erzählten, um sie vom Wald fernzuhalten. Dennoch hatte Larkin den Vogel erledigt, um den Märchen ein Ende zu bereiten.

Er löste den Blick von dem verdreckten Wegschild und folgte einem erdigen Pfad in Richtung des Dorfes, das in winterlicher Schönheit vor ihm lag. Die Dächer waren weiß bedeckt, und Rauch stieg aus den Kaminen auf. Das Flackern von Kaminfeuern hinter verschlossenen Fensterläden war zu erahnen, und unter seinen Stiefeln knirschte der Schnee, der tagsüber gefallen war. Das Bild hätte idyllisch wirken können, wäre da nicht diese Stille gewesen. Zwar war die Nacht bereits hereingebrochen, allerdings noch nicht so weit fortgeschritten, dass die Bewohner bereits alle in ihren Betten lagen. Dennoch waren die Geräusche des alltäglichen Lebens verstummt. Es schien vollkommen still, doch Larkin hörte ein Flüstern, das ein gewöhnlicher Mensch nicht wahrgenommen hätte.

Er war allein auf der Straße, und ein ungutes Gefühl beschlich ihn. Am liebsten hätte er sein feuergebundenes Schwert aus der Scheide auf seinem Rücken gezogen. Aber er gab diesem Verlangen nicht nach. Nichts wies auf einen bevorstehenden Kampf hin. Er war nur ausgesprochen misstrauisch geworden, seit er sein Geld mit der Jagd auf menschlichen Abschaum verdiente.

Früher hatte er an das Gute im Menschen geglaubt, so war er im Tempel erzogen worden. Und die Männer, die dem Niemandsland dienten, hatten diese Überzeugung in ihm gestärkt, doch allmählich bröckelte sein Glaube. Seit er zum Wächter geworden war, hatte sich in Thobria viel verändert. Während seiner wenigen Besuche im sterblichen Land war es ihm nicht aufgefallen, aber nun erkannte er die Unterschiede. Die Menschen waren im Allgemeinen unfreundlicher geworden. Die Gardisten härter. Die Diebe vorwitziger. Gefühlt war jeder ein Gesetzesbrecher. Alle versuchten, hier und da Münzen oder andere Vorteile für sich zu ergaunern, ungeachtet der Personen, die dabei übers Ohr gehauen wurden.

Larkin drang tiefer in die Ortschaft vor und verschaffte sich einen Überblick. Es gab keine Hauptstraße, sondern nur schmale Wege verliefen zwischen den Häusern, die offenbar rings um einen Dorfplatz angeordnet waren, ähnlich wie in der Hauptstadt Amaruné. Doch anders als dort gab es hier keinen ersten und auch keinen zweiten Ring. Die Hütten erweckten ausnahmslos den Eindruck, als stammten sie aus dem vierten oder fünften Ring. Die Dächer waren mehrfach geflickt, die Fenster schief eingesetzt, und die Türen hingen verzogen in den Angeln. Ein einziges Gebäude hätte zumindest aus dem dritten Ring stammen können – die Taverne. Vor der Hütte steckte ein Schild im Boden, ähnlich schäbig wie der Wegweiser. Die ins Holz eingeritzten Buchstaben verkündeten, dass das Gasthaus den Namen *Zum Kleeblatt* trug.

Aus dem Innern der Schenke drangen aufgebrachte Stimmen nach draußen. »Ich will nicht, dass meine Tochter ihn so sehen muss. Das ist grausam!«, hörte Larkin eine Frau schreien, bevor er die Tür zum Schankraum aufstieß und damit alle Gespräche urplötzlich zum Verstummen brachte. Sämtliche Blicke richteten sich auf ihn, teils misstrauisch, teils erzürnt. Nicht einmal die Wirtin hinter dem Tresen zeigte sich angesichts des neuen Gastes erfreut. Eindeutig war er hier in eine Auseinandersetzung hineingeplatzt, die er besser nicht hätte stören sollen.

Er räusperte sich und schob sich die Kapuze aus dem Gesicht. »Seid gegrüßt! Komme ich ungelegen?«

»Das kommt ganz darauf an«, entgegnete die Wirtin und wischte sich die Hände an der Schürze ab. Sie war schon älter, hatte strähnig graues Haar und sonnengegerbte Haut. »Wer seid Ihr?«

»Mein Name ist Kaiden«, log Larkin und ließ den Blick durch den Schankraum schweifen. Er war erstaunt, wie sich alle Tavernen glichen, in Einzelheiten aber doch sehr unterschiedlich waren. In manchen hing das königliche Familienwappen der Draedons auffällig über den Tischen. In wieder anderen, wie auch im *Kleeblatt,* war nichts davon zu sehen. Dafür schmückten Äste voller Stofffetzen die Wände, und getrocknete Blumen hingen von den Deckenbalken.

»Und was führt Euch nach Rigwall, Kaiden?«, fragte die Wirtin weiter und betrachtete ihn abschätzend. Er wusste, dass er mit seiner schwarzen Kleidung und dem Schwert auf dem Rücken nicht gerade vertrauenerweckend aussah.

»Ich bin auf der Durchreise und hätte in Eurem behaglichen Wirtshaus gern eine Mahlzeit zu mir genommen.« Er hatte sich nicht von der Stelle gerührt und stand noch immer in der offenen Tür. Der kalte Nordwind, der seit Tagen über das Land fegte, blies ihm in den Rücken und wehte lose Schneeflocken in die Stube. Hier wurden sie augenblicklich zu Wassertropfen.

»Seid Ihr ein Söldner?« Die Frage stellte nicht die Wirtin, sondern einer der Gäste. Ein junger Mann mit so spitzer Nase, dass sie Larkin an den Schnabel der Krähe erinnerte, die er erschlagen hatte.

Er nickte. »Sozusagen.«

Das Misstrauen wich nicht aus den Augen des Mannes. »Arbeitet Ihr auch für den König?«

Larkin verzog die Lippen. »Früher einmal, inzwischen nicht mehr.«

»In diesem Fall seid Ihr willkommen.« Die Wirtin winkte ihn in die Stube.

Er trat ein, obwohl es ihm nicht gefiel, dass er von allen Seiten angestarrt wurde. Vermutlich kamen nur selten Reisende nach Rigwall, aber Larkin hatte das Gefühl, dass hier mehr dahintersteckte als nur der Vorbehalt der Dörfler gegen Fremde. Ein solches Misstrauen wurzelte nicht in Unwissen, sondern in Angst. Er setzte sich auf einen Hocker an den Tresen. »Habt Ihr noch etwas Warmes zu essen? Eine Suppe? Oder einen Eintopf?«

»Ein paar Reste sind noch übrig.«

»Ich nehme, was noch zu bekommen ist. Und einen Tee, wenn es recht ist.« Er griff in die Tasche seines Umhangs und zog eine Münze hervor, die er der Wirtin reichte.

Sie nickte und ließ das Kupferstück in ihre Schürze gleiten, bevor sie den Schankraum durch eine Schwingtür in die Küche verließ. Larkin stützte die Ellbogen auf dem Tresen ab und spähte zu den anderen Gästen hinüber. Die meisten starrten ihn noch immer an oder blickten verloren in ihre Kelche. Niemand sagte etwas, nur eine Frau schniefte laut, als hätte sie geweint. Und auch die meisten anderen Gäste begegneten Larkins Blicken mit glasigen Augen.

Die Wirtin kam zurück und stellte Teller und Becher vor ihm ab. »Lasst es Euch schmecken!«

»Danke«, erwiderte Larkin und nahm einen Löffel von der Suppe. Sie war nur lauwarm und ziemlich dünn, wie mit Wasser aufgegossen. Er beklagte sich jedoch nicht, sondern aß weiter, bevor er bemerkte, dass die Wirtin sich nicht von der Stelle gerührt hatte und ihn beobachtete. Er ließ die Hand sinken. »Gibt es irgendwelche Schwierigkeiten?«

»Nicht mit Euch.«

Larkin furchte die Stirn und sah sich noch einmal im Schankraum um. »Was geht hier vor sich?«

Die Wirtin senkte den Blick und schüttelte den Kopf. »Das wollt Ihr nicht wissen.«

»Dann würde ich nicht fragen. Was betrübt Euch?«

»Die Gardisten des Königs waren heute hier«, antwortete der junge Mann mit der spitzen Nase. Er erhob sich von seinem Stuhl, den Kelch in der Hand, und setzte sich neben Larkin an den Tresen. Er war ein schlaksiger Bursche mit hageren Schultern und dünnen Handgelenken, die aussahen, als könnten sie beim Heben eines Mehlsacks brechen. »Sie wollten zusätzliche Steuern eintreiben, angeblich für den Wiederaufbau des zerfallenen Tempels. Ihr habt ihn auf dem Weg hierher vielleicht gesehen.«

Larkin war an der baufälligen Gebetsstätte vorbeigekommen, hatte sie aber nicht betreten. Überhaupt hatte er kein Haus der Königsreligion mehr von innen gesehen, seit er aus Melidrian zurückgekommen war, denn es fühlte sich falsch an, einen Mann anzubeten, dessen Tochter er begehrte. »Wieso sagt Ihr *angeblich*?«

»Es war nicht das erste Mal, dass die Männer des Königs deswegen hier waren. Bereits vor zwei Monaten haben sie für den Tempel weitere Steuern verlangt, aber bisher wurde nichts daran gebaut«, erklärte der Mann und hielt kurz inne. Vor Aufregung hüpfte sein Kehlkopf auf und ab.

»Ihr glaubt, das Geld wird für etwas anderes verwendet?«

Er nickte. »Deswegen haben sich ein paar unserer Bauern geweigert, das Silber aufzubringen, und dafür mussten sie mit dem Leben bezahlen.«

»Ein hoher Preis«, bemerkte Larkin.

»Sie haben das Geld nicht aus Gier verweigert«, ergänzte die Wirtin. »Hier in Rigwall sind wir nicht wohlhabend, und der Winter hat gerade erst begonnen. Unsere Kinder brauchen Nahrung und Decken. Das haben wir den Gardisten gesagt, aber das war ihnen gleichgültig. Sie meinten, wir hätten den Befehlen unseres Königs zu gehorchen. Vincent, Larus und Tymeé haben es nicht getan. Sie rechneten mit höchstens einem halben Dutzend Peitschenhieben … nicht mit dem Tod.«

Hinter Larkin heulte eine Frau auf, vermutlich eine der Witwen.

»Nachdem die Gardisten ihr Urteil ausgesprochen hatten, wollten die Männer die Abgaben doch noch leisten«, fuhr die Wirtin fort. Ihr Blick war von Hass getrübt. »Aber die Soldaten ließen nicht mehr mit sich reden und schleppten sie zum Galgenbaum.«

»Das tut mir leid zu hören«, sagte Larkin. »Habt ihr deswegen gestritten, als ich in die Schenke kam?«

Die Wirtin nickte. »Ein paar von uns wollen die Toten abhängen, aber die Gardisten haben es verboten. Sie meinten, die Körper müssten mindestens zwei Wochen lang hängen bleiben und uns daran erinnern, was geschieht, wenn wir unserem König nicht gehorchen.«

»Ich glaube, das war nur eine leere Drohung«, mischte sich der Mann ein, dessen Namen Larkin nicht kannte. »Die Gardisten haben mit Gewissheit Besseres zu tun, als nachzusehen, ob irgendwelche armseligen Bauern noch immer am Galgen baumeln. Das haben sie nur gesagt, um uns zu demütigen.«

Die Wirtin stemmte die Hände in die Hüften. »Und was ist, wenn du dich irrst?«

»Dann können wir immer noch behaupten, die Vögel und Wölfe hätten sich die Überreste geholt. Schließlich haben auch die Tiere mit dem Winter zu kämpfen«, meldete sich die weinende Frau zu Wort. »Ich kann doch nicht zulassen, dass meine Tochter ihren Vater jeden Tag dort hängen sieht, und das für die nächsten zwei Wochen!« Mit jedem Wort wurde ihre Stimme höher und höher und brach am Ende.

Larkin nippte an seinem Tee und musterte sie über den Rand der Tasse hinweg. Sie war jung, vermutlich nur zwei oder drei Jahre älter als Freya. Mit einem runden Gesicht und braunem Haar, das ohne die üppigen Locken recht unscheinbar gewirkt hätte. »Dann nimm deine Tochter und zieh von hier weg.«

Sie lachte traurig. »Ein hübscher Gedanke, Fremder, aber von welchem Geld? Nachdem sie Vincent gehängt haben, haben sie alles mitgenommen. Meine Hütte und die Schweine sind alles, was uns noch geblieben ist. Den Frauen von Larus und Tymeé geht es ähnlich. Ich möchte meinen Mann nur angemessen in den ewigen Frieden schicken, um meiner Tochter den Anblick ihres verwesenden Vaters zu ersparen.«

»Das verstehe ich«, stimmte die Wirtin zu. »Aber diese Entscheidung geht nicht nur dich, sondern uns alle an. Wir haben in den letzten Tagen zu viele gute Männer verloren. Was ist, wenn sie wiederkommen und Korwan holen?« Sie deutete auf den jungen Mann neben Larkin. »Oder vielleicht sogar dich. Was wird dann aus deiner Tochter?«

Trotzig reckte die Witwe das Kinn. »Ich bin bereit, das Wagnis einzugehen.«

Die Wirtin schnaubte. »Du bist so was von einfältig!«

»Ich finde, wir sollten abstimmen«, warf Korwan ein. »Wie du sagst, betrifft diese Entscheidung alle. Da ist eine Abstimmung nur angemessen. Falls die Mehrheit wünscht, dass die Toten abgenommen werden, tun wir es. Ist die Mehrheit dagegen, bleiben sie hängen.« Erwartungsvoll sah Korwan in die Runde.

Larkin folgte seinem Blick und sah in die Gesichter der Anwesenden. Sie wirkten leer und hoffnungslos. In einer großen Stadt machten drei Bauern hin oder her keinen Unterschied, aber in einem Dorf wie Rigwall war niemand entbehrlich. Das hatten die Gardisten bestimmt gewusst, und das machte alles noch viel schlimmer. Ihm war ohnehin nicht begreiflich, weshalb sie überhaupt Geld eingetrieben hatten. Der König besaß genug, das bewies das Gold in seinem Rucksack, das er von Freya erhalten hatte. Warum genügte das nicht? Zumal Rigwall gewiss nicht das einzige Dorf war, das von dieser Steuereintreibung betroffen war, vor allem, wenn es stimmte, was die Bewohner sagten und der Tempel nur ein Vorwand war.

»Gut, dann lasst uns abstimmen«, hörte Larkin Korwan sagen. »Wer dafür ist, dass wir die Gehängten vom Baum abnehmen, stehe jetzt auf.« Er beobachtete, wie einige Gäste aufstanden, unter anderem die Witwe und Korwan selbst. Die Wirtin hingegen machte sich hinter ihrem Tresen klein. Nachdem Korwan alle gezählt hatte, eilte er zu einer Tafel hinter dem Ausschank. Darauf notierte er eine Zahl. »Und jetzt alle, die dagegen sind.«

Erneut erhoben sich einige der Gäste von ihren Plätzen. Korwan zählte sie zweimal durch, wie um sicherzugehen, dass ihm kein Fehler unterlaufen war, dann nickte er zufrieden und vermerkte eine weitere, niedrigere Zahl auf der Tafel. »Damit ist's beschlossen. Wir nehmen die Körper ab.«

»Wenn man mich euretwegen hinrichtet, suche ich euch als Geist heim, das schwöre ich«, brummte die Wirtin.

Ein Augenblick der Stille trat ein, bevor sich von Neuem vielfältiges Gemurmel erhob. Die Wirtin stieß ein missfälliges Knurren aus und machte sich an den Abwasch des schmutzigen Geschirrs, das sich hinter ihr angesammelt hatte. Ihre Bewegungen waren hart und ruppig und zeugten von ihrem Verdruss.

Larkin wusste, dass er sich nicht weiter einmischen sollte.

Dies war eine Angelegenheit des Dorfes, und schon bald würde er weiterziehen, aber auf merkwürdige Art und Weise fühlte er sich mitverantwortlich. Schließlich hatte auch er König Andreus und den Königen davor gedient und ihnen damit zur Macht verholfen. Daher konnte er sich nicht zurückhalten, als Korwan wieder neben ihm Platz nahm. »Ich kann euch helfen, die Toten zu beseitigen.«

Korwan lächelte. »Danke für das Angebot, aber wir haben kein Geld, um Euch zu bezahlen.«

»Ich will kein Geld. Nur einen Schlafplatz für die Nacht.«

Überrascht musterte ihn Korwan, so als wäre er noch nie einem großzügigen Söldner begegnet. »Das lässt sich einrichten. In meiner Hütte habe ich noch ein Bett frei. Wann wollen wir aufbrechen?«

Larkin sah auf seine Suppe. Doch der Appetit war ihm vergangen, und er fragte sich, ob Freya womöglich recht hatte. Vielleicht war ihr Vater tatsächlich kein Gott, zumindest kein gnädiger, wenn er zuließ, dass seine Männer solch grausame Taten begingen.

△

Er verabscheute den süßlichen Duft von verbranntem Menschenfleisch und wünschte sich Gothar an seiner Seite. Der andere Wächter hätte ihm gewiss etwas von seiner selbst angerührten Kräutersalbe angeboten, um den Gestank zu vertreiben. Drei Scheiterhaufen loderten lichterloh. Sie schickten ihren Rauch in den Himmel und brachten den Schnee im Umkreis von mehreren Fuß zum Schmelzen. Das gesamte Dorf hatte sich bei Sonnenaufgang versammelt, um den Toten die letzte Ehre zu erweisen. Larkin stand abseits der Trauernden und beobachtete das Geschehen aus der Ferne. Er hatte nichts zu sagen und vergoss auch keine Tränen. Doch er hatte nicht einfach sang- und klanglos verschwinden wollen.

Nach und nach warfen die Bewohner Andenken an die Verstorbenen in die Flammen. Die Witwe Maureen trug ihre kleine Tochter auf dem Arm. Die vermutlich noch zu jung war, um zu begreifen, was hier wirklich vor sich ging. Was hatten sich die Gardisten nur dabei gedacht, sie ihres Vaters zu berauben, und das nur wegen einer Handvoll Münzen? Zumal die drei Bauern offenbar nicht die Einzigen waren, die das Dorf zu betrauern hatte. Unweit der drei Scheiterhaufen erhob sich ein vierter. Verkohlt und niedergebrannt, aber den Spuren nach nicht älter als einige Tage, allerhöchstens zwei Wochen.

Larkin hörte Schritte auf dem matschigen Boden. »Darauf haben wir meinen Bruder verbrannt«, murmelte Korwan und blieb neben ihm stehen. Seine Augen waren glasig, und seine Nase hatte sich gerötet. Er trug keinen Mantel, sondern hatte lediglich eine Decke fest um den Körper geschlungen.

»Was ist geschehen?«, fragte Larkin.

»Er wurde ermordet«, antwortete Korwan, ohne den Blick von der verkohlten Erde zu nehmen.

»Von den Gardisten?«

Korwan schüttelte den Kopf, und eine einzelne Träne rollte ihm über die Wange. Ob Trauer oder der kalte Wind sie aus dem Auge getrieben hatte, vermochte Larkin nicht zu sagen. »Diebe. Sie sind in seine Hütte eingebrochen und haben ihn gefesselt. Vermutlich hat er sich zu sehr gewehrt. Wir haben ihn erst am nächsten Morgen gefunden. Vollkommen entstellt und mit aufgeschlitzter Kehle.«

Larkin runzelte die Stirn. Das Vorgehen erschien ihm ziemlich außergewöhnlich für eine Diebesbande, vor allem an einem solchen Ort. Ein Blick genügte, um zu wissen, dass es in Rigwall nicht viel zu holen gab. Warum ein solches Wagnis eingehen? Dafür musste selbst der dümmste Dieb schon sehr verzweifelt sein. »Das tut mir leid. Was wurde gestohlen?«

»Wir wissen es nicht. Sie haben die Hütte ziemlich auf den

Kopf gestellt. Vermutlich auf der Suche nach Geld, das Henrik nicht besessen hat.«

Larkin stieß ein Brummen aus. Irgendetwas an dieser Geschichte wollte nicht zusammenpassen. Diebe, die töteten, aber nichts stahlen? Selbst wenn Korwans Bruder weder Kupfer noch Silber besessen hatte, gab es immer etwas zu stehlen, und wenn es nur eine Pfanne war, die sich verkaufen ließ. Was wiederum bedeutete, dass die Diebe möglicherweise überhaupt keine Diebe gewesen waren. »Wenn Ihr wollt, suche ich nach den Mördern Eures Bruders.«

Korwan schüttelte den Kopf. »Danke, aber was soll das bringen? Sie sind längst weitergezogen, und er ist tot. Daran lässt sich nichts mehr ändern. Und ehrlich? Ich habe genug von Leichen. Genug von Mord. Genug von Scheiterhaufen. Ich will nur, dass alles wieder wird wie zuvor.«

Larkin nickte, obwohl er sich nicht ganz wohl dabei fühlte. Denn die Wahrscheinlichkeit, dass die Diebe wieder morden würden, war groß, nun, da sie es schon einmal getan hatten.

»Werdet Ihr noch länger hierbleiben?«, fragte Korwan.

»Nein, ich mache mich gleich auf den Weg, aber ich wollte Euch noch etwas geben.« Larkin griff in die Tasche seines Umhangs und zog ein Säckchen hervor, das er kurz vorher mit Münzen befüllt hatte. Er reichte es Korwan.

»Was ist das?«

»Silber und Gold, das der König mir vor langer Zeit gezahlt hat. Ich möchte, dass Ihr es nehmt. Sollten die Gardisten wiederkommen, könnt Ihr sie damit bestechen. Dann lassen sie Euch alle in Frieden.«

Korwan starrte erst das Säckchen, dann Larkin mit offenem Mund an. »Ist das Euer Ernst?«

»Ja.« Er teilte sein Geld gern. Freya hatte ihm ohnehin zu viel davon gegeben, und was sollte er sich schon davon kaufen? Ein Grundstück? Ein Haus? Er konnte es nicht einmal anständig versaufen, da er sich mit gewöhnlichem Fusel nicht zu betrinken vermochte. Und Huren begehrte er auch nicht. »Ihr müsst mir nur eins versprechen.«

»Alles.«

»Erzählt niemandem von mir. Ich war nie in Rigwall.«

»Ich verspreche es«, versicherte ihm Korwan und sah ihm dabei unverwandt in die Augen. »Auch im Namen der anderen.«

»Danke.«

»Nein, wir haben zu danken.« Korwan steckte das Säckchen weg und hielt Larkin eine Hand entgegen. »Danke für Eure Hilfe, Kaiden. Mögen Euch die wahren Götter beschützen.«

18. Kapitel – Ceylan

– Nihalos –

»Jetzt komm schon!«, ächzte Ceylan und schob die Schulter noch weiter durch das schmale Gitter. Ein reißender Schmerz fuhr ihr in den Nacken, aber sie achtete nicht darauf und drückte weiter gegen die unnachgiebigen Stäbe. Allerdings reichten ihre Bemühungen nicht aus, um den Schlüssel zu fassen. Natürlich hatte der Halbling das geplant! Ihre Freiheit war so nahe und doch so fern, eine bittersüße Folter. Hätte sie doch nur ihre Fingernägel nicht aus Langeweile abgekaut!

Beunruhigt schweifte Ceylans Blick zu dem bewusstlosen Spitzohr in der gegenüberliegenden Zelle hinüber. Ihr blieb nicht mehr viel Zeit, schon bald würde er erwachen. Seine Finger hatten bereits gezuckt, und auch seine Augenlider flatterten immer wieder. Er schien zu träumen, denn gelegentlich murmelte er unverständliche Worte, die Ceylan in Panik versetzten. Denn wenn er aufwachte, bevor sie sich des Schlüssels bemächtigt hatte, war alles verloren.

Sie biss die Zähne zusammen. Das Gesicht gegen die rostigen Gitterstäbe gepresst, schmeckte sie das schale Metall an den Lippen. Sie rollte die Schultern in dem Versuch, sich nur eine Fingerlänge weiter durch das Gitter zu zwängen. Das Ziehen in ihrem Nacken wurde immer heftiger, und sie spürte die Spannung in den Gelenken. Der Schmerz zog sich ihre Wirbelsäule hinunter, und der Drang, aufzugeben und sich zurückzulehnen, war groß. Aber das kam überhaupt nicht infrage. Zumal der

Schmerz nur ein verbliebenes Warnsignal ihrer Menschlichkeit war. Sie musste lernen, ihn außer Acht zu lassen. Wunden und Knochenbrüche hatten nicht mehr dieselben Auswirkungen wie früher. Eine ausgekugelte Schulter hätte in den schlimmsten Zeiten ihren Tod bedeuten können. Es wäre zwar nicht die Verletzung selbst gewesen, die sie dahingerafft hätte, sondern deren Folgen. Mittlerweile hatte sie das jedoch nicht mehr zu befürchten. Sie musste diese alten Ängste abschütteln.

Der Unseelie in der Zelle des Halblings ächzte laut, und Ceylan erstarrte. Mühsam hob sie den Blick und spähte zu ihm hinüber. Er bewegte sich. Träge rollte er sich zur Seite, hustete und würgte. Das Geräusch war zu laut für den stillen Kerker, dessen nackte Wände das Echo zurückwarfen.

»Verdammt«, zischte Ceylan beinahe tonlos. Sie holte tief Luft, presste die Lippen aufeinander, um nicht laut aufzuschreien, und mit aller verfügbaren Kraft drängte sie sich dem Schlüssel entgegen. Dabei achtete sie weder auf das qualvolle Ziehen noch auf den Schmerz oder das Knacken in ihrem Gelenk, bis ihre Finger den Schlüssel ertasteten. Nie hatte sich raues, kaltes Metall besser angefühlt.

Endlich! Hastig zog Ceylan den Schlüssel zu sich heran und stopfte ihn in die Tasche ihrer Kluft, und dies keinen Moment zu früh. Das Husten des Unseelie verstummte, und er spuckte auf dem Boden aus. Ungelenk stemmte er sich in die Höhe und stand schwankend vom schmutzigen Boden auf, der dunkle Flecken auf seiner Uniform hinterlassen hatte. Er strich sich das blonde Haar aus der Stirn und blinzelte mit rot geschwollenen Augen benommen umher. Verwirrt irrte sein Blick durch die Zelle. Er trat an die Gittertür und wollte sie öffnen, doch das Schloss gab nicht nach. Mit gerunzelter Stirn rüttelte er an den Stäben, vergeblich. Der Halbling hatte ihn eingesperrt. Verzweifelt tastete er seinen Körper ab, aber seinen Schlüsselbund würde er nicht finden.

Ceylans Mundwinkel zuckten. Eigentlich hätte sie nicht lachen sollen, denn schließlich saß sie ebenfalls noch immer fest, doch sie konnte es sich nicht verkneifen. Das Spitzohr hatte es verdient, auch einmal diese Seite der Gitter kennenzulernen, nachdem es sie wochenlang so übel behandelt hatte.

Der Unseelie sah wütend zu Ceylan auf. »Was glotzt du so dämlich?«

»Ich glotze nicht dämlich, sondern zufrieden. Gefällt dir deine Zelle?«

»Halt die Klappe!«, fauchte der Unseelie und rüttelte an der Tür, die sich nicht öffnen ließ. Das brachte sie nur noch mehr zum Schmunzeln. Sie selbst trat von den Gitterstäben zurück und setzte sich auf ihre Pritsche. Unter den Augen des Fae wollte sie nicht fliehen. Außerdem musste sie ihre Flucht vorher mit Leigh besprechen. Gewiss würde sie nicht einfach verschwinden und ihn allein in Nihalos zurücklassen.

»He! Heeee!«, rief der Fae. Er hatte sich von der Tür abgewandt und grölte aus dem kleinen Fenster hinaus. Ceylan lehnte sich an die Wand und fragte sich, ob der Halbling die Rufe noch hören konnte oder sich bereits zu weit vom Kerker entfernt hatte.

Es dauerte nicht lange, bis die Gardisten auf ihren Kameraden aufmerksam wurden. Und bereits kurze Zeit später fluteten sie in ihren hellen Uniformen das Verlies. Wie aufgeregte Ameisen irrten sie umher und versuchten herauszufinden, was geschehen war. Ceylan beobachtete jeden ihrer Schritte und fühlte sich dabei wie ihr elfjähriges Ich, das sich damals bang im Dornenwald versteckt hatte, während Bellmare zu Rauch und Asche zerfallen war. Damals, nachdem die Schreie der Menschen verstummt waren, hatte sie mucksmäuschenstill in den Schatten des Waldes ausgeharrt, voller Angst, doch noch von einer Elva aufgestöbert zu werden. In diesem Moment fühlte sie sich ähnlich, zwar saß sie nicht zwischen Bäumen, sondern auf einer

Pritsche, aber wenn die Fae sie entdeckten, war es um sie geschehen.

»Sattelt die Pferde und sucht die Stadt ab! Ich will, dass jeder, dessen Posten nicht unbedingt besetzt sein muss, nach diesem Halbling sucht. Und schickt auch Truppen in die Wälder! Wenn nicht anders möglich, bringt mir seinen Leichnam!«, befahl ein hochgewachsener Fae, den die anderen Wárdt nannten. Er trug eine grimmige Miene zur Schau, die nicht zu seiner sanften Stimme passen wollte. Ceylan vermutete, dass er Teagans Nachfolger war.

»Sollen wir das Volk in Kenntnis setzen?«, fragte der Fae, mit dem er sprach.

»Nein, besser nicht. Die Gemüter sind ohnehin schon erhitzt, und ich möchte nicht, dass unsere Suche als kopflose Hetzjagd endet. Haltet die Sache geheim! Sollte die Bevölkerung Fragen stellen, dann behauptet, dass ihr die Stadt nach Pelagon durchsucht.«

Ceylan runzelte die Stirn. Pelagon? Der Name war ihr in all der Zeit in Nihalos noch nie untergekommen. Vermutlich lag das aber auch daran, dass sich seit ihrer Ankunft in der Stadt alles um Kheeran und um seine Belange drehte.

»Und du …«, sagte Wárdt und wandte sich an das Spitzohr, das der Halbling überwältigt hatte. »Du gehst zum nächsten Schmied und beauftragst ihn, sämtliche Schlösser in den Verliesen auszutauschen. Sowohl hier als auch im Süd- und Westverlies. Ich will, dass das noch in dieser Woche erledigt wird. Verstanden?«

Der Unseelie nickte, und die Reue in seiner Haltung war nicht zu übersehen.

Neue Schlösser? Das gefiel Ceylan ganz und gar nicht. Es wäre eine Schande, wenn ihre Flucht daran scheiterte, dass ihr Schlüssel nicht mehr passte! Andererseits hatte sie ohnehin nicht vorgehabt, ihr Verschwinden auf die lange Bank zu schieben. Keinen Augenblick länger als nötig wollte sie in diesem Elend ausharren.

»Und bis die neuen Schlösser angebracht sind, werden zusätzliche Wachen vor den Kerkern aufgestellt«, fuhr Wárdt fort. »Ich möchte dem Prinzen und dem Rat keine weitere Flucht erklären müssen.«

»Selbstverständlich.« Der Unseelie verbeugte sich und eilte davon.

Der Kommandant sah ihm nach, dann wandte er sich mit zornigem Blick an Ceylan. Das war nicht gut. Sie presste die Lippen aufeinander und bemühte sich, besorgt, aber nicht *zu* besorgt auszusehen, als er an das Gitter der Zelle trat. »Und jetzt unterhalten wir beide uns. Wie konnte der Halbling aus seiner Zelle entkommen?«

»Das weiß ich nicht.«

»Lüg mich nicht an!«, knurrte der Kommandant und musterte sie. Seine Augen wirkten beinahe so grün wie Algen am Meeresgrund, während sich das Kerzenlicht darin spiegelte. »Mein Gardist hat ihm den Schlüssel zu seiner Tür ganz gewiss nicht freiwillig überlassen.«

»Ich lüge nicht«, beteuerte Ceylan. Sie richtete sich auf ihrer Pritsche auf und legte so viel Überzeugungskraft wie möglich in ihre nächsten Worte. »Ich habe geschlafen. Als ich aufwachte, war der Gardist bereits bewusstlos. Ich weiß nicht, was sich davor abgespielt hat.«

»Und das soll ich dir glauben?«

Ceylan nickte. Sie unterdrückte den Drang, nach dem Schlüssel in ihrer Hose zu tasten, um sich daran festzuhalten wie an einem Rettungsseil.

Der Kommandant schnaubte. »Hör auf, mich für dumm zu verkaufen! Mein Soldat und der Halbling kämpfen auf solch engem Raum miteinander, und du willst mir erzählen, du hättest weitergeschlafen?«

»Ja, aber ich wünschte, ich wäre aufgewacht.« Sie erhob sich von ihrem Strohbett, die Hände zu Fäusten geballt. »Der Halbling hat die Königin ermordet. Das erzähle ich Euch bereits seit Wochen, aber niemand glaubt mir. Denkt Ihr ernsthaft, ich ließe ihn einfach davonkommen? Und mit ihm meine einzige Aussicht auf einen Freispruch? Das ist lächerlich!«

»Was ist hier los?«, fragte plötzlich eine vertraute Stimme, und einen Augenblick später erschien Leigh neben dem Kommandanten. Es war nicht zu übersehen, dass er in Hast herbeigeeilt war. Sein Haar war zerzaust, sein Hemd schief zugeknöpft, als hätte er es im Gehen und ohne Spiegel erledigt. »Ich habe Rufe gehört, und einer der Gardisten sagte mir, im Verlies habe es einen Vorfall gegeben.«

Der Kommandant ergriff das Wort. »Der Halbling ist geflüchtet.«

»Was?« Leigh sah sich um und betrachtete die aufgeschlossene Zelle, in der zwei Fae noch immer nach Spuren suchten, die Aufklärung verschaffen sollten. Tiefe Falten traten auf seine Stirn. »Wie konnte es dazu kommen?«

»Das wissen wir noch nicht«, antwortete der Fae, dessen Blick sich kein bisschen von Ceylan gelöst hatte. »Und deine kleine Freundin redet nicht. Stattdessen tischt sie mir irgendeinen Schwachsinn auf. Sie behauptet, von dem Ausbruch nichts bemerkt zu haben.«

»Das habe ich auch nicht«, erwiderte Ceylan. »Ich …«

»Die nächsten Worte, die deinen Mund verlassen, sollten der Wahrheit entsprechen«, unterbrach sie der Kommandant und verschränkte die Arme vor der Brust. »Für jede weitere Lüge verordne ich zehn Peitschenhiebe.«

Sie reckte das Kinn, denn sie war sich sicher, dass er ihr geglaubt hätte, wäre sie eine Unseelie und keine Wächterin gewesen. »Nur weil ich nicht das sage, was ihr hören wollt, ist es noch längst keine Lüge. Ich habe geschlafen. Es ist Nacht.«

»Wie du willst«, erklärte der Kommandant. »Zehn Peitschenhiebe.«

»Nein!« Leigh schob sich zwischen den Fae und sie, als hätten nicht bereits Gitterstäbe sie voneinander getrennt. »Es bedarf keiner Peitsche, Kommandant Wárdt. Lasst mich mit ihr reden!«

»Auf keinen Fall!«

»Ich finde heraus, was sie weiß … *wenn* sie etwas weiß. Das schwöre ich bei meiner Klinge und der Mauer«, beteuerte Leigh.

Der Kommandant betrachtete ihn mit abschätzendem Blick und fuhr sich mit der Hand über das Kinn und die Wange, die von kurzen blonden Stoppeln bedeckt war. »Wenn Ihr darauf besteht, könnt Ihr anwesend sein, während meine Männer sie verhören.«

»Nein. Ich rede mit ihr, und das unter vier Augen«, forderte Leigh und verschränkte ähnlich wie der Kommandant die Arme vor der Brust. Dieser war zwar einige Fingerbreit größer als er, aber Leigh war breiter gebaut.

Der Unseelie stieß ein kaltes Lachen aus. »Das kommt nicht infrage.«

»Wieso nicht? Ich will nicht mit ihr durch die Stadt spazieren, sondern einfach ein persönliches Gespräch führen. Das Verschwinden des Halblings spielt uns nicht gerade in die Hände. Was soll schon geschehen?«

»Das wisst Ihr ganz genau.«

Leigh schnaubte. »Für wie dämlich haltet Ihr uns?«

Der Kommandant verdrehte die Augen. »Diese Frage beantworte ich lieber nicht.«

Ceylan konnte den Kerl nicht ausstehen. Abgesehen davon, dass es sich bei ihm um einen Fae handelte, war er einfach ein Arschloch, genauso wie seine Untergebenen. War das eine Voraussetzung, um in der königlichen Garde der Unseelie dienen zu dürfen? Nette Männer und Frauen – unerwünscht?

»Glaubt Ihr ernsthaft, wir würden fliehen?«, fragte Leigh. Der

Spannung in seiner Stimme nach zu urteilen, stand er kurz davor, dem Kommandanten eine Ohrfeige zu verpassen. »Ausgerechnet jetzt, da sich alle Wachleute in Alarmbereitschaft befinden? Ich bitte Euch! Alles, was ich möchte, ist, mit Ceylan allein zu reden.« Er hielt kurz inne, bevor er leise weitersprach: »Falls Ihr mir die Bitte verweigert, sehe ich mich gezwungen, den Prinzen aufzusuchen. Und vielleicht könnte ich ihm in dieser Audienz versehentlich mitteilen, dass ich zwei Eurer Männer außerhalb des Palastes dabei beobachten konnte, wie sie Ausrüstung der Garde verkauften.«

Der Kommandant erbleichte. »Das … das stimmt nicht!«

»Wie könnt Ihr Euch da so sicher sein?«, fragte Leigh herausfordernd, und Ceylan nahm sein Schmunzeln wahr, obwohl er mit dem Rücken zu ihr stand. »Die Garde genießt derzeit nicht das höchste Ansehen, und schwere Zeiten führen zu verzweifelten Taten.«

Die Miene des Kommandanten verhärtete sich, und er kämpfte offenkundig um seine Selbstbeherrschung. »Ich lasse mich nicht erpressen.«

»Das ist aber schade, denn das würde unser Leben erleichtern. Eine halbe Stunde mit Ceylan, und ich halte nicht nur die Klappe, sondern finde für Euch auch heraus, wie der Halbling verschwinden konnte.«

Ceylan hielt den Atem an. Was Leigh da tat, war äußerst gewagt. Sollte er vor Kheeran treten und dieser dem Kommandanten glauben, könnte er wegen Täuschung der Krone bald in der Zelle neben ihr landen. War es das wirklich wert?

»Einverstanden«, stimmte der Kommandant plötzlich zu, wirkte über dieses Zugeständnis aber alles andere als erfreut. Vermutlich gab er nur nach, weil der Ruf der Garde wegen Teagan in den letzten Wochen bereits zu sehr gelitten hatte. »Ihr bekommt eine halbe Stunde in der Folterkammer, aber die Wächterin wird gefesselt, und einer meiner Männer bleibt vor der Tür stehen. Anschließend erstattet Ihr Bericht, und sollte sie nicht reden, droht ihr die Gerte.«

»Mehr wollte ich nicht.« Leigh neigte den Kopf und wandte sich zu Ceylan um. Er lächelte, als hätte man ihm gerade einen Bordellbesuch versprochen. Sie konnte seine Freude nicht nachempfinden. Es missfiel ihr, gefesselt zu werden, aber sie würde die Erniedrigung ertragen. Denn sie musste wirklich dringend mit ihm reden. Schließlich hatten sie eine Flucht zu planen.

Die stählernen Fesseln lagen schwer um Ceylans Handgelenke. Das Metall war kalt und zerrte an ihrer Schulter, die von ihren Bemühungen um den Schlüssel noch immer schmerzten. Gemeinsam mit Leigh führte ein Unseelie sie ans andere Ende des Kerkers. Dort verlief eine Wendeltreppe noch tiefer in den Keller hinab. Mit jedem Schritt wurde die Luft feuchter, der Modergeruch stärker. Die steinernen Wände strahlten Kälte ab, bis sich vor ihren Lippen Atemwölkchen bildeten. Dies war keine natürliche Kälte, sie war mit Wassermagie erschaffen worden, um den Widerstand der Gefangenen zu brechen, die lange genug hier unten ausharren mussten.

Am Ende der Treppe öffnete sich eine Tür, und dahinter lag die Folterkammer. Ceylan hatte noch nie einen solchen Raum betreten. Er war rund, und in der Mitte stand ein Stuhl, an dem zahlreiche Schnallen befestigt waren, mit denen die Gefangenen festgebunden wurden. Nur wenige Schritte dahinter befand sich eine Streckbank aus dunklem Holz. Ceylan wandte sich ab und entdeckte rostige Ketten an den Wänden. Doch das Schlimmste waren die Instrumente, die auf mehreren Tischen aufgereiht waren. Einige sahen aus, als hätte man sie in einer Schreinerei entwendet, andere schienen aus dem Schlachthaus zu stammen. Wieder andere waren offenbar den Albträumen eines Monsters entsprungen. Die sorgfältig geschärften Klingen, Spitzen und

Zacken funkelten im Schein der Fackeln. Bei ihrem Anblick hörte Ceylan geradezu die Schreie der Gefolterten.

»Ich warte vor der Tür«, brummte der Unseelie, der sie bis hierher begleitet hatte. »Aber ich warne Euch. Solltet Ihr irgendwelchen Unfug aushecken, werdet Ihr es bitter bereuen.« Er bedachte Ceylan und Leigh mit einem letzten mahnenden Blick, bevor er die Tür hinter sich schloss. Auf einmal waren die beiden allein. Das erste Mal seit Wochen trennten sie keine Gitterstäbe voneinander.

Leigh schien sich dessen ebenfalls bewusst zu sein, denn ein Lächeln trat auf sein Gesicht. Er breitete die Arme aus. Ceylan zögerte nicht und stolperte auf ihn zu. Mit ihren gefesselten Händen konnte sie seine Umarmung nicht erwidern, aber das hielt Leigh nicht davon ab, sie fest an sich zu drücken. Sie hatte keine Ahnung, wann sie zuletzt einer Person so nahe gewesen war und sich dabei nicht im Kampf befunden hatte.

»Du stinkst ganz furchtbar«, stellte Leigh fest.

»Ist dir das bei deinen Besuchen nicht aufgefallen?«, fragte Ceylan mit einem Schnauben. Er hingegen roch angenehm nach der blumigen Seife, die in den Bädern des Palastes auslag.

»Da hatte ich dich nicht so dicht unter der Nase.« Leigh löste die Umarmung und schob sie auf Armlänge von sich weg. Eindringlich betrachtete er sie mit seinen blassen Augen, sagte dabei aber kein Wort. Die Musterung dauerte einige Herzschläge lang. »Was hast du angestellt?«

Ceylan blinzelte. »Wie kommst du darauf, dass ich etwas angestellt haben könnte?«

»Ich sehe es an deinem Blick. Außerdem bist du viel zu gelassen, gemessen daran, dass der Halbling verschwunden ist und mit ihm deine einzige Hoffnung auf Freilassung. Die Ceylan, die ich kenne, hätte deswegen mit den Folterinstrumenten um sich geworfen. Also, was ist es?«

Etwas ungeschickt griff Ceylan mit ihren gefesselten Händen

in die Tasche ihrer Hose und zog den glanzlosen Schlüssel hervor, der vermutlich schon durch viele Finger gewandert war. »Für meine Zelle.«

Leigh starrte sie entgeistert an. »Woher hast du den?«

Ceylan wusste nicht, womit sie gerechnet hatte. Mit einem Lächeln? Mit einem Freudentanz? Oder einem Jubelschrei? Vielleicht mit allen diesen Dingen, ganz gewiss aber nicht mit dem finsteren Ausdruck, der sich auf Leighs Gesicht zeigte und inmitten der Foltergeräte noch düsterer wirkte. Unsicherheit wuchs in ihr heran. »Der Halbling hat ihn mir dagelassen, damit ich von hier verschwinden kann.«

Leigh schüttelte den Kopf. »Das ist nicht möglich.«

Einen halben Atemzug lang herrschte Schweigen, bis Ceylan die Fassung zurückgewann. »Warum nicht?«

Unruhig begann Leigh im Raum auf und ab zu laufen. Seine Schritte hallten schwer von den leeren Wänden wider. »Du wirst beschuldigt, Kheerans Mutter ermordet zu haben. Die Königin. So etwas lassen die Unseelie nicht einfach auf sich beruhen.«

»Was willst du damit sagen?«, fragte Ceylan, obwohl sie die Antwort bereits zu kennen glaubte. »Dass ich weiter in meiner Zelle verrotten soll? Das kommt nicht infrage!«

»Ich glaube nicht, dass du eine andere Wahl hast«, erwiderte er und blieb vor dem Tisch mit den Foltergerätschaften stehen.

»Doch, ich habe sehr wohl eine andere Wahl.« Sie hielt den Schlüssel in die Höhe.

Leigh seufzte und rieb sich die Nase zwischen Daumen und Zeigefinger, eine Geste, die Ceylan vor allem vom Field Marshal kannte. »Du verstehst mich nicht.«

Verzweiflung drohte Ceylan zu überwältigen. »Dann erklär es mir!«

»Die Unseelie werden an die Mauer kommen, um Gerechtigkeit einzufordern. Und das nicht nur von dir, sondern auch von mir und allen Wächtern, die dich beschützt und versteckt gehalten haben.«

Ceylan wurde die Kehle eng. »Ich dachte, das Niemandsland sei neutraler Boden.«

Leigh schüttelte den Kopf. »Nicht, wenn es um die Ermordung einer Königin geht. Deine Neutralität wurde in dem Moment verwirkt, in dem du beschuldigt wurdest, Zarina ermordet zu haben. Bereits damit hast du gegen das Abkommen verstoßen.«

Das durfte nicht wahr sein! Ceylans Finger krallten sich um den Schlüssel, den sie noch immer in der Hand hielt. Den *nutzlosen* Schlüssel. Und sie hatte dem Halbling auch noch zur Flucht verholfen ...

Leigh trat zu ihr und legte ihr eine Hand auf die Schulter. In der Kälte der Folterkammer fühlten sich seine Finger selbst durch den Stoff hindurch warm an. »Hör zu. Wenn du fliehen möchtest, dann flieh«, sagte er beschwörend und mit eindringlichem Blick. »Ich lasse dich nicht im Stich und tue alles in meiner Macht Stehende, um dir zu helfen. Aber sobald wir uns jenseits der Mauer in Thobria befinden, wärst du auf dich allein gestellt. Die Wächter können dir unter diesen Umständen kein Obdach gewähren. Ist es das, was du willst?«

»Nein!«, antwortete Ceylan, ohne auch nur einen Moment lang darüber nachzudenken. Die Wächter waren alles, was sie hatte. Jahrelang hatte sie der Gedanke angetrieben, eines Tages der Mauer zu dienen. Ebenso wie das Wissen, dass sie im Niemandsland ein neues Zuhause finden würde, nachdem sie über ein Drittel ihres Lebens allein auf den Straßen verbracht hatte. Dahin wollte sie unter keinen Umständen zurück, denn was blieb ihr dann noch? Sie wäre wieder einsam und auf sich selbst gestellt, und das nicht nur für weitere vierzig oder fünfzig Jahre, sondern für mehrere Jahrhunderte. Bei dieser Vorstellung zog sich etwas in ihrer Brust zusammen. Lieber wollte sie sterben.

Leigh lächelte mitfühlend. »Das dachte ich mir.«

»Und was soll ich jetzt tun?«, fragte Ceylan und ließ die Schultern hängen. »In meiner Zelle sitzen bleiben und auf den Tod warten? Der Halbling ist verschwunden, und er kommt nicht zurück, zumindest nicht lebend. Die Unseelie werden ihn auf der Stelle töten. Der Kommandant hat es seinen Männern gestattet.«

»Dann muss ich ihn zuerst finden«, antwortete Leigh.

»Wie meinst du das?«

»Ich ziehe los und suche ihn.« Er nickte, als wäre dies bereits beschlossene Sache.

Ceylan schüttelte den Kopf und wich vor Leighs Berührung zurück. »Das lasse ich nicht zu! Er ist längst in die Wälder entkommen. Das ist viel zu gefährlich für dich allein. Denk nur an die Elva, die uns auf dem Weg hierher angefallen haben!«

»Lass das nur meine Sorge sein.«

»Leigh ...«

»Nein«, schnitt er ihr das Wort ab. »Ich habe dir versprochen, alles zu tun, um dich hier herauszuholen, und ich stehe zu meinem Wort. Mit diesen Elva komme ich schon zurecht. Mach dir keine Sorgen! Viel schwieriger wird es sein, den Halbling aufzuspüren. Er könnte überall sein.«

Ceylan biss sich auf die Unterlippe und zögerte, ihr Wissen mit Leigh zu teilen. Ihr missfiel die Vorstellung, wie er einsam durch den Nebelwald streifte. Sollten die Elva ihn angreifen, konnte ihm niemand Rückendeckung geben und ihn versorgen, falls er verwundet wurde. Andererseits gehörte er zu den besten Kämpfern, die sie kannte. Außerdem wirkte er fest entschlossen und ließ sich wahrscheinlich nicht mehr von seinem Vorhaben abbringen. In diesem Fall wollte sie ihm zumindest eine Hilfe sein. Sie seufzte. »Ich glaube zu wissen, wohin sich der Halbling abgesetzt hat. Er hat den Gardisten nicht einfach überlistet, sondern besaß bereits einen Schlüssel zu seiner Zelle. Gestern Nacht besuchte ihn eine Frau. Ich habe die beiden belauscht. Zwar konnte ich nicht alles verstehen, aber sie erwähnte Daaria.«

Verwirrt sah Leigh sie an. »Warum hast du das nicht bereits heute Morgen gesagt?«

»Weil ich dämlich bin?« Sie schnaubte und schwor sich, ihm niemals zu verraten, dass sie dem Halbling in ihrer Einfalt sogar noch geholfen hatte. Schließlich hatte sie geglaubt, der Schlüssel verhelfe ihr zur Freiheit. »Ich war mir nicht sicher, was genau ich da eigentlich hörte, zumal ich die Frau nicht sehen konnte. Ich dachte, der Halbling habe womöglich den Verstand verloren und führe Selbstgespräche.«

Leigh schürzte die Lippen. Es war nicht zu übersehen, dass er Fragen hatte, aber beide wussten, dass sie keine Zeit verlieren durften. Mit jeder Minute, die verstrich, entfernte sich der Halbling weiter von Nihalos. Und wäre er erst einmal in Daaria, hätten die Unseelie keinen Anspruch mehr auf ihn, da er sich dann im Reich der Seelie befand. Nur Königin Valeska konnte ihn dann noch ausliefern.

19. Kapitel – Freya

– Amaruné –

Erschöpft ließ sich Freya in ihren Lieblingssessel der Bibliothek sinken. Sie schloss die Augen und atmete die trockene, nach Papier duftende Luft tief in ihre Lungen ein. Endlich hatte sie ihre Ruhe, denn sie hatte den ganzen Tag unter Menschen verbracht, um ihre Hochzeit mit Elroy vorzubereiten. Am Morgen waren ihr die Maße für ihr Brautkleid genommen worden. Mittags hatten die Köche ihren Eltern, Elroy und ihr Vorschläge für die Speisenfolge unterbreitet. Am Nachmittag war die Gästeliste erstellt worden. Auch die Gardisten, welche sie nach Weidar begleiten würden, waren bereits auserkoren. Denn dort würde die Hochzeit in weniger als einem Monat stattfinden – in Weidar. Dort stand der älteste Tempel des Landes, der zugleich die Grabstätte von König Nechtan dem Dritten war. Es war der heiligste Ort des Landes und seit jeher Anlaufstelle für viele Gläubige.

Freya seufzte und versuchte die Gedanken an ihre bevorstehende Hochzeit zu verdrängen. Sie war in die Bibliothek gekommen, um allein zu sein und dem Alltag zu entfliehen. Sie senkte den Blick auf das Buch, das in ihrem Schoß lag. Mit den Fingern fuhr sie über die vergilbten Seiten mit der verblassten Schrift, die sich an manchen Stellen kaum noch lesen ließ. *Das Mädchen und der Hirsch* war ein altes Märchen und die wohl schönste magische Geschichte, die im sterblichen Land zu finden war. Sie handelte von einem Prinzen, der von einer Hexe dazu verflucht worden war, als Hirsch im Wald zu leben. Jeden Tag um dieselbe

Zeit suchte er einen Bach auf, an dem eine junge Frau Wäsche wusch. Sie war wunderschön. Anfangs fürchtete sie den Hirsch, aber mit der Zeit schwand ihre Angst, und sie traute sich immer näher an das Tier mit dem mächtigen Geweih heran. Zuletzt verwandelte sich der Hirsch zurück in einen Prinzen, und beide wurden miteinander glücklich.

Zumindest war dies das Ende der Geschichte, mit dem Freya aufgewachsen war. Erst Jahre später, als sie selbst lesen konnte, hatte sie erfahren, dass ihre Mutter sich dieses Ende ausgedacht hatte, um sie vor der grausamen Wahrheit zu schützen. In Wirklichkeit endete das Märchen damit, dass die junge Frau ihrem Vater – einem Jäger – von dem prächtigen Hirsch erzählte. Er ging in den Wald und erlegte das Tier, das sich mit seinem letzten Atemzug in den Prinzen zurückverwandelte. Für diese Tat wurde er gehängt, und das Mädchen war fortan allein.

Als Freya von dem wahren Ende erfahren hatte, war es ihr unnötig grausam erschienen. Mittlerweile erkannte sie es als Spiegel der Wirklichkeit. Zwar war noch niemand in ihrem Leben gestorben, aber dennoch war sie einsam und verstand, wie die Frau aus dem Märchen sich gefühlt haben musste. Sie hatte den Hirsch gefunden, nur um ihren Prinzen zu verlieren.

Freya war tief in Gedanken versunken, als unerwartet die Tür zur Bibliothek geöffnet wurde. Sie erwartete, dass es die Männer ihres Vaters waren, die sie in ihr Zimmer zurückbringen wollten. Doch es war Elroy, der eintrat. Er hatte seine elegante Uniform abgelegt und trug nun einfachere Kleidung, auch seinen Schmuck hatte er abgenommen. Ihn so zu sehen, war für Freya noch immer ungewohnt.

»Was liest du da?«, fragte Elroy und ließ sich in den Sessel daneben fallen. Dann legte er ein Bein über die Armlehne, wobei der Stoff seiner Hose nach oben rutschte und das Metall der Prothese zum Vorschein kam. Freya erkannte es nur, weil sich das Kerzenlicht darin spiegelte. Ansonsten war es dunkel in dem

Raum, dessen Regale über und über mit Büchern angefüllt waren.

»Ein altes Märchen.« Sie klappte das Buch zu und zeigte ihm den Einband, auf dem die Zeichnung eines Hirschkopfes zu sehen war. Er war nicht mit sanften Pinselstrichen wiedergegeben wie die meisten Bilder im sterblichen Land, sondern mit harten Linien und scharfen Kanten.

»Ich glaube, das habe ich schon einmal gesehen.« Elroy nahm ihr das Buch aus der Hand. Er fuhr über den Einband und schlug es auf. Schweigend las er einige Zeilen, wobei Freya ihn von der Seite betrachtete. Sie verstand nicht, wie er so entspannt sein konnte. Hatte er überhaupt keine Bedenken wegen der bevorstehenden Hochzeit?

»Darf ich dich etwas fragen?«, erkundigte sich Freya.

»Nur wenn du bereit bist, dass dir die Antwort möglicherweise nicht gefällt.«

»An dem Tag, als ich mich aus dem Schloss stehlen wollte und du in der Küche auf mich gewartet hast. Woher wusstest du, dass ich dort sein würde?«

Elroys Mundwinkel zuckten. »Das verrate ich nicht.«

»Komm schon.«

»Es ist ein Geheimnis.«

Freya verengte die Augen zu Schlitzen. Konnte das sein …?

»Es war gar nicht geplant, nicht wahr? Es war ein Zufall. Du warst nur dort, weil du Hunger hattest.«

»Psst, nicht so laut!« Elroy legte einen Finger an die Lippen. »Wir wollen doch nicht, dass irgendjemand meinen genialen Verstand und mein Talent fürs Pläneschmieden anzweifelt.«

Freya schnaubte und fragte sich, wie die Nacht wohl verlaufen wäre, wenn sie nur wenige Minuten früher oder später in die Küche gekommen wäre. Vermutlich hätte das aber keinen Unterschied gemacht. Sie hätte Moira nur einige Tage früher gesehen, und mit Elroy wäre sie dennoch verlobt gewesen.

Es erfüllt mich mit großer Freude, an diesem besonderen Tag die Verlobung meiner Tochter Prinzessin Freya Draedon mit Prinz Deèglan Armandt bekannt zu geben.

Noch immer hallten Freya die Worte ihres Vaters in den Ohren wider. Ebenso wie das laute Jauchzen und Jubeln der geladenen Gäste, die sich zum Bankett im Schloss eingefunden hatten. Den ganzen Abend über waren Elroy und sie daraufhin von Menschen belagert worden, die sie zu ihrer Verlobung hatten beglückwünschen wollen. Und jedes Mal, wenn die Sprache auf ihre zukünftigen Kinder und Thronerben gekommen war, hatte Freya einen Schluck Wein getrunken.

Am Morgen war sie daher mit pochenden Kopfschmerzen aufgewacht, aber ihr Vater hatte keine Gnade gezeigt und die Hochzeitsvorbereitungen weiter vorangetrieben. Freya wünschte sich, ihr Vater hätte es mit ihrer Vermählung nicht so eilig gehabt, aber vermutlich fürchtete er, Elroy könnte sich noch anders besinnen und die Verlobung lösen. Das wäre fatal, denn vermutlich hatte der König bereits eine große Menge séakischen Goldes für den Bau neuer Tempel und Akademien verplant.

Zu erfahren, dass Elroy kein Prinz war, würde für Freyas Vater später ein böses Erwachen bedeuten, aber sie verspürte kaum Mitleid. Er kümmerte sich nicht im Geringsten um ihre Gefühle. Sie fragte sich, ob ihr Vater eigentlich schon immer kalt und berechnend gewesen war und sie dies nur übersehen hatte. Oder hatten ihn die Jahre so verändert?

Freya sah zu dem Piraten hinüber, der dermaßen entspannt im Sessel saß, als wäre dieser bereits sein Thron. »Machst du dir eigentlich überhaupt keine Sorgen?«, fragte sie und rügte sich im Stillen, dass sie schon wieder an die Hochzeit dachte.

Elroy hob die Brauen. »Worüber?«

»Über unsere Vermählung.«

»Nein.« Er schüttelte den Kopf und grinste breit. »Ich finde, ich hätte es wesentlich schlechter treffen können.«

Freya verdrehte die Augen. »Das meine ich nicht. Irgendwann wird mein Vater herausfinden, dass du nicht der Mann bist, der du zu sein vorgibst. Spätestens dann, wenn kein Mitglied der séakischen Königsfamilie zu unserer Hochzeit erscheint und das Gold ausbleibt, das er sich erhofft. Er wird dich hinrichten lassen.«

»Das haben schon viele Männer vor ihm versucht. Erfolglos.« Elroy klappte das Buch zu und legte es auf den Stapel, den Freya aus den verschiedenen Regalen gezogen hatte.

»Du scheinst dir deiner Sache allzu sicher zu sein.«

»Ich lebe einfach nicht gern in Angst und Sorge. Und wenn ich nicht selbst an meinen Plan glaube, wie soll er dann gelingen?«

»Was sieht dein Plan denn überhaupt vor? Mich heiraten … und danach?«

»Das Leben am Hof genießen und das Vertrauen deines Vaters gewinnen, bis er mir das Geheimnis der Unsterblichkeit verrät. Oder bis er mir einen Hinweis gibt, wo ich es finde. Vielleicht führe ich auch das eine oder andere Gespräch mit Kommandant Estdall.«

»Warum willst du unbedingt unsterblich werden?«

»Weil ich mehr Zeit brauche.«

»Zeit wofür?«, ereiferte sich Freya.

Elroy betrachtete seine Hände. Unruhig rieb er die Finger aneinander, als vermissten sie die Ringe, die er für gewöhnlich trug. »Alles.«

»Was meinst du damit?«

»Das ist für dich nicht von Belang.«

Freya wollte Einwände erheben, denn wenn sie schon bald verheiratet waren, betrafen seine Angelegenheiten auch sie, aber ein unerwartetes Klopfen an der Tür ließ sie zusammenzucken.

Elroy schmunzelte über ihre Schreckhaftigkeit. »Herein!«

Die Tür wurde aufgestoßen, und eine Bedienstete betrat den Raum. Freya hatte sie schon des Öfteren in der Nähe der Küche gesehen, aber sie kannte ihren Namen nicht. Rhoda? Ritta? Oder vielleicht Ronda? Die Frau trug ein Tablett mit einer Teekanne und zwei Tassen, das sie auf dem Tisch zwischen den beiden Sesseln abstellte. Sie schenkte Freya ein Lächeln und verließ eilig die Bibliothek, als fürchtete sie, das Paar gestört zu haben.

»Darf ich dich auch etwas fragen?«, erkundigte sich Elroy.

»Nur wenn du bereit bist, dass dir die Antwort möglicherweise nicht gefällt«, neckte ihn Freya.

»Dein Bruder Talon. Was ist aus ihm geworden? Habt ihr ihn in Melidrian gefunden?«

Freya griff nach der Teekanne und hob den Deckel. Früchtetee. Sie verabscheute Früchtetee. Doch nur um Elroys Frage einen Moment länger auszuweichen, füllte sie die Tassen. Denn um keinen Preis der Welt konnte sie ihm die Wahrheit sagen. Kheerans Geheimnis war zu groß, um es mit jemandem wie Elroy zu teilen. Er wusste ohnehin schon zu viel. »Er ist tot.«

»Wie ist er gestorben?«

Vor Freyas innerem Auge tauchte das Bild von Kheeran auf. Wie er reglos und blutend auf der Straße gelegen hatte, halb erstochen von einem Halbling. Er konnte von Glück sagen, noch am Leben zu sein. Wäre die Klinge nur einen Fingerbreit weiter links in seine Brust eingedrungen und hätte Freya ein wenig länger gezögert, wäre er an der Magie der Waffe gestorben. »Bei unserem Befreiungsversuch hat ein Fae ihn getötet.«

»Das ist bedauerlich«, sagte Elroy mit aufrichtig klingender Stimme. »Ich kann mir vorstellen, wie viel er dir bedeutet hat … nach allem, was du auf dich genommen hast, um ihn zu finden.«

Freya seufzte. »Er war mein bester Freund.« Sie griff nach ihrer Tasse, um nicht weiterreden zu müssen. Denn obwohl Kheeran lebte, wurde ihr die Kehle eng. Das Porzellan berührte bereits ihre Lippen, als sich ein kleiner Zettel vom Boden der Tasse löste und in ihren Schoß segelte. Eigenartig. Sie stellte den Tee zurück auf das Tablett und entfaltete das Papier.

Ihr stockte der Atem, als sie die vertraute Handschrift erkannte. Sie hatte schon unzählige Fläschchen und Tiegel gesehen, die damit beschriftet worden waren.

»Was ist das?«, fragte Elroy und reckte neugierig den Hals.

Ein Lächeln trat auf Freyas Gesicht. »Eine Nachricht von Moira.«

20. Kapitel – Ceylan

– Nihalos –

Leigh hatte Nihalos bei Sonnenaufgang verlassen, und nun war Ceylan allein in der Stadt der Unseelie. Es waren erst wenige Stunden vergangen, und dennoch fühlte sie sich in ihrer Zelle einsamer als je zuvor. Denn sie wusste, dass am Abend niemand käme, um ihr Gesellschaft zu leisten. Und am Morgen würde kein Kartenspiel auf sie warten, das sie verlieren konnte. Nun gab es nur noch sie – und die Spinne.

Ceylan beobachtete, wie sie langsam über die Decke ihrer Zelle kroch und mit den Beinen das Gestein abtastete, als suchte auch sie nach einem Ausweg. Dabei konnte sie einfach durch die Gitterstäbe ins Freie schlüpfen. Wie sehr Ceylan sie darum beneidete! Mit jedem Herzschlag, der verging, fragte sie sich, ob sie die richtige Entscheidung getroffen hatte. Mit Leigh in der Folterkammer eingeschlossen, war sie ihr wie die einzig richtige Wahl erschienen. Sie wollte ihr Leben weder nutzlos und in Einsamkeit verbringen, noch wollte sie in diesem Kerker auf den Tod warten.

Sie wälzte sich auf ihrer Pritsche herum und starrte das Gemäuer an. Ihr Magen knurrte, aber sie verschmähte das Essen, das man ihr bereits vor einer Weile durch das Türgitter geschoben hatte. Sie fühlte sich nicht gut und fürchtete, sich übergeben zu müssen, sobald sie auch nur einen Bissen zu sich nahm. Wie der dürre Junge mit den langen Armen und Beinen, den sie bei ihrer Ankunft an der Mauer gesehen und verspottet hatte, dafür, dass er die Herrschaft über seinen Körper verloren hatte. Was wohl aus ihm geworden war? Womöglich saß er in einer Taverne und erzählte die Geschichte von der Zeit, als er geplant hatte, ein unsterblicher Wächter zu werden. Oder er schlief bereits. Denn der Stille im Hof nach zu urteilen, war die Nacht hereingebrochen, und das erfüllte Ceylan mit einer weiteren Sorge. Bei Dunkelheit krochen die Elva aus ihren Verstecken, um zu jagen. Auf dem Weg zu Kheerans Krönung waren diese Bestien bei Finsternis nicht nur einmal in ihr Lager eingefallen. Hoffentlich blieb Leigh das erspart. Sollte ihm im Nebelwald etwas zustoßen, würde sie sich das niemals verzeihen. Aber zumindest müsste sie in diesem Fall nicht lange mit ihrer Schuld leben, denn sollte Leigh sterben, würde sie ihm schon bald in den ewigen Frieden folgen.

Plötzlich vernahm Ceylan das Geräusch der sich öffnenden Kerkertür. Schritte waren zu hören, die unvermutet vor ihrer Zelle innehielten. »He, Wächterin!«, rief einer der Fae. Sie erkannte seine Stimme. Es war der Wärter, der Nacht für Nacht auf den Halbling und sie aufgepasst hatte. Der Wärter, der sich vom Halbling hatte überwältigen lassen.

Sie rührte sich nicht. »Lass mich in Ruhe!«

»Das hättest du wohl gern.« Das Geräusch von Metall, das auf Metall traf, hallte durch das Verlies. Kurz darauf war das Klicken eines Schlosses zu hören. Das Spitzohr kam in ihre Zelle!

Ceylan richtete sich auf ihrer Pritsche auf und entdeckte, dass der Wärter nicht allein war. Ein zweiter Unseelie begleitete ihn. Beide waren bewaffnet und trugen die Uniformen der Garde. Trotz ihrer hellen Erscheinung waren ihre Gesichter von Düsternis umschattet. Ceylans Herzschlag beschleunigte sich. »Was wollt ihr?«

»Dafür sorgen, dass du bekommst, was du verdienst.«

Ceylan stieß ein Zischen aus. »Ich habe nichts getan.«

»Und genau das war dein Fehler«, sagte der Wärter mit einem

abscheulichen Grinsen. »Du hast zugelassen, dass der Halbling flieht. Ahnst du überhaupt, in welchen Schwierigkeiten ich deswegen stecke?«

»Nein, aber das kümmert mich auch nicht.«

»Du hältst dich wohl für besonders klug.«

»Klüger als du bin ich allemal.«

Der Fae schnaubte. »Nicht klug genug, um zu wissen, wann du besser die Klappe halten solltest.« Er hob die Hand, und sie erkannte, dass er ein Seil und ein Tuch bei sich trug. »Halt sie fest!«

Das ließ sich sein Begleiter nicht zweimal sagen und stürzte auf Ceylan zu. Blitzschnell sprang sie auf ihre Pritsche. Das Gestell knarrte gefährlich, gerade als der Fae nach ihr greifen wollte. Kurzerhand verpasste sie ihm einen kräftigen Tritt. Sie wusste nicht, ob er ihre Stärke oder ihre Nahkampffähigkeiten unterschätzt hatte, jedenfalls taumelte er rückwärts. Doch sofort war der zweite Fae bei ihr. Sie trat auch in seine Richtung, aber er hatte den Angriff vorausgesehen und bekam ihren Fuß zu fassen. Seine Hände schlossen sich hart um ihren Knöchel.

Ihre Blicke begegneten sich. Er grinste und zerrte an ihrem Bein. Ceylan rutschte auf dem unebenen Untergrund aus und fiel zurück auf die Pritsche. Dabei knallte ihr Kopf gegen die steinerne Wand. Ein dumpfer Schmerz barst in ihrem Schädel und raubte ihr für einen Moment das Sehvermögen. Doch sie achtete nicht auf den Schmerz und die dunklen Flecken, die vor ihrem Sichtfeld tanzten. Wenn sie jetzt aufgab, wäre sie den Spitzohren hilflos ausgeliefert.

Der Fae, der an ihrem Fuß gezogen hatte, stieg zu ihr auf die Pritsche. Sein Schatten legte sich über sie. Er grinste und ließ den Blick über ihr Gesicht gleiten. Der Wunsch nach Rache glitzerte in seinen Augen, aber da war noch etwas anderes, das Ceylan eine viel größere Angst einjagte. Sie schlug um sich und wollte ihn von sich stoßen, aber trotz ihres gestärkten Körpers war er ihr überlegen.

»Hör auf, dich zu wehren!«, knurrte er. »Je mehr du kämpfst, umso schmerzhafter wird deine Strafe. Du hättest nicht zulassen dürfen, dass der Halbling flieht.«

Nein! Ceylans Puls schoss in die Höhe. Sie ballte die Hände zu Fäusten und kämpfte gegen den Griff des Fae an. Seine Finger krallten sich so fest in ihre Haut.

»Herunter von mir!«, kreischte sie und warf den Kopf hin und her, wodurch sich das Pochen in ihrem Schädel verstärkte. Doch sie nahm den Schmerz in Kauf.

»Hilf mir!«, brüllte der Fae seinen Komplizen an. Sein blondes Haar streifte ihr Gesicht. Ceylan packte eine Strähne und zog so fest wie nur möglich daran. Der Unseelie schrie auf, und sein Griff lockerte sich. Voller Genugtuung warf sie das Haarbüschel zur Seite, das sie ihm ausgerissen hatte, und kämpfte sich unter dem Fae hervor. Eifrig sprang sie auf die Füße. Mit wildem Blick sah sie sich nach einer Waffe um, die sich gegen die Fae verwenden ließ. Vergeblich. Natürlich gab es nichts in Reichweite, sie saß in einem verdammten Kerker.

Ceylan trat kräftig gegen eines der Beine, auf dem ihre Pritsche stand. Das morsche Holz knackte und gab unter ihrem Fuß nach. Sie griff sich den Schläger und warf sich herum. Gerade als sich der Fae auf sie stürzen wollte, holte sie aus und zog ihm das ausgefranste Holzstück über das Gesicht. Es riss blutige Striemen in seine makellose Haut, die sich aber augenblicklich wieder schlossen. Er schmunzelte und wollte sie wieder angreifen.

Ceylan holte ein zweites Mal aus, und mit voller Kraft hieb sie auf den Fae ein. Dieser fing ihren Schlagstock jedoch mit der Hand auf. Sie zerrte an dem Holz, aber der Unseelie hielt es fest in seinem Griff. Er drückte zu, und sie konnte mit ansehen, wie das Holz unter seinen Fingern splitterte und in Spreißeln zu Boden fiel.

»Armselig«, murmelte der Fae.

Ceylan wollte sich auf ihn stürzen, als sich plötzlich zwei

starke Arme von hinten um sie schlangen. Sie stieß einen Schrei aus und kämpfte gegen den Klammergriff des anderen Fae an, der nur in ihr Ohr lachte.

»Netter Versuch«, murmelte er. Sein warmer Atem streifte ihren Hals, und ein Schauder überkam sie. Sie warf den Kopf hin und her und versuchte sich seinem Griff zu entwinden, aber er war stark – zu stark. »Bring mir das Seil!«

Der andere Unseelie schnappte sich besagtes Seil vom Boden und kam damit auf Ceylan zu. Sie durfte nicht zulassen, dass diese Ungeheuer sie fesselten, dann wäre sie ihnen wahrhaftig ausgeliefert, und sie könnten alles mit ihr tun. Alles!

Heftig warf Ceylan ihren Körper von links nach rechts und stieß sich mit den Füßen vom Boden ab. Es gelang ihr, dem Fae mit dem Seil einen Hieb zu verpassen. Er taumelte rückwärts, dabei stand ihm jedoch der Eimer im Weg, der bis zum Rand mit ihrer Scheiße und Pisse gefüllt war. Er fiel darüber, und der Inhalt ergoss sich über den Boden. Der Fae landete geradewegs in der gelbbraunen Pfütze.

Angewidert verzog er die Lippen. »Eweee!«

Ceylan konnte spüren, wie dieser Anblick auch den Fae, der sie festhielt, vor Ekel erschaudern ließ. Er lockerte seinen Griff nur unerheblich, aber für einen Augenblick war er abgelenkt. Ceylan warf den Kopf zurück. Ihr Schädel knallte gegen sein Kinn, und dann war sie frei. Sie machte einen Satz zur Seite, wobei sie in etwas Feuchtes trat, aber darüber wollte sie jetzt nicht nachdenken.

Der Unseelie warf ihr einen finsteren Blick zu und reckte eine Hand in die Luft. Nichts passierte, und ein Ausdruck der Verwirrung trat auf das Gesicht des Fae. Was sollte das werden? Versuchte der Narr, Magie zu wirken, und schaffte es nicht?

Ceylan, die nicht auf den nächsten Angriff warten wollte, nutzte den Moment und stürzte sich auf ihn. Er versuchte noch, sie aufzufangen, aber sie war schneller und zu schwer. Gemeinsam schlugen sie hart auf dem Boden auf. Der Unseelie wollte sie von sich stoßen. Davon ließ sie sich jedoch nicht ablenken. Abwechselnd verpasste sie ihm mit beiden Fäusten Schläge gegen den Kopf. Seine Unterlippe platzte auf. Seine Wange. Seine Augenbraue. Nach und nach färbte sich sein Gesicht rot von seinem Blut, aber die Wunden schlossen sich bald wieder. Auf diese Weise konnte sie den Kampf nicht gewinnen.

Ceylan griff nach dem Seil, das der Fae bei ihrem Sturz losgelassen hatte, und wickelte es ihm um den Hals. Kräftig zerrte sie an den Enden der Schnur, bis sich die Windungen schmerzhaft in ihre Handflächen gruben. Der Unseelie unter ihr würgte und schlug um sich. Er traf sie, und ein pochender Schmerz nistete sich in ihrem Schädel ein, doch das brachte sie dazu, nur noch entschlossener am Seil zu ziehen. Sie wollte den Unseelie nicht töten, so dumm war sie nicht. Sie wollte ihm nur eine Lektion erteilen. Sein Gesicht lief rot an. Seine Augen wurden glasig.

Plötzlich bohrte sich ein stechender Schmerz in ihren Magen. Qualvoller als jede Pein, den sie bis zu diesem Moment verspürt hatte. Sie erstarrte, und alle Muskeln in ihrem Körper schienen mit einem Mal zu erschlaffen. Ihre Finger lösten sich von dem Seil. Sie konnte es nicht mehr halten. Ihre Kraft reichte nicht länger aus. Ängstlich blickte sie an sich hinab und japste laut auf, als sie entdeckte, was geschehen war. Ein Schwert hatte sie durchstoßen. Sie sah die Klinge, die aus ihrem Oberkörper herausragte. Trotz des Blutes, das von dem Metall herabtropfte, erkannte sie, dass es sich um eine magische Waffe handelte.

Ihr wurde schwarz vor Augen, und ihre Lider flatterten, bis unerwartet ein weiterer Ruck durch ihren Körper ging. Sie schrie auf. Jemand hatte das Schwert herausgezogen, das mit einem Klirren neben ihr zu Boden fiel. Kraftlos sank sie nach vorn auf den Fae, den sie eben noch gewürgt hatte. Er stieß sie von sich, und sie rollte auf den Rücken. Schmerz durchflutete ihren Körper, und sie rang nach Atem. Ihre Lungen aber wollten sich einfach nicht wieder füllen.

Sie hörte, dass der Unseelie etwas sagte, konnte die Worte aber nicht verstehen. Alles, was sie wahrnahm, war das Rauschen des Blutes in ihren Ohren, das jedoch immer leiser wurde. Sie war dem Tod nahe. Ihr Herzschlag wurde langsamer, und ein eigenartiger Nebel legte sich über ihren Verstand. Wie aus der Ferne hörte sie ihre eigenen Gedanken. *Bleib ruhig! Beweg dich nicht! Man bringt dich zu einem Heiler. Halt durch!*

Jeder Teil ihres Körpers schmerzte und schien sie anzuflehen: *Bleib wach! Atme weiter! Heile!* Aber die Wunde, welche die magische Waffe gerissen hatte, schloss sich nicht. Blind tastete sie nach der offenen Stelle und wollte sie mit den Händen schließen. Es half nicht. Ihre Arme wurden schwer. Die Augenlider noch schwerer. Alles wurde unerträglich schwer. Sie rang nach Luft, aber auch ihre Brust war zu schwer, um sich noch länger zu heben und zu senken. Tränen traten ihr in die Augen. Sie keuchte auf, und kurz darauf spürte sie, wie der letzte Atemzug ihren Körper verließ.

21. Kapitel – Kheeran

– Nihalos –

Mit großen Schlucken leerte Kheeran sein drittes Glas Wein und spürte bereits die Wirkung des berauschenden Getränks. Sein Körper war träge geworden, und sein Kopf fühlte sich an wie mit Wolle ausgestopft. Nicht einmal der aufdringliche Geruch des Opiums und Pelagons störte ihn noch. Für gewöhnlich war dies der Zeitpunkt, an dem er mit dem Trinken aufhörte, weil Aldren ihn darum bat. Schließlich würde die Sonne in einigen Stunden aufgehen, und neue Aufgaben und Pflichten, die nicht auf die leichte Schulter zu nehmen waren, würden auf ihn warten. Doch Aldren war nicht hier, um ihn von einem vierten Glas abzuhalten.

Er winkte den Unseelie heran, der an diesem Tag hinter der Theke von Bryoks Etablissement stand, und bestellte sich noch etwas von dem guten Tropfen. Einen Moment später war das Glas in seiner Hand wieder voll. Er starrte in die dunkelrote Flüssigkeit, die dem Blut ähnelte, welches das Bett seiner Mutter durchtränkt hatte. Oder das sich als Pfütze unter Aldrens Körper gesammelt hatte.

Kheeran blinzelte und vertrieb die Bilder vor seinem inneren Auge. Genügte es nicht, dass sie ihn in seinen Albträumen heimsuchten? Er nahm einen Schluck und sah sich in dem unterirdischen Salon um, der sich vor dem Rest der Welt versteckte. Der matte Schein gläserner Lampen leuchtete den durch Erdmagie geschaffenen Saal sanft aus. Dieser Schimmer machte die Gesellschaft ringsum noch zwielichtiger, als sie ohnehin schon war.

Wetten wurden abgeschlossen und Aufträge erteilt, von denen Wárdt und der Rest seiner Garde niemals erfahren durften. Halb nackte Tänzer und Tänzerinnen rekelten sich im Takt der Musik auf den Podesten, die überall im Salon verteilt waren. Gespielinnen und Gespielen machten sich auf den üppigen Diwanen, die in den dunkleren Ecken standen, mit ihrer Kundschaft vertraut. Der Duft verbotener Rauschmittel hing schwer in der Luft. Und nicht zu überhören war auch das Keuchen und Stöhnen der Fae, die sich in den separaten Räumen vergnügten.

Seit seinem ersten Besuch in Bryoks Etablissement hatte sich Kheeran dazugehörig gefühlt, umgeben von Fae, die ebenso wie er Außenseiter waren. Aber dieses Gefühl der Verbundenheit hatte mit der Zeit nachgelassen und war inzwischen verflogen. Noch nie in seinem Leben hatte er sich so verloren gefühlt wie gerade jetzt. Nichts, aber auch gar nichts fühlte sich richtig an. Bis zuletzt hatte er gehofft, dass seine Krönung ihn auf den richtigen Weg führen würde. Stattdessen war er wie ein Schiff ohne Anker noch weiter abgedriftet.

Er hätte sich gern anders gefühlt. Schließlich gab es auch vieles, wofür er dankbar sein konnte. Aldren war am Leben. Er wohnte in einem prächtigen Schloss. Er besaß Reichtümer, von denen andere Fae nur träumen konnten. Und er hatte Freya noch einmal gesehen. Damit hatte er niemals gerechnet. Dennoch war die Leere in seinem Innern allgegenwärtig, und nichts schien sie füllen zu können, nicht einmal der Wein.

Der Stuhl neben Kheeran wurde zurückgezogen. Er hob den Kopf und blickte in Sibeals vertraute Augen. »Hallo, Kheeran«, begrüßte sie ihn mit verführerischer Stimme und legte ihm eine Hand auf den Arm. Das Kleid, das sie trug, bedeckte zwar ihren Körper, aber der Stoff war so dünn, dass er nichts zu verbergen vermochte. Dennoch löste dieser Anblick kein Gefühl in Kheeran aus. »Ich warte schon die ganze Zeit, dass du zu mir herüberkommst.«

Er zog seinen Arm unter ihren Fingern hervor. »Verzeih, aber ich bin heute nicht in Stimmung.«

Sie neigte den Kopf und betrachtete ihn prüfend. Dabei schwand das sinnliche Lächeln langsam von ihren Lippen, und ihr Gesichtsausdruck wurde ernst. »Wir können auch gern einfach nur reden.« Der lockende Klang war aus ihrer Stimme verschwunden. Sie war nun ganz Sibeal, die Frau, und nicht Sibeal, die Gespielin.

Kheeran lächelte matt und winkte den Unseelie hinter dem Tresen ein zweites Mal heran, damit er Sibeal etwas zu trinken brachte. »Danke, aber ich möchte dich nicht langweilen. Letztendlich geht es um harte Entscheidungen, die ich treffen muss, aber nicht treffen will. Und gleichgültig, welche Entschlüsse ich auch fasse, für irgendjemanden sind es die falschen.«

Ein Glas Wasser wurde vor Sibeal abgestellt. »Das hört sich furchtbar an.«

In gespielter Gleichgültigkeit zuckte er mit den Achseln und hob sein Weinglas. Er prostete Sibeal zu und trank einen Schluck. »Ich muss mich bei dir noch für unser letztes Zusammentreffen entschuldigen«, sagte er, den Blick starr auf sein Glas gerichtet. »Dafür, dass Aldren einfach so hereingeplatzt ist und ich ein wenig grob und nicht bei der Sache war.«

Sibeal legte ihm abermals eine Hand auf den Arm, aber diesmal hatte ihre Geste nichts Anzügliches. »Mach dir darum keine Sorgen. Es ist nichts geschehen, womit ich nicht einverstanden gewesen wäre. Nur sollte Aldren wirklich lernen, anzuklopfen. Ich meine, ich habe gern Spaß mit ihm, solange er dafür bezahlt.«

»Nimm es mir nicht übel, aber Aldren geht es nicht darum, mit dir Spaß zu haben.«

»Ich weiß«, murmelte Sibeal und nippte an dem Wasserglas, um ihr Schmunzeln zu verstecken. »Das wollte ich nur hören. Um nicht allzu neugierig zu klingen, wenn ich frage, warum ihr beide nicht zusammen seid.«

»Ich liebe Aldren, aber nicht auf diese Weise.«

Sibeal stieß einen wissenden Zischlaut aus. »Aber er liebt dich.«

Kheeran nickte. Wie oft hatte er sich schon gewünscht, die Gefühle seines besten Freundes erwidern zu können. Vielleicht wäre er dann glücklicher gewesen, vermutlich aber nicht. Er seufzte und wechselte das Thema. »Wie geht es Rhyland?«

Sibeal zögerte kurz, denn Bryok mochte es nicht, wenn die Frauen und Männer über ihr Leben außerhalb des Salons sprachen. »Ihm geht es gut«, antwortete sie schließlich. »Die neu eröffnete Glaserei läuft großartig. Er hat sogar Aufträge für das Schloss bekommen, die ungewöhnlich gut bezahlt werden. Welch ein Zufall, nicht wahr?«

Kheeran hob die Schultern. »Er leistet eben gute Arbeit.«

»Wir können die zusätzlichen Talente aus dem Palast gerade gut brauchen«, sagte Sibeal mit einem Lächeln und biss sich verlegen auf die Unterlippe. »Denn wir wollen ein Kind bekommen.«

Damit hatte Kheeran nicht gerechnet. Er wusste zwar, dass Rhyland und sie bereits ein halbes Jahrhundert zusammen waren, aber bisher hatte sie nie eine Andeutung in diese Richtung gemacht. Doch als er nun in ihre Augen blickte, war das freudige Funkeln über diese Entscheidung nicht zu übersehen. »Herzlichen Glückwunsch!«

»Noch ist es nicht so weit«, schränkte sie ein und zupfte auf Höhe ihres Bauches am Stoff des durchsichtigen Kleides. »Aber bald. Du weißt, was das bedeutet?«

Er nickte. Sie würde die Kräuter zur Verhütung absetzen. Was zur Folge hatte, dass sie künftig nicht mehr für Bryok arbeiten würde. »Ich werde dich vermissen.«

Sie tätschelte ihm den Arm. »Vielleicht sieht man sich irgendwo wieder, möglicherweise sogar am Hof. Von Rhyland hörte ich, dass es ganz angenehm sein soll, für den Prinzen zu arbeiten.«

»Ich will sehen, was ich bewirken kann.«

»Danke!« Sie ließ von seinem Arm ab und leerte ihr Glas, bevor sie sich von ihrem Platz erhob. Von oben blickte sie mit einem gütigen Ausdruck auf ihn herab. »Darf ich dir noch einen Ratschlag geben?«

»Ich bitte darum.«

»Geh nach Hause. Du hast für heute genug getrunken.«

Er schnaubte. »Du klingst schon wie Aldren.«

»Wir machen uns eben beide Sorgen um dich.« Sie gab ihm einen flüchtigen Kuss auf die Wange und schenkte ihm ein letztes warmes Lächeln, bevor es einem anzüglichen Schmunzeln wich und sie in Richtung eines Fae davonlief, den Kheeran nicht kannte. Er sah ihr noch einen Moment hinterher, dann stand er auf. Sie hatte recht. Es wurde Zeit zu gehen. Schließlich sollte er zurück sein, bevor die Bediensteten wach wurden und den Gestank des Pelagon an ihm wahrnahmen. Er griff in die Tasche seiner Uniform und ließ einige Talente als Trinkgeld auf dem Tresen zurück. Dann machte er sich auf den Weg zurück zum Schloss.

22. Kapitel – Ceylan

– Nihalos –

Keuchend rang Ceylan nach Luft und riss die Augen auf. Sie konnte nichts sehen! Dunkle Flecken flimmerten im unregelmäßigen Rhythmus ihres Herzens vor ihrem Blickfeld. Es hämmerte viel zu schnell in ihrer Brust. In ihren Lungen brannte es wie damals, als sie beim Versuch, einen Fisch zu fangen, beinahe im Fluss ertrunken wäre. Das kalte Wasser war über ihrem Kopf zusammengeschlagen und hatte sie in die Tiefe gezogen. Doch sie befand sich nicht unter Wasser. Sie lag auf dem Boden. Über ihr erahnte sie die Decke des Kerkers. Zahlreiche Risse zogen sich wie Spinnweben über das Gemäuer. Dennoch war es unter ihr feucht.

Hatte sie sich etwa eingenässt?

Ächzend richtete sie sich auf. Bei der plötzlichen Bewegung schoss ihr ein pochender Schmerz in die Schläfen. Sie fühlte sich wie am Ende eines langen Übungstages. Ihre Arme waren schwer wie Blei, ihre Beine weich wie Butter, während ihre Kehle staubtrocken war. Das Schlucken war eine Qual, wobei sie den unerwarteten Geschmack von Eisen auf der Zunge wahrnahm. Blut. Sie verzog die Lippen und drehte den Kopf, um auszuspucken. Was war geschehen?

Ratlos rieb sie sich über die Stirn. Ihre Finger waren klebrig. Sie blinzelte, um die Sicht zu schärfen. Ihre Hand war ebenfalls voller Blut. Geronnenes Blut. Sie musste bereits einige Zeit hier liegen. Benommen sah sie sich um und erkannte, dass sie in einer rotbraunen Pfütze saß. Sie kniff die Augen zusammen und versuchte sich zu erinnern.

Wárdt hatte gedroht, sie auspeitschen zu lassen.

Leigh war gegangen, um dem Halbling zu folgen.

Der Wärter war in ihre Zelle gekommen.

Er war nicht allein gewesen.

Halt sie fest!

Es hatte einen Kampf gegeben.

Sie hatte einen der Fae gewürgt, und der andere ... hatte auf sie eingestochen? Hatte sich das so abgespielt?

Verunsichert begutachtete sie ihr Bettgestell, das eingeknickt war, weil ihm ein Bein fehlte. Dann sah sie sich nach dem Seil um, vergeblich. Genauso erfolglos war ihre Suche nach dem Schwert, an das sie sich zu erinnern glaubte. Oder bildete sie sich alles nur ein? Sie holte tief Luft und tastete ihr Oberteil ab. Es war feucht, vermutlich ebenfalls vom Blut, aber das ließ sich auf dem schwarzen Stoff und in der Dunkelheit nicht so einfach erkennen. Was jedoch nicht zu übersehen war, war das Loch, das darin klaffte, breit wie die Schneide eines Schwertes.

Ihre Erinnerungen täuschten sie nicht. Der Fae hatte auf sie eingestochen. Dieses vermaledeite Spitzohr! Allerdings hätte sie schwören können, dass es ein magiegeschmiedetes Schwert gewesen war, das sie durchstoßen hatte. Was zu der Frage führte, warum in des Königs Namen sie am Leben und ganz offensichtlich geheilt war. Sie schob das Hemd nach oben und betrachtete die Haut darunter. Dreckig, aber unversehrt. Wie war das möglich?

Ceylan war all das rätselhaft, aber in diesem Moment galt ihre Besorgnis nicht ihrer wundersamen Heilung, sondern dem Fae, der sie vermeintlich getötet hatte. Er war verschwunden. Aber für wie lange? Falls er zurückkehrte, sollte sie nicht mehr hier sein. Sie stemmte sich in die Höhe und stand ächzend vom Boden auf. Schwindel erfasste sie, sodass sie sich an der Wand abstützen musste. Sie schloss die Augen, während sie von zehn rückwärts zählte. Mehr Zeit konnte und wollte sie ihrem Körper nicht zugestehen. Sie musste von hier verschwinden. Ihr blieb keine andere Wahl, auch wenn sie damit gegen Leighs Ratschläge handelte. Doch sie konnte nicht einfach sitzen bleiben wie ein Tier in der Falle und auf die Rückkehr der Fae warten. Beim nächsten Mal würden sie ihr womöglich noch Schlimmeres antun. Dazu durfte es nicht kommen.

Sie tastete nach dem Schlüssel in ihrer Tasche und stieß ein erleichtertes Seufzen aus. Er war noch da. Vorsichtig näherte sie sich der Zellentür und sah sich um. Sie war allein. Erstmals, seit man sie eingesperrt hatte, schien die Tür zum Verlies unbewacht zu sein. Vermutlich waren die Gardisten in Anbetracht ihrer abscheulichen Tat geflohen, denn gewiss wurde es nicht gern gesehen, wenn Wachen zu Henkern wurden.

Eilig führte Ceylan den Schlüssel ins Schloss und merkte, dass ihre Hände zitterten. Ob vor Aufregung oder durch den Blutverlust, wusste sie nicht. Mit einem Quietschen entriegelte sich die Zellentür, und Ceylan war frei – vorerst.

Sie stieß die Tür auf. Alles in ihr schrie, so schnell wie möglich aus dem Kerker zu verschwinden. Dennoch lief sie in die entgegengesetzte Richtung zur Wendeltreppe, die zur Folterkammer hinunterführte. So schnell ihre Füße sie trugen, stürmte sie die Stufen hinab. Die magische Kälte, die hier herrschte, erschien ihr dieses Mal um ein Vielfaches schlimmer. Die Härchen an ihren Armen stellten sich auf, und ihre Zähne schlugen aufeinander.

Nur eine einzige magische Fackel brannte neben dem Raum. Ceylan riss sie aus der Halterung und betrat die Folterkammer, die wie erhofft nicht abgesperrt war. Warum auch? Niemand suchte einen solchen Ort freiwillig auf. Sie eilte zu dem Tisch mit den Foltergeräten. Zangen. Klammern. Haken. Schraubstöcke ...

Ha! Sie hatte sich nicht geirrt. Entschlossen griff sie nach dem wassergebundenen Dolch. Ihre Finger hatten den ledernen Griff kaum berührt, als sie plötzlich ein starkes Brennen in der Handfläche verspürte, das sich blitzschnell über ihren Arm ausbreitete. Sie ließ den Dolch fallen. Beim König! Was war das? Die letzten Male hatte sich das ganz anders angefühlt.

Sie schüttelte ihre Hand aus und starrte im Licht der Fackel auf ihre Finger. Sie erwartete, verkohlte Haut zu sehen, aber da war nichts. Hatte sie sich das Brennen nur eingebildet? Zögernd griff sie ein zweites Mal nach dem Dolch. Denn auf keinen Fall würde sie diesen Kerker ohne eine Waffe verlassen. Das Ergebnis war allerdings dasselbe. Ein brennendes Gefühl loderte ihr am Arm herauf. Dennoch hielt sie den Dolch fest umklammert und biss die Zähne zusammen. Es war kein unerträglicher Schmerz, aber ein ungewohnter, obwohl sie ihn schon einmal verspürt hatte. Vor Monaten, als Kheeran sie zur Wächterin gemacht hatte.

Doch genau wie seinerzeit ebbte das Brennen nach einer Weile ab, als verkröche es sich in einen Bereich ihres Körpers, in dem sie es nicht mehr spürte. Zurück blieb nur das sanfte Kribbeln der Magie. Sie wusste nicht, was dies zu bedeuten hatte, aber darum würde sie sich später kümmern. Wichtig war jetzt, dass sie von hier verschwand, auch wenn sie keine Ahnung hatte, wohin sie sich wenden sollte. Zur Mauer konnte sie nicht zurück, ohne die Wächter in Gefahr zu bringen. Aber sie hatte auch kein anderes Zuhause, das ihr Zuflucht bot. Sollte sie Leigh vielleicht nach Daaria folgen?

Wohin es sie auch verschlagen mochte, erst musste sie dem Kerker entkommen. Sie umklammerte den Griff des Dolches, hängte die Fackel zurück und erklomm die Stufen. Der Anblick ihrer verlassenen Zelle jagte ihr einen Schauer über den Rücken. Sie eilte geradewegs daran vorbei zum Ausgang. Rasch wollte sie in die Freiheit hinausstürmen, doch das Schloss gab nicht nach, als sie an der Tür zog.

Abgesperrt.

Mit aller Kraft rüttelte sie am Knauf. Es war tatsächlich abgeschlossen. Die Fae hatten ihren vermeintlichen Leichnam eingesperrt! Vermutlich, um dem Kommandanten später irgendeine Lüge über ihr Ableben aufzutischen. Die würden Augen machen, wenn sie zurückkamen und sie nicht mehr da war! Hoffentlich würde man sie für ihr zweifaches Versagen aus der Garde ausstoßen. Besser noch hängen. Schade, dass sie nicht dabei sein konnte.

Ceylan trat einige Schritte zurück, holte tief Luft und rannte auf die Tür zu. Mit aller Kraft warf sie sich gegen das Holz. Die Angeln ächzten, hielten ihrem Gewicht aber stand.

Ein zweites Mal brachte Ceylan Abstand zwischen sich und die Tür, ehe sie erneut darauf zustürmte. Das Holz barst an einer Stelle, aber das genügte nicht, um die Scharniere auszuheben. Ceylan rieb sich die Schulter, die vom Aufprall schmerzte, und wollte einen dritten Anlauf nehmen, als sie Stimmen vernahm.

»Hast du das gehört?«, fragte eine weibliche Stimme.

»Scheint aus dem Kerker zu kommen«, antwortete ein Mann.

»Mhh«, brummte die Frau. »Ich sehe besser nach.«

»Verdammt!«, fluchte Ceylan tonlos und presste sich mit dem Rücken gegen die Wand, in der Hoffnung, mit den Schatten zu verschmelzen, die lediglich von einer einzelnen Kerze erhellt wurden. Schritte waren außerhalb der Tür zu hören, dann klopfte es.

Sie hielt den Atem an.

Das Klopfen wiederholte sich.

»He, aufmachen!«, forderte die weibliche Fae.

Ceylan presste die Lippen aufeinander. Ihr Puls pochte so laut, dass sie fürchtete, die Unseelie könnte ihn hören. Die Gardisten durften sie auf keinen Fall erwischen, andernfalls blühten ihr mehr als nur zehn Peitschenhiebe.

Erneut hämmerte es gegen die Tür, die von ihren Aufbruchversuchen beschädigt worden war. Unter den Schlägen bog sich das Holz gefährlich nach innen. »Hallo?«

Ceylan umklammerte den Griff des Dolches noch fester, obwohl sie eine Auseinandersetzung gern vermieden hätte. Denn die Vergangenheit hatte ihr gezeigt, dass sie noch nicht bereit war, es mit einer Fae aufzunehmen. Diese Wesen waren einfach nicht mit den Gestalten zu vergleichen, mit denen sie bisher zu tun gehabt hatte.

»Ich trete die Tür ein!«

Verflucht! Ceylans leerer Magen zog sich zusammen. Die Tür neben ihr krachte. Sie machte sich bereit für die Flucht – und notfalls für den Kampf. Die Kerze neben ihr flackerte unruhig. Die Tür knackte und knarrte immer mehr und mehr, und schließlich splitterte sie. Mit einem lauten Gepolter fiel sie ins Innere des Kerkers. Die Fae stolperte hinterher. Ceylan zögerte nicht und stürmte zum Ausgang, bevor die Unseelie sie bemerken konnte. Sie rannte die Stufen nach oben, in die Nacht hinein. Doch am Ende der Treppe stand der Wachmann, den sie zuvor gehört hatte.

Seine Augen weiteten sich, als er sie entdeckte, und er entkorkte den Wasserschlauch an seiner Hüfte. Aber bevor es ihm gelang, seine Wassermagie heraufzubeschwören, schleuderte Ceylan ihren Dolch. Die Klinge bohrte sich nicht wie erhofft in seinen Schädel, dennoch donnerte ihm die Waffe gegen den Kopf. Ein keuchender Laut entwich seinen Lippen. Im selben Moment rannte sie ihn über den Haufen. Er versuchte noch, sie festzuhalten, aber sie entglitt seinen Händen wie Wein aus einer zerbrochenen Schale.

Ceylan hasste es, ihre neu gewonnene Waffe zurückzulassen, aber ihr blieb keine andere Wahl, als weiterzulaufen, auch wenn sie sich irgendwie feige vorkam. Wegrennen war nie ihre Art gewesen. Hinter sich hörte sie die beiden Fae, die Befehle brüllten und damit das gesamte Schloss in Aufruhr versetzten. Mit eingezogenem Kopf rannte sie über den Hof. Jeden Augenblick rechnete sie mit Eisgeschossen, die von hinten auf sie einschlugen, oder mit Wänden aus Unrat und Erde, die sich vor ihr aufbauten und ihr den Weg versperrten. Zu ihrer Erleichterung geschah nichts dergleichen – bis sich ein Pfeil dicht vor ihr in den Boden bohrte.

Sie sprang über das Geschoss hinweg und spähte im Rennen über die Schulter zurück. Trotz der hellen Uniformen, welche die Gardisten trugen, konnte sie den Schützen nicht ausmachen. Bis sie einen zweiten Pfeil bemerkte, der geradewegs auf sie zuflog. Flink sprang sie zur Seite, um ihm auszuweichen. Es gelang ihr nicht. Die Spitze streifte ihren Oberarm und zerriss nicht nur den Stoff ihres Hemdes, sondern auch die Haut darunter.

Scharf sog Ceylan die Luft ein, und das Brennen von zuvor kehrte zurück. Nur kurz. Nur schwach. Und dann heilte die Wunde wie üblich. Vermutlich war es der Schreck, der ihren Kopf und ihren Körper durcheinanderbrachte.

Ein dritter Pfeil zischte ihr am Kopf vorbei. Sie schlug einen Haken, der sie durch einen Torbogen hindurch und in einen anderen Teil des Schlosses führte. Die Luft war inzwischen erfüllt von dem Geschrei der Wachleute. »Sie ist dort entlang!« – »Schneidet ihr den Weg ab!« – »Lasst sie nicht entkommen!«

Jedes Wort trieb Ceylans Herzschlag weiter an. Verzweifelt sah sie sich nach einem Versteck um und entdeckte einen massiven Baum mit großen Blättern, der so hoch aufragte, dass seine Äste bis zu einer Brüstung reichten. Ohne lange nachzudenken, stürmte sie darauf zu und kletterte am Stamm hinauf, bis sie das dichte Laubwerk erreichte. Die Jahre, die sie ohne Dach über dem Kopf im Dornenwald verbracht hatte, machten sich nun bezahlt. Klettern war ihre leichteste Übung. Sie schob sich über die Äste, als wären sie nicht mehr als ein unebener Gehweg.

Reglos blieb sie auf dem Ast sitzen, während sie durch die

Zweige hindurch die Unseelie über den Hof schwärmen sah. Hier zu sitzen, war gefährlich, aber *gefährlich* war das Thema ihrer Flucht.

»Findet sie!«, hörte sie auf einmal den Kommandanten brüllen, so laut, dass seine Stimme vermutlich noch jahrelang in ihren Albträumen nachhallen würde. »Tot oder lebendig, mir egal! Wenn ihr sie mir nicht bringt, werden eure Köpfe rollen!«

»Jawohl, Kommandant!«, echoten mehrere Stimmen.

Hoch im Geäst versteifte sich Ceylan immer mehr. Ihr ganzer Körper war angespannt, und ein heftiges Flattern breitete sich in ihrer Brust aus. Das Schlimmste war aber nicht das ruhige Ausharren auf dem Baum, sondern der Drang, sich nach den Fae umzusehen. Durch das üppige Blattwerk erkannte sie nämlich rein gar nichts. Waren ihr die Wachleute auf der Spur? Oder vielleicht doch nicht? Sie konnten ohne Warnung jederzeit unter ihr auftauchen.

Einige Fae kamen dem Baum gefährlich nahe, so viel konnte sie hören, aber keiner von ihnen entdeckte sie. Irgendwann schlief ihr rechtes Bein ein, aber sie rührte sich nicht. Selbst als ihr ein riesiger Käfer, wie es ihn in Thobria nicht gab, über die Hand kroch, bewegte sie sich nicht. Sie hatte keine Ahnung, wie lange sie auf dem Baum ausharrte, aber mit der Zeit kamen immer weniger Verfolger vorbei, und ihre Stimmen verklangen allmählich in der Ferne. Dennoch konnte sie sich noch längst nicht in Sicherheit wiegen.

Bedächtig hangelte sie sich an den Ästen entlang bis zur Brüstung. Eigentlich wollte sie nur noch weg von hier. Doch durch die offenen Gärten rings um das Schloss zu rennen, war reiner Selbstmord. Dort wäre sie ein allzu leicht zu treffendes Ziel. Am besten wartete sie, bis die Wächter noch weiter ausgeschwärmt waren.

Vorsichtig schob sie die Zweige zur Seite und sah sich um. In der näheren Umgebung konnte sie keine Wache mehr ausmachen. Sie ließ sich am Stamm hinabgleiten und hangelte sich über einen Ast auf die Brüstung, die rings um den Palast verlief.

»Dort oben ist sie!«

Ceylan warf den Kopf herum und entdeckte einen Fae unweit eines steinernen Brunnens. Fantastisch. Offenbar war sie nicht die Einzige, die sich auf die Kunst des Versteckens verstand.

»Holt sie herunter! Tot oder lebendig!«, rief ein anderer Fae.

Sie hörte geradezu, wie sich die Bogensehnen spannten, und nahm dies als Zeichen, schleunigst zu verschwinden. So schnell sie konnte, rannte sie davon, die Brüstung entlang und auf das Dach, dessen Glas unter ihren Schritten knirschte.

Hinter sich hörte sie ein Zischen, dicht gefolgt von einem Knall, als wäre ein Pfeil gegen eins der Fenster geprallt. Doch sie drehte sich nicht um, sondern stürmte weiter geradeaus. Sie musste von diesem Dach entkommen, um welchen Preis auch immer.

Sie folgte dem Dachverlauf und flitzte um eine Ecke. Ein Fehler. Nur wenige Schritte vor ihr, dort, wo der Palast in die Höhe wuchs, erhob sich eine Wand aus Glas. Sie trat zurück und wollte umkehren, aber da hörte sie auch schon das Knacken des gläsernen Daches. Die Gardisten waren dicht hinter ihr. War das hier also das Ende?

Nein, ausgeschlossen!

Denk nach, Ceylan! Denk nach!

Sie sah sich auf dem Dach um und entdeckte ein Gerüst, wie es Handwerker verwendeten. Völlig außer Atem stürzte sie auf die Vorrichtung zu, um sich daran hinunterzuhangeln, als plötzlich drei Schatten unter ihr auftauchten.

»Dort ist sie!«, brüllte einer der Fae und schwang sich an dem Gerüst nach oben. Womit hatte sie das verdient? Ceylan hatte das Gefühl, ihr Herz könnte ihr jeden Augenblick vor Aufregung aus der Brust springen. Erneut sah sie sich nach einer Fluchtmöglichkeit um, vergeblich. Sie war eingekesselt. Hinter ihr kamen schon die Bogenschützen, unter ihr weitere Häscher, und neben ihr ragte eine gläserne Wand auf. Aber Glas konnte brechen.

Ceylan warf sich herum und lachte erleichtert auf. Welcher Gott auch immer auf sie herabblickte, verachtete sie anscheinend nicht vollkommen. Denn die Scheibe, unter der das Baugerüst stand, war beschädigt. Feine Risse zogen sich durch das Glas. Mit dem Ellbogen holte Ceylan aus und schlug mit ihrer ganzen verbliebenen Kraft gegen das Fenster. Die Scheibe splitterte und öffnete ihr den Zugang ins Innere.

Ohne Zögern sprang sie hinein, wobei sie sich an den zurückgebliebenen Glassplittern Löcher in die Kleidung und Kratzer in die Haut riss. Der Schmerz war jedoch nur von kurzer Dauer, und sie stürmte planlos den Gang entlang, denn sie hatte nichts mehr zu verlieren. In diesem Teil des Schlosses kannte sie sich nicht aus, aber zumindest beleuchteten ihr Lichtkugeln den Weg. Sie brauchte schnell ein gutes Versteck, denn schon bald würde der gesamte Palast ihretwegen auf den Kopf gestellt werden.

Sie ließ ihre Schritte langsamer werden und schlich durch die Gänge, bis sie erneut ihre Verfolger hörte. Vor einer Tür blieb sie stehen. Zitternd ging sie in die Knie und spähte durch das Schlüsselloch, aber es war nichts als Dunkelheit zu erkennen. Sie drückte gegen den Türknopf, aber nichts geschah. Abgesperrt. Fluchend lief sie zur nächsten Tür. Ebenfalls abgeschlossen. Warum vertraute man in diesem verdammten Schloss niemandem?

»Ich sehe hier nach!«

Nein. Nein. Nein. Keuchend eilte Ceylan zur nächsten Tür. Sie hatte das alles nicht durchgestanden, um nun doch noch festgenommen zu werden. *Bitte öffne dich!* Ihr Gebet wurde erhört. Mit einem Klicken wurde ihr Einlass gewährt, und sie huschte ins Zimmer. Leise schloss sie die Tür wieder, aber da bemerkte sie, dass es in dem Raum nicht dunkel war – und sie nicht allein.

Für einen Moment schloss sie die Augen und drehte sich langsam um. War sie in Wárdts Gemächer gestolpert? Doch nein, sie war in keinem Schlafzimmer gelandet, sondern in einem Ankleideraum. Links und rechts säumten Ständer mit unterschiedlichster Kleidung die Wände. Gesichtslose Puppen, in Uniformen gehüllt, sahen sie an, aber auch ein vertrautes blaues Augenpaar musterte sie.

Das konnte nicht sein! Ihr stockte der Atem. »Kheeran?«

23. Kapitel – Freya

– Amaruné –

»Du bist mir etwas schuldig«, stieß Freya zwischen zusammengebissenen Zähnen hervor. Dann verzog sie die Lippen zu einem verkrampften Lächeln und hoffte, dass Brighid nichts von ihrem Gespräch mitbekam. Die ältere Dame stand an der Wand des Saales und beobachtete das Paar mit Adleraugen, um jeden Fehltritt zu erkennen. Dabei bewegte sie die Finger im Takt der Musik durch die Luft.

»Wofür?«, fragte Elroy und wechselte die Richtung der Schrittfolge mit einer eleganten Drehung. Er war ein erstaunlich guter Tänzer. Dennoch war Brighid nicht entgangen, dass mit seinem linken Bein etwas nicht stimmte. Elroy hatte ihr vorgehalten, sie würde sich das nur einbilden. Das hatte Brighid nicht auf sich sitzen lassen, schließlich unterrichtete sie Adlige und ihre Sprösslinge seit Jahren in der Kunst des Tanzens. Sie hatte so lange auf ihn eingeredet, bis Elroy schließlich zugegeben hatte, dass sein Bein eine Prothese war. Sicherlich würde schon bald das ganze Schloss und kurze Zeit später die halbe Stadt davon wissen.

»Du schuldest mir etwas! Schließlich habe ich meinem Vater nicht verraten, wer du wirklich bist«, sagte Freya.

Das kleine Orchester, das in einer Ecke des Saales spielte, ließ die Melodie eines Liedes langsam ausklingen und stimmte einen neuen Rhythmus an. Obwohl es mitten am Tag war, brannten überall im Raum Leuchten, denn der Himmel war grau, und die verheißungsvolle Vorahnung von weiterem Schnee lag in der Luft.

»Ich dachte, diese Schuld hätte ich mit unserem Ausflug zu Moira beglichen.«

»Nein, das war nur der Anfang«, erwiderte Freya. Die wechselnde Melodie brachte sie durcheinander, und sie geriet aus dem Takt.

Elroy schnaubte, und sein Atem streifte ihre Haut. Dadurch wurde ihr deutlich bewusst, wie dicht sie doch beisammenstanden. Ihre Körper berührten einander nicht, aber sie spürte die Wärme, die der Pirat ausstrahlte. »Du denkst bereits wie eine Königin.«

»Was meinst du damit?«

Elroy schmunzelte. »Nichts.«

Voller Misstrauen musterte sie ihn. Hatten seine Worte wirklich nichts zu bedeuten? Oder wollte er ihr nur das Gefühl geben, sie seien bedeutungslos, während sie es in Wirklichkeit aber nicht waren? »Das heißt, du hilfst mir?«, hakte sie nach und stieß im selben Moment mit dem Fuß gegen seine Prothese. Sie trug nur leichte Schuhe und bekam das Metall mit voller Härte zu spüren. Scharf sog sie die Luft ein, um den Schmerz zu unterdrücken.

»Prinzessin, konzentriert Euch!«, zeterte Brighid. Sie war eine der wenigen Bediensteten des Schlosses, die es wagte, in diesem Tonfall mit Freya zu reden. Meist genoss sie diese Umgangsform, doch diesmal hätte sie der Tanzlehrerin am liebsten einen Fußtritt versetzt, da sie ihre Zeit verschwendete. Sie musste eine erneute Flucht aus dem Schloss und ihr Treffen mit Moria planen.

»Hör auf die Frau!«, flüsterte Elroy. »Das nächste Mal trete ich zurück.«

Freya warf ihm einen finsteren Blick zu. »Also, was sagst du? Hilfst du mir?«

»Wie könnte ich meiner schönen Braut einen solchen Wunsch abschlagen?«

»Danke«, erwiderte sie, ohne weiter auf die Bemerkung einzugehen. Vermutlich würde es ohnehin nicht mehr lange dauern, bis ihr Verlobter als der Betrüger aufflog, der er in Wirklichkeit war. Dann wäre sie nicht länger seine Braut.

»Eins. Zwei. Drei. Eins. Zwei. Drei. Eins. Zwei. Drei«, begann Brighid den Takt zu zählen und klatschte dabei in die Hände. Freya gab sich Mühe, ihre Schritte dem Rhythmus anzupassen und sich mehr auf Elroy einzustellen, der den Tanz führte. Doch ihre Muskeln waren zu verkrampft, und immer wieder verpasste sie den richtigen Moment für eine Drehung oder einen Schritt, um Elroy auszuweichen.

»Du bist eine furchtbare Tänzerin.«

Sie sah von ihren Füßen auf. »Und du ein furchtbarer Mensch.«

»Danke.«

»Das war kein Kompliment.«

»Ich weiß, aber ich werde so tun, als wäre es eins gewesen.«

»Weniger tuscheln, mehr tanzen!«, rief Brighid und bedeutete dem Orchester, die Melodie zu wiederholen. Es war das erste Lied, zu dem Elroy und Freya nach ihrer Vermählung tanzen sollten. Jeder Schritt musste gelingen, wenn es keine Blamage werden sollte.

Unerwartet durchbrach ein Klopfen den Rhythmus der Musik. Brighid warf den Kopf in den Nacken und brachte das Orchester mit einer Handbewegung zum Verstummen. Freya ließ Elroys Hand los und trat einen Schritt zurück, als Roland Estdall die Tür öffnete und den Saal betrat. Er trug seine dunkelblaue Uniform mit den goldenen Abzeichen, die wie Sterne im Licht funkelten. »Entschuldigt die Störung«, sagte er. »Prinz Deèglan? Besuch wartet auf Euch.«

Elroy hob die Brauen. Er schien ehrlich verwundert zu sein.

Und das, obwohl Freya immer den Eindruck hatte, als könnte den weltgewandten Piraten nichts überraschen. »Wer ist es?«

»Eine Frau. Sie sagt, ihr Name sei Raeiah Turanij.«

Die Verwirrung in Elroys Blick wich blankem Entsetzen. »Verdammt«, murmelte er, für alle gut hörbar.

»Ist sie deine andere Ehefrau?«, neckte ihn Freya.

Elroys Antwort war ein Knurren. Er sah sich im Saal um, als suchte er nach einem Ausweg, der ihn nicht durch die Tür führte. »Sie arbeitet für meine Mutter.«

»Deine Mutter?« Freya runzelte die Stirn. Elroy hatte seine Eltern noch nie erwähnt. Natürlich besaß er eine Mutter und einen Vater, aber von ihnen war nie die Rede gewesen. Doch bevor er ihr Näheres erklären konnte, wurde die Tür zum Saal erneut aufgestoßen.

Eine Frau trat ein. Hinter ihr zwei Gardisten, die sie offenbar vergeblich hatten aufhalten wollen. Sie trug eine Uniform in der Farbe von geronnenem Blut, und ihr Brustkorb wurde von einem Korsett mit goldenen Schnüren umfasst. Das Kostüm und die braune Haut ließen keinen Zweifel daran, dass sie aus Séakis stammte. Das für jene Gegend übliche schwarze Haar reichte der Frau bis zur Taille, wodurch ihre katzenhaft gelben Augen noch strahlender wirkten. Sie verliehen ihrem Aussehen etwas Verwegenes.

Die Frau, vermutlich Raeiah, war jünger, als Freya eine Gefolgsfrau von Elroys Mutter eingeschätzt hätte. Sie konnte nur wenige Jahre älter sein als Elroy selbst, wenn überhaupt. Mitten im Raum blieb sie stehen. Die Gardisten warfen ihrem Kommandanten fragende Blicke zu. Kaum merklich schüttelte Roland den Kopf.

»Tjaeve Deè«, grüßte sie auf Séakisch.

»Was willst du hier, Rae?«, fragte Elroy und trat nach vorn. So zögernd, wie er sich bewegte, wäre er wohl lieber mehrere Schritte zurückgewichen.

»Ich will dich davor bewahren, einen schweren Fehler zu begehen«, antwortete Rae. Freya war überrascht, dass sich die Besucherin ihrer Sprache bediente, auch wenn die Worte wegen ihres starken Akzents schwer verständlich waren.

Elroys Hände ballten sich zu Fäusten. »Verschwinde!«

Rae zischte leise und stemmte die Hände in die Hüften. Erst jetzt bemerkte Freya den Säbel an ihrem Gürtel. Er steckte in einem Schaft, ähnlich wie bei den Schwertern, welche die Gardisten mit sich trugen. Nur war Raes Waffe gebogen wie ein Halbmond. »Nicht ohne dich.«

»Du verschwendest hier nur deine Zeit.«

Wovon redeten die beiden? Hilfe suchend sah sie sich nach Roland und Brighid um, aber auch sie wirkten völlig ratlos.

Rae warf Freya einen Blick zu, wandte ihn aber sogleich wieder ab, als wäre sie eine unwichtige Nebenfigur, die keiner Aufmerksamkeit würdig war. »Ich gehe erst, wenn dieser Unsinn beendet ist.«

»Dann hoffe ich, dass es dir in Amaruné gefällt, denn du wirst die nächsten Jahrzehnte hier verbringen.« Elroy verschränkte die Arme vor der Brust. Die Ärmel seines Hemdes hatte er nach oben geschoben, sodass die Muskelstränge unter seiner Haut deutlich zu erkennen waren. »Wenn du höflich fragst, bekommst du vielleicht sogar eine Kammer im Schloss.«

Zwischen Raes Augenbrauen bildeten sich zwei Furchen. Ihr ansonsten weiches Gesicht mit den vollen Lippen und der flachen Nase wirkte sogleich härter. Zumindest machte sie keine Anstalten, ihren Säbel zu ziehen. »Ich werde mein Leben nicht in diesem Loch verbringen – genauso wenig wie du.«

Empört rang Freya nach Luft. Wer zum König war diese Rae? Und was bildete sie sich ein, Amaruné als Loch zu beschimpfen? Gewiss, die Stadt hatte ihre hässlichen Seiten und ließ sich ganz gewiss nicht mit Nihalos vergleichen. Dennoch war es Freyas Heimat.

Elroys Kiefer spannte sich an. »Lasst uns allein!« Obwohl er Rae nicht aus den Augen ließ, bestand kein Zweifel, dass sich der Befehl an alle anderen richtete. Die Orchestermitglieder, die angsterstarrt in der Ecke gesessen hatten, packten schleunigst ihre Instrumente ein, und auch Brighid zögerte nicht, dem Befehl zu gehorchen. Roland verharrte einen Moment länger, bevor auch er mit seinen Männern den Rückzug antrat. Freya wollte ihnen folgen, aber Elroys Arm schnellte nach vorn und packte ihr Handgelenk. »Bleib!«

»Geh!«, verlangte Rae.

»Sie bleibt«, erwiderte Elroy streng und zog Freya an seine Seite. Sie widersprach nicht, zumal sie neugierig auf das war, was als Nächstes geschehen würde.

Rae rieb sich die Stirn und schüttelte den Kopf, als würde Elroys Starrsinn ihr Kopfschmerzen bereiten. »Das ist lächerlich. Was willst du mit ihr?« Sie wies auf Freya. »Oder mit diesem Land? Es hat nichts zu bieten. Nicht das Geringste. Du musst die Verlobung aufheben.«

»Ich muss gar nichts«, erwiderte Elroy mit fester Stimme.

Rae ließ die Hand sinken. Plötzlich wirkten ihre Augen sehr müde, und sie schien des Wortwechsels bereits überdrüssig zu sein. »Warum musst du immer die denkbar schlechteste Entscheidung treffen? Kannst du dich nicht einmal wie ein vernunftbegabter Mensch verhalten?«

»Mich als dumm zu bezeichnen, bringt dich nicht weiter.«

Fassungslos schüttelte Rae den Kopf und ging rastlos auf und ab. »Wie kann man nur so undankbar sein?«, fragte sie, nun mit etwas sanfterer Stimme. »Hast du nicht immer alles bekommen, was du wolltest? Deine Mutter hat dir stets sämtliche Freiheiten gelassen, Deè, aber das geht zu weit.«

»Wartet!«, unterbrach Freya die beiden, bevor Elroy zu einer weiteren bissigen Antwort ansetzen konnte. In ihr stieg ein Gedanke auf, ein geradezu ungeheuerlicher Gedanke. Aber alles wies darauf hin, dass es tatsächlich so war. Wenn es stimmte, dann ... »Wer ist El... Deès Mutter?«

Verständnislos starrte Rae Freya mit ihren gelben Katzenaugen an, als zweifelte sie an ihrem Verstand. »Kaiserin Atessa von Séakis selbstverständlich.«

»Kaiserin Atessa«, echote Freya und musste plötzlich lachen. »Du bist wirklich Prinz Deèglan?«

Rae warf die Hände in die Luft. »Großartig! Du heiratest nicht nur in ein unbedeutendes Land ein, sondern ehelichst auch eine verrückte Prinzessin.«

Freya wurde schwindelig, und auf einmal hatte sie das Gefühl, sich setzen zu müssen. Sie sah sich nach einem Stuhl um, vergeblich. Halt suchend klammerte sie sich an Elroy fest.

Nein, nicht Elroy! Prinz Deèglan Armandt. Er war es wirklich. Sie war mit einem Prinzen verlobt. Einem echten Prinzen. Keinem Betrüger, dessen Scharlatanerie ihrem Vater bald aufgefallen wäre. Stets hatte sie damit gerechnet, dass ihre Vermählung mit Elroy platzen würde, sobald ihr Vater die Wahrheit herausfand und den Piraten einkerkern ließ, aber das würde nun nicht geschehen. Elroy war ein Prinz. Sie war eine Prinzessin. Ihrer Hochzeit stand nichts im Weg, und schon bald wäre sie Freya Draedon-Armandt. Zukünftige Königin von Thobria und Prinzessin von Séakis. Prinzessin von Séakis!

Beim König! Sie würde sich gleich übergeben.

»Freya, geht es dir gut?«, fragte Elroy und umklammerte ihren Arm, damit sie nicht umfiel.

»Natürlich geht es mir gut.« Ihre Stimme klang viel zu hoch und schrill. Sie versuchte zu schlucken, aber ihre Kehle war trocken wie ein Flusslauf während eines heißen Sommers.

Elroy rollte mit den Augen. »Du solltest weniger lügen, und jetzt hör mir zu. Ich sage dir dasselbe wie meinen Männern, wenn wir in einen Sturm geraten. *Panik wird euch nicht retten. Also reiß dich zusammen!*«

Freya atmete tief ein und hielt die Luft an, bis der Druck so stark wurde, dass ihr schwindelig wurde. Erst dann erlaubte sie sich, langsam wieder auszuatmen. Ihre Gedanken wurden klarer, und das Gefühl des Entsetzens verebbte. Nachdem auch ihr Herzschlag nicht mehr dem eines gehetzten Rehs glich, blickte sie zu Elroy auf und musterte sein makelloses Gesicht, das genauso ungewöhnlich schön war wie bei ihrem Kennenlernen.

»Ich versteh das nicht«, murmelte sie. »Warum treibst du als Pirat dein Unwesen, wenn du ebenso in einem Palast leben könntest?«

Elroy zuckte mit den Achseln. »Warum willst du eine Alchemistin werden, wenn du genauso gut das glanzvolle und wohlbehütete Leben einer Königin führen könntest?«

Sie kannten beide die Antwort. Wegen des Abenteuers und der Magie, auch wenn es zwei unterschiedliche Arten von Magie waren. Die eine Magie wurzelte in den Elementen und dem Zauber. Die andere Magie lag in der Schönheit dieser Welt, die mehr Geheimnisse barg, als ein einzelner Mensch in seinem Leben ergründen konnte. Vor allem, wenn dieses nur kurz sein sollte wie das von Elroy.

»Wieso hast du mir nicht die Wahrheit gesagt? Warum musste ich glauben, du würdest meinen Vater anlügen?«

»Ich habe immer nur die Wahrheit gesagt. Du hast dich lediglich dazu entschieden, mir nicht zu glauben«, antwortete Elroy und rang sich ein Lächeln ab.

»Wahirj a tori fi a pewijl«, murmelte Rae und warf die Hände in die Luft.

Freya hob die Brauen. Im Sprachunterricht war ihr Séakisch beigebracht worden, aber diese Wörter hatte sie noch nie gehört. »Was hat sie gesagt?«

»Das willst du lieber nicht wissen.«

»Ich meinte, du würdest zu ihm passen, wärst du nicht so armselig«, antwortete Rae. Sie konnte von Glück reden, dass König

Andreus dies nicht gehört hatte. Er hatte Menschen schon für weniger beleidigende Worte über das Königshaus hinrichten lassen.

Elroy funkelte Rae wütend an. »Pass auf, was du sagst!«

»Ich sage nur die Wahrheit. Hast du in der Vergangenheit nicht schon genug Schaden angerichtet mit deiner Selbstsucht? Es wird Zeit, dass du nach Hause kommst und den Unsinn mit diesem Boot sein lässt.«

»Schiff«, verbesserte Elroy. »Es ist ein Schiff.«

»Schiff. Boot. Wrack. Nenn es, wie du willst! Deine Mutter hat dir dieses Abenteuer vielleicht zugestanden, aber das Theater hat nun ein Ende. Es wird Zeit, dass du nach Hause kommst. Dort wirst du eine Frau heiraten, die deiner Familie zumindest ansatzweise gerecht wird.«

»Nie und nimmer!« Elroy umfasste Freyas Hüften und zog sie an sich, noch enger als beim Tanzen, bis ihre Oberkörper sich berührten. »Ich liebe sie.«

Raes störrische Miene verzerrte sich, und einen Augenblick lang glaubte Freya, Schmerz dahinter zu erkennen. Doch dann stieß Rae bereits wieder ihr bitteres Lachen aus. Herausfordernd deutete sie mit einem Finger zuerst auf Elroy, dann auf Freya. »Du liebst sie? Das musst du erst beweisen.«

Trotzig reckte Elroy das Kinn. »Wie du meinst.« Ein vorwitziges Lächeln umspielte seine Lippen, und ehe Freya sichs versah, lagen seine Lippen auf ihrem Mund. Der Kuss kam so unerwartet, dass alles in ihr erstarrte. Ihr stockte der Atem, und ihr Herz, das seinen Rhythmus noch nicht ganz wiedergefunden hatte, geriet abermals völlig aus dem Takt. Zwar begriff ihr Verstand, was hier geschah, aber ihr Körper war noch nicht bereit. Ihren ersten Kuss hatte sie sich immer anders vorgestellt. Zarter und lieblicher, begleitet von sanften Berührungen und süßen Worten. Zuletzt hatte Freya in ihren Fantasien dabei stets in ein Paar brauner Augen geblickt, wobei eins etwas heller war als das andere.

Reglos lag Freya in Elroys Armen. Er hatte sie eng an sich gezogen. Brust an Brust, spürte sie seine Zunge an ihren Lippen und seinen Atem auf ihrer Haut. Sie hatte die Augen nicht geschlossen, auch Elroy nicht. Sein Blick war vollkommen klar, weder Verlangen noch Zuneigung spiegelte sich darin, während er sie küsste. Und Freya wusste, dass er in ihrem Blick eine ähnliche Leere wahrnahm. Sie liebte ihn ebenso wenig wie er sie. Daran bestand kein Zweifel, denn Liebe fühlte sich anders an. Liebe fühlte sich an wie Larkin. Zwar hatte er sie nie geküsst, aber das war auch nicht nötig gewesen. Denn mit jedem Wort, mit jeder Berührung und jedem Lächeln hatte er ihr die Zuneigung und Wertschätzung gezeigt, die er für sie empfand, ohne dass sie danach hatte suchen müssen.

Sanft ließ Elroy seine Finger über Freyas Rücken gleiten. Unwillkürlich erschauerte sie, und nur weil sie Raes Gegenwart als ebenso störend empfand wie Schweißflecken auf der Kleidung, erwiderte sie Elroys Kuss. Sie schlang ihm die Arme um den Hals, wie sie es bei anderen Paaren beobachtet hatte, und schmiegte sich an ihn, als sehnte sie sich nach ihm.

Er erwiderte die Geste, dennoch endete der Kuss kurze Zeit später, wie er begonnen hatte – plötzlich und ungeschickt.

Elroy befreite sich aus Freyas Umarmung, ohne sie ganz loszulassen. Dabei musterte er Rae mit selbstgefälligem Grinsen und neigte den Kopf. »Ich würde meinen, damit ist die Sache geklärt.«

Rae verengte die Augen zu Schlitzen. »Das beweist gar nichts. Dein Mund hat in den letzten Jahren vermutlich mehr Lippen geküsst, als dein Boot Tage auf hoher See verbracht hat. Also pack deine Sachen! Du folgst mir zurück nach Hause.«

»Kommt nicht infrage«, widersetzte sich Elroy. Sein Gesichtsausdruck war steinern, aber Freya hatte das Gefühl, dass unter dem gefestigten Äußeren ein Vulkan brodelte. »Lieber betrete ich nie wieder ein Schiff als eins, das mich nach Hause bringt.«

»Pech. Ich lasse dir keine andere Wahl.«

»*Du* lässt *mir* keine andere Wahl?« Elroy lachte laut auf. »Muss ich dich daran erinnern, wer ich bin? Du arbeitest vielleicht für meine Mutter, aber ich bin dein Prinz. Ich bin dir keine Rechenschaft schuldig. Und du hast vor mir zu knien, nicht umgekehrt.«

Rae presste die Lippen aufeinander und senkte das Haupt in Demut. Obwohl Freya diese Frau nicht kannte, war nicht einmal für sie zu übersehen, wie sehr es Rae missfiel, Elroy ihren Respekt zu zollen. Ihre Hände waren zu Fäusten geballt, und ihre Schultern bebten.

»Das dachte ich mir«, sagte Elroy. »Und wenn meine Mutter gegen diese Hochzeit ist, soll sie mir das gefälligst selbst sagen, statt ihre Handlangerin auf mich zu hetzen«, fuhr Elroy fort. »Und jetzt entschuldigt mich, ich muss mich um eine wichtige Angelegenheit kümmern. Freya, wir sehen uns später. Rae, ich hoffe, du fängst dir in diesem Loch eine Krankheit ein und stirbst langsam und elendig.«

Mit diesen Worten ließ er Freya los und marschierte in Richtung Tür davon. Am liebsten wäre sie ihm gefolgt, doch ihre Glieder waren stocksteif.

Rae löste sich aus ihrer Starre und fuhr zu Elroy herum. »Wir sind noch nicht fertig, Deè.«

»Doch, das sind wir!«, rief er mit einer beleidigenden Geste in ihre Richtung. »Du hast es nur noch nicht begriffen.«

24. Kapitel – Ceylan

– Nihalos –

Ceylan musterte Kheeran. Er sah genauso aus wie in ihrer Erinnerung. Goldenes Haar, das ihm bis auf die Brust reichte. Augen von so stechendem Blau, dass sie die Farbe selbst im trüben Lichtschein deutlich sah, und ein starker Kiefer, der sein Gesicht härter wirken ließ als das der meisten Unseelie. Dennoch war er von nicht menschlicher Schönheit.

Kheeran blinzelte, als traute er seinen Augen nicht. »Ceylan? Bist du das?«

»Würdest du mir glauben, wenn ich Nein sage?«

Er lachte nicht über ihren misslungenen Scherz, sondern trat nach vorn in den Schein der leuchtenden Kugel. Erst da bemerkte sie, dass er sich entkleidet hatte. Es waren allerdings nicht die ausgeprägten Muskeln, die ihren Blick bannten, sondern die Narben auf seinem Körper. Es waren nicht nur zufällige Male, die in der Hitze eines Gefechts entstanden waren. Es waren auch die Überbleibsel absichtlich zugefügter Wunden. Ein Dreieck saß auf seiner Brust, ein weiteres umgedrehtes Dreieck auf seinem Bauch. Vier längliche Schnitte entstellten seinen Unterarm. Dazu kam noch die Narbe an seiner linken Schulter, die an den Pfeil gemahnte, den sie ihm damals herausgezogen hatte. Und in der Nähe seines Herzens erinnerte eine blasse Zeichnung an einen Einstich.

»Was tust du hier?«, fragte Kheeran und riss sie aus ihrer Erstarrung.

Ihr lag schon eine Lüge auf der Zunge, doch was sollte das bringen? Seine Männer würden ihm ohnehin die Wahrheit oder zumindest eine Version davon erzählen. »Ich verstecke mich.«

Er hob die Brauen. »In meinem Ankleidezimmer?«

»Ich wusste nicht, dass dies dein Ankleidezimmer ist«, erklärte sie und deutete auf die geschlossene Tür. In dem Moment der Stille, der zwischen ihnen entstand, waren die Wachleute zu hören, die den Gang und die Nebenräume durchsuchten. »Ich bin ...«

»Versteck dich!«, unterbrach Kheeran sie plötzlich.

»Was?«

»Versteck dich!«, zischte er erneut, aber dieses Mal ließ er ihr keine Wahl. Er verpasste ihr einen Stoß, und sie taumelte hinter einen Wandschirm, kurz bevor sich die Tür zum Ankleidezimmer öffnete. Sie erstarrte. Durch einen Schlitz zwischen den Wandschirmen konnte sie einen Gardisten erkennen, der nun überrascht stehen blieb.

»Mein Prinz«, fragte er verwundert, »was tut Ihr hier?«

Kheeran verschränkte die Arme vor der nackten Brust und bedachte den anderen Fae mit einem finsteren Blick. »Dasselbe könnte ich Euch fragen. Was fällt Euch ein, hier einfach so hereinzuplatzen?«

Der Wachmann räusperte sich. »Wir suchen jemanden.«

»Wen?«

»Ähm ... die Wächterin«, erwiderte der Unseelie zögernd. Ceylans Körper spannte sich an. Sie war bereit, sich mit aller Kraft gegen eine erneute Festnahme zu wehren. In Gedanken ging sie alle Gegenstände durch, die sie im Raum gesehen hatte. Welcher eignete sich am besten als Waffe? Kampflos würde sie nicht aufgeben.

»Sollte sie nicht in einer Zelle sitzen?«, fragte Kheeran unschuldig, als hätte er sie nicht gerade versteckt. Sie verstand nicht, weshalb der Fae-Prinz ihr half, aber für den Augenblick stellte sie sein Motiv nicht infrage, sondern hielt nur gespannt den Atem an, um keinen verräterischen Laut von sich zu geben.

»Ja, aber es kam zu einem Zwischenfall.« Der Untergebene trat von einem Fuß auf den anderen. »Kommandant Wárdt wird Euch die Einzelheiten des Vorfalls gewiss noch schildern.«

»Auf diese Erklärung bin ich gespannt. Sag deinem Kommandanten, dass ich ihn bei Anbruch des Morgengrauens im Thronsaal erwarte.«

Der Gardist nickte. »Jawohl, mein Prinz.«

Kheeran erwiderte nichts weiter, und im Hintergrund waren die Rufe und Schritte weiterer Fae zu vernehmen. Offenbar befand sich inzwischen der gesamte Palast auf der Suche nach ihr.

Der Wachmann räusperte sich ein zweites Mal, als wäre er sich nicht sicher, ob er mit seinen nächsten Worten nicht womöglich eine Grenze überschritt. »Soll ich Euch in Euer Schlafgemach begleiten, Eure Hoheit?«

»Nein, das ist nicht nötig.«

»Seid Ihr Euch sicher? Diese Wächterin ist gefährlich. Ihr solltet besser nicht allein durch das Schloss gehen, bevor wir sie gefunden haben.«

»Danke, aber ich kann selbst auf mich aufpassen«, antwortete Kheeran mit ermüdeter Stimme, als wäre er es leid, sich die Gardisten vom Leib zu halten.

Der Fae nickte und schwieg einen Augenblick lang, bevor er abermals die Stimme erhob. »Ich wünsche Euch eine gute Nacht, mein Prinz.«

Kheeran nickte, ohne die Floskel zu erwidern, und nach einem letzten kurzen Zögern verließ der Gardist das Ankleidezimmer, und Ceylan war wieder allein mit ihm. Noch immer in Freiheit. Noch immer am Leben. Sie konnte es kaum glauben. Sie atmete tief durch und merkte erst jetzt, dass sie die ganze Zeit über die Luft angehalten hatte. Wie betäubt trat sie einen Schritt nach vorn, ohne den Prinzen aus den Augen zu lassen. Er hatte sie beschützt.

Kheeran musterte sie von Kopf bis Fuß, und die strenge Miene wich einem Ausdruck der Sorge. Schließlich blieb sein Blick an ihrem Oberkörper hängen. »Wessen Blut ist das?«

»Mein eigenes«, antwortete sie, die Stimme zu einem Flüstern gesenkt. Nun, da die größte Anspannung vorbei war, zitterte sie am ganzen Körper. Am liebsten hätte sie sich in eine schwere Decke eingewickelt und mit einer Tasse heißem Tee vor ein Kaminfeuer gelegt.

»Was ist geschehen?« Kheerans Stimme klang gedrückt, als müsste er an sich halten, nicht wütend zu werden.

»Ich bin mir nicht sicher«, gestand Ceylan. Zwei Aufseher hatten sie überfallen. Es hatte einen Kampf gegeben. Sie war niedergestochen worden und – gestorben. Sie hatte ihn gefühlt – ihren letzten Atemzug. Dennoch stand sie nun hier. Das ergab keinen Sinn.

Kheeran trat auf sie zu. »Erzähl es mir dennoch.«

Schweigend starrte Kheeran sie an, das Blau seiner Augen unergründlich. Sie fühlte sich unwohl unter seinem Blick, denn er schien immer mehr von ihr zu sehen, als sie eigentlich preisgeben wollte. »Zwei deiner Gardisten haben mich angegriffen. Sie sind in meine Zelle gekommen und haben mich niedergestochen.«

»Was?«, knurrte Kheeran. Ein Ausdruck des Entsetzens breitete sich wie ein Lauffeuer auf seinem Gesicht aus. »Hast du sie getötet?«

Darum ging es ihm also! Er machte sich Sorgen, ob er womöglich einen seiner kostbaren Gardisten verloren hatte. »Keine Sorge, ich habe sie nicht getötet. Alle Spitzohren sind noch am Leben.« Sie wollte an Kheeran vorbei in das Ankleidezimmer laufen, das für sich allein größer war als die Hütte, in der sie aufgewachsen war.

Doch Kheeran packte sie am Arm und hielt sie fest. Er senkte den Kopf, bis seine Lippen über ihrem Ohr schwebten. »Ich wünschte, du hättest sie getötet.«

Ceylan sah zu ihm auf. Seine Augen waren dunkler geworden, und etwas Animalisches lag in seinem Blick. Dennoch verspürte sie keine Angst. »Wie meinst du das?«

»Ich meine es, wie ich es sage. Sie hätten es verdient, durch deine Hand zu sterben«, erwiderte Kheeran, und die Sehnen an seinem Hals spannten sich. »Wer waren sie?«

»Ist das wichtig?«

»Ich würde ungern die falschen Fae hinrichten lassen.«

Ceylan schüttelte den Kopf. »Das kannst du nicht tun.«

»Wieso nicht?«

»Wenn du sie bestrafst, wissen sie, dass du mit mir geredet hast, und das wirft nur Fragen auf«, erwiderte Ceylan, obwohl sie sich in diesem Augenblick kaum etwas mehr wünschte als den Tod der beiden Unseelie.

Kheeran presste die Lippen aufeinander, als müsste er sich davon abhalten, noch etwas zu sagen. Dann ließ er sie plötzlich los. »Du hast recht, aber ich werde nicht zulassen, dass dir so etwas noch einmal passiert.«

Bevor Ceylan etwas erwidern konnte, wandte Kheeran ihr den Rücken zu und trat an einen der Schränke. In seinen Bewegungen lag dabei eine anmutige Eleganz, die ihr bereits im Niemandsland aufgefallen war. Vor einem Regalbrett blieb er stehen und zog ein Kleidungsstück nach dem anderen heraus.

Mit einem Berg aus Stoff auf dem Arm kam er zu Ceylan zurück. »Die Sachen werden dir zu groß sein, aber immerhin sind sie nicht blutverschmiert. Dort hinten kannst du dich umziehen.«

Er lief voraus und berührte im Gehen eine der gläsernen Kugeln, mit denen das Schloss beleuchtet wurde. Dabei zeichnete seine Fingerspitze ein Dreieck, wie es auf seiner Brust prangte, und das magische Feuer erwachte zum Leben. Vor einer

Nische, die mit einem Tuch verhängt war, blieben sie stehen. Kheeran hob den Vorhang der Garderobe für Ceylan an.

Sie murmelte ein Dankeschön und trat ein. Der kleine Bereich war mit einem Hocker und einem Spiegel ausgestattet, der die gesamte Wandseite einnahm. Doch angesichts des Bildes, das er zeigte, hätte sie sich am liebsten abgewandt. Sie wusste, dass sie in ihrem Zustand keine Augenweide war, aber was sie da sah, übertraf ihre schlimmsten Erwartungen. Das Blut war auch in ihr Haar gesickert und dort zu einer dicken Borke geworden. Nun fiel es ihr als verhärtete Strähnen in die Stirn. Braune Schlieren zogen sich über ihr blasses Gesicht. Ihre Kleidung war vollkommen zerschlissen und von Löchern durchsetzt.

Ein letztes Mal überprüfte Ceylan den Vorhang, bevor sie die Lumpen abstreifte. Den Dreck, der ihren Körper verkrustete, konnte sie nicht nur sehen, sondern auch riechen. Welche Vergeudung, die saubere Kleidung einfach drüberzuziehen! Aber ihr blieb keine andere Wahl. Kheeran hatte ihr eine dunkle Stoffhose mit so weiten Beinen herausgesucht, dass es im Stehen beinahe so wirkte, als trüge sie einen Rock. Dazu hatte er ihr ein dunkles Hemd gereicht. Es war so groß, dass sie die Enden verknoten musste, damit die Länge sie bei einem möglichen Kampf nicht behinderte.

»Wie lautet dein Plan?«, fragte Kheeran von der anderen Seite des Vorhangs, als wäre es völlig selbstverständlich, mit einer Gefangenen über ihre Flucht zu sprechen.

Sie zog den Vorhang beiseite und trat ihm entgegen. »Ich habe keinen Plan. Ich wollte mich nur in Sicherheit bringen.«

Kheeran hatte sich auf einem Hocker niedergelassen. Sein Hemd stand noch immer offen, und erst jetzt erkannte Ceylan, dass auch er völlig erschöpft aussah. Was sie eigentlich nicht wundern sollte, schließlich war Mitternacht längst vorüber. Das aber warf die Frage auf, warum er sich überhaupt hier aufhielt. »Wir müssen dich von hier wegbringen.«

Ceylan runzelte die Stirn. »*Wir?* Du und ich? Gemeinsam?«

»Ja, oder glaubst du, du schaffst es ohne mich aus dem Palast?«

»Vermutlich nicht«, räumte sie ein. Mit größter Wahrscheinlichkeit würden die Wachleute ihre Suche nicht einstellen, bevor sie nicht jeden Winkel des Schlosses untersucht hatten. Das konnte Tage, wenn nicht Wochen dauern. Und solange alle Männer Ausschau nach ihr hielten, war eine Flucht schwierig, wenn nicht sogar unmöglich zu bewerkstelligen, wie sie gerade erst erlebt hatte. »Ich verstehe nur nicht, warum du mir helfen willst.«

Kheeran seufzte und rieb sich bei geschlossenen Augen über die Stirn, als bereiteten ihm seine Gedanken Kopfschmerzen. »Weil ich meinen Fehler von damals wiedergutmachen will.«

»Deinen Fehler?«, fragte Ceylan.

Kheeran erhob sich von seinem Hocker und trat dicht an sie heran. Aus Gewohnheit wäre sie am liebsten zurückgewichen, hätte sie sich dann nicht in dem Vorhang hinter ihr verheddert. »Ich hätte dich nie in das Verlies sperren lassen dürfen«, murmelte er. Mit dem Ausdruck tiefen Bedauerns blickte er auf sie herab. Sein blondes Haar fiel ihm über die Schultern, und erst jetzt nahm Ceylan den Geruch wahr, der ihm anhaftete – Rauch und noch etwas anderes, das sie nicht benennen konnte.

»Ich habe Teagan und Onora nachgegeben, weil ich keine voreilige Entscheidung treffen wollte«, fuhr Kheeran mit gesenkter Stimme fort. »Ich dachte, wenn ich als König erst einmal die Götter auf meiner Seite hätte, sei dein Freispruch für die anderen leichter anzuerkennen. Denn als König wäre mein Wort Gesetz. Aber dann kam alles ganz anders. Und so war es mir nicht möglich, dich gehen zu lassen. Nicht ohne einen Beweis für deine Unschuld.«

Ceylan schluckte schwer. Hatte sie das eben richtig verstanden? Kheeran hielt sie für unschuldig? Und dennoch hatte er sie wegsperren lassen? Nicht nur für Stunden und Tage, sondern für

Wochen?»Du denkst also nicht, dass ich deine Mutter ermordet habe?«, hakte sie nach. Sie konnte es einfach nicht glauben.

»Nein, das hättest du mir nicht angetan.« Er lachte. Ein unruhiges Lachen, das seine Augen nicht erreichte. »Nun ja, zumindest rede ich mir das ein, aber vermutlich mache ich mir etwas vor. Ich weiß, du hasst die Fae – und mich. Es tut mir leid, dass ich nicht bereits damals auf mein Bauchgefühl gehört habe.«

»Es tut dir leid«, wiederholte sie versonnen. »Es tut dir leid. Es tut dir leid?!« Sie verpasste ihm einen kräftigen Stoß, so unerwartet und plötzlich, dass Kheeran zurücktaumelte. »Hast du eine Ahnung, was ich in den letzten Wochen durchstehen musste? Ich saß eingepfercht in einer Zelle, kleiner als dieses verdammte Umkleidekämmerchen. Habe vor den Augen des Halblings und deiner Aufpasser in einen Eimer pissen müssen, ganz zu schweigen von anderem ... Und nur das zu essen bekommen, was sonst auf dem Müll gelandet wäre. Und dir tut es leid? Das reicht nicht!«

Sie zitterte am ganzen Körper und spürte Tränen der Wut in sich aufsteigen, brennend wie Säure. »Und das war nicht einmal das Schlimmste. Weißt du, wie es ist, jeden Morgen aufzuwachen und dich zu fragen, ob der Tag deiner Hinrichtung angebrochen ist? Jede Nacht könnte deine letzte sein. Doch hin und wieder verspürst du Hoffnung. Denkst, du könntest lebend aus der Sache rauskommen, aber dann wird die Hoffnung zerschlagen. Wieder und wieder und wieder. Bis du dir wünschst, es wäre einfach vorbei.« Nur widerwillig dämpfte Ceylan ihre Stimme, um die Aufmerksamkeit der Wachleute nicht zu erregen. »Weißt du, wie das ist?«

Kheeran starrte sie an, die Augen vor Entsetzen geweitet, die Lippen fest aufeinandergepresst. »Ceylan, es tut ...« Er hielt inne. Offenbar wurde ihm bewusst, dass er schon wieder eine nutzlose Entschuldigung aussprechen wollte. »Es war nicht meine Absicht, dir so etwas anzutun, aber du musst auch meine

Seite verstehen. Meine Mutter war gerade gestorben. Ermordet. Und alle Beweise sprachen für deine Schuld. Das erkennst du doch sicher selbst. Dein Haar in ihrem Schlafgemach. Dein Hass auf die Fae. Bei den Elva, du hattest einen Dolch bei dir!«

Sie lachte bitter. »Und trotzdem hast du an meine Unschuld geglaubt.«

»Ja«, gestand Kheeran und näherte sich ihr ein weiteres Mal. Seine Schritte waren bedächtig und langsam, doch nicht wie die eines Jägers, sondern andächtiger, als lastete die Reue schwer auf seinen Schultern. »Mir waren so kurz vor der Krönung die Hände gebunden. Ich konnte nicht anders entscheiden, aber ich habe nie an dir gezweifelt.«

»Wieso nicht?«

»Wir kennen uns noch nicht lange, Ceylan, aber ich weiß, wer du bist ... *wie* du bist, auch wenn du das nicht hören willst. Du bist mutig und willensstark. Tapfer und hilfsbereit, aber ganz gewiss nicht grausam, auch wenn du das manchmal gern wärst.«

Ceylan ballte die Hände zu Fäusten, um das Beben ihrer Finger zu unterdrücken. »Die Gedanken, die ich deinetwegen gerade habe, sind ziemlich grausam.«

»Ginge es dir besser, wenn du mir wehtun könntest?«

»Vielleicht.«

Ohne eine Erwiderung wandte sich Kheeran ab, trat an eine Kommode und öffnete eine Schublade. Die Spannung in Ceylans Körper verstärkte sich, als er einen Gegenstand daraus hervorzog. Sie erkannte nicht, was es war, bis er wieder vor ihr stand und ihr eine Schere entgegenhielt. Lang und spitz, wie dafür geschaffen, auch den gröbsten Stoff zu zerschneiden. »Es ist kein Dolch, aber auch eine Schere erfüllt ihren Zweck.« Auffordernd hielt Kheeran ihr die Schere entgegen. »Nur zu, verletz mich!«

Sie nahm die behelfsmäßige Waffe in die Hand, und Kheeran trat zurück. Er öffnete die Arme, eine Geste, bei der sein Hemd weiter verrutschte und die Narben entblößte, die seinen Körper bereits entstellten. Es wäre ein Leichtes gewesen, ihm die Klingen in den Magen zu rammen. Zwar würde er wieder heilen, aber der Schmerz wäre echt. Er würde leiden. Dieser Gedanke hätte Ceylan eigentlich Befriedigung verschaffen sollen – tat es aber nicht. Sie wollte Kheeran nicht wehtun. Er hatte bereits genug gelitten. Seine Mutter war gestorben. Ermordet worden. Die Trauer darüber war ein Gefühl, das Ceylan nur allzu vertraut war. Und kein Schmerz, weder seelisch noch körperlich, würde dieser Qual jemals gleichen.

Ceylan ließ die Schere sinken. Sie konnte selbst nicht glauben, dass sie sich diese Gelegenheit entgehen ließ. War es nicht immer ihr Ziel gewesen, sich an den Kreaturen jenseits der Mauer zu rächen? »Ich verschone dich nicht deinetwegen«, log sie, »sondern weil ich bereits tief genug in Schwierigkeiten stecke. Einen Mordversuch an dir will ich mir nicht auch noch anhängen lassen. Außerdem komme ich nur mit deiner Hilfe von hier weg. Hilf mir, und wir sind quitt.«

25. Kapitel – Elroy

– Amaruné –

Der Branntwein bahnte sich seinen Weg durch Elroys Kehle. Er seufzte, und obwohl ihm der gute Tropfen allmählich in den Kopf stieg, griff er abermals nach der kristallenen Flasche, um sich nachzuschenken. Das Kerzenlicht in seiner Kajüte brach sich in der goldbraunen Flüssigkeit, die sachte hin und her schwappte, angestoßen vom leichten Wellengang, der bis zum Hafen vordrang und sein Schiff immer wieder erfasste. Gebannt beobachtete er das funkelnde Lichtspiel, in der Hoffnung, seinen Gedanken damit Einhalt zu gebieten. Doch diese rauschten unaufhörlich weiter, wie Wasser, das von einer Klippe ins Meer stürzt.

Als Kapitän eines Schiffes hatte er gelernt, nach vorn zu blicken. Denn wichtig waren nicht die Felsen, die hinter ihm lagen, sondern jene, die sich vor ihm auftürmten. Nach diesem Grundsatz führte er sein Leben. Er hatte seine frühere Heimat Séakis hinter sich gelassen. Und nicht einmal das Wiederaufleben seiner wahren Identität als Prinz Deèglan hatte es vermocht, seine Erinnerungen daran zu wecken. Wenige Worte von Rae Turanij genügten allerdings, und er hatte das Gefühl, im Kreis gesegelt zu sein, sodass die Felsen hinter ihm zugleich die Felsen vor ihm waren. An denen nun sein Schiff zu zerschellen drohte.

Er hatte damit gerechnet, dass seine Mutter die Neuigkeit seiner Verlobung nicht schweigend hinnahm. Doch warum hatte sie von allen ihren Diplomaten ausgerechnet Rae geschickt?

Elroy griff nach seinem Glas und kippte den Inhalt ohne jeden Genuss hinunter. Eigentlich eine Verschwendung, aber den billigen Fusel gab es oben an Deck bei seinen Männern, und ihren neugierigen Blicken wollte er sich nicht aussetzen. Sie alle wussten von seiner Abstammung, aber an Bord seines Schiffes galt das ungeschriebene Gesetz, dass keine Fragen zu seiner Familie und seiner Vergangenheit gestellt wurden. Für seine Mannschaft gab es Prinz Deèglan nicht, und daran hatte nicht einmal die Verlobung mit Prinzessin Freya etwas geändert. Dieser Deèglan war lediglich ein Kostüm, das er – Captain Elroy – sich angezogen hatte. Und sobald die Zeit gekommen war, würde er es wieder abstreifen, ohne Wehmut, ohne Reue und ohne die Gefühle und Sorgen, die den echten Deèglan nächtelang wach gehalten hatten.

Plötzlich klopfte es an der Tür der Kajüte. Überrascht blickte Elroy von seinem Glas auf, das bereits wieder leer war. Wer wagte ihn zu stören? Er hatte doch klare Anweisungen gegeben. Kurz überlegte er, das Klopfen zu überhören, aber der Branntwein hatte ihn angriffslustig gestimmt. Vielleicht hatte er Glück, und hinter der Tür wartete eine Prügelei auf ihn.

Er erhob sich von seinem Stuhl und taumelte zur Seite. Beinahe wäre er umgefallen, aber gerade noch rechtzeitig gelang es ihm, sich an seinem Schreibpult festzuhalten. Oh, war der Wellengang stärker geworden? Er blinzelte und tastete sich schwankend durch den Raum mit den Bullaugen. Ein neuerliches, noch ungeduldigeres Klopfen war zu hören. Anscheinend war einer seiner Männer lebensmüde.

Mit fahrigen Fingern entriegelte er die Tür und riss sie auf. »Was …?«, blaffte er, bevor ihn eine plötzliche Übelkeit überkam, die nicht dem Alkohol geschuldet war, sondern der Frau, die vor ihm stand. Rae. Sie starrte ihn an. Der Blick aus ihren gelben Augen war schärfer als die Klinge ihrer Sichel.

»Darf ich eintreten?«, fragte sie in der Sprache ihrer Heimat.

Über Raes Schulter hinweg entdeckte Elroy seine Männer, die in gebührendem Abstand hinter ihr standen und sie beobachteten. Dabei galt ihre Neugier vor allem der Frau, die auch in ihrer strengen Uniform noch eine reizende Erscheinung war. Doch er ließ sich davon nicht beeindrucken. »Nein.«

Sie seufzte. »Deè…«

»Nenn mich nicht so!«, unterbrach er sie, und seine Hand krallte sich in das Holz, das von Kerben und Rissen durchzogen war. Ein Überbleibsel jener Abende, an denen seine Mannschaft und er voller Übermut Dolche und Messer dagegengeworfen hatten.

Rae rieb sich über die Stirn. »Bitte … Elroy.«

»Verschwinde!«, knurrte er und wollte die Tür zuschlagen, aber Rae war schneller. Sie stellte einen Fuß dazwischen und hielt sie auf. Ringe aus Gold glänzten an ihren Fingern, darunter auch der Bindering seiner Mutter – der Kaiserin Atessa. Alle Mitglieder ihres Hofstaates besaßen ihn. Er wurde stets am rechten Daumen getragen und zeigte den Kopf einer Schlange, deren Augen aus roten Rubinen bestanden.

»Ich will nur reden«, bat Rae.

Nur reden. In diesem Fall war das bereits zu viel. Dennoch trat er einen Schritt beiseite und gewährte Rae Einlass. Wenn sie schon reden mussten, dann unter vier Augen und nicht vor seinen Männern. Diesen gab er mit einer Geste zu verstehen, dass sie sich gefälligst wieder an die Arbeit machen sollten, wenn sie schon nicht in der Lage waren, seine Befehle zu befolgen. Anschließend verschloss er die Tür und lehnte sich gegen das Holz. Es kostete ihn große Mühe, eine gelassene Haltung zu bewahren, während sein Inneres einen Ansturm der Gefühle erlebte.

Rae ließ den Blick durch die Kajüte gleiten, und Elroy ertappte sich dabei, wie er sich wünschte, die Kammer wäre größer, heller, aufgeräumter und weniger schäbig. Karten und Schriften stapelten sich in wildem Durcheinander auf dem Schreibpult.

Bücher und Erinnerungsstücke aus fremden Ländern häuften sich auf den überfüllten Regalen, die an den Wänden angebracht waren. Vor der schmalen Koje stand eine Kiste, aus der seine Kleidung hervorquoll, und in einer anderen Truhe stapelten sich seine Waffen – Schwerter und Dolche sowie einige Sicheln und Vipern aus Séakis.

»Was bewahrst du dort auf?«, fragte Rae und deutete auf den einzigen Schrank im Raum. Er war aus dunklem Kirschholz gefertigt und erst wenige Monate alt. Elroy hatte ihn günstig auf einem Markt in Hushen erstanden, nachdem er aus Versehen Kerzenwachs über einen frisch gezeichneten *Morthimer* vergossen hatte.

»Das geht dich nichts an.« Er stieß sich von der Tür ab und umrundete sein Schreibpult. Wortlos holte er ein zweites Glas aus einer der Schubladen und füllte es bis zur Hälfte. Mit einladender Geste schob er es über die Tischplatte, eine Aufforderung an Rae, sich zu setzen. »Woher wusstest du, dass du mich hier findest?«

»Du bist nicht so geheimnisvoll, wie du glaubst«, antwortete sie und setzte sich auf die geschlossene Kiste, die vor seinem Tisch stand. Sie war voller Waren, die noch verkauft werden sollten. »Du hast schon immer Trost am Meer gesucht.«

Schweigend füllte Elroy sein eigenes Glas und trank davon.

Rae sah sich noch einmal in der Kajüte um. Durch die runden Fenster, deren kunstvolle Glasfüllungen an Kompasse erinnerten, drang nur wenig Licht herein, sodass zu jeder Tageszeit Kerzen entzündet werden mussten. »Du hast ein wirklich schönes Schiff.«

Er schnaubte in sein Glas hinein. »Meinst du nicht *Wrack?*«

»Du weißt, dass ich es nicht so gemeint habe«, erwiderte Rae und löste die Waffe von ihrem Gürtel, um bequemer sitzen zu können. »Du hattest schon immer einen erlesenen Geschmack.« Bei diesen Worten huschte ein sanftes Lächeln über ihr Gesicht.

Jegliche Strenge, die sie im Schloss noch zur Schau getragen hatte, war plötzlich verschwunden.

Elroy setzte sein abermals leeres Glas ab. »Warum bist du gekommen, Rae?«

»Das sagte ich bereits – deine Mutter schickt mich.«

Er betrachtete die Frau, die ihn sowohl in seinen Träumen als auch seinen Albträumen heimsuchte. Ihr Gesicht wirkte vertraut und fremd zugleich. Er hätte sich in ihren Anblick verlieren können, wäre der Ausdruck in ihren Augen wärmer und der Zug um ihre Lippen sanfter gewesen. »Warum sollte meine Mutter von allen ihren Botschaftern ausgerechnet dich erwählen?«, fragte Elroy. »Sie hat deine Familie noch nie gemocht.«

»Menschen ändern sich.«

»Meine Mutter aber nicht.« Sie hegte keinen besonderen Groll gegen die Turanijs, pflegte jedoch einen gewissen Abstand und ein gehöriges Misstrauen allen Familien gegenüber, die entfernt einen Anspruch auf den kaiserlichen Thron hatten. Sie fürchtete überall Verrat, daher überraschte es Elroy, dass sie Rae mit diesem Auftrag betraut hatte.

Rae verengte die Augen zu Schlitzen, und ihre Schultern sanken leicht nach vorn. Gleich darauf rief sie sich jedoch wieder zur Ordnung. »Ich bat sie, mich zu schicken.«

»Warum das?«

»Weil du drauf und dran bist, einen Fehler zu begehen.«

»Ich wusste nicht, dass dir mein persönliches Glück so am Herzen liegt.«

»Du bist Atessas erstgeborener Sohn und Anführer der größten Streitmacht dieser Welt, sobald du dein Recht einforderst«, erklärte Rae. Ihre Stimme war fest und überzeugend, die Worte selbst aber klangen hohl. »Ein Bündnis mit Thobria ist für Séakis wertlos. Ihr Heer ist bedeutungslos, ebenso wie ihre Bodenschätze.«

»Mhh«, brummte Elroy.

»Ein Bündnis mit Kosscony wäre einträglicher«, fuhr Rae fort. »Zumindest würde auf diese Weise den kriegerischen Handlungen im Süden ein Ende bereitet. Das käme deiner Familie und deinem Volk zugute.«

Abwartend musterte Elroy die Frau, die ihm gegenübersaß, und wartete darauf, welch leere Floskeln er als Nächstes hören würde. Die Worte hatte seine Mutter Rae in den Mund gelegt, aber sie waren nicht der Grund ihres Besuchs.

»Außerdem dürfen wir nicht vergessen, dass die Kosscony über eine ansehnliche Seeflotte verfügen. Wenn dir wirklich an diesem unbedeutenden Land liegt, können wir es mit deren Hilfe erobern.«

Elroy stieß ein trockenes Lachen aus. Ein solch überhebliches Gebaren sah seiner Mutter ähnlich. Für sie schien es eine Kleinigkeit zu sein, ein Land wie Thobria an sich zu reißen. An die Männer und Frauen, die in diesem Krieg ihr Leben lassen würden, verschwendete sie keinen Gedanken. »Ich hege kein Interesse an Thobria oder Lavarus.«

»Und warum willst du die Prinzessin dann heiraten?«, fragte Rae. Diesmal waren es ihre eigenen Worte. »Du kannst mir nicht erzählen, dass du sie liebst. Ich habe euren Kuss beobachtet. Ein Trauerspiel.«

Elroy beugte sich nach vorn. Dabei verschränkte er die beringten Finger und stützte die Ellbogen auf den Seekarten ab, die aus aller Welt stammten. Bisher hatte er nur einen kleinen Bruchteil davon bereist. »Was hältst du davon? Ich erzähle dir, warum ich Freya heiraten möchte, wenn du mir verrätst, warum du mich unbedingt von dieser Ehe abhalten willst.«

Rae öffnete den Mund, doch bevor sie etwas sagen konnte, fiel Elroy ihr ins Wort. »Und ich will nichts von Bündnissen und Bodenschätzen hören. Sag mir die Wahrheit! Warum hast du dich von meiner Mutter nach Thobria schicken lassen?«

Rae ballte die Hände im Schoß zu Fäusten, und das wütende

Funkeln in ihren Augen blitzte wieder auf, bevor sie den Blick abwandte. »Das weißt du ganz genau«, stieß sie zwischen zusammengebissenen Zähnen hervor.

»Sag es!«, verlangte Elroy, obwohl er wusste, dass ihre nächsten Worte ihn vermutlich härter treffen würden als jeder Schlag.

Rae presste die Lippen aufeinander. Erst zögerte sie, doch dann sprach sie es aus. Leise und mit zitternder Stimme. »Du ... du wolltest meine Schwester heiraten.«

Diese Worte hinterließen ein gequältes Echo in Elroys Brust, und eine alte Wunde, die nie verheilt war, riss wieder auf. Das Verlangen, nach dem Branntwein zu greifen, um die Wunde zu reinigen und den Schmerz zu betäuben, war schier übermächtig. Aber der Alkohol würde nicht helfen. Das hatte er noch nie. »Du hast recht, ich wollte sie heiraten, Rae, aber sie ist tot.«

Rae kniff die Augen zusammen. Leid hatte ihren Zorn verdrängt, und Elroy sah Tränen in ihren Augen schimmern. Er hatte sie noch nie weinen sehen. Sie war immer stark gewesen – anders als er. Aber offenbar hatte die Zeit sie mürbe gemacht.

»Helenia ist tot«, sagte Elroy, um Rae die Tatsache noch einmal zu verdeutlichen. Er und ihre Schwester würden niemals vor den Traualtar treten. Sie würden nie wieder ein Bett miteinander teilen. Und nie eine Familie gründen, was Prinz Deèglans stets gewollt hatte.

»Das weiß ich!«, fauchte Rae. »Aber du hast versprochen, sie zu heiraten.«

»Könnte ich es, würde ich es noch immer tun.«

»Du lügst.«

»Ich würde niemals lügen, wenn es um sie geht.«

Blitzschnell richtete sich Rae auf und schlug mit beiden Händen auf den Tisch. Die Flüssigkeit in ihrem Glas schwappte über, und plötzlich war ihr Gesicht nur noch eine Handbreit von Elroys Stirn entfernt. Wutentbrannt starrte sie ihn an. »Du warst doch froh, als es endlich vorbei war! Ihr Körper war noch nicht einmal kalt, da hast du deine Sachen gepackt und bist verschwunden.«

Elroy wich nicht vor Rae zurück. »Ich hielt es zu Hause nicht mehr aus.«

»Ausreden!«

Wie konnte Rae ihn nur der Lüge bezichtigen? Ja, sie hatte ihn noch nie gemocht. Das wusste er, und er konnte es ihr nicht verdenken. Viele Geschichten und Gerüchte rankten sich um ihn, und die meisten davon entsprachen der Wahrheit. Er war ein Unruhestifter und ein Frauenheld gewesen. Doch das war vor seiner Liebe zu Helenia gewesen – und danach. Seine Gefühle für sie waren echt gewesen, wahrhaftiger als alles, was er bis zu jener Zeit empfunden hatte. Niemals hätte er sie hintergangen.

»Ich habe sie geliebt, und daran kannst du nicht zweifeln«, sagte Elroy und senkte die Stimme. »Ich habe Wochen ... Monate an ihrem Bett verbracht und zugesehen, wie sie jeden Tag schwächer wurde. Ich habe sie im Palast aufgenommen, nach allen Heilern des Landes schicken lassen und demjenigen eine Belohnung versprochen, der sie hätte retten können. Aber nichts hat geholfen. Und als sie ...« Elroy räusperte sich. »Als sie fort war, konnte ich nicht länger bleiben. Alles erinnerte mich an sie. Nur mit einem Vorwurf hast du recht – ich war froh, als es vorbei war, denn sie hatte genug gelitten.«

Rae verzog bitter die Lippen. »Du hättest zumindest eine Weile warten können.«

»Warten worauf?«, fragte Elroy. »Sie war fort. Warum hätte ich noch bleiben sollen? Stattdessen habe ich mir unseren lange gehegten Wunsch erfüllt und die Welt erkundet.«

Ermattet ließ sich Rae auf die Kiste zurückfallen, als hätte sie keine Kraft mehr, um zu streiten. Ihr Schwert, das sie dagegengelehnt hatte, kippte um und fiel mit lautem Klirren zu Boden. »Du sagst es, Deè. *Du* hast die Welt erkundet. Nicht sie. Du hast dir nicht einmal die Zeit genommen, ihr die letzte Ehre zu erweisen.«

Nun spürte auch Elroy ein verräterisches Brennen in den Augen, das er zutiefst verabscheute. »Weißt du, wie mein Schiff heißt?«

»Was kümmert mich dein Schiff?«

»Frag mich!«, verlangte Elroy.

Rae verdrehte die Augen. »Wie heißt dein *Boot?*«, erkundigte sie sich schließlich und schien des Gesprächs endgültig überdrüssig zu sein.

»Mein *Schiff* heißt *Helenia.*«

Rae wurde still. »Wirklich?«

Elroy nickte. Anfangs hatte es wehgetan, aber mit der Zeit war der Schmerz, der diesem Namen anhaftete, zu der Freude geworden, die er empfand, wenn er auf hoher See war. »Sie wollte immer die Welt sehen und fremde Länder erkunden. Und ich habe ihr versprochen, dass ich ihr alles zeige, wenn sie wieder gesund ist. Bis zu ihrem letzten Atemzug haben wir gemeinsam diese Reisen geplant, aber … es sollte nicht sein. Nun ist sie fort, aber ich halte mein Versprechen, Rae. Ich werde nicht ruhen, bis ich jeden Winkel dieser Erde für sie besucht habe.« Und wenn er Freya erst einmal geheiratet hatte, wenn er das Geheimnis der Unsterblichkeit kannte, würde dieser Wunsch in Erfüllung gehen, denn ein gewöhnliches Menschenleben reichte nicht aus, um sein Versprechen an Helenia wahr werden zu lassen.

26. Kapitel – Ceylan

– Nihalos –

Ceylan fielen die Augen zu, und ihr Kopf sank zur Seite. Kurz bevor sie das Bewusstsein verlor, schreckte sie allerdings wieder hoch, blinzelte und richtete sich auf. Sie saß in der Ecke des Ankleidezimmers, verborgen hinter einem Kleiderständer. Mit dem Rücken zur Wand behielt sie die Tür im Auge, durch die Kheeran verschwunden war.

Inzwischen war der Tag angebrochen, und warme Sonnenstrahlen brachten den Raum zum Leuchten. Ceylan hatte es genossen, die Sonne hinter dem Palast aufgehen zu sehen. Sie war überzeugt, nie einen schöneren Morgen erlebt zu haben. Am liebsten hätte sie den Blick nicht mehr abgewandt, aber sie war unendlich müde. Seit zwei Tagen hatte sie nicht mehr geschlafen, und jede Faser ihres Körpers schrie nach Erholung, aber ihre Gedanken wollten keine Ruhe geben. Immer wieder kehrte sie zu dem Augenblick im Kerker zurück, in dem sie vermeintlich gestorben war. Wie hatte sie sich von einer magischen Stichwunde erholen können? Womöglich war es doch nur ein gewöhnliches Schwert gewesen, das der Fae durch ihren Körper getrieben hatte. Zumindest war es das, was sich Ceylan einzureden versuchte, da alles andere keinen Sinn ergab. Magische Waffen waren für jeden tödlich, egal, ob Mensch, Wächter oder Fae.

Und dann war da noch die Sache mit dem magischen Dolch aus dem Kerker. Was war das für ein eigenartiges Brennen gewesen, das sie bei der Berührung verspürt hatte? War das nur Einbildung, ein Zufall, oder hatte es doch etwas mit dem Umstand zu tun, dass sie womöglich gestorben und wiederauferstanden war?

Bei diesem Gedanken wurde ihr ganz unwohl. Sie wusste nicht, was sie daraus machen sollte, und sie wagte es nicht, Kheeran davon zu erzählen. Es missfiel ihr ohnehin, ihr Leben auf diese Weise in seine Hände legen zu müssen. Die Angst davor, dass er sie noch immer verraten konnte, saß ihr tief in den Knochen. Denn die Überzeugung, dass den Fae nicht zu trauen war, wurde ihr eingebläut, seit sie denken konnte, und ließ sich nicht so leicht abschütteln. Auch wenn ein Teil von ihr Kheeran vertraute, jener Teil, der nicht auf ihn hatte einstechen können. Sie musste ihm einfach vertrauen, etwas anderes blieb ihr auch nicht übrig. Angesichts der Gardisten, die ihr auflauerten, würde sie die Flucht aus dem Schloss niemals ohne Hilfe schaffen.

Im Korridor vor dem Ankleidezimmer hörte sie ihre Schritte und lauten Stimmen. Immer wieder rief Kommandant Wárdt Befehle und brüllte seine Männer an. Wegen ihrer Flucht war er völlig außer sich, und sie fragte sich, wie sein Gespräch mit Kheeran wohl verlaufen war.

Der Fae-Prinz hatte sie in dem Ankleidezimmer allein zurückgelassen, um seinen alltäglichen Pflichten nachzugehen und um keinen Verdacht zu erwecken. Hin und wieder kam er dennoch vorbei, um nach ihr zu sehen. Beim letzten Besuch hatte er ihr auch eine Schüssel mit Wasser gebracht, damit sie sich den gröbsten Schmutz vom Körper waschen konnte.

Ceylan reckte den Kopf und spähte aus dem Fenster, das sich zu einem der Innenhöfe hin öffnete. Bedienstete eilten umher und gingen geschäftig ihrer Arbeit nach, aber selbst aus der Entfernung erkannte sie, dass dort draußen eine angespannte Stimmung herrschte. Die Frauen und Männer redeten nicht miteinander, und mit gesenkten Köpfen wichen sie den Wachen aus, die in diesem Bereich des Schlosses auf und ab marschierten.

Ceylan hörte, wie sich ein Schlüssel ins Schloss des Ankleidezimmers schob. Hastig kauerte sie hinter der Kleiderstange nieder und verbarg sich zwischen den Stoffen. Jemand betrat den Raum und verriegelte die Tür hinter sich. »Ceylan?«

Kheeran.

Sie erhob sich vom Boden und geriet dabei leicht ins Wanken, nachdem ihr rechter Fuß eingeschlafen war. Sie schüttelte ihn aus und trat hinter dem Kleiderständer hervor. Sofort fiel ihr Blick auf das Tablett in Kheerans Händen. »Ist das für mich?«

»Ja«, antwortete er. Ehe er sichs versah, hatte sie ihm das Tablett entrissen. Darauf stand eine Schüssel mit klein geschnittenem Obst, frischer und saftiger als jenes, das sie im Kerker bekommen hatte. Dazu lagen auf einem Teller Gemüsestücke und Brotscheiben, die mit einer weichen Paste bestrichen waren. Ceylan ließ sich in einen Sessel fallen und stopfte sich das Essen mit den Fingern in den Mund.

»Mit deinem Ausbruch hast du ganz schön viel angerichtet«, stellte Kheeran nach einer Weile fest.

Ceylan brummte, bevor sie sich eine Erdbeere in den bereits vollen Mund schob, obwohl sie im Magen schon einen heftigen Druck spürte. Er war diese Fülle an Nahrung nicht mehr gewohnt, dennoch hörte sie nicht auf zu essen. Wusste sie denn, wann sie sich das nächste Mal wirklich satt essen konnte?

»Wárdt staucht schon den ganzen Tag seine Männer zusammen. Vermutlich befürchtet er, seinen neuen Posten als Kommandant schon bald wieder los zu sein, wenn er dich nicht findet. Und der Rat hat für heute Abend eine Sondersitzung einberufen, um das weitere Vorgehen zu besprechen. Es wird schwierig sein, dem Volk zu erklären, wie gleich zwei Attentäter entkommen konnten.«

Sie nickte gleichmütig, denn dieser Umstand war ihr herzlich gleichgültig.

»Ich habe mir auch Gedanken über deine Flucht gemacht«, fuhr Kheeran fort.

Nun, bei diesen Worten blickte Ceylan dann doch neugierig auf. Dabei bekam sie etwas zu Gesicht, das sie eigentlich nicht hatte sehen wollen – Kheerans nackten Hintern. Genau auf Höhe ihrer Augen befand sich sein entblößtes Gesäß.

»Beim König!«, rief sie und blickte hastig wieder auf ihren Teller. »Warum bist du nackt?!«

»Entschuldige!«, rief Kheeran, und sie hörte das Rascheln von Stoff. »Alte Gewohnheit. Sonst leistet mir hier immer nur Aldren Gesellschaft.«

»Und vor ihm ziehst du dich aus?«

»Ja.« Es klang völlig selbstverständlich. »Warum auch nicht? Ich kann schlecht mit meiner guten Uniform beim Unterricht für Elementarmagie erscheinen.«

Darauf wusste Ceylan nichts zu erwidern. Was sollte sie auch sagen? Es erschien ihr einfach merkwürdig, sich vor anderen zu entkleiden. Nacktheit machte verletzlich. Das gefiel ihr nicht. Sie entkleidete sich nicht einmal beim Baden vollständig, es sei denn, sie wusste, dass sie allein war.

»Tut mir leid«, sagte Kheeran. »Ich vergesse immer, wie prüde die Menschen sind. Das kommt nicht noch einmal vor. Versprochen.« Ein belustigtes Glucksen begleitete seine Worte. Machte er sich über sie lustig?

Ceylan wagte es nicht aufzublicken. Aber er hatte recht, das würde nicht noch einmal geschehen, denn schon bald wäre sie von hier verschwunden. »Du hast etwas von meiner Flucht gesagt«, erinnerte sie ihn, um das Thema zu wechseln.

»Ja, ich glaube, ich habe einen Plan.« Er ließ sich auf den Sessel neben ihr fallen. »Ich muss nur noch das eine oder andere regeln.«

»Wie lange wird das dauern?«, fragte Ceylan und sah vorsichtig von ihrem Teller auf. Kheeran war nicht mehr nackt, sondern trug schlichte Kleidung, die sich eng an seinen Körper schmiegte und die Oberarme frei ließ. Er war nicht muskulös wie Leigh oder die anderen Wächter, aber seine Stärke war nicht zu übersehen.

»Einige Stunden«, antwortete er und band sein blondes Haar zu einem Knoten am Hinterkopf zusammen. Darunter blitzten die goldenen Aufsätze seiner Ohren hervor.

Ceylan blinzelte. »Heißt das, ich kann heute Nacht schon gehen?«

Kheeran nickte, und am liebsten wäre sie ihm um den Hals gefallen. Sie hatte damit gerechnet, noch tagelang im Schloss ausharren zu müssen. Und nun konnte sie sich bereits vor dem nächsten Sonnenaufgang auf den Weg zurück ins sterbliche Land machen. Wie sehr sie sich doch nach ihrer Heimat sehnte! Früher hatte sie oft über die schlechten Lebensbedingungen in Thobria geschimpft, aber inzwischen erschien ihr das alles völlig nebensächlich. Jenseits der Mauer wäre sie frei, und nur das zählte.

Die Mauer.

Wenn sie jetzt floh, würde sie ihr nicht mehr dienen können. Dieser Gedanke kam ihr unwirklich vor. Der Wunsch, eine Wächterin zu sein, hatte sie jahrelang angetrieben, auf den Straßen von Thobria zu überleben. Sie war dazu bestimmt, Elva zu töten und Menschen zu retten, die sich selbst nicht zu wehren vermochten. Eine andere Zukunft als diese hatte sie sich nie ausgemalt, nun aber blieb ihr wohl keine andere Wahl mehr. Auf keinen Fall würde sie den Ruf der Wächter und das Leben dieser Männer aufs Spiel setzen, indem sie ins Niemandsland zurückkehrte, auch wenn es ihr schwerfiel. Noch gab sie die Hoffnung aber nicht auf. Womöglich hatte Leigh Erfolg, und wenn der Halbling erst einmal den Mord an der Königin gestanden hatte, wäre sie frei von jeglicher Schuld.

Aber was ist, wenn Leigh versagt?, fragte eine leise Stimme in ihrem Kopf. In diesem Fall könnte sie niemals zurückkehren. Die Vorstellung jagte ihr einen Schauer über den Rücken. Sie musste einfach an Leigh glauben und an sein Versprechen, ihren Namen reinzuwaschen.

▽

Die Nacht war hereingebrochen, und die Bewohner des Palastes hatten sich schlafen gelegt. Ceylan jedoch war nicht länger erschöpft. Sie musste sich zu Ruhe und Geduld ermahnen, denn die Zeit für ihre Flucht war gekommen, und ihr Körper war erregt von der Vorfreude auf dieses Abenteuer. Unruhig trat sie von einem Fuß auf den anderen, während sie Kheeran beobachtete, wie er einen Umhang aus einem der Schränke zog und ihr zuwarf. Ceylan fing ihn auf und streifte ihn über. Der Mantel bedeckte sie vom Kopf bis zu den Füßen, und unter der Kapuze verbarg sie ihr Gesicht. Noch immer wusste sie nicht, was Kheeran genau plante, aber aus irgendeinem Grund war sie dennoch bereit, ihm zu folgen. Hätte er es darauf abgesehen, sie in eine Falle zu locken, hätte er dies viel früher tun können.

»Darf ich dich noch um einen Gefallen bitten?«, fragte sie. Es gab noch eine Sache, die ihr am Herzen lag, bevor sie dieses Schloss verließ.

Der Prinz blickte auf. »Worum geht es?«

»Hast du Papier und Stift?«

»Gewiss.« Er trat an eine Schublade und zog einen Bogen cremeweißes Briefpapier hervor, dazu einen Kohlestift, den er ihr reichte.

Verlegen biss sich Ceylan auf die Unterlippe. »Könntest du für mich schreiben?«

Er stutzte kurz, setzte sich jedoch in einen Sessel und sah sie erwartungsvoll an. Sie räusperte sich.

Lieber Leigh,

es tut mir leid, dass ich nicht auf Deine Rückkehr warten konnte. Ich wollte nicht fliehen, aber die Wachleute haben mir keine andere Wahl gelassen. Sie haben mich angegriffen, und ich habe mich nicht mehr sicher gefühlt. Das verstehst Du sicher.

Ich werde nun nach Thobria reisen und mich auf dem besonderen Markt verstecken, von dem Du mir erzählt hast, bis der Halbling den Mord gestanden hat. Oder die Unseelie ihre Suche nach mir einstellen. Komm und hol mich, wenn es so weit ist. Sollte meine Flucht jedoch scheitern oder ich im Nebelwald meinen Tod finden, möchte ich, dass Du weißt, wie dankbar ich Dir für alles bin, was Du für mich getan hast. Ohne Dich wäre ich nie zur Wächterin geworden.

Deine Ceylan

Kheeran setzte den Stift ab. »Soll ich dir den Brief noch einmal vorlesen?«

»Nein, aber würdest du …?«

»Ich werde ihm den Brief geben«, unterbrach er sie, faltete das Stück Papier zusammen und ließ es in seiner Uniform verschwinden. Es war gefährlich, das Schreiben zurückzulassen, aber sie konnte sich nicht ohne Gruß von Leigh verabschieden. Und sollte er wieder im Schloss einkehren, musste er erfahren, was sich wirklich abgespielt hatte.

»Machen wir uns auf den Weg.« Kheeran erhob sich von seinem Platz, und Ceylan folgte ihm. Er brachte das magische Feuer in der Kugel zum Erlöschen, sodass die Dunkelheit nur noch vom Licht der Monde aufgehellt wurde. »Bereit?«

Sie war schon vor Wochen bereit gewesen, Nihalos zu verlassen. Unruhig wischte sie sich die Hände am Stoff des Umhangs ab. Dann zog sie die Kapuze noch tiefer ins Gesicht und schob die Arme in die weit fallenden Ärmel, um auch diese Körperteile vor den Unseelie zu verstecken. Die Vermummung war nicht gerade unauffällig, zumal deutlich zu erkennen war, dass sie etwas verbergen wollte, aber schließlich war Kheeran bei ihr. Sollte sie ein Gardist tatsächlich aufzuhalten und anzusprechen wagen, könnten sie Ceylan als eine Liebschaft des Kronprinzen ausgeben, die nicht erkannt werden wollte.

Kheeran öffnete die Tür des Ankleidezimmers und spähte in den Flur hinaus. Mit einem Wink bedeutete er Ceylan, ihm zu folgen. Sie trat über die Schwelle und senkte den Blick auf den Boden. Kheeran geleitete sie durch die Gänge. Dabei kamen sie an Pflanzen vorbei, die aus der Wand herauswuchsen, und auch an Brunnen, in denen rosiges Wasser plätscherte, als wäre es mit Blutstropfen versetzt. Es war ein stetiges Hin und Her, ein Auf und Ab. Allerdings begegnete ihnen fast kein Wachpersonal. Kheeran schien genau zu wissen, wo im Schloss es patrouillierte und wie er ihm aus dem Weg gehen konnte. Die Unseelie, die ihren Weg kreuzten, grüßten Kheeran, sprachen ihn aber nicht an. Das war einer der Vorzüge, ein Prinz zu sein.

Ceylans Herz pochte wild, und ihre Handflächen waren schweißnass. Hinter jeder Ecke rechnete sie mit Verfolgern, die sie festnehmen wollten. Sie konnte einfach nicht glauben, dass sie nach all der Zeit das Schloss und Nihalos endlich verlassen konnte, und zwar ausgerechnet mit Kheerans Hilfe. Zwar waren die letzten Wochen ein Albtraum gewesen, dennoch kam ihr das Entkommen irgendwie allzu einfach vor, als hätte sie noch nicht genug gelitten, um die Freiheit verdient zu haben.

Kheeran und sie sprachen kein Wort miteinander und erreichten schließlich eine schmucklose Wendeltreppe mit so engen Stufen, dass sie nicht neben-, sondern nur hintereinander gehen konnten. Ceylan folgte Kheeran, während sie immer tiefer und tiefer in die Erde hinabstiegen. Es wurde immer schwüler, bis Ceylan das Gefühl hatte, mit jedem Atemzug einen Schluck Wasser zu trinken. »Wo sind wir hier?«, fragte sie leise.

»In den Tunneln«, antwortete Kheeran, als wäre das offensichtlich.»Sie durchziehen ganz Nihalos und versorgen die gesamte Stadt mit ausreichend Wasser.«

Sie hörte das Rauschen und Tröpfeln, und kurze Zeit später erreichten sie den Fuß der Treppe. Sie standen auf einem Vorsprung, nur wenige Schritte von einem Fluss entfernt. Nicht reißend und wild, sondern sanft und gemächlich folgte er dem Verlauf des Tunnels. Statt völliger Finsternis herrschte hier eine milde Dämmerung, da die Wände in regelmäßigen Abständen mit leuchtenden Kugeln bestückt waren. Sie erzeugten ein Zwielicht, das gerade so ausreichte, damit Ceylan und Kheeran ihre eigenen Schritte im Auge behalten konnten.

Kheeran ging vor der letzten Treppenstufe in die Knie und zog einen Seesack darunter hervor.»Darin solltest du alles Nötige finden«, sagte er und öffnete den Beutel, damit sie den Inhalt begutachten konnte.»Ich habe dir Obst, Gemüse und Brot eingepackt. Einen Wasserschlauch, den du immer wieder auffüllen kannst. Mehrere Feuer-Talente und dazu zwei Fläschchen mit universellem Gegengift. Zwar hilft es nicht gegen alle Elvabisse, aber es lindert die Auswirkungen der meisten Angriffe. Und dann wäre noch das hier ...« Er griff in den Sack und zog einen Dolch mit glänzender Klinge hervor, eine wassergebundene Waffe.

Ceylan rang nach Luft.»Ist das dein Ernst?«

Kheeran nickte und überreichte ihr den Dolch. Als ihre Finger das Heft berührten, verspürte sie wieder das eigenartige Brennen, aber es verschwand diesmal schneller als zuvor und hinterließ auch keinen Schmerz.

Sie bewunderte den Dolch in ihrer Hand. Das mit Gravuren verzierte Material spiegelte das einfallende Licht. Die Waffe war schön, jedoch nicht so schön wie ihre Mond-Sichel-Messer, die sie noch immer täglich vermisste. Ceylan bemerkte, dass Kheeran sie schmunzelnd beobachtete.»Was?«

»Du lächelst.«

Sie zog die Mundwinkel nach unten. »Das kann nicht sein.«

»Und ob du lächelst.«

Sie schnaubte und bemerkte gleichzeitig, dass Kheeran seinerseits offenbar keine Waffe bei sich trug, zumindest nicht sichtbar. Denn seine Uniform schmiegte sich so eng an den Körper, dass er nirgends einen Dolch oder dergleichen hätte verstecken können. »Hast du keine Angst?«

»Wovor?«

»Dass ich dich töte.«

Er lachte. »Nicht im Geringsten.«

Ceylan war sich nicht sicher, ob diese Bemerkung eine Beleidigung sein sollte. Oder wollte er ihr damit versichern, dass er ihr vertraute? Da sie nicht wusste, was sie erwidern sollte, machte sie sich an ihrem Umhang zu schaffen und zog ihn aus. Dann stopfte sie ihn in den Seesack und befestigte den Dolch an ihrem Gürtel. »Muss ich mir sonst noch etwas merken?«

»Lauf immer geradeaus, auch wenn das Wasser seinen Lauf ändert. Und den hier wirst du brauchen.« Kheeran zog einen Schlüssel aus der Tasche, in der er auch den Brief für Leigh verstaut hatte. »Ein Gitter wird dir den Weg nach draußen versperren. Es ist magisch. Sobald du es gewaltsam öffnen willst, wird eine Falle ausgelöst. Das Vertrackte daran ist Folgendes … Der Schlüssel passt nicht in das große Vorhängeschloss, sondern in eine kleine Öffnung an der rechten Seite, unterhalb des Wasserspiegels. Verstanden?«

Sie nickte.

Er gab ihr den Schlüssel, und für einen kurzen Moment berührten sich ihre Finger. Ceylan spürte das kurze Aufwallen von Hitze und ein Knistern, das zwischen ihren Körpern zu entstehen schien. Dann war es verschwunden, so schnell, wie es entstanden war. Eilig verstaute sie den Schlüssel in ihrem Beutel und warf ihn sich über die Schulter, bereit zum Aufbruch. Doch sie rührte sich nicht. Stille, die nur vom Rauschen des Wassers unterbrochen wurde, breitete sich zwischen Kheeran und ihr aus. Sie sah ihn an und konnte kaum glauben, wie sehr sie sich in dieser kurzen Zeit an seinen Anblick gewöhnt hatte.

Sie räusperte sich. »Dann heißt es wohl Abschied nehmen.« Der Fae-Prinz nickte mit ausdruckslosen Augen, und sie konnte sich des Gefühls nicht erwehren, dass er sie eigentlich nicht gehen lassen wollte. »Ich wünsche dir alles Gute. Pass auf dich auf!«

»Das werde ich.« Sie trat einen Schritt zurück in das Wasser, das ihr bis zu den Waden reichte. »Vielleicht sieht man sich eines Tages wieder.«

Ein freudloses Lächeln kräuselte seine Lippen. »Das hoffe ich.«

27. Kapitel – Larkin

– Rigwall –

Eigentlich sollte er gar nicht hier sein. Korwan hatte ihn gebeten, dem Mord an seinem Bruder nicht nachzugehen, aber Larkin konnte nicht anders. Es widersprach seiner Natur und seinen Werten, sich nicht um die Angelegenheit zu kümmern und die Mörder ungestraft davonkommen zu lassen. Er hatte es wirklich versucht. Entschlossen hatte er Rigwall verlassen, aber der Gedanke an das ruchlose Verbrechen hatte ihn schließlich zur Umkehr veranlasst.

Heimlich war er in das überschaubare Dörfchen zurückgeschlichen und hatte sich nach der Hütte von Henrik umgesehen. Lange hatte er nicht suchen müssen. Dabei hatte er die Verlassenheit und das Grauen, welches das Häuschen umgab, förmlich gespürt. Als hätte er bereits so viel Zeit in nächster Nähe mit dem Tod verbracht, dass er ihn wiedererkannte wie einen alten Freund.

Verborgen im Schatten, hatte er die Hütte umkreist und seinen Verdacht bestätigt gefunden, nachdem er ein eingeschlagenes Fenster entdeckt hatte. Das Glas war gesplittert, und trotz der kalten Winterluft, die ungehindert ins Innere strömte, war es nicht wieder instand gesetzt worden. Allerdings lebte hier niemand mehr, der die schützende Wärme benötigt hätte.

Larkin war durch das Fenster in die Hütte geklettert, und nun stand er hier, umgeben von Chaos und Verwüstung. Trotz der Dunkelheit erkannte er, dass seit dem Mord nichts mehr angerührt worden war. Er ließ den Beutel von den Schultern gleiten und holte eins der Talente hervor, das er aus Melidrian mitgebracht hatte. Ein heller Schimmer flackerte innerhalb der Glasperle und wartete auf seine Befreiung. Doch Larkin zögerte, das Feuer-Talent zu zerbrechen, denn es erinnerte ihn an Freya und ihr Lächeln, das leuchtender und wärmer war als jede Flamme. Hoffentlich war diese Flamme in Amaruné nicht erloschen.

Er hatte sich ihr gegenüber blind gestellt, aber natürlich bemerkt, wie ungern sie in die menschliche Hauptstadt zurückgekehrt war. Lieber wäre sie in Nihalos geblieben, doch Kheeran hatte ihr keine andere Wahl gelassen. Schließlich war nicht abzusehen gewesen, welche Folgen die gescheiterte Krönung mit sich brächte. Dafür war Larkin ihm dankbar, denn Freyas Sicherheit war ihm das Wichtigste, und Menschen gehörten nun einmal nicht nach Melidrian. Allerdings war er sich auch nicht sicher, ob Freya in das königliche Schloss gehörte.

Ja, sie war die Prinzessin, aber sie war auch eine Alchemistin – und vielleicht sogar noch mehr als das. Er hatte mit eigenen Augen gesehen, wie sie ohne Weiteres einen magiegeschmiedeten Dolch berührt hatte. Eigentlich hätte sie dies vor Schmerzen in die Knie zwingen müssen, doch nichts dergleichen war geschehen. So etwas hatte Larkin in seinen über zweihundert Jahren als Wächter noch nie erlebt.

Diese Waffen waren von den Fae während des Krieges erschaffen worden, mit der Absicht, den Menschen nichts an die Hand zu geben, das sich gegen sie richten konnte. Warum Freya dies dennoch gelungen war, blieb ihm ein Rätsel, und er wusste nicht, ob er es wirklich lösen wollte. Denn sollte er die Antwort finden, wäre es seine Pflicht, diese mit Freya zu teilen. Das aber konnte nicht nur ihn, sondern auch sie in Gefahr bringen.

Larkin schüttelte den Gedanken an Freya ab, und die Erinnerung an sie barst wie das Talent in seiner Hand. Das feine Glas splitterte, und als er die Faust öffnete, loderten zarte Flammen auf seinen Fingern. Die Zerstörung ringsum wurde in ein rötlich gelbes Licht getaucht. Das Chaos war um einiges schlimmer, als er in der Dunkelheit vermutet hatte, und wie bereits zuvor fragte er sich, was die Diebe hier hatten stehlen wollen. Die Hütte war winzig, mit nur einem Raum zum Kochen und Wohnen sowie einem Schlafplatz, der durch ein Tuch abgetrennt war, das offenbar vom Dachbalken heruntergerissen worden war. Das schloss Larkin aus einigen Stofffetzen, die am Holz hängen geblieben waren.

Der Boden war übersät mit zersplittertem Glas und Tonscherben, denn die Eindringlinge hatten sämtliche Regale leer gefegt. Schubladen waren aufgezogen und ausgekippt worden, und alle Schränke standen offen. Es war nicht zu übersehen, dass die Diebe nach etwas gesucht hatten – zumindest hatte es so aussehen sollen.

Larkin bemerkte rote Flecken auf dem Boden. Sein Blick folgte der Spur bis zu einem Stuhl, der über und über mit geronnenem Blut beschmiert war. Es war an der Lehne und den Beinen hinuntergelaufen und hatte unter der Sitzfläche eine Lache gebildet, die sich zu einer braunen Kruste verhärtet hatte. Vermutlich war das Blut schon so tief in das Holz eingedrungen, dass es den Boden für immer zeichnen würde. Das war kein einfacher Mord gewesen, sondern eine Hinrichtung, vermutlich von Folter begleitet. Aber warum dieses grausame Vorgehen? Was konnte ein Mann wie Henrik den Verbrechern bedeutet haben?

Dies galt es nun herauszufinden. Flüchtig sah sich Larkin um, bis er über dem Kamin eine Schale mit Tran entdeckte. Er entzündete den darin eingelassenen Docht, bevor er das magische Feuer in seiner Handfläche erstickte, damit er ungehindert die Hütte absuchen konnte. Zuerst ging er vor dem blutbesudelten Stuhl in die Hocke und nahm einen tiefen Atemzug, doch der Geruch des Blutes hatte sich bereits verflüchtigt. Er musste also auf herkömmliche Art und Weise nach Hinweisen suchen und beschloss, in der Schlafnische zu beginnen.

Er untersuchte jeden Gegenstand, über den er stolperte, und richtete umgekippte Möbel auf, um nachzusehen, was darunter verborgen lag. Henrik schien ein einfacher Mann gewesen zu sein. Sein karges Hab und Gut bestand aus verschiedenen Töpfen und Krügen sowie einem Stapel schlichter Kleidung. Sein wertvollster Besitz waren offenbar seine Vorräte gewesen, und diese befanden sich trotz der Armut der Dorfbewohner unangetastet auf den Brettern in der Küche.

Larkin stellte ein umgefallenes Schränkchen wieder auf, aus dem ihm Werkzeug entgegenfiel. Klirrend ging es zu Boden. Er starrte und lauschte in die Nacht hinaus, ob jemand ihn gehört hatte, aber das Dorf schlief. Vorsichtig kniete er nieder. Dann nahm er jeden Hammer und jede Zange einzeln in die Hand.

Nichts.

Warum beim König musste Henrik sterben?

Larkin richtete sich auf und sah sich noch einmal gründlich um. Hatte er etwas übersehen? Was hatten die Diebe in dieser Hütte gesucht? Womöglich hatten sie es gefunden und mitgenommen, und er kam ihnen niemals auf die Spur.

Zornig verpasste er einem umgestoßenen Korb einen heftigen Tritt. Dieser flog durch den Raum und prallte gegen einen Stapel Feuerholz. Hasserfüllt starrte Larkin auf die Scheite, als wäre all das deren Schuld, als ihm plötzlich etwas anderes ins Auge fiel. Ein Ledereinband, der dieselbe braune Farbe hatte wie das Holz, auf dem er lag. Larkin hätte ihn beinahe übersehen. Das Büchlein wirkte völlig fehl am Platz, und doch schien es der einzige Gegenstand in der Hütte zu sein, der vorsätzlich an diese Stelle gelegt worden war.

Larkin nahm das Buch an sich, überrascht, dass ein Mann wie Henrik über das Wissen des geschriebenen Wortes verfügt hatte. In Städten wie Amaruné war es inzwischen üblich, dass auch

Bürger der Mittelschicht diese Fähigkeit erwarben. An einem Ort wie Rigwall indessen wirkte diese Gabe fremdartig, wenn nicht sogar verdächtig.

Larkin schlug den Band auf, und bereits auf der ersten Seite erkannte er, worum es sich handelte – um ein Tagebuch. Der erste Eintrag war bereits über zwei Jahre alt. Darin berichtete Henrik über Käfer, die eins seiner Felder befallen hatten, und er schrieb über eine Reise nach Zweihorn, die er offenbar geplant hatte. Im zweiten Beitrag erwähnte er einen Streit in der Taverne. Im dritten ging es um das schlechte Wetter, und im vierten beklagte er sich über Rückenschmerzen, weshalb er die Reise um einige Tage verschieben wollte. Nichts Ungewöhnliches.

Larkin blätterte weiter. Manche Einträge waren nur zwei oder drei Zeilen lang, andere erstreckten sich über mehrere Seiten. Ob Korwan wusste, dass sein Bruder so leidenschaftlich Tagebuch geführt hatte? Kaum ein Tag war ausgelassen und das Büchlein bis zum letzten Blatt gefüllt. Allerdings war dieser letzte Eintrag bereits einige Monate alt und ebenso nichtssagend wie die vorherigen Notizen. Dennoch legte Larkin das Buch nicht aus der Hand. Es musste eine Bedeutung haben. Warum sonst sollten die Mörder oder Henrik selbst das veraltete Tagebuch so offen auf den Holzscheiten liegen gelassen haben?

Larkin schlug noch einmal den ersten Eintrag auf und trat näher an die Kerze heran. Er musste etwas übersehen haben und würde nicht eher gehen, bis er das Rätsel gelöst hatte. Gebannt betrachtete er jeden einzelnen Buchstaben und hielt die Seiten gegen die Flamme, um zu sehen, ob sich eine Nachricht im Papier verbarg. Aber da war nichts. Nur Tinte auf Papier und Wörter eines glücklichen, aber gewöhnlichen Lebens.

Manchmal verstehe ich meinen Bruder nicht. Ständig klagt er über zu wenig Geld, und dann verspielt er es im Suff. Ich war bei Seamus, um das Silber zu erbitten, das er Korwan abgenommen hatte.

Schließlich war Korwan nicht bei Verstand, als er es verlor. Aber der alte Geizkragen wollte es mir nicht zurückgeben. Ich hoffe, Feuerameisen fallen im Schlaf über ihn her! Natürlich habe ich Korwan etwas von meinem Ersparten gegeben. Vermutlich sehe ich es nie wieder, aber was blieb mir anderes übrig? Er ist vielleicht ein Schwachkopf, aber er ist auch mein Bruder.

Larkin blätterte auf die nächste Seite.

Ich hasse den Regen. Schlammige Pfützen. Reißende Bäche. Nasse Kleidung. Am liebsten würde ich meine Hütte ...

Larkin stockte, denn erst jetzt bemerkte er, dass an dieser Stelle mehrere Seiten fehlten. Beim ersten Durchblättern war ihm der ausgefranste Rand in der Mitte des Buches nicht aufgefallen, nun war er nicht mehr zu übersehen. Das konnte kein Zufall sein. Was immer auf den Seiten gestanden hatte, es war der Grund, weshalb Henrik hatte sterben müssen. Nur ... was hatte er dort niedergeschrieben? Larkin stieß einen Fluch aus und las den Eintrag weiter.

Am liebsten würde ich meine Hütte nicht mehr verlassen, solange dieses Unwetter über Thobria hinwegfegt. Aber mir bleibt nichts anderes übrig, ich werde in Zweihorn erwartet. Und ich möchte die anderen nicht enttäuschen.

Mehr stand dort nicht, und Larkin wandte sich dem Eintrag zu, den Henrik nach den fehlenden Seiten verfasst hatte.

Ich bin wieder zurück in Rigwall und vermisse Yara. Ich wünschte mir, unsere Wege müssten sich nicht ständig trennen. Ich liebe sie, aber ich kann Rigwall und Korwan nicht verlassen. Er würde es nicht verstehen, und die Wahrheit kann ich ihm nicht sagen ...

»Welche Wahrheit?«, murmelte Larkin und starrte auf das Tagebuch in seinen Händen. Insgeheim hoffte er, dass auf magische Weise noch weitere Wörter auf dem Papier erschienen, was natürlich nicht geschah. Er klappte das Buch zu und schob es in seinen Beutel. Vielleicht verbarg sich irgendwo zwischen den Seiten noch ein Hinweis. Aber was immer die Mörder gesucht hatten, es befand sich nicht in Rigwall, sondern in Zweihorn, und dorthin würde Larkin ihnen folgen.

28. Kapitel – Ceylan

– Nihalos –

Schließ deine Augen, finde den Weg.
Hinab in die Höhle, wo dein Herz schlägt.
Tief, tief im Dunkel, von Wurzeln durchwebt.
Ceylan bekam das Lied des Halblings nicht mehr aus dem Kopf, vielleicht weil die Strophen sie an ihre derzeitige Lage erinnerten. Nur befand sie sich in keiner Höhle, sondern in einem Tunnel, und statt eines rhythmischen Herzschlags hörte sie nur das stetige Tröpfeln von Wasser. Dunkel war es allerdings auch bei ihr. Denn je weiter sie sich vom Palast entfernt hatte, desto finsterer und unebener war der Tunnel geworden. An manchen Stellen musste sie sich sogar blind vorantasten, da sie ihre Feuer-Talente für den beschwerlichen Marsch durch den Nebelwald aufsparen wollte.

Sie hatte keine Ahnung, wie lange sie bereits dem Lauf des Wassers folgte und welche Strecke noch vor ihr lag. Das Gitter, von dem Kheeran gesprochen hatte, hatte sie jedoch bereits vor einer Weile hinter sich gelassen, aber nichts deutete auf einen endgültigen Ausgang hin. Mittlerweile hatte sich ihre Hose bis zu den Oberschenkeln vollgesogen, und ihre Beine waren müde vom steten Auf und Ab innerhalb des Tunnels. Ihr kam es so vor, als müsste sie durch eine unübersichtliche Hügellandschaft wandern. Dabei nahm das Wasser unnatürliche Verläufe an, als würde es auf magische Weise gezwungen, sich gegen seine eigentliche Natur vorwärtszubewegen.

Eine Pause kam dennoch nicht infrage. Mit entschlossenen Schritten und der Melodie des Halblings im Kopf kämpfte sie sich weiter voran. Zumindest wurde sie durch das Lied von den Gedanken an Kheeran abgelenkt, der ihr bis zuletzt nachgeblickt hatte. Fast hatte es den Anschein gehabt, als würde er sie um die Möglichkeit beneiden, Nihalos einfach verlassen zu können.

Die Decke des Tunnels wurde niedriger, und Ceylan beschleunigte ihre Schritte. Sie wollte die Oberfläche endlich erreichen, denn sie sehnte sich nach dem Anblick des Himmels ebenso wie nach einem tiefen Atemzug in frischer Luft.

Plötzlich mischte sich ein anderes Geräusch in das Plätschern des Wassers. Stimmen. Ceylan erstarrte. Reglos lauschte sie in die Dunkelheit. Sie konnte die gesprochenen Worte nicht verstehen, erkannte aber, dass sich mehrere Männer und Frauen unterhielten. Erleichtert stellte sie jedoch fest, dass diese Leute nicht näher kamen. Dennoch tastete sie nach dem magischen Dolch an ihrer Hüfte. Bei der Berührung verspürte sie ein erneutes Brennen, bevor sich ihre Sinne wie gewohnt schärften. Sie umklammerte das Heft der Waffe fester und ging weiter. Was blieb ihr auch anderes übrig? Es gab keinen Ausgang, und die letzte Treppe, über die sie vermutlich mitten in der Stadt aufgetaucht wäre, hatte sie bereits vor einer ganzen Weile hinter sich gelassen. Die Stimmen wurden zunehmend klarer, und es wurde auch heller im Tunnel. Ceylan schritt dem Licht entgegen, bis sie seinen Ursprung entdeckte – ein goldenes Gatter, das in die Wand eingelassen war.

»Ist alles vorbereitet?«, hörte sie einen Mann fragen.

»Ja, alles bereit«, antwortete eine Frau.

»Und worauf warten wir noch?«

Geh weiter!, ermahnte sich Ceylan. Sie sollte nicht lauschen, sondern sich wie geplant aus dem Staub machen. Was hier geschah, ging sie nichts an. Nihalos war nicht ihre Heimat, und die Unseelie gehörten nicht zu ihrem Volk. Dennoch rührten sich ihre Füße nicht vom Fleck. Denn Fae, die sich mitten in der Nacht zu einem geheimen Gespräch trafen, waren einfach verdächtig.

»Wir müssen nur noch den Befehl geben«, sagte die Frau.

Neugierig trat Ceylan einen Schritt zur Seite und reckte den Hals, um durch das Gatter Genaueres zu erspähen. Auf der anderen Seite befand sich ein Badehaus. Wände mit weißen und türkisfarbenen Fliesen wölbten sich zu einer hohen Decke. Sie erkannte ein Becken mit einem Zulauf aus Gold und etwas, das aussah wie ein Brunnen, aber genauso gut eine Statue sein konnte.

»Wollen wir das wirklich tun?«, fragte ein Fae mit hörbarer Verunsicherung in der Stimme. Doch von ihrem Platz aus konnte Ceylan niemanden erkennen.

»Wenn nicht wir, wer dann?« In der Frage schwang eine gewisse Ungeduld mit. »Wir können uns nicht darauf verlassen, dass ein anderer die Sache in die Hand nimmt. Und genauso wenig dürfen wir zulassen, dass er König wird. Sein Vater ist erst vor wenigen Monaten gestorben, und bereits jetzt droht alles auseinanderzubrechen.«

Ceylan bekam große Augen, als ihr dämmerte, worüber die Fae redeten – über Kheeran. Genauer gesagt über seine Ermordung. Und wie es sich anhörte, handelte es sich dabei nicht nur um Geschwätz. Diese Fae schienen bereits einen ganz genauen Plan ausgearbeitet zu haben, der nur noch eines endgültigen Befehls bedurfte, um in die Tat umgesetzt zu werden. Vor Anspannung hielt sie den Atem an.

»Qhalid hat recht«, bestätigte die Frau.

»Und was ist, wenn sie uns erwischen?«, erkundigte sich der verunsicherte Fae von zuvor. »Ich möchte nicht enden wie Teagan und seine Männer. Ich habe Frau und Kind.«

»Was soll das Gerede?«, fragte der, den sie Qhalid nannten. Schritte waren zu hören, und einen Moment später erhaschte Ceylan einen Blick auf den Mann. Er trug ein grünes Gewand, dunkel wie der Wald bei Nacht, und hatte lockiges blondes Haar, wie sie es erst bei wenigen Unseelie gesehen hatte. »Hast du kalte Füße bekommen?«

»Nein, aber … ich weiß nicht«, stammelte der andere Fae. »Wir sollten nur nichts überstürzen.«

»Worauf willst du warten?«, fauchte Qhalid erzürnt. »Auf die nächste Wintersonnenwende? Kheeran wird diese Stadt früher oder später ins Verderben treiben. Das müssen wir verhindern. Er muss beseitigt werden.«

Ceylan hatte genug gehört, daher trat sie von dem Gatter zurück. Die Frage war nur, was sie jetzt unternehmen sollte. Diese Fae planten Kheerans Tod. Sie wollten ihn umbringen, um zu verhindern, dass er König wurde. Eigentlich konnte ihr das völlig gleichgültig sein. Am besten ging sie einfach weiter … aber sie konnte nicht. Etwas in ihrem Innern sperrte sich dagegen, Kheeran einem solchen Schicksal zu überlassen.

Warum war sie nur so verflucht neugierig? Wäre sie ihrem Weg gefolgt, hätte sie niemals von dem Vorhaben der Fae erfahren. Nun aber konnte sie nicht einfach so tun, als hätte sie nichts von der Verschwörung mitbekommen.

Sie kniff die Augen zusammen, um die Vorstellung von Kheerans leblosem Körper aus ihren Gedanken zu vertreiben, aber stattdessen tauchte ein Bild vor ihr auf, wie er sie anlächelte. Sanft und mit einer Güte, die sie von keinem Fae erwartet hätte.

Güte? Er hat dich wochenlang in einen Kerker eingesperrt. Er hat den Tod verdient.

Aber er hat dir auch zur Flucht verholfen.

Und dir einen Dolch überlassen, obwohl du ihn damit hättest töten können.

Verdammt! Ceylan schlug die Augen auf. Was stimmte nur nicht mit ihr? Ohne noch länger zu zögern, kehrte sie um und lief zurück zum Schloss. Hoffentlich würde sie diese Entscheidung nicht bereuen …

29. Kapitel – Kheeran

– Nihalos –

Der Schlaf wollte nicht kommen. Gleichgültig, wie Kheeran sich drehte und wendete, ob er sich unter der Decke zu einer Kugel zusammenrollte oder sich entlang der Bettkante ausstreckte. Er war hellwach, und seine Gedanken weilten nicht im Land der Träume, sondern bei Ceylan. Ob sie die Stadt unversehrt verlassen hatte? Er hoffte es, denn so gern er sie auch in seiner Nähe hatte, sosehr wollte er sie in Sicherheit wissen. Denn ihre Freiheit stand ihr zu. Sie trug keine Schuld an der Ermordung seiner Mutter. Vielleicht war es einfältig von ihm, das zu glauben, obwohl sämtliche Beweise dagegensprachen. Aber wenn er in ihre Augen sah, erkannte er die Wahrheit, so deutlich wie die Sterne und die Monde in einer klaren Nacht.

Ceylan war nicht wie die Unseelie, mit denen er sich Tag für Tag umgab. Sie war nicht hinterlistig, gehässig oder darauf bedacht, ihr eigenes Gesicht zu wahren. Sie war so ehrlich und unverblümt, dass jeder Versuch, ihre wahren Gefühle vor ihm zu verstecken, zum Scheitern verurteilt war.

Sein Leben lang war er von den Menschen und Fae in seinem Umfeld getäuscht worden. Begonnen mit König Andreus und Königin Erinna, die ihm verschwiegen hatten, dass er ein Findelkind war. Über König Nevan und Königin Zarina, die ihm hatten einreden wollen, dass seine menschliche Seite nicht existierte. Bis hin zu Aldren, der ohne sein Wissen Freya von seiner Krönung verbannt hatte, und Teagan, dessen Treue nur erlogen gewesen war. Nicht einmal Freya selbst vertraute ihm. Er wusste, dass sie den feuergebundenen Dolch des Assassinen aus seiner Brust gezogen hatte, obwohl sie die Fähigkeit dazu eigentlich gar nicht besitzen durfte. Doch als er sie kurz vor ihrer Abreise darauf angesprochen hatte, hatte sie alles abgestritten. Vermutlich, um zu verhindern, dass er sie als die Alchemistin erkannte, die sie in Wirklichkeit war.

Ceylan hingegen war ehrlich in ihren Worten und Taten, so widersprüchlich sie manchmal auch erscheinen mochten. Sie dankte ihm, obwohl sie ihn hasste. Sie hasste ihn, obwohl er ihr half. Und sie schätzte ihn, obwohl ihr seine Existenz zuwider war. Trotz dieser Wirrungen wusste Kheeran stets genau, woran er bei ihr war. Sie trug ihr Herz auf der Zunge und ihre Seele in den Augen.

Mit einem Seufzer schlug Kheeran die Decke zurück. Die kühle Nachtluft streifte seinen nackten Körper, als er die Beine über die Bettkante schwang. Schlaf würde er unter diesen Umständen nicht finden. Als er aufstand, gluckerte die wassergefüllte Ledermatratze unter ihm. In weiter Ferne hinter den Fenstern dämmerte es bereits. Feine gelbrote und violette Linien zeichneten sich am Himmel ab. Die Vollmonde verblassten, während es in Kheerans Zimmer noch finster war.

Im Dunkeln schlüpfte er in seine Kleidung, die er am Abend zuvor achtlos auf den Boden geworfen hatte. Dann stieg er in seine Stiefel, bevor er die goldenen Spitzen auf seine Ohren setzte und den Raum verließ, der ihm für diese Nacht als Schlafgemach zugeteilt worden war. Im eigenen Zimmer mit den handverlesenen Schätzen und den vielen Büchern hatte er seit Wochen nicht mehr geschlafen.

Vier Wachmänner hatte Wárdt vor Kheerans Tür beordert. Zwei von ihnen trugen wassergefüllte Schläuche an den Hüften, die beiden anderen hatten dünne Lederstricke an den Gürteln hängen. Darauf waren durchlöcherte Steine aufgefädelt, die es ihnen ermöglichten, den Riemen mittels Erdmagie als Peitsche zu benutzen. Die Fae wirkten gelangweilt, doch als sie Kheeran entdeckten, kehrte eine gewisse Lebendigkeit in ihre leeren Gesichter zurück.

Mit einem Nicken grüßte er die Wachen. Als Antwort verneigten sie sich. Ohne ein Wort zu sprechen, lösten sich zwei der Fae von ihrem Posten und hefteten sich an Kheerans Fersen. Entschlossen marschierte er durch die Korridore. Denn ungeachtet des Umstandes, dass er in den vergangenen Wochen mehrfach sein Schlafgemach gewechselt hatte, fand er sich mühelos im Palast zurecht. Zielstrebig folgte er den langen Fluren, und obwohl der Sonnenaufgang bisher nur eine schwache Ankündigung des kommenden Morgens war, hörte Kheeran, wie die ersten Bediensteten ihre Arbeit aufnahmen, um alles für den Tag vorzubereiten.

Seine Schritte trugen ihn bis zu einer Tür, vor der sich nur eine einzige Wache befand. Anders als die Gardisten, die ihm nun folgten, stand sie nicht stocksteif vor dem Durchgang, sondern saß auf dem Boden, den Rücken gegen die Wand gelehnt. Dabei nutzte sie ihre Magie, um das Wasser aus dem Fluss zum Tanzen zu bringen, der inmitten des Gangs verlief. Tropfen sprangen daraus auf und flogen in Kreisen durch die Luft.

Einer von Kheerans Begleitern räusperte sich, woraufhin sämtliche Tropfen erstarrten und in den Fluss zurückfielen. Die Fae mit dem kurz geschorenen Haar sprang auf die Beine und straffte die Schultern, als wäre nichts gewesen. Allerdings warf ihre Uniform an einigen Stellen Falten, die sich nicht schnell genug glatt streichen ließen.

»Eure Hoheit«, grüßte die Fae mit gepresster Stimme, und ein Hauch von Angst schien darin mitzuschwingen. Als fürchtete sich die Unseelie vor den Folgen, die ihre Unachtsamkeit möglicherweise nach sich zog.

Nach allem, was der Garde und ihren Mitgliedern in jüngster

Zeit widerfahren war, konnte es ihr Kheeran nicht verdenken. Er lächelte in dem Versuch, der Unseelie ihre Unsicherheit zu nehmen, aber ihre verschüchterte Miene blieb unverändert. Er hasste es, dass die Fae ihm nicht vertrauten. Hätte sein Vater dieser Fae ein Lächeln geschenkt, wäre vermutlich jede Sorge aus ihrem Gesicht gewichen, denn in seinem Lächeln hätte sie einen Akt der Gnade und Herzlichkeit gesehen, ganz anders als bei ihm.

Kheeran gab sich alle Mühe, diesen Gedanken zu vertreiben und ihm keinen Platz in seinem Kopf einzuräumen, denn es herrschte in seinem Verstand bereits allzu viel Dunkelheit. »Wartet hier!«, forderte er stattdessen seine Begleiter auf. Seine Hand ruhte bereits auf dem Türgriff, als ihn die brüchige Stimme der Fae innehalten ließ.

»Meister Aldren ist nicht da.«

Kheeran zog die Augenbrauen zusammen. »Was soll das heißen?«

Die Unseelie sah in seine Richtung, wich seinem Blick aber aus. »Er hat seine Gemächer nach Einbruch der Dunkelheit verlassen.«

Kheeran presste die Lippen aufeinander und ließ den Türgriff los. Es sah Aldren nicht ähnlich, mitten in der Nacht aus dem Palast zu verschwinden. Dazu entschloss er sich für gewöhnlich nur, um ihn zu Bryoks Etablissement zu begleiten. »Wohin ist er gegangen?«

Die Fae schluckte schwer. »Das weiß ich nicht.«

Sofort stiegen Sorgen in Kheeran auf. Aldrens Heilung war zuletzt gut vorangeschritten, aber er war noch immer nicht vollständig bei Kräften. Sollte er nicht nur sein Gemach, sondern auch den Palast verlassen haben, konnte ihm das zum Verhängnis werden. »Warum bist du ihm nicht gefolgt?«, fragte Kheeran vorwurfsvoll.

Die Fae antwortete mit einem Zögern: »Meister Aldren befahl

mir, hier auf ihn zu warten.« Aus dem Anflug von Angst war ein Sturm geworden, als wäre sie bange, dass ihre Worte sie geradewegs auf das Schafott brächten.

»Hat er gesagt, wann er zurückkommt?«

Die Unseelie schüttelte den Kopf.

Kheeran atmete tief durch. Er rang seine Furcht und das Verlangen nieder, umgehend einen Suchtrupp loszuschicken. Nach den Ereignissen der letzten Wochen war er stets in Erwartung des Schlimmsten. Doch ein Land ließ sich nicht mit Sorge und Angst regieren. Wie sollte er die Unruhen in der Stadt bändigen, wenn seine eigenen Gefühle die des Volkes widerspiegelten? Sie waren wie die Zahnräder einer Mühle, die ineinander übergriffen und sich gegenseitig antrieben. Solange er in Furcht lebte, würde sich auch sein Volk nicht anders verhalten. Er musste lernen, seine Angst abzuschütteln, und vermutlich gab es keinen Anlass zur Sorge. Aldren war ein erwachsener Mann und gehörte zu den verantwortungsvollsten Fae, die Kheeran kannte. Niemals begab er sich willentlich in Gefahr.

»Lasst nach mir rufen, sobald Aldren zurück ist«, befahl Kheeran in möglichst gelassenem Tonfall. Die Fae nickte, und er schlenderte in Richtung seines Ankleidezimmers, das noch immer neben seinem früheren Schlafgemach lag. Er wollte frisch gewaschene Kleidung anlegen, und bis zur ersten Tagespflicht blieb noch Zeit. Vielleicht sollte er sie nutzen, um in einem seiner Bücher zu lesen oder einen Brief an Freya aufzusetzen, die ihn seit Wochen auf ihr Schreiben warten ließ.

Er bog in den Korridor seines früheren Schlafgemachs. In der Nacht vor der Wintersonnenwende hatten zwanzig Gardisten diesen Flur flankiert, nun war er leer. Sie alle hatten die Garde verlassen oder waren abgezogen worden, um ihre Pflicht an anderer Stelle zu erfüllen. Kheerans Blick schweifte durch den leeren Gang, als er Wassertropfen auf dem Boden vor seinem Ankleidezimmer bemerkte. Er hätte sie wohl übersehen, hätte sich nicht das Licht der gläsernen Kugeln darin gebrochen. Doch durch das Leuchten wirkten die Tropfen wie Glühwürmchen, die sich auf dem hellen Marmor niedergelassen hatten.

Mit einer Handbewegung wollte Kheeran die Tropfen in das fließende Gewässer zurückbefördern, aber das Wasser bewegte sich nicht. Er wiederholte die Geste, aber die Tropfen hafteten wie erstarrt auf dem Boden. Er unterdrückte einen Fluch. Seine Magie war noch nie herausragend gewesen, aber das war armselig, selbst für seine Verhältnisse.

Mit den Stiefeln trat er auf die Tropfen und an die Tür seines Ankleidezimmers heran. Er öffnete die Tür, als ihm plötzlich ein vertrauter Geruch in die Nase stieg. Das konnte nicht sein ... Das musste er sich einbilden. Sie war nicht mehr hier. Erschöpft ließ er sich gegen den Holzrahmen sinken und atmete tief durch. In der Dunkelheit ragten die Schatten der Schneiderbüsten, auf denen seine Uniformen hingen, bedrohlich vor ihm auf. Er kniff die Augen zusammen und nahm einen tiefen Atemzug. *Ceylan.* Es war, als wäre sie noch immer hier – bei ihm.

»Mir ist unerklärlich, wieso es bisher niemand gelungen ist, dich zu ermorden«, erklang plötzlich eine Stimme aus der Finsternis. Kheeran riss die Augen auf und entdeckte eine vertraute Silhouette. »Deine Unachtsamkeit sollte es einem Attentäter eigentlich ziemlich leicht machen.«

Er starrte Ceylan an, und sein Herz krampfte sich zusammen, als wehrte es sich gegen seine tiefsten Gefühle. »Was ... was willst du hier?«, fragte er mit stockender Stimme und drehte geistesgegenwärtig den Schlüssel im Schloss herum, sollten irgendwelche Gardisten auf den Gedanken kommen, ihn zu suchen.

»Du hättest die Stadt längst verlassen müssen.«

»Ich weiß.«

Kheeran musterte sie. Wasser tropfte aus dem Saum ihrer Hose, und der modrige Geruch der Kanalisation umwehte sie. »Und warum bist du hier?«

»Das weiß ich selbst nicht«, antwortete Ceylan und seufzte leise.

Es war ein kaum hörbares Geräusch und dröhnte dennoch lauter als Donnerhall in Kheerans Ohren. Wie von einer unsichtbaren Macht angezogen, näherte er sich der Wächterin. Er trat dicht an sie heran. »Was ist geschehen?«, fragte er besorgt und hätte ihr Gesicht gern deutlicher gesehen, aber es lag tief im Schatten verborgen. Am liebsten hätte er nach ihrer Hand gegriffen und sie zum Fenster geführt, um sie im Licht der aufgehenden Sonne zu betrachten. Anders als am Tag zuvor roch sie zumindest nicht nach Blut.

Sie blickte auf. »Noch ist nichts geschehen.«

Unruhig verlagerte Kheeran sein Gewicht. »Aber es wird etwas geschehen?«

Ceylan nickte. »Sie wollen dich umbringen.«

»Wer?«, fragte er ohne sichtbare Gefühlsregung. Er konnte sich nicht einmal mehr entsetzt zeigen, denn dass ihm seine Feinde nach dem Leben trachteten, war nichts Neues für ihn. Die Narben an seinem Körper erinnerten ihn daran, dass in seinem Reich Fae lebten, die seinen letzten Atemzug herbeisehnten. Was ihn jedoch erstaunte, war die Tatsache, dass Ceylan zurückgekommen war und ihn warnte. Genauso gut hätte sie ihn in die Falle laufen lassen können. Und nicht nur das. Sie hatte auch einen hohen Preis für sein Leben gezahlt – ihre Freiheit.

»Ich war auf dem Weg aus der Stadt, als ich plötzlich Stimmen hörte«, antwortete Ceylan. »Ich bin ihnen gefolgt, zu einem Gatter in der Wand. Dahinter lag ein Badehaus mit weißen und türkisfarbenen Fliesen und gewölbter Decke. Sie sprachen darüber, dass alles bereit sei und sie nur den Befehl für deine Ermordung geben müssten. Der Anführer war allem Anschein nach ein Mann namens Qhalid.«

»Bei den Elva!«, fluchte Kheeran und warf den Kopf in den

Nacken. Natürlich musste es Qhalid sein! Bei der Erwähnung des Badehauses hatte ihn bereits eine erste unwohle Vorahnung beschlichen. Warum aber musste es ausgerechnet Qhalid sein? Sie waren keine Freunde, aber Qhalid war einer der angesehensten Fae der Stadt. Außerdem hatten sich ihre Väter nahegestanden, weil sie als Kinder beim selben Meister die Beherrschung der Wassermagie erlernt hatten. »Und du bist dir ganz sicher?«

Ceylan verschränkte die Arme vor der Brust, wie immer, wenn man sie nicht ernst nahm oder herausforderte. »Kheeran, ich bin nicht taub. Bestünde nur der geringste Zweifel, wäre ich nicht hier, sondern würde mich im Nebelwald durch das Unterholz kämpfen. Diese Fae wollen dich töten.« Sie spuckte die Worte voller Abscheu aus, als wollte sie selbst zu den Messern greifen und die Verräter hinrichten.

»Ich wusste nicht, dass dir mein Leben so viel bedeutet«, erwiderte Kheeran, der nach allem, was bereits geschehen war, keine Angst mehr verspürte. Er fand sogar Erleichterung in dem Wissen, dass anscheinend nur er sterben sollte und niemand sonst.

Ceylan warf ihm einen scharfen Blick zu. »Du täuschst dich. Dein Leben ist mir gleichgültig. Ich verspüre lediglich eine Abneigung gegen Feiglinge, die anderen ihre Drecksarbeit überlassen«, erklärte sie mit düsterer Miene. »Töte niemanden, dem du nicht in die Augen sehen kannst, während du ihm den Dolch ins Herz rammst.«

30. Kapitel – Freya

– Amaruné –

Freya schob die Hände tiefer in die Taschen ihres Umhangs und kreiste mit den Schultern, um sich warm zu halten, ein hoffnungsloses Unterfangen. Nebelartige Wölkchen stiegen von ihren Lippen auf, die inzwischen vermutlich blau waren. Seit einer gefühlten Ewigkeit stand sie nun bereits vor dem versunkenen Tempel und wartete – worauf, wusste sie auch nicht. In all den Jahren hatten sie sich noch nie außerhalb von Moiras Hütte getroffen. Nicht einmal auf einem Markt waren sie zusammen gewesen, um Zutaten zu kaufen. Und auch in ihrer Nachricht hatte sie sich bedeckt gehalten.

Triff mich während der Vollmonde am versunkenen Tempel. Ich warte um Mitternacht auf Dich. Komm allein.

Freya war gekommen, von Moira indes fehlte jede Spur. Wie lange sollte sie noch warten? Mit jedem Herzschlag wuchs die Wahrscheinlichkeit, dass die Palastwache ihr Fehlen bemerkte. Denn trotz seiner versöhnlichen Stimmung seit der öffentlichen Verlobung mit Elroy hätte ihr Vater wohl kaum Verständnis für ihre Flucht aufgebracht. Doch zumindest wurde sie nicht länger in ihrem Zimmer eingesperrt und durfte sich frei bei Hofe bewegen, solange ein Gardist sie begleitete. Vermutlich waren diese Zugeständnisse so etwas wie ein Friedensangebot ihrer Eltern, nachdem sie die Hochzeitsvorbereitungen so willig über sich ergehen ließ. Und auch Elroy hatte während der Vorbereitungen stets eine gelassene Haltung bewahrt. Er schien keinerlei Zweifel zu verspüren. Ein anderer Mann – Melvyn beispielsweise – wäre beunruhigt gewesen, sich für den Rest seines Lebens an eine einzige Frau zu binden. Der Pirat hingegen schien dies kaum erwarten zu können. Vermutlich war es der Gedanke an die Unsterblichkeit, der ihm seine Angst nahm.

Freya hingegen bekam noch immer Herzrasen bei der Vorstellung, schon bald mit Elroy vor den Traualtar zu treten. Einzig und allein das Wissen, dass er ihr Geheimnis kannte und ihre Magie mittrug, hatte sie davon abgehalten, sich gegen diese Eheschließung zu wehren. Sie würde ihn nie lieben, aber sie konnte mit ihm leben. Und zumindest die Magie konnten sie einander geben.

Plötzlich vernahm Freya das Geräusch von Schritten im Schnee. Sie wandte sich in die Richtung des Knirschens und entdeckte Moira, die zwischen zwei verfallenen Häusern hervortrat. Lediglich in eine Decke gehüllt, kam sie auf Freya zu. Ihr Gang wirkte steif, als wäre ihr das kalte Wetter in die Glieder gefahren.

Freya eilte ihrer Mentorin entgegen und knöpfte noch im Laufen ihren Umhang auf. Der eisige Wind, der selbst die zwielichtigen Gestalten der Nacht von der Straße gefegt hatte, griff nach ihr. Sie erschauerte. Ob es sich so anfühlte, wenn man in der Atmenden See gekentert war? Ungeachtet der Kälte streifte Freya das Kleidungsstück ab und legte es Moira um die Schultern. »Ich dachte schon, du kommst nicht mehr.«

»Tut mir leid. Ich habe den Schnee unterschätzt«, krächzte Moira und zog den Umhang enger um den dürren Körper. Freya war schon drauf und dran, sie in ihre Hütte und vor das warme Kaminfeuer zurückzuschicken, aber Moira war bereits wieder losgegangen.

»Wohin führst du mich?«, fragte Freya neugierig. Sie sah sich nach allen Richtungen um und wollte sichergehen, dass niemand sie belauschte. Doch die gesamte Stadt schien zu schlafen, mit Ausnahme von Moira und ihr sowie einer Katze ohne Schwanz, die gelangweilt vor einer Hütte saß.

»Zur Mühle.«

Das war keine besonders aufschlussreiche Antwort. In Amaruné gab es Dutzende von Mühlen. Sie standen außerhalb der Stadt auf den Feldern, die man überqueren musste, um zum Dornenwald zu gelangen. »Und was erwartet uns dort?«, hakte Freya nach und rechnete fast damit, dass Moira nur unbestimmt antwortete.

»Der Zirkel.«

Freya erstarrte. Trotz der stechend kalten Luft weiteten sich ihre Augen. »Der Zirkel?«, fragte sie und hielt förmlich den Atem an. »*Dein* Zirkel?« Seit Jahren wartete sie darauf, die anderen Alchemisten kennenzulernen. Moira hatte sie jedoch immer wieder mit neuen Ausflüchten vertröstet und war ihren Fragen ausgewichen.

Nun allerdings nickte sie, und Freya hätte vor Aufregung fast einen spitzen Schrei ausgestoßen. Ihr Herz pochte noch heftiger als in dem Augenblick, als sie das erste Mal eine Elva gesehen hatte. Endlich würde sie den Zirkel kennenlernen. Gleichgesinnte, welche der Magie zugetan waren wie Moira und sie selbst. Und all die Fragen, die sich seit Jahren in ihrem Verstand stauten, quollen an die Oberfläche. *Wie viele Mitglieder hat der Zirkel? Auf welche Zauber sind sie spezialisiert? Gibt es ein besonderes Aufnahmeritual? Ein bestimmtes Erkennungszeichen? Wird man Mitglied auf Lebenszeit? Finden diese Treffen regelmäßig statt?* Doch sie verkniff sich die Fragen, da die Gefahr, belauscht zu werden, zu groß war. Und gewiss warteten die Antworten in der Mühle auf sie.

Die übrige Strecke legten beide Frauen schweigend zurück. Sie ließen die schäbigen Hütten des letzten Rings hinter sich und betraten die Felder, die zu dieser Jahreszeit nichts Fruchtbares mehr hervorbrachten. Außerhalb der Stadt war der Winter noch erbarmungsloser als innerhalb der Gassen. Ohne Häuser, die Schutz vor dem Wind boten, und ohne die Wärme, die von anderen Körpern und Kaminen erzeugt wurde. Dennoch spürte Freya keine Kälte mehr. Ihre Aufregung war mittlerweile so groß geworden, dass ihr der Schweiß ausbrach.

Moira führte sie zu einer Mühle mit stillstehenden Rädern. Sie wirkte unbewohnt, und nichts wies darauf hin, dass dies das geheime Versteck einer alchemistischen Vereinigung war. Doch als sie dicht vor der Tür stehen blieben, hörte Freya das Murmeln gesenkter Stimmen.

Moira klopfte an.

Schritte erklangen, und die Tür wurde einen Spaltbreit geöffnet.

Ein Mann mit warmen braunen Augen spähte durch den Schlitz nach draußen, und ein Lächeln verzog seine Lippen, als er Moira entdeckte. »Sei gegrü…« Er stolperte über das zweite Wort, als sein Blick auf Freya fiel. Schlagartig verdüsterte sich sein Gesicht wie ein aufziehender Sturm. Seine Abneigung peitschte Freya ins Gesicht wie ein vom Wind getriebener Ast. »Was will die hier?«

»Sie möchte euch kennenlernen«, antwortete Moira.

Wortlos starrte der Mann Freya weiter an. Sie hatte das Gefühl, ihn schon einmal gesehen zu haben. Sein schwarzes Haar mit der silbernen Strähne genau am Scheitel kam ihr vertraut vor, ebenso wie die breite Nase mit dem Muttermal auf der linken Seite. Sie lächelte freundlich, um ihn versöhnlich zu stimmen, aber es half nichts. Sein Gesichtsausdruck wurde noch finsterer. »Das war nicht so abgesprochen.«

»Stimmt, aber dieses Treffen ist längst überfällig.«

»So etwas kannst du nicht allein beschließen.«

»Wie du siehst, kann ich es doch«, widersprach Moira, und bevor der Mann etwas erwidern konnte, stemmte sie sich mit erstaunlicher Kraft gegen die Tür und betrat das Innere der

Mühle. Freya zögerte, ihr zur folgen, aber Moira ließ ihr keine andere Wahl. Sie packte ihre Hand und zog sie mit sich. Im Mühlengebäude roch es nach Stärke und Heu. Kisten und Fässer stapelten sich entlang der Wände, und in der Mitte des Raumes befand sich ein riesengroßer Mahlstein, abgeschliffen von jahrzehntelanger Nutzung.

»Was soll das?«, knurrte der Mann, der einen bodenlangen schwarzen Umhang trug, wie Freya nun erkannte. Eleganter, als ihn sich die Bewohner der äußeren Ringe leisten konnten. War er womöglich ein Adliger? »Willst du uns alle umbringen?«

Moira machte eine wegwerfende Handbewegung. »Unsinn! Hier stirbt niemand.«

»Erzähl das Esmond vom Zirkel des Bären, dessen Schreie man heute durch die gesamte Stadt gehört hat!«, meldete sich eine andere Stimme zu Wort. Sie gehörte einer Frau, die neben einem Kistenstapel stand. Die Kapuze ihres Mantels hatte sie tief ins Gesicht gezogen und hielt den Kopf gesenkt, wie um sich vor Freya zu verstecken.

»Sie bringt uns alle in Gefahr!«, rief ein glatzköpfiger Mann. Er deutete auf Freya, als bestünde ein Zweifel, von wem er sprach. Unsicher trat sie von einem Fuß auf den anderen. Sie war es gewohnt, angestarrt zu werden. Wohin sie in Amaruné auch ging, stets erkannte und begaffte man sie. Irgendwie hatte sie gelernt, damit umzugehen, aber hier und jetzt spürte sie die Blicke aller nur allzu deutlich.

Der Zirkel schien insgesamt aus neun Personen zu bestehen, die in Freyas Augen auf den ersten Blick nichts gemeinsam hatten. Moira war eindeutig die Betagteste, gefolgt von einem älteren Mann, der mit seinem Gehstock am Mühlrad lehnte. Das jüngste Mitglied des Zirkels war ein Junge, der nicht wesentlich älter als Freya selbst sein konnte. Mit seinem schulterlangen roten Haar erinnerte er sie an die Seelie, denen sie an Kheerans Hof begegnet war.

»Jetzt seid nicht albern!«, unterbrach Moira die angespannte Stille. Eine Furche hatte sich zwischen ihren Augenbrauen gebildet und vertiefte die Falten in ihrem Gesicht. »Freya bringt uns nicht in Gefahr. Wenn, dann tun wir das selbst. Oder wurde einer von euch gezwungen, heute Abend hier zu erscheinen?«

»Sie ist seine Tochter!«, warf der Mann mit der breiten Nase ein.

»Na und?«, fragte Moira ungehalten. »Freya ist nicht ihr Vater. Sie ist meine Schülerin. Ich kenne sie, und sie hat mir noch nie einen Grund gegeben, an ihrer Treue zu zweifeln. Glaubt ihr, ich hätte sie mitgebracht, wenn ich befürchten müsste, dass sie uns alle auf den Scheiterhaufen bringt?«

»Ich will niemanden auf den Scheiterhaufen bringen«, beteuerte Freya. Allerdings klangen ihre Worte verzagter, als sie es sich gewünscht hätte. Gern wäre sie lautstark für sich eingestanden, aber angesichts der Verachtung, die ihr entgegenschlug, fühlte sie sich beklommen.

Der Glatzkopf schnaubte. »Das sagst du jetzt.«

»Ich meine es ernst!«, verteidigte sich Freya.

In gewisser Weise konnte sie die Anwesenden verstehen. Ihr Vater hatte schon Hunderte von Menschen als vermeintliche Alchemisten verbrennen lassen. Er stellte für diesen Zirkel die wohl größte Gefahr dar, und Freya war sein Fleisch und Blut. Sie brauchte nur einen Verdacht auszusprechen, und erneut würde dunkler Rauch über die Stadt hinwegziehen.

»Oh, die Prinzessin meint es ernst! Dann sind diese Bedenken natürlich unbegründet«, spottete der Glatzkopf und verschränkte die Arme vor der Brust. Mit seinen strammen Muskeln wirkte er ausgesprochen stämmig.

»Und was jetzt?«, fragte der Mann mit der breiten Nase. Und plötzlich wusste Freya, woher sie ihn kannte. Er war der Maler, der anlässlich ihres sechzehnten Geburtstags ein Porträt von ihr angefertigt hatte. Jeden Tag auf dem Weg zum Speisesaal kam sie an dem Gemälde vorbei und sah die Signatur in der unteren rechten Ecke. Casimir Ariss.

»Wir sollten sie gleich wieder wegschicken«, schlug die Frau mit der Kapuze vor.

Zustimmendes Gemurmel erhob sich.

Casimir schnaubte. »Sie wegschicken? Und was ist, wenn sie uns an ihren Vater verrät?«

»Ich ...«

»Stimmt. Sie hat unsere Gesichter gesehen«, unterbrach der Glatzkopf ihren Einwand.

Die Frau, von deren Gesicht sie am allerwenigsten gesehen hatte, nickte zustimmend. »Aber sie kennt unsere Namen nicht.«

»Wir könnten ihr die Augen ausstechen.«

»Oder einfach die Kehle aufschlitzen.«

»Schluss damit!«, schrie Moira mit enttäuschter, aber auch entsetzter Miene. Am liebsten hätte Freya sie dafür in die Arme geschlossen. Es bedeutete ihr viel, dass ihre Mentorin für sie einstand, obwohl sie in dieser Runde die Außenseiterin war. »Freya bleibt, und keiner rührt sie an! Sie ist eine von uns. Ob es euch passt oder nicht. Unser Zirkel lebt von dem Vertrauen, das wir zueinander haben, und ich vertraue Freya. Also haltet euren Schwur! Oder muss ich euch daran erinnern, welches Schicksal Mitgliedern droht, die ihren Schwur brechen? «

Die lähmende Stille, die sich über den Raum legte, schluckte nahezu alle nächtlichen Geräusche, die von außen in die Mühle drangen. Freya stellten sich die Nackenhaare auf, und sie schlang die Arme um den Körper. Was meinte Moira mit dem letzten Satz? Welches Schicksal drohte den Mitgliedern? Mittlerweile bereute sie es fast, Moira begleitet zu haben. Nichts lag ihr ferner, als einen Keil zwischen Moira und den Zirkel zu treiben, dem diese bereits seit über drei Jahrzehnten angehörte.

»Warum hast du uns verschwiegen, dass du sie mitbringst?«, fragte Casimir anklagend. Seine Wut war nicht verraucht, aber er hielt sich zurück wie ein bissiger Hund, der an die Leine gelegt wurde.

»Weil ich wusste, dass ihr sie nicht willkommen heißt.«

Casimir lachte bitter auf. »Und trotzdem ist sie hier.«

»Ja, weil wir sie brauchen.«

Huch! Das hörte Freya zum ersten Mal. Der Zirkel brauchte sie? Neugierig spitzte sie die Ohren.

»Denkt nur an die Möglichkeiten, die sie uns bieten kann«, fuhr Moira fort und schritt dabei langsam durch den Raum. Alle Steifheit war aus ihren Gliedern gewichen, und sie ging beinahe aufrecht. »Wir müssten uns keine Sorgen mehr machen, welche Kräuter wir uns leisten können. Wir könnten auf dem magischen Markt endlich die Utensilien kaufen, die wir uns schon immer gewünscht haben. Und das Allerwichtigste: Sie heiratet bald in Weidar.«

Weidar? Was hatten die Stadt und ihre Hochzeit mit der Angelegenheit zu tun? Nun war Freya vollends verwirrt. Sie hatte das Gefühl, einen wichtigen Teil der Unterhaltung verpasst zu haben.

Casimirs Gesicht hellte sich auf. »Deswegen hast du sie mitgebracht?«

Moira nickte. »Nicht ausschließlich deshalb. Aber ja, das war einer der Gründe.«

»Wovon redet ihr?«, fragte Freya. Ihre Stimme klang nun wieder fester.

Moiras Miene glättete sich, und sie verzog die Lippen zu einem leichten Lächeln. Dann kam sie auf Freya zu und legte ihr eine Hand auf den Unterarm. Ihre knochigen Finger fühlten sich wie Eiszapfen an. »Ich war nicht ganz ehrlich zu dir«, gestand sie. »Du bist nicht nur hier, damit du mehr über deine Magie erfährst. Du bist auch hier, um uns zu helfen.«

Freya blinzelte. Sie wusste nicht, was sie von dieser Wendung halten sollte. Sie hatte gedacht, Moira habe sie mitgenommen, damit sie endlich Antworten erhielt. Damit sie endlich herausfand, was in Melidrian mit ihr und dem feuergebundenen Dolch geschehen war. Offenbar hatte sie sich getäuscht. »Was wollt ihr?«

»Was weißt du über den Tempel bei Weidar?«, erkundigte sich Casimir.

Freya stutzte. In den vergangenen Jahren hatte sie immer wieder Gesprächen beigewohnt, in denen der Tempel Erwähnung fand, aber sie hatte ihnen nur wenig Beachtung geschenkt. Daher wusste sie nur, was alle wussten. Ihre Hochzeit würde dort stattfinden, da dieser Tempel der älteste und somit heiligste des Landes war. Er war bereits vor dem Krieg errichtet worden und hatte die Angriffe der Fae überdauert. Mittlerweile diente er der Königsreligion, und die Asche vergangener Draedons und auch die von König Nechtan dem Dritten ruhte in den Katakomben unter der Gebetsstätte, die nur von Mitgliedern ihrer Familie betreten werden durften. In einem Behälter aus Metall, für die Magie der Fae unerreichbar.

»Soll ich die Asche eines Königs stehlen?«, fragte Freya. Was sonst sollte es in der Krypta geben?

Moira lachte. »Keineswegs, mein Kind. Wir wollen das, was unterhalb der Katakomben liegt.«

Freya furchte die Stirn. Unterhalb der Katakomben? Nichts lag unterhalb der Katakomben, nur Erde und Stein. Suchend blickte sie in die Gesichter der anderen Alchemisten. Sollte das ein Scherz sein?

»Dein Vater hat dich also bisher nicht eingeweiht«, stellte Casimir fest. Seine Worte wurden von einem Schnauben begleitet, als wäre Freya für die Alchemisten nutzlos wie eine Sonnenuhr bei Nacht.

»Unterhalb der Katakomben gibt es eine geheime Bibliothek«, erklärte Moira, und augenblicklich legte sich eine andächtige Stille über die Mühle, die nur vom Wind gebrochen wurde, der durch die Ritzen im Holz pfiff.« Sie soll Hunderte von Jahren überdauert haben und die kostbarsten Schriften beherbergen. Chiffren und Pergamente aus alter Zeit über die Fae und die Magie, bevor sie aus Thobria vertrieben wurden. Bücher über die Elemente, die deine Vorfahren dem Volk aus Angst verboten haben.«

»Seither bestrafen deine Ahnen, unsere Könige, den Besitz dieses Wissens mit dem Tod«, übernahm Casimir das Wort. Sein Blick durchbohrte Freya wie ein Dolch. »Doch selbst bewahren und hüten sie es wie einen Schatz.«

Freya hatte tatsächlich noch nie von dieser Bibliothek gehört. Sie hatte kein einziges Mal Erwähnung gefunden, weder im Gespräch mit ihrem Vater noch mit Roland, mit dem sie sich früher oft über die Fae und die Magie ausgetauscht hatte. Und sie hatte bei ihren bisherigen Besuchen am Tempel auch nie einen Hinweis auf eine solche Bibliothek entdeckt. Oder er war ihr schlichtweg entgangen.

»Woher wisst ihr von der Bibliothek?«, erkundigte sich Freya, der es allerdings nicht schwerfiel, den Worten der Alchemisten Glauben zu schenken. Die Draedons liebten Macht, und Wissen bedeutete Macht.

»Nicht alle, die deinem Vater dienen, sind ihm so treu ergeben, wie er glaubt«, antwortete der Glatzkopf, und Freya fragte sich, ob er zu diesen Abtrünnigen gehörte.

»Aber noch nie hat einer von uns die Bibliothek mit eigenen Augen gesehen oder betreten. Aber es gibt Grund zu der Annahme, dass sie wirklich existiert. Wusstest du, dass die Asche von König Nechtan nicht nur von zwei oder drei, sondern von einem Dutzend Gardisten bewacht wird? Reichlich viel für einen Toten.«

»Ihr vermutet, dass sie noch etwas anderes bewachen.« Erst als Freya die Worte aussprach, wurde ihr bewusst, dass sie Nechtans Urne selbst noch nie zu Gesicht bekommen hatte. Sie hatte seine Asche nicht einmal aufgesucht, als sie Talon in die Katakomben gebracht hatte, oder besser gesagt das Gefäß, das symbolisch mit der Asche seiner Kleidung gefüllt war.

»So ist es«, erwiderte Moira.

Sollte die Bibliothek wahrhaftig beherbergen, was ihre Mentorin und Casimir sagten, wäre sie von unschätzbarem Wert. Nicht nur für die Alchemisten, sondern auch für Freibeuter und Verbrecher aller Art, die sich schnelles Geld erhofften. Denn wenn die Bibliothek so alt war wie die Katakomben, mussten die dortigen Bücher Tausende von Goldstücken wert sein. Wie viel wohl eine einzige Schrift beim Verkauf an Liebhaber erbrächte?

»Und was erwartet ihr von mir?«, fragte Freya.

»Wir wollen, dass du die Bibliothek ausfindig machst. Und wenn es stimmt, was die Leute sagen, gibt es in der Sammlung deines Vaters ein Buch, das den Titel *Die Abschrift des schwarzen Elements* trägt«, antwortete Casimir. »Bring es uns!«

»Was ist das für ein Buch?«

»Wenn wir den Legenden glauben können, ist es das mächtigste alchemistische Werk, das jemals existiert hat«, antwortete Moira. »Es wird uns auf all unsere Fragen Antworten liefern. Woher die Magie kommt, wie sie entsteht und wie man sie bändigen kann. Wir werden mit der Abschrift Krankheiten heilen können, die wir für unheilbar gehalten haben. Und helfen, das Leid, das die Jahre ohne Magie erzeugt haben, zu beenden. Wäre das nicht wunderbar?«

Ein einziges Buch, das die Macht besaß, all das zu bewirken? Das klang zu gut, um wahr zu sein, zumal Magie ihren Preis hatte, nicht nur in Form von Rohstoffen, die man auf einem Markt erwerben konnte, sondern auch in Form von Opfern, die erbracht werden mussten. Magie hatte ihren Preis, und bereits die einfachste Skriptura forderte Blut. Was würde es wohl kosten, eine tödliche Krankheit zu heilen? Ein Leben für ein Leben?

»Was sagst du?«, drängte Casimir.

Freya zögerte, was sie selbst vermutlich mehr überraschte als die Alchemisten. Sie hatte sich Moira zugewandt, um Antworten zu finden und mehr über ihre Magie zu lernen. Sie war sich allerdings nicht sicher, ob die Abschrift der richtige Weg war. Denn wenn es stimmte, was der Zirkel sagte, besaß das Werk eine unglaubliche Macht, die in den Händen der falschen Person großen Schaden anrichten konnte.

Aber ist sie nicht bereits in den Händen der falschen Person?, dachte Freya und erinnerte sich an das von ihrem Vater verursachte Elend, das sie auf ihrer Reise durch Thobria gesehen hatte.

War sie es diesen Menschen, die unter seiner Herrschaft litten, nicht schuldig, das Buch aus dem Besitz ihres Vaters zu befreien? Er hatte zuletzt immer wieder bewiesen, dass ihm nicht zu vertrauen war, und die Vorstellung, dass ausgerechnet er ein solches Buch besaß, behagte ihr nicht.

»Einverstanden«, willigte Freya ein. »Ich werde die Bibliothek für euch suchen – unter drei Bedingungen.«

Casimir hob die Brauen. »Die da wären?«

»Erstens werde ich Mitglied eures Zirkels. Ganz unabhängig davon, ob ich das Werk finde und euch bringe. Ich will mein Möglichstes versuchen, aber sollte die Abschrift nicht existieren oder nicht in der Bibliothek sein, möchte ich nicht leer ausgehen.«

Casimir grummelte unwillig, und auch die anderen Mitglieder schienen über diese Bedingung nicht erfreut zu sein. Dennoch schmetterten sie die Forderung nicht umgehend ab, was ihr zeigte, wie dringend sie das Buch wollten.

»Zweitens wird Moira die Hüterin der Abschrift. Sie entscheidet, was mit dem Buch geschieht und welche Zauber gewirkt werden«, erklärte Freya, die ein solch mächtiges Buch nicht ohne Schutz auf die Welt loslassen wollte. Und Moira war einer der gutherzigsten Menschen, die sie kannte. Sie hatte sie noch nie enttäuscht.

»Das ist ungerecht!«, empörte sich die vermummte Frau, die zuletzt vorgeschlagen hatte, ihr die Kehle aufzuschlitzen.

Freya zuckte mit den Schultern. »Vielleicht, aber ich kenne euch nicht. Und wenn diese Abschrift so mächtig ist, wie ihr behauptet, will ich sie in den richtigen Händen wissen.«

Zu Freyas Erstaunen war es Casimir, der sich auf ihre Seite stellte. »Die Prinzessin hat recht. Wir brauchen jemanden, der die Schrift für uns hütet, und ich könnte mir kaum jemand Besseren vorstellen als Moira.«

»Wahrhaftig«, pflichtete der rothaarige Junge ihm bei.

Und auch der ältere Mann stimmte ihm zu, woraufhin alle anderen ihr Einverständnis gaben, obwohl Freyas Forderung an ihrem Stolz zu kratzen schien. Casimir jedoch wirkte zufrieden, und mit andächtiger Stimme fragte er an Moira gewandt: »Würdest du diese Aufgabe übernehmen und die Hüterin der Abschrift werden?«

»Es wäre mir eine Ehre«, erwiderte Moira mit erhabenem Lächeln, und damit war es beschlossene Sache. Das Buch würde in Moiras Besitz übergehen, sollte es Freya tatsächlich gelingen, das Werk nach Amaruné zu bringen. Dieser Gedanke beruhigte sie, denn auf Moira war Verlass. Sie würde das Buch und seine Magie nur für das Gute nutzen, davon war Freya überzeugt, und dafür würde sie durchs Feuer gehen.

»Und was ist deine dritte Forderung?«, fragte Casimir.

»Moira hat den magischen Schwarzmarkt erwähnt. Daraus folgere ich, dass ihr euch öfter dort aufhaltet. Ich gebe euch gern Geld, damit ihr alles kaufen könnte, was ihr benötigt. Aber wenn ihr den Markt das nächste Mal besucht, müsst ihr mir etwas mitbringen.«

»Und was?«

»Einen feuergebundenen Dolch.«

31. Kapitel – Kheeran

– Nihalos –

Kheeran war kein Kämpfer. Er lernte die Elemente zu beherrschen und wusste, wie ein Schwert zu führen war. Doch er schmückte sich lediglich mit diesen Fähigkeiten, ähnlich seinem glänzenden Ohrschmuck oder seiner prächtigen Uniform. Sie waren Zierde, die Eindruck erwecken sollten, aber nichts weiter als Blendwerk, und das wusste er. Aus diesem Grund war er im Schloss zurückgeblieben, während Wárdt und seine Gardisten losgezogen waren, um Qhalid und dessen Anhänger aufzuspüren.

Nach seinem Gespräch mit Ceylan hatte Kheeran umgehend den Kommandanten der Garde rufen lassen und ihm von den Plänen des Verräters berichtet. Wárdt war das Unbehagen über diese Mitteilung deutlich anzusehen gewesen, aber er hatte Kheerans Anweisungen nicht infrage gestellt. Sogleich hatte er eine Truppe zusammengestellt und war mit dieser in Richtung des Badehauses losgezogen. Nun blieb Kheeran nichts weiter übrig, als auf die Rückkehr des Kommandanten zu warten.

Immerhin war Aldren von seinem nächtlichen Ausflug zurückgekehrt. Ein Bediensteter hatte Kheeran auf dem Weg in den Thronsaal abgepasst und ihn darüber in Kenntnis gesetzt. Eine Welle der Erleichterung hatte den Prinzen erfasst, und nun durchmaß er schnellen Schrittes die Korridore zu Aldrens Gemächern. Eigentlich sollte er sich zu einer Sitzung begeben, die sich damit befasste, dass die Elva in jüngster Zeit immer wieder versuchten, in die Stadt einzufallen. Zuerst aber musste er seinen Freund sehen.

Die Gardistin vor Aldrens Schlafgemach war abgelöst worden. An ihrer Stelle stand nun ein männlicher Fae, der zahlreiche Ringe aus Silber und Gold in seine blonde Mähne eingeflochten hatte. Er grüßte Kheeran mit einem zurückhaltenden »Eure Hoheit« und klopfte an Aldrens Tür. Offenbar ließ er nicht zu, dass sein Prinz selbst die Hand hob.

Schritte waren zu hören, und einen Augenblick später öffnete Aldren die Tür. Er war von den Hüften aufwärts nackt. Kheeran erkannte die Narben, die von seiner Zeit als Krieger zeugten. Es waren große und kleine Male, Kratzer von Elva, Hiebe von Schwertern und Stiche von Dolchen. Doch all diese Wunden waren längst verheilt, und bei dieser Erkenntnis wäre Kheeran beinahe ein erleichterter Seufzer über die Lippen geschlüpft. Er war froh, Aldren wohlauf und unbeschadet zu sehen. »Wo warst du?«

»Dir auch einen Guten Morgen«, erwiderte Aldren mit einem Gähnen und trat einen Schritt beiseite, um Kheeran Einlass in das Schlafgemach zu gewähren, das von dicken Vorhängen abgedunkelt wurde.

»Habe ich dich geweckt?«

Aldren trat zu einer der Lampen und brachte sie zum Leuchten. Ohne die Hilfe seines Gehstocks hinkte er immer noch leicht. »Dazu hätte ich schlafen müssen.«

»Wo warst du?«, erkundigte sich Kheeran abermals.

»In den Gärten«, antwortete Aldren. »Vögel beobachten.«

»Welche Vögel?«

»Kakapos.«

»Und warum hat dich kein Gardist begleitet?«

Aldren hob die Brauen. *Was soll die Befragung?*, schien seine Miene auszudrücken. Als er den Mund öffnete, klangen seine

Worte daher auch barsch. »Ich kann auf mich selbst aufpassen, Kheeran.«

»Du bist noch immer nicht ganz genesen.«

»Ich war nur in den Gärten«, rechtfertigte sich Aldren und neigte den Kopf. Sein Haar fiel nach vorn, und Kheeran entdeckte ein Ästchen, das sich in den Strähnen verfangen hatte. Er griff danach und bemerkte, dass seine Hand vor Unruhe zitterte. Das entging Aldren nicht, und sein Gesichtsausdruck wurde weicher. Er zog das Zweiglein zwischen Kheerans Fingern hervor, wobei seine Hand sanft über die seine strich. »Ist alles in Ordnung?«

»Nein.«

Aldrens Hand wanderte an Kheerans Arm hinauf, und obwohl der Prinz wusste, dass die Berührung für Aldren vermutlich eine andere Bedeutung hatte als für ihn, genoss er die wärmende Nähe. »Was ist geschehen?«

Kheeran seufzte schwer. »Qhalid ist ein Verräter.«

Aldrens Augen weiteten sich.

»Er hat ein Attentat auf mich geplant.« Kheeran wusste, dass nicht nur Qhalid seinen Tod gewollt hatte, sofern Ceylan die Wahrheit gesagt hatte. Aber das Treffen hatte im Badehaus seines Vaters stattgefunden, und er stand in Verbindung zur Krone. Auf keinen Fall war er nur ein Mitläufer, sondern der Drahtzieher der Verschwörung.

Aldrens Griff um Kheerans Arm wurde fester. »Geht es dir gut?«

»Ja, keine Sorge. Es ist nichts geschehen. Ich wurde vorher gewarnt.«

Aldren runzelte die Stirn. »Von wem?«

»Von einem Zuträger, der unerkannt bleiben will.«

»Wer ist es?«, fragte Aldren. Er ließ Kheeran los und trat an ein Tischchen, auf dem eine Kanne mit Tee stand. Der Papagei, dessen Käfig danebenhing, flatterte aufgeregt mit den Flügeln und stieß ein heiseres Krächzen aus. Aldren schenkte ihm keine Beachtung. Er fischte die Kräuter aus dem Wasser und goss die duftende Flüssigkeit in zwei Tassen. Kheeran schüttelte den Kopf und nahm die ihm dargebotene Tasse entgegen. Der Tee roch köstlich, und er nutzte seine während der gescheiterten Krönung neu gewonnene Luftmagie, um das Getränk abzukühlen, bevor er einen Schluck nahm. Der Tee schmeckte merkwürdig bitter. »Das kann ich dir nicht sagen.«

»Ich verspreche, es niemandem zu verraten.«

Kheeran hatte keine Geheimnisse vor Aldren. Er gehörte zu seinem Inneren Kreis. Er wusste von seiner Vergangenheit als Prinz Talon und davon, wie schwer es ihm fiel, die Menschen und seine eigene Menschlichkeit loszulassen. Doch dass Ceylan seine Zuträgerin war, konnte er ihm nicht sagen. Zumindest nicht, solange sie sich an seinem Hof befand. Nach ihrer Rückkehr war es ihm nicht noch einmal gelungen, sie erneut aus dem Schloss zu schmuggeln. Der Morgen war bereits zu weit fortgeschritten gewesen, und auf den Gängen hatte es von Wachen und Bediensteten des Palastes gewimmelt. Weshalb er sie auf einen weiteren Tag in seinem Ankleidezimmer vertröstet hatte.

»Es tut mir leid«, erwiderte Kheeran und nippte trotz des bitteren Geschmacks noch einmal an dem Tee. »Aber das muss ich für mich behalten.«

Aldren biss sich auf die Unterlippe, als überlegte er, noch weiter auf Kheeran einzureden, um den Namen zu erfahren. Doch dann tat er ihm den Gefallen und zügelte seine Neugier. »Du siehst erschöpft aus«, bemerkte er stattdessen mit besorgtem Blick.

»Ich konnte nicht schlafen.«

»Albträume?«

»Es wäre schön, wenn es nur Träume wären.«

»Du kannst mit mir schlafen«, schlug Aldren vor.

Kheeran warf ihm einen mahnenden Blick zu.

Er lachte. »Nicht, was du denkst! Ich will wirklich nur schlafen. Wir waren beide die ganze Nacht über wach. Ein wenig Erholung täte uns beiden gut.«

»Ich habe keine Zeit. Der Rat ...« Er gähnte unvermittelt.

»... kann auf seinen zukünftigen König warten«, beendete Aldren den Satz und ging zu seinem Bett hinüber. »Komm schon. Du brauchst deine Ruhe.«

Trotz seiner Erschöpfung zögerte Kheeran. Onora und die anderen warteten im Turm vermutlich bereits auf ihn. Und wieso sollte er nun schlafen können, nachdem es ihm die ganze Nacht lang nicht gelungen war? Andererseits hatte er zuletzt nicht viel Zeit mit Aldren verbracht, und sein Freund war eine weitaus angenehmere Gesellschaft als der Rat, der ihm nur weitere schlechte Nachrichten überbringen und Entscheidungen abverlangen würde.

»Nur wenige Minuten«, räumte Kheeran ein und setzte sich auf die Matratze. Er nahm noch einen Schluck aus der Tasse, bevor er die Stiefel von den Füßen streifte und sich zu Aldren legte, der es sich bereits unter der Decke bequem gemacht hatte. Kheeran schlüpfte zu ihm unter die Laken, die beruhigend nach Lavendel dufteten. Auf der Stelle wurden seine Augenlider schwer.

Träge schielte er in Aldrens Richtung. Der sanfte Schein der Lampe erhellte dessen Züge. Es war Monate her, seit sie das letzte Mal so nebeneinandergelegen hatten. Früher hatten sie oft lange Nächte im selben Bett verbracht und geredet. Manchmal über schwere Themen wie seine Vergangenheit, und manchmal hatten sie bei einem Glas Wein oder Traubensaft herumgealbert und irrwitzige Pläne geschmiedet. »Erinnerst du dich, wie wir einmal hier lagen und darüber philosophierten, wie groß ein Teich hinter dem Schloss sein müsste, wenn ich einen Gischtdrachen als Haustier halten wollte?«

»Du wolltest ihn Schneeflocke nennen.«

Bei der Erinnerung musste Kheeran schmunzeln. Er hatte noch nie einen Gischtdrachen gesehen, zumal diese Kreaturen vor allem an den Küsten vor Séakis zu finden waren. In Büchern hatte er jedoch von den Ungeheuern gelesen, die angeblich ganze Schiffe verschluckten. Und die ihren Namen der blau-weißen Farbe ihrer Schuppen zu verdanken hatten.

»Warum denkst du über Gischtdrachen nach?«, fragte Aldren.

Weil es unerträglich ist, an alles andere zu denken. Er zuckte mit den Achseln und versuchte sich seiner Grübeleien zu entledigen, indem er an die Decke starrte. Er durfte seinen negativen Gedanken keinen Raum geben. Anderenfalls würden sie über ihn herfallen, und er käme nie zur Ruhe.

Die Matratze unter Kheeran bewegte sich, und aus den Augenwinkeln nahm er wahr, dass sich Aldren zu ihm umgewandt hatte und ihn nachdenklich musterte. Sein Blick war zu intensiv, als dass er ihn hätte ignorieren können. Er drehte den Kopf und sah in Aldrens blaugraue Augen. »Was ist?«

»Du solltest nicht so hart mit dir ins Gericht gehen«, sagte er und rutschte näher an Kheeran heran. »Deine Sorgen sind so schwer, dass sie selbst mich zu erdrücken drohen. Was in dieser Stadt geschieht, ist nicht deine Schuld.«

»Es ist vielleicht nicht meine Schuld, aber ich spiele dabei keine unerhebliche Rolle. Die Unseelie lehnen mich als König ab, und ich will meinerseits nicht ihr König sein«, sinnierte Kheeran als Nachgedanke, den er womöglich nicht ausgesprochen hätte, wäre er weniger müde gewesen.

»Du kannst die Krone jederzeit ablegen.«

Kheeran gähnte. »Kann ich das wirklich?«

»Selbstverständlich. Es ist dein Leben. Und ich verstehe, dass du deine Mutter stolz machen und deinem Vater gerecht werden möchtest, aber es schmerzt, mit ansehen zu müssen, wie sehr du unter dieser Bürde leidest.« Mit dem Daumen fuhr Aldren über

Kheerans Wangen und über die dunklen Ringe, die unter seinen Augen lagen.

Der Gedanke, seinen Anspruch auf den Thron abzutreten, hatte Kheeran schon Dutzende Male gestreift. Bei den Elva! Mit dem Rat hatte er doch bereits darüber gesprochen, wie es wäre, sein Erbe abzulehnen. Doch eine solche Entscheidung ließ sich nicht leichtfertig treffen. Das Schicksal eines ganzen Landes hing davon ab, und Kheeran würde es sich niemals verzeihen, wenn der Rat die falsche Person auf den Thron setzte. »Würdest du es tun?«

Aldren furchte die Stirn. »Die Krone abgeben?«

»Nein, König werden.«

Aldren hob die Augenbrauen. »Du … du willst mich zum Regenten ernennen?«

Kheeran nickte.

Aldren stieß ein unruhiges Lachen aus. »Du hast eindeutig zu wenig geschlafen.«

Das stimmte, aber in diesem Fall sprach nicht die Müdigkeit aus ihm, sondern seine feste Überzeugung. Aldren war der ideale König! Erfahren genug, um vom Volk anerkannt zu werden, aber nicht so festgefahren, dass er nichts bewirken und verändern konnte. Er galt als angesehener Krieger und stammte aus einer ehrenwerten Familie. Darüber hinaus war er herzensgut.

Kheeran kannte keinen besseren Mann. »Ich meine es ernst, Aldren. Sollte ich zurücktreten, würde ich dich dem Rat empfehlen. Es gibt keinen Geeigneteren als dich.«

Aldren lächelte. »Es wäre mir eine Ehre, mein Prinz.«

Ein eifriges Klopfen riss Kheeran aus tiefem, traumlosem Schlaf. Er gähnte und rekelte sich zwischen den Laken. Seit Wochen hatte er keine so erholsame Nacht mehr verbracht. Nur war es keine Nacht gewesen, denn erst in den Morgenstunden war er zu

Aldren ins Bett gekrochen. Blinzelnd öffnete er die Augen und sah sich um. Aldren lag nicht mehr neben ihm. Er war aufgestanden. Im Gehen knöpfte er sein Hemd zu, bevor er die Tür öffnete.

»Seid gegrüßt, Kommandant Wárdt«, hörte Kheeran Aldren sagen.

Er beugte sich über den Rand des Bettes und suchte auf dem Boden nach seinen Stiefeln. Der Kommandant war zurück? Wie lange hatte er geschlafen? Die Vorhänge waren geschlossen und gaben keinen Aufschluss über die Tageszeit. Aber so erholt, wie er sich fühlte, musste er etliche Stunden geschlafen haben.

»Befindet sich Prinz Kheeran bei Euch?«, fragte Wárdt.

»Ja, ich bin hier!«, antwortete Kheeran. Er trat ebenfalls an die Tür und nahm den Kommandanten in Augenschein. Dieser hatte einen Kratzer auf der Stirn, der nicht heilte. Seine Hand war mit einer Binde umwickelt, und er hatte die Uniform gewechselt. Das verhieß nichts Gutes. »Was ist geschehen? Habt ihr Qhalid und seine Anhänger gefunden?«, fragte Kheeran, obwohl er die Antwort bereits zu kennen glaubte.

Der Blick des Kommandanten verfinsterte sich. »Ja, das haben wir.«

»Was ist mit ihnen?«

»Sie sind tot.«

Kheeran runzelte die Stirn. »Wer ist tot?«

»Alle. Qhalid. Seine Bande.« Wárdt holte tief Luft. »Meine Gardisten.«

»Beim König!«, murmelte Kheeran und beobachtete, wie sich eine tiefe Falte in Wárdts Stirn grub. Da erst bemerkte er seinen Fehler. Natürlich war dem Unseelie die menschliche Floskel nicht vertraut. »Wie konnte es dazu kommen?«

Wárdt schüttelte den Kopf, als hätte er keine Antwort auf diese Frage. »Ich werde alles erklären, aber der Rat wartet bereits auf euch.«

»Aldren?« Sein Name aus Kheerans Mund war eine Bitte, die nicht erklärt werden musste. Sogleich holte Aldren sein Schuhwerk und streifte die Uniformjacke über, um zumindest den Anschein eines förmlichen Auftretens zu wahren.

Gemeinsam verließen sie das Schlafgemach. Auf dem Weg zum Turmzimmer redeten sie kein Wort miteinander. Eine drückende Stille hatte sich über sie gesenkt, die sich im gesamten Schloss auszubreiten schien.

Wie von Wárdt prophezeit, warteten die Ratsmitglieder bereits auf Kheerans und Aldrens Eintreffen. Ihre Gesichter waren düster und von Sorge umschattet. Niemand sagte etwas. Sie alle starrten Wárdt erwartungsvoll an. Nicht einmal Onora rügte Kheeran für seine Abwesenheit am Morgen. Der Blick aus ihren grauen Augen war unverwandt auf den Kommandanten gerichtet. Der räusperte sich und begann mit seinem Bericht.

Kheeran erkannte, wie schwer es ihm fiel, die richtigen Worte zu finden. Wárdt hatte die Führung über die Garde erst kürzlich übernommen und wollte sich unbedingt beweisen. Doch bereits nach wenigen Wochen gab es unter seiner Führung mehr Verluste und Tote als in den Jahren zuvor. Kheeran zog den Fae dafür jedoch nicht in die Verantwortung.

»Es war ein Blutbad«, ächzte Wárdt und stützte sich Halt suchend auf der Tischplatte ab. »Wir haben Qhalid im Badehaus angetroffen. Er hat sich geweigert, uns zurück zum Schloss zu begleiten, als plötzlich Stalagmit aus dem Nichts in die Höhe schoss – mitten durch Torans Körper hindurch. Ich habe so etwas noch nie gesehen. Der Tropfstein ist einfach aus dem Boden und durch die Fliesen gebrochen. Aodh und Parlan sind umgehend ausgeschwärmt, um Qhalids Männer aufzuspüren. Währenddessen haben wir ihn umstellt, um ihm Fesseln anzulegen und seine Wassermagie einzudämmen. Er beteuerte, nichts mit dem Angriff zu tun zu haben, als sich Torans Blut vom Boden erhob und zu spitzen Geschossen verdichtete.«

Bei dieser Schilderung lief Kheeran ein eiskalter Schauer den Rücken hinab. Jeder Fae, der über Wassermagie verfügte, konnte auch Blut beherrschen, aber dies war eine mühsam zu erlernende Fähigkeit. Man musste ein fähiger Krieger sein, um mithilfe von Magie den Wasseranteil von Blut manipulieren zu können.

»Euna gelang es, einige der Geschosse aufzuhalten, aber es half nichts. Chaos brach aus, und danach gab es kein Halten mehr. Wir wurden von allen Seiten angegriffen. Qhalids Leute stürzten aus ihren Verstecken hervor, und er hat seine Blutmagie genutzt. Nach und nach haben sie uns niedergemetzelt, bis nur noch ich übrig war.«

Wárdts Aufzählung war eine Liste der Grausamkeiten, und jedes Wort aus Wárdts Mund zeugte von tiefstem Schmerz. Er gab sich stark, aber es war nicht zu leugnen, dass er sich für den Tod seiner Gardisten verantwortlich fühlte.

»Wie viele Gardisten wurden getötet?«, fragte Onora, nachdem sie zuvor so lange geschwiegen hatte. Sie war in ein helles Gewand gekleidet, das Kheeran an die Tracht erinnerte, welche die Frauen in Thobria anlässlich ihrer Vermählung trugen.

»Sechs«, antwortete Wárdt.

»Und wie viele Verräter hielten sich im Badehaus versteckt?«

»Mit Qhalid waren es fünf.«

»Und nur Ihr habt überlebt?« Zwischen Onoras Brauen hatte sich eine schmale Falte gebildet. Kheeran konnte es ihr nicht verdenken. Es war ungewöhnlich, dass sechs ausgebildete Kämpfer gegen einfache Fae aus dem Volk verloren.

»Ja.«

»Habt Ihr Qhalid getötet?«

Er nickte. »Ich bin nicht stolz auf mein Handeln, aber ich musste es tun. Er hat mich und meine Leute mit seiner Blutmagie beherrscht. Ich konnte kaum noch meine Arme und Beine bewegen. So etwas hatte ich noch nie erlebt. Und als ich einen Ausweg sah, habe ich ihn genutzt.«

Kheeran hatte nicht gewusst, dass Qhalid ein so begabter Blutmagier gewesen war, aber offenbar war ihm vieles über den Unseelie nicht bekannt gewesen. Niemals hätte er mit einem solchen Verrat gerechnet, hätte Ceylan ihn nicht gewarnt. »Konntet Ihr etwas über das geplante Attentat in Erfahrung bringen?«, fragte Kheeran.

»Bedauerlicherweise nicht.«

»Der Auftragsmörder befindet sich also noch im Schloss?«, fragte Aldren, der neben Kheeran saß.

»Das ist anzunehmen«, gestand Wárdt mit leiser Stimme.

Aldren stieß ein gefährliches Zischen aus.

»Ich vermute aber nicht, dass noch eine Gefahr von ihm ausgeht«, fügte Wárdt hastig hinzu. »Wenn es sich wie vermutet um einen angeheuerten Attentäter handelt, wird er den Rückzug antreten, sobald er vom Tod seiner Auftraggeber erfährt.«

Aldren beugte sich über den Tisch. »Und was ist, wenn nicht?«

»Ich werde jede Person in diesem Schloss persönlich überprüfen und jeder Spur nachgehen«, beteuerte Wárdt. »Vermutlich ist der Attentäter durch die Kanäle unter der Stadt in den Palast gelangt. Ich habe bereits Gardisten in die Tunnel beordert.«

Kheeran versteifte sich. »In die Tunnel?«

»Ja, ganz Nihalos ist durch sie verbunden, auch das Badehaus mit dem Schloss.«

»Ich dachte, die Kanäle seien durch Metallgitter geschützt.«

»Das sind sie. Aber meine Wachleute durchsuchen das Badehaus gerade, und sie haben Hinweise gefunden, dass eins der Gitter vor Kurzem bewegt wurde. Auf diesem Weg könnte der Attentäter ins Schloss gelangt sein. Wir wissen nur noch nicht, wie er den Mechanismus überwinden konnte.«

Mit dieser Entscheidung hatte Wárdt unwissentlich Ceylan den einzigen halbwegs sicheren Weg aus der Stadt abgeschnitten. Niemals könnte sie sich in dieser engen und dunklen Umgebung an den Wachen vorbeischleichen. Was bedeutete, dass sie im Schloss gefangen war. Seinetwegen. Weil sie zurückgekommen war, um ihn zu warnen. Daher lag es umso mehr in seiner Verantwortung, sie irgendwie aus dem Palast zu bringen. Und er konnte die Wächterin nicht für immer in seiner Ankleidekammer versteckt halten. Irgendwann würden sie etwas vermuten und dann ... Daran wollte Kheeran lieber nicht denken. Ceylan hatte ihm geholfen, und nun musste er ihr helfen.

Plötzlich erbebte der Boden unter Kheerans Füßen, und die gläsernen Wände des Turmes erzitterten. Mehrere Weintrauben rollten von dem silbernen Tablett, das in der Mitte des Tisches stand, und fielen zu Boden.

»Was war das?«, fragte Gemhá und blickte sich erschrocken um.

Kheerans Finger krallten sich in die Lehne seines Stuhles. »Es fühlte sich an wie ein Erdbeben.«

In Nihalos gab es keine Erdbeben, zumindest hatten sie nie einen natürlichen Ursprung. Das wusste jeder in diesem Raum, was bedeutete, das Vibrieren der Erde war mit Magie erschaffen worden.

Ein weiteres Beben brachte den Boden unter Kheerans Füßen zum Erzittern, und dann gab es einen Knall wie von zwei aufeinanderdonnernden Klingen. Er zuckte zusammen. Dem ersten Schlag folgte ein zweiter, dritter, vierter, fünfter ... bis er erkannte, dass riesige Hagelklumpen gegen den Turm schlugen. Das war nicht richtig. Kheeran erhob sich und eilte zu einem Fenster, das sich unter dem Ansturm der Hagelkörner leicht durchbog. Sein Verstand riet ihm zurückzuweichen, doch er blieb stehen und betrachtete das Schauspiel, das sich ihm bot.

Dunkle Wolken hatten sich über dem Schloss zusammengezogen und tauchten den Hof in Finsternis. Dicke Hagelklumpen fielen dicht vom Himmel, und selbst aus der Höhe des Turmes erkannte Kheeran, wie sämtliche Pflanzen in den Beeten zerschmettert wurden. Fae rannten umher und versuchten sich mit ihrer Magie vor den Geschossen zu schützen, bis sie sich in die Sicherheit des Palastes retten konnten. Er entdeckte auch entwurzelte Sträucher und den Grund für die Erschütterung des Bodens. Ein Erdriss, mehrere Fuß breit, zog sich durch einen der Gärten, die das Schloss umgaben. Dahinter aber lag seine Stadt, hell und strahlend im Schein der warmen Nachmittagssonne; unberührt von der herbeibeschworenen Zerstörung.

»Bei den Elva!«, hörte Kheeran die Ratsmitglieder hinter sich murmeln.

»Wie kann das sein?«

»Die Götter müssen erzürnt sein.«

Nein, dachte Kheeran. Nicht die Götter waren erzürnt, sondern sein Volk.

32. Kapitel – Leigh

– Melidrian –

Mit einem letzten Schwertstich brachte Leigh das Krächzen der Elva zum Verstummen. Und ein schmatzendes Geräusch erklang, als er die Klinge aus dem dunklen Fleisch zog. Schwarzes Blut tropfte von der Spitze der Waffe auf den Boden. Er hielt den Atem an und lauschte auf weitere Kreaturen, die ihm den Weg versperren wollten.

Ohne dass er sich bewegte, schweifte sein Blick durch die Gegend, und er hielt Ausschau nach den Bestien. Das wilde Gestrüpp des Nebelwaldes war einer hügeligen Landschaft gewichen, die an ein Meer aus Grün erinnerte. Ruhendes Wasser und tosende Wellen, überzogen von Gräsern, Farn und Wildblumen. Unterbrochen von kargen Felsen, die wie Spitzen eines Speers in den Himmel ragten, und Flüssen, die wie Adern Leben in das Land pumpten. Diese Umgebung machte es den Elva schwer, sich zu verstecken, aber auch Leigh wurde dadurch zu einer leichteren Beute.

Allerdings schien es kein weiteres der Monster darauf anzulegen, an diesem Tag zu sterben. Leigh stapfte einen Hügel hinab, in die Richtung, in die er sein Pferd getrieben hatte, damit die Elva es nicht zu fassen bekamen.

Er hatte Nihalos bereits vor einer Weile hinter sich gelassen und somit auch die wärmende Umgebung einer Stadt. Obwohl er sich Richtung Süden bewegte, war es auf dem Land um einiges kühler. Noch fiel Regen statt Schnee vom Himmel, aber ohne einen Unterschlupf oder ein baldiges Lagerfeuer würde die Kälte schon bald einen Weg unter seine Kleidung finden und ihn merklich auskühlen.

Nach kurzer Suche entdeckte er sein Pferd, einen Rappen, grasend am Ufer eines Baches. Die Ohren des Hengstes zuckten, als er ihn kommen hörte. »Hast du mich schon vermisst?«, fragte Leigh und tätschelte den Hals des Tieres. Es blähte die Nüstern und wieherte laut, wie um sich zu beklagen. Leigh seufzte. »Ich weiß. Ich hoffe auch, dass sie uns nun eine Weile in Ruhe lassen.«

Dies war bereits der dritte Angriff seit Sonnenaufgang, und der Tag war noch längst nicht vorbei. Entweder wurden die Biester tatsächlich immer angriffslustiger und mutiger, oder er empfand es nur so, weil er zum ersten Mal allein durch Melidrian streifte. Hätte er behauptet, dieser Umstand bereite ihm keinerlei Sorgen, hätte er sich selbst belogen. Denn sollte ihn eine Elva verletzen, mochte dies sein Ende bedeuten. Dabei beunruhigte ihn der Tod selbst gar nicht so sehr. Ein gezielter Biss in die Kehle oder eine Klaue, die sein Herz durchbohrte, hätte er hinnehmen können. Das wäre ein schnelles Ende gewesen. Was ihm wirklich Angst machte, war die Vorstellung einer Vergiftung, bei der er hilflos dahinvegetierte. Verkrampfte Glieder, die ihm nicht mehr gehorchten. Fieber. Schweißausbrüche. Erbrechen. Mit eigenen Augen hatte er gesehen, welche Qual ein solch langsamer Tod sein konnte. Das wollte er nicht erleben. Bevor es so weit war, würde er sich lieber die eigene Klinge in die Brust rammen.

Er umrundete seinen Rappen, um sicherzugehen, dass ihn die Elva nicht verletzt hatten. Anschließend löste er einen fleckigen Stofffetzen vom Sattel und wischte das Blut von seinem erdgebundenen Schwert, bevor er es in den Schaft am Gürtel zurückschob.

Kurz dachte er daran, am Bach zu rasten, doch diesen Gedanken verwarf er sogleich wieder. Dafür blieb ihm keine Zeit. Der Halbling hatte eine halbe Nacht Vorsprung, und Leigh wusste nicht einmal genau, ob er in die richtige Richtung ritt. Ceylan hatte zwar beteuert, dass der Halbling nach Daaria wollte, aber viele Wege führten in die Stadt der Seelie. Anfänglich war er frischen Hufspuren gefolgt, die jedoch bei einem Pferdekadaver jäh geendet hatten. Und wer immer der Reiter gewesen sein mochte, er hatte sich geschickt darauf verstanden, keine Spuren zu hinterlassen. Lediglich in unregelmäßigen Abständen hatte Leigh seitdem noch Hinweise gefunden. Ob diese allerdings dem Halbling zuzuordnen waren oder nicht, war eine andere Frage. Dennoch war er ihnen gefolgt, denn was blieb ihm anderes übrig?

Am Bach füllte er seinen Wasserschlauch und schwang sich wieder auf den Rücken seines Hengstes. Mit einem sanften Tritt in die Flanken trieb er das Tier in Richtung Südosten an. Die einzigen Geräusche waren das Rauschen des Windes und das Traben der Hufe.

Leigh hasste diese Stille, die ihn allein mit seinen Gedanken zurückließ, denn er dachte nicht gern nach. Sein hundertster Geburtstag lag inzwischen einige Jahre zurück, und das bedeutete ein langes Leben voller Erinnerungen. Erinnerungen an Vergangenes, das er nie wieder erleben würde. Erinnerungen an Menschen, die er nie wiedersehen würde. Daher bevorzugte er eine lärmende Umgebung, die alles übertönte. Vielleicht hätte er sich anders gefühlt, wäre es ihm nicht so vorgekommen, als hätte er die besten Jahre seines Lebens bereits hinter sich. Denn worauf konnte er sich noch freuen? Auf das nächste Kartenspiel mit Khoury? Auf einen weiteren versalzenen Eintopf? Auf den fünfzigsten Besuch des magischen Schwarzmarktes? Auf sein kaltes Bett, weil es niemanden mehr gab, der es mit ihm teilte?

»Verdammt!«, fluchte Leigh und schüttelte den Kopf. Genau das hatte er nicht gewollt. Denn Erinnerungen an seine Vergangenheit führten immer zu Gedanken an seine Zukunft, und die war ebenso schwarz wie seine Uniform. Ceylan war seit langer Zeit der erste Lichtblick in seinem Leben, weil sie ihn an Edan erinnerte, ohne dass es wehtat. Doch wenn er den Halbling nicht fand, würde er womöglich auch sie viel zu schnell und viel zu früh verlieren.

Hoffentlich ging es ihr gut. Und hoffentlich machte sie den Wachleuten keinen Ärger oder bot ihnen einen Anlass, sie für irgendein Vergehen zu bestrafen. Zwar hatte Wárdt Leigh versprochen, dass niemand Ceylan anrührte, bis er zurückkehrte, gleichgültig, ob mit oder ohne den Halbling. Aber konnte er sich wirklich auf das Wort des neuen Kommandanten verlassen?

Ebenso wie seine Erinnerungen verdrängte er seine Zweifel, denn derzeit konnte er für Ceylan nur eines tun – den Halbling finden. Und er würde ihn finden. Selbst wenn er ganz Melidrian auf den Kopf stellen musste. Seine Finger krallten sich um die Zügel, und er trieb seinen Rappen zu noch größerer Eile an. Edan hatte er nicht mehr retten können, aber für Ceylan war es noch nicht zu spät.

33. Kapitel – Ceylan

– Nihalos –

Mit voller Wucht trommelten die Regentropfen gegen die Fenster des Palastes. Doch sie waren nichts im Vergleich zu den Hagelklumpen, die zuvor so hart vom Himmel geschossen waren, als wollten sie das Schloss niederreißen. Mittlerweile tobte das Unwetter seit Stunden, und das Prasseln des Regens war zu einem steten Geräusch geworden, so beständig, dass sich Ceylan den Zustand völliger Stille kaum noch vorstellen konnte. Aus der Sicherheit des Schlosses heraus beobachtete sie, wie die Bediensteten versuchten, des Unwetters Herr zu werden. Sie nutzten ihre Wassermagie, um die überfluteten Blumenbeete trockenzulegen, und erschufen mithilfe ihrer Erdmagie Barrikaden gegen die Wassermassen, die wie reißende Flüsse durch den Hof strömten.

Mehrere Fae – Ceylan zählte an die dreißig – standen auf Dächern und Balkonen des Schlosses und kämpften gegen das Unwetter. Dabei schwangen sie Arme und Hände in rhythmischen Bewegungen durch die Luft. Zuerst hatte sie nicht verstanden, was dies bewirken sollte, bis sie erkannt hatte, dass die Unseelie den Sturm mit ihrer Magie zu bändigen versuchten. Vermutlich war es ihnen zu verdanken, dass sich der Hagelschlag zu gewöhnlichem Regen abgemildert hatte. Doch es wollte ihnen nicht gelingen, den unheilvollen Sturm zu vertreiben.

Er wütete jedoch nicht über ganz Nihalos, sondern lediglich über dem Palast und seinen Gärten. In der Ferne, durch den rauschenden Regen hindurch, war der sternenklare Nachthimmel mit seinen abnehmenden Monden zu erkennen, die die übrige Stadt in silbernes Licht tauchten. Was nur eine einzige Schlussfolgerung zuließ – das Unwetter hatte keinen natürlichen Ursprung. Es war von Unseelie ausgelöst worden, die offenkundig ihrem Unmut Ausdruck verleihen wollten. Und es mussten viele von ihnen sein, wenn die Fae auf den Dächern nicht ausreichten, um dem Wolkenbruch Einhalt zu gebieten.

Ceylan schlang die Decke, die sie aus einem der Schränke geholt hatte, fester um ihren Körper und wandte dem Unwetter den Rücken zu. Sie rutschte an der Wand nach unten und starrte auf die einzige Tür des Raumes, als könnte sie Kheeran herbeibeschwören, wenn sie die Tür mit ihren Blicken niederstarrte.

Er war in den frühen Morgenstunden verschwunden und seitdem nicht mehr aufgetaucht. Und aus Ceylans anfänglicher Ungeduld – sie hasste es, untätig herumzusitzen – war Sorge geworden. Was, wenn ihm etwas zugestoßen war? Womöglich war es dem Attentäter trotz ihrer Warnung gelungen, ihn zu verletzen oder gar zu töten. Und warum dieses Unwetter? Was bezweckten die Unseelie damit? War es ein Ritual? Ein Kampf? Oder etwas ganz anderes, das sie nicht verstand?

»Wo bleibst du nur?«, murmelte Ceylan. Sie redete sich ein, dass ihre Sorge um Kheeran vor allem darin gründete, dass nur er ihr aus dem Schloss helfen konnte. Aber das entsprach nicht der Wahrheit, und das wusste sie auch. Denn wäre sein Leben ihr gleichgültig, säße sie überhaupt nicht mehr in diesem Schloss fest. Sie öffnete den Beutel, den Kheeran für ihre Flucht gefüllt hatte, und nahm ein Säckchen mit Nüssen heraus, um ihren Hunger zu stillen und sich von ihrer Sorge abzulenken.

Minuten verstrichen. Der Regen wurde schlimmer. Und gerade als Ceylan überlegte, ob sie die verbliebenen fünf Nüsse essen oder aufheben sollte, wurde die Tür zum Ankleidezimmer geöffnet. Sie ging hinter einem Kleiderständer in Deckung und schob zwei Gewänder auseinander, um dazwischen hindurchzuspähen. Eine vermummte Gestalt betrat den Raum. Trotz der Dämmerung ringsum erkannte sie Kheerans vertraute Silhouette sofort. Er nahm eine Tasche vom Rücken und entfachte eine Lampe. Das fahle Licht verwandelte die Fenster in Spiegel.

Sie sprang auf die Beine. »Da bist du ja endlich!«

Kheeran lachte verhalten und streifte die Kapuze vom Kopf. »Wüsste ich es nicht besser, könnte ich glauben, du hast dir Sorgen um mich gemacht.«

»Selbstverständlich habe ich mir Sorgen gemacht. Schließlich verlasse ich mich darauf, dass du mich lebendig aus diesem Schloss schaffst«, erwiderte Ceylan. Die Halbwahrheit schmeckte bitter auf ihrer Zunge, vor allem, als sie bemerkte, wie ihre Worte Kheerans Lächeln erstickten, als wäre ein Flammentöter über eine Kerze gestülpt worden.

»Tut mir leid, dass ich dich habe warten lassen.« Kheeran wrang sein blondes Haar aus. Wasser tropfte zu Boden, und Ceylan fragte sich, warum er keine Magie anwandte, um sich zu trocknen.

»Was geht dort draußen vor sich?«

»Ein Aufstand«, antwortete Kheeran mit müder Stimme. »Qhalid und seine Anhänger setzten sich gegen ihre Festnahme zur Wehr. Es kam zum Kampf, und meine Gardisten mussten sie töten. Vermeintlich Unschuldige. Das wurde vom Volk nicht gut aufgenommen. Wir vermuten, dass Qhalids Vater dafür verantwortlich ist.« Er deutete zu den verspiegelten Fenstern hinüber, wo der Regen nicht mehr zu sehen, aber zu hören war.

»Sein Sohn wollte dich umbringen.«

»Dafür gibt es keinen Beweis. Es steht dein Wort gegen ihres, und bisher haben Wárdt und seine Leute keine Hinweise zur Untermauerung deiner Behauptung gefunden. Es könnte eine Lüge sein.«

»Ich lüge nicht!«, platzte es aus Ceylan hervor. »Wie oft muss ich dir das noch sagen? Ich weiß, was ich gehört habe. Sonst wäre ich nicht hier. Qhalid …«

»Ich glaube dir«, unterbrach Kheeran sie und trat auf sie zu. Das gütige Lächeln auf seinen Lippen führte Ceylan vor Augen, warum sie zurückgekommen war. »Aber ich denke auch, dass Qhalid kein Dummkopf war. Er wusste, was er tat und wie er seine Pläne vor dem Rest der Welt verstecken kann.«

Ceylan verschränkte die Arme vor der Brust und wandte den Blick ab.

»Und was will Qhalids Vater mit dem Sturm bezwecken? Davon wird sein Sohn nicht wieder lebendig.«

»Nein, aber er kann seinem Unmut Ausdruck verleihen und mich unter Druck setzen.«

»Auch du kannst seinen Sohn nicht wieder zum Leben erwecken.«

»Aber ich kann auf den Thron verzichten«, erwiderte Kheeran. »Qhalids Vater und die Fae, die ihn unterstützen, betrachten diesen Zwischenfall als einen weiteren Fehlgriff meinerseits. Eine falsche Entscheidung, die elf Fae das Leben gekostet hat.«

»Wirst du ihrer Forderung nachkommen und abdanken?«, fragte Ceylan.

»Nein.« Das Wort wurde von einem kurzen Zögern begleitet, und Ceylan glaubte, auch ein unausgesprochenes *Noch nicht* in Kheerans Stimme mitschwingen zu hören. »Es ist nur ein Unwetter, das weder mir noch dem Schloss etwas anhaben kann«, erklärte Kheeran. Die Worte klangen wie auswendig gelernt. Als würde er eine Rede zitieren, die er für die verängstigten Fae im Palast verfasst hatte. »Außerdem können sie diesen Sturm nicht ewig aufrechterhalten. Ihre Kräfte werden schon bald ermüden.«

Bist du dir da sicher?, dachte Ceylan. Schließlich war Nihalos eine große Stadt. Das Volk konnte die Wolken im Wechsel beeinflussen, während Kheeran eine weitaus geringere Anzahl an Fae zur Verfügung stand. Sie würden viel früher kapitulieren müssen, aber das sagte sie nicht laut. »Kannst du mich trotzdem von hier wegbringen?«

»Die Tunnel sind leider versperrt. Kommandant Wárdt hat dort Wachen aufstellen lassen, aber viel gefährlicher ist der Umstand, dass die Kanäle unter der Stadt mit all dem Regen vermutlich zu reißenden Flüssen geworden sind. Du könntest ertrinken.«

»Ich bin eine unsterbliche Wächterin.«

»Du weißt, dass *unsterblich* nur eine Floskel ist. Ich kann ertrinken. Also kannst du es auch, es dauert nur länger. Aber gib dem Wasser genügend Zeit, und du stirbst den qualvollsten und langsamsten aller Tode.«

»Das heißt, ich muss im Schloss bleiben?« Inzwischen wünschte sie Kheeran zwar keinen qualvollen Tod mehr, aber sie war auch nicht bereit, noch länger versteckt unter Fae zu leben.

Kheeran schüttelte den Kopf. »Nein, hier ist es zu gefährlich. Ich bringe dich an einen sicheren Ort.«

»Vergiss deinen sicheren Ort! Ich will einfach nur nach Hause, zurück nach Thobria.«

»Du kommst wieder nach Hause«, versprach Kheeran. »Aber derzeit ist das nicht möglich. Die Stadt befindet sich im Aufruhr. Meine Gardisten halten noch immer Ausschau nach dir, und das Volk sucht Schuldige, um seinem Hass Ausdruck zu verleihen. Außerdem kannst du mitten in der Nacht nicht in den Nebelwald aufbrechen. Das wäre Selbstmord.«

Ceylan zögerte. Kheeran hatte recht. Nihalos war ein gefährliches Pflaster. Das war es immer, vor allem für eine Frau wie sie. Sie war nicht wie Prinzessin Freya, die zwischen den Unseelie untertauchen konnte, zart, weiß und blond, wie sie war. Sie hingegen fiel mit ihrer braunen Haut in diesem von Inzucht geprägten Land überall auf. Ob es irgendwo in Melidrian einen Halbling gab, dessen Haut so dunkel war wie die ihre?

»Vertrau mir!«, bat Kheeran. »Ich kenne ein Versteck, an dem du sicher bist. Dort verbringst du einige Tage, und ich verspreche dir, dass du bald wieder in Thobria bist. Womöglich kehrt sogar Leigh in dieser Zeit zurück.«

Ceylan bezweifelte, dass es in Nihalos einen Platz gab, der ihr tatsächlich Sicherheit bot, aber ihr blieb nichts anderes übrig, als Kheeran zu folgen. Aus eigener Kraft konnte sie sich nicht aus der gegenwärtigen Lage befreien. Und die Aussicht, aus Melidrian gemeinsam mit Leigh aufzubrechen, klang verlockend. »Wie lautet der Plan?«

»Wir verlassen den Palast durch die Gärten.«

Ceylan lachte. »Ist das dein Ernst?«

Er nickte entschlossen. »Der Regen gibt uns Deckung, und wenn du das hier anziehst, erkennt dich niemand.« Er griff in die Tasche, die er mitgebracht hatte, und zog eine Uniform hervor. Die Uniform eines Gardisten. »Darüber einen Mantel, wie ihn gerade alle tragen, und wir werden unsichtbar.«

Dieser Plan war gewagt, dreist und kühn. Ceylan mochte ihn. Kheeran reichte ihr die Uniform und einen Umhang. Sie betrat die Umkleidekammer und zog sich aus. Dankbar für die Dunkelheit, die ihr ihren Anblick im Spiegel ersparte. *Verräterin!,* hallte es in ihrem Kopf wider, als sie die Uniform der Unseelie anlegte. Dann aber rief sie sich in Erinnerung, dass dies nur eine Tarnung war, um ihre Feinde an der Nase herumzuführen.

Ceylan trat hinter dem Vorhang hervor und legte ihren Umhang an, sie wollte gerade nach ihrem Beutel greifen, als Kheerans Stimme sie innehalten ließ. »Lass ihn hier und pack nur das Nötigste in deine Taschen. Um den Rest kümmern wir uns später. Du bist jetzt ein Gardist. Schon vergessen?«

Ceylan musste nicht lange überlegen, was sie als *das Nötigste* erachtete. Sie stopfte mehrere Feuer-Talente in die Taschen und schob den Dolch, den Kheeran ihr mitgebracht hatte, in den Gürtel an ihrer Uniform. Das eigenartige Brennen, das sie zuvor bei der Berührung mit der Waffe verspürt hatte, war verschwunden. Offenbar hatte sich ihr Körper endlich von dem Zwischenfall im Kerker erholt.

Kheeran zog sich die Kapuze tief ins Gesicht und spähte in den Korridor vor dem Ankleidezimmer. Als die Luft rein zu sein schien, bedeutete er Ceylan, ihm zu folgen. Strammen Schrittes eilten sie durch die Gänge des Palastes, der wie ausgestorben wirkte. Vermutlich waren alle Fae damit beschäftigt, die Wassermassen vom Schloss fernzuhalten.

Das Trommeln des Regens schluckte sämtliche Geräusche. Ceylan hörte weder ihre eigenen Schritte noch das Pochen ihres Herzens, das wie wild in der Brust schlug. Wenn Wárdt oder ein anderer Gardist sie nun entdeckte, wäre sie verloren. Ein weiteres Mal würde Kheeran sie nicht retten können.

Sie benutzten eine schmale Dienstbotentreppe, um nach unten zu gelangen. Nun vernahm Ceylan auch aufgebrachte Stimmen, die Befehle gaben und Anweisungen befolgten. Unten angekommen, eilten sie auf einen der Ausgänge zu. Eine Flügeltür, die von zwei grimmig aussehenden Fae bewacht wurde. Ceylans Schritte gerieten ins Stocken, doch Kheeran lief unbeirrt weiter. Er wurde sogar schneller und zog sich dabei die Kapuze des Umhangs noch tiefer ins Gesicht, als würde er sich bereits für den Regen wappnen, der sie draußen erwartete.

»Aufmachen!«, brüllte er mit verstellter Stimme. Die Gardisten zögerten nicht lange. Jeder von ihnen öffnete eine Seite der Flügeltür, aber nur so weit, dass sich Ceylan und Kheeran gerade eben hindurchzwängen konnten. Wasser schwappte über die Schwelle. Einer der Gardisten vollführte eine Bewegung, als wäre das Wasser eine lästige Fliege, die er mit seiner Magie verscheuchen wollte. Doch nichts geschah. Eine steile Falte bildete sich auf der Stirn des Fae, und er probierte es ein zweites Mal. Aber das Wasser und seine Magie gehorchten ihm nicht.

Vermutlich ist er bereits seit Stunden im Einsatz, dachte Ceylan und eilte hinter Kheeran ins Freie, bevor sie erkannt werden konnte.

Der Lärm des Sturms war ohrenbetäubend. Sie hatte das Gefühl, unter einen Wasserfall geraten zu sein. Ringsum rauschte und spritzte es, und sie spürte, wie sich der Stoff ihres Umhangs vollsog und immer schwerer wurde.

»Hier entlang!«, brüllte Kheeran gegen den Regen an. Ehe Ceylan sichs versah, ergriff er ihre Hand. Sie spürte ein kurzes Auflodern von Hitze, das jedoch nicht anhielt, sondern vom Regen weggespült zu werden schien. Kheeran zog sie hinter sich her über den Hofgang, der zu den Gärten und in die Stadt führte.

Ceylan musste aufpassen, damit sie nicht ausrutschte. Der Boden unter ihren Füßen war schlammverschmiert und glatt wie eine Eisfläche. Während die Regentropfen wie Tausende kleine Dolche zu Boden rasten und ein Vorankommen schwerer machten.

Blind, da der Regenschleier ihr die Sicht raubte, ließ sich Ceylan von Kheeran über den Hof führen. Etwas Gutes hatte der Regen allerdings – er bot die ideale Tarnung. Keine der anwesenden Fae schenkte ihnen besondere Beachtung oder hatte Zeit, sie im Auge zu behalten. Wer nur flüchtig hinsah, hielt sie für vermummte Gardisten.

Ceylan konnte spüren, dass sie das Tor zu den Gärten durchschritten, denn für einen Moment wurde der Niederschlag unterbrochen. Endlich konnte sie Luft holen, ohne fürchten zu müssen, dass sie ertrank. Die Blumen, die hier einst so prächtig geblüht hatten, waren nicht wiederzuerkennen. Ihre Blüten hatte der Hagel zerschlagen, und ihre Blätter waren unter dem Gewicht des Regens abgeknickt. Bäche, die es zuvor nicht gegeben hatte, drohten sich zu einem reißenden Strom zu vereinigen. Dass es dazu nicht kam, wurde lediglich von Steinmauern verhindert, die von Erdmagiern aus dem Nichts erschaffen worden waren.

»Gleich haben wir es geschafft!«, rief Kheeran und umklammerte Ceylans tropfnasse Hand, die ihm um ein Haar entglitten wäre. Kurz darauf wurde der Regen weicher, bis er einem Schauer glich und schließlich ganz verschwand.

Kheerans Schritte wurden langsamer, und Ceylan passte sich ihnen an. Obwohl beide von Kopf bis Fuß durchnässt waren, blieben sie nicht stehen.

Der Stoff klebte schwer und feucht an Ceylans Haut. »Ich fürchte, mir wachsen gleich Kiemen.« Sie sehnte sich nach der trocknenden Flamme eines warmen Kamins. Zumindest bewahrte sie ihre Unsterblichkeit vor einer Erkältung, die ihr in Thobria den Tod hätte bringen können.

Kheeran schmunzelte. »Immerhin bist du jetzt den Gestank des Kerkers los.«

»Ich weiß nicht, ob es das wert war.«

»Bald bist du wieder im Trocknen«, versprach er und führte sie über den Pfad. »Es ist nicht mehr weit.«

Erst jetzt wurde Ceylan bewusst, dass der Fae-Prinz noch immer ihre Hand hielt. Im Regen waren sie einander Anker oder Stolperstein. Entweder standen sie zusammen oder fielen gemeinsam. Doch inzwischen hatten sie den Sturm hinter sich gelassen. Ceylan entzog Kheeran ihre Hand. Sie spürte, wie er kurz ins Stocken geriet, aber er sagte nichts.

Trotz der späten Stunde schlief die Stadt der Unseelie nicht. Durch die Tropfen, die von den Bäumen fielen, vernahm Ceylan Stimmen, die ihr aus Häusern und Seitenstraßen ans Ohr drangen. Irgendwo in der Nähe hielten sich wahrscheinlich auch die Fae auf, die den Sturm zu verantworten hatten. Und gewiss waren auch Gardisten unterwegs, die nach ihnen suchten, um ihnen endgültig Einhalt zu gebieten.

»Verrätst du mir, wohin du mich bringst?«, fragte Ceylan.

»Das wirst du bald sehen.«

»Ich möchte es aber gern gleich wissen.«

Kheeran rümpfte die Nase. »Vertrau mir, du möchtest es nicht wissen.«

»Sag es mir.«

»Ja, sagt es ihr!«, erklang jäh eine Stimme, und zwei Fae traten aus dem Schatten eines Hauses und versperrten ihnen den Weg. Ceylan und Kheeran erstarrten. Trotz der Dunkelheit, die sich während der Nacht über Nihalos gelegt hatte, erkannte Ceylan die angestaute Wut in den Gesichtern der beiden Unseelie und rügte sich dafür, nicht besser auf ihre Umgebung geachtet zu haben. Kaum außerhalb der Reichweite der Gardisten, war sie leichtsinnig geworden.

»Das geht euch nichts an«, antwortete Kheeran und wollte ohne viel Aufhebens an den Fae vorbeigelangen. Doch die Unseelie stellten sich ihm abermals in den Weg. Ceylans Nackenhaare richteten sich auf, und das hatte nichts mit dem kalten Regenwasser zu tun, das ihr in den Kragen lief.

»Ihr kommt aus dem Regen«, stellte der zweite Fae fest. »Ich wette, wenn wir euch eure hübschen Umhänge ausziehen, entdecken wir darunter die Uniform der Garde. Seid ihr losgeschickt worden, um uns aufzuhalten?«

Uns? Wen meinte der Fae? Die Aufwiegler, die den Sturm verursacht hatten? Gehörten sie zu ihnen? Ceylan wollte nicht bleiben, um es herauszufinden. Für gewöhnlich scheute sie keinen Kampf, aber dies war nicht der richtige Ort für eine Auseinandersetzung. »Wir wollen keinen Ärger.«

»Dann legt eure Uniformen ab!«

»Verschwindet!«, zischte Kheeran.

»Wir denken gar nicht daran«, erwiderte der erste Fae und streckte eine Hand aus, als wollte er einen von ihnen packen. In Wirklichkeit setzte er allerdings seine Magie ein – zumindest versuchte er es. Doch nichts geschah. Verdutzt starrte er auf seine Finger, die weder Wasser noch Erde heraufbeschworen.

Einen Herzschlag lang rührte sich nichts, dann brüllte Kheeran »Lauf!« und stürmte zurück in den Regen, der ihnen hoffentlich erneut Deckung bot. Ceylan hatte die ersten Ausläufer des feuchten Schleiers gerade erreicht, als jemand sie an den Schultern packte. Sie wurde nach hinten gerissen, und die Kapuze glitt ihr vom Kopf.

Blitzschnell warf sie sich herum, um sich loszureißen.

Mit derselben Bewegung verpasste sie ihrem Angreifer einen Schlag in den Magen. Der Fae – sie wusste nicht, welcher der beiden – taumelte zurück und hob erneut die Hand. Bevor er jedoch auch nur einen Funken Magie heraufbeschwören konnte, verpasste ihm Ceylan einen weiteren Hieb. Er keuchte auf, bekam aber ihren Arm zu fassen, an dem er fest zu zerren begann. Ein brennender Schmerz fraß sich durch Ceylans Schulter.

»Du elendes Spitzohr!«, zischte sie zwischen zusammengebissenen Zähnen hindurch und holte mit der linken Faust aus. Der Fae ließ sie los, um ihren Schlag abzufangen. Sie nutzte die Gelegenheit, um den Dolch unter dem Umhang hervorzuziehen. In der Ferne hörte sie das Stöhnen von Kheeran, der vermutlich gegen den zweiten Fae kämpfte. Doch sie konnte die beiden Unseelie im diesigen Nass nirgendwo erkennen.

Der Fae, dessen blondes Haar ihm feucht auf den Schultern klebte, stieß ein Schnauben aus. »Was willst du mit diesem Zahnstocher?«

»Das wirst du gleich sehen.« Ceylan holte aus und stieß die Waffe nach vorn. Der Unseelie machte nicht einmal den Versuch, ihr auszuweichen, und der Dolch bohrte sich bis zum Heft in seine Brust. Eine rote Blume erblühte auf seinem Hemd. Ceylan grinste, als der Fae unerwarteterweise kein Keuchen oder Japsen ausstieß, sondern ein Lachen. Er griff nach der Waffe und zog sie geschmeidig aus seinem Körper. Kurz betrachtete er die blutige Schneide, dann schleuderte er den Dolch von sich, während sich die Wunde unter seinem Herzen schloss.

Ceylan taumelte zurück. Das war nicht möglich! Die Magie.

Es war eine wassergebundene Klinge! Kheeran selbst hatte ihr die Waffe gegeben. War das die Schuld des Regens? Sie wusste es nicht, aber ihr blieb keine Zeit, darüber nachzudenken, denn der Fae stürzte sich auf sie. Sie verpasste ihm einen heftigen Tritt. Er fiel zu Boden, aber auch Ceylan verlor das Gleichgewicht auf der rutschigen Erde. Mit den Armen ruderte sie wild in der Luft, um auf den Füßen zu bleiben. Sie fühlte sich an ihren ersten Tag im Niemandsland erinnert. Damals hatte sie gegen Leigh kämpfen müssen, um sich zu beweisen, und damals hatte der schlammige Boden ihr eine Niederlage beschert.

Aber nicht heute!

Ceylan fing sich wieder, aber auch der Fae rappelte sich auf. Sie bedachte ihn mit einem Blick, finsterer als das schwarze Fell einer Elva, und verpasste ihm einen Schlag in die Nierengegend.

Der Fae ächzte laut und holte seinerseits aus. Ceylan wollte sich ducken, schaffte es jedoch nicht rechtzeitig. Die Faust des Fae traf ihr Auge. Sofort setzte ein pochender Schmerz ein, und sie spürte, wie die Haut ringsum aufquoll. Verdammter Mistkerl! Sie sprang nach vorn und täuschte einen Schlag vor, packte aber im letzten Moment das goldene Haar des Fae und zerrte daran, bis er aufschrie.

Sie schmunzelte.

Der Unseelie fletschte die Zähne, und kurz darauf begann eine waschechte Prügelei. Fäuste und Tritte. Ohrfeigen und Bisse. Es war ein dreckiger Kampf. Doch das erste Mal, seit Ceylan einen Fuß nach Melidrian gesetzt hatte, empfand sie einen Kampf als gerecht. Keine Waffen. Keine Magie. Nur Körper und Können. Und eins war klar – davon besaß der Fae nicht allzu viel. Vermutlich hatte er noch nie mit bloßen Händen um sein Überleben kämpfen müssen. Ohne seine Magie war er schwach, geradezu hilflos wie ein Insekt, dem man die Beine ausgerissen hatte.

Ceylan bückte sich und griff nach einer Handvoll Schlamm.

Sie schleuderte die matschige, steinchendurchsetzte Erde in das Gesicht des Fae. Er schrie entsetzt auf. Ceylan nutzte den Augenblick seiner Blindheit und warf sich gegen ihn. Gemeinsam stürzten sie zu Boden. Sie zwang den Fae auf den Bauch. Rittlings setzte sie sich auf seinen Rücken und presste sein schlammverschmiertes Gesicht in den Morast.

Er wollte sich in die Höhe stemmen, doch Ceylans Gewicht hielt ihn am Boden. Wobei sie Kheerans Stimme im Kopf wahrnahm: *Du weißt, dass unsterblich nur eine Floskel ist. Ich kann ertrinken.*

Und wer ertrinken konnte, der konnte auch ersticken. Allerdings wollte sie den Fae unter sich nicht töten. Ein Leichnam warf nur unnötige Fragen auf. Er sollte lediglich ohnmächtig werden, damit sie endlich verschwinden konnte.

Schließlich erstarb die Gegenwehr des Fae. Sein blondes Haar war so dreckverkrustet, dass es braun aussah. Keuchend erhob sich Ceylan. Ihre Arme zitterten vor Anstrengung, und sie konnte nur mit einem Auge sehen. Das andere war zugeschwollen. Sie verpasste dem Fae einen kräftigen Tritt in die Seite, damit er herumrollte und nicht doch noch am Schlamm erstickte. Sein Gesicht war voller Matsch, als wäre er in einem Kothaufen gelandet. Verdient hätte es der Verräter.

Ceylan spuckte auf den reglosen Körper und sah an sich hinab. Ihrem Umhang fehlten fast sämtliche Knöpfe, der Stoff war eingerissen und voller Schlamm. Sie entdeckte sogar einen Wurm, der an ihr klebte. *Igitt!*

Sie zupfte das zappelnde Ding von der Brust, warf es in eine Pfütze und sah sich suchend nach Kheeran um. Irgendwo in der Nähe musste er doch sein. Sie hatte ihn aus den Augen verloren, als die Fae sie angegriffen hatten. Hoffentlich war er mit dem anderen Unseelie fertiggeworden. Am liebsten hätte sie nach Kheeran gerufen. Aber unter den derzeitigen Umständen wäre es wohl unklug gewesen, den Namen des Kronprinzen in die Welt hinauszuposaunen. So oder so konnte er nicht weit sein.

Sie stapfte los. Ihre Schulter schmerzte, und ihr Schädel pochte. Sie befürchtete schon, ihr Körper würde nicht heilen, doch dann spürte sie das warme Kribbeln der Magie. Die Schwellung an ihrem Auge ging zurück, und als sie wieder klar sehen konnte, entdeckte sie einen Schatten inmitten des Unwetters. Kheeran. Er wankte auf sie zu. Ceylan erkannte, dass er seinen Umhang verloren hatte. Und die zuvor helle Uniform klebte ihm nun dunkel und feucht am Körper. Er blieb so dicht vor ihr stehen, dass nicht einmal der dichte Regen ihren Blick auf ihn trüben konnte. »Geht es dir gut?«

»Mir ging's noch nie besser.«

Er lächelte. »Lügnerin. Aber jetzt lass uns von hier verschwinden.«

Ceylan nickte. »Unbedingt.«

Kheeran hielt ihr eine Hand entgegen.

Sie zögerte kurz.

Dann griff sie danach.

34. Kapitel – Onora

– Nihalos –

Onora verriegelte die Tür ihres Schlafgemachs und lehnte sich gegen das Holz des Rahmens. Dabei konnte sie ihre eigenen Gedanken kaum wahrnehmen. Seit Stunden tobte ein Sturm über dem Schloss, heraufbeschworen von den Fae, die sich über Qhalids Tod empörten. Regentropfen und Hagelkörner schlugen mit aller Gewalt gegen die Fensterscheiben, als wollten sie diese zum Bersten bringen. Hoffentlich würden alle Verschwörer zur Rechenschaft gezogen werden. Die Unseelie im Badehaus hatten es verdient zu sterben. Sie hatten geplant, den Prinzen zu ermorden, und es gab nur eine Person, der dies zustand – ihr selbst.

Ihre Gardisten waren während der Krönungszeremonie gescheitert, aber die nächste Wintersonnenwende würde kommen, und bis dahin musste Kheeran noch am Leben bleiben. Sie brauchte ihn, denn in seinen Adern floss das Blut eines mächtigen Königs, obwohl nichts in seinem Gebaren darauf hinwies und das Volk an seiner Bestimmung zweifelte.

Onora holte eine kristallene Schale und einen Dolch aus ihrem Nachtschrank. Es war ein gewöhnlicher Dolch mit einer matten Klinge, die in der Dunkelheit kaum zu erkennen war. Sie stellte die Schale auf das breite Fenstersims. Dahinter herrschte Finsternis, und nur das Prasseln des Regens war zu hören.

Sie küsste den Dolch, und mit einer fließenden Bewegung zog sie die Klinge über die Innenfläche der einen Hand. Dickflüssig tropfte ihr Blut in die Schale und sprenkelte das Glas dunkelrot.

Dieses abendliche Ritual war ihr mit den Jahren in Fleisch und Blut übergegangen. Sie beobachtete, wie sich das Gefäß langsam füllte … zu langsam.

Fest drückte sie mit den Fingernägeln in die Wunde. Ein brennender Schmerz durchfuhr ihren Körper. Sie unterdrückte ihn und presste die Lippen aufeinander, damit ihr kein Laut entwich. Die schnelle Selbstheilungsgabe der Fae war zumeist ein Segen, in Momenten wie diesem jedoch ein Fluch. Selbstverständlich hätte sie den Schnitt auch mit dem magiegeschmiedeten Dolch vornehmen können. Doch das hätte eine Narbe hinterlassen, und nach Sonnenaufgang sollte nichts auf dieses Ritual hinweisen, das sie bereits seit Jahrzehnten vollzog, um Cernunnos ihre Verehrung zu erweisen und ihn um einen Traum zu bitten.

»Gottheit, die Ihr mich in der Anderswelt hört,
Ich rufe Euch bei Eurem Namen, Cernunnos,
Und bei Eurer Gestalt des Gehörnten.
Ihr seid jener, der am Ende auf uns wartet.
Und jener, der uns empfängt«, murmelte Onora das Gebet, das in keinem Tempel der Stadt mehr zu hören war. Seit dem Krieg mit den Menschen war der Gott des Todes verpönt. Viele Fae waren im Kampf gefallen und dem Leben entrissen worden. Eine Schuld, die man Cernunnos anlastete. Was die meisten Seelie und Unseelie nicht sehen wollten, war die Tatsache, dass nicht der Gott des Todes sie im Stich gelassen hatte, sondern die Götter des Lebens – Yule, Ostara, Litha und Mabon.

Ihre Magie war zu schwach gewesen, um gegen die dunklen Krieger der Menschen zu bestehen. Doch die Furcht vor dem Tod hatte die Fae dazu getrieben, ihren Gott zu verstoßen. Man hatte Cernunnos' Schriften verbrannt, seine Statuen gestürzt oder verkommen lassen und seine Tempel niedergerissen. Im Innenhof des Palastes erinnerte nur noch eine dunkle Basaltfläche an die prachtvolle Gebetsstätte, die einst für Cernunnos errichtet worden war. Ihr Anblick entfachte in Onora jedes Mal aufs Neue heißen Zorn. Sie hatte nichts gegen die anderen Götter. Yule hatte ihr die Magie des Wassers und Ostara die Magie der Erde geschenkt, aber von Cernunnos war sie mit der Gabe des Träumens bedacht worden.

Wenn sie die Augen schloss und einschlief, sah sie Dinge, die ihr in Wirklichkeit verborgen waren. Nur ihrer Gabe war es zu verdanken, dass Prinz Kheeran nach elf Jahren sicher an den Hof der Unseelie zurückgekehrt war. In einem ihrer Träume hatte sie ihn gemeinsam mit König Andreus an einer Tafel sitzen sehen. Und es waren auch ihre Träume gewesen, welche so viele Attentate auf den jungen Thronerben vereitelt hatten – bis zu seiner Krönung, bis zur Konvergenz der Welten.

Allerdings würde nie jemand erfahren, mit welchem Wissen sie im Hintergrund die Fäden gezogen hatte, denn die Gabe des Träumens war Onoras wohlgehütetes Geheimnis. Niemand wusste davon. Nicht einmal ihr ältester Freund König Nevan hatte etwas davon geahnt. Ihm war jedoch auch das Gift verborgen geblieben, das sie wochenlang Tropfen für Tropfen unter sein Essen gemischt hatte. An manchen Tagen vermisste sie ihn, aber er hatte sterben müssen, um Kheeran einen Grund zu geben, das Tor zur Anderswelt zu öffnen.

Inzwischen hatte sich ausreichend Blut in der Schale gesammelt. Onora öffnete ihre Handflächen und zog die Nägel aus dem verletzten Fleisch. Mit blutigen Fingern riss sie sich eins ihrer geliebten Haare aus und warf es in die Schale. Ein Opfer.

»Gottheit, die Ihr mich in der Anderswelt hört,
Ich rufe Euch bei Eurem Namen, Cernunnos,
Und bei Eurer Gestalt des Gehörnten.
Ihr seid jener, der am Ende auf uns wartet.
Und jener, der uns empfängt«, betete sie erneut und knüpfte ihr Kleid auf, bis sie völlig entblößt vor dem Fenster stand. Die Zeichen des Alters waren auf ihrem Körper nicht länger zu leugnen. Ihre Brüste, die nie ein Kind gestillt hatten, hingen tiefer,

und dunkle Flecken zeichneten sich wie Sternenbilder auf ihren Armen ab.

Sie nahm die Schale in die Hände, tauchte einen Finger in das Blut und zeichnete sich einen Stern auf die Stirn. Den Kopf andächtig gesenkt, verbeugte sie sich vor ihrer Opfergabe und sprach abermals das Gebet. Die Worte flossen ihr wie ein Gesang von der Zunge. Lange Zeit hatte sie in diesen Momenten die Anwesenheit ihres Gottes verspürt, doch seit der Krönung und ihrem Scheitern, ihn in ihre Welt zu holen, blieb er ihr fern – verschmähte sie. Aber sie würde nicht aufgeben, seine Gunst zurückzugewinnen.

»Es tut mir leid«, raunte sie ihre Entschuldigung dem Gott zu, der ihr nicht nur Träume geschenkt, sondern sie darin auch besucht hatte. In der Gestalt eines Mannes mit zwei Hörnern, die ihm wie ein Geweih aus der Stirn sprossen. »Ich habe versagt, und das ist unverzeihlich. Ich achte Euer Schweigen, aber hört mir zu – es ist nichts verloren. Die nächste Wintersonnenwende kommt, und diesmal werdet Ihr die Brücke in unsere Welt überschreiten, dafür werde ich sorgen. Und wenn ich dafür mit meinem eigenen Leben bezahlen muss. Ihr seid mein Gott, und ich werde alles für Euch tun. Das müsst Ihr mir glauben.«

Sie verstummte und wartete auf eine Antwort. Doch nichts geschah. Die Härchen an ihren Armen stellten sich auf, aber dies war kein göttliches Zeichen, sondern nur ihre Angst, von Cernunnos endgültig verlassen worden zu sein. Dafür konnte sie niemanden verantwortlich machen außer sich selbst. Sie hatte alles geplant. Während der Zeremonie hätte Kheeran sterben sollen, aber der Prinz hatte überlebt.

Onora schluckte ihre Enttäuschung hinunter, als sie sich eingestehen musste, dass Cernunnos ihr auch an diesem Tag nicht antwortete und ihr eine weitere traumlose Nacht bevorstand. Erschöpft wankte sie in das Marmorbad, das neben ihrem Schlafgemach lag, und schüttete das Blut in den Ausguss.

Gedankenverloren beobachtete sie, wie die purpurne Flüssigkeit rote Schlieren auf dem hellen Stein des Beckens zurückließ. Sie wusch sich die Stirn und reinigte den Trog, bevor sie ins Bett stieg. Das Wasser der Matratze gluckerte unter ihr, aber trotz des sanften Wogens fand sie keinen Schlaf.

Plötzlich hörte sie ein Klicken und Knarren, und ein Spalt aus fahlem Licht fiel ins Zimmer. Hatte sie vergessen, die Tür abzuschließen? Blind tastete sie nach dem Dolch, der neben ihr auf dem Tisch lag.

Ein Schatten glitt ins Zimmer.

»Wer seid Ihr?«, fragte Onora und schob die Beine über die Bettkante. Trotz ihrer Sinne, die um einiges schärfer waren als die der Menschen, konnte sie den Eindringling nicht erkennen. Er trug einen Umhang, die Kapuze tief in die Stirn gezogen.

Der Fremde antwortete nicht.

»Wer seid Ihr?«, wiederholte Onora drängender und erhob sich von ihrer Matratze, den Dolch drohend ausgestreckt. Waren die Attentäter, die Kheerans Leben forderten, nun gekommen, um sie zu holen?

»Ihr wisst, wer ich bin.«

Onora erstarrte. Sie kannte diese Stimme, aber sie klang verändert. Herrischer. Die Kehle wurde ihr eng, und ein aufgeregtes Flattern breitete sich in ihrer Brust aus. Sie kannte diesen Tonfall. Konnte es sein …? »Mein … mein Herr?«

Er erwiderte nichts, sondern näherte sich geräuschlos, als würden seine Füße über den Boden schweben. Dicht vor ihr hielt er inne. Seine große Gestalt ragte über ihr auf, und sie vernahm den Duft des Nebelwaldes, erdig und kühl. Sie neigte den Kopf und erhaschte einen Blick auf sein vertrautes Gesicht. Seine Augen waren noch immer blau. Seine Haare noch immer blond. Und doch war er ein anderer. Wie war das möglich?

Tränen der Freude traten ihr in die Augen. Sie sank vor ihrem Gott auf die Knie. Ihr blondes Haar ergoss sich wie ein Teich vor

Cernunnos' Füßen. »Es ist mir eine Ehre, Euch von Angesicht zu Angesicht zu sehen.«

»Erhebt Euch!«

Willenlos gehorchte sie. Die Luft war erfüllt vom Flirren seiner Macht. Sie konnte es kaum glauben – sie hatte nicht versagt. Er hatte die Brücke zwischen den Welten überquert und war nun hier, um einzufordern, was ihm zustand.

»Reicht mir Euren Dolch!«

Mit einer Verneigung überreichte ihm Onora die Waffe. Ihre Hände zitterten vor Erregung. Ihre Finger streiften die seinen, und sie spürte seine Magie, stärker als all jene, die sie bis zu diesem Tag gekannt hatte. Ein Funke dieser Macht jagte durch ihren Körper und bahnte sich einen Weg in ihren Kopf, bohrte sich in ihren Verstand. Sie rang nach Luft. Der Geruch des Waldes wurde stärker, und plötzlich sah sie eine Lichtung vor ihrem inneren Auge. Die Lichtung, auf der sie als Kind gespielt hatte. Es war eine schöne Erinnerung. Sie hörte das Zirpen der Grillen, das Quaken der Frösche und das Surren der Libellen, die einen Tümpel umschwirrten, an dessen Ufer ein prächtiger Hirsch stand, mit einem Fell weiß wie Schnee. Er war in Wirklichkeit nie dort gewesen.

Er hob den Kopf, und ihre Blicke begegneten sich. Seine Augen waren von einem leuchtenden Blau und zogen Onora magisch an. Doch dann blinzelte das Tier, und seine Pupillen wurden rabenschwarz. Wie Gift in einem Körper breitete sich die Dunkelheit aus. Sie kroch über sein Fell, bis es dunkel glänzte wie das einer Elva. Und all das Licht verwandelte sich in Finsternis.

Die Insekten verstummten.

Der Tümpel färbte sich rot.

Das Gras unter Onoras Füßen starb.

Es wurde still.

Ein Gefühl der Leere erfasste sie … Und plötzlich stand sie

wieder in ihrem Schlafgemach. Schmerz pulsierte in ihrer Brust. Kälte erfasste ihren Körper. Zitternd blickte sie an sich hinab. Und entdeckte den Dolch in ihrer Brust.

Ihr Blut breitete sich aus wie die Dunkelheit.

Teil 3

Einige Tage später …

35. Kapitel – Larkin

– Thobria –

Larkin bevorzugte es, bei Nacht zu reisen, wenn die Welt schlief und die Schatten ihm Schutz gewährten. Die Gardisten des Königs waren ihm immer noch auf den Fersen, aber diese Narren waren bei Dunkelheit leichter abzuschütteln als ein Klumpen Dreck, der sich in der Sohle seines Stiefels verfangen hatte. Das trübe Licht der Monde brachte noch einen weiteren Vorteil mit sich. Es lockte zwielichtige Gestalten aus ihren Verstecken. Diebe verließen ihr Lager, um Unschuldigen aufzulauern, und Betrüger machten es sich in Tavernen gemütlich, um Betrunkene auszunehmen. Das erleichterte Larkin seine Arbeit ungemein. Er musste nur eines tun – warten.

Und warten.

Und warten.

Manchmal wartete er vergeblich. Der Morgen brach an, und die ersten Sonnenstrahlen berührten die Erde, ohne dass er jemandem das Leben hatte retten müssen. Niemand hatte sein Gold von ihm zurückerhalten. Und keine Frau hatte ihm mit tränenerfüllten Augen gedankt. Dies waren die besten Nächte. Nächte, die ihm den Glauben an das Land und seine Bewohner zurückgaben.

Heute war keine dieser Nächte. Warmes Blut tropfte von Larkins Fingern und von der Klinge seines Schwertes, die über der Kehle eines Diebes schwebte, der einen Handelswagen hatte überfallen wollen. »Bitte, verschont mich!«, flehte der Mann und stieß einen wimmernden Laut aus, der ebenso gut von einem verängstigten Hund hätte stammen können.

»Ich wüsste nicht, womit du das verdient hättest«, erwiderte Larkin. Sein Blick zuckte zu dem Komplizen des Diebes, der wenige Schritte entfernt leblos zwischen zwei Bäumen lag; das Herz durchbohrt. Larkin hatte ihn nicht töten wollen, aber ihm war keine Wahl geblieben, nachdem ihm der Kerl ein Messer in die Schulter gerammt hatte. Die Wunde hatte sich bereits geschlossen, nur die Löcher in seinem Umhang und seinem Hemd zeugten noch von dem Angriff.

»Ich habe Frau und Kinder«, beteuerte der Räuber, der vor Larkin auf dem gefrorenen Boden kauerte. Es war eine kalte Nacht, und der Wind blies so eisig, dass Larkin vor dem Kampf jegliches Gefühl in Armen und Beinen verloren hatte. Nun jedoch glühten seine Wangen, und sein Herz raste noch immer von der Aufregung.

»Mmmmpff!«, grunzte der Händler, der dem Überfall entronnen war. Gefesselt und geknebelt lag er noch immer auf dem Boden neben seinen beiden Pferden, die vor einen Handelswagen gespannt waren. Unruhig warfen die Tiere die Köpfe hin und her und scharrten mit den Hufen, als könnten sie es kaum erwarten, den Wald zu verlassen. Sie waren umgeben von dürren Bäumen mit morschen Ästen, die weit in den dunklen Nachthimmel aufragten. Ringsum kroch kleines Getier durch das Unterholz, und in der Ferne heulte ein einsamer Wolf.

Larkin blickte zu dem Räuber hinunter. Seine Haut war blutbeschmiert und schmutzverkrustet, und er zitterte am ganzen Leib. In seinem Schritt hatte sich sogar ein feuchter Fleck gebildet. »Warst du vor Kurzem in Rigwall?«

Verwirrung blitzte in den angsterfüllten Augen des Diebes auf. »Nein, mein Herr.«

»Bist du dir sicher?«

»Ja, ich schwöre es bei meinem Leben.«

Larkin brachte seine Klinge noch näher an den Hals des Mannes. Die kleinste Bewegung würde nun ausreichen, um ihm die Kehle aufzuschlitzen. »Dein Leben ist im Augenblick nicht viel wert.«

»Dann schwöre ich beim Leben meiner Frau.« Tränen liefen ihm über das Gesicht. »Ich war noch nie in Rigwall. Ihr müsst mir glauben. Bitte, lasst mich gehen! Ich verspreche, ich werde nie wieder das Gesetz brechen. Nie wieder!«

Larkin betrachtete den Kerl. Er sah erbärmlich aus, wie er dort vor ihm kniete, sich selbst einnässte und das Leben seiner Frau ausspielte, um sein eigenes zu retten. Einige Herzschläge lang ließ Larkin ihn noch zappeln, dann zog er das Schwert zurück und schob es in die Scheide auf seinem Rücken. »Sollte ich erfahren, dass du so etwas noch einmal tust, komme ich zurück und töte dich. Langsam und qualvoll, und deine Frau muss dabei zusehen. Verstanden?«

Der Räuber nickte.

»Dann verschwinde!«, zischte Larkin. Er deutete auf den Leichnam unweit von ihm. »Und nimm deinen Freund mit, bevor der Gestank die wilden Tiere anlockt.«

Ohne Larkin aus den Augen zu lassen, rappelte sich der Mann auf. Er schwankte, nachdem er zuvor einen kräftigen Tritt gegen das Schienbein verpasst bekommen hatte. Womöglich war es gebrochen. Er humpelte zu seinem Komplizen. Immer wieder sah er sich dabei um, als fürchtete er sich davor, ein Messer in den Rücken gerammt zu bekommen. Umständlich wuchtete er den Leichnam auf seine Schultern und machte sich davon, so schnell ihn sein verletztes Bein trug.

Larkin blickte ihm nach, bis er von der Dunkelheit des Waldes verschluckt wurde, und hoffte, in seiner Gutmütigkeit keinen Fehler begangen zu haben. Aber es widerstrebte ihm, einen wimmernden, unbewaffneten Mann zu töten, auch wenn dieser einen Raub geplant hatte.

Schließlich wandte sich Larkin dem Händler zu, dessen Hilferufen er gefolgt war, bevor man ihm den Mund gestopft hatte. Er ging vor ihm in die Hocke und zog ihm den Knebel aus dem Mund. Erleichtert rang der Mann nach Luft. »Ich danke Euch! Ich dachte schon, mein letztes Stündlein habe geschlagen.« »Ihr hattet Glück, dass ich in der Nähe war«, entgegnete Larkin. Er hatte sich abseits des Pfades gehalten, um nicht erkannt zu werden, denn auf den diesigen Wegen tummelten sich ungewöhnlich viele Menschen. In Scharen pilgerten sie in die Stadt Weidar, die im Volksmund nur Zweihorn genannt wurde. Dort stand der älteste Tempel des Landes, in dessen Katakomben die Gebeine von König Nechtan dem Dritten ruhten.

»Wie ist Euer Name?«, erkundigte sich Larkin und zog Freyas Dolch hervor, um die Fesseln aufzuschneiden. Im Licht der Fackeln, die am Häuschen des Handelswagens befestigt waren, entdeckte er rote Striemen auf der Haut des Mannes.

Dieser rieb sich die wunden Handgelenke. »Cameron Ledois. Und wie heißt Ihr?«

»Kaiden Falleave«, erwiderte Larkin. »Seid Ihr verletzt?«

Cameron schüttelte den Kopf und erhob sich vom Boden. Er trug schlichte, aber gepflegte Kleidung, und sein Haar hatte dieselbe Farbe wie die Erde unter seinen Füßen. »Nein, ich bin mit einem Schrecken davongekommen. Was ist mit Euch? Diese Gauner waren nicht zu Scherzen aufgelegt.«

Larkin schnaubte. Möglicherweise war es den beiden Kerlen ernst gewesen, aber die Art ihres Angriffs hatte dies nicht widergespiegelt. Vermutlich hätte er nicht einmal sein Schwert zücken müssen, um sie zu vertreiben. »Macht Euch keine Sorgen, mir geht es prächtig«, beteuerte er und ließ Freyas Dolch unter seinem Umhang verschwinden, bevor der Händler das königliche Emblem entdecken konnte.

Mit zitternden Fingern strich Cameron einem seiner Pferde über den Hals. Das aufgescheuchte Tier beruhigte sich allmäh-

lich, obwohl der Geruch von Blut noch immer in der Luft hing.
»Ich würde Euch gern belohnen.«

»Das ist nicht nötig.«

»Aber ich möchte es. Hättet Ihr mir nicht geholfen, hätten die Halunken mir womöglich alles genommen.« Cameron zog eine Tasche unter der Bank seiner Kutsche hervor und entnahm ihr eine Handvoll Münzen, die er Larkin mit einladender Geste anbot. »Hier bitte!«

»Behaltet Euer Geld und nehmt mich stattdessen ein Stück mit«, bat Larkin. Er war seit dem Fund des Tagebuches ununterbrochen unterwegs, und allmählich schmerzten ihm die Füße. Ein Pferd wollte er sich dennoch nicht holen, denn er schätzte die Beweglichkeit, die mit einem Fußmarsch einherging. Er konnte sich mühelos hinter Bäumen verstecken oder in einem Tümpel untertauchen, sobald Gefahr drohte, entdeckt zu werden. Und in den Städten musste er sich nicht darum sorgen, sein Pferd zurückzulassen, wenn er schnell flüchten musste, so wie damals mit Freya in Limell oder Ciradrea.

»Wohin seid Ihr unterwegs?«, fragte Cameron.

»Zweihorn.«

Der Händler dachte kurz nach, dann nickte er entschlossen und schob die Münzen in den Beutel zurück. »Springt auf! Ich freue mich über etwas Gesellschaft, vor allem von einem so guten Kämpfer«, sagte er mit besorgtem Blick in die Richtung, in welcher der Räuber verschwunden war.

»Keine Sorge. Solange ich bei Euch bin, seid Ihr in Sicherheit.«

Cameron prüfte die Geschirre der Pferde, und bereits kurze Zeit später setzten sie sich mit einem Rattern in Bewegung. Dabei wurde Larkin auf dem Kutschbock hin und her geworfen, während sie über den steinigen Weg rumpelten.

»Was führt Euch nach Zweihorn?«, fragte Cameron, ohne den Blick von dem Pfad abzuwenden, der nur vom schummrigen Licht der Fackeln erleuchtet wurde.

Larkin zog einen Stofffetzen aus seinem Beutel, um sich das Blut der Diebe von den Fingern zu wischen. Es war bereits geronnen, und er musste kräftig reiben, um es vollständig von seiner Haut zu bekommen. »Ein alter Freund.«

»Ahhhh«, sagte Cameron wissend, als hätte er sich das denken können. »Aber Ihr seid weit weg von zu Hause. Ihr stammt aus Evardir. Das höre ich.«

Larkin brummte nur und spähte dann schweigend durch das finstere Dickicht des Waldes. Seine Sinne waren vom Kampf noch immer geschärft. In der Ferne hörte er das Scharren eines Ebers, der versuchte, den gefrorenen Boden aufzuwühlen, und das Brechen von Zweigen, entweder war das ein großes Tier oder der fliehende Räuber, der nur langsam vorankam.

»Dann wird es Euch in Zweihorn gefallen. Inzwischen hat der Winter auch dort Einzug gehalten, aber es wird dennoch wärmer sein als in der Eisigen Stadt. Außerdem gibt es dort viele Möglichkeiten, sich warm zu halten. Der Tempel lockt zahlreiche Besucher in die Stadt, und wo viele Menschen sind, gibt es viele Tavernen, und wo es viele Tavernen gibt, gibt es viele Huren.«

Cameron lachte. Larkin ließ lediglich ein erneutes Brummen hören. Der Mann tat ihm irgendwie leid in seinem zwanghaften Versuch, die Stille zwischen ihnen zu überbrücken, aber worüber hätten sie schon reden sollen? Sein ganzes Leben war ein Geheimnis, und jedes Wort konnte ihn verraten.

Cameron lachte. »Ich sehe, Ihr seid kein Mann großer Worte, aber das sagt man euch Nördlingen ja nach. Ich rede immer zu viel. Meine Schwester sagt, meine Zunge ist wie ein Wasserrad. Solange Blut durch meinen Körper fließt, wird sie nicht erlahmen.« Cameron zuckte mit den Achseln. »Ich hoffe, das stört Euch nicht.«

Larkin schüttelte den Kopf, denn solange Cameron redete, musste er nichts sagen, und ihm fiel es leicht, Anteilnahme zu heucheln, das hatte er ebenfalls bei den Wächtern gelernt. Denn nach mehreren Jahrzehnten an der Mauer wiederholten sich die Geschichten, welche sich die Männer erzählten. Dennoch ließ man sie reden, denn man wusste aus eigener Erfahrung, wie wichtig es war, manche Erinnerungen auszusprechen. Nur so konnten sie am Leben erhalten werden.

36. Kapitel – Weylin

– Melidrian –

Er wurde beobachtet. Zwar sah Weylin die Elva nicht, welche in der Dunkelheit lauerten, aber er spürte sie. Ihre Anwesenheit war wie der Lufthauch, der seinen Nacken streifte, wenn er nachts allein im Bett lag. Manchmal war es nur der Wind, der ihn neckte. Manchmal aber auch der Atem eines rothaarigen Monsters, das zu ihm unter die Laken kroch. Und auch jetzt mochten das Knacken von Ästen und das Rascheln der Blätter vom Wind stammen. Doch es gab noch andere Geräusche. Das ungeduldige Scharren von Krallen über den Erdboden. Das erwartungsvolle Knirschen messerscharfer Zähne. Und das verräterische Gackern purer Schadenfreude, jedes Mal, wenn er über eine Wurzel stolperte und zu fallen drohte.

»Verschwindet!«, zischte Weylin in Richtung der Schatten und hätte am liebsten den Dolch in seiner blutverschmierten Hand weggeschleudert. Doch die Waffe war zu wertvoll. Es war die einzige, die ihm noch geblieben war. Die anderen hatte er im Kampf gegen die Elva bereits verloren. Denn immer wieder wurde er von diesen Missgeburten angegriffen. Nicht aus Angst. Nicht aus Hunger. Nicht aus Gier. Sondern aus purer Freude. Nicht am Töten, aber am Quälen. Sie machten sich einen Spaß daraus, ihn leiden zu sehen. Deshalb beobachteten sie ihn auch, statt über ihn herzufallen wie ein hungriges Wolfsrudel.

Weylin gönnte den Elva diese Genugtuung nicht, aber es fiel ihm zunehmend schwerer, sich auf den Beinen zu halten. Es war allerdings nicht die Bisswunde am Arm, die ihn auf die Knie zwang. Und auch nicht die Kratzer, die sich über seinen Leib zogen. Es war das Gift, das mit jedem Herzschlag weiter durch seinen Körper gespült wurde. Ihm war schwindelig, und ein drückender Kopfschmerz erschwerte es ihm, die Augen offen zu halten. Obwohl das kaum einen Unterschied gemacht hätte, denn die Finsternis ringsum schien vollkommen. Er war im Nichts, umgeben von Büschen, Sträuchern und spitzen Felsen, die wie Stacheln aus dem Boden ragten. Die Luft war erfüllt vom Duft nach Regen, und die Wolken am Himmel hingen so tief, als wollten sie als Nebel auf die Erde herabsinken.

Weylins ohnehin träge Schritte wurden noch langsamer. Der Pfad vor ihm kroch einen Hügel hinauf. Bei den Elva, genau das, was seine lahmen Beine brauchten! Suchend sah er sich in der Dunkelheit um. Er war sich sicher, dass sein Blick die von mindestens einem Dutzend Elva streifte, auch wenn er sie nicht ausmachen konnte. Einige Fuß entfernt unter einem Baum entdeckte er einen abgebrochenen Ast und hob ihn auf. Das Holz fühlte sich morsch an, aber es war besser als nichts. Er entfernte die abstehenden Zweige und stützte sich auf den Ast wie auf einen Gehstock. Es knirschte, und er fürchtete, dass das Holz jeden Augenblick unter der Last seines Gewichts zusammenbrechen könnte und er zu Boden stürzte.

Den Gehstock in der einen, den Dolch in der anderen Hand, machte sich Weylin an das Erklimmen des Hügels. Bei jedem mühevollen Atemzug verspürte er einen Stich in der Brust. In seinen Wunden fühlte er das Pochen seines Herzens und erkannte darin einen Rhythmus.

Sie waren dunkel wie die Nacht.

Dunkel wie das Meer.

Schwarz waren ihre Augen.

Und schwarz war ihr Blut.

Die Melodie war nur in seinem Kopf. Seine Kehle war zu trocken und seine Zunge zu schwer, um die Worte auszusprechen. Doch der Takt trieb ihn vorwärts, immer weiter und weiter und weiter, ohne dass er sich darüber im Klaren war. Es war, als wäre er in seinem Kopf gefangen, während der Blutschwur ihn weiter nach Süden zerrte, Richtung Daaria. Er vermisste seine Heimat, allerdings nicht das, was dort auf ihn wartete. Doch der Blutschwur zwang seinen geschundenen Körper zu Valeska. Jeder Schritt, den er sich wohl wissend von der Hauptstadt der Seelie entfernte, wurde mit zusätzlichen Schmerzen bestraft, die von dem Mal ausstrahlten, das auf seinem Rücken brannte.

Sein umschatteter Verstand fragte sich, ob ein langsamer, qualvoller Gifttod nicht gnädiger wäre als das, was ihn in Daaria erwartete. Gewiss waren die Tage im Kerker der Unseelie nicht Valeskas einzige Strafe gewesen. Er sah sich bereits gefesselt auf ihrem Bett, einen Knebel im Mund, während die Königin auf ihm ritt, einen Ausdruck des Entzückens auf dem Gesicht, weil sie wusste, wie sehr ihn dies brechen würde.

37. Kapitel – Ceylan

– Nihalos –

Ceylan rümpfte die Nase und unterdrückte mit aller Gewalt jeden Gedanken daran, was für eine Körperflüssigkeit sie gerade vom Boden aufwischte. Denn zu ihrem Bedauern war es kein Blut. Innerlich verfluchte sie Kheeran dafür, dass er sie ausgerechnet hierhergebracht hatte, obwohl sie wusste, dass ihm keine andere Wahl geblieben war. In ganz Nihalos gab es wohl keinen sichereren Ort für sie.

»Bist du immer noch nicht fertig?«, erklang eine Stimme.

Ceylan hob den Kopf und entdeckte Seoras. Vollkommen entkleidet lehnte er am Türrahmen und betrachtete sie mit verschlossener Miene. In der ersten Zeit hatte seine Nacktheit sie stets dazu getrieben, beschämt den Kopf zu senken. Mittlerweile hielt sie dem Blick aus seinen blauen Augen stand, ohne mit der Wimper zu zucken. »Du könntest mir helfen, statt wie ein Nichtsnutz herumzustehen.«

Seoras tippte sich nachdenklich ans glatt rasierte Kinn. »Mhh … nein.«

»Dann verpiss dich!«, fauchte Ceylan, bevor sie den Lappen ein zweites Mal in den Eimer mit dem lauwarmen Wasser tauchte. Sie hasste diesen Fae. Genau genommen hasste sie *alle* Fae, aber diesen ganz besonders. Seoras genoss es, sie auf Knien zu sehen und dabei zu beobachten, wie sie seinen Dreck aufwischte, nachdem er mit seinen Freiern zusammen gewesen war.

Anfangs hatte sich Ceylan geweigert, für die Fae zu arbeiten, aber nur unter dieser Bedingung hatten ihr Bryok und seine Frau Daimhin gestattet zu bleiben. »*Wir können hier keine Wächterin brauchen, die unseren Kunden auflauert*«, hatte sie gesagt, und weil die Aufstände in der Stadt ihr keine andere Wahl gelassen hatten, hatte Ceylan sich gebeugt. Im festen Glauben, längstens zwei Tage in dem Etablissement ausharren zu müssen. Doch die Kämpfe der Fae dauerten an, und sie war nicht gewillt, in einer Schlacht zu sterben, in der sich Unseelie gegenseitig bekriegten. Wenn sie eines Tages den ewigen Frieden segnete, dann in ihrem Versuch, ein Menschenleben zu retten.

Ceylan leerte den Eimer und verteilte Tropfen eines wohlduftenden Öls im Raum. In Bryoks Etablissement gab es keine Fenster, denn das Freudenhaus lag unterirdisch in einem Labyrinth aus Höhlen und Gängen, die einst von Erdmagiern gegraben worden waren. Was es beinahe unmöglich machte, den schier unerträglichen Gestank von Sex zu vertreiben, der sich überall ausbreitete.

Was Ceylan jedoch noch mehr störte als der Geruch, war die fehlende Sonne. Sie fühlte sich wie lebendig begraben, und die Lampen, in denen das magische Feuer der Seelie brannte, halfen dagegen nur wenig.

Nachdem sie das Öl verteilt und das Bett mit seinen zahlreichen Kissen gerichtet hatte, prüfte sie, ob Seoras' Dolch noch unter der Matratze lag. Die Waffe war für den Notfall gedacht, sollte einer von Bryoks Angestellten in Schwierigkeiten geraten, denn Magie war in seinem Freudenhaus verboten. Die niedrigen Decken und engen Zimmer konnten schnell zur Gefahr werden.

»Bist du jetzt endlich fertig?«

Seoras war zurück, und er war nicht allein. Eine Frau war bei ihm, die noch vollständig bekleidet war. Sie hatte einen kahl rasierten Schädel und ermöglichte somit einen ungehinderten Blick auf ihre spitzen Ohren, die mit goldenen Aufsätzen versehen waren, wie Kheeran sie stets trug.

Mit lüsternem Blick musterte sie Ceylan. »Wer ist sie?«

»Ein Niemand«, antwortete Seoras.

»Aber ein sehr hübscher Niemand«, schnurrte die Frau und trat dicht an Ceylan heran. Der süßliche Duft von Pelagon stieg ihr in die Nase. Das séakische Rauschmittel war in ganz Lavarus verboten, und genau dieses Verbot machte Bryoks Freudenhaus zu einem sicheren Ort. Niemand konnte darüber reden, was im Untergrund vor sich ging, ohne sich nicht selbst zu verraten. »Findest du nicht auch, Seoras?«

»Für einen Menschen ist sie ganz ansehnlich.«

Die Frau seufzte verträumt. »Darf sie mitmachen?«

Angewidert verzog Ceylan die Lippen. Nicht zum ersten Mal wurde ihr angeboten, als Gespielin zu dienen. Doch sie hatte kein Verlangen danach, einer Fae näher zu kommen, als unbedingt nötig war.

Seoras zuckte mit den Achseln. Wie die meisten Unseelie war er groß und schlank, mit drahtigen Muskeln und langem blondem Haar, das ihm bis zum Gemächt reichte. »Von mir aus, aber das kostet dich mehr.«

»Bedaure, aber ich ramme mir lieber ein Schwert in den Hintern, als mit euch beiden das Bett zu teilen«, erklärte Ceylan mit kaltem Lächeln. Sie schob sich an der Unseelie vorbei und verließ den Raum. Der Flur, von dem ein Dutzend weitere Zimmer abzweigte, war mit rotem Teppich ausgelegt und nur dämmrig beleuchtet. Es roch nach Opium und Pelagon. Doch der Duft der Drogen war für Ceylan leichter zu ertragen als der Geruch von Lust und Sperma in den Räumen. Bedauerlicherweise konnte sie jedoch hören, was hinter geschlossenen Türen vor sich ging. Die Fae, die sich dort vergnügten, stöhnten und keuchten, jauchzten und schrien in ihrer Lust wie die wilden Tiere, die sie waren.

Ceylan folgte dem Gang in Richtung des Salons. Dort spielte zumindest Musik, aber auch hier war sie nicht vor der Anwesenheit der Fae gefeit. Halb nackte Tänzer und Tänzerinnen bewegten sich im Takt der Melodie für die Besucher, die an den Tischen Karten spielten, sich Drogen einverleibten oder zwielichtigen Geschäften nachgingen.

Sie trat an die Theke. »Bin ich für heute mit meiner Arbeit fertig?«

»Sieht ganz danach aus«, antwortete Daimhin oder Daim, wie Ceylan sie nannte, und schob ihr ein Wasserglas zu. Die Inhaberin des Freudenhauses war für eine Fae recht erträglich. Und vielleicht hätte Ceylan die Unseelie sogar gemocht, hätte sie sie nicht gezwungen, die Zimmer der Huren zu putzen.

Ceylan nippte an ihrem Wasser. »Und mein Zimmer?«

»Ist noch besetzt.«

Ein Stöhnen, nicht im Geringsten lüstern oder entzückt, kam Ceylan über die Lippen. Sie besaß kein eigenes Schlafgemach, sondern sie durfte lediglich in den Gemächern schlafen, die sie reinigte, sobald diese nicht mehr benötigt wurden. Oft war dies erst in den früheren Morgenstunden der Fall.

»Hast du etwas von Kheeran gehört?«, fragte Ceylan mit derselben verräterischen Hoffnung wie jeden Tag. Sie hatte ihn seit der Nacht des Sturms nicht mehr gesehen. Dabei hatte er versprochen, zu ihr zurückzukommen und ihr zur Flucht zu verhelfen, aber das war bisher nicht geschehen.

Daim schüttelte den Kopf. »Leider nicht.«

Was hatte sie auch anderes erwartet? Sie mied die meisten Fae und hatte sich geschworen, niemals mit den Besuchern des Freudenhauses zu reden. Aber sie war nicht taub. Sie hörte die Geschichten, die sich die Unseelie in ihrem Rausch erzählten, und demnach herrschte Krieg über ihren Köpfen. Heraufbeschworene Unwetter fegten über die Stadt hinweg. Häuser waren zerstört worden, Straßen unpassierbar, und dem Schloss blieb kaum mehr etwas zur Verteidigung.

Und das nur, weil die Unseelie Kheeran nicht als ihren König wollten. Er war ihnen zu jung, zu unerfahren und zu fremd. Sie redeten über ihn wie über einen Parasiten, der sich in ihrer schönen Stadt eingenistet hatte, obwohl er das Recht auf seiner Seite hatte. Dies erinnerte Ceylan an ihren Aufenthalt an der Mauer. Auch sie hatte das Gesetz auf ihrer Seite gehabt, und dennoch hatten Novizen wie Derrin Armwon alles darangesetzt, sie loszuwerden und ihr das Leben schwer zu machen.

»Mach dir keine Sorgen«, sagte Daim als Erwiderung auf ihr Schweigen. »Er wird kommen. Gib ihm nur noch etwas mehr Zeit.«

Ceylan rang sich ein Lächeln ab. »Kann ich mein Buch haben?«

Daim griff unter die Theke und reichte es ihr. Wortlos verzog sich Ceylan in eine der helleren Ecken des Raumes. Damit bot sie sich den Fae wie auf dem Silbertablett dar, doch im Dunkeln konnte sie kaum lesen lernen. Sie schlug das Buch an der Stelle auf, an der sie am Vortag aufgehört hatte, und betrachtete das erste Wort. Es begann mit einem A, gefolgt von einem N und einem ...

Ceylan starrte auf den Buchstaben, der aussah wie ein O mit einem Angelhaken am unteren Ende. Die Buchstaben, die in ihrem eigenen Namen vorkamen, waren ihr am vertrautesten, mit allen anderen tat sie sich noch schwer. Dem merkwürdigen O folgte ein E.

»Anoe ...«, murmelte Ceylan und kam sich dabei vor wie ein Trottel. Schon etliche Male hätte sie das Lesenlernen um ein Haar aufgegeben. Doch mehr als je zuvor war sie entschlossen, sich diese Fähigkeit anzueignen, denn anders wusste sie sich nicht zu helfen. Mit ihr stimmte etwas nicht, und es gab niemanden, dem sie sich anvertrauen konnte.

Sie war sich sicher, im Kerker gestorben zu sein, nachdem der Wachmann sie mit einem wassergebundenen Schwert durchbohrt hatte. Sie erinnerte sich sogar noch an ihren letzten Atemzug, doch sie war nicht tot geblieben, sondern wiederauferstanden. Und dann war da noch die Sache mit den Fae, die in ihrer Gegenwart offenbar keine Magie wirken konnten.

Es war ihr schon früher bei manchen Gelegenheiten aufgefallen. Damals, als der Halbling sie angegriffen hatte, oder auch im Kerker, als sie sich gegen die Wachleute gewehrt hatte. Beide Male hatten die Fae im Kampf keine Magie eingesetzt, und das war ungewöhnlich.

Ceylan hatte dieses Versagen als Schwäche der Fae abgetan, aber mittlerweile hatte sie Zeit gefunden, über all das nachzudenken. Und je mehr sie darüber nachdachte, desto stärker wurde ihr Verdacht, dass sie möglicherweise etwas damit zu tun hatte. Denn auch bei ihrem Ausbruch aus dem Kerker hatten die Gardisten sie nicht mittels Magie aufgehalten. Ebenso wenig wie ihr Angreifer im Regen, den sie mit einer magischen Waffe zu erstechen versucht hatte. Diese hatte allerdings aus irgendwelchen Gründen keine Wirkung gezeigt. Und wenn sie sich zurückerinnerte, musste sie auch feststellen, dass sie noch nie von einer Elva mithilfe von Magie angegriffen worden war. Immer nur mit Zähnen und Klauen. Das konnte kein Zufall sein …

Doch noch nie hatte sie von einem Wächter gehört, der über eine solche Abwehrkraft verfügte. Und ihr hatte sich auch noch keine Gelegenheit geboten, diese Vermutung zu prüfen, aufgrund des Magieverbots, das Bryok über das gesamte Freudenhaus verhängt hatte. Gern hätte sie Kheeran um Hilfe gebeten, aber der Fae-Prinz war nicht hier, und auch von Leigh gab es noch immer keine Spur.

38. Kapitel – Larkin

– Zweihorn –

Larkin hatte das Gefühl, sich übergeben zu müssen. Er konnte das Erbrochene schon förmlich auf seiner Zunge schmecken. Bereits seit einigen Stunden saß er neben Cameron auf dessen Kutsche, und die Fahrt über die holperigen Wege glich mehr und mehr einer Schiffsfahrt bei unstetem Wellengang. Sie wurden durchgerüttelt und von einer Seite auf die andere geworfen, während ihnen der kalte Wind ins Gesicht blies und die Sonnenstrahlen die Köpfe wärmten.

»… und aus diesem Grund habe ich Léan nicht geheiratet. Es wäre einfach falsch gewesen, verstehst du?«, fragte Cameron und schloss damit eine weitere seiner Geschichten ab. Larkin hatte in den letzten Stunden mehr über diesen Mann gelernt als über manch einen Wächter, mit dem er jahrzehntelang gedient hatte. Denn Cameron redete nicht nur wie ein Wasserfall – ununterbrochen –, sondern auch wie ein reißender Strom, schnell und wild. Manchmal verschluckte er in der Eile ganze Wörter, aber das hatte Larkin nicht gestört. Er hatte dagesessen, genickt, gebrummt und sich bemüht, seinen Mageninhalt für sich zu behalten.

Aber lange musste er nicht mehr durchhalten. Inzwischen konnte er Zweihorn in der Ferne bereits sehen. Die Stadt wurde ihrem Beinamen mehr als gerecht. Zwei Felsen ragten wie Hörner aus der Erde. Auf dem höheren Felsen thronte der alte Tempel, auf dem etwas kleineren ein Schloss, das den Draedons gehörte. Und die Häuser der Bewohner lagen den beiden Bergen zu Füßen.

Angesichts des beeindruckenden Ausblicks vergaß Larkin seine Übelkeit für eine Weile, als ihm plötzlich aus einem ganz anderen Grund schlecht wurde. Die Straße in die Stadt wimmelte von Gardisten. Vier Männer in den Farben der königlichen Garde verstellten den Torbogen. Larkins Nackenhaare richteten sich auf. Am liebsten wäre er von der Kutsche gesprungen und geflohen, aber sie waren bereits zu dicht an der Stadt, und jede plötzliche Bewegung hätte nur das Aufsehen der Wachen erregt.

»Wird Zweihorn immer von der königlichen Garde bewacht?«, fragte Larkin, ohne die Männer aus den Augen zu lassen.

»Nur wenn hoher Adel in der Stadt weilt«, antwortete Cameron mit unverändert leichter Stimme. Natürlich machte er sich keine Sorgen, sein Gesicht prangte nicht an jedem Anschlagbrett des Landes.

Mit jeder Umdrehung der Kutschenräder kamen sie der Stadt und den Gardisten näher. Larkin blieb nichts anderes übrig, als sich ruhig zu verhalten und darauf zu hoffen, dass man ihn ohne Bart und mit kurzem Haar nicht erkannte.

Die Männer traten vor und versperrten Camerons Kutsche den Weg in die Stadt. »Ich grüße euch, ihr Herren«, sagte dieser mit einem Lächeln, nachdem sein Wagen zum Stillstand gekommen war.

Larkin murmelte ebenfalls einen Gruß. Jede Faser in seinem Körper war angespannt.

»Seid gegrüßt«, erwiderte einer der Gardisten. Er war ein stattlicher Mann von beachtlicher Größe, mit einer Narbe am Hals, als hätte seine Kehle schon einmal Bekanntschaft mit einer Klinge gemacht. »Wer seid Ihr?«

»Ich bin Cameron Ledois, und das ist Kaiden Falleave.« Er deutete auf Larkin.

Der Gardist mit der Narbe betrachtete ihn einen Augenblick lang, bevor er sich wieder an Cameron wandte. »Was führt Euch nach Weidar?« Seine Stimme klang träge, als hätte er diese Frage in den vergangenen Stunden schon Dutzende Male gestellt.

Wachsam schweifte Larkins Blick zu den anderen drei Gardisten, die die Kutsche wie beiläufig umringt hatten. Der Anführer war neben Cameron stehen geblieben, ein weiterer Gardist befand sich nur wenige Schritte von ihm entfernt, und die beiden anderen hatten hinter dem Gefährt Stellung bezogen.

»Wir haben eine Lieferung für das Fest«, erklärte Cameron und bezog Larkin dabei völlig selbstverständlich in seine Geschichte mit ein.

Die Augenbrauen des Gardisten zogen sich zusammen, und seine Hand legte sich auf das Schwert, wie um Cameron daran zu erinnern, dass Lügen nicht unbestraft blieben. »Ihr habt sicherlich nichts dagegen, die Plane zu öffnen, damit wir uns dessen vergewissern können?« Die Worte klangen wie eine Frage, aber jeder in Hörweite wusste, dass es keine Frage war. Es war ein Befehl, als Bitte getarnt. Sollte Cameron sich weigern, wäre es mit der scheinbaren Freundlichkeit gleich vorbei.

»Natürlich nicht«, antwortete dieser und stieg von der Bank.

Larkin blieb sitzen, und auch der Gardist neben ihm rührte sich nicht vom Fleck. Abschätzend behielt er ihn im Auge, während sein Anführer gemeinsam mit Cameron die Kutsche umrundete. Die Seile, welche die Plane festhielten, wurden gelöst, und die Kutsche senkte sich ab, als die Männer hineinstiegen.

»Ihr kommt mir bekannt vor«, sagte plötzlich der Gardist neben Larkin. Er war einen Schritt näher herangetreten und betrachtete ihn forschend.

»Ich habe nur eins dieser Gesichter, das vielen vertraut vorkommt«, antwortete er und bewegte vorsichtig seinen Fuß, um nach seinem magiegeschmiedeten Schwert zu tasten, das unter der Sitzbank lag. Er wollte nicht kämpfen, würde es aber tun, um sein Leben zu retten und seine Freiheit zu schützen. Unter keinen Umständen würde er in das Verlies zurückkehren, in das der König ihn geworfen hatte.

Der Gardist wirkte nicht überzeugt. Er verzog das Gesicht, wobei seine schmalen Lippen fast vollständig verschwanden. »Wart Ihr an einer der Akademien?«

»Nein, der Garde habe ich nie gedient«, erwiderte Larkin trocken. Sein Herz pochte wild in Erwartung eines Kampfes.

»Ihr seid also ein einfacher Händler?« Der Argwohn in den Worten des Gardisten war so deutlich zu erkennen wie das schwarze Blut der Elva auf einem weißen Stück Stoff.

»Nein, ich bin Söldner.« Es war eine Aussage, erschreckend dicht an der Wahrheit, aber für einen Mann seiner Statur die glaubhaftere Lüge. »Händler und Kaufleute heuern mich an, damit ich ihre Waren schütze.«

Der Gardist nickte, aber die Furche, die sich tief zwischen seinen Augenbrauen eingegraben hatte, verschwand nicht. Er schien den Verdacht, ihn von irgendwoher zu kennen, nicht abschütteln zu können. Larkin zwang sich, dem misstrauischen Blick standzuhalten, während sein Verlangen, nach dem Schwert zu greifen, schier übermächtig wurde. In seinem Kopf formte sich ein Plan, wie sich alle vier Gardisten in die Flucht schlagen ließen, ohne dass er Cameron dabei verletzte.

»Ihr könnt weiterfahren«, hörte Larkin den Anführer der Gardisten plötzlich sagen, und eine Woge der Erleichterung schlug über ihm zusammen. Die Männer sprangen von der Kutsche. Der Kies knirschte unter ihren Stiefeln, und kurz darauf saß Cameron wieder neben ihm. Er verabschiedete sich von den Gardisten, die ihm mit einem Handzeichen bedeuteten, in die Stadt hineinzufahren.

Sie durchquerten den hölzernen Torbogen, der sie in Zweihorn willkommen hieß. Mit jedem Fuß, den sie sich weiter von den Gardisten entfernten, wurde Larkin ruhiger, obwohl er die

Schutzschilde nicht fallen zu lassen wagte. Wachsam schweifte sein Blick umher, da sich in der Stadt mit Gewissheit weitere Gardisten aufhielten.

Die Häuser in Zweihorn hatten nichts mit den schäbigen Hütten gemein, die Larkin in so vielen Dörfern gesehen hatte. Keine Holzbretter waren vor zerbrochene Fenster genagelt. Keine Ziegelsteine drohten von den Dächern zu fallen, und die qualmenden Kamine erweckten nicht den Anschein, als könnte der nächste Windstoß sie zu Boden reißen. Hier schien jeder Nagel meisterhaft geschlagen, jeder Stein fehlerlos gesetzt und jedes Holzstück handverlesen zu sein.

Dieser Reichtum spiegelte sich auch im Auftreten der Bevölkerung wider. Wohin Larkin auch sah, erkannte er Männer und Frauen in eleganten Mänteln. Mit geröteten Wangen scharten sie sich um Feuerschalen und hielten dampfende Becher in den Händen, während sie sich angeregt unterhielten. Selbst die arbeitende Bevölkerung wirkte gepflegt, als könnte sie sich jeden Abend den Schmutz vom Körper schrubben. Und wie erwartet tummelten sich weitere Gardisten in der Stadt. Sie schienen an jeder Weggabelung zu stehen. Die Schwerter griffbereit.

»Ich glaube, ich werde mich verabschieden«, sagte Larkin, als Cameron die Pferde zügelte, weil die Straße vor ihnen von einem Karren versperrt wurde. »Danke, dass Ihr mich mitgenommen habt.«

Cameron lächelte. »Danke, dass Ihr mir das Leben gerettet und Euch meine Geschichten angehört habt.«

Larkin griff nach seinem Beutel. Er zog ein Hemd daraus hervor und schlug den Griff seines Schwertes darin ein. Anschließend steckte er die Waffe in seinen Seesack, wobei das stoffumwickelte Heft herausragte. Aber zumindest war die Waffe nicht mehr auf den ersten Blick als solche zu erkennen. »Passt auf Euch auf, Cameron!«

Der Händler nickte. »Gehabt Euch wohl!«

Larkin sprang vom Kutschbock und huschte sogleich in eine Gasse. Nun war er auf sich allein gestellt. Das war nichts Neues, dennoch konnte er das beklommene Gefühl in seinem Innern nicht abschütteln. Vermutlich lag es an den vielen Gardisten, die sich in der Stadt tummelten, aber vielleicht auch an seiner Unwissenheit. Er hatte das Tagebuch von Henrik von hinten bis vorn studiert, aber nichts deutete auf dessen Absichten und Pläne in Zweihorn hin. Der einzige Hinweis war der Name der Frau – Yara.

Entschlossen, aber ohne festes Ziel setzte sich Larkin in Bewegung, um besser mit der Masse zu verschmelzen. In Gedanken ging er dabei noch einmal alles durch, was er über Henrik wusste. In Rigwall hatte er in einer einfachen Hütte gehaust und auch sonst kaum Vermögen besessen, was bedeutete, dass er sich vermutlich in Zweihorn in den ärmeren Vierteln aufgehalten hatte. Das Klügste wäre es wohl, nach und nach die billigeren Absteigen abzuklappern, aber dafür war Larkin in diesem Teil der Stadt eindeutig falsch. Geschäfte mit ausladenden Fensterfronten, in denen Schmuckkästchen, Spieluhren und gläserne Schalen standen, säumten hier links und rechts die Straße.

Larkin atmete tief durch. Zuerst nahm er nur den Geruch der Kamine und den Duft süßer Äpfel und gebrannter Nüsse wahr. Doch dann bildeten sich andere Gerüche heraus. Parfüm. Metall. Schlamm. Schließlich Urin. Larkin folgte dem Gestank wie einem Wegweiser, den nur er sehen konnte. Dabei kam er an weiteren Läden, Hütten und auch an einem Marktplatz vorbei. Dieser war reich dekoriert, vermutlich für die Feierlichkeiten, die Cameron erwähnt hatte. Wohin Larkin auch blickte, entdeckte er das Wappen der königlichen Familie. Es hing in den Fenstern, prangte auf Schildern und tanzte im Wind gehisster Flaggen. Aus irgendeinem Grund störte sich Larkin an diesem Anblick. Er wusste nicht, was sich verändert hatte, aber nach über zwei Jahrhunderten Verehrung stieß ihm der Gedanke an das Königshaus bitter auf. Er diente den Draedons bereits sein ganzes Leben lang und hatte den Glauben an die Könige des Landes nie infrage gestellt, nicht einmal nach seiner Inhaftierung, doch nun verlangte es ihn nach einer freieren Sichtweise.

Es war, als hätte die Mauer nicht nur Melidrian von Thobria abgeschirmt, sondern auch ihn vor der Einsicht, dass die Herrscher dieses Landes keine gnädigen Retter waren. Freya hatte es ihm gesagt, aber er war nicht bereit gewesen zuzuhören. Verblendet von den Reden seines Ziehvaters und der Ehre, an der Mauer zu dienen. In den vergangenen Wochen allerdings hatte er so einiges gesehen, das ihm nicht gefallen hatte. Hungernde Kinder neben prächtigen Tempeln. Gardisten, die über Bettler spotteten. Witwen, die um ihre gehängten Männer trauerten.

Die Wappen der königlichen Familie schwanden jedoch auch in Zweihorn mit dem Geld der Bewohner, und als Larkin das Elendsviertel der Stadt betrat, war das Emblem der Draedons nirgends mehr zu entdecken. Die Zustände hier waren nicht mit denen im sechsten Ring der Hauptstadt zu vergleichen, dennoch waren die Hütten hier deutlich kleiner und baufälliger als in der Innenstadt. Am Hang des Berges war Geröll abgerutscht und hatte eine Bresche in den Stadtteil geschlagen. Niemand hatte sich die Mühe gemacht, die Steine zu beseitigen.

»Verzeihung«, sagte Larkin und tippte einer Frau, die vor ihm herging, auf die Schulter. Sie hatte sich einen Korb mit Wäsche unter den Arm geklemmt, und an ihrem Rockzipfel klammerte sich ein kleiner Junge, der das Laufen erst noch richtig lernen musste.

Die Frau blickte zu ihm auf. »Ja?«

Etwas Ängstliches schwang in dem Wort mit, und Larkin wich einen Schritt zurück. Er wusste, wie bedrohlich er wirken konnte. »Ich suche eine günstige Bleibe für die Nacht. Könnt Ihr mir helfen?«, fragte er und schenkte dem Jungen ein Lächeln.

Dieser wirkte von seiner dunklen Erscheinung nicht eingeschüchtert und grinste zu ihm auf.

»Nicht weit von hier gibt es das *Wasserloch*«, antwortete die Frau und deutete mit der freien Hand die Straße entlang. »Allerdings glaube ich nicht, dass Ihr noch ein Zimmer bekommt. Die Stadt ist überfüllt.«

»Ich werde mein Glück dennoch versuchen.« Larkin griff in die Tasche seines Umhangs und zog eine Münze hervor. Im Vorbeigehen legte er sie der Frau in den Korb und folgte dem Weg zum Gasthaus.

Wie vorhergesagt, waren im *Wasserloch* keine Zimmer mehr frei, das verkündete bereits ein Schild am Eingang, doch davon ließ sich Larkin nicht abhalten. Im Innern des Hauses wurde er von molliger Wärme empfangen. Er befand sich in einem Vorraum mit Sessel und Tischchen, auf dem ein Blumengesteck stand. Unpassend hübsch angesichts der fleckigen Holzwände und des Fußbodens, der unter jedem seiner Schritte knirschte. Vermutlich versuchte man auch hier, etwas von der Eleganz und Pracht einzufangen, die in der Stadt herrschte.

»Wir haben keine Zimmer mehr frei«, sagte eine rauchige Stimme.

Larkin sah sich um und entdeckte eine alte Frau, die zusammen mit zwei jüngeren, vermutlich Schwestern, an einem Tisch im Schankraum saß. Sie waren dabei, Kränze aus Ästen und getrockneten Blumen zu flechten.

»Ich bin nicht wegen eines Schlafplatzes hier«, sagte Larkin und trat in die Stube. Abgesehen von den Frauen war der Raum leer. Nur ein wohlgenährter Hund rekelte sich vor dem Kamin, über dem ein Wandteppich hing. »Ich suche nach einem Freund, Henrik aus Rigwall, und seiner Frau Yara. Ihr kennt sie nicht zufällig, oder?«

Die Frau schüttelte den Kopf. »Tut mir leid, die beiden sind mir nicht bekannt.«

Larkin gab sich Mühe, nicht enttäuscht zu sein. Gleich auf Anhieb einen Treffer zu landen, wäre ein zu großer Zufall gewesen. »Gibt es hier noch andere Gasthäuser, in denen ich nach ihnen fragen könnte?«

»Wart Ihr schon in der *Tanzenden Höhle* oder im *Donnergrollen*?«

»Oder im *Spinnennetz*«, ergänzte eine der jüngeren Frauen. Sie hatte braunes Haar, das im Licht rötlich schimmerte.

»Oder im *Juckenden Köter*«, meinte die andere.

»Den *Eisernen Napf* gibt es auch noch.«

»Und die *Schlingpflanze*«, fügte die Braunhaarige hinzu. Ihre Schwester nickte. »Wie heißt noch mal diese neue Schenke?«

»Du meinst den *Dreiäugigen Raben*?«, fragte die alte Frau.

»Nein, irgendwas mit Mond.«

»Ach!«, rief ihre Schwester. »*Die verzauberte Mondsichel.*«

»Genau!«, bestätigte die Frau und sah Larkin an, der das Gespräch schweigend verfolgt hatte, in dem Versuch, sich alle Namen zu merken. »Wart Ihr schon dort?«

»Nein, noch nicht«, antwortete er und stieß ein müdes Seufzen aus. Er hatte das Gefühl, dass dies eine lange Suche werden würde. Was hatte Cameron zu ihm gesagt?

Wo viele Menschen sind, gibt es viele Tavernen.

39. Kapitel – Freya

– Niemandsland –

Freya hatte die Mauer noch nie aus nächster Nähe gesehen, sondern kannte sie nur aus Erzählungen. Doch die Worte, die an sie herangetragen worden waren, wurden dem Bauwerk aus dunklem Gestein nicht im Entferntesten gerecht. Laut den Beschreibungen von Roland und Kheeran haftete der Mauer etwas Verträumtes, geradezu Romantisches an, aber das traf ganz und gar nicht zu. Die Mauer war hässlich und grob und türmte sich auf wie eine schwarze Welle, die jederzeit über das Land hereinzubrechen drohte. Aus Furcht davor schien der Dornenwald bereits zurückgewichen zu sein. Inmitten des Niemandslandes war er stark ausgedünnt, und die wenigen Bäume, die noch standen, wirkten karg und dürr, als könnte der nächste Sturm sie auf der Stelle entwurzeln.

Doch so abscheulich dieser Ort auch war, Freya fühlte sich augenblicklich mit ihm verbunden, denn Larkin hatte hier gelebt. Jahrzehntelang. Er war über diesen Boden gewandelt und hatte mit den Männern geredet und gelacht, die sie schon bald kennenlernen würde. Sie waren Larkins Familie gewesen, bis ihr Vater ihn ihnen entrissen und eingesperrt hatte.

Die Kutsche, in der Freya saß, kam zum Stehen. Sie ließ den Vorhang, durch den sie gespäht hatte, zurückfallen und wandte sich an Elroy, der neben ihr saß. Er hatte sich am Morgen nicht rasiert, und dunkler Flaum überzog seine Wangen. Rastlos rutschte er an die Kante der Bank und rieb die Hände aneinander, als müsste er an sich halten, um die Tür der Kutsche nicht selbst zu öffnen. Diese Unruhe haftete Elroy bereits seit zwei Tagen an. Seit er erfahren hatte, dass sie als Nächstes die unsterblichen Wächter besuchen würden. Vielleicht hatte Freya Glück, und es gelang dem Piraten, einen der Männer um den kleinen Finger zu wickeln, damit er ihm das Geheimnis der Unsterblichkeit verriet und ihr den Aufwand einer Hochzeit ersparte.

Die Türen zu beiden Seiten der Kutsche wurden geöffnet, und Yale streckte Freya die Hand entgegen, um ihr die Stufen hinabzuhelfen. Dass Elroys Steuermann ihr während ihrer Reise durch das Land zur Seite stand, war zur Regel geworden. Und jedes Mal warf Yale ihr dabei einen verschmitzten Blick zu, als wäre das alles ein Witz, den nur sie verstanden.

In den vergangenen zwei Wochen hatten sie sechs Städte besucht, in denen sich Elroy und Freya als das zukünftige Königspaar vorgestellt hatten. Die Mauer war ihr letzter Halt vor Weidar und dem Tempel, in dem ihre Trauung vollzogen werden sollte. Erstaunlicherweise beunruhigte dieser Gedanke Freya weniger, als sie gedacht hätte. Sie liebte Elroy zwar nicht, und hätte sie die Wahl gehabt, wäre sie noch einige Jahre lang eine unverheiratete Frau geblieben. Doch die Tatsache, dass er von ihrer Magie wusste und diese duldete, gab ihr eine gewisse Sicherheit, die sie sehr schätzte.

Was Freya jedoch umtrieb, war die Tatsache, dass ihr kaum mehr Zeit blieb, Näheres über die geheime Bibliothek ihres Vaters in Erfahrung zu bringen. Sie hatte auf der Reise schon mehrfach versucht, König Andreus oder Roland Hinweise zu entlocken, ohne Erfolg. Ihren Worten und Taten nach zu urteilen, existierte diese Bibliothek nicht. Doch Freya wollte nicht so einfach aufgeben. Sie hatte den Alchemisten *Die Abschrift des schwarzen Elements* versprochen, und sie würde alles in ihrer Macht Stehende tun, um dieses Versprechen zu halten.

Freya stieg die Stufen der Kutsche hinab und bedankte sich

bei Yale. Schneeflocken segelten vom Himmel und verfingen sich in ihrem Haar, wo sie sich augenblicklich in Wassertropfen verwandelten. Sie spürte die Kälte nur an ihrem Gesicht und an den Händen. Ihr Körper wurde von dem dicken Mantel aus dunkelgrünem Stoff geschützt. Sie blinzelte einen Eiskristall, der sich in ihren Wimpern verfangen hatte, davon und sah sich im Niemandsland um.

Dutzende schwarz gekleidete Männer hatten in ihrer Arbeit innegehalten und beobachteten ihre Ankunft. Sie entdeckte sogar zwei Wächter mit erhobenen Klingen, die in ihrem Übungskampf erstarrt waren und ihre Waffen nur langsam sinken ließen, um nicht bedrohlich zu wirken.

Freyas Vater war einer anderen Kutsche entstiegen. Neben ihm stand Königin Erinna, die Hände würdevoll in die Ärmel ihres Mantels geschoben. Ein hochgewachsener Mann mit lockigem braunem Haar war vor das Königspaar getreten und verneigte sich. »König Andreus, es ist mir eine große Freude, Euch im Niemandsland und an meinem Stützpunkt willkommen zu heißen. Königin Erinna, es ist mir eine Ehre, Euch kennenzulernen.« Freyas Mutter zog eine Hand aus dem Ärmel ihres Mantels und reichte sie dem Wächter. Mit nur leichter Berührung streiften seine Lippen ihren Handrücken.

Freya erinnerte sich an das Gesicht des Mannes, der keinen Tag älter aussah als fünfundzwanzig. Sie war ihm kurz in Nihalos begegnet. Larkin hatte sie einander vorgestellt. Khoury Tombell, der neue Field Marshal und Larkins Nachfolger. Freya hätte erwartet, dass Larkin ihm gegenüber Groll hegte. Schließlich hielt er nun die Position inne, die Larkin zuvor besetzt hatte. Stattdessen hatte er Khoury jedoch wie einen Bruder behandelt. Weshalb Freya sich auch nicht davor fürchtete, vom Field Marshal an ihren Vater verraten zu werden.

Inzwischen hatten die Bediensteten mit dem Entladen der Kutschen begonnen, die mit allerlei Kleidung, Stoffen, Vorräten und Geschenken gefüllt waren, welche sie während ihrer Besuche erhalten hatten. Sie reisten mit zwanzig Kutschen und doppelt so vielen Pferden, die nun aus ihren Geschirren gelöst und zu den Ställen geführt wurden. Einige Wächter, die neugierig ihre Ankunft beobachtet hatten, näherten sich und boten ihre Hilfe an, wobei sie ihre Aufmerksamkeit vor allem den Dienerinnen schenkten. Sie grinsten verschlagen und musterten die reizvollen Ankömmlinge von Kopf bis Fuß. Die Frauen lächelten nur, aber Freya ahnte, wie sie sich fühlten. An Deck der *Helenia* war es ihr unter den anzüglichen Blicken der Piraten ähnlich ergangen.

Freya beugte sich zu Yale hinüber. »Ich will, dass die Gardisten auf sie aufpassen.«

Er runzelte die Stirn, und ein Wassertropfen aus geschmolzenem Schnee rollte ihm vom kahl geschorenen Kopf über die Wange. »Auf wen?«

»Auf die Frauen. Wenn einer der Wächter sie ohne Erlaubnis anzurühren wagt, soll ihm der kleine Finger abgeschlagen werden. Gern von einem anderen Wächter mit magiegeschmiedeter Waffe, damit auch er etwas von dem Schmerz hat.«

Yale hob die Brauen. »Ist das nicht etwas überzogen?«

Freya setzte ihr süßestes Lächeln auf. »Sie können sich glücklich schätzen, dass ich ihnen in diesem Fall nichts anderes abschlagen lasse.«

Yale schluckte hart, als würde er sich das Bild vorstellen, das sie mit ihren Worten gezeichnet hatte. Dann nickte er und eilte davon, um seine Pflichten zu erfüllen.

»Prinzessin Freya, Prinz Deèglan, seid gegrüßt«, erhob sich eine grollend tiefe Stimme. Der Field Marshal hatte sein Gespräch mit König Andreus beendet und war nun zu ihnen getreten. Er verneigte sich. »Darf ich mich vorstellen? Ich bin Field Marshal Khoury Tombell, der Befehlshaber über die Wächter. Willkommen an meinem Stützpunkt!«

»Wie alt seid Ihr?«, fragte Elroy und fasste den Wächter ins Auge.

»Ich versichere Euch, Prinz Deèglan, ich sehe nur jung aus. Aber ich verfüge über genügend Erfahrung, um die Stellung als Field Marshal auszufüllen«, erwiderte Tombell, der Elroys Neugierde offenbar falsch auslegte.

»Das beantwortet meine Frage nicht.«

»Ich weiß nicht genau, wie alt ich bin.«

»Was schätzt Ihr?«

Tombell überlegte kurz. »Es müssen über zweihundertzwanzig Jahre sein. Mit der Zeit verlieren diese Zahlen ihren Wert.«

»Zweihundertzwanzig«, murmelte Elroy, und seine Stimme nahm einen sehnsüchtigen Klang an, der auch dem Field Marshal nicht entging. Fragend blickte er in Freyas Richtung. Sie lächelte arglos, als wüsste sie nicht, was in Elroys Kopf vorging. Vermutlich rechnete er nach, wie viele Handelsschiffe er in einer solchen Zeitspanne würde überfallen können.

Tombell räusperte sich. »Dies ist Euer erster Besuch im Niemandsland, nicht wahr?«

Die Frage richtete sich an Freya. Sie nickte.

»Ich habe Eurer Mutter eine Führung durch den Stützpunkt versprochen. Falls Prinz Deèglan und Ihr es wünscht, könnt Ihr Euch gern anschließen. Das Niemandsland hat zwar nicht so viel zu bieten wie Amaruné oder Weidar, aber es ist ein besonderer Ort.«

»Es wäre uns eine große Freude«, antwortete Freya, die es kaum erwarten konnte, Larkins frühere Heimat kennenzulernen, auch wenn der Gedanke daran ihr Herz schwer machte. Hätte ihr Vater ihn seinerzeit nicht festnehmen lassen, wäre er noch immer Field Marshal, und dies wäre vielleicht ihr erstes Kennenlernen gewesen. Der erste Blick. Das erste Wort. Ein erstes Lächeln. Wie es wohl gewesen wäre? Und am Abend hätten sie gemeinsam an einem Tisch gesessen. Doch der Larkin aus dieser Fantasie war nicht der Mann, mit dem sie nach Melidrian gereist war.

»Leider kann ich Euch nicht selbst herumführen«, sagte Khoury und schien dies wirklich zu bedauern. »Ich habe Unaufschiebbares mit Kommandant Estdall und Eurem Vater zu besprechen. Aber einer meiner Männer wird Euch gern alles zeigen.«

»Was ist mit der Frau? Der Wächterin?«, fragte Freya vorsichtig. Sie hatte Nihalos verlassen müssen, bevor es ihr möglich war, in Erfahrung zu bringen, was aus deren Inhaftierung geworden war. Doch der Schatten, der sich bei ihrer Frage auf das Gesicht des Field Marshal legte, verriet ihr alles, was sie wissen musste. Entweder war die Wächterin noch eingekerkert oder bereits tot.

»Novizin Alarion ist leider verhindert«, antwortete Tombell. Dabei wich er Freyas Blick aus und sah sich suchend auf dem weitläufigen Platz um. »Brìon, komm her!«

Ein Mann mit ergrauten Schläfen löste sich aus einer Gruppe von Kameraden. Freya erkannte ihn ebenfalls aus Nihalos, allerdings waren sie dort einander nicht vorgestellt worden. Mit seinem grau melierten Haar und den feinen Fältchen im Gesicht wirkte er älter als die meisten anderen Wächter. Obwohl er in Lebenszeit gemessen jünger sein musste als der Field Marshal, andernfalls würde er diesen Posten besetzen.

»Seid gegrüßt«, sagte Brìon und verbeugte sich schwungvoll. Dabei nahm Freya wahr, dass ihn ein süßer Duft wie von karamellisiertem Zucker umgab.

»Brìon, könntest du unsere Gäste mit dem Stützpunkt vertraut machen, während ihr Gepäck entladen wird?«

Er nickte. »Es wäre mir eine Ehre.«

40. Kapitel – Leigh

– Melidrian –

Melidrian war eine Einöde. Bäume, Sträucher und Felsen formten das Landinnere, als gäbe es die Fae überhaupt nicht. Es war allgemein bekannt, dass sich die Unseelie und Seelie vor allem in den beiden Hauptstädten niedergelassen hatten, um Schutz vor den Elva zu finden. Dass es aber offenbar keinen einzigen Fae in die Wildnis verschlagen hatte, verwunderte Leigh. Seit seiner Abreise hatte er mit Ausnahme der Elva kein lebendes Wesen gesehen. Und sollte es doch irgendwo Einsiedler geben, so war er zu seinem Bedauern keinem von ihnen begegnet. Nur zu gern hätte er jemanden nach dem Weg gefragt und sich erkundigt, ob der Halbling hier entlanggekommen war.

Inzwischen war er seit Tagen unterwegs, und seine letzte Spur – einige abgebrochene Äste mitten auf dem Weg – hatte sich im Nichts verloren. Nun ritt er blind in Richtung Daaria, angetrieben lediglich von seiner unerschöpflichen Hoffnung. Denn seine Suche abzubrechen würde bedeuten, Ceylan aufzugeben. Und das kam nicht infrage. Noch eine Kreuzung. Noch ein weiterer Hügel. Nur noch ein Schritt. Er fand immer neue Meilensteine, um sich weiter voranzutreiben.

So hatte sein Verstand schon immer gearbeitet. Er hatte nie die Schlacht gesehen, die es zu gewinnen galt, sondern immer nur den nächsten Gegner. Er hatte auch nie seinen Berg aus Schulden betrachtet, sondern hatte sein Augenmerk immer nur auf die nächste Zahlung gelenkt. Und niemals hatte er die Monate bis zu Edans Tod gezählt, sondern er hatte immer nur an den nächsten Tag gedacht. Das half ihm, ruhig zu bleiben und sich nicht von Ängsten und Sorgen überwältigen zu lassen.

Er zog die Zügel seines Reittiers straffer. »Brr!«

Widerwillig blieb das Pferd stehen und scharrte ungeduldig mit den Hufen. Es schien zu wissen, wie gefährlich es war, auf einer solch offenen Fläche stehen zu bleiben. Sie hatten eine Weggabelung ohne Wegweiser erreicht. Der eine Pfad führte geradewegs nach Süden, der andere in den Südwesten, wenn Leigh der Sonne vertraute. Diese schien blass durch eine dünne Wolkendecke und tauchte das Land in ein dumpfes Zwielicht, so als betrachtete man die Welt durch einen Schleier aus Dunst.

Leigh sprang vom Pferd. Die gefrorene Erde knirschte unter seinen Stiefeln, und dampfende Atemwölkchen stiegen von seinen Lippen auf. Er zog seinen mit hellem Pelz besetzten Mantel enger um die Schultern, aber nach Tagen in der Wildnis und ohne schützenden Unterschlupf war er so ausgekühlt, dass nicht einmal der schwere Stoff ihn wirklich warm zu halten vermochte. Es war vielmehr eine Geste der Gewohnheit.

Achtsam schaute Leigh sich um und sah zwischen den beiden vor ihm liegenden Wegen hin und her. Für einen der beiden musste er sich entscheiden, aber für welchen? Er entdeckte ein paar kleine Knochen, die von einem Tier stammen mussten. Doch es gab keinen Hinweis auf eine Feuerstelle oder dergleichen, was bedeutete, dass das Fleisch im rohen Zustand abgenagt worden war. Vermutlich das Werk einer Elva. *Oder eines ausgehungerten Halblings, der es eilig hatte.*

Leigh holte tief Luft, wobei die Kälte in seinen Lungen brannte, und mit geschlossenen Augen beschwor er ein Bild des Halblings hervor. Er sah ihn an der Harfe sitzen. Seine langgliedrigen Finger entlockten den Saiten eine sanfte Melodie. Die zarten Töne bildeten einen starken Kontrast zu seinen aufgescheuerten Handgelenken.

Du bist Komponist?
Nein, nur jemand, der Musik liebt.
Leigh rief sich nicht nur das Lied, sondern auch ihr Gespräch in Erinnerung und versuchte dabei irgendeine Schwingung des Halblings aufzufangen. Ein Echo seiner Magie. Schweigsam horchte Leigh in sich hinein, und als er die Augen wieder aufschlug, wusste er, welchen Weg er wählen würde. Nicht etwa deshalb, weil sein Verstand wie ein Suchzauber wirkte, sondern weil er seinem natürlichen Gefühl vertraute und dem Instinkt, den er seit Jahrzehnten schulte. Womöglich täuschte er sich, aber so wie das schmerzende Knie seiner Großmutter stets Regen vorhergesagt hatte, so fühlte er, dass der Pfad in den Süden die richtige Wahl war.

Er sattelte auf, obwohl sein Pferd eine Pause verdient hätte. Aber er wollte das schützende Tageslicht nutzen, um eine möglichst große Strecke hinter sich zu bringen. Denn es war nur eine Frage der Zeit, bis sich ihm erneut Elva in den Weg stellen würden.»An der nächsten Quelle legen wir eine Rast ein«, versprach er dem Pferd mit gesenkter Stimme und tätschelte ihm den Hals.

Anfangs ähnelte der Pfad in den Süden jenen Wegen, die Leigh seit dem Verlassen des Nebelwaldes beritten hatte. Morsche Bäume und dürre Sträucher klammerten sich mit ihren Wurzeln an den Hügeln fest, während bedrohlich spitze Felsen aus dem Boden aufragten wie Klingen, die eine Brust durchstießen. Doch mit der Zeit änderte sich die Landschaft, die skelettartigen Bäume näherten sich, und ihr Grün wurde reifer und satter. Vermutlich waren dies die ersten Ausläufer des Sonnenwaldes, was bedeutete, dass er genauso weit von Nihalos entfernt war wie von Daaria. Mitten im Herzen Melidrians. Angeblich befand sich hier die totgeschwiegene Stadt der Halblinge, die auf keiner Karte eingezeichnet war. Ob sein Halbling sie aufsuchen würde?

Es war bereits Mittag, als Leigh einen zugefrorenen Teich entdeckte. Die Eisschicht war dünn, und es gelang ihm, sie mit seinem Schwert einzuschlagen. Er füllte seinen Wasserschlauch und gönnte seinem Pferd die versprochene Rast. Während das Tier an gefrorenen Grashalmen knabberte, suchte Leigh hinter einem Baum Schutz vor dem kalten Wind, der eine dunkle Wolkenfront vor sich hertrieb. Das gefiel Leigh nicht. Nicht nur, dass ein Vorankommen im Schnee schwerer war, die weiße Schicht würde auch die Spuren des Halblings unter sich begraben.

Leigh wollte dieses Wagnis nicht eingehen, und nachdem er eine Handvoll Nüsse aus seinem Vorrat gegessen hatte, setzte er seine Reise fort, allerdings zu Fuß und nicht auf dem Pferderücken. Er wollte das Tier entlasten, denn sollte es vor Anstrengung unter seinem Gewicht zusammenbrechen, wäre ihm nicht geholfen.

Entschlossen schritt er weiter in Richtung Süden und konzentrierte all seine Gedanken auf seinen Auftrag, den Halbling zu finden. Nur so konnte er Ceylan vor dem Tod und sich selbst vor seinen Erinnerungen bewahren. Diese lauerten unaufhörlich am Rand seines Verstandes, denn zum ersten Mal seit einer gefühlten Ewigkeit gab es um ihn herum weder Lärm noch andere Ablenkungen. Er musste den Novizen nicht bei der Verbesserung ihres Kampfstils helfen, und er konnte sich auch nicht durch die Erzählungen seiner Gefährten auf andere Gedanken bringen lassen.

Ihm blieben nur die eigenen Geschichten …

Der Duft der Kräuter hing Leigh noch immer in der Nase. Den ganzen Tag über hatte er seinem Vater bei der Herstellung von Arznei geholfen, die gegen die fliegende Plage wirken sollte. Dies war eine durch Mücken übertragene Krankheit. Die Insekten kamen aus Übersee und fühlten sich bei den heißen Temperaturen auch in Thobria wohl.

Seine Arme schmerzten von der Anstrengung, die Kräuter zu zerstampfen, und an seinen Fingern hatten sich Blasen gebildet, die schmerzhaft kribbelten. Er wollte sich nur noch auf die Pritsche im Haus seiner Eltern fallen lassen und bis zum nächsten Morgen durchschlafen. Doch er hatte Titus versprochen, sich mit ihm auf eine Partie Karten zu treffen, obwohl er nicht einmal sicher war, ob er diese mit seinen zerschundenen Händen würde halten können.

Kurze Zeit später erreichte Leigh die Schenke Zum Heiligen Breandán, *die nach dem regierenden König Breandán Draedon benannt war. Schwungvoll stieß er die Tür auf und betrat die Schankstube. Stimmen und Gelächter übertönten die Geräusche klirrender Krüge und schmatzender Mäuler. Die meisten Gäste kannte Leigh, denn sein Vater war der einzige Heiler im Dorf, und früher oder später kamen sie alle mit ihren Gebrechen zu ihm und somit auch in seine Hütte.*

Leigh reckte den Hals und sah sich nach Titus um, konnte seinen Vetter aber nirgends entdecken. Vermutlich wurde er von seinem Vater – Leighs Onkel – auf den Feldern festgehalten, um diese zu bewässern, was in den letzten Wochen nur nach Sonnenuntergang möglich gewesen war.

Leigh schlenderte an den vollen Tischen vorbei zum Tresen, um sich ein kühles Ale zu bestellen. Er ließ sich auf einem der Hocker nieder und sah sich nach der Wirtin Úna um, vergeblich. Mit den Knöcheln seiner rechten, unversehrten Hand klopfte er auf die Theke und wäre beinahe vom Stuhl gefallen, als sich unmittelbar vor seiner Nase eine Gestalt aufrichtete, die unter dem Tresen gekniet hatte.

»Beim König!«, keuchte Leigh, bemüht, das Gleichgewicht auf dem Hocker zu halten.

»Entschuldige!«, rief der junge Mann, der eine Handschaufel umklammerte, in der die Scherben eines Kruges lagen. »Ich wollte dir keinen Schrecken einjagen. Verrat es nicht, Úna! Sie wirft mich gewiss raus, wenn ich ihr noch einen weiteren Gast vertreibe.«

Leigh, der sich inzwischen wieder gefasst hatte, blinzelte und betrachtete den Mann. Er hatte ihn noch nie zuvor gesehen, weder im Heiligen Breandán noch sonst wo im Dorf, denn an ein Gesicht wie das seine hätte sich Leigh gewiss erinnert. Es wirkte wie aus den Träumen entsprungen, von denen er niemandem zu erzählen wagte. Der junge Mann war makellos mit seinen kantigen Wangenknochen, der gebräunten Haut und den zarten Sommersprossen, die im Winter vermutlich verblassen würden. Seine dunklen Augen, die sich schreckhaft nach Úna umblickten, wurden von goldenen Locken umrahmt, die noch weicher wirkten als das Kissen, auf das Leigh jede Nacht den Kopf bettete.

»Wie heißt du?«, fragte Leigh.

Der Mann, der höchstens zwei oder drei Jahre älter sein mochte als er selbst, sah ihn verwundert an. Etwas von der Furcht war aus seinem Blick gewichen. »Edan. Und du?«

Er lächelte. »Leigh.«

Edan musterte ihn, und Leigh bedauerte, sich nicht umgezogen zu haben. Sein Hemd war von grünen und braunen Flecken gesprenkelt, und gewiss zeichneten sich Schweißflecken unter seinen Armen ab. Dennoch erwiderte Edan sein Lächeln, und mit einem Mal schlug sein Herz schneller als nach dem stundenlangen Zermörsern der Kräuter.

»Freut mich, dich kennenzulernen«, sagte Edan. »Was darf ich dir bringen?«

Die nächsten Worte kamen Leigh nur als heiseres Krächzen über die Lippen. »Ein Ale … bitte.«

Edans Lächeln wurde breiter. »Kommt sofort.«

Da er seiner Stimme nicht traute, nickte Leigh lediglich. Einen Augenblick später war Edan zurück und schob ihm einen Krug zu. Begierig griff Leigh danach, doch bevor er das Gefäß an sich nehmen konnte, packte Edan seine Hand. Seine Finger schlossen sich bestimmend, aber nicht allzu fest um seinen Knöchel. Eine Hitzewallung stieg in Leigh auf, und er spürte ein starkes Kribbeln dort, *wo Edan die Haut berührte. Er konnte die Wirkung nicht leugnen, die dieser auf seinen Körper hatte.*

»Wie ist das passiert?«, fragte Edan mit gepresster Stimme. Das Lächeln auf seinem Gesicht war verschwunden und einer besorgten Miene gewichen.

Leigh folgte Edans Blick zu seiner Hand. Die Blasen. Er hatte sie völlig vergessen. Und auch jetzt spürte er nur die Berührung des anderen Mannes. »Ach, das ist nichts. Ich habe heute den ganzen Tag Kräuter gehackt. Das vergeht wieder.«

Edan furchte die Stirn. »Sieht aus, als wäre es ziemlich schmerzhaft.«

Leigh zuckte mit den Schultern. »Ich spüre es kaum.«

»Wirklich?« Sanft fuhr Edan mit dem Daumen über Leighs geschundene Handfläche, wobei er nur die unverletzten Stellen berührte. Eine Gänsehaut kroch Leigh über den Arm, und plötzlich regte sich etwas in seiner Hose. Beim heiligen Breandán ...

Leigh entriss Edan seine Hand so eilig, dass er beinahe erneut rückwärts vom Hocker gefallen wäre. Entsetzt riss dieser die Augen auf. »Tut mir leid! Ich wollte dir nicht wehtun!«

»Keine Sorge ... es ... es ist nichts«, stammelte Leigh. Edan deutete sein Verhalten vollkommen falsch. Würde er ahnen, warum er sich von ihm losgemacht hatte, wäre sein Blick wohl weniger mitleidig gewesen.

»Warte hier!«, sagte Edan, als hätte Leigh vor, die Taverne vor der letzten Runde zu verlassen. Er würde bleiben, bis die letzte Kerze erlosch oder Edans Schicht zu Ende war. Dieser lief nun in die Küche. Geduldig wartete Leigh auf seine Rückkehr. Als Edan schließlich wiederkam, hielt er ein dampfendes Tuch in Händen. Doch erst als er vor Leigh stehen blieb, erkannte dieser, dass nicht der Stoff dampfte, sondern die Teeblätter, die darauf lagen. »Das wird helfen.«

Leigh wusste, dass dies nicht der Fall sein würde, denn es waren die falschen Kräuter. Er sagte aber nichts und streckte Edan wort-

los den Arm entgegen. Behutsam wickelte dieser das Tuch um
seine Hand und verknotete die beiden Enden miteinander.

Eine Bewegung riss Leigh aus seiner Erinnerung. Blitzschnell
zuckte seine Hand zu dem Schwert an seiner Hüfte. Auf dem
Weg vor ihm war eine gekrümmte Gestalt aufgetaucht, die langsam den Pfad entlangkroch und an ein verletztes Tier erinnerte,
nur war es kein Tier. Die Gestalt stand auf zwei Beinen und
stützte sich auf einen Gehstock wie ein alter Mann. Dennoch
erkannte Leigh den Halbling, und sein leerer Magen zog sich vor
Freude zusammen. Er hatte ihn gefunden!

Leigh vergeudete keine Zeit und schwang sich auf sein Pferd.
Er trieb es an und stürmte los. Die Hufe donnerten über die
Erde, und der eisige Wind schlug ihm ins Gesicht. Seine Augen
begannen zu tränen, aber er hielt sie krampfhaft offen. Der Halbling spähte über die Schulter und blieb mitten auf dem Pfad
stehen. Weder versuchte er wegzurennen noch sich zu verstecken.

Leigh zog die Zügel straff, bis sein Pferd wenige Fuß vor dem
Halbling innehielt. Er erkannte sofort, dass etwas nicht stimmte.
Der Halbling sah krank aus. Seine Haut war kreidebleich, beinahe durchsichtig, wodurch sämtliche Adern in einem unge-
sunden Blau hervortraten. Das Haar klebte ihm trotz der Kälte
schweißnass an der Stirn, als hätte er hohes Fieber, und er zitterte am ganzen Leib. Seine linke Hand umfasste Halt suchend
einen zerbrechlichen Gehstock, während die Rechte einen Dolch
umklammerte, als könnte er in diesem Zustand noch kämpfen.

Leigh sprang vom Pferd und trat auf den Halbling zu, ohne
sein Schwert zu ziehen. Er brauchte keine Waffe, um einen ster-
benden Mann zu überwältigen. »Du musst mit mir kommen«,
verlangte er ohne Umschweife.

Der Halbling schüttelte den Kopf. Die Bewegung wirkte steif,

als würde sie ihn bereits mehr Kraft kosten, als er noch besaß.
»Ich muss nichts, außer sterben.«

»Und das wirst du, wenn du dich mir nicht anschließt«, sagte Leigh und näherte sich vorsichtig. Er konnte das Gift im Körper seines Gegenübers riechen. Am liebsten hätte er in die Satteltasche gegriffen, um das Gegengift herauszuholen, das er für sich selbst eingepackt hatte. Doch zu früh durfte er diesen Trumpf nicht ausspielen.

»Ich werde sterben, wo immer ich mich aufhalte.«

»Das stimmt nicht. In Nihalos kannst du geheilt werden«, versprach Leigh, obwohl er nicht wusste, ob dem Halbling noch geholfen werden konnte, aber er musste daran glauben. Er war nicht so weit gereist, hatte nicht so viele Elva getötet und nicht all seine Hoffnung in diesen Augenblick gelegt, um den Halbling jetzt noch zu verlieren. Er musste überleben, zumindest so lange, bis er den Mord an der Königin gestehen und Ceylan retten konnte.

Der Halbling schnaubte. »Warum sollten mich die Unseelie heilen? Wir wissen beide, dass sie mich lieber tot als lebendig sehen wollen. Diese Elva haben ihnen die Arbeit abgenommen.«

Leigh ballte die Hände zu Fäusten. Er war dem Halbling so nahe, dass er ihn einfach packen und überwältigen konnte, aber es wäre für sie beide leichter, würde er Leigh aus freien Stücken nach Nihalos zurückbegleiten. »Wenn du nicht mit mir kommst, stirbst du an dem Gift.«

»Zumindest sterbe ich dann in Freiheit.« Bei diesen Worten flackerte etwas in seinen trüben Augen auf, das Leigh nicht benennen konnte. Log er? Oder war es nur der Schmerz, den er vor ihm zu verbergen suchte? Wenn ja, gelang ihm das nicht sonderlich gut. Es war ihm anzusehen, wie sehr jeder Atemzug ihn quälte.

»Und wenn du in Freiheit stirbst, dann stirbt Ceylan mit dir«, gab Leigh zu bedenken.

»Die …« Ein schwerer Husten peinigte den Halbling. Sein Körper zitterte wie ein Blatt im Wind, und sein Gesicht lief blaurot an. Mit dem Handrücken versuchte er den Anfall zu ersticken, aber er verebbte nur langsam. Und als er die Hand mit dem Dolch von den Lippen nahm, entdeckte Leigh eine schleimige Spur aus Speichel und Blut. »Die … die Wächterin ist mir gleichgültig«, stieß der Halbling stockend hervor.

Leigh schüttelte den Kopf. »Das glaube ich dir nicht.«

»Weil du mich so gut kennst?«

»Ich habe deine Musik gehört«, antwortete Leigh und trat unvernünftig dicht an den Halbling heran, der noch immer seinen Dolch umklammerte. »Niemand, der etwas so Wunderschönes erschaffen kann, kann so kalt und herzlos sein.«

»Ich bin ein Mörder.«

Das wusste Leigh, aber was immer den Halbling bewogen hatte, die Königin zu ermorden und dasselbe bei Kheeran zu versuchen, es war keine Boshaftigkeit gewesen, davon war er überzeugt. »Du bist mehr als das. Denn du hältst eine Waffe in der Hand, und dennoch reden wir, anstatt zu kämpfen.«

Die Lippen des Halblings teilten sich. Doch Leigh bekam die Antwort nie zu hören. Aus den Augenwinkeln sah er noch eine Bewegung, kurz bevor die Elva angriffen.

41. Kapitel – Larkin

– Zweihorn –

Larkins Verachtung für den König stieg wie der schwelende Rauch des Scheiterhaufens. Er hatte diesem grausamen Schauspiel nicht beiwohnen wollen, aber seine Füße hatten ihn wie von selbst hierher getragen, als er die Rufe gehört hatte.

»Nieder mit dem Magier!«

»Verbrennt den Verräter!«

»Verrotte bei den Fae!«

Es waren die Forderungen jener Gaffer gewesen, die nun über den Tod eines Kindes jubelten. Der Junge, der vor aller Augen zu Asche zerfiel, war jung … zu jung. Er hätte noch nicht einmal an der Mauer dienen dürfen. Seine Schreie waren längst verstummt, aber der Gestank seiner verbrannten Haut würde noch stundenlang in der Luft hängen. Larkin stand am Rand des Geschehens und beobachtete das Feuer, das in die Abenddämmerung emporzüngelte und ein Leben davontrug.

Die Menschen klatschten in die Hände und grölten, als hätten sie einen Mörder zur Strecke gebracht. Wobei sie diesem vermutlich mehr Mitgefühl entgegengebracht hätten als dem Alchemisten vor ihnen. Doch Larkin sah keinen Alchemisten. Keinen Verbrecher. Keinen Verräter. Er sah ein Kind, und düstere Gedanken waberten in ihm hoch. Am liebsten hätte er sein Schwert gezückt und diesen Menschen gezeigt, wen sie wahrhaftig zu fürchten hatten. Ganz gewiss war es nicht dieser Junge gewesen.

Es war bereits die dritte Alchemistenverbrennung, seit Larkin

Zweihorn erreicht hatte. Ihm war, als wollte man die Stadt vor den bevorstehenden Feierlichkeiten noch gründlich reinigen. Inzwischen hingen überall Wappentücher und Flaggen, die das Hoheitszeichen der königlichen Familie zeigten. Und es verging kaum ein Tag, an dem Larkin nicht an Freya dachte und sich davor fürchtete, dass sie eines Tages auf einem dieser Scheiterhaufen enden könnte, wenn die falschen Kreise von ihrem Geheimnis erfuhren.

Mit einem letzten Blick auf den verkohlten Leichnam wandte sich Larkin ab und ging davon. Er wollte sich nicht länger der Gefahr aussetzen, von der Stadtwache oder den Gardisten erkannt zu werden, von denen es hier nur so wimmelte. Aus diesem Grund mied er für gewöhnlich öffentliche Plätze mit Ausnahmen der Tavernen, die er Nacht für Nacht aufsuchte, um etwas über Henrik und Yara zu erfahren. Zu seiner Enttäuschung war seine Suche bisher allerdings erfolglos verlaufen. Niemand kannte die beiden, und allmählich fragte sich Larkin, ob es ein Fehler gewesen war, nach Zweihorn zu kommen. In der Zeit, die er bereits darauf verwendet hatte, Henriks Mörder zu suchen, hätte er viele andere Verbrechen aufklären können. Doch dann musste er an Korwan denken und an sein Dorf, das bereits so viel verloren hatte. Sie hatten Gerechtigkeit verdient.

Larkin erreichte die erste Schenke des Tages, *Die schwanzlose Katze*. Vor dem Haus stand eine Bank, auf der eine Katze saß, die allerdings sehr wohl einen Schwanz besaß. Argwöhnisch folgten ihre Blicke Larkins Schritten bis zum Eingang. An der Tür war eine Tafel befestigt – *Belegt! Keine Zimmer bis zur Hochzeit.*

Larkin missachtete den Aushang, da er nicht auf der Suche nach einem Schlafplatz war, und betrat die Taverne, in der ausgelassene Stimmung herrschte. Alle Tische waren besetzt. Die Gäste spielten Karten, redeten und lachten oder sangen falsch zu den Klängen eines Lautenspielers.

»Hallo, Hübscher, Lust auf etwas Gesellschaft?«, fragte eine

Frau, die wie aus dem Nichts vor Larkin erschienen war. Sie hatte wildes braunes Haar und trug ein tief ausgeschnittenes Kleid, das deutlich zeigte, was gegen Geld bei ihr zu bekommen war.

Larkin lächelte. »Kommt ganz darauf an.«

»Mhhh«, schnurrte die Dirne und lehnte sich unaufgefordert an seine Brust. Trotz des Gestanks von Bier und Bratfett ringsum nahm Larkin den blumigen Duft wahr, der die Frau umgab. Aufreizend fuhr sie sich mit der Zunge über die Lippen. »Für zehn Kupfermünzen lutsche ich dir den Schwanz, für dreißig darfst du mich ficken. Für eine Silbermünze gehört dir mein Arsch.« Sie musterte ihn mit lustverhangenem Blick. »Und für ein Dukatstück kannst du mit mir anstellen, was immer du willst.«

»Kennst du zufällig Henrik aus Rigwall oder eine Frau namens Yara?«

Die Hure blinzelte verwundert über die Frage, dann schüttelte sie den Kopf und fuhr mit den Fingern über die Knopfleiste von Larkins Hemd. »Ich habe noch nie von den beiden gehört, aber für eine Goldmünze bin ich, wer immer du willst.«

»Nein, danke«, erwiderte Larkin nüchtern. Er machte sich von der Frau los und trat an den Tresen. Hinter sich hörte er ein missbilligendes Zischen, aber er war sich sicher, dass seine neueste Bekanntschaft nicht lange auf einen zahlungswilligen Kunden warten musste. Da kein Hocker mehr frei war, stellte sich Larkin an die Theke.

»Ich kann es kaum erwarten, bis dieser Wirbel vorbei ist«, hörte er einen dickbäuchigen Mann neben sich sagen. »In unserer Hütte schlafen bereits zehn Leute. Und morgen reist auch noch die Mutter meiner Frau an. Ich werde noch wahnsinnig.«

»Kannst du's ihnen verdenken?«, fragte der Mann, mit dem er sich unterhielt, und fuhr sich mit der Hand über den buschigen Bart. »Das ist eine einmalige Sache.«

Der Mann schnaubte. »Na und? Sie werden doch sowieso nichts mitbekommen.«

»Sei nicht so grummelig!«, mahnte der andere. »In ein paar Tagen hast du's hinter dir.«

»Hoffentlich lass ich die Verwandtschaft meiner Frau bis dahin am Leben.«

Sein Gegenüber lachte. »Gib nicht so an! Du kannst doch keiner Fliege etwas zuleide tun.«

Der Dicke hob murmelnd den Bierkrug an die Lippen, und Larkin wandte seine Aufmerksamkeit der nächsten Unterhaltung zu, bis der Wirt zu ihm kam und seine Bestellung aufnahm. Dies war sein allabendliches Vorgehen. Erst belauschte er die Gespräche der anderen Gäste, bevor er sich nach Henrik und Yara erkundigte. Dabei wurde ihm jedes Mal aufs Neue klar, dass alle Menschen im Kern gleich waren. Sie redeten über ihre Arbeit, ihre Familie und ihre Freunde, über das Wetter und die Musik, die in den Tavernen gespielt wurde. Es waren oberflächliche Gespräche, die Larkin nicht weiterbrachten, den meisten Gästen aber ein Lächeln ins Gesicht zauberten.

»Darf ich mich zu Euch stellen?«

Larkin sah auf und blickte in das Gesicht eines Mannes, der in Menschenjahren betrachtet sein Alter haben musste. Er nickte, denn der Schankraum war noch immer hoffnungslos überfüllt. »Tut Euch keinen Zwang an.«

»Danke. Ich bin Feeock.«

»Kaiden.«

»Freut mich, Euch kennenzulernen, Kaiden. Seid Ihr wegen der Hochzeit in der Stadt?«

»Nein«, antwortete Larkin und wollte die Frage nutzen, um sich nach besagter Hochzeit zu erkundigen, die in Zweihorn allgegenwärtiger Gesprächsstoff zu sein schien. Dennoch hatte er noch nicht herausfinden können, zwischen welchen zwei Adelsfamilien diese Vermählung stattfand.

Doch Feeock redete bereits weiter. »Ich habe beobachtet, wie Ihr Tasha verschmäht habt.« Er deutete nach hinten. Larkin folgte seiner Bewegung und entdeckte die Hure, die mittlerweile auf dem Schoß eines Mannes saß, der sich ihrer offensichtlich gern annahm.

Er zuckte mit den Schultern. »Sie ist nichts für mich.«

»Ich habe gehofft, dass Ihr das sagt«, erwiderte Feeock und legte eine Hand auf Larkins Arm. Mit verführerischer Geste strich er ihm mit den Fingerspitzen über seine Haut und wollte ihm das Hemd nach oben schieben.

Larkin zog seinen Arm weg. »Bedaure, Ihr seid auch nichts für mich.«

Feeock seufzte und lehnte sich zurück. »Schade, ein Versuch war's wert.«

»Ich bin mir sicher, das Glück ist auch noch auf Eurer Seite.«

»Ein besser aussehender Mann als Ihr wird mir aber gewiss nicht begegnen.«

Larkin schmunzelte. »Soll ich mich bedanken oder Euch bemitleiden?«

»Ihr könntet mir ein Bier ausgeben.«

Larkin winkte den Wirt heran, denn er mochte den Jungen und ließ ihm ein Bier bringen. Sie stießen mit ihren Bechern an. »Ihr kennt nicht zufällig Henrik aus Rigwall oder eine Frau namens Yara?«, erkundigte er sich.

»Einen Henrik aus Rigwall kenne ich nicht, aber eine Yara.«

Larkin richtete sich auf. »Wirklich?«

»Nun ja, nicht richtig, aber ich kenne sie aus den Erzählungen ihrer Schwester. Keva Salmond. Sollte es die Yara sein, die du suchst.«

Larkin wusste nicht, ob ihr Nachname Salmond war, aber es war der erste Hinweis seit Tagen. »Wo finde ich Keva?«

»Ich habe sie schon länger nicht gesehen«, antwortete Feeock. »Aber zuletzt hat sie in der Therme im Tal gearbeitet, die zwischen den beiden Hörnern liegt. Du solltest dein Glück dort versuchen.«

42. Kapitel – Freya

– Niemandsland –

Bríon führte Freya gemeinsam mit ihrer Mutter, Elroy und einem kleinen Gardistentrupp über den Platz zur Mauer. Freya konnte die Blicke der Wächter auf sich spüren. In ihren Augen lagen Neugierde, Bewunderung, Ehrfurcht, aber auch eine Spur Misstrauen.

Bríon erklärte ihnen den Mechanismus hinter dem Tor und dem Turm, den man bis zur Spitze emporsteigen konnte, wovon ihnen aber abgeraten wurde. Anschließend brachte er sie zu den Ställen und zu den Schlafgemächern, in denen die Wächter und Novizen untergebracht waren.

»Ist das Derrin Armwon?«, fragte ihre Mutter und deutete auf einen jungen Mann, der sich gemeinsam mit vielen anderen erhoben hatte, um sich zu verneigen.

Derrin war der Sohn von Lord Bartley Armwon, dem einige Minen westlich von Amaruné gehörten. Freya kannte ihn vor allem aus Melvyns Erzählungen, da ihre Väter Rivalen um die Rohstoffe im Schatzgebirge waren. »Ja, das ist er. Ich wusste nicht, dass er der Mauer dient.«

»Ich auch nicht.« Ihre Mutter blickte fragend zu Bríon hinüber. »Ist er gut?«

Bríon zuckte mit den Achseln. »Er ist kein schlechter Kämpfer, aber ziemlich eingebildet. Die meisten unserer Männer kommen ohne jede Kampferfahrung an die Mauer. Er glaubt, er sei besser als sie, weil er an einer der königlichen Akademien gelernt hat, aber wenn er nicht aufpasst, werden die anderen ihm schon bald den Arsch aufreißen.«

Königin Erinnas Augen weiteten sich bei diesen unziemlichen Worten.

Bríon blickte ebenfalls entsetzt drein. »Entschuldigt meine Ausdrucksweise. Ich wollte nicht respektlos erscheinen.«

Die Königin nickte. »Euch sei verziehen.«

»Danke.« Bríon verneigte sich dankbar und führte sie von den Sälen in die Küche. Männer, die aussahen, als gehörten sie in eine Kampfarena, schälten Gemüse, hackten Kräuter und zerlegten Fleisch. Bríon probierte von einigen der Speisen und gab Anweisungen, wie sich die Zubereitungen noch weiter verfeinern ließen. Zuletzt besichtigten sie die Waffenkammer und die Übungsräume, in denen nur noch vereinzelt Wächter anzutreffen waren, da die meisten mit den Vorbereitungen für den Abend beschäftigt waren.

Freya konnte sich Larkin in dieser Umgebung bildlich vorstellen und bedauerte, ihn nie im Umgang mit den anderen Wächtern erlebt zu haben. Er war gewiss ein vorbildlicher Field Marshal gewesen. Es lag ihr auf der Zunge, Bríon nach ihm zu fragen, doch in Anwesenheit ihrer Mutter traute sie sich nicht.

Abschließend geleitete der Wächter sie zu ihren Gemächern, die im Alltag vom Field Marshal und seinen Generälen bewohnt wurden. Ihr Gepäck war herbeigeschafft worden, und die Bediensteten hatten die Räumlichkeiten hergerichtet, sodass sie zumindest bei flüchtiger Betrachtung einer königlichen Familie gerecht wurden. Schwere Vorhänge waren vor den Fenstern angebracht worden, handgewebte Teppiche bedeckten die alten Dielen, Blumen schmückten die Regale, und an den Türen hingen Wappentücher mit dem königlichen Emblem.

Bríon verabschiedete sich und machte sich zurück auf den Weg in die Küche. Freya blieb kaum Zeit zu einem kurzen Aufatmen, da schwärmten bereits die Zofen herbei, um sie für die abendlichen Festlichkeiten herauszuputzen. Sie wurde zu einer Hütte geführt, die sich als Badehaus herausstellte. Die Dienerinnen wuschen sie von Kopf bis Fuß, bevor sie ihren Körper mit duftenden Ölen salbten. Zurück in ihrem Gemach, frisierte man ihr das Haar und hüllte sie in ein schlichtes Kleid, da es ohnehin niemand zu sehen bekäme. Denn das Fest der Wächter fand im Freien statt, und der eigentliche Blickfang war der Mantel, den Freya tragen würde. Der dunkelblaue Stoff war an der Brust mit silbernen Stickereien verziert, die Sterne und Monde zeigten, und die Ärmel waren üppig mit Pelz besetzt.

Nachdem Freyas Dienerin eine letzte Nadel in ihrem Haar befestigt hatte, wurde sie von zwei Gardisten auf den Platz hinausbegleitet, der nicht wiederzuerkennen war. Auf dem Platz vor der Mauer hatten die Wächter Dutzende von kleinen und zwei größeren Feuern entfacht. Tische waren aufgestellt worden, und gefällte Baumstämme dienten als Bänke vor den Flammen. Über einem der Lagerfeuer rösteten Fleischspieße, und vor der Hütte an der Mauer stand eine reichlich gedeckte Tafel. Schüsseln und Teller mit allerlei Köstlichkeiten befanden sich darauf.

Ohne großes Aufsehen zu erregen, geleiteten die beiden Gardisten Freya zu ihren Eltern, die mit Roland, Tombell und drei anderen Wächtern an einem Tisch saßen. Sie nahm neben Elroy Platz, der gebannt zwei Wächter beobachtete, die sich vor den lodernden Flammen duellierten. In ihren Bewegungen glaubte Freya Larkin wiederzuerkennen. Ihre Hiebe waren gnadenlos und elegant zugleich, und trotz ihrer Masse schienen die beiden Männer über dem Boden zu schweben. Doch anders als Larkin lächelten sie nicht, während ihre Schwerter durch die Luft schnitten. Ihre Mienen wirkten verbissen, und tiefe Falten hatten sich zwischen ihre Brauen gegraben. Freya konnte nicht einschätzen, ob diese Ernsthaftigkeit Teil der Darbietung war oder ob der Kampf wirklich eine Herausforderung für die beiden Gegner darstellte.

Lange konnte der Kampf Freyas Aufmerksamkeit nicht fesseln, und sie ließ ihren Blick davonschweifen. Die wenigsten Wächter verfolgten das Duell, vielmehr begeisterten sie sich für das Mahl und die Frauen, die die Köstlichkeiten auftischten. Freya entdeckte Rae an einem der anderen Tische. Sie saß dort mit Yale und ein paar anderen Gardisten, die sich höchst angeregt unterhielten. Rae allerdings beteiligte sich nicht an dem Gespräch. Seit dem Streit beim Tanzunterricht hatte sie keinen Ärger mehr verursacht, und Elroy schien ihre Anwesenheit zu dulden, ebenso wie sich Rae mit seiner Verlobung abgefunden zu haben schien. Glücklich wirkte sie dennoch nicht.

Plötzlich keuchte Königin Erinna neben Freya leise auf. Ihr Blick folgte dem ihrer Mutter zu den Kämpfenden. Die Klinge des einen Wächters hatte die Wange des anderen gestreift. Einen kurzen Augenblick lang waren Blut und rohes Fleisch zu sehen, doch bereits mit dem nächsten Herzschlag schloss sich der Schnitt, und Freyas Mutter rang abermals erschrocken nach Luft. Freya selbst klatschte in die Hände, um nicht zu verraten, wie unbeeindruckt sie von der Darbietung war.

»Großartig!«, rief König Andreus, ergriff sein Weinglas und erhob sich mit Beifall von seinem Platz. Freya verdrehte die Augen, und neben sich vernahm sie ein kaum hörbares Seufzen von Elroy. Sie beide wussten, dass nun eine Rede folgte, die sie beide in veränderter Form schon mehrfach gehört hatten. »Es ist meiner Familie und mir eine große Ehre, heute Abend hier sein zu dürfen. Jeder Besuch im Niemandsland ist etwas Besonderes, denn die Männer, die hier leben, sind etwas Besonderes …«

Freya nahm die Stimme ihres Vaters nur mit halbem Ohr wahr. Sie wusste genau, was er sagen würde. Zuerst würde er sich noch einige Nettigkeiten über die Mauer und die Wächter abringen, bevor er ihnen allen etwas von Ehrlichkeit, Einheit, Liebe und Bündnis vorschwindeln würde, wie er es bereits in den Städten getan hatte, die sie zuvor besucht hatten. Inzwischen erschien

Freya jedes Wort, das über die Lippen ihres Vaters kam, wie eine wohldurchdachte Lüge. *Eine eigene Meinung und der Wille, diese durchzusetzen, zeichnet einen starken König aus, doch ein wirklich guter König stellt sich niemals über sein Volk.* Dass sie nicht lachte.

»... darum erheben wir unsere Gläser auf meine Tochter, Prinzessin Freya, und ihren zukünftigen Gatten, Prinz Deèglan, auf dass sie gemeinsam ein langes und glückliches Leben führen mögen.«

Die Wächter verfielen in Jubel, und das Klirren von Gläsern und Kelchen war zu hören, die aneinandergestoßen wurden. Elroy beugte sich zu Freya hinüber, um ihr einen Kuss auf die Wange zu geben wie in einem einstudierten Theaterstück. Sie lächelte und nippte vorsichtig an ihrem Wein.

Musik setzte ein, und einige der Männer begannen zu singen. Ihre Stimmen grölten über den Platz, und der Wein floss in Strömen. Freya wusste von Larkin, dass die Wächter davon nicht betrunken werden konnten. Dennoch war die Stimmung ausgelassen und die Feier eine willkommene Abwechslung. Weitere Duelle wurden ausgetragen, bis die Wächter dazu übergingen, andere Talente von sich zur Schau zu stellen. Einer der Wächter begann mit Dolchen zu jonglieren, ein anderer führte Kartentricks vor, und wieder ein anderer wackelte mit seinen Ohren, was an diesem Abend alle Anwesenden in größere Begeisterung versetzte, als es für gewöhnlich üblich wäre.

Die Wächter, Gardisten und Adligen, welche sie nach Weidar begleiteten, verbrüderten sich zu fortgeschrittener Stunde immer mehr. Jauchzer und Lacher stiegen in den stillen Nachthimmel auf und vertrieben die Trübsal, die dem Niemandsland und der Mauer anzuhaften schien, zumal ihre Grundmauern aus Blut und Leichen errichtet worden waren.

»Unsterblichkeit muss großartig sein«, hörte Freya Elroy sagen, der sich beschwipst über den Tisch lehnte und einem

Wächter, der sich als General Klifford vorgestellt hatte, an den Lippen hing. »Euch rennt die Zeit nicht davon wie mir und all den anderen trostlosen Gestalten.«

Klifford lächelte verkniffen. »Ein Wächter kann jederzeit sterben.«

»Eine Gefahr, mit der wir alle leben«, erwiderte Elroy und nippte an seinem Wein. »Aber Euch wird das Alter oder eine lausige Krankheit nicht dahinraffen.« Er verzog die Lippen, als stiege eine abscheuliche Erinnerung in ihm auf.

»Dafür stellen wir uns gegen die Elva.«

»Ich sehe keine Elva«, mäkelte Elroy mit einer ausladenden Geste, die den ganzen Platz umfasste. Kliffords Miene versteinerte, und Freya war sich sicher, dass Elroy die Faust des Wächters längst im Gesicht gehabt hätte, wäre er als Prinz Deèglan nicht unangreifbar gewesen. Freya schielte zu ihren Eltern hinüber, die ebenfalls in ein Gespräch vertieft waren, ebenso wie Roland, der sich angeregt mit einem Wächter über die Fae unterhielt. An einem anderen Abend hätte sie alles darangesetzt, eine solche Unterhaltung zu belauschen, aber nicht an diesem. Für heute Abend hatte sie andere Pläne …

»Ich werde mich in meine Gemächer zurückziehen«, verkündete Freya und erhob sich von ihrem Platz. »Es war ein anstrengender Tag und eine lange Reise. Vielen Dank für diesen wunderbaren Abend und Eure Gastfreundschaft, Field Marshal Tombell.«

Der Wächter nickte. »Es war mir eine Freude, Prinzessin.«

Roland stand ebenfalls auf.

Freya bedeutete ihm mit einer Geste, er möge innehalten. »Bleibt sitzen. Dies ist wohl der sicherste Ort in ganz Thobria. Gewiss schaffe ich es unbeschadet bis in mein Gemach. Genießt den Abend!« Bevor der Kommandant widersprechen konnte, beugte sich Freya zu ihrer Mutter hinunter und küsste ihr die Wange.

»Schlaf schön, mein Schatz«, meinte Königin Erinna.

Der König lächelte mit trübem Blick. »Angenehme Träume.«

»Danke!« Freya bückte sich und umarmte ihren Vater. Er roch nach dem Rauch des Feuers, nach dem Wein in seinem Glas und dem Gefühl, das sie einst als Geborgenheit empfunden hatte. Sie verspürte einen Stich im Herzen, der das Kind in ihr dazu bewog, sich einen Augenblick länger an den Mann zu klammern, zu dem sie früher aufgesehen hatte.

»Gute Nacht«, murmelte sie und löste die Umarmung mit einer bemessenen Bewegung, bei der ihr pelzbesetzter Ärmel sämtliche Gläser umstieß. Teller klirrten, und Wein ergoss sich über den Tisch wie Blut. Ihre Mutter keuchte erschrocken auf, und ihr Vater fluchte laut. Die Wächter und Roland sprangen auf, um die Sudelei zu beseitigen. Diener eilten herbei, das Gelächter und die Gespräche an den umliegenden Tischen verstummten.

»Entschuldigt, das wollte ich nicht«, murmelte Freya.

Ihr Vater streckte die Hand aus. Augenblicklich war eine Bedienstete an seiner Seite, die ihm den Wein von den Fingern wischte. »Du solltest besser schlafen gehen«, sagte ihr Vater mit strenger Stimme, und die Woge der Zuneigung, die Freya gerade noch für ihn empfunden hatte, verebbte auf der Stelle. Sie wandte sich ab und eilte schnellen Schrittes davon, ohne sich noch einmal umzudrehen.

Das aufgebrachte Stimmengewirr hinter ihr wurde leiser, das Rauschen des Blutes in ihren Ohren dafür immer lauter. Die Zacken des Schlüssels, den sie während der Umarmung aus der Manteltasche ihres Vaters gestohlen hatte, bohrten sich schmerzhaft in ihre Handfläche.

Einige Wächter, die das Pech hatten, an diesem Abend an der Mauer dienen zu müssen, bemerkten sie, aber keiner hielt sie auf, als sie das Quartier betrat und durch die fremden Gänge schritt, bis sie die königlichen Gemächer erreichte.

Das Zimmer, in dem ihr Vater nächtigte, war unbewacht. Es gab keinen Anlass, die Gardisten während der Feierlichkeiten die Flure bewachen zu lassen.

Vor der Tür blieb Freya stehen. Sie löste die Finger von dem Schlüssel, der rote Abdrücke auf ihrer Haut hinterlassen hatte. Ihre Hände zitterten vor Aufregung. Sie führte den Schlüssel ins Schloss, doch er rastete nicht ein. Sie versuchte es ein zweites Mal, ebenso erfolglos.

»Verdammt!«

Freya atmete tief durch, um sich zu beruhigen. Wie lachhaft, wenn sie aus Angst, erwischt zu werden, tatsächlich dabei erwischt wurde, wie sie in das Gemach ihres Vaters einbrach.

Sie versuchte den Schlüssel erneut in das Schloss zu zwängen. Dies war ihre letzte Gelegenheit, vor der Ankunft in Weidar mehr über die Bibliothek in Erfahrung zu bringen. Auch wenn sie nicht wusste, was sie genau suchte. Doch wenn es etwas zu finden gab, dann im Gemach ihres Vaters. Niemals hätte er ein solches Wissen unbeaufsichtigt in seiner Kutsche zurückgelassen.

Doch der gestohlene Schlüssel wollte einfach nicht passen! Ungeduldig rüttelte Freya am Knauf. Womöglich war das Holz verzogen.

Hinter ihr erklang plötzlich ein Räuspern. Erschrocken fuhr Freya herum und stopfte den Schlüssel in die Tasche ihres Mantels. Sie entdeckte Bríon, der wenige Fuß von ihr entfernt stehen geblieben war. Er wirkte größer und bedrohlicher, nun, da sie sich bei Nacht mit ihm allein in einem schummrigen Gang aufhielt.

Freya schluckte schwer. »Ich … ich komme nicht in mein Zimmer.« Sie musste die Verzweiflung, die in ihrer Stimme mitschwang, nicht einmal spielen.

»Mhh«, brummte der Wächter und kam langsam näher.

»Die Tür muss sich verklemmt haben«, erklärte Freya und spähte an Bríon vorbei. Der Flur hinter ihm war leer. Noch waren keine weiteren Gardisten und Wächter auf sie aufmerksam geworden. In diesem Augenblick war sie sich jedoch nicht sicher, ob das gut oder schlecht war.

Bríon blieb vor ihr stehen. Im Gegensatz zu ihrem Vater oder Elroy hatte er klare Augen und einen scharfen Blick. Eindringlich musterte er Freya. »Gibt es einen Grund, weshalb Ihr in die Gemächer Eures Vaters einbrechen wollt?«

»Ich …« Freya wusste nicht, was sie sagen sollte. Wenn Bríon sie verriet, würde das übel für sie enden. Ihr Vater misstraute ihr ohnehin und würde sie vermutlich unter Beobachtung stellen, bis sie nach Amaruné zurückgekehrt wären. Damit hätte sie jede Hoffnung verspielt, die Bibliothek und die Abschrift zu finden. »Ich dachte, dies sei mein Zimmer.«

Der Wächter schmunzelte. »Natürlich …«

»Wirklich. Ihr müsst mir glauben!«

Abwartend sah Bríon sie an. Er roch nach Schweiß und Geräuchertem. Freya hatte ihn dabei beobachtet, wie er den ganzen Abend über an den Feuern gestanden und das Fleisch im Auge behalten hatte.

Sie wich einen Schritt zurück. »Was wollt Ihr von mir?«

»Ich will, dass Ihr mir die Wahrheit sagt.«

Freya zögerte, doch dann erkannte sie, dass sie nichts zu verlieren hatte. Gar nichts. Bríon wusste, dass sie in der Zeit ihrer Abwesenheit in Melidrian gewesen war. Dieses Wissen stellte für ihre Freiheit und ihren Auftrag eine viel größere Gefahr dar als das, was hier gerade vor sich ging. »Mein Vater versteckt etwas in seinem Zimmer, das ich brauche. Es ist für mich von höchster Wichtigkeit.«

Bríon erwiderte nichts. Sekunden verstrichen, und Freya spürte Übelkeit in sich aufsteigen. Vielleicht hätte sie doch besser den Mund gehalten und alles abgestritten. Aber nun ließ sich ihre Entscheidung nicht mehr rückgängig machen.

»Danke für Eure Ehrlichkeit«, sagte der Wächter schließlich

und löste einen merkwürdig aussehenden Knopf von seiner Uniform, der offenbar nie richtig angenäht gewesen war. Dann ging er vor der Tür in die Hocke. Freya reckte den Hals. Sie konnte nicht erkennen, was Bríon tat, als sich das Schloss bereits mit einem Klicken öffnete. Er schob die Tür auf und bedeutete ihr mit einem Nicken, sie möge eintreten. Hatte der Wächter ihr soeben wirklich beim Einbruch ins Schlafgemach ihres Vaters geholfen?

Entgeistert starrte Freya Bríon an. »Warum?«

»Weil Ihr ein guter Mensch seid«, erwiderte er. »Larkin hat in Nihalos in den höchsten Tönen von Euch gesprochen. Ich weiß nicht, was Euer Vater vor Euch versteckt, und will es auch nicht wissen. Aber wenn es Euch wichtig ist, dann ist es auch mir wichtig.«

Freya lächelte verlegen. »Danke.«

»Bedankt Euch, indem Ihr Larkin zurück an die Mauer lasst, sobald Ihr Königin seid. Es war ein Fehler Eures Vaters, ihn zu verurteilen. Nichts gegen Khoury, aber Larkin war der beste Field Marshal, den diese Mauer je hatte.«

Bríons Worte erfüllten Freya mit einem eigenartigen Stolz. »Versprochen«, sagte sie und nickte dem Wächter zum Abschied zu, bevor sie über die Schwelle huschte.

Der Raum ähnelte jenem, in dem Freya die Nacht verbringen sollte. Er war in seinen Grundzügen schlicht. Unter den Schritten zahlreicher Wächter waren die Holzdielen ergraut, die Wände von der Sonne ausgeblichen, und der Wind pfiff leise durch Ritzen an den Fenstern. Doch aus Anlass des hohen Besuchs zierten nun auch schwere Teppiche, Vasen mit duftenden Blüten und edle Stoffe den Raum. Erstaunlich, dass sich ihr Vater überhaupt darauf eingelassen hatte, eine Nacht im Niemandsland zu verbringen. Aber so anmaßend sich der König zeigte, so klug war er auch. Er wusste, dass die Macht der Draedons im Abkommen und somit in der Mauer und der Trennung der Länder wurzelte. Daher war es unabdingbar, dass er den Wächtern seine Hochachtung zollte.

Freya begann den Schreibtisch zu durchsuchen. Schublade für Schublade durchwühlte sie den Tisch, der für eine Nacht ihrem Vater gehörte, aber sie fand darin nur Schriftstücke, die sich mit der Hochzeit befassten. Auch einige Briefe des Schatzmeisters befanden sich darunter, der sich darüber beklagte, noch immer kein Geld von Kaiserin Atessa erhalten zu haben. Nach dem Schreibtisch durchwühlte Freya einige Kisten, welche die Diener aus den Kutschen geladen hatten. Sie klopfte das Holz sogar auf einen doppelten Boden hin ab, aber es waren nur gewöhnliche Truhen. Nichts deutete auf eine geheime Bibliothek hin.

Vielleicht suchte sie vergebens, aber sie wollte nicht aufgeben. Die Mitglieder des Zirkels hatten sich zwar bereit erklärt, sie bedingungslos in ihre Reihen aufzunehmen, doch sie wollte nicht nur ihre widerwillige Akzeptanz. Sie wollte auch ihre Gunst. Ihre Treue. Und ihre Anerkennung. Dies alles musste sie sich verdienen.

Sie kniete sich auf den Boden und schielte unter das Bett, ob ihr Vater möglicherweise dort etwas versteckte, aber sie fand nur Staub.

Freya wollte sich gerade wieder aufrichten, als plötzlich Schritte im Gang zu hören waren. Sie erstarrte. Mit angehaltenem Atem lauschte sie, und ihr Herz pochte im Takt der Schritte, die auf sie zukamen. Wenn ihr Vater sie hier erwischte, war es um sie geschehen.

Angsterfüllt sah sie sich um. Kurz überlegte sie, unter das Bett zu kriechen. Aber dort säße sie fest, und sie konnte nicht die ganze Nacht dort verweilen. Spätestens am Morgen würden die Zofen ihr Fehlen im eigenen Schlafgemach bemerken und die Wachen alarmieren. Das würde in einer Katastrophe enden.

Freyas Blick blieb an dem Fenster auf der anderen Seite des Raumes hängen. Es war ihr einziger Ausweg, auch wenn sie es von außen nicht wieder würde schließen können. Sie konnte nur hoffen, dass ihr Vater nicht misstrauisch wurde, wenn er es bemerkte. Sie eilte zum Fenster und schob es auf, dankbar, dass die Quartiere der Wächter ebenerdig lagen und sich der Boden diesmal keine vierzig Fuß unter ihr befand.

Ungeschickt hangelte sie sich aus dem Fenster, wobei ihr Mantel an einer hervorstehenden Holzstrebe hängen blieb. Fluchend machte sie sich los, und das keinen Augenblick zu früh. Denn in diesem Moment wurde ein Schlüssel ins Schloss geschoben und umgedreht. Offenbar hatte sie den falschen Schlüssel gestohlen.

Freya warf sich zur Seite und presste sich mit dem Rücken gegen die Wand. Ihre Lunge brannte, und sie verspürte das Bedürfnis, nach Luft zu ringen, unterdrückte aber jeden Laut.

Ihr Vater betrat sein Schlafgemach. »Wer hat das verdammte Fenster offen gelassen?«, fluchte er. »Warst du das?«

»Nein, mein König«, antwortete eine Frau.

Feste Schritte erklangen. »Lüg mich nicht an!«

»Ich war es nicht.«

Der König schwieg, doch kurz darauf war ein Klatschen zu hören, wie wenn eine Hand auf nackte Haut traf. Freya zuckte zusammen und schloss die Augen. Schuldgefühle stiegen in ihr auf, denn eigentlich hätte sie diesen Schlag abbekommen müssen.

Die Bedienstete wimmerte leise.

»Du kannst von Glück reden, dass wir hier von ehrenwerten Männern umgeben sind, die ihren König niemals bestehlen würden. Anderenfalls müsste ich dich wohl hinrichten lassen.«

»Danke«, erwiderte die Frau mit dünner Stimme. »Ihr seid zu gnädig.«

»Das bin ich, und nun schließ das Fenster!«, befahl König

Andreus in einem Tonfall, bei dem es Freya kalt über den Rücken lief.

Sie wartete, bis die Bedienstete das Fenster geschlossen hatte, denn zuvor wagte sie es nicht, sich zu bewegen. Mit zitternden Knien folgte sie anschließend einem Trampelpfad, der um das Quartier herumführte, vorbei an der Hütte, in der man sie am Nachmittag gebadet hatte. Noch immer konnte sie das Geräusch des Schlages in ihren Ohren hören. Passierte das den Bediensteten im Schloss öfter?

Gern hätte sie geglaubt, dass der übermäßige Weingenuss aus ihrem Vater sprach und ihn jähzornig machte. Tief im Innern aber wusste sie, dass es keinen Unterschied machte, ob er nüchtern oder betrunken war.

Freya hing noch in dieser trüben Vorstellung fest, als ihr Blick unerwartet auf ein Schriftstück fiel, bei dessen Anblick ihr das Blut in den Adern gefror. Ihre Schritte wurden langsamer, bis sie vor einem Bogen aus Papier stehen blieb, den man an die Außenwand des Quartiers genagelt hatte. Es war ein Steckbrief.

Larkins Steckbrief.

Die Zahlen und Buchstaben, die seine Namen und das Kopfgeld verkündeten, das auf ihn ausgesetzt war, nahm sie kaum wahr. Vielmehr richtete sie ihre Aufmerksamkeit auf die Zeichnung, die auf dem Zettel zu sehen war. Der darauf abgebildete Mann hatte nur entfernte Ähnlichkeit mit dem Wächter, von dem sie sich in Askane verabschiedet hatte. Seinerzeit waren seine Wangen glatt rasiert gewesen, die wilden Haare gebändigt. Auf der Abbildung jedoch reichten ihm die Zotteln bis auf die Schultern, und ein dichter Flaum überzog sein Gesicht. Doch was diesen Larkin von *ihrem* Larkin unterschied, waren die Augen. Sie waren leer und gleichzeitig hasserfüllt wie von einem Mann, der das Leben verachtete und der nichts zu verlieren hatte. Das stimmte nicht. Larkin konnte wütend werden, aber auch sanft und aufrichtig sein.

»Wir müssen es hier hängen haben.«

Freya fuhr herum und entdeckte den Field Marshal. Er stellte sich neben sie. Die Arme vor der Brust verschränkt, betrachtete er den Steckbrief. In seinem Blick lag dieselbe Wärme, die Freya auch bei Bríon gesehen hatte, und sie musste an den Klang in Larkins Stimme denken, als er ihr von seinen *Brüdern* erzählt hatte.

»Ich weiß bis heute nicht, was Larkin und Euch nach Nihalos verschlagen hat«, sagte Tombell unvermittelt, ohne sich von dem Steckbrief abzuwenden.

»Kheerans Krönung«, log Freya. Es war die Lüge, die sie der Bevölkerung aufgetischt hatten. Offiziell war sie einer Einladung des Prinzen gefolgt, wodurch ihre Anwesenheit nicht gegen das Abkommen verstoßen hatte.

»Das hat Larkin auch gesagt, aber wir wissen beide, dass das eine Lüge ist. Euer Vater hätte Euch niemals mit ihm losziehen lassen. Was also wolltet ihr dort?«

»Das kann ich nicht sagen.«

»Schade, ich wüsste es wirklich gern.«

»Vielleicht verraten wir es Euch irgendwann.«

»Ich hoffe darauf.«

Freya schmunzelte. Sie hatte das merkwürdige Gefühl, sich mit einem alten Freund zu unterhalten, obwohl der Field Marshal und sie bis zu diesem Augenblick kaum ein Wort miteinander gewechselt hatten. Doch die Zuneigung, die sie beide für Larkin verspürten, verband sie. »Wisst Ihr, wo er ist?«

Tombell schüttelte den Kopf. »Nein, ich habe ihn nicht mehr gesehen, seit ich Melidrian verlassen habe.«

»Ich auch nicht«, flüsterte Freya und räusperte sich, um aufsteigende Tränen hinunterzuwürgen. Nicht zu wissen, wie es Larkin in den letzten Wochen ergangen war, schmerzte sie. Sie wollte ihn nur glücklich und in Sicherheit wissen.

»Ihr mögt ihn sehr«, stellte Tombell fest.

Mehr als das, dachte Freya, aber sie war eine verlobte, in wenigen Tagen verheiratete Frau, welche den Bund der Ehe angeblich aus Liebe einging. Ihre Gefühle für Larkin waren gefährlich, und sie konnte sich niemandem anvertrauen. Nicht dem Field Marshal. Nicht Elroy. Nicht ihren Eltern. Und vielleicht nicht einmal sich selbst.

43. Kapitel – Ceylan

– Nihalos –

Ceylan lernte nicht aus ihren Fehlern, zumindest nur sehr schwer. Wie oft hatte sie sich schon geschworen, vernünftiger und durchdachter zu handeln, um sich nicht immer wieder in Schwierigkeiten zu bringen. Doch sie war einfach nicht für ein Leben in Sicherheit geschaffen. Je mehr sie sich Dummheiten auszureden versuchte, umso mehr schien sie besagte Dummheiten begehen zu wollen. Wie auch an diesem Abend. Denn heute würde sie einen Kampf anzetteln.

Sie hatte es schon Dutzende Male getan, denn Männer, die im Zorn ihre Fäuste erhoben, achteten selten auf die Münzen, die aus ihren Mänteln verschwanden, oder das Essen, das von ihrem Tisch stibitzt wurde. An diesem Abend allerdings wollte Ceylan niemanden bestehlen, es ging ihr um den Kampf selbst. Einen solchen heraufzubeschwören, war eigentlich keine Herausforderung. Eine Beleidigung hier, eine Rempelei dort, und dann machte sie sich mit vollen Taschen aus dem Staub. Nur wollte sie diesmal nicht verschwinden, und das war die Schwierigkeit. Denn sollten Daim oder Bryok wittern, dass sie hinter dem Ärger steckte, würden sie sie auf die Straße setzen, und dort würde sie nicht lange unerkannt bleiben.

Mit dem Buch in der Hand saß sie an ihrem gewohnten Platz. Doch sie bemühte sich nicht, die Worte zu lesen, denn sie hatte nur Augen für einen Tisch an der gegenüberliegenden Seite des Raumes. Drei Fae saßen dort, eine Frau und zwei Männer. Sie kamen jeden Tag in das Freudenhaus, nicht um sich in den Hinterzimmern zu vergnügen, sondern um Karten zu spielen. Ihre Einsätze waren stets hoch, und auch heute ging es um eine erhebliche Menge an Talenten.

Es war ein Spiel wie jeden Abend, nur mit einem Unterschied. Ceylan hatte eine Karte aus dem Deck entwendet und gegen eine andere ausgetauscht. Es war eine Kleinigkeit, aber man lernte viel, wenn man nie redete und immer nur beobachtete und zuhörte. Daher wusste sie, dass die drei Fae Diebe waren und aufgrund ihres Handwerks einander nicht vertrauten. Aus diesem Grund spielten sie nie mit ihren eigenen Karten, sondern immer mit einem Deck, das Daim ihnen gab. Ein Deck, das am Abend zuvor zufällig auch durch Ceylans Hände gewandert war.

Nun musste sie nur noch abwarten, bis den Fae die doppelte Karte auffiel und sie sich gegenseitig als die Betrüger beschimpften, die sie außerhalb des Freudenhauses auch waren. Und mit etwas Glück würden sie die vorgeschriebenen Regeln vergessen und mit ihrer Elementarmagie aufeinander losgehen. Sie konnte kaum erwarten, dies zu erleben.

Plötzlich trat jemand vor Ceylan und versperrte ihr die Sicht. Wütend blickte sie auf und entdeckte eine von Bryoks Gespielinnen, die ihr schon des Öfteren aufgefallen war. Viele der weiblichen Unseelie waren schmal gebaut, mit schlanken Hüften und flachen Brüsten. Diese Fae allerdings hatte ein ausladendes Becken und eine üppige Oberweite, die unter dem durchsichtigen Stoff ihres Gewandes deutlich zu erkennen war. »Darf ich mich zu dir setzen?«

»Nein«, erwiderte Ceylan.

Die Fae missachtete ihre Antwort und zog den leeren Stuhl zurück, um sich zu setzen. Die Ellbogen auf den Tisch gestützt, musterte sie sie. »Du bist Ceylan, nicht wahr?«

»Mhh«, brummte sie und versuchte über den Kopf der Unseelie hinweg das Kartenspiel im Blick zu behalten. Einer der Fae mischte das Deck. Anscheinend war diese Runde vergangen, ohne dass jemand die doppelte Karte bemerkt hatte.

»Ich bin Sibeal.«

»Schön für dich, und jetzt verschwinde! Ich bin beim Lesen.« Ceylan hob das Buch in die Höhe.

Ein Schmunzeln trat auf das Gesicht der Fae, die mit ihrer Schönheit selbst unter ihresgleichen hervorstach. »Die anderen haben mich gewarnt, dass du ziemlich bissig bist, aber ich konnte es nicht glauben.«

»Was willst du?«, fragte Ceylan.

»Nichts, ich möchte dich einfach nur kennenlernen.«

»Kein Interesse.«

Ceylan senkte den Blick auf ihr Buch, in der Hoffnung, dass Sibeal aufstand und ging. Doch die Fae blieb stur sitzen. Normalerweise hätte Ceylan das einfach ausgesessen, aber sie war unruhig und wollte das Kartenspiel verfolgen. »Was. Willst. Du?«, zischte sie erneut.

Sibeal neigte den Kopf. »Du musst wissen, heute ist mein letzter Tag hier.«

»Schön, und ich hatte Weintrauben zum Frühstück.«

»Ab morgen arbeite ich im Schloss«, sprach Sibeal weiter, ohne auf ihren spöttischen Kommentar einzugehen.

Doch mit dieser Aussage erregte die Unseelie ihre Aufmerksamkeit. Nach allem, was Ceylan gehört hatte, mieden die meisten Fae das Schloss und die Verbindung zu Kheeran. »Wieso sagst du mir das?«

»Ich wollte fragen, ob ich dem Prinzen eine Nachricht von dir überbringen soll.«

Ceylan kniff die Augen zusammen. »Wieso solltest du das tun?«

»Weil Kheeran ein Freund von mir ist und du Daim jeden Tag nach ihm fragst.«

Eigentlich hätte sie dieser Fae nicht vertrauen dürfen. Aber ihre Stimme klang aufrichtig, und ihr Lächeln wirkte echt. »Sag Kheeran einfach, dass ich auf ihn warte.«

»Das ist alles?«

Sie nickte, als plötzlich ein lauter Knall zu hören war. Einer der männlichen Fae am Spieltisch war so unvermittelt aufgesprungen, dass sein Stuhl umgefallen und auf den Boden gestürzt war. Sein Gesicht hatte sich rot verfärbt, und in der Hand hielt er eine Karte, die er anklagend in die Höhe reckte.

»Wer von euch beiden Pissnelken war das?«, brüllte er. Seine Aussprache war von dem Fae-Wein, den er den ganzen Abend über getrunken hatte, bereits undeutlich geworden.

»Ich nicht«, antwortete die Frau, die von den beiden immer nur Jin genannt wurde.

»Ich auch nicht«, erwiderte der andere Mann, der Eloshe hieß.

»Lügner!«, keifte Mathoni. »Einer von euch war es!«

Jin erhob sich von ihrem Platz und stemmte die Hände auf den Tisch. Ungewöhnlich für eine Unseelie, war sie vollkommen in dunkle Farben gekleidet, das einzig Helle an ihr waren die silbernen Aufsätze auf den Ohren. »Wer sagt uns, dass du die Karte nicht selbst in den Stapel geschoben hast?«

»Wenn ich es war, warum sollte ich mich dann aufregen?«

»Vielleicht ist das eine Finte, um uns irrezuführen«, sagte Eloshe und erhob sich ebenfalls von seinem Stuhl, die Arme vor der Brust verschränkt.

Mathoni funkelte ihn zornig an. »Wovon?«

»Den Talenten.«

»Die gewinne ich auch, ohne zu betrügen.«

Eloshe lachte. »Du hast die letzten fünf Runden verloren.«

»Und deswegen hast du die Karte untergeschoben«, schlussfolgerte Jin. Mittlerweile beobachtete der gesamte Salon das Geschehen, und Daim war hinter ihrer Theke hervorgetreten.

Mathoni schüttelte den Kopf. »Das ist doch Unsinn.«

»Ach ja?« Eloshe reckte das Kinn. »Dann leere deine Tasche!«
Mathoni spuckte aus. »Das werde ich ganz gewiss nicht tun.«
»Dann erledige ich das für dich«, drohte Eloshe und ging auf
den anderen Fae los. Dieser verpasste ihm einen Stoß, um ihn
von sich fernzuhalten. Eloshe knallte mit voller Wucht gegen die
Wand. Ein Ausdruck tiefsten Abscheus verzog ihm das Gesicht.
Und sogleich brach ein Handgemenge zwischen den drei Unseelie aus, wie Ceylan es sich erhofft hatte. Betrunkene Verbrecher
waren doch überall gleich.

»Hört auf!«, brüllte Daim.

Die Fae hörten nicht auf sie und stießen einen Tisch um. Wein
ergoss sich über den Boden, und Talente rollten umher, die gierig von ein paar anderen Unseelie eingesammelt wurden.

Ceylan sprang auf die Füße, gerade als Mathoni und Eloshe
gleichzeitig die Hände in die Höhe rissen. Nicht um sich vor den
Schlägen des jeweils anderen zu schützen, sondern um Magie zu
wirken. Doch nichts veränderte sich. Weder Wasser noch Erde
beugte sich. Verdattert blickten Mathoni und Eloshe drein, und
auch auf Jins Gesicht zeichnete sich Verwirrung ab.

»Ihr seid doch nicht mehr ganz bei Trost!«, kreischte Daim,
die den Augenblick der Zerstreuung nutzte, um die drei Fae
auseinanderzutreiben. »Wie oft muss ich euch noch sagen, dass
hier nicht geprügelt wird? Wir sind keine Spelunke in Thobria,
habt ihr verstanden? Hier gelten Regeln, ihr könnt nicht einfach …«

Ceylan blendete die restlichen Worte aus. Es war ihr gleichgültig, ob Daim den Dieben Hausverbot erteilte oder nicht. Für
sie zählte nur eins: Mathoni und Eloshe hatten Magie wirken
wollen, und es war ihnen nicht gelungen.

Sie hatte die Unseelie an Kheerans Hof lange genug beobachtet, um zu wissen, wie die Handbewegungen aussahen, welche
die meisten Fae vollführten, um die Elemente zu beherrschen.
Trotz dieser Bewegungen hatten es die beiden Unseelie am ande-

ren Ende des Raumes nicht geschafft, das Gestein des Gemäuers oder das Wasser in den Krügen ihrem Willen zu beugen, obwohl sie dessen eigentlich mächtig waren. Und damit hatte Ceylan ihre Bestätigung: Sie vermochte die Elementarmagie von Fae zu unterbinden.

44. Kapitel – Weylin

– Melidrian –

Weylin wusste nicht, wie ihm geschah. Eben noch hatte er in Leighs blassblaue Augen geblickt, und gleich darauf lag er am Boden und starrte auf eine schwarze Bestie über sich. Schmerz barst in seinem Kopf und rollte wie eine Welle durch seinen Körper. Dunkle Flecken begannen vor seinen Augen zu tanzen. Schief und außer Takt, als wären sie ebenso aus dem Rhythmus geraten wie sein Herzschlag.

Fauliger Atem streifte seinen Hals, und spitze Krallen gruben sich in seine Schultern. Er schrie auf, und der Dolch, an dem er sich bis zuletzt festgeklammert hatte, glitt ihm aus der Hand. Tränen traten ihm in die Augen. Er wollte die Elva packen, war aber zu schwach dazu. Seit Tagen wütete das Gift wie ein Sturm in seinem Körper und richtete verheerende Schäden an. Er fühlte sich nicht länger wie der gut zweihundertjährige Halbling, der er war, sondern wie ein siebenhundertjähriger Alter kurz vor dem letzten Atemzug. Er röchelte und schmeckte das Blut auf der Zunge, das er zuvor ausgehustet hatte. Vermutlich hatte der Geruch die Elva angelockt. Er hörte ihr Kreischen und Fauchen.

Seine Finger streiften das Fell des Ungeheuers, ohne es zu fassen zu bekommen. Da fuhr ihm jäh ein bohrender Schmerz durch den Kopf. Kurz glaubte Weylin, die Elva habe ihm den Schädel mit den Zähnen aufgeknackt, doch dann erkannte er, dass es noch viel schlimmer war. Die Kreatur drang mit ihrer Magie in seine Gedanken ein.

Ein Bild seiner Mutter formte sich in seiner Vorstellung, ohne dass er es heraufbeschworen hatte. Er konnte sie vor sich sehen. Eine Blume schmückte ihr kastanienbraunes Haar, und sie schenkte ihm ein warmes Lächeln. In dieser Erinnerung stand sie ihm jedoch nicht wirklich gegenüber, sondern er betrachtete lediglich das Gemälde von ihr, welches sein Vater ihm mitgebracht hatte. Es war das einzige Bild, das Weylin von seiner menschlichen Mutter besaß – und die Elva wollte es ihm stehlen. Nein! Das durfte nicht passieren, denn wenn das Monster ihm diese Erinnerung nahm, würde er sich nie wieder ...

Woran hatte er gerade gedacht? Weylin konnte sich nicht erinnern, da war plötzlich eine Lücke in seinem Verstand, die nun von Schmerzen erfüllt war. Die Wunde an seiner Schulter brannte. Und der Speichel der Elva tropfte ihm wie Säure auf das Gesicht.

Mabon, steh mir bei!, dachte Weylin und schickte ein letztes Gebet an den Gott der Lüfte. Seine eigene Luftmagie hatte das Gift bereits vor einer Weile gelähmt.

Mit einem Schlag verschwand plötzlich das Gewicht von Weylins Brust, und die Krallen, die seine Schulter gepackt hielten, wurden herausgerissen. Er stieß einen Schrei aus und rang nach Luft, gegen die Ohnmacht ankämpfend, die ihn überfallen wollte. In der Ferne hörte er ein animalisches Kreischen.

Unvermittelt schob sich ein heller Haarschopf vor seine verzerrte Sicht. Leigh. »Bleib liegen und verhalte dich ruhig! Ich kümmere mich um die Elva«, flüsterte der Wächter und war verschwunden, bevor Weylin auch nur ein Wort erwidern konnte. Alles schmerzte, und jede Faser seines Körpers kämpfte gegen das Unvermeidliche an. Er spürte, wie ihm das Blut aus der Schulter sickerte und dem Gift in seinem Körper noch leichteres Spiel machte.

Er war am Ende.

An seinem Ende.

Und so furchterregend dieser Gedanke auch war, hatte er doch etwas Beruhigendes. Wenn er das Ende mit offenen Armen willkommen hieß, konnte er aufhören zu kämpfen. Das war eine schöne Vorstellung ...

Er atmete so tief wie möglich ein, und sein verschwommener Blick schweifte ein letztes Mal umher. Alles, was er erkannte, waren Schattierungen aus Grau. Die Welt hatte ihre Farbe verloren, nicht aber ihren Klang. Er hörte ein Knurren, ein Keuchen und das Geräusch von Metall auf Knochen. Leigh kämpfte. Für sich. Für ihn.

Weylin blinzelte. Er erkannte zwei Schatten, die sich vor dem helleren Himmel abzeichneten. Leigh mit erhobenem Schwert und eine Kreatur, die nur aus Knochen, Krallen und Dunkelheit zu bestehen schien. Ein langer Schwanz wie aus schwarzem Rauch schlug Leigh die Füße unter dem Körper weg. Er fiel, und die Bestie stürzte sich auf ihn.

»Nein!«

War dieses Wort seiner kratzigen Kehle entwichen?

Auf einmal musste Weylin an den gütigen Ausdruck in Leighs Augen denken, als er ihm im Musikladen gegenübergestanden hatte, und an das Gift in seiner Hand. *Es wirkt innerhalb weniger Augenblicke. Kein Schmerz. Du nimmst einen Schluck, und dein Herz hört auf zu schlagen ... und wenn du nicht allein sein willst, kann ich bei dir sein.*

Leighs Stimme echote durch Weylins Verstand, und da begriff er, dass er nicht einfach aufgeben konnte. Wenn er schon starb, dann wollte er zuletzt noch etwas tun, das ihn nicht als das Ungeheuer darstellte, das die Welt dank Valeska in ihm sah. Und das bedeutete, dass er nicht einfach tatenlos dabei zusehen durfte, wie Leigh starb. In einer Welt voller Bestien und Monster wie Valeska und seinesgleichen brauchte es Männer wie ihn. Loyal und gutmütig. Und womöglich würde Leigh doch noch einen Weg finden, um Ceylan ohne sein Geständnis zu retten. Aber wenn Leighs Leben in diesen Wäldern ein Ende nahm, würde auch die Novizin sterben, und das nur, weil sie zur falschen Zeit am falschen Ort gewesen war.

Mit letzter Anstrengung zwang sich Weylin, nach dem Dolch zu greifen, der ihm entfallen war. Er bekam ihn zu fassen und rollte sich auf den Bauch, wobei ihm ein reißender Schmerz durch die Glieder fuhr. Er biss sich auf die Unterlippe, um den Schrei zu ersticken, der seine Kehle emporkroch. Mühselig und mit zitternden Beinen stemmte er sich in die Höhe. Ihm war schwindelig, und das Fieber brannte in seinem Innern. Doch in den Jahren, die er Valeska bereits diente, hatte er gelernt, gegen jegliches natürliche Handeln anzukämpfen.

Es ekelte ihn, einem Kind die Kehle aufzuschlitzen?

Er tat es dennoch.

Er wollte den Bauern nicht auspeitschen?

Er tat es dennoch.

Und obwohl alles in ihm danach schrie, aufzugeben und sich auf den Boden zu werfen, setzte er einen Fuß vor den anderen und schleppte sich zu Leigh und der Elva, die auf der gefrorenen Erde um Leben und Tod miteinander rangen.

»He!«, rief Weylin.

Das Ungeheuer hob den Kopf und grinste. Er war leichte Beute, das erkannte die Elva auf den ersten Blick. Blut rann ihm über den Arm und tropfte von seinem Finger.

Die Kreatur machte einen Satz auf ihn zu. Weylin riss den Dolch in die Höhe, kurz bevor sich erneut Krallen in seinen Körper schlugen. Ein explodierender Schmerz setzte die Nerven in seinem Körper in Brand. Gemeinsam mit der Elva stürzte er zu Boden. Es drückte ihm die Luft aus den Lungen und das Leben aus dem Körper.

Um ihn herum wurde es schwarz.

45. Kapitel – Larkin

– Zweihorn –

Larkin musste nicht lange nach der Therme suchen, die Feeock ihm gegenüber erwähnt hatte. Der Dampf des warmen Wassers zeichnete sich deutlich in der kalten Winterluft ab. Ein hoher Holzzaun umgab das Gelände und schützte es vor fremden Blicken. Zwei Feuerschalen kennzeichneten den Eingang der Therme.

»He!«, schrie eine Frau mit schriller Stimme und sprang Larkin in den Weg. Sie war klein und dick, aber mit einem schönen Gesicht und ausdrucksstarken Augen, die ihn zornig anfunkelten. »Was glaubst du, wohin du gehst?«

Larkin runzelte die Stirn. »In die Therme?« Die Worte klangen wie eine Frage, obwohl er sich sicher war, am richtigen Ort zu sein. Denn das Gemurmel der Badegäste war nicht zu überhören.

Die Frau schnaubte und verschränkte die Arme vor der Brust. »Das sehe ich, aber wir sind kein Tümpel im Wald. Das kostet dich Geld, du Armleuchter.«

»Ich möchte nicht baden, sondern nur mit Keva reden. Sie arbeitet hier, nicht wahr?« Er deutete den Kiesweg entlang, der von weiteren Feuerschalen gesäumt war. Die Flammen knisterten in der kühlen Luft und führten zu zwei hölzernen Hütten, welche die Form eines Sechsecks besaßen. In der Mitte der spitz zulaufenden Dächer erhoben sich Kamine, aus denen weißer Rauch quoll.

Misstrauisch hob die Frau die Brauen. »Wer will das wissen?«

»Ein Freund ihrer Schwester.«

Die Antwort entlockte der Frau lediglich ein nichtssagendes Brummen.

Larkin neigte fragend den Kopf. »Also, kann ich zu ihr?«

»Wenn du Eintritt bezahlst.«

Er verdrehte die Augen. »Wie viel?«

Herablassend deutete die Frau auf ein Schild mit den Preisen, das nur wenige Fuß von ihnen entfernt angebracht war. »Oder kannst du nicht lesen?«

Larkin presste die Lippen aufeinander, um die Beleidigung zurückzuhalten, die ihm auf der Zunge lag. Er zog fünf Silbermünzen aus seinem Umhang und zahlte. Wortlos strich die Frau die Nobelstücke ein und bedeutete ihm mit einer ungeduldigen Geste, er solle weitergehen. Hinter ihm warteten bereits die nächsten Besucher.

Larkin folgte dem Weg und betrat die Hütte, die dem aufgezeichneten Symbol zufolge für die männlichen Thermebesucher gedacht war. Heiße Luft schlug ihm entgegen. Die Hitze kam so plötzlich, dass sich die Härchen an seinen Armen aufrichteten. Im Innern der Hütte prasselte ein großes Feuer. Es erinnerte ihn an das Knistern des Scheiterhaufens und an die Schreie des Jungen.

Rings um die Flammen standen Bänke, auf denen Kissen und Decken aus Schaffell lagen. Männer, die ihre Kleidung anzogen oder ablegten, unterhielten sich angeregt, und der Duft von herben Ölen erfüllte den Raum.

Larkin setzte sich auf eine der Bänke und zog sich die Stiefel aus, als ein Gespräch nur wenige Fuß entfernt seine Aufmerksamkeit erregte. »Meine Tochter überlegt, Wächterin zu werden«, sagte ein Mann mit feuchtem Haar, der die Therme anscheinend gerade wieder verlassen wollte. »Sie hat gehört, dass ein anderes Mädchen an der Mauer angenommen wurde.«

»Eine Frau als Wächterin? Ich wusste nicht, dass das erlaubt ist«, sagte sein Gegenüber.

»Ich auch nicht, aber die Zeiten scheinen sich zu ändern.«

»Wie denkst du darüber?«, fragte der andere, und das Missfallen in seiner Stimme war nicht zu überhören.

»Da bin ich mir nicht sicher«, antwortete der erste Mann und schlüpfte in seine Hose. »Natürlich wäre es mir lieber, sie würde hierbleiben und mir Enkel schenken. Andernfalls aber dient sie dem Land auf ganz besondere Weise.«

Unbemerkt schlich sich ein Lächeln auf Larkins Lippen. Bei diesen Worten empfand er Stolz für Ceylan, auch wenn die junge Wächterin ihn nicht mochte. Das hatte sie während ihres ersten Treffens in Nihalos deutlich gemacht. Nach dieser zufälligen Begegnung in den Gärten war sie ihm aus dem Weg gegangen, aber es freute ihn, dass sie für andere Frauen zum Vorbild geworden war. Er selbst hatte in seiner Zeit als Field Marshal zwei Anwärterinnen abgelehnt. Rückblickend bereute er dies, aber es war zu spät, seine Fehler von damals wiedergutzumachen. Er konnte nur hoffen, dass Khoury sich klüger verhielt, aber mit Ceylans Rekrutierung hatte er dies wohl schon getan.

Larkin zog sich aus und stapelte seine Kleidung in ein dafür vorgesehenes Fach. Darin lag auch ein Handtuch für ihn bereit, das er sich um die Hüften band. Dennoch spürte er die Blicke der anderen Männer auf sich. Es waren keine lüsternen, sondern neugierige und entsetzte Blicke, denn mit den Jahrzehnten war sein Körper eine Leinwand des Schmerzes geworden. Narben zeichneten ihn von Kopf bis Fuß. Einige der Male waren so alt, dass er sich nicht einmal an ihre Herkunft erinnerte.

Er überging das Starren der Männer und verließ die Hütte zur anderen Seite, hinaus zu den Bädern. Der Anblick, der sich ihm bot, raubte ihm für einen Augenblick den Atem. Er hatte schon das eine oder andere Badehaus besucht, aber keines davon war hiermit zu vergleichen. Die Therme bestand aus mehreren in den Fels geschlagenen Löchern, die bis zum Rand mit dampfendem Wasser gefüllt waren. Rauchschwaden stiegen zum Himmel auf. Pavillons mit weiteren Bänken und Tischen standen zwischen den Quellen und wurden von Hunderten kleiner Feuerschalen erwärmt. Es gab auch ein großes Becken, in welchem die Besucher schwimmen konnten.

Es waren mehr Besucher in der Therme, als Larkin erwartet hätte. Manche von ihnen waren allein und genossen ihre Ruhe, andere waren als Paare oder in Gruppen gekommen. Ohne Scham ließen sie ihre Tücher fallen, bevor sie ins Wasser stiegen, aber niemand schien diese Nacktheit als erotische Einladung zu betrachten.

Larkin musste nicht lange herumfragen, bis er erfuhr, wo sich Keva aufhielt. Sie saß am Rand eines Beckens und knetete einem Mann die Schultern, während dieser sein heißes Bad genoss. Larkin wartete geduldig, bis sich der Mann erhob und ging, erst dann näherte er sich Keva. Sie war nicht nackt wie die Badegäste, sondern trug ein seidiges Kleid, in dem ihr außerhalb der Therme sicher zu kalt geworden wäre. Doch hier fühlte sich sogar der Boden warm an, als verliefe dicht unter dem felsigen Grund eine heiße Quelle.

»Keva?«

Sie blickte auf, und er stellte fest, dass sie älter war, als er angenommen hatte. Fältchen kräuselten die dünne Haut unter ihren Augen und um ihre Lippen. Doch ihr Blick war klar und sorglos. »Ja?«

»Darf ich mich zu dir setzen?«

Sie lächelte. »Gern, aber ich habe nicht viel Zeit. Der nächste Kunde hat bereits angefragt.«

Larkin nahm neben Keva Platz und tauchte die Füße ins Wasser. Sie sah ihn überrascht an. Da erkannte er, dass sie seine Bitte falsch aufgefasst hatte. »Ich will keine Massage. Ich will nur mit dir reden.«

»Es wäre besser, du würdest mich an dir arbeiten lassen. Wenn sie sehen, dass ich faul herumsitze, bekomme ich Ärger.«

Larkin zögerte nicht, schließlich war er hier, weil er etwas von Keva wollte. Er entledigte sich seines Handtuchs und stieg ins warme Wasser. Zwei Männer saßen ihm gegenüber im Becken, aber sie waren so sehr in ihr Gespräch vertieft, dass sie ihm keine Beachtung schenkten.

Keva legte ihm die Hände auf die Schultern. Sie hatte zarte Finger, mit denen sie sanft seine Muskeln ertastete, bevor sie diese zu kneten begann. Es war ein angenehmer und zugleich schmerzhafter Druck, der Larkin einen wohligen Seufzer entlockte. Er musste sich daran erinnern, weswegen er hier war. »Kennst du einen Feeock?«

»Ja, aber ich habe ihn schon lange nicht mehr gesehen«, antwortete Keva und fuhr mit den Händen in seinen Nacken. »Geht es ihm gut?«

Larkin dachte an den aufgeweckten jungen Mann. »Ich denke schon.«

»Bist du seinetwegen hier?«

»Nein, wegen deiner Schwester.«

Kevas Bewegungen gerieten kurz ins Stocken, aber sie fasste sich schnell wieder. »Yara? Was ist mit ihr?«

»Ich hatte gehofft, dass du mir das sagen kannst.«

»Tut mir leid. Ich habe sie schon lange nicht mehr gesehen.«

Das hörte sich nicht vielversprechend an. »Und Henrik?«

»Wer ist Henrik?«

Larkin spähte zu ihr hoch. »Du kennst ihn nicht?«

»Nein.« Sie schüttelte irritiert den Kopf. »Sollte ich?«

»Yara und er waren Freunde, vermutlich mehr als das.«

»Waren?«, frage Keva verwundert.

»Henrik ist tot.«

»Es tut mir leid, das zu hören, aber Yara hat ihn nie erwähnt. Was ist geschehen?«

»Er wurde umgebracht. Ich suche seine Mörder.«

Kevas Hände hielten erneut inne, ohne sich wieder an die Arbeit zu machen. »Steckt Yara in Schwierigkeiten?«

»Nein. Ich hoffe, dass sie mir helfen kann«, antwortete Larkin. Er brachte es nicht übers Herz, Keva zu sagen, dass ihre Schwester möglicherweise auch in Gefahr schwebte. »Also, weißt du, wo ich sie finde?«

Keva nahm die Hände von seinem Rücken. »In Askane.«

Überrascht drehte sich Larkin um. »In Askane?«

»Ja, am Hafen. Sie arbeitet dort.«

»Verstehe«, murmelte Larkin, aber in Wirklichkeit verstand er es nicht. Warum sollten sich ein Mann aus Rigwall und eine Frau aus Askane ausgerechnet in Zweihorn treffen? Es gab weitaus günstiger gelegene Orte, und mit Yaras Familie konnte es nichts zu tun haben, wenn ihre Schwester Henrik nicht einmal kannte. Das ergab keinen Sinn. »Und du bist dir sicher, dass Yara Henrik nie erwähnt hat?«

»Glaub mir, daran würde ich mich erinnern. Yara hat nicht viele Freunde.«

Larkin stieß ein verbittertes Knurren aus. Er hatte gehofft, endlich einen brauchbaren Hinweis zu finden, statt weiter einer Spur nachzujagen, die vielleicht ins Nichts führte. Aber vermutlich blieb ihm nichts anderes übrig, als Yara nach Askane zu folgen. Zumindest könnte er die Gelegenheit nutzen, um seine Waffensammlung auf dem Schwarzmarkt aufzustocken.

»Ich muss leider gehen«, bemerkte Keva mit hörbar getrübter Stimme, die Larkin verriet, dass sie wahrscheinlich den restlichen Tag unentwegt an Yara denken würde … und vielleicht auch an Henrik. »Mein Kunde schaut schon ungeduldig in unsere Richtung.«

Larkin nickte. »Danke für deine Zeit.«

Sie erhob sich vom Rand des Beckens. »Grüß meine Schwester, wenn du sie siehst.«

»Das werde ich«, erwiderte Larkin und blickte Keva hinterher. Er musste zugeben, dass er den Druck ihrer Finger auf seiner Haut vermisste. Seine Muskeln waren hart und angespannt vom Kämpfen und vom Leben auf der Flucht. Ihm blieb nicht viel Zeit für Ruhe und Entspannung, nachdem er tagein, tagaus um seine Freiheit bangen musste.

Er ließ sich tiefer ins warme Wasser sinken. Zwar hatte er zu tun, aber er konnte sich nicht aufraffen, aus dem Becken zu steigen. Mit einem Seufzen schloss er die Augen und ließ den Kopf zurückfallen. Er wollte nicht lange bleiben, nur ein paar Minuten …

»Angeblich wird sie ein séakisches Kleid tragen«, hörte Larkin eine helle Stimme sagen. Er blinzelte und erkannte, dass zwei junge Frauen an das Becken getreten waren. Sie lösten die Tücher von den Körpern und stiegen ins Wasser.

»Das ist doch eine schöne Geste«, sagte die andere Frau. Sie hatte ihr braunes Haar auf dem Kopf zusammengesteckt, wodurch ihr langer Hals betont wurde. »Allerdings sollte er in diesem Fall auch eine thobrische Uniform anlegen.«

»Mir ist es gleichgültig, was er trägt, solange ich ihn sehen kann«, erwiderte die erste Frau. »Elisha hat erzählt, eine Bekannte von ihr hat ihn in Amaruné gesehen, und angeblich ist er der schönste Mann, den sie jemals in ihrem Leben gesehen hat.«

Die andere Frau seufzte. »Ein Schloss. Eine Krone. Und jetzt auch noch ein schöner Ehemann. Prinzessin Freya kann sich wirklich glücklich schätzen.«

Prinzessin Freya? Ehemann? Bei diesen Worten fuhr Larkin wie vom Pfeil getroffen in die Höhe. Das Wasser schwappte über den Rand des Beckens und spritzte den Frauen und Männern, die mit ihm im Becken saßen, über die Gesichter. Er musterte die beiden Frauen, die ihn wütend anfunkelten, während ihnen das feuchte Haar an der Stirn klebte. Er ignorierte ihre giftigen

Blicke. »Was sagtet ihr da gerade über Prinzessin Freya? Sie ist verlobt?«

Der zornige Ausdruck der braunhaarigen Frau wandelte sich in Verständnislosigkeit. »Ja, mit dem séakischen Prinzen. Sie werden hier in Weidar heiraten. Wusstet Ihr das nicht?«

Benommen schüttelte Larkin den Kopf. Trotz des wärmenden Wassers wurde ihm auf einmal eiskalt. Freya sollte heiraten? Seine Freya …

»Hinter welchem der Monde lebt Ihr?«, fragte die Frau mit der hellen Stimme und wrang das Wasser aus ihren Haaren.

»Scheinbar hinter einem, der weit entfernt liegt«, murmelte einer der Männer.

Larkin schenkte ihm keine Beachtung. Nun verstand er die Aufregung, die in der gesamten Stadt herrschte. Wie hatte das alles an ihm vorbeiziehen können? Die königlichen Wappen. Die Feierlichkeiten. Die Gardisten … Er war blind gewesen und allzu versessen darauf, Henriks Mörder zu finden. »Wann?«, fragte er, obwohl er die Antwort eigentlich nicht hören wollte.

»In einer Woche.«

Diese Worte bohrten sich wie ein Schwert durch seine Brust. Nein, das stimmte nicht, denn er hatte bereits ein Schwert in die Brust bekommen, aber jener Schmerz war weitaus erträglicher gewesen als der, den er nun verspürte. Freya war verlobt. Mit einem Prinzen, und sie würde ihn heiraten, schon in wenigen Tagen …

46. Kapitel – Kheeran

– Nihalos –

Kheeran saß allein in seinem Thronsaal. Er hatte sämtliche Gardisten weggeschickt, denn er wollte ihren verurteilenden Blicken nicht ausgeliefert sein. Die Männer und Frauen, die unter Wárdt dienten, hatten zuerst gegen diesen Befehl protestiert, da es ihre Pflicht war, ihn zu beschützen, aber ihre Widerworte waren nur von kurzer Dauer gewesen. Und nun war er allein mit seinen Gedanken und einem Schmetterling, der mit zitternden Flügeln um den Brunnen herumtanzte, welcher in der Mitte des Raumes stand.

Das Insekt musste sich bereits seit Wochen im Palast versteckt haben, andernfalls hätte der Winter es längst dahingerafft. Aufgeregt umflatterte der Schmetterling den Kopf von Ostara, der Göttin der Erde. Ihre Skulptur zeigte sie mit erhobenen Armen, und zwischen ihren Händen schwebte ein Steinbrocken. Das Symbol der Erde war darin eingemeißelt. Es war dasselbe Symbol, das sich als Narbe auf Kheerans rechtem Oberschenkel abzeichnete – ein umgedrehtes Dreieck, das von einer Linie durchzogen war.

Jeden Morgen und jeden Abend, wenn er nackt vor dem Spiegel stand, schienen ihn seine Narben zu verspotten, die er seit der gescheiterten Krönung mit sich trug, und er fragte sich, was die Götter von ihm denken mochten. Sie mussten von ihm enttäuscht sein. Mabon, Gott der Lüfte, hatte ihn während der Zeremonie als würdig anerkannt und ihm die Gabe der Luft geschenkt, aber diese Magie hatte seinem Volk keine Einheit gebracht. Stattdessen hatte es die Fae weiter auseinandergetrieben als jemals zuvor.

Aufstände beherrschten die Stadt, und sie wurden von Tag zu Tag schlimmer. Onoras Ermordung hatte nicht unerheblich dazu beigetragen. Sie und Kheeran hatten einander nie besonders gemocht, aber für viele Unseelie war sie so etwas wie ein sicherer Hafen gewesen. Denn ihr geliebter König Nevan hatte ihr vertraut, daher hatte auch das Volk ihr vertraut. Nun war sie Asche, und böse Münder streuten das Gerücht, Kheeran habe sie ermorden lassen, um weniger Gegenwind vonseiten des Rates zu erfahren. Was lächerlich war, denn die Hilfe des Rates war für ihn von größter Wichtigkeit.

Doch die Bevölkerung wollte davon nichts hören. Sie wollte ihrem Zorn Ausdruck verleihen. Stürme fegten über die Stadt hinweg, Straßen wurden geflutet und Dächer zerschmettert. Mauern aus Gestein tauchten wie aus dem Nichts auf und teilten die Stadt in Lager. Die Kunde von diesen Unruhen war inzwischen bis zu den Seelie vorgedrungen. Aus Sorge, in die Fehde mit hineingezogen zu werden, die bereits einem Bürgerkrieg glich, hatten sie den Handel mit Nihalos eingestellt.

Feuer- und Luft-Talente waren noch lange keine Mangelware, dafür musste noch mehr Zeit vergehen, aber ihr Wert war bereits immens gestiegen, wie auch die Angst der Unseelie. Und das alles war Kheerans Schuld.

Er wusste nicht, wann und wo er begonnen hatte, Fehler zu begehen, aber es war nicht von der Hand zu weisen, dass all das nur seinetwegen geschah. Und er konnte seine Schuld nicht länger nur hinter seinem Alter verstecken. Natürlich hatten sich viele Fae an seiner Jugend gestört, doch das war längst nicht mehr alles. Er hatte Entscheidungen getroffen. Falsche Entscheidungen, die ihm bedauerlicherweise als richtig erschienen waren. Und er wusste einfach nicht, was getan werden musste, um das geradezurücken, was seine Verfehlungen verbogen hatten.

Er fühlte sich nutzlos und hilflos wie damals, als er mit Freya im Schlossgarten von Amaruné einen verletzten Vogel gefunden hatte. Sie hatten alles in ihrer Macht Stehende getan, um ihn zu retten. Eines Abends ging es ihm besser. Er hatte gezwitschert und neugierig das Köpfchen bewegt. Dennoch hatte Kheeran ihn am nächsten Morgen tot in seinem Nest vorgefunden.

Alles war umsonst gewesen.

»Bei den Elva!«, fluchte Kheeran und wischte sich eine Träne von der Wange. Er wollte nicht weinen, konnte aber nicht anders. Furcht und Sorge lagen ihm schwer auf der Seele und drückten seine Verzweiflung in Form salziger Tränen aus. Er rang nach Luft und fuhr sich mit der Hand über das Gesicht. Seine Finger waren nicht einfach nur kalt, sie waren eiskalt. Seit seiner Entführung aus Amaruné hatte er mit diesen Ausbrüchen seines Körpers zu kämpfen, die er einfach nicht unterdrücken konnte. Es war eine plötzliche Angst, die sich über ihn legte wie eine schwere Decke und ihn zu ersticken drohte.

Plötzlich wurde die Tür zum Thronsaal aufgestoßen. Kheeran musste nicht aufsehen, um zu wissen, wer den Saal betreten hatte. Er blinzelte seine Tränen weg und hob den Blick. Hoch erhobenen Hauptes kam Aldren auf ihn zu, diesmal ohne Gehstock. Er hatte sich endlich von seinen Verletzungen erholt, und Kheeran hoffte inständig, dass Leigh den entflohenen Halbling zurückbrachte. Dafür, was er Aldren und vermutlich auch seiner Mutter angetan hatte, musste er bestraft werden.

»Warum sitzt du auf dem Boden?«, fragte Aldren mit gerunzelter Stirn.

Kheeran hockte auf den Stufen, die zu seinem Thron hinaufführten. »Weil ich es nicht verdient habe, auf dem Thron zu sitzen.«

Aldren nahm neben ihm Platz, so dicht, dass ihre Knie aneinanderstießen. Er trug seine Uniform, die je nach Lichteinfall blau oder grau schimmerte. In diesem Augenblick wirkte sie grau. »Das kommt mir doch sehr dramatisch vor.«

Kheeran zuckte mit den Schultern.

Aldren sah sich in dem Saal um, und sein Blick blieb kurz an dem Schmetterling hängen, der sich auf der Nase von Yules Statue niedergelassen hatte, bevor er sich wieder zu Kheeran umwandte. »Wo sind deine Wachen?«

»Ich habe sie weggeschickt.«

»Kheeran ...«

»Ich weiß, was du sagen willst«, unterbrach er seinen Freund. »Es herrschen unsichere Zeiten, die Gemüter sind erhitzt, keiner weiß, was als Nächstes geschieht, und es gab schon mehrere Angriffe auf mein Leben, daher sollte ich vorsichtiger sein.«

Aldren hob die Brauen und musterte ihn vorwurfsvoll. »Warum hast du dann die Wachen weggeschickt, wenn du das alles weißt?«

»Weil ich allein sein wollte.«

Aldren seufzte und legte eine Hand auf Kheerans Unterarm. Die Adern traten dunkel unter seiner blassen Haut hervor, beinahe so, als würde schwarzes Blut hindurchfließen. »Wenn du schon allein sein musst, dann in deinem Schlafgemach, wo dich nicht jeder gleich findet.«

Kheeran schüttelte den Kopf. »Wenn ich in meinem Schlafgemach sitze, denkt jeder, dass ich mich verstecke.« Er erkannte die Ironie hinter seinen Worten, denn er versteckte sich auch in diesem Augenblick vor seinem Volk, dem jeder Zugang zum Palast untersagt worden war. »Warum bist du hier, Aldren?«

Er lächelte müde. »Ich bin hier, um nach meinem besten Freund zu sehen.«

Kheeran schnaubte. »Lügner, was ist geschehen?«

»Es gab einen Angriff.«

Er hatte es geahnt. »Fae oder Elva?«

»Elva. Sie sind östlich vom Schloss in die Stadt eingefallen.«

»Verdammt«, murmelte Kheeran. Es reichte nicht, dass sein Volk den Verstand verlor, auch die Monster aus den Wäldern verhielten sich eigenartig. Ihr Blutdurst war nichts Neues, aber sie waren angriffslustiger und furchtloser geworden. Früher waren sie nur selten bis in die Stadt gekommen. Bluthunde und Reiterstaffeln hatten sie ferngehalten. Mittlerweile waren alle Bluthunde tot und die Reihen der Reiter ausgedünnt. Manche waren verstorben, andere fahnenflüchtig geworden. Wárdts Plan, die Löhne zu erhöhen, war nur kurze Zeit aufgegangen. Nach Onoras Tod hatte er eine Zwangsrekrutierung vorgeschlagen, die Kheeran nach einem Gespräch mit Aldren allerdings abgelehnt hatte. Die Gefahr, dass sich neue Verräter in die Reihen einschlichen, war allzu groß.

Aldren drückte sanft Kheerans Unterarm. Er bewunderte den anderen Fae für seine Stärke und seinen Mut, den er trotz aller Geschehnisse der vergangenen Wochen nicht verloren hatte. Warum konnte er nicht so sein wie Aldren? Und warum hatten die Götter nicht ihn erwählt? Er wäre des Throns zumindest würdig …

Kheeran atmete tief durch. »Wurde jemand verletzt?«

Aldren zögerte, dann schüttelte er den Kopf. Doch der Schmerz, der sich in seinem Gesicht widerspiegelte, zeigte deutlich, dass er keine gute Nachrichten mitgebracht hatte. Niemand war verletzt, alle waren tot.

»Wie viele?«

»Wir wissen es noch nicht genau, vermutlich vierundzwanzig.«

Kheeran kniff die Augen zusammen. »Wie konnte es dazu kommen?« Elva waren unberechenbar, und einige von ihnen besaßen eine Magie, gegen die selbst die stärksten Fae nichts auszurichten vermochten. Doch die Unseelie waren alles andere als schwach. Wie hatten vierundzwanzig von ihnen fallen können?

»Das weiß ich noch nicht«, antwortete Aldren. »Die Nachricht über den Angriff hat uns eben erst erreicht. Ich werde gleich losreiten, um die Lage zu erkunden. Sobald ich zurück bin, erstatte ich dir Bericht.«

»Das wird nicht nötig sein.« Kheeran erhob sich von der Treppe und strich seine Uniform glatt. »Ich komme mit.«

»Das solltest du besser sein lassen.«

»Wieso?«

»Das Volk ist gerade nicht gut auf dich zu sprechen«, sagte Aldren mit gesenkter Stimme, als wäre es ein Geheimnis statt einer Tatsache, über die sich jeder im Klaren war. »Du könntest verletzt werden.«

»Und was soll ich deiner Meinung nach tun? Mich für immer in diesem Schloss verschanzen? Das macht es nicht besser. Nur schlimmer.« Kheeran stieg die Stufen hinab und wandte sich zur Tür des Thronsaales. »Mein Volk muss mich sehen. Wie soll es Vertrauen zu einem König aufbauen, den es nie zu Gesicht bekommt?«

Aldren rührte sich nicht. »Was, wenn dir etwas zustößt?«

Kheeran blieb stehen und drehte sich um. Er schenkte Aldren ein Lächeln. »Mir wird nichts geschehen. Du bist bei mir. Und du bist der beste Kämpfer, den ich kenne.«

47. Kapitel – Freya

– Weidar –

»Du bist heute sehr schweigsam«, bemerkte Elroy von seiner Seite der Kutsche aus und warf Freya einen flüchtigen Blick zu, bevor er sich wieder seiner Prothese zuwandte. Er hatte das Hosenbein hochgeschoben und polierte das künstliche Glied, das für gewöhnlich unter dem Stoff verborgen war.

In gespielter Gleichgültigkeit hob Freya die Schultern und betrachtete eine Kerbe im Holz der Kutsche unmittelbar neben Elroys Kopf, um nicht auf das glänzende Metall des Beins starren zu müssen. »Ich habe nichts zu sagen.«

»Du hast immer was zu sagen.«

»Heute nicht.«

Er schmunzelte. »Hast du etwa Angst?«

»Wovor sollte ich Angst haben?«, fragte Freya herausfordernd und faltete die Hände im Schoß. Elroy sollte nicht merken, wie recht er hatte. Ihre Finger waren klamm, und in ihrem Innern herrschte eine Unruhe, die sie nicht greifen konnte. Es war ein unbestimmtes Gefühl, wie nach dem Erwachen aus einem Albtraum. Alles fühlte sich falsch und bedrohlich an, als befände sie sich in Gefahr, obwohl sie in Sicherheit war. Sie war auch jetzt in Sicherheit, doch ihr drohte eine ganz andere Art von Unheil.

Vor drei Tagen hatten sie das Niemandsland verlassen, und schon bald würde die Kutschenkolonne Weidar erreichen. Freya hatte sich eingebildet, noch mehr Zeit zu haben. Mehr Zeit, um sich an den Gedanken zu gewöhnen, mit Elroy verheiratet zu sein. Mehr Zeit, um Hinweise auf die geheime Bibliothek zu sammeln. Mehr Zeit, um erwachsen zu werden. Doch wie Sand zwischen den Fingern war ihr die Zeit entronnen, und nun trennte sie nur noch ein Sonnenuntergang von einem der wohl bedeutungsvollsten Tage ihres Lebens.

»Womöglich hast du Angst davor, den Rest deines Lebens mit mir zu verbringen.«

»Es gibt schlimmere Schicksale«, bemerkte Freya leichthin. »Ich könnte auf dem Scheiterhaufen enden oder einen alten Mann mit Warzen heiraten müssen.«

Elroy seufzte glückselig und legte sich mit einer gezierten Geste eine Hand auf die Brust. »Du ziehst mich dem Tod und einem hässlichen Greis vor? Wenn das kein Bekenntnis wahrer Liebe ist. Mir geht das Herz auf.«

Als Elroy geendet hatte, legte sich eine unerwartete Stille über die Kutsche. Das Rattern der Räder wurde leiser, das Knarren, das ihr seit Stunden in den Ohren lag, ließ nach, und die Fahrt wurde sanfter. Aus den holperigen Wegen war eine gefestigte Straße geworden. Das konnte nur eines bedeuten – sie hatten Weidar erreicht.

Mit einem mulmigen Gefühl im Magen schob Freya den Vorhang beiseite und spähte aus dem Fenster. Malerische Hütten und hübsche Läden mit sorgsam geschmückten Schaufenstern zogen an ihr vorbei. Die Häuser erinnerten an die Anwesen im zweiten Ring von Amaruné. Sie wirkten gepflegt und wohnlich, aber nicht so protzig wie im ersten Ring. Feiner Reif überzog die Dächer und Wege überall dort, wo keine Feuerschalen brannten. In fast jedem Fenster hing das Wappentuch ihrer Familie. Und hier und dort waren auch séakische Flaggen gehisst worden.

Den wahren Blickfang bildeten jedoch die beiden Berge, die wie Hörner aus der Landschaft herausragten und Weidar den Beinamen Zweihorn eingebracht hatten. Auf dem kleineren linken Felsen thronte die Burg Leith, die sich seit Jahrhunderten im Besitz der Draedons befand. Auf dem rechten Felsen saß der Tempel, der für viele Anhänger der Königsreligion zum Pilgerort geworden war. Auch jetzt erkannte Freya aus der Ferne Menschengruppen, die sich die steilen Wege hinaufkämpften.

»Bitte, sag mir, dass wir dort nicht hochklettern müssen.«

»Wir nicht.« *Aber die armen Burschen, die unsere Sänften tragen werden.* Doch auch Freya selbst würde den Aufstieg bewältigen müssen, wenn sie nach der geheimen Bibliothek ihrer Vorfahren fahnden wollte.

Das linke Horn mit der Burg war flacher, und mit größter Umsicht war es Kutschen möglich, den Berg zu befahren. Auf dem Gipfel angekommen, durchquerten sie ein eisernes Tor und gelangten schließlich in den Innenhof der Burg, in dem bereits mehrere Kutschen anderer Adliger standen.

Yale öffnete den Verschlag, und Freya schlug ein kalter Wind ins Gesicht. Die Augen zu Schlitzen verengt, betrachtete sie die Burg, die nichts mit dem Schloss in Amaruné gemein hatte und im Vergleich zu Kheerans gläsernem Palast wie ein seelenloser Steinbrocken wirkte. Vier mächtige Türme ragten schmucklos in den Himmel. Die Fensteröffnungen waren unverglast und bildeten nur Löcher im Mauerwerk. Eigentlich konnte sich Freya kaum einen ungemütlicheren Ort vorstellen, doch diese Burg war nicht erbaut worden, um mit ihrer Schönheit zu beeindrucken, sondern um König Nechtan vor seinen Feinden zu schützen. Eine Befestigungsanlage.

Freya löste den Blick von den Türmen, als sie von einer Frau mit geröteten Wangen in Empfang genommen wurde, die sich als Eve vorstellte. Sie und ihr Ehemann waren die Hauswarte und kümmerten sich während der Abwesenheit der königlichen Familie um die Anlage. Eve geleitete Freya zu ihrem Schlafgemach.

Im Innern der Burg herrschte trotz der offenen Fenster eine

wohlige Wärme, und der Duft köstlicher Speisen hing in der Luft. Bedienstete schwirrten eifrig umher, um alles für die bevorstehenden Feierlichkeiten vorzubereiten. Am Abend sollte ein kleines Fest stattfinden, das nur von jenen Adligen besucht werden durfte, die in ihrer Stellung hoch genug standen, um gemeinsam mit den Draedons in der Burg nächtigen zu dürfen. Erst am nächsten Tag würde es im Rahmen der Hochzeit ein Bankett für alle geladenen Gäste geben.

»Prinz Deèglan ist wirklich ein stattlich aussehender Mann«, bemerkte die Hauswartin, als sie hinter Freya eine Wendeltreppe hinaufstieg. Sie war eine anmutige ältere Frau mit ergrautem Haar, das ihr als Zopf über den Rücken hing. »Ihr könnt Euch glücklich schätzen.«

»Allerdings«, erwiderte Freya und gab sich Mühe, nicht mit den Augen zu rollen. »Er ist einzigartig.«

»Darf ich Euch eine Frage stellen?«, erkundigte sich Eve mit gesenkter Stimme und blickte verlegen über die Schulter zurück. Hinter ihnen liefen zwei Gardisten, und ein halbes Dutzend Bediensteter schleppte jene Kisten, die sie aus den Kutschen geholt hatten. »Warum werden der Hochzeit keine séakischen Gäste beiwohnen?«

»Die Reise von Séakis nach Thobria über die atmende See ist lang und gefährlich«, antwortete Freya mit einem künstlichen Lächeln. »Und so lange ist Kaiserin Atessa in ihrem Land nicht abkömmlich. Als würdige Vertreterin hat sie aber die Diplomatin Raeiah Turanij geschickt. Ihr werdet sie gewiss noch kennenlernen.«

»Ich freue mich darauf«, erwiderte Eve und öffnete eine hölzerne Flügeltür. Dahinter lag Freyas Schlafgemach, dessen Einrichtung sie nun doch an die üppige Ausstattung des ersten Rings erinnerte. Edle Stoffe bedeckten ein großes Bett, Regale voller Bücher säumten die Wände, und in einem ausladenden Kamin prasselte ein Feuer, das die Kälte vertreiben sollte, die durch die Fensteröffnungen hereinströmte. Ein Durchgang, der zu einem Balkon führte, war mit einem schweren Ledervorhang verhangen, um die Wärme im Schlafgemach zu halten.

»Ich hoffe, es ist alles zu Eurer Zufriedenheit«, erkundigte sich Eve.

»Danke, es ist wunderbar«, erwiderte Freya.

Eve lächelte. »Lasst mich wissen, wenn ich noch etwas für Euch tun kann.«

»Im Augenblick nicht, aber ich wäre jetzt sehr gern ein wenig allein.«

»Gewiss. Ihr habt eine lange Reise hinter Euch.« Eve bedeutete den Bediensteten, die Kisten abzustellen, und gemeinsam mit ihnen verließ sie das Gemach.

Freya stieß einen erleichterten Seufzer aus. Diese Momente der Einsamkeit waren in den letzten Wochen selten geworden. Sie schob den ledernen Vorhang beiseite. Kalter Wind blies herein, und die Kerzen im Kronleuchter flackerten wild. Die Burg thronte wahrhaftig über der Stadt. Von hier aus sah Freya jedes Haus und jede Brücke, bis hinaus zu den Mühlen auf den Feldern und noch weiter bis zu den Wäldern hinter Weidar. Idyllisch lagen diese wie schlafend hinter der Stadt, bedeckt von einer dünnen Schicht aus weißem Puderschnee.

Freyas Augenmerk galt allerdings nicht der Landschaft, sondern dem Tempel, der auf dem Gipfel des zweiten Horns stand und sich sogar über die Türme der Burg erhob. Säulen aus grauem Stein stützten das Portal des Tempels, der Hunderte von Gläubigen willkommen hieß. In Scharen strömten sie in das Heiligtum und knieten auf den Stufen nieder.

Freya beobachtete das Treiben und dachte gleichzeitig über die geheime Bibliothek nach, die angeblich unter dem Tempel schlummerte. Freya musste sie einfach finden. Sie strebte nicht nur nach Anerkennung durch den Zirkel, sondern wollte auch herausfinden, was in Melidrian mit ihr geschehen war. Sie hatte einen feuergebundenen Dolch berührt, und das widersprach allen menschenbekannten Gesetzen der Magie. Doch in dieser Bibliothek lagerte jahrtausendealtes Wissen, und dort fände sie gewiss eine Antwort. Sie brauchte nur noch herauszufinden, wo genau die Bibliothek lag und wie sie hineingelangte.

Es klopfte an der Tür ihres Schlafgemachs.

»Herein!«, rief Freya und wandte sich von der Fensteröffnung ab, in der Erwartung, es wären ihre Zofen, die gekommen waren, um sie für ihre Rede auf dem Marktplatz anzukleiden. Aber es war ihre Mutter, die das Zimmer betrat. Die Wangen von Königin Erinna schimmerten rosig, so als hätte sie einen Spaziergang durch die Gärten unternommen.

»Mutter«, sagte Freya überrascht und ließ den ledernen Vorhang fallen. Es war höchst ungewöhnlich, unangekündigten Besuch von ihren Eltern zu erhalten. Das verhieß nichts Gutes. »Was führt dich zu mir?«

»Ich möchte mit dir reden.« Ihre Mutter nahm auf einer Truhe Platz, welche die Bediensteten vor Freyas Bett abgestellt hatten, und klopfte neben sich auf den Deckel. »Setz dich!«

Freya zögerte, aber nach einem kurzen Moment des Innehaltens folgte sie der Bitte ihrer Mutter. Es schien, als hätte das Haar der Königin im Verlauf der letzten Woche noch mehr Farbe verloren. Graue Strähnen umrahmten ihr Gesicht, und feine Linien zogen sich um ihre Lippen. »Worüber möchtest du mit mir reden?«

»Ich bin hier, um dich an deine Pflichten als Ehefrau und Kronprinzessin zu erinnern«, antwortete die Königin und blickte ihrer Tochter tief in die Augen, wie um sicherzustellen, dass die Worte bei ihr ankamen. »Dein Vater und ich wissen, dass die Vermählung mit Prinz Deèglan nicht deinen Wünschen entspricht. Aber bitte denk daran, dass du eine Verantwortung deinem Volk und dieser Familie gegenüber hast.«

Freya runzelte die Stirn. Hatten ihre Eltern Angst, sie könnte wieder davonlaufen oder einen anderen Weg wählen, um dieser Ehe zu entkommen? »Ich verstehe nicht ...«

»Natürlich nicht, deswegen bin ich hier.« Ihre Mutter lächelte gütig und fuhr Freya mit der Hand behutsam über die Wange wie früher, als sie noch ein junges Mädchen gewesen war. »Morgen nach der Zeremonie wirst du gemeinsam mit Prinz Deèglan hierher zurückkehren, und er wird dich mit in sein Schlafgemach nehmen. Er ist ein Mann und wird ein gewisses ... Entgegenkommen von dir erwarten, wenn du verstehst. Ein Entgegenkommen, das dir noch fremd ist und dir womöglich schwerfallen wird.«

Freya erbleichte, als sie begriff, wovon ihre Mutter sprach. Die unbestimmte Angst einer herannahenden Bedrohung legte sich abermals schwer auf ihr Gemüt. Sie hatte sämtliche Gedanken an das eheliche Ritual verdrängt, über das sie aber schon viele grausame Einzelheiten gehört hatte. Ein Teil von ihr wollte glauben, dass Elroy nicht so war wie die Männer aus den Geschichten. Er würde sich ihr nicht aufzwingen und sie nicht schänden, um ihr gewaltsam die Unschuld zu rauben. Aber was hatte er im versunkenen Tempel zu ihr gesagt? *Dir ist hoffentlich klar, dass ich dich irgendwann ohnehin nackt sehen werde. Spätestens in unserer Hochzeitsnacht.* Das klang nicht nach einem Mann, der sie verschonen wollte ...

»Für Männer ist es leichter als für uns Frauen«, fuhr ihre Mutter fort. »Ich hoffe für dich, dass der Prinz dir mit Zärtlichkeit begegnet. Aber selbst wenn dem nicht so ist, so ist es von höchster Wichtigkeit, dass du seinem Verlangen nachkommst.«

»Wieso?«

»Er ist dein Ehemann.«

»Und ich bin seine Ehefrau.«

»Das ist etwas anderes.«

»Warum?« Freya verstand es nicht. Wieso sollten Elroys Bedürfnisse über ihren eigenen stehen?

»Er ist ein Mann«, erklärte ihre Mutter mit fester Stimme.

»Das ist kein Grund.«

»Bitte, Freya«, drängte die Königin, und wie damals bei ihrer Verlobung mit Elroy erkannte Freya in diesem Augenblick ihre beiden Gesichter. Das besorgte, mitfühlende Gesicht einer Mutter, die ihre Tochter liebte. Und das erzürnte und drängende Gesicht einer Königin, die das Wohl ihres Landes über alles andere stellte. »Tu einfach, was Prinz Deèglan von dir verlangt. Früher oder später muss es ohnehin geschehen, denn du musst deinem Königreich einen neuen Thronerben schenken.«

Das muss ich nicht, dachte Freya, ohne den Gedanken laut auszusprechen. Ihre Mutter würde sie ohnehin nicht verstehen. Sie hatte ihr Leben Thobria und ihrem Vater verschrieben, aber Freya war nicht wie ihre Mutter. Sie lebte nicht für das Königreich, sondern für sich selbst. Und sie wollte selbst bestimmen, wann und mit wem sie das erste Mal das Bett teilte. In ihren Augen stand es weder Elroy noch ihren Eltern zu, diese Entscheidung für sie zu treffen, und das würde sie auch nicht zulassen. Sie war die Herrin ihres Körpers, niemand sonst. Und sollte Elroy es wagen, ihr in der kommenden Nacht oder irgendwann sonst Gewalt anzutun, würde sich sein Wunsch nach Unsterblichkeit niemals erfüllen.

48. Kapitel – Leigh

– Melidrian –

Bitte, sei nicht tot!
Bitte, sei nicht tot!
»Bitte. Sei. Nicht. Tot!«, murmelte Leigh. Umgeben von einem Meer aus schwarzem Blut, ging er vor dem reglosen Halbling in die Hocke. Warum hatte sich der Narr bloß eingemischt? Er hatte ihm doch deutlich gesagt, er solle liegen bleiben und sich nicht rühren. Er hatte alles im Griff gehabt.

Nein, das stimmte nicht, doch er wollte nicht daran denken, was möglicherweise mit ihm geschehen wäre, hätte der Halbling nicht eingegriffen.

Mit angehaltenem Atem tastete er nach dem Puls des Mannes. Seine Hände zitterten wie schon lange nicht mehr.

Bitte, sei nicht tot!
Bitte, sei nicht tot!
Bitte, sei nicht tot!
Es pochte! Leigh spürte den Herzschlag des Halblings. Schwach. Sehr schwach. Aber er war da! Er seufzte tief auf. Damit hatte er wirklich nicht mehr gerechnet. Der Halbling war voller Blut und Schweiß, und seine Haut hatte die gespenstische Farbe der Schneeflocken, die vom Himmel segelten.

Er musste die Wunden des Halblings dringend versorgen, aber das konnte er nicht hier erledigen. Die Gefahr, dass das Blut und der Gestank des Todes weitere Elva anlockten, war zu groß. Zum ersten Mal, seit Leigh vom Pferd gestiegen war, sah er sich nach dem Tier um. Beinahe fürchtete er schon, es ausgeweidet am Wegrand liegen zu sehen. Doch zu seiner Erleichterung hatte das Pferd zwischen den Bäumen Schutz gesucht, wie man es ihm bei den Wächtern beigebracht hatte. Schließlich sollten die Reittiere in der Schlacht nicht davonrennen wie ihre gewöhnlichen Artgenossen.

Vorsichtig hob Leigh den Halbling vom Boden auf. Dabei ignorierte er den Schmerz, der seit dem Kampf in seinem rechten Unterarm pulsierte. Es war nur ein Kratzer, und kein Gift war in seinen Körper eingedrungen. Dennoch würde ihm diese Wunde einige Tage lang zu schaffen machen.

Mit derselben Achtsamkeit, mit der er den leblosen Körper aufgehoben hatte, setzte er ihn auf den Rücken des Pferdes. Das Tier wieherte, und Atemwölkchen stiegen aus seinen geblähten Nüstern auf.

»Alles wird gut«, besänftigte Leigh das Pferd und strich ihm über die Schnauze, bevor er sich hinter dem Halbling in den Sattel schwang. Der Rücken des bewusstlosen Mannes lehnte an seiner Brust, und er umfasste die Zügel links und rechts des reglosen Körpers, sodass dieser nicht hinunterfallen konnte, als das Pferd antrabte.

Es preschte los, und diesmal achtete Leigh nicht darauf, dem Weg oder einer Spur zu folgen. Die Bäume rauschten als dichtes Gewirr aus Stämmen und Zweigen an ihm vorbei und verschmolzen zu einer Masse. Äste peitschten ihm ins Gesicht, aber er schenkte dem kurzen Schmerz keine Aufmerksamkeit, sondern trieb das Pferd immer weiter voran, denn er hatte keine Zeit zu verlieren. Jeder Atemzug könnte der letzte des Halblings sein.

Sein Ritt nahm jedoch ein jähes Ende, als der Wald urplötzlich einer Ansammlung von Hütten wich. In dem einen Augenblick war Leigh noch von Wildnis umgeben, und im nächsten wäre sein Pferd um ein Haar gegen einen Stapel Brennholz geprallt. Gerade noch rechtzeitig schlug es einen Haken und umging so das Hindernis.

Leigh bändigte das Tier und verlangsamte seine Schritte. Argwöhnisch sah er sich in dem Dorf um, das aus dem Nichts aufgetaucht war. Kein Wegweiser hatte darauf hingedeutet, kein Geräusch hatte es ihm angekündigt. Warum, wurde ihm schnell klar – das Dorf war ein Friedhof.

Skelette lagen auf den Straßen, wohin Leigh auch blickte. Klein und groß. Es schnürte ihm die Kehle zu, als er die Gebeine eines Kindes nahe einem Brunnen bemerkte. Es konnte nicht älter als zehn oder elf Jahre gewesen sein, bevor es von den Elva getötet worden war. Sie mussten den armen Geschöpfen das Fleisch von den Knochen genagt haben. Anders konnte sich Leigh den Zustand der Toten nicht erklären, denn das Dorf selbst konnte noch nicht lange entvölkert sein. Die Hütten wirkten alles andere als verkommen, die Fenster waren sauber, die Dächer dicht. Nur einige Türen waren aus den Angeln gerissen worden und von Kratzspuren gezeichnet.

Von den Elva, die all das angerichtet hatten, war keine Spur mehr zu sehen, und Leigh hoffte inständig, dass sie nicht zurückkamen. Vor einer Hütte mit einer unversehrten Tür brachte er sein Pferd zum Stehen. Er sprang aus dem Sattel und hob den Halbling herunter. Sein Gewicht lastete schwer auf Leighs Armen. Dennoch gelang es ihm, die Tür zur Hütte aufzustoßen. Im Innern roch es nach Staub und abgestandener Luft, aber davon abgesehen wirkte es, als könnten die Bewohner jeden Augenblick zurückkehren. Eine Hose hing über einem Dachbalken, zwei Schalen mit Löffeln standen in der kleinen Küche, und über dem Kamin hing ein voller Topf, auf dessen Inhalt sich eine schleimige Schicht gebildet hatte. Das Feuer darunter war erloschen.

Behutsam legte er den Halbling ab. Dieser zitterte am ganzen Leib, und seine Haut glühte förmlich. Vorsichtig strich ihm

Leigh eine schweißnasse Haarsträhne aus der Stirn. Hoffentlich war es noch nicht zu spät für ihn.

Leigh entledigte sich seines Mantels, der deutliche Spuren vom Kampf mit der Elva davongetragen hatte, und breitete ihn über dem Halbling aus.

»Ich bin gleich zurück«, flüsterte er und eilte nach draußen. Ohne den Schutz der Bäume fiel der Schnee umso dichter. Eine dünne Schicht aus Weiß hatte sich bereits über das gesamte Dorf gelegt. Leigh entdeckte ein Anschlagbrett unweit der Hütte. Darüber hing ein Schild, auf das jemand mit großen schwarzen Buchstaben ein Wort geschrieben hatte.

Levátt.

Die Stadt der Halblinge.

Er hatte es geahnt. Ein Schauder überkam ihn, und er schwor sich, die Toten zu begraben, sobald er Zeit dafür fand. Doch zuvor musste er sich um den Halbling kümmern.

Er löste die Satteltasche seines Pferdes und ging damit zurück in die Hütte. Vor dem Halbling ging er in die Knie. Eilig suchte er nach dem Fläschchen mit dem Gegengift. Er fand es. Doch der Halbling war nicht in der Verfassung, das Mittel selbst einzunehmen. Sein Körper war durchdrungen von dem Gift der Elva. Leigh konnte es riechen wie ein fauliges Stück Fleisch.

Vorsichtig bog Leigh den Kopf des anderen Mannes in den Nacken und öffnete ihm den Mund. Tropfen für Tropfen träufelte er das Gegengift in dessen Kehle. Zuerst geschah nichts, dann jedoch begann der Halbling mühsam zu schlucken. Seine Brust hob und senkte sich schwer, als kostete ihn jeder Atemzug unendlich viel Kraft.

Er wird sterben, dachte Leigh, als er die bleiche Gestalt des Halblings betrachtete. Dunkle Ringe lagen unter seinen Augen, und seine Lippen waren rissig wie ein ausgetrocknetes Flussbett. Wäre Ceylans Leben nicht von dem Geständnis des Halblings abhängig gewesen, hätte Leigh seinem Leiden mit dem Schwert ein Ende gesetzt. Stattdessen entfachte er ein Feuer im Kamin und entkleidete den Halbling, um seine Verletzungen zu untersuchen. Er war kein Heiler wie sein Vater, aber ein paar Dinge hatte er von ihm gelernt.

Unter seinem Umhang trug der Halbling ein Hemd, das er nach der Flucht aus dem Verlies irgendwo gestohlen haben musste. Der Stoff war schweiß- und blutdurchtränkt. Vorsichtig öffnete Leigh die Knöpfe. Zum Vorschein kam eine kraftvolle, narbenübersäte Brust. Doch seine Sorge galt nicht den alten Wunden, sondern den frischen Striemen, die sich eiternd über seinen Bauch und die Brust zogen. Krallengroße blutige Löcher klafften auf den Schultern.

Leigh sah sich in der Hütte nach geeignetem Verbandsmaterial um. Das Brauchbarste schien ihm die saubere Hose zu sein, die über einem Dachbalken hing. Er zog sie herunter und zerriss sie in breite Streifen. Später könnte er die umliegenden Hütten nach Kräutern und anderen Arzneien durchsuchen. Gewiss hatte es auch unter den Halblingen einen Heiler gegeben.

Mithilfe des Dolches, mit dem der Halbling ihn vor der Elva gerettet hatte, schnitt er dessen Hemdsärmel auf. Sollte er die kommenden Stunden tatsächlich überleben, wäre irgendwo in diesem Dorf sicher ein neues Hemd für ihn aufzutreiben.

Mit blutverschmierten Händen richtete Leigh den Körper des Halblings auf, um den behelfsmäßigen Verband anzulegen. Er schlang die Stofffetzen um Schulter und Brust und verknotete sie fest. Leigh wollte den Halbling gerade zurück auf den Boden gleiten lassen, als sein Blick auf dessen Rücken fiel. Unter der schmierigen Blutschicht waren dort ebenfalls zahlreiche Narben zu erkennen. Was für ein Leben musste der Halbling nur geführt haben, um all diese Verletzungen davonzutragen?

Helle Striemen wie von einer Peitsche zeichneten sich auf seiner Haut ab, aber auch weitere Verbrennungen, ähnlich dem Mal an seinem Hals, waren sichtbar. Eine Narbe stach Leigh dabei besonders ins Auge. Sie befand sich unterhalb des Nackens, mittig auf dem Rücken des Halblings, und bildete einen deutlichen Wulst. Doch das war nicht der Grund, weshalb sie Leigh auffällig erschien. Es war ihre Form. Ein makelloses Dreieck. Das Zeichen des Feuers. Ein zeremonielles Mal, das an dieser Stelle nur eine Bedeutung haben konnte – Blutsklave.

Wenn du nicht mit mir kommst, stirbst du an dem Gift.

Zumindest sterbe ich dann in Freiheit.

Bei diesen Worten war etwas in den Augen des Halblings aufgeflackert, das Leigh nicht hatte deuten können. Nun begriff er den Zusammenhang. Der Halbling war nicht frei. War es niemals gewesen. Er war an den Willen einer anderen Fae gekettet. Aus Erzählungen an der Mauer wusste Leigh, dass einige Fae mithilfe ihrer Magie andere Wesen unterdrückten, aber er hatte ein solches Zeichen noch nie mit eigenen Augen gesehen.

Mit den verbliebenen Stofffetzen wischte er über den Rücken des Halblings und entfernte das Blut von der Narbe. Sie leuchtete rot wie die Feuermagie, der sie ihren Ursprung verdankte. Und bevor Leigh wusste, was er tat, hob er die Hand und zog die wulstigen Linien mit einem Finger nach. Dabei stellte er sich vor, wie ein Seelie das Mal in die Haut des Halblings ritzte, in dem Wissen, dass dieser am Ende des Rituals ihm gehören würde.

Leigh konnte sich einen solchen Zustand kaum vorstellen. An der Mauer zog die Missachtung eines Befehls eine Strafe nach sich, die er stets gern in Kauf nahm, wenn der Befehl gegen seine Überzeugung verstieß. Die Möglichkeit, überhaupt nicht widersprechen zu können … Das musste ein abscheuliches Gefühl sein.

Der Halbling war eine Puppe, ein Spielzeug in den Händen einer anderen Fae. Diese konnte ihn zwingen, sich ganz und gar ihrem Willen zu unterwerfen. Jede Grausamkeit, jede Abscheulichkeit, jede Gräueltat, der Halbling musste sie ausführen. Bei dieser Erkenntnis dämmerte Leigh etwas …

Es war keine Boshaftigkeit gewesen, die den Halbling dazu getrieben hatte, Königin Zarina zu töten und Kheeran anzugreifen. Es war Zwang. Sein Herr oder seine Herrin hatte ihm den Befehl dazu erteilt. Er oder sie wollte das Königshaus auslöschen. Und bedachte man die Form der Narbe, so war es kein Unseelie, der gegen die Krone rebellierte. Es war ein Seelie, was alles noch viel schlimmer machte. Denn damit war das Attentat nicht länger ein Akt des Protestes. Es war ein Akt des Krieges.

49. Kapitel – Kheeran

– Nihalos –

»Es ist noch nicht zu spät, um umzukehren.«

Doch, das ist es, dachte Kheeran, ohne Aldrens besorgtem Blick Beachtung zu schenken. Ihre Pferde trabten nebeneinander über die feuchten Wege, die aus dem Schlossgarten hinaus in die Stadt führten. Nihalos, das einst schillernd war wie die Meeresoberfläche bei Sonnenschein, war in Schatten versunken.

Die dunklen Wolken über dem Schloss hatten sich ausgebreitet und lasteten nun über der gesamten Stadt. Kheerans Heimat wirkte plötzlich fremd. Ein kalter Wind fegte durch die zerstörten Straßen, und der Frost hatte seine Klauen in alles Lebendige geschlagen. Kheeran hatte seit Jahren nicht mehr so viele abgestorbene Pflanzen gesehen. Er war sattes Grün und leuchtendes Rot gewöhnt, kein verblichenes, lebloses Braun.

»Wo sind all die Gärtner?«, fragte Kheeran, als er mit seinem Pferd über einen entwurzelten Baumstamm stieg. Er machte sich keine Sorgen um die Gärten an sich, obwohl ihn der Anblick der zerstörten Beete schmerzte, die seiner Mutter stets so viel bedeutet hatten. Was ihm jedoch Sorge bereitete, war die Bedeutung, welche diese Verwüstung hatte. Nämlich dass sie alle weit von einem geordneten Leben entfernt waren.

»Die meisten haben ihre Arbeit niedergelegt, nachdem der Sturm über das Schloss hinweggefegt war«, antwortete Aldren. Wobei *Sturm* eine harmlose Beschreibung für die Naturkatastrophe war, die über den Palast hereingebrochen war. Sämtliche

Keller waren geflutet, Vorräte vernichtet und Tiere ertrunken, die zur Milchgewinnung am Hof gehalten worden waren. »Den verbliebenen Gärtnern wurden andere Aufgaben zugeteilt. Der Erhalt der Rosengärten hat derzeit keinen Vorrang.«

Kheeran nickte. Schweigend verließen sie die Gärten und betraten die Stadt, in der Kheeran zuletzt in jener Nacht gewesen war, als er Ceylan in Sicherheit gebracht hatte. Sie war alles andere als erfreut darüber gewesen, von ihm in Bryoks Etablissement gebracht zu werden. Und sie hatte sich auch nicht gescheut, ihren Widerwillen zum Ausdruck zu bringen. Doch es war die richtige Entscheidung gewesen, vor allem in Anbetracht zunehmender Angriffe durch die Elva. Ceylan mochte in Thobria eine überdurchschnittlich gute Kämpferin sein, für Melidrian hingegen galt dies nicht. Einen Marsch durch den Nebelwald hätte sie allein niemals überlebt.

Kheeran vermisste Ceylan mehr, als er sich eingestehen wollte, aber zumindest wusste er, dass es ihr gut ging. Sibeal, die seit Kurzem in der Küche des Palastes arbeitete, hatte ihm sogar eine Nachricht übermittelt. Die Wächterin wollte, dass er zu ihr kam. Bisher war ihm dies nicht möglich gewesen, aber vielleicht …

Verlegen schielte er zu Aldren hinüber, was diesem nicht entging. Fragend hob er die Brauen. »Was ist?«

Zögernd betrachtete Kheeran den anderen Unseelie. Es lag ihm auf der Zunge, ihn darum zu bitten, gemeinsam mit ihm Bryoks Freudenhaus aufzusuchen, um nach Ceylan zu sehen. Doch wie alle anderen Ratsmitglieder war Aldren ahnungslos, was die Wächterin betraf, und vermutlich wäre es besser, wenn sich daran nichts änderte. Zwar hatten die jüngsten Ereignisse dazu geführt, dass die Suche nach Ceylan zweitrangig geworden war, vergessen war sie allerdings nicht. Und hätte er Aldren in sein Geheimnis eingeweiht, hätte sich dieser als Mitwisser des Verrats schuldig gemacht.

Er schüttelte den Kopf. »Vergiss es. Es ist nichts.«

»Bist du dir sicher?«

Kheeran nickte, erkannte aber, dass Aldren ihm nicht glaubte. Dafür bedachte er ihn zu lange mit einem misstrauischen Blick. Kheeran wandte sich der leeren Straße zu. Für gewöhnlich war Nihalos erfüllt von Stimmen und den Geräuschen des Lebens, doch heute war es erschreckend ruhig. Die Fae hatten sich aus Angst in ihre Häuser verkrochen.

In den ersten Monaten nach seiner Ankunft in Nihalos hatte Kheeran geglaubt, die Unseelie würden sich vor nichts fürchten. Schließlich besaßen sie die unglaubliche Macht, über Erde und Wasser zu herrschen. Doch wenn jeder Macht besaß, war in Wirklichkeit niemand mächtig. Alle begegneten sich auf Augenhöhe.

»Lasst mich in Ruhe!«

Eine ängstliche Stimme durchbrach die Stille. Kheeran blieb stehen. Er hörte das Geräusch von bröckelndem Gestein und zerschellendem Eis. Ein Kampf. Jemand war in Gefahr. Ohne Zögern lenkte er die Zügel seines Pferdes um und änderte die Richtung.

»Das solltest du besser der Garde überlassen«, tadelte Aldren.

»Die Garde ist nicht hier«, erwiderte Kheeran und ritt los. Er war vielleicht kein Kämpfer, aber er war auch kein Feigling. Natürlich blieb Aldren nicht zurück, sondern folgte ihm. Sie mussten nicht lange nach dem Mann suchen, der den Ruf ausgestoßen hatte. Es war ein alter Unseelie mit schütterem blondem Haar. Ihm gegenüber standen zwei Frauen. Die eine hatte die Hände erhoben, Wasser umtanzte ihre Finger. Die andere hatte einen Halbkreis aus Gesteinsbrocken um den alten Mann gezogen. Er klammerte sich an etwas fest.

»Her mit den Talenten!«, forderte die Erdmagierin mit harscher Stimme und zog ihren Kreis enger. Sollte der Mann ihr nicht gehorchen, schien sie ihn zerquetschen zu wollen.

»Nein, sie gehören mir!«

»Nicht mehr lange«, murmelte die andere Frau. Das Wasser, das ihre Hand umschwebte, formte sich zu einem Greifarm, der sich nach dem Mann ausstreckte.

Der Fae hob seinerseits die Hand, und der Arm aus Wasser erstarrte zu Eis, das auf dem Boden zerschellte.

Die junge Fae war jedoch flinker und hatte weiteres Wasser aus den Pflanzen ringsum beschworen. Wie eine Peitsche schnellte es auf den alten Mann zu – und hielt kurz vor seinem Gesicht inne.

Die Fae riss den Kopf herum und erblickte Aldren und Kheeran, die von ihren Pferden gestiegen waren.

Aldren warf Kheeran einen bewundernden Blick zu. »Ein neuer Trick?«

Er nickte. In letzter Zeit hatte er sich ausgiebig seinem Elementarunterricht gewidmet. Schließlich gab es für einen Kronprinzen, der sein Schloss nicht verlassen konnte, nicht viel zu tun. Zwar musste er noch viel lernen, aber zumindest vermochte er inzwischen mehr als ein paar Taschenspielereien zu wirken.

Mit einem Ruck riss er die Wasserpeitsche an sich. Doch die Fae ließ das gesplitterte Eis vom Boden auferstehen. Die formlosen Brocken verwandelten sich in spitze Geschosse. Offenbar wusste die Unseelie nicht, wen sie vor sich hatte. Oder sie wusste es, und es war ihr einfach gleichgültig.

Die Eisnadeln stürzten auf Kheeran zu, um ihn zu durchlöchern. Doch er ließ seine Peitsche zu einer Wasserwand heranwachsen. Die Magie kribbelte in seinen Gliedern, als das Eis auf die Wand prallte. Es tauchte darin ein und schmolz.

Die Fae stieß ein Knurren aus und streckte die Hände aus, um sich das Wasser zurückzuholen. Kheeran aber klammerte sich mit seiner Magie daran fest. Dennoch lösten sich vereinzelte Tropfen aus dem Schild, das sich langsam, aber stetig zu zersetzen begann.

Die Fae lachte auf. Da fuhr ihr ein kräftiger Windstoß in den Rachen, und sie begann zu husten. Nun war Kheeran derjenige, der schmunzelte. Er nutzte den Moment der Ablenkung und trieb das Wasser mit einer Handbewegung voran. Wie eine Welle rauschte es auf die Widersacherin zu. Es schloss sich um deren Hände und floss ihr in den Mund, bevor es zu Eis erstarrte. Wirklich begabte Fae wie Aldren brauchten weder Hände noch Worte, um Elementarmagie zu wirken. Kheeran bezweifelte jedoch, dass die Frau vor ihm zu dieser Art Fae gehörte. Denn ein begnadeter Wassermagier hatte es nicht nötig, alten Männern ihre Talente zu stehlen.

Er blickte von der Frau zu Aldren und war nicht überrascht zu sehen, dass es seinem Freund gelungen war, die Erdmagierin ebenfalls handlungsunfähig zu machen. Eine Decke aus Stein hatte sich um ihren Körper gewickelt. Wütend funkelte sie Aldren an, und hätte sie keinen Brocken in ihrem Mund stecken, würde sie ihm gewiss wüste Beleidigungen an den Kopf geworfen haben.

»Die Garde kommt«, sagte Aldren und deutete die Straße entlang. Ein Trupp uniformierter Männer und Frauen stürmte auf sie zu.

Kheeran sah sich nach dem alten Fae um. Dieser saß auf dem Boden, das Säckchen Talente noch immer an die Brust gepresst. »Seid Ihr verletzt?«, fragte Kheeran und wollte dem Mann mit dem zerfurchten Gesicht eine Hand reichen.

»Rührt mich nicht an!«, fauchte der Alte.

Kheeran blinzelte.

»Ich habe nicht um Eure Hilfe gebeten. Verschwindet!«

»Wie bitte?«

»Ihr habt mich schon richtig verstanden, *mein Prinz*. Ihr sollt verschwinden.« Die Worte *mein Prinz* spuckte der Mann wie eine Beleidigung aus. Kheeran war zu verdutzt, um etwas zu erwidern. Fassungslos starrte er den Alten an, dem er womöglich gerade das Leben gerettet hatte.

»Kheeran, lass uns gehen!«, hörte er plötzlich Aldren raunen, bevor dieser seinen Arm ergriff. Mit sanfter Gewalt zog er ihn von dem alten Fae weg, der ihn mit solch giftigen Blicken bedachte, als wäre er derjenige gewesen, der ihn hatte ausrauben wollen.

Benommen stieg Kheeran in den Sattel. Den Kopf verdreht, beobachtete er weiterhin den Mann, der sich nun willig von einem Gardisten auf die Beine helfen ließ, während er ihm nur mit Abscheu und Verachtung begegnet war.

»Denk nicht darüber nach«, sagte Aldren mit besorgtem Blick. »Der Mann weiß nicht, wovon er redet. Er ist nur einer von vielen, und gewiss war es nur der Schreck, der aus ihm gesprochen hat.«

Kheeran lächelte schwach. Er wusste Aldrens Aufmunterungsversuch sehr wohl zu schätzen, aber beiden war klar, dass der Fae seine Worte ernst gemeint hatte. Ja, er war nur einer von vielen, aber mit seiner Meinung bei Weitem nicht allein. Das wusste Kheeran längst, zudem bezeugten es die Aufstände. Dennoch war es schmerzhaft, eine solche Verachtung aus nächster Nähe zu erleben. Sie war wie der Stich einer Nadel in eine bereits offene Wunde. Eigentlich war ihre Spitze klein und schwach, doch in blutigem, wundem Fleische verursachte sie einen kaum erträglichen Schmerz.

Kheeran schrie sein Leid jedoch nicht in die Welt hinaus. Er presste die Lippen aufeinander und ritt schweigend neben Aldren her. Seine ohnehin bereits trüben Gedanken wurden allerdings von Minute zu Minute finsterer. Denn wie er mit der Zeit erkannte, hatte er das Ausmaß der Verwüstung unterschätzt. Es lag bei Weitem nicht alles in Schutt und Asche. Einige Viertel machten einen völlig unversehrten Eindruck, andere hingegen hatten die Aufstände mit voller Härte getroffen. Häuser waren eingestürzt, Gärten zerstört, Straßen aufgerissen und Brunnen zertrümmert. Die schlimmsten Schäden waren häufig mit schlichter Erdmagie beseitigt worden, sodass Wege wieder begehbar und Häuser bewohnbar waren. Die Zerstörung war dennoch nicht zu übersehen. Sie erinnerte an den Bruch eines Knochens, der nicht richtig verheilt war.

»Wir sind bald da«, verkündete Aldren nach einer Weile.

Kheeran nickte. Der Geruch von vergossenem Blut stieg ihm bereits in die Nase, metallisch und schwer. Wäre es nur ein einziger Leichnam gewesen, hätte Kheeran vermutlich nichts wahrgenommen, aber bei mindestens vierundzwanzig Toten …

Ein Chor aus Stimmen erhob sich über der Ruhe der Stadt. In der Ferne erkannte Kheeran bereits den Nebelwald, und kurz darauf entdeckte er die ersten Fae. Sie standen auf einem umzäunten Feld, das als Übungsplatz für Elementarmagie diente. Hier lernten die jungen Unseelie, mit ihrer Magie umzugehen, ohne die Stadt versehentlich zu zerstören.

Aldren und Kheeran hielten inne und stiegen von ihren Pferden. Der Gestank des Blutes war überwältigend. Kheeran ermahnte sich, durch den Mund zu atmen, aber er hatte das Gefühl, dass sich der metallene Geschmack auf seine Zunge legte.

Die ersten Unseelie hatten sie bereits bemerkt. Ihre Blicke waren von Trauer, Zorn und Hass erfüllt. Allerdings hätte Kheeran nicht mit Gewissheit zu sagen vermocht, gegen wen sich dieses Gefühl richtete – gegen ihn oder gegen die Elva?

So weit außerhalb der Stadt war die Erde gefroren, und das Blut konnte nicht in den Boden sickern. Überall hatten sich rote und schwarze Pfützen – Fae- und Elvablut – gebildet, und Kheeran gab sich Mühe, nicht hineinzutreten oder auszurutschen.

An der Seite standen Karren, und uniformierte Helfer hievten jeweils die Kadaver der Elva oder der Fae auf die Ladeflächen. Es war würdelos, wie die toten Körper nachlässig nebeneinandergestapelt wurden. Doch der Geruch des Todes musste beseitigt werden, bevor er weitere Elva anlockte.

Inmitten der Wachen entdecke Kheeran Wárdt, der mit versteinerter Miene und verschränkten Armen auf eine leblose Elva hinabblickte. Sie besaß einen langen Schwanz von mindestens sechs Fuß Länge und den Körper eines Wolfes. An der Stelle der Ohren saßen Hörner wie von einem Geweih. Rotes Blut tropfte von ihren Zähnen.

»Wárdt!«, rief Aldren. »Wie ist die Lage?«

Der Kommandant wandte sich zu ihm um und hielt sich nicht lange mit unnötigen Floskeln auf. »Siebenundzwanzig Tote. Neun Frauen. Acht Männer. Zehn Kinder.«

Kheeran erstarrte.

Zehn Kinder.

Die Übelkeit, die ihn überfallen hatte, seit Aldren ihm von dem Angriff erzählt hatte, wurde immer schlimmer. Kinder. Fae, jünger als er. Unschuldige. Ausgelöscht. Sein Blick schweifte über das Feld. Zwei Unseelie entfernten das Blut mit ihrer Magie. Rote und schwarze Wasserwirbel fegten durch die Luft. Einer der Gardisten schleppte den abgetrennten Schädel einer Elva zu einem der Karren, ein anderer hielt ein Stoffbündel in den Armen. Nein, kein Bündel, sondern einen schlaffen Leib. Ein Mädchen.

Kheeran stockte der Atem, und bevor er wusste, was er tat, lief er los und folgte den beiden Gardisten.

»Zwölf Elva sind tot«, hörte er Wárdt noch hinter sich sagen. »Einige von ihnen konnten allerdings in die Wälder entkommen. Ich würde meine Leute ja nachschicken, damit sie sie erledigen, aber …«

Der Satz verlor sich im Nichts, als Kheeran an den Karren trat, auf dem das Mädchen zwischen der hölzernen Wand und einer Frau lag, deren Gesicht nicht mehr zu erkennen war. Die Klauen einer Elva hatten es zerfetzt. Das Gesicht des Mädchens hingegen war unversehrt. Zart und rein, wie es war, erinnerte der Anblick Kheeran an die junge Freya. Es verkrampfte ihm das Herz. Zwar schien sie mit ihren geschlossenen Augen nur zu schlafen, doch aus ihrem blonden Haar tropfte Blut.

»Es tut mir leid«, murmelte Kheeran und strich dem Mädchen über die Wange, als plötzlich jemand sein Handgelenk packte und fest zudrückte.

»Fasst sie nicht an!«, blaffte ein Mann, der wie aus dem Nichts neben ihm aufgetaucht war. Seine Lippen bebten, und seine Augen waren blutunterlaufen. Tränenspuren waren auf seinen Wangen getrocknet.

»Verzeihung.« Kheeran wäre einen Schritt zurückgewichen, hätte der Fae ihn losgelassen. Stattdessen umklammerte er sein Gelenk noch härter. Kheeran konnte spüren, wie Nerven und Adern gequetscht wurden, doch er gab keinen Laut von sich. Vielmehr ertrug er den Schmerz, der ihm völlig nichtig erschien im Vergleich zu den Qualen, die er in den Augen des Mannes las.

»Verzeihung? Verzeihung! Darauf könnt Ihr lange warten«, zischte der Mann und spuckte Kheeran vor die Füße. »Das alles ist nur Eure Schuld. Ihr habt Eure kostbare Garde bei Euch im Schloss behalten, damit sie Euch beschützt … und wir? Wir haben nur irgendwelche Verbrecher zu unserem Schutz abgestellt bekommen. Dafür solltet Ihr Euch schämen!«

Aus den Augenwinkeln nahm Kheeran wahr, wie Aldren auf ihn zurannte, um ihn vor dem Fae zu schützen. Doch Kheeran hob die freie Hand und gebot seinem Freund, er möge stehen bleiben. »Ja, ich schäme mich«, bestätigte er dem verzweifelten Vater und dachte daran, wie er gemeinsam mit dem Rat beschlossen hatte, die aufsässigen Fae im Kampf gegen die Elva einzusetzen. Dem hätte er nicht zustimmen dürfen. »Ich würde Euch gern entschädigen.«

»Entschädigen?!«, brüllte der Fae so laut, dass alle es hören konnten. »Ich will Eure Talente nicht. Ich will *nichts* von Euch. Nie wieder. Ihr seid Abschaum. Tut Eurem Volk einen Gefallen und verschwindet wieder in dem Elvaloch, aus dem Ihr gekommen seid.«

Kheeran kämpfte darum, eine gleichmütige Miene beizubehalten. »Es tut mir leid, Euch enttäuscht zu haben. Eure Tochter hat einen solchen Tod nicht verdient.«

»Nein, das hat sie nicht! Sie war mein kleines Mädchen. So sanft und liebenswert. Jetzt ist sie ... sie ist ... sie...« Er stöhnte laut auf, ließ Kheeran los und sank vor ihm auf die Knie. Das Gesicht in den Händen vergraben, wurde sein Körper von einem heftigen Beben erschüttert, und er weinte hemmungslos.

Kheeran wurde die Kehle eng, und er blickte auf den Unseelie hinab. Noch nie hatte er einen Fae auf diese Weise trauern sehen. So menschlich. Auch ihm stiegen Tränen in die Augen. Mühsam blinzelte er sie fort, denn auf keinen Fall durfte er die Fassung verlieren. Noch einmal betrachtete er das leblose Mädchen. Ihr Tod war seine Schuld. Er hatte versagt. Die Aufstände in der Stadt hatten ihn so mit Beschlag gelegt, dass er der Gefahr aus den Wäldern nicht genug Beachtung geschenkt hatte. Seinem Vater wäre dieser Fehler niemals unterlaufen. Ihr Blut klebte an seinen Händen.

50. Kapitel – Larkin

– Zweihorn –

Warum konnte er sich nicht betrinken? Zum ersten Mal seit langer Zeit wünschte sich Larkin, seinen Verstand betäuben zu können, damit er die Bilder von Freya, die in den Armen eines anderen Mannes lag, vergessen konnte. Sie war verlobt. Verlobt! Und schon bald würde sie heiraten. Prinz Deèglan, einen Schwachkopf aus Übersee, der sie nicht verdient hatte. Das wusste er, ohne ihn jemals getroffen zu haben. Denn niemand war gut genug für seine Prinzessin.

Niemand außer dir?, spottete eine Stimme in seinem Hinterkopf.

Nein, nicht einmal er war gut genug für sie, aber wäre er an ihrer Seite, würde er alles in seiner Macht Stehende tun, um sie glücklich zu machen. Und er war davon überzeugt, dass auch sie mit ihm glücklich sein könnte. Bei Prinz Deèglan war er sich dessen nicht sicher. Mit Gewissheit hatte Freya dieser Ehe nicht aus freien Stücken zugestimmt. König Andreus musste sie über ihren Kopf hinweg arrangiert haben. Damit brachte er nicht nur die bösen Gerüchte um Freya und ihr Verschwinden zum Verstummen, sondern schloss gleichzeitig noch ein machtvolles Bündnis.

Larkin nippte an seinem Bier, das ihm wie Wasser die Kehle hinunterlief, und klammerte sich am Griff des Krugs fest. Er hatte das Gefühl, wie ein Fass Sprengstoff jeden Moment in die Luft gehen zu können. Sein Körper war bis zum Bersten angespannt, und das hatte nichts mit Kampfbereitschaft zu tun. Wobei er nichts dagegen gehabt hätte, Prinz Deèglans Gesicht mit seiner Faust bekannt zu machen.

»Auffüllen!«, forderte Larkin, als die Wirtin mit einem großen Krug an seinem Tisch vorbeikam. Er konnte sich vielleicht nicht betrinken, aber das hielt ihn nicht davon ab, sich seit Tagen wie ein Säufer in einer Taverne zu verstecken. Denn die Städter waren voller Vorfreude auf die bevorstehende Hochzeit. Und trotz der Entfernung zum Marktplatz und der geschlossenen Türen und Fenster konnte Larkin die aufgeregten Stimmen der Menschen hören, die bereits seit Stunden im Freien ausharrten, in der Hoffnung, einen Blick auf die königliche Familie und Prinz Deèglan zu erhaschen.

»Ihr habt schon ziemlich viel getrunken«, tadelte die Wirtin, schenkte ihm aber dennoch im selben Atemzug nach. Larkin griff in die Tasche seines Mantels und zog ein Kupferstück hervor, das er auf den Tisch legte. Sie steckte es ein und schlenderte gemächlich weiter. Sie hatte es nicht eilig, denn bis auf ihn und drei weitere traurige Gestalten war die Schenke leer.

Wäre Larkin gnädig zu sich selbst, wäre er längst nach Askane aufgebrochen, um nach Yara zu suchen. Doch er hatte sich schon immer mehr um andere gesorgt als um sich selbst.

Die Tür zum *Eisernen Napf* wurde aufgestoßen, und eine Bö kalter Luft wehte in die Schenke. Larkin wandte den Kopf und sah nach, welche verlorene Seele es über die Schwelle getragen hatte. Er erstarrte, denn er kannte den Neuankömmling. Er hatte braune Haut und schwarzes Haar. Was Larkin aber wirklich im Gedächtnis geblieben war, war der goldene Stab, der als Schmuckstück zwischen seinen Augenbrauen saß.

Wie war sein Name? Larkin erinnerte sich nicht, aber er hätte schwören können, dass dieser Mann ein Mitglied aus Elroys Mannschaft war, auch wenn er statt der vom Meereswind zerschlissenen Kleidung nun einen vornehmen Mantel aus roten und goldenen Stoffen trug. Der Pirat spähte durch die Schenke, schien Larkin jedoch nicht wiederzuerkennen. Kein Wunder, denn auf der *Helenia* hatte sein Gesicht die meist Zeit über die Reling gehangen.

»Ahoi, meine Schöne«, sagte der Pirat zur Wirtin und setzte sich an den Tresen. Was wollte der Freibeuter hier? Zweihorn war keine Hafenstadt. Hier gab es für seinesgleichen nichts zu holen. Doch wenn er im *Eisernen Napf* war, bedeutete das, dass auch der Rest von Elroys Mannschaft in der Stadt war – und Elroy selbst. Dieser würde seine Zeit nie grundlos in einer Stadt wie Weidar verbringen. Und da ahnte Larkin bereits, was der Kapitän in Zweihorn suchte. Oder besser gesagt, wen er suchte.

Freya.

Er und sie schuldeten dem Piraten das Geheimnis der Unsterblichkeit, und er war gekommen, um es sich zu holen.

51. Kapitel – Ceylan

– Nihalos –

Ceylan verwischte das Blut zwischen ihren Fingern. Der selbst zugefügte Schnitt an ihrem Daumen hatte sich bereits wieder geschlossen. Sie fühlte sich normal. So normal, wie es ihr als unsterbliche Wächterin eben möglich war. Doch etwas war anders – sie war anders.

Sie vermochte die Fae ihrer Elementarmagie zu berauben. Eine erstaunliche Gabe, über die sie sich freuen sollte. Zurück an der Mauer, käme ihr dies höchst gelegen. Allerdings beunruhigte es Ceylan zutiefst, dass sie die Wächter noch nie über eine solche Fähigkeit hatte sprechen hören. Man hatte ihr und den anderen Novizen von der geschärften Sicht, dem besseren Gehör und der Stärke erzählt, die man mit der Unsterblichkeit dazugewann. Allerdings war nie die Rede von einer Gabe gewesen, die es ihnen ermöglichte, den Fae ihre Magie zu nehmen. Und etwas so Wichtiges hätte man ihnen gewiss nicht verschwiegen. Oder doch?

Ceylan legte ihr Messer beiseite, und nachdem sie sich mit einem Blick vergewissert hatte, dass niemand im Salon des Freudenhauses sie beobachtete, griff sie nach dem magiegeschmiedeten Dolch, der an ihrem Gürtel hing. Nachdem Kheeran ihr die Waffe geschenkt hatte, hatte sie stets ein Kribbeln beim Berühren des kühlen Ledergriffes verspürt. Mittlerweile war das Prickeln verschwunden, und die Waffe lag wie jede andere in ihrer Hand. Sie hielt die Klinge an ihren Daumen. Zarte Haut gegen hartes Metall. Schmerz blühte auf, und Blut quoll hervor.

Sie zog die Hand zurück und betrachtete die roten Tropfen, die sich eigentlich vermehren sollten. Denn magische Waffen wirkten den Heilungsfähigkeiten der Fae entgegen. Ceylan hatte es mit eigenen Augen gesehen, als sich ein magischer Pfeil durch Kheerans Schulter gebohrt hatte. Tagelang hatte er an der Verletzung gelitten. Der Schnitt an ihrem Daumen hingegen zog sich augenblicklich wieder zusammen, und zurück blieb nur unversehrte Haut.

Was stimmte nicht mit ihr?

Womöglich war der Schnitt zu klein gewesen. Noch einmal sah sich Ceylan im Salon um. Daim stand hinter der Theke und schenkte Wein aus, während ihr Ehemann Bryok bei zwei Tänzern stand und mit ihnen plauderte. Die Gäste gingen wie gewohnt ihren Spielen und Geschäften nach. Vergessen war der Vorfall, den sie verursacht hatte. Sie war also ungestört ...

Ceylan spreizte ihre Finger auf dem Tisch aus und umklammerte fest das Heft des magiegeschmiedeten Dolches. *Alles oder nichts,* dachte sie, und bevor sie es sich anders überlegen konnte, rammte sie sich die Klinge durch die Hand. Der Schmerz, wenn auch erwartet, ließ sie laut aufkeuchen. Immerhin war ihr dieser geblieben. Tränen stiegen ihr in die Augen, und sie sog scharf die Luft ein, während sie den Dolch langsam aus ihrer Hand zog. Blut sickerte aus der Wunde, und ein metallischer Geruch stieg ihr in die Nase. Gebannt starrte sie auf den tiefen Schnitt und wartete. Ohne zu wissen, worauf sie hoffte, dass er sich schloss oder nicht.

Ein Pulsieren setzte ein, und Hitze sammelte sich in ihren Fingern, als würde sie sie in warmes Wasser tauchen. Dann schloss sich der Schnitt, bis nur noch eine Blutlache und die Kerbe in der Tischplatte an den Selbstversuch erinnerten. Ungläubig betrachtete Ceylan ihre Hand von allen Seiten. War der Dolch wirklich magisch?

Sie war versucht, sich den magischen Dolch in den Unterarm

zu rammen, als eine vertraute Stimme sie innehalten ließ. »Hast du dich verletzt?«

Vor Erleichterung stieß Ceylan einen tiefen Seufzer aus. Endlich! Anscheinend hatte Sibeal ihre Nachricht überbracht. Sie sah zu Kheeran auf, doch ihre Wiedersehensfreude schwand, als ihr Blick auf sein Gesicht fiel. Der Prinz wirkte erschöpft, fast ausgemergelt. Seine Wangen waren eingefallen, und nicht einmal das dämmrige Zwielicht, das im Salon herrschte, vermochte den stumpfen Ausdruck in seinen Augen zu verbergen.

»Nein, nur ein kleiner Zwischenfall.« Mit dem Lappen, den sie Daim abgenommen hatte, wischte sie eilig das Blut weg.

»Verstehe«, murmelte Kheeran und ließ sich neben ihr nieder. Sorge stieg in Ceylan auf. Der Kheeran, den sie kannte, hätte nicht so einfach lockergelassen. Misstrauisch musterte sie ihn. Er trug seine hellblaue Uniform mit den goldenen Stickereien an der Knopfleiste. Ein sehr förmlicher Aufzug für eine Örtlichkeit wie diese, und erst jetzt bemerkte Ceylan den Weinkrug und die beiden Becher in seinen Händen. Wortlos füllte er sie bis zum Rand. Den einen schob er ihr zu, den anderen hob er an die Lippen. In einem einzigen Zug trank er ihn leer.

Sie hob die Brauen. »Harter Tag?«

»Harte Monate«, erwiderte Kheeran und schenkte sich nach.

»Möchtest du darüber reden?«, fragte Ceylan zögernd. Sie kannte natürlich die Geschichten, die man sich bei den Fae über die Vorfälle in Nihalos erzählte, und die wenigsten davon waren schmeichelhaft für Kheeran. Die Mehrheit der Unseelie mochte ihn nicht oder vertraute ihm zumindest nicht genug, um ihm den Thron und die Führung zu überlassen. Ceylan verstand diese Vorbehalte nicht, denn Kheeran traf keinerlei Schuld. Er hatte weder seinen Vater noch seine Mutter auf dem Gewissen. Er war auch nicht für die Explosionen bei seiner Krönung oder für die Verwüstung der Stadt verantwortlich. Dieses Unheil hatten die Fae selbst über sich gebracht. Und dennoch gaben sie dem jungen Prinzen die Schuld, als wäre er ein Fluch, der sie heimsuchte.

»Heute ist ein Mädchen gestorben«, antwortete Kheeran. Er sprach leise. Dabei wirkte es nicht so, als wollte er etwas verheimlichen, vielmehr schien es ihm an Kraft zu fehlen, lauter zu sprechen. »Genau genommen sind zehn Kinder und siebzehn Erwachsene gestorben. Aber dieses Mädchen …« Er verstummte plötzlich und leerte binnen weniger Sekunden seinen zweiten Becher, als wollte er die Erinnerung an das Mädchen aus seinen Gedanken tilgen. »Es ist meine Schuld.«

Ceylan hatte ihren Wein noch nicht angerührt und auch nicht die Absicht, dies zu tun. Sie trank keinen Fae-Wein und auch sonst nichts, was ihre Sinne vernebelte. Sie musste achtsam bleiben. »Was ist mit dem Mädchen?«

»Sie sah aus wie Freya.«

Eine Furche bildete sich auf Ceylans Stirn. »Draedon? Die Menschen-Prinzessin?«

Kheerans Schultern spannten sich an, und sein Blick irrte umher. In diesem Augenblick schien ihm klar zu werden, dass er möglicherweise zu viel verraten hatte. Er räusperte sich. »Ja, wir sind Freunde.«

»Du bist mit Prinzessin Freya befreundet?«, fragte Ceylan misstrauisch. Sie glaubte ihm nicht. Das Abkommen untersagte jeglichen Kontakt zwischen Menschen und Fae, und jemand vom Stand der Prinzessin würde niemals gegen diese Vereinbarung verstoßen. Gewiss fand zwischen den Königshäusern ein politischer Austausch statt, aber weshalb sollte Kheeran deswegen mit Prinzessin Freya in Verbindung stehen? Noch saß ihr Vater, König Andreus, auf dem Thron. Andererseits hatte die Prinzessin der Krönung beigewohnt …

Kheeran nickte wortlos, und Ceylan beschloss, die Sache vorerst auf sich beruhen zu lassen. Sie griff nach dem Weinkrug und füllte Kheerans Becher wieder auf. Dafür erntete sie einen dankbaren Blick von ihm. Die dunkelrote Flüssigkeit roch köstlich süß, und plötzlich geriet sie in Versuchung, doch einmal davon zu kosten. »Was ist mit dem Mädchen geschehen?«

Kheeran rang die Hände. »Sie wurde von Elva getötet.«

»Elva?«, echote Ceylan. Hatte er nicht gerade eben gesagt, es sei seine Schuld gewesen? Nach allem, was sie wusste, waren die finsteren Kreaturen aus den Wäldern völlig unberechenbar. Ungeheuer, von ihren Jagdinstinkten und ihrem Blutdurst getrieben. Man konnte sie nur aufhalten, indem man sie umbrachte.

»Ja. Sie haben sie alle getötet.«

Ceylan betrachtete Kheeran mit nachdenklicher Miene. Sie hatte nur Augen für ihn, obwohl sie die Blicke der anderen Fae auf sich spürte. Es war kein Geheimnis, dass Kheeran sie hergebracht hatte, aber man hatte sie noch nie zusammen gesehen, den König und die Wächterin. »Wie kann das deine Schuld sein?«

»Ich habe nicht auf sie aufgepasst.«

»Du warst also dort, als es geschah?«

»Nein.«

»Kheeran, sei mir nicht böse, aber du redest Unsinn. Wie um alles in der Welt hättest du verhindern sollen, dass die Elva die Stadt angreifen? Selbst wenn du dort gewesen wärst, du hättest nicht alle Elva im Alleingang töten können.« Ceylan konnte die Worte aus ihrem Mund selbst kaum glauben. Versuchte sie gerade wirklich, einen Fae zu trösten?

»Ich kannte die Gefahr, die von den Elva ausging, aber ich habe ihr nicht« genug Aufmerksamkeit geschenkt«, erklärte Kheeran. Verachtung, die sich eindeutig gegen ihn selbst richtete, sprach aus seiner Stimme. »Beim König, ich habe Häftlinge dazu abstellen lassen, die Grenzen der Stadt zu bewachen. Sie waren nicht einmal ausgebildet.«

Beim König? Was für eine merkwürdige Art für einen Fae zu fluchen. »Häftlinge einzusetzen, war vielleicht nicht deine klügste

Entscheidung«, sagte Ceylan, Kheerans eigenartige Wortwahl ignorierend. »Aber deine Stadt hat gerade noch mit ganz anderen Schwierigkeiten zu kämpfen. Ich habe von den Aufständen und den Kämpfen gehört.«

Kheeran stieß ein bitteres Lachen aus und umfasste den Becher in seiner Hand so fest, dass sich die Haut unter seinen Nägeln hell färbte. Womöglich wollte er sich davon abhalten, ihn gegen die Wand zu schleudern. »Wunderbar, Kinder müssen sterben, weil ich die Kontrolle über mein Land verloren habe. Nun fühle ich mich gleich besser. Vielen Dank!« Er spuckte ihr die Worte förmlich ins Gesicht.

Wortlos starrte Ceylan ihn an. Sie hatte es nicht nötig, sich von ihm anschreien zu lassen. Er war zu ihr gekommen, um zu reden, nicht umgekehrt. Sie hatte nur versucht, ihn zu trösten … warum auch immer.

Kheeran erwiderte ihren Blick mit Zorn in den Augen, doch nach wenigen Herzschlägen löste sich die Anspannung aus seinem Kiefer, und seine Gesichtszüge wurden weicher. »Es tut mir leid«, seufzte er. »Das ist alles nicht deine Schuld. Ich weiß nur nicht mehr, was ich tun soll. Ich … ich …«, stammelte er.

Ceylan hob die Brauen. »Du …?«

»Ich will kein König werden!«, entfuhr es Kheeran, als hätte er diesen einen Satz schon viel zu lange zurückgehalten.

Verblüfft sah Ceylan ihn an. Er schaffte es immer wieder, sie zu überraschen. Beinahe jeder, den Ceylan je gekannt oder getroffen hatte, hatte sich einen Adelstitel gewünscht, am liebsten den eines Königs oder einer Königin. Reichtum. Macht. Anerkennung. Danach strebten die meisten, und Kheeran wollte das alles nicht?

Sie konnte es verstehen, denn sie hätte ihr Schwert auch nicht gegen einen bequemen Stuhl eintauschen wollen. Dennoch war sie über diese Wendung erstaunt. »Du willst kein König sein?«, fragte sie, um sich zu vergewissern.

Er nickte.

Sie sah sich im Salon um. Falls jemand ihr Gespräch belauschte, konnte sie es zumindest nicht in den Gesichtern der Fae erkennen, die gewiss ebenso verblüfft dreingeblickt hätten wie sie selbst.

»Musst du denn König werden?« Sie wusste rein gar nichts über die Monarchie der Fae und die Erbfolge. Sie wusste lediglich, dass es in Melidrian zwei Herrscher gab, einen Seelie und einen Unseelie.

»Ich bin der Thronerbe.«

»Das war nicht meine Frage. Kannst du nicht jemand anders zum König bestimmen? Ich meine, wer soll dich zwingen?« Ganz davon abgesehen, dass die meisten ihn offenbar nicht einmal auf dem Thron sehen wollten.

»Ich könnte, aber …« Kheeran stockte. »Es ist meine Bestimmung. Ich bin König Nevans Sohn, und außerdem hat mir der Gott des Windes bereits seine Luftmagie vermacht. Ist es daher nicht meine Pflicht, den Thron zu besteigen?«

»Pflichten und Bestimmungen werden überbewertet«, widersprach Ceylan und trommelte mit den Fingern auf das Metall ihres Weinbechers. »Nimm mich als Beispiel. Aufgewachsen in einem kleinen Dorf, wäre es mir bestimmt gewesen, die Frau eines Bauern zu werden und möglichst viele Kinder zur Welt zu bringen. Meine Bestimmung war jedoch nie mein Schicksal. Mein Schicksal ist das einer Wächterin.«

»Du als Ehefrau und Mutter? Das kann ich mir nicht vorstellen.« Kheeran schmunzelte, als belustigte ihn dieser Gedanke, und er nippte einmal mehr an seinem Wein. Immerhin stürzte er ihn nicht wieder auf einmal hinunter.

»Ich mir auch nicht, daher habe ich mein Leben selbst in die Hand genommen. Das solltest du auch tun«, ermutigte sie ihn. »Nur du kannst die Entscheidung treffen. Wenn du kein König werden willst, dann lass es sein. Gewiss gibt es genügend Fae, die sich selbst liebend gern auf dem Thron sähen.«

Kheeran schürzte die Lippen. Es wurde still an ihrem Tisch, und die Geräusche des Salons drangen wieder zu Ceylan durch. »Danke«, sagte Kheeran schließlich. »Ich muss darüber nachdenken.«

»Ich bin hier, wenn du reden willst. Ceylan Alarion, Beraterin der Könige«, sagte sie scherzhaft.

Kheerans Mundwinkel hoben sich, aber sein Lächeln wirkte gequält und müde. Das Gewicht einer solchen Entscheidung lastete vermutlich schwer auf seinen Schultern. Sollte er die Krone ablehnen, gab es kein Zurück mehr. Es war eine Entscheidung auf Lebenszeit, so wie Ceylans Entschluss, Wächterin zu werden. Doch anders als der Fae-Prinz hatte sie nichts zu verlieren gehabt.

»Genug von mir«, erklärte Kheeran und holte tief Luft. Dann richtete er sich auf seinem Stuhl auf und widmete Ceylan seine ganze Aufmerksamkeit. »Wie ist es dir ergangen? Behandeln dich Bryok und Daim gut?«

Sie zuckte mit den Achseln. »Ich kann mich nicht beklagen. Sie sind zu mir genauso nett wie ich zu ihnen.«

Kheeran schnaubte. »Ihr werft euch also gegenseitig Beleidigungen an den Kopf?«

»Wie kommst du darauf, *Spitzohr?*«

»Nur so ein Gedanke, *Wechselbalg.*«

Ceylans Brauen schossen in die Höhe. »Galgenschwengel!«

»Tellerlecker.«

»Taugenichts«

»Waldluder.«

»Dirnenspross.«

Kheeran öffnete den Mund, um ihr die nächste Beleidigung an den Kopf zu werfen, doch dann geriet er ins Stocken. Fiel ihm etwa kein Schimpfwort mehr ein? »Verdammt, du hast gewonnen!«

»Mach dir nichts draus. Ich bin auf der Straße aufgewachsen

und kenne vermutlich mehr Beleidigungen als jeder andere.« Ceylan hob ihren Becher, um auf ihren Sieg anzustoßen. Metall schlug gegen Metall, aber während Kheeran den Wein an die Lippen hob, stellte Ceylan ihren Becher wieder ab. Sie umklammerte ihn mit beiden Händen, als wäre er mit warmem Tee gefüllt und sie in der eisigen Nacht gefangen. »Darf ich dir ein Geheimnis verraten?«

Kheeran blickte auf. Das blonde Haar fiel ihm über die Schultern und entblößte die goldenen Spitzen seiner Ohren. »Natürlich, du kannst mir vertrauen.«

»Mit mir stimmt etwas nicht.«

»Das ist kein Geheimnis.«

»He!« Sie verpasste ihm einen sanften Stoß, und beide mussten lächeln. »Ich meine es ernst. Irgendetwas an mir ist anders als bei anderen Wächtern, aber ich konnte bisher noch mit niemandem darüber reden.«

Kheerans Lächeln schwand, und ein nachdenklicher Ausdruck trat in seine Augen. »Was ist los?«

Ceylan blickte sich noch einmal im Salon um, um sicherzustellen, dass sie nicht belauscht wurden. »Fae können in meiner Gegenwart keine Elementarmagie wirken.«

»Bist du dir sicher?«, fragte er, aber es klang nicht überrascht. Unweigerlich fragte sich Ceylan, ob er womöglich schon etwas dergleichen bemerkt oder geahnt hatte.

»Ja, und du kannst es einfach prüfen. Versuch Magie zu wirken. Es wird nicht funktionieren.«

»Magie ist hier verboten.«

»Bitte«, drängte Ceylan. »Niemand wird etwas bemerken. Vertrau mir!«

Kheeran sah sich ebenfalls in dem Salon um, in dem sich rund zwei Dutzend Fae aufhielten. Gefühlt wurden es jeden Tag mehr. Ceylan vermutete, dass sie die Sicherheit des Freudenhauses zu schätzen wussten. Da niemand etwas von dem Etablissement ahnte, konnte es auch nicht angegriffen werden. »Einverstanden. Ich versuche es.«

Ceylan nickte.

Kheeran legte eine Handfläche auf den Tisch. Zeige- und Mittelfinger deuteten auf ihren Becher, den er mit durchdringendem Blick anstarrte. Langsam hob er die Fingerspitzen an, als wollte er den Wein aus dem Becher heben. Doch die rote Flüssigkeit rührte sich nicht.

Fragend sah Ceylan Kheeran an. »Und?«

Er presste die Lippen aufeinander und hob nun langsam die Hand von der Tischplatte. Nichts geschah. Ratlosigkeit spiegelte sich in seinen Augen. »Es geht nicht.«

»Sag ich doch. Hast du so etwas schon einmal erlebt?«

Er schüttelte den Kopf. »Nein, noch nie. Daran würde ich mich erinnern.«

»Das bedeutet, andere Wächter können das nicht?«, hakte Ceylan nach, obwohl sie die Antwort bereits kannte. Und wie erwartet verneinte Kheeran abermals.

»Wann hast du das bemerkt?«, fragte er beunruhigt.

»Das weiß ich nicht genau. Ich habe bereits seit einer Weile so eine Ahnung, aber wirklich klar wurde es mir erst, nachdem mich deine Gardisten im Kerker angegriffen hatten.« Fahrig strich sie sich mit einer Hand durch das dunkle Haar. »Was soll ich jetzt tun?«

»Für den Anfang solltest du mit niemandem darüber reden. Die anderen Fae könnte der Verlust ihrer Magie beunruhigen. Ich höre mich um, ob jemand etwas weiß. Du kannst nicht die Erste sein.«

Ceylan nickte. »Das klingt vernünftig.«

»Mach dir keine Sorgen! Gewiss gibt es dafür eine einfache Erklärung.«

Das hoffte Ceylan inständig. Sie machte sich keine Sorgen um ihre neue Fähigkeit, die im Kampf sicher gewisse Vorzüge hatte.

Allerdings fragte sie sich, was die anderen Wächter dazu sagen würden. Sie stach bereits jetzt hervor wie eine Lanze aus einem Meer voller Schwerter. Sie war eine Frau, besaß dunkle Haut, hatte Tombell nach Nihalos begleiten dürfen und war darüber hinaus die beste Kämpferin. Sie brauchte keinen weiteren Grund, um von den anderen Wächtern verachtet zu werden.

52. Kapitel – Kheeran

– Nihalos –

Kheeran zog die Ärmel seiner Uniform zurecht, jener Uniform, die er an diesem Tag vermutlich zum letzten Mal tragen würde, zumindest wenn alles nach Plan verlief. Er nahm einen tiefen Atemzug, dann klopfte er an die Tür von Aldrens Schlafgemach. Es war das einzige Geräusch in dem langen Korridor. Die Nacht war hereingebrochen, und die Schlossbewohner hatten sich trotz der allgemeinen Anspannung schlafen gelegt. Niemand wusste, was der nächste Tag bringen würde. Einen weiteren Elva-Angriff? Einen erneuten Anschlag auf das Schloss? Oder etwas noch Grausameres, mit dem keiner bisher gerechnet hatte? Hoffentlich hatte dies bald ein Ende …

Aldren öffnete die Tür, und ein Lächeln erschien auf seinem Gesicht, als er Kheeran erblickte. Es war bemerkenswert, wie er trotz der Fehler, die Kheeran in jüngster Vergangenheit begangen hatte, noch immer zu ihm hielt. Kheeran seinerseits war den Göttern zutiefst dankbar, Aldren als Freund zu haben. Vielleicht hätte er ohne ihn gar nicht so lange durchgehalten.

»Können wir reden?«, fragte Kheeran.

»Natürlich.« Aldren, der nur noch die Unterwäsche seiner Uniform trug, bedeutete ihm, er möge eintreten. In seinem Zimmer roch es nach den getrockneten Blüten, die in einer Schale neben dem Bett standen. »Was hast du auf dem Herzen?«

Kheeran rieb die feuchten Hände aneinander. Seine Finger waren eiskalt. Er war angespannter als erwartet. Nicht weil er sich seiner Sache nicht sicher war, sondern weil er fürchtete, Aldren könnte sein Anliegen ablehnen. »Erinnerst du dich an das Gespräch, dass wir letztens geführt haben?«

Aldren schmunzelte. »Geht es schon wieder um diesen Gischtdrachen?«

Kheeran lächelte. »Nein, aber es geht um etwas anderes, das wir an jenem Abend besprochen haben.«

»Verstehe«, murmelte Aldren. Sein Lächeln war einem ernsten Ausdruck gewichen, und Argwohn lag in seinem Blick.

»Ich habe dir anvertraut, dass ich kein König werden will und meine Krone an dich abtreten möchte«, fuhr Kheeran mit unsteter Stimme fort. »Du meintest, ich hätte zu wenig geschlafen und wüsste nicht, was ich da sage.«

»Worauf willst du hinaus?«

Kheeran trat dicht an seinen Freund heran, bis sie sich auf Augenhöhe begegneten, und betrachtete dessen Gesicht. Seine grauen Augen waren ihm so vertraut wie seine eigenen, die blau waren. »Ich habe nachgedacht und eine Entscheidung getroffen ...«

Abwartend sah Aldren ihn an.

»Ich möchte, dass du König wirst.«

Die Augen des anderen Unseelie weiteten sich, und eine ganze Weile sagte er nichts. Stille senkte sich über den Raum, und Kheeran hörte das Pochen seines eigenen Herzens. Laut und vor Aufregung außer Takt geraten.

»Bist du dir sicher?«, fragte Aldren schließlich.

Kheeran nickte. Er war sich selten einer Sache so gewiss gewesen. Er hatte den ganzen Tag damit verbracht, diese Entscheidung zu fällen, denn sie war nicht auf die leichte Schulter zu nehmen. Er hatte das Für und Wider abgewogen und sich seine Argumente in Gedanken immer wieder aufgezählt. Und auch über Ceylans Worte hatte er intensiv nachgedacht. Er wusste nicht, ob sie mit ihrem Gerede über Schicksal und Bestimmung recht hatte, aber es hatte ihm einige Denkanstöße über seine Zukunft gegeben. Und es war nicht von der Hand zu weisen, dass ihm bereits seit Monaten Unsicherheiten wegen seiner Krönung quälten. Nur sein Pflichtgefühl hatte ihn bis zu diesem Zeitpunkt davon abgehalten, die Krone abzugeben. Aber nun war es an der Zeit, sich der Wahrheit zu stellen.

Und die Wahrheit war: Er wollte kein König werden – zumindest nicht über die Unseelie.

»Ich bin mir sicher«, erklärte Kheeran voller Überzeugung. »Ich kann dieses Volk nicht regieren und will es auch nicht. Du wirst es vermutlich leugnen, aber ich bin keiner von euch. Mein Körper mag euch vorgaukeln, dass ich ein Fae bin, aber meine Seele gehört den Menschen.«

»Kheeran ... ich weiß nicht, was ich sagen soll.«

»Bitte sag mir, dass du bereit bist, dein neues Amt als König anzutreten. Denn ich könnte mir keinen Besseren vorstellen als dich.«

Aldren presste die Lippen aufeinander und schwieg einen scheinbar endlosen Moment lang. Mit jeder Sekunde beschleunigte sich Kheerans Puls ...

»Ich nehme an.« Aldrens Stimme war nur noch ein Flüstern. »Ich werde deinen Posten einnehmen.«

Ein Lächeln breitete sich auf Kheerans Gesicht aus, und in einem Ansturm der Gefühle zog er Aldren in die Arme. Fest drückte er seinen Freund an sich. »Danke«, murmelte er an seinem Ohr. Die Zustimmung aus Aldrens Mund zu hören, nahm eine Last von Kheeran, die er schon viel zu lange getragen hatte.

»Du wirst ein großartiger König werden.«

»Danke«, sagte Aldren. Seine Stimme klang schwer, als müsste er mit den Tränen kämpfen.

Kheeran hielt ihn noch einen Augenblick länger fest, bevor er ihn losließ und einen Schritt zurücktrat. »Ich spreche morgen umgehend mit dem Rat und möchte, dass die Neuigkeit so bald wie möglich dem Volk verkündet wird. Vielleicht lassen sich so weitere Aufstände verhindern.«

»Es wäre zu hoffen«, sagte Aldren, der etwas benommen wirkte, als hätte er ein Glas Wein zu viel getrunken. Das war ihm nach einem solchen Gespräch aber auch nicht zu verdenken. Immerhin wäre er bald König über die Unseelie. Und eine noch nie da gewesene Macht würde ihm innewohnen.

»Wir sollten anstoßen!«, schlug Kheeran vor. Er trat an Aldren vorbei an den Tisch, auf dem stets ein Wasser- und ein Weinkrug standen. Er füllte zwei Becher und reichte Aldren den einen. »Auf dich, den zukünftigen König der Unseelie und den neuen Herrscher über Melidrian!«

»Und auf dich, denn du bleibst für immer mein Prinz«, ergänzte Aldren.

Sie stießen mit ihren Bechern an und tranken. Dabei fiel Kheerans Blick auf den Käfig, in dem gewöhnlich Aldrens Papagei saß. Doch der Käfig war leer. Kein Wunder, dass die vorherige Stille so auffallend gewesen war.

»Wo ist dein Vogel?«

Aldren sah zur Voliere hinüber und stieß einen Seufzer aus. »Er lag gestern tot auf dem Boden.«

»Das tut mir leid.«

Aldren hob die Schultern. »Das ist der Lauf des Lebens.«

Das stimmte, aber Kheeran wusste, dass der Vogel noch nicht alt gewesen und Aldren sehr ans Herz gewachsen war. Sollte er ihm ein neues Haustier kaufen? Ein Geschenk zum Eintritt in einen neuen Lebensabschnitt?

Sie tranken ihren Wein und redeten darüber, wie die Ratsmitglieder Kheerans Entscheidung wohl aufnehmen würden. Doch er war überzeugt, dass Aldren allgemeinen Zuspruch erhalten würde.

Kheeran nahm den letzten Schluck aus seinem Becher und stellte ihn zurück auf den Tisch. »Ich sollte besser gehen. Es ist schon spät, und du hast morgen einen aufregenden Tag vor dir. Gute Nacht und angenehme Träume!«

»Dir auch«, erwiderte Aldren mit einem Lächeln.

Kheeran war beinahe schon zur Tür hinaus, als er noch einmal innehielt und sich umwandte. »Aldren?«

Sein Freund blickte auf. »Ja?«

»Darf ich dich noch etwas fragen?«

»Was immer du willst.«

»Kennst du Menschen mit der Fähigkeit, die Elementarmagie der Fae zu unterbinden?«, fragte Kheeran. Er war erstaunt, aber nicht überrumpelt gewesen, als Ceylan ihm von ihrer Gabe erzählt hatte. Schließlich hatte er bereits früh gespürt, dass sie etwas Besonderes war. Vielleicht war sogar dieses Talent der Grund, weshalb er sich vom ersten Augenblick an zu ihr hingezogen gefühlt hatte. Denn ohne seine Elementarmagie war er beinahe menschlich.

»Wieso fragst du das?«, erkundigte sich Aldren mit gerunzelter Stirn.

»Versprich mir, dass du nicht böse wirst.«

Aldren zögerte kurz, dann nickte er. »Versprochen.«

Kheeran holte tief Luft. Eigentlich hatte er Aldren aus der Sache heraushalten wollen, um ihn nicht zum Mitwisser zu machen. Doch die Umstände hatten sich geändert. »Ceylan ist nicht auf der Flucht. Ich halte sie bei Bryok versteckt.«

»Kheeran …«, zischte Aldren mahnend.

»Du hast versprochen, dich nicht aufzuregen«, schnitt er ihm das Wort ab. »Sie hat meine Mutter nicht getötet. Aber sie musste aus dem Kerker ausbrechen, nachdem zwei meiner Gardisten sie angegriffen hatten. Was hätte ich tun sollen? Sie unter meinem Bett verstecken?«

Aldren rieb sich über die Stirn, als hätten Kheerans Worte einen schlagartigen Kopfschmerz bei ihm ausgelöst. »Warum hast du mir nicht früher davon erzählt?«

»Ich erzähle dir jetzt davon.«

Nachdenklich schürzte Aldren die Lippen und ließ die Hand sinken. »Und Ceylan besitzt die Gabe, unsere Magie zu unterbinden?«

»Ja, ich habe es mit eigenen Augen gesehen. Hast du davon schon einmal gehört?«

Aldren nickte. »Ja, aber es ist ewig her, seit ich das letzte Mal einem Dunkelgänger begegnet bin.«

Dunkelgänger, das Wort kam Kheeran vertraut vor, er hätte aber nicht sagen können, in welchem Zusammenhang er es schon einmal gehört hatte. »Ceylan ist also eine solche Dunkelgängerin? Weißt du mehr darüber?«

»Vor langer Zeit habe ich eine Abhandlung darüber gelesen«, antwortete Aldren mit leicht abwesender Miene, als riefe er sich den Inhalt des Buches ins Gedächtnis zurück.

»Und wer sind diese Dunkelgänger?«

»Das ist nicht so leicht zu erklären«, erwiderte Aldren mit nachdenklichem Gesichtsausdruck. »Das Beste wäre es wohl, wenn du mich zu Ceylan bringst, dann kann ich ihr alles erzählen, was sie wissen möchte.«

53. Kapitel – Larkin

– Zweihorn –

Entschlossen kämpfte sich Larkin durch die Straßen von Zweihorn, die von Schaulustigen geflutet waren, die darauf hofften, einen Blick auf die königliche Familie zu erhaschen. Immer wieder stellten sich ihm lebensmüde Narren in den Weg, doch meist reichte ein finsterer Blick aus, um sie beiseitetreten zu lassen.

Donnernd hallten seine Schritte über die steinigen Wege, und in seinen Fingern pulsierte das unbändige Verlangen, nach dem Dolch zu greifen, den Freya ihm geschenkt hatte. Er schätzte Elroy als klugen Mann ein. Klug genug, um die Prinzessin nicht in aller Öffentlichkeit anzugreifen. Aber er würde sich die Rede gewiss nicht entgehen lassen, weshalb Larkin nicht innehielt, obwohl er sich besser vom Marktplatz ferngehalten hätte. Dort würde es von Gardisten nur so wimmeln, aber in diesem Augenblick war ihm Freyas Sicherheit wichtiger als seine Freiheit.

»Daher übergebe ich das Wort an meine bezaubernde Tochter, Prinzessin Freya Draedon, baldige Prinzessin von Séakis und zukünftige Königin über Thobria«, hörte Larkin den König sagen, noch bevor er ihn sah.

Das Volk brach in lauten Jubel aus.

Mit klopfendem Herzen kämpfte sich Larkin die letzten Schritte durch das Gedränge, bis er den Marktplatz erreichte. Lärm und Hitze schlugen ihm entgegen. Trotz der Kälte schien die Luft in Flammen zu stehen. Tröge aus Feuer waren über den

Köpfen der Zuschauer angebracht, deren Leiber vor Aufregung förmlich glühten.

Die Blicke aller richteten sich ausnahmslos auf das Podium, das sich über sie alle erhob. Dort hatte sich die königliche Familie versammelt, und mit einem Mal verschwand der Lärm rings um Larkin. Alles um ihn und in ihm wurde still, als sein Blick nach Wochen der Trennung das erste Mal auf Freya fiel. Sie war noch schöner als in seiner Erinnerung. Das blonde Haar fiel ihr in seidigen Wellen über die Schultern und umrahmte das Gesicht, das er jede Nacht in seinen Träumen sah. Diese Augen.

Diese Nase ...

Diese Lippen ...

Doch es war nicht Freyas Schönheit, die Larkin den Atem raubte. Es war ihr Schmerz. Ihr Lächeln, das ganze Säle zum Erstrahlen gebracht hatte, war erloschen. Zwar hatte sie die Mundwinkel gehoben, aber Larkin erkannte in ihrem Lächeln keine Freude. Kein Glück. Keine Zufriedenheit. Dennoch trat sie vor ihr Volk, wie eine Marionette, die vom Willen ihres Vaters geführt wurde.

»Freya.« Ihr Name rutschte als Flüstern von Larkins Lippen. Er wollte sie in die Arme nehmen und festhalten, bis die Wärme in ihr Lächeln zurückkehrte. Und noch nie in seinem Leben hatte er sich sehnlicher gewünscht, ein anderer – ein besserer – Mann zu sein, als in diesem Moment. Wäre er doch nur ein Adliger gewesen! Ein Lord. Ein Herzog. Irgendeine bedeutende Persönlichkeit. Dann hätte *er* möglicherweise an ihrer Seite gestanden und nicht dieser séakische Prinz ...

Larkin blinzelte.

Einmal.

Zweimal.

Dreimal.

Das konnte nicht sein. Seine Augen mussten ihm einen Streich spielen. Er kniff sie zusammen, doch als er sie wieder öffnete, war es noch immer Elroy, der neben Freya auf dem Podium stand. Was ging hier vor sich?

Verwundert blickte Larkin in die Gesichter der umstehenden Menschen. Sie wirkten nicht überrascht oder erzürnt über Elroys Anwesenheit. Im Gegenteil. Die meisten von ihnen waren offensichtlich entzückt und jubelten ihm zu. Wie war das möglich?

Larkins Gedanken drehten sich wie eine Spindel. Seine Beine setzten sich wie von selbst in Bewegung und trugen ihn in Richtung des Podiums. Er verstand nicht, was hier vor sich ging. War er womöglich eingeschlafen und in einem Albtraum gefangen? Wieso stand Elroy an Freyas Seite? Und weshalb schien sich niemand daran zu stören?

»He, pass doch auf!«, knurrte ein Mann, dem Larkin auf den Fuß getreten war.

Er murmelte eine Entschuldigung und wollte weitergehen, als ihn jemand am Arm packte. »Nicht vordrängeln! Wir waren zuerst hier«, fauchte eine Frau. Ihre schmalgliedrigen Finger gruben sich erstaunlich hart in seine Haut.

»Lasst mich los!«

Die Frau schnaubte. »Damit Ihr uns die Sicht versperrt? Gewiss nicht.«

Larkin atmete tief durch und rang um Beherrschung. Eine einzige Bewegung seines Armes hätte gereicht, um die Frau abzuschütteln, aber er wollte kein Aufsehen erregen. Und er spürte bereits die Blicke der umliegenden Menschen auf sich. »Lasst mich los!«, wiederholte er, diesmal mit mehr Nachdruck. Dabei nahm seine Stimme einen dunklen, bedrohlichen Klang an.

Die Frau ließ sich davon nicht einschüchtern. Ihre Finger bohrten sich noch tiefer in seinen Arm. Sie wollte ihn nach hinten abdrängen, aber er bewegte sich keinen Fuß weit. Das machte die Frau nur noch wütender. Sie zerrte an seiner Kleidung, und die Zuschauer ringsum machten Platz, als fürchteten sie einen Kampf. Larkin aber prügelte sich grundsätzlich nie mit einem unbewaffneten Menschen.

»Ihr solltet mich loslassen!«, mahnte Larkin noch einmal.

»Einen Dreck werde ich tun! Wir warten bereits seit Sonnenaufgang, um den König zu sehen. Das lasse ich mir von Euch nicht nehmen.«

Larkin musterte die Frau, die störrisch zu ihm aufblickte. Ihr Gesicht war von Verachtung gezeichnet. Er seufzte. »Wenn Ihr mich loslasst, suche ich mir einen anderen Platz. Weit weg von Euch«, schlug er vor, als sich die Menge neben ihm plötzlich teilte und zwei Gardisten hervortraten.

Beim König, das hatte ihm gerade noch gefehlt! Doch es war bereits zu spät, um unbemerkt zu verschwinden. Die Gardisten hatten die Frau und ihn ins Auge gefasst.

»Können wir helfen?«, fragte der ältere der beiden Männer und beäugte Larkin mit scharfem Blick. Dieser ließ die Schultern hängen, um möglichst harmlos zu wirken.

»Nein«, antwortete er. In seiner Brust bebte es.

»Ja«, erwiderte die Frau im selben Augenblick. »Er wollte sich vordrängeln.«

»Stimmt das?«

Larkin wandte sich an den zweiten Gardisten, der ihn misstrauisch musterte. Er hatte ihn erkannt. Nicht als den unsterblichen Wächter von den Steckbriefen des Königs, aber er kam ihm vertraut vor. Das erkannte Larkin an den Augen und der gefurchten Stirn. Offenbar versuchte er, sein Gesicht einer Erinnerung zuzuordnen.

»Ich wollte nur einen Blick auf unseren König werfen«, erklärte er.

»Das wollen wir alle!«, zischte die Frau, die seinen Arm noch immer fest gepackt hielt, aber das war den Gardisten gleichgültig. Ihre Aufmerksamkeit galt allein ihm.

Nachdenklich schürzte der ältere Gardist die Lippen und betrachtete Larkin von Kopf bis Fuß, während er eine Entscheidung zu treffen schien. Nach einer Weile schnalzte er mit der Zunge. »Ausnahmsweise lassen wir Euch mit einer Ermahnung davonkommen. Schließlich können wir nicht jeden betrunkenen Trottel auf diesem Platz festnehmen.«

Natürlich. Sein Atem. Er roch nach Bier.

»Aber solltet Ihr noch einmal Unruhe stiften, fällt Eure Strafe alles andere als milde aus. Habt Ihr verstanden?«

Larkin nickte.

Der Gardist wirkte zufrieden, als hätte er eine verantwortungsvolle Arbeit verrichtet, und die Frau ließ seinen Arm los. Die beiden Männer wandten sich ab, und erneut teilte sich die Menge, um ihnen Platz zu machen. Regungslos sah Larkin den Gardisten nach und wartete, dass sie von der Masse verschluckt wurden, als sich der jüngere der beiden noch einmal umdrehte. Sein Blick begegnete dem von Larkin – und dann trat Erkenntnis in seine Augen.

Der Gardist erstarrte und packte seinen Kollegen an der Schulter. Larkin zögerte nicht und rannte los.

Hinter sich hörte er Rufe und das Geräusch von Klingen, die aus den Halterungen gezogen wurden. Schreiend wichen die Menschen vor ihm zurück. Lediglich ein paar Männer versuchten sich ihm in den Weg zu stellen. Vielleicht aus Ehrerbietung. Vielleicht aber auch nur deshalb, weil sie ihn nun erkannt hatten und auf das Kopfgeld hofften, das auf ihn ausgesetzt war.

Doch Larkin schob sie alle beiseite wie die tief hängenden Äste und Lianen im Nebelwald. Hände, die ihn festhalten wollten, zerrten an seinem Mantel. Durch das Rauschen des Blutes in seinen Ohren hindurch hörte er das Reißen von Stoff und Freyas Stimme, die über den Platz getragen wurde. Er hätte ihr so gerne zugehört …

»Da vorn läuft er!«, hörte Larkin eine dunkle Stimme brüllen.

Trotz der Aufregung verfiel er nicht in Panik, sondern erfasste sein Umfeld mit allen Sinnen. Jahrzehntelanger Dienst an der Mauer hatte ihn gelehrt, auch in scheinbar auswegloser Lage Ruhe zu bewahren.

Suchend sah er sich nach einem Ausweg um. Die Gardisten waren bereits dabei, den Platz zu umstellen. Doch die Menge bot ihm Deckung, und er konnte in einem Meer aus Menschen untertauchen. Immer wieder verrieten vorlaute Stimmen seinen Standort, aber auch falsche Rufe, von der Unruhe angestachelt, erhoben sich aus der Masse.

Eilig drängte sich Larkin in Richtung einer Seitenstraße, die sich zwischen zwei Häusern auftat. Diese war ebenfalls von Menschen geflutet.

»Haltet den Wächter fest!«, brüllten die Gardisten, die ihm dicht auf den Fersen waren.

Larkin stieß einen Mann beiseite. Die Menschen schrien auf und stoben auseinander, um ihm Platz zu machen. Plötzlich tauchten zwei Gardisten vor ihm auf.

Larkin wurde langsamer. »Verschwindet!«

»Ergebt Euch!«, forderte der Gardist ihn auf.

»Ich will Euch nicht verletzen«, warnte Larkin. Er war nicht zum Marktplatz gekommen, um ein Blutbad anzurichten. Doch die Männer hörten nicht auf ihn, sondern zückten ihre Waffen. Gleichzeitig hielten die Gardisten, die ihn verfolgt hatten, hinter ihm inne. Insgesamt zählte er nun fünf von ihnen.

Der Gardist, der zuvor gesprochen hatte, zögerte nicht länger. Er stürmte auf Larkin los und holte mit seinem Langschwert aus. Larkin tauchte mühelos unter der Klinge hinweg. Er wollte nicht kämpfen. Der Gardist allerdings schon. Er holte ein zweites Mal aus. Noch in der Luft fing Larkin das Schwert mit bloßer Hand auf. Ein brennender Schmerz fuhr ihm am Arm entlang, aber er beachtete ihn nicht. Herausfordernd starrte er in die weit aufgerissenen Augen des Mannes, der hilflos an seiner Waffe zerrte und sie aus seinem Griff befreien wollte. Blut quoll zwischen Larkins Fingern hervor, aber er ließ nicht los.

Ein zweiter Gardist trat mit erhobener Waffe hervor. »Lasst sein Schwert los!«

»Damit er mich noch einmal angreift?«

»Ihr könnt nicht gegen uns alle kämpfen«, fauchte ein dritter Gardist.

Larkin hob die Brauen. »Seid Ihr Euch da sicher?« Anscheinend hatten die Gardisten keine Ahnung, wozu ein Wächter fähig war. Er würde es ihnen zeigen.

54. Kapitel – Freya

– Weidar –

Freya konnte ihren Blick nicht von Elroy abwenden. Unentwegt musste sie an das Gespräch mit ihrer Mutter denken und an die unsäglichen Dinge, die sie morgen Nacht womöglich erwarteten. Sie konnte einfach nicht glauben, dass ihre Eltern, die sie stets beschützt und behütet hatten, plötzlich verlangten, dass sie sich einem Mann unterwarf, der ihr womöglich Schmerzen zufügte.

Elroy schenkte ihren feindseligen Blicken keine Beachtung. Er beobachtete die Häuser und Menschen, die an der Kutsche vorüberzogen. Sie mussten den Marktplatz, auf dem sie sich dem Volk vorstellten, fast erreicht haben. Denn je näher sie ihrem Ziel kamen, desto voller wurden die Straßen und umso langsamer die Kutschen. Die Menschen jubelten, und immer wieder hörte Freya sie ihren Namen und den von Prinz Deèglan rufen.

Wie gern hätte sie die Begeisterung über die bevorstehende Hochzeit mit ihrem Volk geteilt. Ihr Leben wäre so viel einfacher gewesen, hätte sie sich zu dem Piraten hingezogen gefühlt oder sich zumindest für das Bündnis zwischen Thobria und Séakis erwärmen können. Aber es war ihr vollkommen gleichgültig, wie die beiden Länder in Zukunft zueinander standen. Ein eindeutiger Hinweis dafür, dass man sie später besser nicht auf den Thron setzen sollte, denn welcher Königin war ihr Land schon egal?

Sie erreichten den Marktplatz, und laute Rufe gellten Freya in den Ohren.

»Prinzessin!«

»Meine Hoheit. Bitte seht mich an!«

»Mein König!«

Inmitten des Lärms waren auch Gebete der Königsreligion zu hören. Freya entdeckte ein seliges Lächeln auf den Zügen ihres Vaters, der zusammen mit Königin Erinna ebenfalls seiner Kutsche entstiegen war. Sie hatten am Marktplatz angehalten, wo mehrere Dutzend Gardisten die Menge auseinandertrieben und eine Schneise zu einem geschmückten Podium schufen. König Andreus marschierte mit seiner Frau voraus, Elroy und Freya folgten ihnen. Dahinter lösten sich die Gardisten aus ihrer Formation, und der Weg durch das Volk schloss sich wieder.

»Ich muss schon sagen, hier gefällt es mir«, bemerkte Elroy, der neben Freya herspazierte, die Hände hinter dem Rücken verschränkt, als müsste er sich davon abhalten, in die Taschen der betuchten Bürger zu greifen, an denen er vorbeikam.

Freya nickte wortlos, den Blick starr geradeaus gerichtet. Sie wünschte sich nur, dass dieser Tag vorüberging, auch wenn er sie ihrer Hochzeit näher brachte. Doch erst bei Nacht war es ihr möglich, die geheime Bibliothek aufzusuchen und sie nach der *Abschrift des schwarzen Elements* zu durchstöbern. Und womöglich würde sie in der Sammlung nicht nur die Antworten auf ihre Fragen finden, sondern auch auf die von Elroy. Irgendwo musste das Geheimnis der Unsterblichkeit niedergeschrieben sein, nach der er so sehr lechzte. Und wenn sie es fand und ihm anbot, gab es für ihn keinen Grund mehr, sie zu heiraten!

Mit gerafftem Rock und weichen Knien stieg Freya die Stufen des Podiums hinauf. Die Kälte, die zu dieser Jahreszeit vorherrschte, wurde von Feuerschalen vertrieben. Gierig züngelten die Flammen in den Himmel und zeichneten abstrakte Figuren aus Rauch in die Luft.

Die Jubelrufe der Menschen wurden noch lauter, da nun auch der Letzte von ihnen die königliche Familie und Prinz Deèglan zu sehen bekam. Das Geschrei drang Freya bis ins Mark, und trotz der Wärme überlief sie ein kalter Schauer. Ihr Vater badete in der Zuneigung seines Volkes und lächelte zufrieden. Im Gegensatz zu seiner Tochter schien sein Magen kein unruhiger Knoten aus Sorge und Angst zu sein. Dabei konnte Freya gar nicht sagen, woher ihre Furcht rührte. Fürchtete sie sich vor dem Volk? Vor Elroy? Vor ihrer Zukunft als Ehefrau und Königin? Oder davor, die Bibliothek nicht zu finden?

Trotz ihrer schweißnassen Hände hätte sie die einstudierte Rede gern vor der ihres Vaters gehalten, um es schnell hinter sich zu bringen. Doch König Andreus ergriff bereits das Wort.

»Verehrtes Volk, es ist meiner Familie und Prinz Deèglan eine große Freude, heute hier stehen zu dürfen. Wir haben eine lange Reise hinter uns ...«

Freya verdrängte die Worte ihres Vaters, wie sie es in letzter Zeit stets getan hatte, und ließ den Blick über den Marktplatz gleiten. Der Platz war prächtig geschmückt. Kunstvoll geflochtene Seile spannten sich zwischen den Dächern gegenüberliegender Häuser. Flaggen mit dem Hoheitszeichen der Draedons waren daran befestigt, aber auch das séakische Wappen war immer wieder zu sehen. In der Mitte des Platzes hatte man einen gefällten Baum aufgerichtet. Dutzende, womöglich Hunderte von Briefen hingen an den Zweigen; Glückwünsche und nette Worte des Volkes, die sich an Elroy und sie richteten. Der Blickfang waren allerdings zwei Skulpturen aus Holz.

Das eine Standbild war älter und von der Witterung zweier Jahrzehnte gezeichnet. Es zeigte das junge Königspaar Andreus und Erinna zu der Zeit ihrer Vermählung. Die andere Skulptur war erst kürzlich entstanden und ein Abbild von Freya und Elroy, die sich an den Händen hielten. Wobei Elroys Gesichtszüge lediglich angedeutet waren, was dem Bildhauer zu verzeihen war, da er Prinz Deèglan zuvor nur auf Gemälden gesehen hatte. Gewiss würde er sein Werk nach dem heutigen Tag nacharbeiten.

»Daher übergebe ich nun das Wort an meine bezaubernde Tochter, Prinzessin Freya Draedon, baldige Prinzessin von Séakis und zukünftige Königin über Thobria«, schloss König Andreus seine Rede. Das Volk, das ihm bis zu diesem Augenblick andächtig gelauscht hatte, brach in Jubel aus.

Freya wurde es eng in der Brust, und sie glaubte, keine Luft mehr zu bekommen. Sie atmete tief ein und bereute es sogleich. Der Rauch aus den Feuerschalen kitzelte ihren Rachen, und plötzlich verspürte sie einen unbändigen Hustenreiz, dem nachzugeben sie sich nicht erlaubte. Sie versuchte das störende Gefühl herunterzuschlucken, aber ihr Mund war staubtrocken. Ihre Zunge schien an ihrem Gaumen zu kleben, und es kostete sie alle Kraft, die Lippen zu öffnen. Ein kläglicher Laut entwich ihrem Mund, zu leise, um vom Volk gehört zu werden, aber laut genug, um ihr den mahnenden Blick ihres Vaters einzubringen.

»Ich ... ich erinnere mich nur noch undeutlich an meinen letzten Besuch in Weidar«, begann Freya ihre einstudierte Rede. Sie war sich der Worte nicht bewusst, die ihren Mund verließen. Es war, als würde jemand anders für sie sprechen, und doch war es ihre Stimme, die über den Platz hallte und die Menschen erneut zum Verstummen brachte. »Es war vor sieben Jahren. Meine Eltern und ich waren angereist, um im Tempel in Anwesenheit von König Nechtan dem Dritten für meinen Bruder Talon zu beten, der zu früh den ewigen Frieden gefunden hatte.«

Strahlende Gesichter blickten ihr von allen Seiten entgegen. Kinder saßen auf den Schultern ihrer Eltern und reckten die Hälse, während sich kleiner gewachsene Männer und Frauen auf die Zehenspitzen stellten, um besser sehen zu können. Es war das friedliche Bild eines geeinten Volkes, als Freya plötzlich ein Gerangel in den hinteren Reihen bemerkte.

»Es war eine dunkle Zeit für mich. Tränen verschleierten mir den Blick, sodass ich die Schönheit dieser Stadt nicht ... erkennen konnte«, stammelte Freya, als vereinzelt empörte Rufe über den Platz hallten. Bewegung kam in die Versammlung, und sie entdeckte mehrere Gardisten, die einem Mann nachjagten. Freyas Herz geriet aus dem Takt, denn sie glaubte, den Mann zu kennen. War das möglich ...?

»Doch heute ist mein Blick klar und mein Herz von Licht und Liebe erfüllt. Heute erkenne ich Weidar und seine Einwohner in all ihrer Pracht«, fuhr sie mit bebender Stimme fort und betrachtete den Mann. Sie konnte sein Gesicht nicht sehen, und sein Haar schien länger zu sein als bei ihrem Abschied. Doch Freya war sich sicher, ihn zu erkennen. Selbst nach den langen Wochen der Trennung war ihr die Art, wie er sich bewegte, nur allzu vertraut.

Larkin war am Leben – und in Weidar.

»Ich kann mir keinen besseren Ort vorstellen, um mein Bündnis mit Prinz Deèglan einzugehen«, redete sie unbeirrt weiter und dankte insgeheim den Beratern ihres Vaters, die darauf bestanden hatten, die Rede so lange mit ihr zu üben, bis sie ihr in Fleisch und Blut übergegangen war. Denn ihre Zunge und ihre Lippen erinnerten sich an die Worte, während ihr Verstand Larkin hinterherjagte. Am liebsten wäre sie vom Podium gesprungen und zu ihm geeilt. Sie wollte ihn in die Arme schließen und nie wieder loslassen.

Doch der Moment der Wiedersehensfreude und des Glücks, Larkin wohlauf zu sehen, zerbarst jäh, als Freyas Blick auf die Gardisten fiel, die ihn durch die Menge verfolgten und immer enger umkreisten. Sollten sie ihn erwischen, würde ihr Vater ihm erneut die Freiheit oder gar das Leben nehmen. Die Vorstellung seiner Hinrichtung raubte Freya den Atem noch mehr, als es der Rauch vermocht hatte.

»Wir sind voller Vorfreude auf den morgigen Tag und auf das

Leben, das uns bevorsteht. Das wir mit euch – unserem Volk – teilen wollen«, beendete Freya ihre Rede. Die Worte hörten sich gepresst und stockend an, aber das schien niemand außer ihr zu bemerken. Das Volk geriet erneut in überschwänglichen Jubel, und die Begeisterung brachte den gesamten Platz zum Beben. Ihre Eltern winkten in die Menge, und auch Elroy lächelte breit.

Freya jedoch rührte sich nicht. Sie hatte nur Augen für Larkin. Ihr Herz pochte wie wild. Mit angehaltenem Atem versuchte sie, seine Bewegungen zu verfolgen, aber es war unmöglich. Gereckte Arme und Hände versperrten ihr die Sicht. Ihr Blick zuckte umher, doch plötzlich war Larkin verschwunden.

Nein!

Sie hätte das Wort beinahe laut in die Menge gerufen. Fieberhaft sah sie sich nach dem Wächter um, aber sie konnte ihn nirgends entdecken.

Er war in dem Meer aus Gesichtern untergegangen.

55. Kapitel – Elroy

– Weidar –

»Schließ die Tür!«, befahl Elroy und marschierte zu dem Tischchen in der Ecke seines Zimmers, auf dem zu jeder Zeit ein Krug mit Wein stand, den man in seiner Heimat wohl als *Pisswasser* bezeichnet hätte. Doch das hielt ihn nicht davon ab, sich ein Glas einzuschenken und es mit wenigen Schlucken zu leeren.

»Ich nehme an, du hast ihn gesehen«, sagte Yale hinter seinem Rücken.

»Natürlich habe ich ihn gesehen«, erwiderte Elroy und goss sich mit zittrigen Händen ein zweites Glas ein. Es sah ihm nicht ähnlich, auf diese Weise die Beherrschung zu verlieren. Er war dafür bekannt, in jeder Lebenslage einen kühlen Kopf zu bewahren. Selbst im Angesicht eines Seetyrannen hatte er noch die Ruhe besessen, eine vernünftige Entscheidung zu treffen. Doch Larkin Welborns Anblick raubte ihm jegliche Vernunft.

Der Wächter hatte ihn betrogen, mit seiner Lüge gedemütigt und dazu gebracht, sich mit Freya zu verloben. Es gab schlimmere Schicksale, als eine hübsche Prinzessin zu heiraten, wären da nicht die Erinnerungen an Helenia gewesen, die mit jedem Tag, den die Hochzeit näher rückte, lebendiger wurden. Und jedes Mal, wenn Elroy die Augen schloss, sah er ihr Gesicht und ihre enttäuschte Miene vor sich, als würde er sie betrügen. Dabei hatte er gar nicht vor, Freya zu lieben.

Sobald er das Geheimnis der Unsterblichkeit kannte, würde

er Thobria den Rücken kehren und mit seinem Schiff in See stechen. Er vermisste den salzigen Duft und den rauen Wind schon jetzt. Der Verzicht erschien ihm jedoch wie ein gerechtes Opfer, im Austausch gegen die Unsterblichkeit.

Doch womöglich wären er und das Meer gar nicht mehr viel länger voneinander getrennt, wenn es ihm nur gelang, Welborn zum Reden zu bringen. Das geeignete Druckmittel besaß er inzwischen. Er musste den Wächter nur in die Finger bekommen, bevor die Gardisten des Königs ihn schnappten.

Elroy wandte sich zu Yale um. Er hatte mit ihm noch nie darüber gesprochen, was geschehen würde, wenn er erst einmal unsterblich war. Würde sein ältester Freund und engster Vertrauter sich ihm anschließen?

»Ich will, dass ihr ihn findet«, sagte Elroy. Er musste nicht ausführen, wen er mit *ihr* meinte. Nicht die Garde des Königs, sondern seine Mannschaft. Einige seiner Männer waren in Amaruné und an Bord seines Schiffes zurückgeblieben, aber eine Handvoll von ihnen war Freya und ihm durchs Land gefolgt. »Und haltet den König von ihm fern! Ich will ihn zuerst.«

»Aye, aye, Captain!« Yale nickte gehorsam und verließ den Raum. Doch Elroy blieb nicht allein zurück.

Rae betrat sein Schlafgemach. Fragend blickte sie dem Steuermann nach, der schnellen Schrittes davoneilte, um seinen Auftrag zu erfüllen. »Was geht hier vor sich?«

»Nichts.«

»Lüg mich nicht an, Deè.«

Elroy betrachtete Rae von Kopf bis Fuß. Ihre Hände waren blass, vermutlich von der Kälte, die in Thobria herrschte und die sie aus ihrer Heimat Séakis nicht gewohnt war. Er seufzte. »Larkin Welborn ist in der Stadt.«

Verständnislos starrte sie ihn an. »Wer ist das?«

»Er ist ein unsterblicher Wächter und sozusagen Freyas Geliebter.«

Rae verschränkte die Arme vor der Brust. »Ist er hinter dir her?«

»Nein.« Elroy schmunzelte und öffnete eine Truhe, die König Andreus' Bedienstete vor seinem Bett abgestellt hatten. Darin waren Kleidung, Schmuck und sein Schwert verstaut. »Ich bin hinter ihm her.«

Rae runzelte die Stirn. »Warum das?«

Elroy griff nach der Waffe und zog sie aus der Scheide. Die geschlängelte Klinge glänzte eindrucksvoll im Licht der flackernden Kerzen. Er hatte sie schon lange nicht mehr benutzt. Wieso sich die Hände schmutzig machen, wenn andere bereit waren, dies für einen zu erledigen? »Er hat mich vor Monaten um das Geheimnis der Unsterblichkeit betrogen.«

»Und nun willst du dir holen, was dir zusteht«, schlussfolgerte Rae. Der nüchterne Klang ihrer Stimme verriet nicht, ob sie mit diesem Vorhaben einverstanden war oder nicht. Es hätte für Elroy ohnehin keine Bedeutung.

Er schob das Schwert zurück in die lederne Scheide. Zwar hatte er nicht vor, sich mit Larkin zu duellieren, aber es konnte nicht schaden, vorbereitet zu sein. »Du hast es erfasst.«

»Was geschieht, wenn er dir das Geheimnis verrät?«

»Dann werde ich die Weltmeere noch viele Jahrhunderte lang unsicher machen können.«

»Und was ist mit der Verlobung?«

Er zuckte mit den Schultern. »Ich bin mir sicher, König Andreus würde einen neuen Ehemann für Freya finden. Und wer weiß! Vielleicht wird sie ihn sogar lieben.«

56. Kapitel – Freya

– Weidar –

Mit jeder Sekunde schien die pochende Ader auf der Stirn von König Andreus größer zu werden. Freya fragte sich, wie lange es wohl noch dauern würde, bis sie platzte. Das würde eine ziemliche Sauerei geben. Aber es war tröstlich, ausnahmsweise einmal nicht der Ursprung für die Wut ihres Vaters zu sein.

»Ich hoffe, Prinz Deèglan hat eine gute Erklärung für seine Abwesenheit«, knurrte Andreus. Seine Worte kaum hörbar über die Musik des Orchesters, das in der Mitte des Saales spielte und die Leute zum Tanz aufforderte. Das Bankett aus Anlass der bevorstehenden Hochzeit war in vollem Gange, von Elroy jedoch fehlte jede Spur. Die gesamte Burg war nach ihm abgesucht worden, dennoch war der Platz neben Freya frei.

»Gewiss wird sich alles aufklären«, antwortete Königin Erinna und legte ihrem Gemahl beschwichtigend eine Hand auf den Unterarm. Sie trug ein zartes Spitzenkleid in der Farbe von mattem Rosa und richtete sich an Freya. »Nicht wahr, mein Liebes?«

»Natürlich«, pflichtete sie ihrer Mutter bei, obwohl ihr selbst keine Lüge einfallen wollte, mit der Elroy ihren Vater hätte milder stimmen können. Sie selbst hatte eine Vermutung, wohin es den Piraten verschlagen hatte, nämlich in die Stadt, um den Mann aufzuspüren, der ihm das Geheimnis der Unsterblichkeit schuldete. Um seiner selbst willen hoffte Freya, dass seine Suche erfolglos verlief. Denn Larkin war kein einfacher Taschendieb, er war ein Krieger. Das zeigten die beiden toten Gardisten, die nach seiner Flucht in der Nähe des Marktplatzes gefunden worden waren. Freya hatte die Bediensteten darüber reden hören. Sie bezeichneten ihn als Mörder und Ungeheuer. Aber was hatten sie erwartet? Dass er sich ohne Gegenwehr für ein Verbrechen festnehmen ließ, das er nicht begangen hatte? Und ebenso wenig würde er sich auf Elroy einlassen.

»Macht Euch keine Sorgen«, erklang eine sanfte Stimme neben Freya. Sie wandte sich um und entdeckte zwei Plätze weiter den Priester, der am nächsten Tag die Trauung vollziehen sollte. Er sah genauso aus, wie sie sich einen Priester des ältesten Tempels des Landes vorstellte – blass, grau und mit mehr Falten im Gesicht als ein Kleid am Morgen, nachdem man es achtlos zu Boden geworfen hatte. »Der Prinz wird rechtzeitig zurück sein, anderenfalls wäre er ein Narr.«

Freya setzte ein falsches Lächeln auf. »Ich danke Euch.«

Der Priester nickte. »Freut Ihr Euch schon auf die Ehe?«

»Selbstverständlich. Ich kann es kaum noch erwarten«, erwiderte Freya, und diesmal schien die Lüge schwerer zu wiegen als je zuvor. Bis zu dem Gespräch mit ihrer Mutter und Larkins Auftauchen hatte sie nämlich ihr Schicksal als gegeben hingenommen. Nun fürchtete sie nicht nur die morgige Nacht, sondern auch ein Leben ohne Liebe.

Den Wächter wiederzusehen, hatte in ihr all die Gefühle aufgewirbelt, die sie in den letzten Tagen und Wochen mit größter Mühe verdrängt hatte. Nicht um ihn zu vergessen, sondern um sich selbst zu schützen. Sie vermisste Larkin, und der Drang, ihn in die Arme zu schließen, war übermächtig. Sie konnte an nichts anderes mehr denken. Wenn sie die Burg heute Nacht verließ, würde sie nicht zu der geheimen Bibliothek, sondern zu Larkin aufbrechen.

Sie musste ihn einfach sehen, auch wenn sie die Alchemisten damit enttäuschte. Doch die Bücher und Schriften, die ihre Vorfahren angeblich seit Jahrhunderten im Verborgenen sammelten, würden vermutlich in einer Woche, einem Monat oder einem Jahr noch existieren. Ob das Gleiche für Larkin galt, wusste sie nicht.

Sie bezweifelte zwar, dass Elroy eine Bedrohung für den Wächter darstellte, aber da waren auch noch die Gardisten ihres Vaters, die zahlreich nach ihm suchten. Sie stellten wahrhaftig eine Gefahr für sein Leben und seine Freiheit dar. Die einzige Möglichkeit, ihnen zu entkommen, war die Flucht aus der Stadt. Und mit jeder Sekunde, die verstrich und die Freya länger an dieser Tafel verweilte, schwand die Zeit, die ihnen miteinander blieb.

Unruhig rutschte sie auf ihrem Stuhl hin und her und zwang sich zur Geduld. Sie musste den richtigen Augenblick abpassen, um sich in ihre Gemächer zu verabschieden. Wenn sie zu früh aufbrach, würde sie den Argwohn ihres Vaters erwecken. Verpasste sie den richtigen Zeitpunkt, wäre die Feierlichkeit zu Ende und würde nicht mehr für Ablenkung sorgen.

Sie schwenkte den Wein in ihrem Glas umher, ohne davon zu trinken, denn sie wollte einen klaren Kopf behalten. Dabei schweifte ihr Blick durch den Saal, der ihr fremd und vertraut zugleich vorkam. Er war wie eine gespiegelte Abbildung des Ballsaales von Amaruné. Sandsteinsäulen stützten das Gewölbe, während Gemälde der Könige und Königinnen, die einst hier regiert hatten, drei der Wände bedeckten. An der vierten Wand hing ein Gobelin, der den Stammbaum der Draedons abbildete, ähnlich jenem, den Freya aus der Bibliothek in Amaruné kannte. Beginnend mit König Nechtan dem Dritten, reihten sich in kleinster Schrift Namen untereinander – bis zu ihr und ihrem Bruder. Freya und Talon Draedon.

»Ein beeindruckendes Kunstwerk für einen beeindruckenden Stammbaum«, sagte der Priester mit Blick auf den Wandteppich, bei dem die Zeit deutliche Spuren hinterlassen hatte. »Wusstet Ihr, dass Nechtan angeblich nur der fünfte Sohn seines Vaters war?«

Freya nickte. Es gab viele Geschichten über den Mann, der das Abkommen geschlossen und als erster Draedon den Thron bestiegen hatte. Angeblich war er ein Riese gewesen. Ein Frauenheld. Ein Kämpfer. Ein Gelehrter. Ein Schönling. Eine Missgeburt ... Die Wahrheit lag vermutlich irgendwo dazwischen.

»Und nun ruht er in einem Tempel, der jeden Tag Hunderte von Besuchern willkommen heißt«, schwafelte der Priester weiter in dem verzweifelten Versuch, ein angeregtes Tischgespräch zu führen. »Wart Ihr schon einmal in meinem Tempel?«

Freya seufzte innerlich. Mit Sicherheit kannte der Priester die Antwort auf seine eigene Frage. Schließlich diente er der Gebetsstätte zu Ehren ihrer Familie seit vielen Jahren. »Ja, aber ist schon lange her. Ich erinnere mich kaum noch daran.«

»Dann freut Euch darauf, diesen Anblick noch einmal zum ersten Mal zu erleben«, sagte der Priester mit verträumter Stimme. »Ich werde meinen ersten Besuch in den heiligen Hallen niemals vergessen. Ich war überwältigt von ihrer Schönheit. So viel Hingabe. So viel Liebe für jede kleinste Einzelheit. Kaum zu glauben, dass Menschen die Grundmauern dieses Tempels bereits vor Hunderten von Jahren errichtet haben.«

Freya nickte. Sie sehnte sich nach der einvernehmlichen Stille, die sie während ihrer Reise durch Lavarus mit Larkin geteilt hatte. Dennoch ertrug sie das Geschwätz des Priesters, der ihr Leben schon bald an das von Elroy binden würde. Doch vorher musste sie zu Larkin. Sie spähte zu einer der schmalen Fensteröffnungen hinüber. Die Sonne war untergegangen, und eine vertrauliche Dunkelheit hatte sich über die Stadt gelegt.

»Das Gemälde von Königin Aisling wurde erst kürzlich nachgebessert. Die Meister haben wirklich meisterhafte Arbeit geleistet.« Der Priester lachte über seinen eigenen Witz. »Wusstet Ihr, dass Ihr nach Königin Aisling erst die dritte Thronerbin ...«

»Entschuldigt mich!«, schnitt Freya dem Priester das Wort ab und wandte sich an ihre Eltern. Der Kopf ihres Vaters war noch

immer gerötet, aber die Ader auf seiner Stirn hatte aufgehört zu pochen. Eine Erklärung dafür war die beinahe leere Weinkaraffe, die neben ihm auf dem Tisch stand. »Vater?«
Er blickte zu ihr auf, sagte aber kein Wort.
»Dürfte ich mich in mein Gemach zurückziehen?«

△

Freya stand auf dem Balkon ihres Schlafgemachs. Dankbar dafür, dass ihr Vater sie ohne Widerworte hatte gehen lassen. Der Wind in dieser Höhe war gnadenlos. Eisig peitschte er ihr ins Gesicht und zerrte an ihrem Haar. Ihre Wangen spürte sie kaum noch, und die Böen hatten ihre Augen bereits zum Tränen gebracht. Unter ihr war das Bankett noch immer in vollem Gange, und über das Pfeifen des Windes hinweg hörte sie das Orchester, das eine fröhliche Melodie spielte, die ganz und gar nicht zu ihrer Stimmung passen wollte. Denn vor ihr lag ein Abgrund, der sie zu verschlingen drohte.

Noch vor wenigen Wochen hatte sie geglaubt, ihr Vorhaben, aus dem Schloss in Amaruné zu klettern, sei waghalsig gewesen. Sie hatte sich getäuscht. Doch sie konnte nicht einfach aus ihrem Schlafzimmer hinausspazieren, denn dort standen fünf Gardisten, die ihren Plan, Larkin und die Bibliothek aufzusuchen, sofort vereitelt hätten.

Blinzelnd ließ sie ihren Blick an dem Gemäuer entlanggleiten, wobei die Leuchte in ihrer Hand kaum von Nutzen war. Der Lichtstrahl verlor sich schon nach wenigen Fuß in der Dunkelheit, und Freya gewann lediglich einen schwachen Eindruck von der Beschaffenheit des Gesteins. Sollte sie stürzen, konnte sie nur noch auf einen schnellen Tod hoffen.

Zweifel schlichen sich in ihren Verstand, aber sie verdrängte sie und rief sich stattdessen Kheerans Worte über die Fae in Erinnerung. Ein langes Leben bedeutete kein erfülltes Leben.

Und Freya wusste, dass sie keine Erfüllung fände, wenn sie

nichts unternahm und tatenlos auf den nächsten Tag wartete. Also kletterte sie mit aller Entschlossenheit über die Brüstung des Balkons. Das eiserne Gitter brannte kalt in ihrer Hand. Sie war nicht darauf vorbereitet, ihre Kletterkünste auf dieser Reise abermals unter Beweis stellen zu müssen. Daher war sie froh, zumindest eine Hose eingepackt zu haben. Ihren Mantel trug sie in einem Beutel verstaut auf dem Rücken. Diesen brauchte sie, um später auf den Straßen von Weidar nicht erkannt zu werden.

Die Leuchte noch in der Hand, warf Freya einen letzten Blick auf die steinige Wand, bevor sie die Kerze mit einem Atemstoß auslöschte. Dunkelheit, in der sie hoffentlich niemand entdeckte, hüllte sie ein. Nun ließen sich die Umrisse der Außenmauer nur noch erahnen, aber das hielt sie nicht davon ab, einen ersten Schritt zu setzen. Vorsichtig fühlte sie mit den Zehnspitzen nach einem herausstehenden Stein und tastete mit den Fingern nach einer Mulde im Gemäuer, um sich festzuhalten. Zumindest hatte es in den letzten Stunden nicht geregnet, und die Wand war trocken.

Unendlich langsam suchte sie sich auf diese Weise ihren Weg an der Burg hinab. Das kräftige Pochen ihres Herzens schien ihre gesamte Brust auszufüllen, und sie bekam kaum noch Luft. Trotzdem zwang sie sich zur Ruhe und ermahnte sich, nicht daran zu denken, was sie verlieren konnte, sondern sich darauf zu konzentrieren, was sie zu gewinnen hatte. Auch wenn ihr das schwerfiel, denn bereits nach wenigen Fuß verlor sie das Gefühl in den Fingerkuppen, und die Muskeln in den Armen begannen vor Anstrengung zu zittern.

»Du schaffst das«, murmelte Freya mit einem tiefen Atemzug und fasste nach dem nächsten Stein, der unter ihrem Griff bröselte wie Sand. Anders als bei ihrer Flucht in Amaruné war sie diesmal darauf vorbereitet, dass so etwas passieren konnte, und schaffte es, ihr Gleichgewicht zu halten. Erleichtert atmete sie aus …

Plötzlich ertönte jedoch ein schriller Schrei. Er durchschnitt das Peitschen des Windes und die Klänge der Musik. Erschrocken fuhr Freya zusammen und klammerte sich an der Wand fest. Wie versteinert stand sie da. Nur ihr Haar bewegte sich im Wind. Sie hörte ein lautes Wimmern, gefolgt vom Knallen einer Tür, das wie Donner klang.

Freya hielt den Atem an. *Bitte. Bitte. Bitte ...*

»Was ist los?«, erklang eine herrische Stimme.

»Dort ... dort unten ist jemand«, antwortete eine Frau. Sie klang verängstigt.

Verdammt! Freya hob den Kopf und erkannte einen Gardisten, der sich über die Brüstung des Balkons beugte und sie umgehend entdeckte.

»Bleibt, wo Ihr seid!«, befahl er und wich zurück.

Freya war sich nicht sicher, ob der Mann sie erkannt hatte oder für einen Eindringling hielt. So oder so wollte sie nicht gefasst werden. Nur, wohin sollte sie flüchten? Den Boden konnte sie unmöglich erreichen, bevor der Gardist erneut anrückte. Es sei denn, sie sprang, doch das hätte ihren Tod bedeutet.

Verschreckt blickte sie sich nach allen Seiten um. Neben sich erkannte sie einige Schießscharten, die jedoch zu schmal waren, als dass sie sich hindurchzwängen könnte. Nur wenige Fuß unter den Scharten lag allerdings ein Fenster. Warmes Licht drang durch die Öffnung.

Sie vergeudete keine Zeit und hangelte sich so schnell wie möglich zu dem Fenster, nicht wissend, was oder wer dahinter auf sie wartete. Aber in diesem Augenblick war es ihre einzige Möglichkeit, dem Gardisten zu entkommen. Vorsichtig spähte sie durch die Öffnung. Der Flur dahinter war leer, aber nicht still. Rufe hallten von den Wänden wider.

»Die Prinzessin versucht zu fliehen!«

»Sie hängt am Südturm!«

»Wir brauchen ein Seil!«

»Sie darf nicht stürzen!«

Freya stieß einen Fluch aus. Anscheinend hatte der Gardist sie doch erkannt, aber von hier aus gab es kein Zurück. Mit steifen Fingern griff sie nach dem Fensterrand und hievte sich ins Innere des Gebäudes. Ungeschickt landete sie auf dem Boden. Dennoch sprang sie trotz ihrer zitternden Knie sogleich wieder auf die Füße. Sie wusste nicht, was geschehen würde, sollten die Gardisten sie zu fassen bekommen. Und sie würde gewiss nicht bleiben, um es herauszufinden.

Vorsichtig tastete sie nach dem Dolch an ihrem Gürtel und umklammerte den Griff. Die Berührung des rauen Leders verlieh ihr genug Rückhalt, sodass sie sich wieder in Bewegung setzen konnte. Sie musste schleunigst von hier verschwinden, denn vermutlich würden schon bald sämtliche Gardisten die Korridore stürmen.

Ihre Beine schmerzten von der Anstrengung des Kletterns, aber davon ließ sie sich nicht beirren. Ihre Hand umfasste den Dolch, während sie eilig einen Fuß vor den anderen setzte. Dabei lauschte sie angespannt auf die Geräusche, die vor und hinter ihr zu hören waren. Am Ende eines jeden Flurs wurde sie langsamer und drückte sich mit dem Rücken gegen die Mauer. Vorsichtig spähte sie um die Ecken, damit sie nicht geradewegs in eine Horde Gardisten hineinrannte.

Zu ihrem Bedauern hatte sie keine Zeit gehabt, sich mit der Burg und ihren Gängen vertraut zu machen.

»Durchsucht ihr Zimmer!«, bellte ein Gardist. Freya erkannte, dass der Befehl von Roland kam. Seine Stimme klang roh und schroff und hatte denselben Klang wie damals, als er seine Männer ausgesandt hatte, um nach Talons Entführern Ausschau zu halten. »Und nehmt einen der Hunde mit. Ich will, dass sie gefunden wird, noch bevor die ersten Gäste aufbrechen. Verstanden?«

»Verstanden«, echote ein Männerchor, und dann waren nur

noch donnernde Schritte zu hören, die sich geradewegs auf Freya zubewegten. Ohne sich umzudrehen, stürmte sie in die entgegengesetzte Richtung davon.

Die Burg bestand aus zahlreichen Gängen und schmalen Fluren, ähnlich einem Labyrinth. Fast hatte es den Anschein, als wäre es Aufgabe der Festung, ihre Feinde in die Irre zu führen. Längst hatte Freya die Orientierung verloren. Doch auch viele der Gardisten, die sie verfolgten, waren hier fremd.

Keuchend blieb sie vor einer Tür stehen. *Sei nicht verschlossen!*, flehte sie im Stillen. Sie rüttelte am Schloss. Es öffnete sich. Hastig schlüpfte sie in das dahinterliegende Zimmer. Es war dunkel und leer. Ein Nähzimmer. Stoffe stapelten sich in den Regalen bis hinauf zur Decke, und vor den Fensteröffnungen standen mehrere Webstühle und Spinnräder.

Schwer atmend schob Freya die Tür zu und kniff die Augen zu Schlitzen zusammen. Sollte sie es wahrhaftig aus der Burg schaffen, sollte sie wahrhaftig darüber nachdenken, nicht wieder zurückzukehren. Sie könnte mit Larkin untertauchen und mit ihm in den Wäldern von Thobria leben. Oder sie kaperten ein Schiff nach Séakis, was Larkin allerdings kaum gefallen würde. Bei der Erinnerung an seine Seekrankheit musste Freya schmunzeln. Das Lächeln verging ihr jedoch, als die Schritte der Gardisten so laut wurden, dass sie nur von dem Gang auf der anderen Seite der Tür kommen konnten. Die Schritte der Gardisten kamen näher … und hielten inne.

»Sieh du in den Zimmern nach!«, sagte einer der Männer.

Freyas Magen zog sich zusammen. Sie hatte das Gefühl, sich übergeben zu müssen. Krampfhaft umklammerte sie ihren Dolch, als wäre ihre Hand ein Schraubstock.

Die Tür wurde aufgestoßen. Freya warf sich gegen die Wand dahinter und wäre am liebsten mit der Dunkelheit verschmolzen. Der Gardist entzündete eine Leuchte und betrat den Raum. Aus den Schatten heraus beobachtete Freya, wie er einen Schrank öffnete und anschließend zu den Spinnrädern hinüberschlenderte. Er verpasste einem der Räder einen Stoß. Ratternd begann es sich zu drehen. Panik stieg in Freya auf, denn sie war sich sicher, dass der Gardist sie entdecken würde, noch bevor das Rad wieder zum Erliegen kam. Es führte kein Weg daran vorbei …

Unüberlegt sprang Freya hinter der Tür hervor, um nicht wie eine Ratte in der Falle zu sitzen. Der Mann fuhr herum, aber da rannte sie bereits aus dem Zimmer. Wie blind stürzte sie davon und hoffte, nicht dem erstbesten Gardisten in die Arme zu laufen. Keuchend folgte sie dem Flur, bis sie endlich eine Treppe entdeckte!

Sie stolperte die schiefen Steinstufen hinab und schlug einen Haken nach rechts, als sich vor ihr plötzlich eine Wand auftat. Sie war in eine Sackgasse gerannt. Verflucht! Sie warf sich herum, aber es war bereits zu spät.

Der Gardist aus dem Nähzimmer stand vor ihr.

Sie wich zurück, den Rücken gegen die Wand gedrückt. Kalter Wind pfiff durch eine Schießscharte hinter ihr, und ihre Nackenhaare stellten sich auf. »Bleibt weg von mir!«

Beschwichtigend hob der Gardist die Hände. »Ich will Euch nicht verletzen, Prinzessin.«

»Dann lasst mich gehen!«

Er schüttelte den Kopf. »Das ist leider nicht möglich.«

»Warum nicht?«, wollte Freya wissen und fragte sich, ob es ihr noch einmal gelang, an dem Mann vorbeizustürmen. Vermutlich nicht, denn der Gang war schmal, und die Wirkung der Überraschung ließ sich nicht wiederholen.

»Befehl Eures Vaters.«

Freya schnaubte. Was hatte sie auch anderes erwartet? »Ich will nur noch eine Nacht in Freiheit verbringen, ist das zu viel verlangt?«

Verwirrung blitzte in den Augen des Gardisten auf. »Ihr seid frei. Niemand will Euch einsperren.«

Lügner. »Bitte, tretet beiseite! Dafür werde ich Euch großzügig entlohnen«, bot ihm Freya in ihrer Verzweiflung an. »Ihr könntet im Rang aufsteigen, sobald ich Königin bin. Wie wäre es mit der Stellung eines stellvertretenden Kommandanten?«

Er schüttelte den Kopf. »Nein, das geht nicht. Ich kann nicht …« Der Satz wurde jäh von einem Schrei unterbrochen, der aus der Kehle des Gardisten stammte. Unvermittelt sank der Mann nach vorn und tastete fahrig nach seiner Schulter. Ein eigenartig geformter Dolch steckte in seinem Körper. Die Waffe sah aus wie ein Stern. Sie besaß keinen Griff, dafür aber vier Klingen.

Der Gardist wimmerte vor Schmerzen.

»Gern geschehen«, hörte Freya eine Stimme sagen.

Verwundert hob sie den Kopf und blickte geradewegs in die Augen des Angreifers.

57. Kapitel – Weylin

– Melidrian –

Weylin öffnete die Lider. Sie waren schwer, und er musste gegen das Verlangen anblinzeln, sie wieder zu schließen. Bruchstückhaft erkannte er, dass er auf einer Pritsche in einer Holzhütte mit niedriger Decke und flackerndem Kaminfeuer lag. Die lodernden Flammen blendeten ihn, doch die Kälte, die ihn mit eisigen Klauen gepackt hatte, war nicht mehr zu spüren. An ihre Stelle war eine angenehme Wärme getreten. Wie war er hierhergekommen?

Und wieso war er nicht tot?

Stöhnend richtete sich Weylin auf. Schwindel erfasste ihn, und schwerer Stoff rutschte ihm von der Brust. In seinem Kopf pochte und pulsierte es. Zaghaft blickte er sich um, und dabei fiel ihm dreierlei auf. Erstens: Man hatte ihn mit einem schwarzen Mantel zugedeckt, der am Kragen mit hellem Pelz besetzt war.

Zweitens: Man hatte ihn entkleidet, um seine Wunden zu versorgen. Verbände aus zerschnittener Kleidung wanden sich um seine Schultern, seinen Leib und den linken Oberschenkel. Zudem war der faulige Gestank der Entzündungen einem zarten Kräuterduft gewichen.

Und drittens: Er war nicht allein.

Neben ihm, nur eine Armlänge entfernt, lag Leigh auf einer zweiten Pritsche. Der Wächter hatte die Augen geschlossen und atmete tief und gleichmäßig. Doch selbst im Schlaf schienen ihn

Sorgen zu quälen. Eine tiefe Falte hatte sich zwischen die Augenbrauen gegraben, und der Zug um die Lippen wirkte verkniffen. Sein Schwert lehnte griffbereit an einem Tisch, auf dem benutzte Teller und Tassen sowie drei leere Fläschchen standen. Der Beschriftung nach waren sie mit Gegengift gefüllt gewesen. Da dämmerte es Weylin, was geschehen war. Leigh hatte ihm das Leben gerettet.

Nein, mehr als das. Er hatte ihn nicht nur gerettet, sondern auch seine Wunden versorgt und ihn gesund gepflegt, wie es seit Jahrzehnten niemand mehr für ihn getan hatte. Leise Freude erklang wie ein Glockenspiel in Weylins Brust, als die Wirklichkeit ihn jedoch wie ein lauter Paukenschlag einholte. Leigh hatte ihn nicht um seiner selbst willen gerettet, sondern Ceylans wegen. In totem Zustand konnte er den Mord an der Königin nicht gestehen. Nur lebendig besaß er einen Wert für Leigh und die Unseelie. Und wenn er nicht schleunigst von hier verschwand – wo immer *hier* auch sein mochte –, würde er bald wieder an den Rand seines Daseins geraten. Denn so dankbar er Leigh auch war, er würde hier gewiss nicht sitzen bleiben und willig seiner Hinrichtung entgegenschreiten.

Weylin spürte noch immer das Pochen seiner Wunden, aber der Schmerz hielt ihn nicht länger auf. Lautlos wie ein Schatten schob er Leighs Mantel beiseite und erhob sich von der Pritsche. Um Kleidung würde er sich später kümmern, aber was er brauchte, war eine Waffe.

Suchend sah sich Weylin in der Hütte um, die weder dem dunklen, massigen Baustil der Seelie noch dem hellen, luftigen Stil der Unseelie entsprach. Holzbalken stützten die niedrige Decke, und das, was einer Waffe am nächsten kam, war eine Schaufel, die neben der Tür lehnte. Nicht gerade hilfreich im Kampf gegen die Elva. Es musste doch etwas anderes geben.

Weylins Blick schweifte zu Leighs Schwert hinüber. Als die Narbe am Rücken zu glühen begann. Der Blutschwur wollte, dass er die Waffe an sich nahm und seinen Weg nach Daaria fortsetzte. Aber diesem Befehl verweigerte er sich. Er konnte die erdgebundene Klinge nicht an sich nehmen, denn damit würde er das Todesurteil des Wächters unterschreiben. Die Magie, die Valeska in seinem Körper gesät hatte, wehrte sich gegen diese Entscheidung. Ein brennender Schmerz fuhr Weylin in die Schläfen, aber er kämpfte gegen diesen Zwang an. Wenn Valeska ihre Befehle deutlich formulierte, gab es für ihn keine Möglichkeit, gegen den Fluch zu handeln. Wenn sie ihre Worte allerdings nur undeutlich wählte, vermochte sein Verstand durch Schlupflöcher zu entkommen – so wie auch dieses Mal, denn die Königin hatte von ihm nicht gefordert, einen Wächter zu bestehlen, um nach Daaria zu gelangen.

Der Schmerz verebbte, und Weylins Blick glitt von dem Schwert zu Leigh, der noch immer friedlich schlief. Das schneeblonde Haar fiel ihm ungekämmt in die Stirn, und da entdeckte Weylin ihn – den Dolch. *Seinen* Dolch. Jene Waffe, an der er bis zuletzt festgehalten hatte. Sein Griff ragte unter Leighs Kissen hervor. Weylin wollte ihn zurück. Geräuschlos schlich er sich an den Wächter an. Sein Schatten flackerte im Licht des Kaminfeuers über dessen Gesicht, als er sich bückte, um nach dem Dolch zu greifen. Fingerfertig zog er die Klinge Stück für Stück hervor …

»An deiner Stelle würde ich das nicht tun.«

Leigh war aufgewacht.

58. Kapitel – Freya

– Weidar –

Fassungslos starrte Freya die Angreiferin an – Rae. Sie erwiderte den Blick mit ihren katzenhaften Augen. In der Hand hielt sie einen zweiten Sternendolch. Seine Klingen glänzten bedrohlich, doch mit einer geschickten Bewegung ihrer Finger ließ sie die Waffe eine Sekunde später in ihrem Umhang verschwinden.

Freya schluckte ihre Verwunderung hinunter. »Was suchst du hier?«

»Ist das nicht offensichtlich?« Rae nickte zu dem Gardisten hinüber, der schmerzverkrümmt am Boden lag. »Ich helfe dir, und jetzt lass uns verschwinden. Mehr Gardisten sind bereits unterwegs.«

Freya konnte sich nicht erklären, woher die Hilfsbereitschaft der anderen Frau kam. Aber gerade war nicht der richtige Zeitpunkt, um Raes Gründe zu hinterfragen. Sie trat um den Gardisten herum und eilte mit Rae durch die verwinkelten Gänge.

»Du scheinst dich hier gut auszukennen«, bemerkte Freya keuchend.

»Ich habe den Plan der Burg studiert«, antwortete Rae. »Vielleicht vertraut Deè dir und deinem Volk, aber das gilt nicht für mich. Im Notfall verlasse ich mich nicht darauf, von einem Thobrianer gerettet zu werden.«

Das klang in Freyas Ohren nur vernünftig. Zumal Raes Wissen um die Burg nun für sie von Vorteil war. Zielstrebig führte die Diplomatin sie durch die Flure, die erfüllt waren von den Rufen, Schritten und der kläglichen Musik einer Ballade. Manchmal wurden sie langsam, manchmal schneller, und manchmal blieben sie stehen, um den Gardisten zu entkommen. Und manchmal lockte Rae sie auch auf eine falsche Spur.

»Sie ist dort entlang!«, rief sie dann und winkte die Männer des Königs in eine falsche Richtung, während sich Freya zwei Gänge weiter in den Schatten versteckte. Kurz darauf war die Luft rein, und sie konnten ihren Weg fortsetzen, der sie über eine Wendeltreppe nach unten führte. Hier klang die Musik lauter, und die Stimmen der Adligen waren deutlicher zu hören. Noch schienen sie nichts von Freyas Flucht zu ahnen, ebenso wenig wie die Bediensteten, die Rae und ihr fragende Blicke zuwarfen, aber keinen Einwand erhoben, als sie durch den Dienstboteneingang, vorbei an den Kutschen und zu den Ställen liefen.

Der Gestank, der hier vorherrschte, war beinahe unerträglich, denn Dutzende von Pferden standen auf viel zu engem Raum beisammen. Die Burg war nicht dafür ausgelegt, so viele Tiere zu beherbergen. Im Fall eines Angriffs würde sie von Schwertkämpfern und Bogenschützen verteidigt werden. Die Kavallerie wurde an anderer Stelle eingesetzt.

Rae riss Zaumzeug von einem Haken an der Wand, öffnete ein Gatter und lockte einen hellen Fuchs daraus hervor. Das Pferd scharrte mit den Hufen über den strohbedeckten Boden. Geschickt legte Rae die Zügel an und schwang sich in den Sattel. Auffordernd streckte sie Freya die Hand entgegen.

Diese ließ sich hochhelfen und klammerte sich an Rae fest. »Wohin bringst du mich?«

»Weg von hier«, antwortete sie lediglich und trieb den Fuchs an. Er galoppierte aus dem Stall und in den Hof, geradewegs auf das eiserne Tor zu, das für die Gäste des Banketts offen stand. Mehrere Gardisten flankierten den Durchgang, aber sie stellten sich Rae nicht in den Weg, denn sie erkannten erst zu spät, wer es war, der mit ihr auf dem Pferd saß. Sie preschten durch das Tor, den erdigen Pfad ins Tal hinab. Staub wirbelte auf, und empörte Rufe erhoben sich, die jedoch mit jedem Hufschlag leiser wurden.

»Folgen sie uns?«, fragte Rae.

Freya blickte über ihre Schulter zurück und beobachtete, wie die Gardisten hinter ihnen kleiner wurden, bis sie schließlich aus ihrem Sichtfeld verschwanden. Die Beklemmung, die sich auf ihre Brust gelegt hatte, löste sich, und sie atmete erleichtert auf, auch wenn die Männer ihres Vaters zweifellos die Verfolgung aufnehmen würden. Doch für den Moment war sie glücklich, den Burgmauern entflohen zu sein. Über die Folgen würde sie sich später Gedanken machen.

»Noch nicht«, sagte Freya.

»Gut.« Rae zügelte das Pferd, da der Weg in die Stadt hinunter voller unübersichtlicher Kurven war. Während der Auffahrt war Freya dieser Pfad noch märchenhaft erschienen, aber in der Dunkelheit wirkte er düster und bedrohlich. Die kargen Bäume am Wegesrand erinnerten an Skelette, und ihre Äste schlossen sich wie Klauen über ihren Köpfen zusammen.

Freya lockerte ihren Griff um Raes Hüfte. »Danke für deine Hilfe.«

»Keine Ursache«, erwiderte Rae gleichmütig und keineswegs so, als hätte sie soeben den Zorn von König Andreus und seiner Garde auf sich gezogen. Für den Angriff auf den Gardisten mit ihrem Sternendolch würde ihr womöglich sogar der Prozess gemacht werden.

»Versteh mich nicht falsch, aber warum hilfst du mir?« Bisher hatte Freya nicht das Gefühl gehabt, die Diplomatin auf ihrer Seite zu haben. Zwar war sie seit dem Tag ihrer Ankunft nicht mehr von ihr beleidigt worden, sie hatte sich aber auch nie für ihren Ausrutscher entschuldigt.

»Deè hat mir von dir und diesem Larkin erzählt«, antwortete

Rae, ihr séakischer Akzent klang stärker hervor als in früheren Gesprächen. »Ich nehme an, du willst zu ihm?«

»Ja.«

Rae neigte den Kopf, um Freya aus den Augenwinkeln zu betrachten. »Gut, denn ich habe den Befehl, dich unter allen Umständen von ihm fernzuhalten.«

Freya erstarrte das Blut in den Adern. »Was?«

»Keine Angst, Prinzessin, ich bringe dich zu deinem Liebsten. Deè macht sich Sorgen, du könntest verschwinden oder seinetwegen die Hochzeit absagen. Und wenn es zu Deès Vorteil ist, dass du diesem Mann nicht begegnest, ist es in meinem Sinn, euch beide zusammenzubringen. Also, wo finden wir diesen Larkin?«

Ein Seufzer entwich Freyas Lippen. Einen Augenblick lang hatte sie tatsächlich gefürchtet, dem einen Gefängnis entkommen zu sein, nur um dem nächsten entgegenzureiten. »Ich weiß nicht, wo er ist.«

»Das könnte zum Problem werden.«

Freya schmunzelte. »Keine Sorge, ich kann ihn finden. Alles, was ich dazu brauche, ist eine Karte der Stadt, ein Stück Papier, eine Schale, Kräuterwasser, Feuer und ein Dolch.«

»Das klingt nach einer schlecht schmeckenden Suppe.«

»Es ist ein Suchzauber.«

»Magie?«, fragte Rae verwundert und drehte erneut den Kopf, um Freya anzusehen. Erstaunen lag in ihren gelben Augen. »Ist die in deinem Land nicht verboten?«

»Das ist sie.«

Rae stieß einen Laut der Verwunderung aus. »Die Flucht aus der Burg deines Vaters, ein Verbrecher als Liebhaber und jetzt noch Magie? Ich hätte dich nicht für ein böses Mädchen gehalten.«

»Du nennst es böse, ich nenne es eigensinnig«, widersprach Freya mit einem Schulterzucken.

»Dein Vater sieht das gewiss anders.«

»Vermutlich, aber er muss es ja nicht erfahren.«

Rae schnaubte. »Allmählich verstehe ich, warum Deè dich mag.«

Verdutzt hob Freya die Brauen. Sie konnte ihr Gesicht vor Kälte kaum noch spüren, wollte sich aber nicht beklagen. Schließlich war sie der Garde ihres Vaters gerade entkommen. »Hat er das zu dir gesagt?«

»Nein, aber ich kenne ihn schon lange«, erwiderte Rae und gab dem Pferd die Sporen. Sie hatten die steilsten Anhöhen hinter sich gelassen, und der Pfad ins Tal erwies sich als wesentlich flacher.

Freya räusperte sich. »Du und ... Deè, ihr scheint sehr vertraut. Wart ihr mal ...«

»Ein Paar?«, kam Rae ihr zuvor. Sie klang belustigt. »Nein. Er war mit meiner Schwester verlobt.«

Freya hätte sich beinahe an ihrem eigenen Speichel verschluckt. Elroy? Verlobt? Hatte sie das gerade richtig gehört? Oder hatte sie das Wort im Rauschen des Windes missverstanden? Gewiss Letzteres, denn sie konnte sich nicht vorstellen, dass sich Elroy freiwillig auf eine Frau festlegte. Es sei denn, die Verlobung war ebenfalls Teil eines Betruges gewesen.

»Er war wirklich mit deiner Schwester verlobt?«

Rae nickte.

Sie hatten das Tal erreicht, und der erdige Pfad gabelte sich in zwei Richtungen. In einigen Hütten brannte noch Licht, in anderen herrschte bereits völlige Dunkelheit. Irgendwo bellte ein Hund, und das Grölen eines Betrunkenen schallte durch die Luft.

»Was ist geschehen?«, hakte Freya nach und spähte über Raes Schulter, um den Weg im Auge zu behalten. Sie wusste nicht, wohin die andere Frau sie brachte, aber sie benötigte einen sicheren Ort, um ihre Magie wirken zu können. »Wieso sind sie nicht verheiratet?«

»Meine Schwester ist gestorben.«

»Hat Elroy sie ermordet?«

Rae lachte, doch das Geräusch konnte kaum als Ausdruck von Fröhlichkeit gelten. »Nein, er hätte ihr niemals wehtun können. Er trug sie auf Händen. Sie war krank.«

»Oh, das tut mir leid.«

»Für ihn oder für mich?«

»Für euch beide«, antwortete Freya und festigte den Griff um Raes Hüfte wie eine Trost spendende Umarmung.

»Danke«, erwiderte Rae. Ihr Pferd wurde langsamer, und sie blieben vor einer Taverne stehen, in der die Nacht offenbar zum Tag gemacht wurde. Die Gäste unterhielten sich lautstark, lachten, und jemand sang völlig falsch eine Ballade über die Heldentaten eines alten Kriegers.

Er kämpfte in dem Land, in dem kein Mann lebt.

Schwarz wie ein Schatten mit erhobenem Schwert.

Keine Quelle zu tief, kein Feuer zu heiß.

Niemand kannte seinen Namen. Niemand seinen Weg.

Rae sprang vom Pferd und bot Freya erneut eine helfende Hand an, die diese gern annahm, denn nach dem Erklimmen der Burgmauer fühlte sie immer noch eine gewisse Schwäche in den Beinen. Raes Handfläche war warm vom Halten der Zügel, ihr Handrücken kalt vom eisigen Wind.

»Und mir tut es auch leid, was mit deinem Bruder Talon geschehen ist. Es muss furchtbar sein, nicht einmal Abschied nehmen zu können.«

Freya ließ Raes Hand los und nickte, da sie nichts zu erwidern wusste. Es stimmte, in gewisser Weise hatte sie sich nie von Talon verabschieden können. Der menschliche Prinz existierte nicht mehr, und er würde auch nie wieder nach Thobria zurückkehren. Kheeran hingegen war noch am Leben.

»Lass uns reingehen, damit du deinen Freund finden kannst«, sagte Rae.

»Warte!«, hielt Freya sie auf und ließ den Beutel von ihrem Rücken gleiten. Daraus zerrte sie ihren Mantel hervor. Sie warf ihn sich über und zog die Kapuze tief ins Gesicht, schließlich stand auf dem Marktplatz dieser Stadt eine Statue von ihr.

Rae und sie betraten die Taverne. Blicke zuckten in ihre Richtung, die allerdings nicht auf Freyas vermummte Gestalt zielten, sondern auf Rae. Ihre dunkelrote Uniform zeigte deutlich, woher sie kam und mit wem sie angereist war – Prinz Deèglan. Die beiden Frauen näherten sich der Theke. »Seid gegrüßt«, sagte Rae.

Der Wirt nickte ihr zu, wobei sein Nicken beinahe wie eine Verbeugung wirkte. Das schulterlange blonde Haar fiel ihm dabei in die Stirn. »Seid gegrüßt. Was kann ich Euch und Eurer Begleitung bringen?«

»Wir brauchen ein Zimmer.«

»Leider sind keine Zimmer mehr frei. Die Hochzeit Eures Prinzen hat viele Gäste in die Stadt gelockt.«

»Das heißt, Ihr weist mich ab?«

Der Mann erbleichte. »Nein. Selbstverständlich nicht. Wartet hier!« Ohne auf eine Erwiderung zu warten, eilte er davon und die Treppe hinauf, als hätte Rae ihm eine Klinge an den Hals gehalten. »Ziemlich ehrfürchtig, die Menschen in eurem Land«, bemerkte sie.

»Oder du schüchterst sie einfach nur ein«, murmelte Freya leise, aus Angst, jemand könnte ihre Stimme erkennen.

Raes Mundwinkel zuckten, als würde ihr der Gedanke, einschüchternd zu wirken, gefallen. In Freyas Augen war es unvorstellbar, keinen Respekt für die Diplomatin zu empfinden. Sie sah bemerkenswert aus in ihrer Uniform, mit dem Säbel, dem straff geflochtenen Zopf und dem Gesicht, das streng und wunderschön zugleich war.

Der Wirt kam zurück in die Schenke geeilt. »Ich habe doch noch ein Zimmer für Euch«, verkündete er stolz, während hinter ihm zwei Männer mit langen Gesichtern und ihrem Gepäck auf dem Rücken die Treppe heruntergestapft kamen.

Rae zog einen klimpernden Beutel aus ihrer Tasche. »Gibt es einen Kamin im Zimmer?«

»Nein«, antwortete der Wirt verunsichert. »Aber Kerzen.«

»Das genügt«, sagte Freya.

Rae nickte und reichte dem Mann eine Goldmünze, in derselben Bewegung nickte sie zur Wand hinüber. »Leiht Ihr uns den Plan aus?«

Freya, die unter ihrer Kapuze nur eingeschränkte Sicht hatte, blickte vorsichtig auf und entdeckte eine Karte der Stadt. Sie war alt, mit ausgefransten Ecken, und Straßen und Gebäude waren mit verblassender Tinte eingezeichnet. Doch bemessen an der Zeit, die ihnen blieb, war sie besser als nichts.

Der Wirt zögerte. »Das ist ein altes Erbstück.«

Rae hob die Brauen. »Ist das ein Nein?«

»Kein endgültiges.«

Rae verdrehte die Augen, griff wieder in ihren Beutel und zog drei weitere Münzen hervor, die golden in ihrer Hand glänzten. »Dafür bekommen wir noch eine Handvoll Kräuter, ein Blatt Papier und eine Schüssel mit Wasser, verstanden?«

Der Wirt nickte, steckte das Gold ein und sammelte die verlangten Utensilien aus seiner Küche zusammen, bevor er sie zu dem Zimmer führte, das für die Nacht ihnen gehörte.

Freya verriegelte sogleich die Tür. »Zünde die Kerzen an!«, befahl sie Rae, während sie die Karte auf dem Boden ausbreitete und das Pendel ablegte, das sie für diesen Zweck als Kette um den Hals trug.

Rae stellte eine brennende Kerze neben ihr ab. »So, und wie geht deine Hexerei nun vonstatten?«

»Das wirst du gleich erleben«, erwiderte Freya. Zumindest hoffte sie das, denn sie besaß nichts, was Larkin gehörte – außer ihrem Herzen. Aber würde das reichen? Entschlossen knöpfte sie ihr Hemd auf. Neugierig beobachtete Rae sie dabei, wie sie den Dolch aus ihrer Gürtelscheide zog und einen kleinen Schnitt über der linken Brust setzte. Ihr Körper war so erfüllt von dem Verlangen nach Larkin, dass sie keinen Schmerz verspürte. Sie legte die Klinge beiseite und tauchte einen Finger in das Blut, das aus der frischen Wunde tropfte. Ihre Hand zitterte, als sie damit eine Skriptura auf das leere Stück Papier zeichnete. Anschließend hielt sie das Papier über die Flamme der Kerze. Es fing sogleich Feuer, und sie ließ die Asche in das Wasser rieseln, in dem auch bereits die Kräuter schwammen. Erst als sie die Hitze der Flammen nicht länger ertrug, ließ sie den Zettel fallen. Zischend erlosch der Brand. Sie tauchte das Pendel in das Wasser und rief sich ein Bild von Larkin ins Gedächtnis. Sie erinnerte sich an die Nacht, als sie gemeinsam aus Amaruné geflohen waren. Er war so still und mürrisch gewesen, und sie hatte sich wie eine Königin gefühlt, als sie ihm ein Schmunzeln entlockt hatte.

Als sie daran dachte, lächelte sie, und ihr wurde warm ums Herz bei der Vorstellung, Larkin schon bald wiederzusehen. Sie holte das Pendel aus der Schale und versetzte es über der Karte in Schwung. In ausladenden Kreisen rollte der Kristall über das Papier, das sich unter den Wassertropfen wellte. Weite Erinnerungen stiegen vor Freyas innerem Auge auf, und ihre Lippen kribbelten, als sie daran dachte, wie sie Larkin auf die Wange geküsst hatte. Es schien, als wären seitdem sowohl Jahre als auch nur Minuten vergangen. Sehnsucht wallte in ihr auf, und ihre Hand begann zu zittern, als die Muskeln in ihrem Arm nachzugeben drohten.

Das Pendel drehte sich immer weiter.

Und weiter.

Und weiter …

Freyas Herz krampfte sich zusammen, und sie fürchtete, es könnte aufhören zu schlagen. In ihrem Körper und ihrem Geist wurde es vollkommen still. Nur ein Echo ihrer Sehnsucht blieb zurück.

Wo bist du?

59. Kapitel – Larkin

– Zweihorn –

Larkin rieb sich das getrocknete Blut von den Händen. Sein Blut und das der Gardisten. Drei von ihnen lebten noch. Zwei waren tot. Bis vor wenigen Monaten hatte er noch nie ein Menschenleben beendet, nur das von Elva und Fae. Und niemals hätte er geglaubt, dass es so weit kommen könnte. Aber die Gardisten hatten ihm keine Wahl gelassen. Gewiss kehrte er nicht kampflos in das Verlies zurück, aus dem Freya ihn befreit hatte. Lange Zeit hatte er sich eingeredet, die Strafe verdient zu haben, die Andreus ihm auferlegt hatte. Inzwischen hatte er jedoch erkannt, wie fehlbar die Entscheidungen des Königs waren.

Ein Beweis dafür war die Verlobung von Freya mit Elroy. Seit Larkin den Gardisten entkommen war, dachte er unentwegt darüber nach, wie es dazu gekommen war. Es gab nur eine mögliche Erklärung. Dem Piraten war es irgendwie gelungen, König Andreus und Königin Erinna davon zu überzeugen, dass er Prinz Deèglan war. Niemand in Thobria wusste, wie der Sohn der séakischen Kaiserin Atessa aussah, und Elroy besaß ohne Zweifel genug Überheblichkeit, um als Prinz durchzugehen. Was er sich davon erhoffte, war ebenso klar – das Geheimnis der Unsterblichkeit. Nur weshalb Freya bei der Sache mitspielte, war Larkin unerklärlich. Zumal es sie offenbar nicht sonderlich glücklich machte, Elroy an ihrer Seite zu wissen.

Doch er würde es herausfinden, denn er hatte es sich zur Aufgabe gemacht, die Prinzessin zu beschützen. Auch nachdem sich ihre Wege getrennt hatten, sah er dies noch immer als seine Pflicht an. Nicht als Wächter oder Gläubiger, sondern als Freund. Allerdings blieb ihm nicht mehr viel Zeit. Die Hochzeit der beiden sollte bereits am nächsten Tag stattfinden, und die letzten Stunden hatte er damit verbracht, durch die Stadt zu schleichen und den Gardisten aus dem Weg zu gehen.

Nun war er zurück in dem Gasthaus, in welchem er noch ein Zimmer ergattert hatte, und bereitete sich darauf vor, in die Burg Leith einzubrechen. Dort hoffte er Antworten zu finden. Dass dies keine kluge Entscheidung war, wusste er. In diesem Augenblick dachte er jedoch nicht mit seinem Kopf, sondern mit seinem Herzen. Und er konnte nicht einfach untätig dabei zusehen, wie Freya einen Scharlatan heiratete, noch dazu einen elendigen Piraten wie Elroy!

Larkin warf den feuchten Lappen mit den Blutflecken zurück in die Wasserschüssel, welche die Hausherrin ihm freundlicherweise gebracht hatte, ohne Fragen zu stellen. Er würde es ihr danken, indem er das Gasthaus verließ, bevor er zum Schloss aufbrach. Und sollte er sein Vorhaben überleben, würde er Zweihorn anschließend den Rücken kehren und nach Askane wandern, um dort nach Yara zu suchen.

Mit diesem Vorsatz griff Larkin unter die Pritsche und holte den Beutel mit seinen Habseligkeiten hervor. Er zog ein sauberes Hemd an und stopfte sich mehrere Feuer-Talente in die Taschen, schließlich wusste er nicht, was ihn im Schloss erwartete. Freyas Dolch hing unberührt am Gürtel seiner Hose. Kein Tropfen Gardistenblut haftete daran.

Larkin stieg auf die Pritsche, um sein Schwert vom Dachbalken zu holen, hinter dem er es versteckt hatte, als es plötzlich an seiner Zimmertür klopfte. Er erstarrte in der Bewegung und lauschte in den Flur hinaus. Kein Ton drang durch das morsche Holz. Gewiss waren es keine Gardisten, die dort draußen auf ihn warteten. Den Anstand, sich anzukündigen, besäßen diese nicht.

Dennoch zückte er Freyas Dolch, der am Gürtel seiner Hose hing. Lautlos stieg er von der Pritsche und schlich zur Tür, als abermals ein zaghaftes Klopfen zu hören war.

Larkin ergriff den Türknauf mit links, während er mit rechts seine Waffe umklammerte. Er wollte nicht noch mehr Blut vergießen, aber wenn es sein musste, würde er es tun. Mit der Entschlossenheit, notfalls zuzustechen, öffnete er die Tür ... und beinahe wäre ihm der Dolch aus der Hand geglitten. Die zierliche Gestalt, die vor ihm stand, hatte die Kapuze ihres Umhangs tief ins Gesicht gezogen, dennoch blieb Larkin ihre Identität nicht verborgen. Er hatte sie so schon einmal gesehen, doch damals hatten Gitterstäbe sie voneinander getrennt. Heute nicht ...

»Freya?«

60. Kapitel – Elroy

– Weidar –

Larkin Welborn war ein Geist. Zumindest erweckte es den Anschein. Er vermochte sich ungehört und ungesehen durch die Welt zu schleichen. Bereits zuvor war jeder von Elroys Versuchen, den Wächter aufzuspüren, gescheitert. Nun befanden sie sich in derselben Stadt, und dennoch war es seinen Männern nicht gelungen, Larkin aufzustöbern. Einzig die Tatsache, dass dies der Garde des Königs ebenfalls nicht geglückt war, minderte Elroys Scham über sein eigenes Versagen.

Er und seine Mannschaft hatten die gesamte Stadt nach Welborn durchkämmt, vergeblich. Einige der Befragten hatten angeblich einen Mann gesehen, auf den die Beschreibung des Wächters passte, aber das war auch schon alles.

Durch diesen Fehlschlag verdrießlich gestimmt, schleppte sich Elroy die Stufen zu seinem Schlafgemach hinauf. Seine Schritte hallten von den steinernen Wänden als Echo wider. Mit Ausnahme entfernter Stimmen und dem Ächzen und Stöhnen einiger Lords und Ladys, die sich über das Bankett hinaus vergnügten, war es fast völlig still. Gewiss war König Andreus über seine Abwesenheit während der Feierlichkeit nicht sonderlich erfreut gewesen, aber er würde ihm verzeihen. Das Versprechen auf Tausende von Soldaten und Gold aus der Schatzkammer seiner Mutter machten es Andreus unmöglich, ihm gegenüber einen längeren Groll zu hegen.

Und sollte er in dieser Nacht mithilfe des Wächters doch noch das Geheimnis der Unsterblichkeit erfahren und die Hochzeit absagen, wären es besagte Soldaten, die den König davon abhalten würden, einen Krieg mit Séakis zu beginnen. Thobrias Streitmacht hatte der séakischen Armee – *seiner* Armee – nichts entgegenzusetzen.

Elroy erreichte die oberste Stufe und folgte dem Flur bis zu seinem Schlafgemach. Links und rechts waren Gardisten postiert, da König Andreus ebenfalls in diesem Flügel der Burg nächtigte. Elroy spürte die Blicke der Männer im Rücken, schenkte ihnen aber keine Beachtung. Seine Schritte gerieten jedoch ins Stocken, als er die Gestalt entdeckte, die vor seiner Zimmertür saß.

»Was willst du?«, fauchte Elroy.

Rae erhob sich vom Boden und klopfte sich den Staub aus der Kleidung. Selbst Elroy wusste, dass es sich für einen demnächst verheirateten Mann nicht gehörte, zu solch später Stunde eine ledige Frau vor dem Schlafgemach zu treffen. Die Gerüchte, die am nächsten Morgen die Runde machen würden, konnte er sich nur allzu gut vorstellen. »Ich möchte dir eine Freude machen.«

Elroy stieß ein Zischen aus. »Das ist dir mit deiner Anwesenheit noch nie gelungen.«

Sie lächelte. »Aber es gibt für alles ein erstes Mal.«

Nach kurzem Zögern winkte Elroy sie in sein Gemach. Die Leute würden ohnehin über ihn reden, da machten einige Minuten mit Rae in seinem Schlafzimmer wohl keinen Unterschied mehr. Er streifte sich den schweren Umhang von den Schultern und ließ ihn aufs Bett fallen.

»Rede!«, forderte er Rae auf.

»Ich weiß, wo sich Larkin Welborn aufhält.«

Elroy erstarrte zuerst, bevor er sich langsam zu Rae umdrehte. Sie musterte ihn mit einem selbstgefälligen Lächeln, wie er es auf dem Gesicht ihrer Schwester Helenia nie gesehen hatte. Die beiden mochten sich im Aussehen ähneln, aber im Innern waren sie so unterschiedlich wie Ebbe und Flut. Gegensätze, die nicht nebeneinander bestehen konnten. »Woher?«

»Freya hat ihn gefunden.«

Er runzelte die Stirn. »Wie?«

»Mit einem Suchzauber«, erklärte sie. Dann trat sie an ein Tischchen mit einer Obstschale und zupfte eine Traube von den Stängeln, die sie sich in den Mund schob. »Sie ist gerade auf dem Weg zu ihm.«

Elroys Herz pochte laut. »Du hast sie aus den Augen gelassen?«

»Mach dir keine Sorgen! Freya plant keinen Hinterhalt.«

Er schnaubte und warf sich seinen Umhang sogleich wieder über, um sich auf den Weg zu machen. »Du unterschätzt sie.«

»Und du überschätzt sie«, erwiderte Rae mit hoch erhobenem Kinn. »Sie plant nicht deinen Untergang, Deè. Sie will nur den Mann sehen, den sie liebt.«

61. Kapitel – Freya

– Weidar –

Freya traute ihren Augen nicht. Larkin. Er stand vor ihr. Das Pendel hatte ausgeschlagen, doch die Karte der Stadt war so ungenau gewesen, dass sie die Umgebung Gasthaus für Gasthaus hatte absuchen müssen. Erst in der vierten Schenke hatte ihr die Wirtin zugesichert, dass bei ihr ein Mann nächtigte, auf den die Beschreibung des Wächters passte. Freya hatte kaum noch Hoffnung gehabt, und nun stand sie hier. Vor ihm.

»Freya?« Larkin ließ den Dolch in seiner Hand sinken.

Ja, schrie es in ihrem Kopf, aber ihre Zunge vermochte keinen einzigen Ton zu formen. Sie schob sich die Kapuze aus dem Gesicht und sah zu Larkin auf. Ihr Herz machte Sprünge. Sie konnte nicht glauben, wie nahe sie ihm war. Nach Monaten war sie ihm endlich wieder nahe genug, um die zwei unterschiedlichen Brauntöne seiner Augen zu erkennen.

Larkin starrte sie mit derselben Fassungslosigkeit an. Doch er erholte sich schneller von dem Schock, denn mit dem nächsten Wimpernschlag zog er sie an sich, schloss sie fest in seine Arme und schien sie mit seinem ganzen Körper zu umfangen. Freya erstarrte. Darauf war sie nicht vorbereitet gewesen. Sie hatte nicht daran gezweifelt, dass sich Larkin über ein Wiedersehen freuen würde. Doch mit Rücksicht auf seinen Glauben war der Wächter ihr – seiner Göttin – gegenüber stets zurückhaltend gewesen. Davon spürte sie in diesem Moment nichts, und das machte sie glücklich. Ihr Schock über die Umarmung schmolz unter Larkins Berührung dahin, und sie schmiegte ihr Gesicht an seine Brust. Er roch nach Schweiß, Erde und dem Metall seiner Waffen. Seltsam, dass sich ausgerechnet dieser Duft für sie wie ein Nach-Hause-Kommen anfühlte.

»Ich habe dich vermisst«, murmelte sie in sein Hemd und presste die Wange an seinen warmen Körper.

»Ich dich auch«, erwiderte Larkin ohne jedes Zögern.

Sie legte den Kopf in den Nacken, um Larkin anzusehen. Er erwiderte ihren Blick … und lächelte. Freya ging das Herz auf. Sie konnte nicht anders, als sein Lächeln zu erwidern, das ihr ehrlicher erschien als jedes andere. Allerdings hatte sich etwas verändert. Larkin hatte sich verändert …

Nein, hatte er nicht, stellte Freya fest. Er war noch immer er selbst, denn mehr als je zuvor erkannte sie in ihm den Mann, der sich hinter seinem Auftreten als Wächter, Gläubiger, Verbrecher versteckt hatte.

Larkin räusperte sich. »Wir sollten besser reingehen.«

»Das sollten wir«, pflichtete Freya ihm bei, ohne ihn loszulassen. Auch er zögerte noch eine Weile, bevor er sie aus der Umarmung freigab. Sofort vermisste sie seine Nähe, nach der sie sich so lange gesehnt hatte.

Er trat einen Schritt zurück und bedeutete ihr, sie möge eintreten. Sein Zimmer war klein und schäbig, mit schiefen Deckenbalken, staubigem Boden und Löchern in den Wänden, durch die der eisige Wind pfiff. Freya aber hätte dies nicht gleichgültiger sein können. Sie hatte ohnehin nur Augen für Larkin. Er legte den Dolch beiseite, den er die ganze Zeit in der Hand gehalten hatte. Dann wandte er sich wieder zu ihr um und musterte sie von Kopf bis Fuß, als würde sie ein festliches Kleid tragen statt eines schlichten Mantels.

»Erinnerst du dich noch an den Tag von Kheerans Krönung?«

»Woran genau soll ich mich erinnern? An diesem Tag ist viel geschehen.«

Sie trat auf ihn zu, bis sie nur noch eine Armlänge voneinander entfernt standen. »Du hast dich nicht getraut, mir zu sagen, wie umwerfend ich in dem Kleid aussehe, das die Fae mir gegeben hatten. Stattdessen meintest du nur, ich würde darin frieren.«

»Ohne Umhang wäre dir auch kalt geworden.«

»Aber ich sah auch umwerfend aus. Nicht wahr?«

Larkins Mundwinkel hoben sich. »Das weißt du genau.«

Herausfordernd hob sie die Brauen.

»Du sahst umwerfend aus«, gestand Larkin und überbrückte den Abstand zwischen ihnen, bis er unmittelbar vor ihr stand. Er hob eine Hand und strich ihr die blonde Strähne hinters Ohr, die sich aus ihrem Zopf gelöst hatte. Freya stockte der Atem. Seine Fingerkuppen waren warm und rau – wie seine Stimme. »Denn du siehst immer umwerfend aus.«

In einem seltenen Anflug von Verlegenheit senkte Freya den Blick. Sie war Lobhudeleien gewohnt, sowohl von Männern als auch von Frauen. Das hing mit ihrer Stellung und ihrem Titel zusammen. Die Leute sagten ständig nette Dinge zu ihr, um der zukünftigen Königin erfreulich im Gedächtnis zu bleiben. Doch ihre Worte bedeuteten Freya nichts und ließen sie kalt. Larkins Kompliment jedoch jagte ihr einen wohligen Schauer durch den Körper.

Er ließ die Hand sinken. »Ich bin froh, dass du hier bist.«

»Nachdem ich dich auf dem Marktplatz gesehen hatte, konnte ich nicht anders«, erwiderte Freya. Ihn aufzusuchen, war das einzig Richtige gewesen. Das erkannte sie in diesem Augenblick mit vollkommener Klarheit. Larkin bedeutete ihr mehr als die Bibliothek. Mehr als der Zirkel. Und mehr als *Die Abschrift des schwarzen Elements*. Denn obwohl sie einander noch nicht lange kannten, war er für sie viel wichtiger als die Magie. Und sollte sie sich jemals zwischen Larkin und der Magie entscheiden müssen, würde sie ohne Zögern der Alchemie für immer den Rücken kehren. Denn ein Leben ohne Larkin würde ohnehin jede Magie verlieren.

»Warum schaust du mich so an?«, fragte Larkin.

Erst da erkannte Freya, dass sie ihn schweigend angestarrt hatte. Sie lächelte verlegen. »Ich habe mich einfach in deinem Anblick verloren.«

»Mhh«, brummte er amüsiert.

Sie lachte. »Was führt dich überhaupt nach Weidar?« Früher hätte sie vermutet, dass er wegen des Tempels hier war, aber ihr Gefühl sagte ihr, dass Larkin seinem Glauben abtrünnig geworden war, wenn sie bedachte, wie er sie berührte und ansah.

»Ich folge einer Spur.«

Auf eine Erklärung wartend, sah Freya ihn an, aber sie kam nicht. »Wie hast du mich gefunden?«, erkundigte sich Larkin stattdessen.

»Das weißt du ganz genau.«

»Ein Suchzauber.«

Sie nickte. Die Minuten, in denen das Pendel nicht ausgeschlagen hatte, waren schier unerträglich gewesen. Sie hatte gebangt, gehofft und hätte fast aufgegeben. »Ich war mir allerdings nicht sicher, ob es gelingen würde.«

»Wieso nicht?« Er runzelte die Stirn. »Du bist eine gute Alchemistin.«

»Ich hatte nichts in meinem Besitz, das dir gehört.«

»Und dennoch hast du mich gefunden«, sagte er mit einem stolzen Lächeln, obwohl sie wusste, wie sehr er der Magie wegen um ihr Leben fürchtete. Doch plötzlich schwand Larkins Lächeln, und eine tiefe Furche grub sich zwischen seine Augenbrauen. Er wich einen Schritt zurück und schuf damit Abstand zwischen ihnen.

Fragend musterte Freya ihn. »Was ist?«

»Du bist verlobt.«

Freya schloss die Augen. »Ja.«

»Mit Elroy.«

»Ich weiß.« Sein Name klang wie ein Schimpfwort.

Ungläubig schüttelte Larkin den Kopf. »Wie ist das möglich? Wie kann er sich als Prinz Deèglan ausgeben, ohne dass es jemand bemerkt? Er …«

»Elroy gibt sich nicht als Prinz aus«, unterbrach Freya ihn und holte tief Luft. »Er ist ein Prinz.«

Die Furchen auf Larkins Stirn wurden tiefer, als hätte er sie nicht verstanden. Doch sie hatte die Worte klar und deutlich ausgesprochen. Verständnislos schüttelte der Wächter den Kopf. »Wovon redest du?«

»Elroy ist Prinz Deèglan.«

»Das ist ein Scherz, oder?«

Freya seufzte. »Ich wünschte es.«

Fassungslosigkeit spiegelte sich auf Larkins Zügen wider. So musste Freya dreingeblickt haben, als sie durch Raes Erscheinen die Wahrheit über Elroy erfahren hatte. Doch anders als bei ihr dauerte Larkins Bestürzung nicht an, sondern verwandelte sich binnen eines Herzschlags in flammenden Zorn. »Dieser elende Drecksack. Es geht ihm um die Unsterblichkeit, nicht wahr? Ich sollte sein Schiff abfackeln.«

»Es ist unwichtig, warum er mich heiraten will«, erwiderte Freya. Larkin sollte keine Schuldgefühle empfinden. Er war ein Mann von Ehre und hatte einen Eid geleistet, nicht nur auf das Königreich, sondern auch seinen Brüdern gegenüber. Sie würde ihn nicht noch einmal bitten, diesen für sie zu brechen, auch wenn das für sie zur Vermählung mit Elroy führte.

»Wie kannst du das sagen?«

»Bitte«, flehte Freya und streckte den Arm nach Larkin aus. Sie umfasste sein Handgelenk, fest genug, um das Pulsieren seines Blutes in den Fingerspitzen zu fühlen. Mit zusammengebissenen Zähnen folgte Larkin der Bewegung. »Ich bin nicht zu dir gekommen, um über Elroy zu reden«, flüsterte sie.

»Und worüber möchtest du reden?«

Freya dachte über die Frage nach und erkannte, dass sie überhaupt nicht reden wollte. Die Zeit war knapp, und sie konnte Larkin niemals alles sagen, was sie auf dem Herzen hatte, aber sie konnte mit ihm zusammen sein. Das war alles, was sie sich wünschte. Ohne einen zweiten Gedanken an ihr nächstes Vorhaben zu verschwenden, stellte sie sich auf die Zehenspitzen und presste ihre Lippen ungeschickt auf seinen Mund.

Er zuckte zurück.

Starrte sie an.

Und dann war er plötzlich wieder bei ihr. Er packte sie und drückte sie an sich, als wäre sie ein verlorener Teil von ihm selbst. Seine Lippen fühlten sich warm und weich an und küssten sie voller Begierde. Obwohl es im Raum eisig kalt war und kein Feuer im Kamin brannte, wurde Freya auf einmal unsäglich heiß.

Sie schlang ihre Arme um Larkins Hals, und er zog sie noch drängender an sich, als wollte er sie nicht erst seit wenigen Minuten, sondern bereits sein ganzes Leben lang küssen. Freya seufzte, als Larkins Hände sich langsam nach unten schoben. Er umfasste ihr Gesäß und brachte ihre Hüfte der seinen näher. Selbst durch die dicken Stoffschichten hindurch spürte sie sein Verlangen. Ein warmes Kribbeln formte sich in ihrem Unterleib.

Sie löste die Hände von Larkins Nacken und glitt an seiner Brust hinab, bis sie nach den Knöpfen ihres Mantels tasten konnte. Langsam öffnete sie diese.

Larkin entging dies nicht. »Was hast du vor?«, fragte er mit schwerer Stimme, als wäre seine Zunge noch in ihrem Kuss gefangen.

»Ich ziehe mich aus.« Sie löste den letzten Knopf und streifte sich den Mantel von den Schultern. Doch das war ihr nicht genug, und sie entledigte sich auch des Hemds, das sie darunter trug. Knopf für Knopf entblößte sie ihre nackte Haut.

Sie wusste nicht genau, was sie erwartete. Doch sie konnte mit

Gewissheit sagen, dass sie mit Larkin zusammen sein wollte. Denn sollten sie sich nach dieser Nacht nie wiedersehen, würde sie es für den Rest ihres Lebens bereuen, den Schritt nicht gewagt zu haben.

»Freya ...«

»Psst«, unterbrach sie ihn, und ohne wegzusehen, ließ auch sie ihr Hemd zu Boden fallen. In der Kälte richteten sich die Spitzen ihrer Brüste auf. Doch unter Larkins Blick nahm sie diese Kälte kaum wahr.

Seine Hände ballten sich zu Fäusten, als müsste er sich davon abhalten, sie auf ihren Körper zu legen. Der allerdings gierte nach seiner Berührung. Freya trat einen Schritt auf ihn zu ... und er wich zurück. »Wir ... wir dürfen das nicht tun.«

»Wieso nicht?«

»Du ... du bist einem anderen versprochen.«

»Das ist mir gleichgültig.«

Larkins Stimme klang gedrückt. »Elroy wird es ...«

»Nicht«, fiel Freya ihm ein zweites Mal ins Wort. »Es ist mein Körper. Ich entscheide darüber.«

Über mögliche Folgen ihres Entschlusses wollte sie nicht nachdenken. Was sie wollte, war diese Nacht mit dem Mann, der ihr die Welt gezeigt hatte. Und der sie anbetete, und das nicht länger nur deshalb, weil sie seine Göttin war. Sie konnte es in seinen Augen sehen, eine Bewunderung, die weder von ihrem Titel noch von ihrem Stand abhing. Sie hätte als Bettlerin unter einer Brücke hausen können, und dennoch hätte er sie mit demselben Funkeln in den Augen betrachtet, dessen war sie sich sicher.

Larkin hielt inne. Es war nicht zu übersehen, dass er einen Kampf mit sich selbst ausfocht. Doch er kämpfte auf verlorenem Posten, das verriet das Verlangen in seinen Augen. Und bereits einen Herzschlag später siegte sein Herz über seinen Verstand, und er überbrückte die Entfernung, die er zwischen Freya und sich gebracht hatte. Erneut nahm er sie in seiner Umarmung gefangen und küsste sie, bis es in ihren Gedanken niemanden mehr gab als den Wächter. Der Stoff seiner Kleidung drückte sich rau gegen ihre nackte Brust. Doch sosehr sie das Gefühl der Reibung auch genoss, sie wollte Larkin spüren. Haut an Haut.

»Du trägst zu viel Kleidung«, murmelte sie an seinen Lippen, und mit vor Aufregung zittrigen Händen tastete sie nach seinem Hemd. Sie konnte die untersten Knöpfe öffnen, doch für die oberen war sie zu klein. Larkin bemerkte dies und schmunzelte an ihrem Mund.

Sanft, aber bestimmt schob sie ihn daher in Richtung der Pritsche. Er setzte sich. Seine Augen befanden sich nun auf Höhe ihrer Brüste, und seine Zunge blitzte zwischen seinen Lippen hervor, als wollte er sie kosten.

Freyas Knie wurden weich, und ehe sie sichs versah, beugte er sich nach vorn und umschloss ihre Brüste mit seinen Lippen. Freya stöhnte auf. Ihre Hände vergruben sich in seinem Haar. Sie hatte nicht gewusst, dass es sich so anfühlen konnte.

Er liebkoste sie mit dem Mund, bis sie es nicht länger aushielt. Sie griff nach seinem Hemd und zog es ihm über den Kopf. Sein Körper war nicht makellos wie sein Gesicht, sondern über und über mit Narben bedeckt, was Freya aber nicht überraschte, schließlich war er ein Krieger.

»Willst du das wirklich?«, fragte Larkin. Seine Augen glänzten, und sein Gesicht war gerötet, wie Freya es noch nach keinem Kampf bei ihm gesehen hatte.

Sie nickte, und um es ihm zu beweisen, berührte sie seine Hose an der Stelle, an der sich seine Männlichkeit ungeduldig gegen den Stoff drängte.

Larkin stieß ein Zischen aus und drückte sich ihren Fingern entgegen. Aber bereits kurz darauf umfasste er ihre Hand, um ihren Bewegungen Einhalt zu gebieten. Sie wollte fragen, ob sie einen Fehler gemacht hatte, da zog er sie bereits zu sich auf das

Bett und rollte sie herum. Keuchend lag Freya auf der harten Pritsche und blickte zu ihm auf.

Zwischen halb gesenkten Lidern hindurch beobachtete sie, wie er sich seiner Hose entledigte. Und ihr stockte der Atem. Seine Stärke war atemberaubend. Das Kribbeln zwischen ihren Beinen wurde stärker.

»Larkin ...« Sein Name war Bitte und Befehl zugleich.

Er lächelte und sank vor ihr auf die Knie wie damals im Nebelwald. Doch dieses Mal murmelte er kein Gebet, sondern zog ihr die Schuhe aus, bevor er nach dem Bund ihrer Hose griff. Freya hob ihre Hüften an. Ein stummes Einverständnis. Larkin zog ihr den Stoff von den Beinen, und mit einem Mal lag sie völlig entblößt vor ihm. Kaum etwas hatte sich in den vergangenen Tagen richtiger angefühlt.

»Du bist wunderschön«, sagte Larkin. Sein Blick brannte fieberhaft auf ihrer Haut. Er beugte sich nach vorn und küsste erst ihr linkes, dann ihr rechtes Knie. Gefolgt von ihrem linken Oberschenkel, dann ihrem rechten. Mit jedem Kuss kam er ihrer pulsierenden Mitte näher.

Sie stöhnte und wand sich unter den Liebkosungen des Wächters, bis sie es nicht mehr aushielt. Sie streckte ihre Hand nach ihm aus. Eine Aufforderung, zu ihr zu kommen. Larkin kam diesem Wunsch nach und kletterte über sie. Die Hände neben ihrem Körper abgestützt, ragte er über ihr auf. Er war so viel stärker und größer als sie, und eigentlich hätte sie das ängstigen sollen, doch genau das Gegenteil war der Fall. Mit ihm fühlte sie sich sicher.

Sie reckte den Hals und küsste ihn, als sich sein Körper langsam auf sie herabsenkte. Sein nackter Oberkörper streifte ihre Brust, und seine Hände tasteten nach den ihren. Ihre Finger verschränkten sich miteinander. Halt suchend hielten sie einander fest, während Larkin unendlich sanft in sie eindrang, um ihr Zeit zu geben, sich an das neuartige Gefühl zu gewöhnen.

Freya biss sich auf die Unterlippe, als sie einen ziehenden Schmerz verspürte, aber er wurde sogleich von einem anderen Gefühl abgelöst, als Larkin sich langsam in ihr bewegte. Es raubte ihr den Atem und den Verstand. Sie hatte so etwas noch nie gefühlt.

Sie packte Larkins Hände fester und drängte sich seinen Stößen entgegen. Sein Keuchen erklang neben ihrem Ohr und wurde so schnell wie seine Bewegung. Die Muskeln in Freyas Unterleib zogen sich zusammen, und ihr wurde schwindelig von all den Empfindungen, die Larkin sie spüren ließ.

Ihr wurde wärmer und wärmer, und schließlich entstand in ihrem Innern ein Feuer, das nicht ihrer Magie entsprang und das dennoch magisch war. Sie stand in Flammen, und gemeinsam mit Larkin brannte sie lichterloh.

62. Kapitel – Leigh

– Melidrian –

»An deiner Stelle würde ich das nicht tun.« Beim Klang seiner Stimme erstarrte der Halbling. Doch bereits einen Herzschlag später sprang dieser zurück und riss den Dolch an sich. Mit erhobener Klinge stand er Leigh gegenüber. Das Metall, das einst von schwarzem Blut verschmiert gewesen war, glänzte unheilvoll im Schein der Flammen. Doch Leigh verspürte keine Angst. Er schlug die Decke zurück, die er aus einem Schrank in einer benachbarten Hütte entwendet hatte, und setzte sich auf. »Ist das deine Art, mir dafür zu danken, dass ich dir das Leben gerettet habe?«

»Ohne mich hätte dich die Elva zerfleischt. Ich würde sagen, wir sind quitt«, erwiderte der Halbling, ohne seine Kampfstellung aufzugeben. In seinem nackten Zustand machte er auf Leigh allerdings keinen sonderlich bedrohlichen Eindruck.

Beschwichtigend hob Leigh die Hände. Er war froh, den Halbling wohlauf zu sehen. Sein gesundheitlicher Zustand war ein stetes Auf und Ab gewesen. Erst nachdem er ihm das dritte Fläschchen mit Gegengift verabreicht hatte, war es ihm besser gegangen. Dabei hatte er das Mittel eigentlich für seine Rückreise nach Nihalos aufbewahren wollen. »Leg den Dolch weg!«

»Das kommt nicht infrage.« Die Stimme des Halblings klang rau und kratzig. Seine ergraute Haut hatte jedoch eine gesündere Farbe angenommen, und die Wunden an seinem Körper waren im Begriff zu heilen.

Leigh wusste, dass er den anderen Mann überwältigen könnte, wenn er es darauf anlegte. Aber er hatte bereits genug von dessen Blut an seinen Händen kleben gehabt. »Leg den Dolch weg!«, verlangte er stattdessen ein zweites Mal. »Ich will dich nicht verletzen, nachdem ich die letzten Tage damit verbracht habe, dich wieder zusammenzuflicken.«

Die dunklen Augen des Halblings wurden groß. »Tage? Wie lange sind wir schon hier?«

»Sieben.«

»Und wo sind wir?«

»In Levátt.«

»In der Stadt der Halblinge?«

Zumindest war sie das einmal, dachte Leigh und nickte.

Der Halbling spähte aus dem Fenster. Leigh folgte seinem Blick. Es war einer dieser Tage, an denen es nie richtig hell wurde. Nur die dunklen Schatten, die in den Wolken heranwuchsen, ließen erahnen, dass die Nacht hereinbrach. Das Dorf lag reglos und schweigend vor ihnen. Es kam Leigh so vor, als würden sie ein Bild betrachten. Ein grausames Gemälde der Einsamkeit.

Wie in Trance ließ der Halbling den Dolch ein wenig sinken und trat näher an das Fenster heran. »Wo sind die Leute?« Seine Stimme klang gedrückt, als erahnte er die Antwort bereits. Vermutlich spürte auch er die Abwesenheit von Leben.

Leigh wandte sich vom Fenster ab. »Sie sind tot.«

Der Halbling schwankte leicht. »Alle?«

»Ja.« Leighs Hände krallten sich um den Rand der Pritsche. Unter seinen Fingernägeln haftete noch immer der Dreck vom Ausheben der Gräber. Zwei Tage hatte er damit verbracht, den gefrorenen Boden aufzuschlagen und die Gebeine zu begraben, die sich über das gesamte Dorf verteilt hatten. Es waren viele gewesen. Zu viele. Irgendwann hatte er aufgehört zu zählen, da er die wachsende Zahl nicht länger ertragen hatte.

»Wie ist das passiert?«

»Elva.« Es brauchte nur dieses eine Wort.

Ein Schauder überlief den Halbling.

»Dir muss kalt sein«, stellte Leigh fest. Schweißperlen hatten sich auf der Stirn des Halblings gebildet. Er stand vielleicht wieder auf beiden Beinen, aber er war noch nicht vollständig geheilt. »In der Kiste dort drüben findest du etwas zum Anziehen.« Er deutete auf die Truhe, deren Inhalt er aus dem Dorf zusammengetragen hatte. Kleidung, Nahrung, Medizin. Er hatte sämtliche Hütten durchsucht und alles mitgenommen, was sie zum Überleben brauchten.

Der Halbling rührte sich nicht.

»Soll ich die Sachen für dich holen?«

Sein Gegenüber nickte.

Unter dessen wachsamen Augen erhob sich Leigh vom Bett und öffnete die Kiste. Er zog ein frisches Hemd und eine saubere Hose hervor. Mit dem Stoffbündel unter dem Arm näherte er sich dem Halbling. Umgehend fand er sich mit dessen Dolch auf Augenhöhe wieder. Doch davon ließ er sich nicht einschüchtern. Unbeirrt hielt er dem Halbling die saubere Kleidung hin. »Zieh dich an! Danach reden wir.«

Mit finsterem Blick und angespannten Kiefern starrte ihn der Halbling an. »Du verschwendest deine Zeit, Wächter. Ich werde den Mord an der Königin nicht gestehen. Weder Nettigkeit noch Folter können mich dazu bringen.«

»Ich weiß. Ich habe deine Narbe gesehen.«

»Welche?«, schnaubte der Halbling und deutete mit der unbewaffneten Hand auf seinen von hellen und dunkelroten Striemen überzogenen Körper. Leigh folgte der Aufforderung nicht. Er hatte bereits zu viel Zeit damit verbracht, den nackten Körper dieses Mannes zu betrachten, während er die Verbände gewechselt hatte. Dabei hatte er keine Lust verspürt, aber nun, da der Halbling wieder bei Bewusstsein war, vertraute er seinem eigenen verräterischen Körper nicht mehr. An der Mauer sah er die anderen Wächter ständig entkleidet, und manchmal entlockte ihm dies eine Regung. Doch niemals verspürte er dabei ein Ziehen in der Brust wie beim Anblick des Halblings. Er führte dies auf die Erinnerungen an Edan zurück. Zwar hatte der Halbling nichts mit der Liebe seines Lebens gemeinsam, aber die alten Geschichten hatten ihn daran erinnert, wie einsam er sich fühlte. Vor allem nachdem er seit Tagen mit niemandem mehr hatte reden können.

»Die Narbe, die dich zum Sklaven macht.«

Der Halbling wurde so bleich, als wäre das Elvagift noch immer in seinem Körper. Die Knöchel an seinen Fingern traten weiß hervor, und seine Hände begannen zu zittern, diesmal aber nicht vor Schwäche. »Du hast sie entdeckt?«

»Wie hätte ich sie übersehen können?«

»Ich ...«

»Zieh dich an!«, unterbrach er den Halbling und legte die Kleidung vor ihm auf den Boden. »Ich wärme uns den Eintopf auf, und dann unterhalten wir uns in aller Ruhe. Ich werde dir nichts tun, und ich wäre dir dankbar, wenn du mir den Dolch nicht in den Rücken rammst.«

Der Halbling nickte.

Leigh wandte sich ab und ging in die Küche, eine kleine Nische am anderen Ende des Raumes. Er spürte die bohrenden Blicke des Halblings im Rücken, aber er vertraute ihm, vielleicht mehr, als gut für ihn war. Andererseits war er von der Güte des Halblings überzeugt. Er hatte vielleicht das Messer geführt, das der Königin die Kehle aufgeschlitzt hatte, aber es war nicht seine freie Entscheidung gewesen. Er war wie ein Henker, das Werkzeug einer höheren Macht. Ihn traf keine Schuld.

Nachdem Leigh zwei Becher mit Wasser gefüllt hatte, rührte er den kalten Eintopf aus eingekochtem Gemüse um. Er verteilte die Reste auf zwei Schalen, als er Schritte hörte. Er hob den Blick, und zum ersten Mal sah er den Halbling in Kleidung, ohne Blut und Schmutz. Wortlos nahm er die beiden Becher und trug sie zum Tisch, bevor er zurückkam und auch die Schalen dorthin brachte.

Leigh schnitt vier Scheiben Brot von einem Laib und reichte dem Halbling zwei davon.

»Danke«, murmelte dieser und beugte sich sofort über seine Schale. Gierig begann er zu essen. Abwechselnd schob er sich Brot und Eintopf in den Mund. »Das schmeckt gut«, bemerkte er mit vollem Mund und deutete auf das Brot. »Woher hast du das?«

Leigh schmunzelte. »Ich habe es gebacken.«

Der Halbling sah von seiner Schale auf. »Du kannst backen?«

»Natürlich, oder glaubst du, wir werden an der Mauer von unseren Müttern bekocht?« Er verdrehte die Augen und schob sich ebenfalls einen Löffel Eintopf in den Mund. Sie aßen schweigend, bis ihre Teller leer und ihre Mägen voll waren. Seufzend lehnte sich der Halbling auf seinem Stuhl zurück. Leigh betrachtete ihn über den Rand seines Bechers hinweg und fragte sich, ob der eingebrannte Handabdruck an seinem Hals von derselben Person stammte, die ihn auch mit einem Blutschwur an sich gebunden hatte.

»Sag, was du sagen möchtest, aber hör auf, mich anzustarren«, verlangte der Halbling.

Leigh stellte seinen Becher ab. »Warum hast du mich vor der Elva gerettet?« Diese Frage ging ihm seit Tagen nicht aus dem Kopf. Er war ein Verbündeter der Unseelie, der gekommen war, um ihn festzunehmen, und dennoch hatte er ihm geholfen, statt ihn der Elva zu überlassen. Warum Leigh sein Leben gerettet hatte, war offensichtlich – Ceylans wegen. Der Halbling hingegen hatte sich ohne erkennbaren Eigennutzen in Gefahr gebracht.

Nun zuckte er gleichmütig mit den Achseln, als hätte er statt eines Monsters lediglich eine Taube verscheucht.

»Das ist keine Antwort, Goldstück.«

»Weylin. Mein Name ist … Weylin.«

Ein Lächeln breitete sich auf Leighs Lippen aus. *Weylin*. Der Name passte zu ihm. Klangvoll wie seine Stimme und die Melodie, die er für ihn gespielt hatte. »Also, Weylin«, sagte Leigh und stützte das Kinn auf der Hand ab, »warum hast du mich gerettet?«

Er senkte den Blick auf seine leere Schale und kratzte mit dem Löffel am Rand entlang. »Weil ich nicht wollte, dass du stirbst.«

Leighs Herz machte einen Satz. »Warum?«

Weylin presste die Lippen aufeinander und schwieg so lange, dass Leigh schon alle Hoffnung auf eine Erwiderung aufgeben wollte. Doch dann bekam er eine Antwort, so leise, als wären seine nächsten Worte für niemanden außer Leigh bestimmt. »Du hast mich meine Harfe spielen lassen.«

»Ist das alles?«

Ein dunkler Schatten huschte über Weylins Gesicht. »In meiner Welt ist das genug.«

»Das ist traurig.« Leigh konnte sich nicht vorstellen, in einer solch unterkühlten Welt zu leben. Selbst unter den Wächtern herrschten mehr Herzlichkeit und Fürsorge, und das, obwohl viele der Männer mit den Jahren immer mehr abstumpften.

Weylin verschränkte die Arme, wie um sich selbst vor der Wirklichkeit zu schützen, in der er leben musste. »Es ist, wie es ist.«

»Und wie lange ist es schon so?«, fragte Leigh vorsichtig. Die Art, wie Weylin die Schultern hochzog, verriet ihm, dass er genau wusste, wonach er wirklich fragte – nach der Narbe auf seinem Rücken.

Doch Weylin schwieg.

Vielleicht hatte er ihn doch missverstanden. »Wer hat dir den Blutschwur auferlegt?«, hakte Leigh nach.

Eine tiefe Furche grub sich zwischen Weylins Brauen. Sein Schweigen dauerte an.

»Wer hat dich verflucht?«

Weylins Kehlkopf bewegte sich unruhig auf und ab, doch er sagte nichts, während er Leigh weiterhin unverwandt ansah. Die Schatten in seinen Augen wurden dunkler. Der Schmerz war unverkennbar.

Der Blutschwur, dachte Leigh. Er beherrschte ihn, lenkte seine Worte und seine Taten. Wie es sich wohl anfühlte, wenn die Gedanken, die man aussprechen wollte, im eigenen Kopf gefangen waren?

»Es war ein Seelie, der dir diesen Fluch auferlegte, nicht wahr?«, vergewisserte sich Leigh.

Weylin schwieg weiterhin.

Unmut stieg in Leigh auf. »War es ein Mann?«

Nichts.

»Eine Frau?«

Kein Wort.

Leigh seufzte. »Hat man dir verboten, über den Fluch zu sprechen?«

Stille.

Fahrig rieb er sich über die Stirn. Wie sollte er etwas über den Blutschwur und seinen Schöpfer in Erfahrung bringen, wenn Weylin nicht darüber reden konnte? »Wurdest du beauftragt, Königin Zarina zu ermorden?«

»Nein.«

»Zwang dich der Blutschwur, sie zu töten?«

Erneut strafte ihn Weylin mit Schweigen, und allmählich ahnte Leigh, wie der Fluch wirkte. Anscheinend hatte sein Herr oder seine Herrin Weylin befohlen, mit niemandem über den Blutschwur zu sprechen. Hingegen war er angewiesen, seine Schuld an den Attentaten abzustreiten. Leigh wusste nicht viel über Flüche, doch eins wusste er ganz gewiss – sie waren mächtig. Mächtiger als jeder Wille. Als jedes Verlangen. Als jede Angst. Kein gezogener Nagel, keine Peitsche, kein Foltergerät vermochten Weylin von diesen magischen Fesseln loszureißen.

Doch Leigh musste in Erfahrung bringen, wer dem Halbling seine Befehle gab. Denn wenn sich sein Verdacht bestätigte und es wahrlich ein Seelie war, der Weylin angewiesen hatte, Kheeran und seine Mutter zu töten, stand nicht mehr nur Ceylans Leben auf dem Spiel.

In diesem Fall wäre es vermutlich nur eine Frage der Zeit, bis Weylins Herr oder Herrin den nächsten Assassinen auf Kheeran ansetzte. Und wäre der Kronprinz erst einmal gestürzt, würden Chaos und Unordnung Einzug in Nihalos halten, zumindest so lange, bis ein Nachfolger bestimmt und von den Göttern anerkannt worden war. Es gab kaum einen geeigneteren Zeitpunkt, Nihalos und die Unseelie anzugreifen.

An einen anderen Grund für das Einmischen der Seelie konnte Leigh nicht denken. Und sollte dem so sein, musste er sein Möglichstes tun, um das Schlimmste zu verhindern. Denn wäre der Frieden in Melidrian erst einmal gebrochen, könnte sich dies auch auf das Abkommen auswirken und damit auf das Niemandsland und die Mauer. Und ein weiterer Krieg zwischen den Ländern musste um jeden Preis verhindert werden.

Doch eine solche Anschuldigung gegen die Seelie brachte man nicht leichtfertig vor. Ohne einen handfesten Beweis wäre dies Verleumdung gewesen, und das konnte für den Frieden ebenso gefährlich werden. Ein Wagnis, das Leigh nicht einzugehen bereit war. Was ihm nur eine einzige Möglichkeit ließ …

»Weylin?«

Der Halbling blickte auf. »Ja?«

»Wir werden deinen Blutschwur brechen.«

63. Kapitel – Freya

– Weidar –

Freya rührte sich nicht, aus Angst, den Moment zu verschrecken. Friedlich lag sie in Larkins Armen, den Kopf auf seine Brust gebettet. Sie wollte für immer in diesem Zustand der Glückseligkeit verweilen. Ob es in der geheimen Bibliothek ihres Vaters einen Zauber gab, mit dessen Hilfe sie immer wieder hierher zurückkehren konnte?

»Woran denkst du?«, fragte Larkin. Sein warmer Atem streifte sanft ihre Stirn.

»An Magie.«

Er lachte leise. »Denkst du auch einmal an etwas anderes?«

Freya wälzte sich herum, bis sie Larkin ansehen konnte. Sie hatte sein Haar mit den Fingern zerzaust, und in seinen Augen lag ein Leuchten, das mehr war als nur die Spiegelung des Feuers, das in den Transchalen brannte. »Ja, manchmal denke ich auch an dich.«

Er hob die Brauen. »Nur manchmal?«

»Es öfter zu tun, wäre zu schmerzhaft«, sagte sie. Doch als sie den Schatten der Enttäuschung über Larkins Gesicht huschen sah, bereute sie ihre Worte sogleich. Sie gestattete ihm keine Trübsal. Stattdessen lehnte sie sich zu ihm hinüber und küsste ihn, denn die wenige Zeit, die ihnen noch blieb, wollte sie nicht vergeuden. Schon bald würde sie zum Tempel aufbrechen, um nach der Abschrift zu suchen. Sie wusste nicht, ob sie sie finden würde, aber sie war es den Alchemisten und sich selbst schuldig, zumindest den Versuch unternommen zu haben, auch wenn sie Larkin dafür zurücklassen musste.

Doch selbst wenn sie bis in die Morgenstunden hinein in seinen Armen läge, wäre es nicht genug. Es wäre nie genug, bis sie ihn dauerhaft an ihrer Seite wusste. Aber dieser Traum ginge wohl erst nach der von ihr gefürchteten Krönung in Erfüllung.

»Du musst gehen«, sagte Larkin an ihren Lippen. Vermutlich hatte er die Vorbehalte in ihrem Kuss gespürt.

Freya nickte mit traurigem Lächeln. Ihr Herz krampfte sich zusammen, und in ihrem Kopf formten sich Ausreden, um bei Larkin bleiben zu können. In Wahrheit handelte es sich dabei allerdings nur um Lügen, die sie sich selbst erzählte.

Bevor sie eine dieser Lügen glauben konnte, erhob sie sich vom Bett. Dabei konnte sie Larkins Blick auf ihrem Körper spüren. Augenblicklich vermisste sie seine Nähe. Sie sammelte ihre Kleidung auf und entdeckte dabei eine Schale mit rötlich verfärbtem Wasser. *Blut,* ging es ihr durch den Kopf, aber das hielt sie nicht davon ab, ihre Oberschenkel damit abzuwaschen. Sie konnte nicht bei Nacht in den heiligsten Tempel des Landes eindringen, während Larkins Samen noch an ihrer Haut haftete.

»Wann verlässt du die Stadt?«, fragte sie und knöpfte ihr Hemd zu.

Larkin hatte die Arme hinter dem Kopf verschränkt und betrachtete sie durch halb gesenkte Lider. »Wie kommst du darauf, dass ich die Stadt verlasse?«

»Die Männer meines Vaters fahnden nach dir und werden ihre Suche nicht einstellen, bis sie dich gefunden haben«, antwortete sie und setzte sich auf die Bettkante, um ihre Schuhe anzuziehen. »Außerdem steht dein gepackter Seesack dort drüben.« Sie deutete zu dem Tisch hinüber, auf dem auch sein Dolch lag. »Also, wann verlässt du Weidar?«

»Vermutlich noch vor Morgengrauen. Wann reist du ab?«

»Übermorgen.« *Am Tag nach meiner Hochzeit.*

Larkin nickte bedächtig. »Wann sehen wir uns wieder?«

Freya lächelte. Es gefiel ihr, dass er nach dem *Wann* fragte, als wäre es ausgeschlossen, dass sich heute ihre Wege für immer trennten. »Schon bald«, erwiderte sie voller Zuversicht. Diese Worte verliehen ihr die nötige Stärke, um Larkin für den Moment zu verlassen. Sie beugte sich zu ihm hinüber und gab ihm einen letzten, flüchtigen Kuss, bevor sie auf leisen Sohlen aus dem Zimmer, die Treppen hinab und aus dem Gasthaus huschte.

Achtsam blickte sie sich auf der Straße um. Die Männer ihres Vaters waren gewiss ausgerückt, um nach ihr zu suchen. Noch konnte sie keinen von ihnen erspähen.

Sie zog sich die Kapuze ihres Mantels tief ins Gesicht und lief los, ohne noch einmal zu dem Fenster aufzublicken, hinter dem ein mattes Licht flackerte. Was Larkin und sie miteinander geteilt hatten, war etwas Besonderes. Bis an ihr Lebensende würde sie an diese Nacht zurückdenken, und sie wollte nicht, dass ihr Glück von Trennungsschmerz getrübt wurde.

Verborgen in den Schatten, eilte sie bis zu einem Schuppen einige Straßen weiter. Bereits aus einigen Fuß Entfernung hörte sie das Scharren von Hufen und lautes Schnauben. Sie löste den Riegel und befreite das Pferd, das Rae ihr großzügig überlassen hatte. Sie konnte nur hoffen, dass die Diplomatin keinen allzu großen Ärger bekam, weil sie Freya zur Flucht verholfen hatte, aber davon war nicht auszugehen. Schließlich war sie mit dem séakischen Königshaus eng verbunden, mit dem es sich König Andreus gewiss nicht verscherzen wollte.

Freya ließ eine Goldmünze für den älteren Mann zurück, der ihr so großzügig seinen Schuppen überlassen hatte, und schwang sich auf den Rücken des Reittiers.

Die Stille über Weidar hatte sich in den vergangenen zwei Stunden verdichtet. Das Licht in den meisten Gasthäusern war erloschen, die Musik in den Tavernen verstummt. Hier und dort spielte man noch immer Karten, und einige Gestalten torkelten umher, darüber hinaus war es aber ruhig. Abgesehen von den Gardisten, die ihretwegen durch die Straßen patrouillierten. Doch ihnen auszuweichen, war ein Leichtes, denn Weidar war eine große Stadt, und niemand schien zu erwarten, dass sie ausgerechnet den Tempel aufsuchte.

Sie erreichte das größere Horn ohne Zwischenfälle. Der schmale Pfad, der zum Gipfel führte, war steinig und steil. Wie sie Elroy gegenüber bereits erwähnt hatte, konnten hier keine Kutschen fahren. Einzelne Pferde bewältigten den Anstieg hingegen ohne größere Mühe. Freya tätschelte den Hals des Fuchses und trieb ihn die Steigung hinauf.

Mit jedem Fuß schien die Luft kälter und dünner zu werden. Atemwölkchen stiegen von Freyas Lippen auf, und sie musste sich davon abhalten, eins der Feuer-Talente aus ihrer Tasche zu entzünden. Zumal sie das Licht nicht brauchte, um ihren Weg zu finden. Feuerschalen kennzeichneten den Pfad zum Tempel und brachten die Schatten der ausgedörrten Bäume zum Tanzen. Zettel waren an den dürren Ästen befestigt, und es wurden mehr und mehr, je näher Freya der Gebetsstätte kam, bis die Bittbriefe schließlich dicht wie Blätter herabhingen. Sie fragte sich, ob die Priester des Tempels sich ihrer annahmen oder ob sie nach und nach ungelesen von der Witterung zerstört wurden.

Schließlich lichtete sich der Wald aus Wörtern, und Freya kam vor dem Tempel zum Stehen. Der Wind fegte kalt über den menschenleeren Platz, und ihr stellten sich die Nackenhaare auf. Von ihrem Zimmer auf der Burg aus hatte sie die Gläubigen scharenweise über den Platz pilgern sehen. Nun waren sie alle fort, und der Tempel lag wie ausgestorben vor ihr. Sie sprang von dem Pferd und band es an einem Pfosten fest.

»Ich bin gleich zurück«, murmelte sie und hoffte, dass sie nicht zu viel versprach. Mit zitternden Fingern tastete sie nach den Talenten in ihrer Manteltasche, bevor sie entschlossen auf den Tempel zuschritt. Dabei rief sie sich in Erinnerung, dass sie nichts Verbotenes tat – noch nicht. Die Pforten des Heiligtums standen seinen Besuchern zu jeder Zeit offen.

Riesige Feuerschalen brannten vor den Stufen, die zum Tempel emporführten. Fünf massive Säulen stützten das steinerne Dach. Sie bildeten den Eingang und verschmolzen mit den Außenwänden des Tempels. Auf diese Weise schien es, als wäre der Tempel aus einem einzigen Stück Stein gemeißelt worden, aber das war vollkommen unmöglich. Dazu wären vermutlich nicht einmal Fae in der Lage gewesen.

Ehrfürchtig erklomm Freya die Treppen zum Heiligtum. In Anbetracht des gewaltigen Bauwerkes fühlte sie sich klein und unbedeutend. Dabei gehörte sie doch zu der Familie, die in diesen Hallen angebetet wurde.

Sie durchschritt den Eingang, und vor ihr öffnete sich eine große Halle, in der es nach Rauch und Öl roch. Hunderte von Kerzen erleuchteten den Raum, der dennoch kalt und abweisend wirkte. Atemwölkchen quollen zwischen Freyas Lippen hervor. Sie blieb nicht stehen, sondern näherte sich dem Altar, der sich am Ende der Halle erhob. Dahinter stand die kolossale Statue von König Nechtan dem Dritten. Er blickte auf die Bänke herab, die sich vor ihm aneinanderreihten und zum Knien aufforderten.

Die Reihen waren leer, mit Ausnahme einer einsamen Frau, die ein halblautes Gebet murmelte. Ihre leisen Worte hallten als unverständliches Echo von den Wänden wider. Es klang wie das Flüstern Tausender Stimmen.

Freya erschauerte, empfand aber keine Angst, als sie sich der Statue näherte, deren Sockel zugleich den Eingang zu den Katakomben schuf. Gemälde ehemaliger Könige und Königinnen säumten die Wände links und rechts. Die Bemalung hatte allerdings so stark nachgelassen, dass einige Gesichter kaum noch zu erkennen waren. Doch goldene Tafeln, die im Kerzenschein glänzten, erinnerten die Gläubigen noch immer an die Namen ihrer Götter.

Als Freya dem Altar näher kam, trat ein Mann aus den Schatten, den sie zuvor nicht bemerkt hatte. Wie die Priester der Königsreligion trug er ein weißes Gewand. Dennoch war er kein Priester, zumindest kein gewöhnlicher, denn an seiner Hüfte hing ein Schwert. Freyas Schritte wurden langsamer, während ihr Puls sich beschleunigte. Hatte man die Tempelwachen über ihre Flucht aus der Burg in Kenntnis gesetzt? Sie würde es gleich herausfinden ...

Sie schob sich die Kapuze aus dem Gesicht, und der Mann erstarrte in der Bewegung. Er sah sie noch einen Augenblick länger an, dann senkte er den Kopf wie zur Verneigung, bevor er sich in den Schatten zurückzog, als wäre es vollkommen selbstverständlich, von ihr mitten in der Nacht eine Grabstätte aufzusuchen.

Freya stieß einen erleichterten Seufzer aus und stieg die Stufen in die Katakomben hinab. Die Luft dort war trocken und kalt. In den Wänden steckten Fackeln, die den Weg beleuchteten, doch ihre Flammen waren so schwach, als würden sie schon bald erlöschen.

Freya nahm eine Fackel aus der Halterung. Sie fühlte sich an das Verlies erinnert, in dem ihr Vater Larkin festgehalten hatte. Gewölbte Decken. Unebene Böden. Fleuchende Insekten. Und ein modriger Geruch. Der einzige Unterschied war wohl, dass die Männer und Frauen hier unten glücklicherweise bereits tot waren.

Dumpf hallten Freyas Schritte von den Wänden wider und verloren sich in der Tiefe. Sie war noch nie ohne Begleitung ihrer Eltern hier unten gewesen und ahnte nicht einmal, in welcher Richtung die Bibliothek wohl liegen mochte.

Die Alchemisten hatten erzählt, dass die Sammlung von Gardisten bewacht würde. Es musste grauenhaft sein, jeden Tag mehrere Stunden in dieser Enge auszuharren. Die Gänge waren schmal, die Decken niedrig. Und sie wurden niedriger, je tiefer

Freya in die Katakomben und somit in den Berg hinabstieg. Sie hatte das Gefühl, dass die Wände auf sie zukamen, und das Atmen fiel ihr zunehmend schwer. Immer wieder zweigten Korridore von dem Gang ab, doch sie führten in Sackgassen, an deren Ende je eine Urne stand. Darunter waren ebenfalls goldene Tafeln angebracht, die hochtrabend verkündeten, wer dieses Häufchen Asche einst gewesen war.

Freya wollte nach ihrem Tod unter keinen Umständen an diesen grauenhaften Ort gebracht werden. Er war dunkel und leblos und ein Abbild ihrer Einsamkeit. Wenn sie einmal starb, sollte ihre Asche unter einem Baum begraben oder in einer Flasche über das Meer geschickt werden.

»Ich muss pissen.«

Beim Klang dieser Worte erstarrte Freya.

»Der Eimer ist schon ziemlich voll«, erhob sich eine andere Stimme.

Die Gardisten, schoss es ihr durch den Kopf.

»Ich bin nicht dran mit Ausleeren«, nörgelte der Mann, der zuerst gesprochen hatte.

»Wer ihn voll macht, macht ihn wieder leer.«

»Das war noch nie die Regel!«

»Das war schon immer die Regel.«

»Dann verkneif ich es mir eben.«

»Aber piss dir nicht in die Hose.«

»Ich bin nicht deine Großmutter.«

»He, halt Oma da raus!«

Unweigerlich musste Freya schmunzeln, doch sogleich zwang sie sich wieder zu einem gleichgültigen Gesichtsausdruck. Denn sie hatte einen Plan. Er war nicht gewitzt. Er war nicht ausgereift. Aber er war alles, was sie hatte. Denn sie war nicht wie Larkin, sie konnte sich den Weg zur Bibliothek nicht einfach freikämpfen. Und sie war auch nicht wie Elroy, der den scharfen Verstand eines Meisterdiebes besaß. Doch sie war Freya Draedon, Tochter von König Andreus, rechtmäßige Thronerbin und zukünftige Königin. Und in einem Tempel, der ausschließlich ihrer Familie geweiht war, musste dies etwas wert sein.

Sie holte tief Luft und folgte den Stimmen.

»Kommt da jemand?«, hörte sie einen der Männer fragen, als sie auch schon Auge in Auge mit den Gardisten stand. Den Männern wurde allerdings schnell bewusst, wen sie vor sich hatten. Sie verneigten sich, und einer nach dem anderen legte die rechte Hand auf das Herz.

Über die Köpfe der Männer hinweg spähte Freya in den Tunnel, aber sie entdeckte nur weitere Fackeln und noch tiefere Schatten. »Dies ist die Ruhestätte meiner Ahnen«, sagte sie mit tonloser Stimme und ohne Begrüßung. »Ihr beschmutzt sie. Nicht nur mit euren Worten, sondern auch mit eurem Eimer. Entfernt ihn!«

Die Gardisten wechselten beschämte Blicke.

»Auf der Stelle!«

»Ranald!«, bellte der Gardist, der Freya am nächsten stand.

Ein junger Mann löste sich von seinem Platz und huschte mit gesenktem Kopf zu einer Einbuchtung im Mauerwerk, aus der er den Eimer hervorholte. Etwas Flüssiges schwappte ihm dabei über die Hand und auf den Boden. Dann lief er geradewegs an Freya vorbei. Sie verzog das Gesicht, der Ekel war noch nicht einmal gespielt.

»Verzeihung! Wir wollten nicht respektlos sein.«

»Was ihr wolltet, tut nichts zur Sache. Ihr könnt von Glück reden, dass mein Vater mich nicht begleitet. Er hätte den Eimer über euren Köpfen ausleeren lassen«, erklärte Freya und zwang sich zu der gebieterischen Stimme, die ihr Rhetoriklehrer ihr beigebracht hatte, statt mit der zittrigen Stimme einer Verräterin zu sprechen.

»Danke, wir wissen Eure Güte zu schätzen, Prinzessin«, sagte der Gardist.

Freya nickte, und ohne ein weiteres Wort trat sie in den Gang, den die Männer bewachten, als wäre dies nichts Ungewöhnliches. Doch sie kam nicht weit. Der Gardist, der ihr eben noch gedankt hatte, stellte sich ihr in den Weg. Ihr sank der Mut, dennoch reckte sie das Kinn. Sie schaffte das! Sie konnte eine überzeugende Herrscherin mimen, das hatte sie bereits bewiesen.

»Was soll das?«, fragte sie barsch.

Der Gardist räusperte sich. »Wir dürfen Euch nicht durchlassen.«

»Ihr stellt Euch mir in den Weg?«

»Eine Anweisung Eures Vaters«, erklärte der Anführer der Gardisten mit ruhiger Stimme.

Freya hingegen wurde laut. »Mein Vater ist derjenige, der mich hierhergeschickt hat!«

»Verzeiht, Prinzessin, aber wir haben Anweisungen.«

»Ich erteile Euch neue Anweisungen.«

»Wir dienen an erster Stelle dem König, nicht Euch.«

Um das Zittern ihrer Finger zu verbergen, umklammerte Freya die Fackel in ihrer Hand noch fester. Wenn die Gardisten sie nicht durchließen, war alles vorbei. Sie konnte nicht gegen sie kämpfen, und ihr blieb nicht genug Zeit in Weidar, um noch einmal hierher zurückzukommen. Es sei denn, sie weihte Elroy ein, und sie nutzten ihre Hochzeitsnacht für einen weiteren Einbruch. Allerdings hatte sie sich bereits dazu entschieden, den Piraten nicht einzuweihen. Dafür war die Sammlung zu wertvoll und ihr Wissen zu gefährlich. »Wenn ich meinem Vater erzähle, dass ihr euch mir verweigert, wird er euch bestrafen. Womöglich entlässt er euch aus der Garde.«

»Dann soll es so sein.« Der Gardist blieb von der Drohung unberührt und wandte auch den Blick nicht von Freya ab. Da wusste sie, dass sie mit Worten nicht weiterkam.

Sie seufzte. »Wie viel muss ich euch bezahlen, damit ihr mich durchlasst?«

»Wir sind nicht bestechlich.« Der Mann vor Freya blieb steinern, aber unter den anderen Gardisten kam Unruhe auf.

»Das glaube ich nicht«, erwiderte Freya mit bohrendem Blick. Sie zeigte keine Furcht. Keine Unsicherheit. Denn jedes Zögern konnte das Ende der Unterhaltung bedeuten. Und damit auch das Ende ihrer Suche.

»Bedauere, Prinzessin, wir können Euch nicht helfen.«

»Jeder hat seinen Preis.« Sie klang schon wie Elroy.

»Wir sind unserem König treu ergeben.«

»Ich zahle jedem von euch hundert Dukatstücke.«

»Nein.«

»Zweihundert«, erhöhte Freya ihr Angebot. Hinter dem Rücken des Anführers erhob sich Gemurmel. Sie musste nur die Hälfte der Männer für sich gewinnen, um die Auseinandersetzung für sich zu entscheiden.

»Wir sind nicht bestechlich«, wiederholte der Anführer.

»Dreihundert.«

Diesmal ergriff ein anderer Gardist das Wort. »Eogán, dreihundert Goldstücke! Damit könntest du deine Tochter auf die beste Hochschule des Landes schicken.«

»Und ich könnte das Haus meiner Mutter instand setzen«, meinte ein anderer.

Zustimmendes Gemurmel erklang, und die unerbittliche Miene des Anführers wurde zweifelnder.

»Komm schon!«, drängte der Nächste. »Wir wissen doch alle, dass das hier Drecksarbeit ist. Und was kann es schon schaden, die Prinzessin durchzulassen? Was immer wir hier bewachen, wird eines Tages ihr gehören.«

»Ja.« – »Genau!« – »Ja!«, echote es aus den Reihen der Gardisten.

Der Anführer presste die Lippen aufeinander und spähte über die Schulter zu seinen Männern, die ihn erwartungsvoll anblickten. Niemand sagte etwas. Sekunden des Schweigens, die sich für

Freya länger anfühlten als der dunkelste Winter, zogen dahin. Dann schüttelte er den Kopf. »Nein, unsere Treue wiegt mehr als Euer Gold.«

Die Gardisten stöhnten laut auf.

»Ihr solltet besser gehen.«

Freya rührte sich nicht. Das soll es gewesen sein? Dafür hatte sie Larkins Bett verlassen? Das konnte nicht sein. Verzweifelt suchte sie nach neuen Argumenten. Jeder Mensch wollte irgendetwas. Was wollte der Anführer? »Ich kann Euch ...«

Freya verstummte, als jäh ein Ruck durch die Reihen der Gardisten fuhr. Es war, als wären sie alle an einer Schnur aufgefädelt, die nun stramm gezogen wurde. Reglos, mit gestrafften Schultern, leeren Mienen und gesenkten Köpfen standen sie plötzlich vor ihr. Ein ungutes Gefühl kroch ihr die Kehle hoch. Sie schluckte hart ...

Hinter ihr erklang ein Räuspern.

Nein. Bitte nicht.

Langsam drehte sie sich um, und ihr Herz sank ins Bodenlose, als sich ihre schlimmste Befürchtung bewahrheitete. Ihr Vater stand hinter ihr.

64. Kapitel – Weylin

– Melidrian –

»Was?«, entfuhr es Weylin. Er setzte sich ruckartig auf. Hatte er den Wächter eben richtig verstanden? Oder spielte ihm sein Verstand, der von den Strapazen der letzten Tage erschöpft war, einen üblen Streich?

Entschlossenheit blitzte in Leighs Augen auf. »Du hast richtig gehört, wir befreien dich von diesem Fluch.«

Weylin schwieg. Nicht etwa deshalb, weil der Blutschwur es verhinderte, sondern weil ihn die eigenen Gefühle lähmten. Sie stürzten auf ihn ein wie das Geröll aus einer losgetretenen Lawine und begruben ihn unter sich. Ihm wurde übel, und sein Magen zog sich zusammen, bis er glaubte, Brot und Eintopf wieder erbrechen zu müssen. Leigh wollte ihn nicht ausliefern. Diese Erkenntnis war überwältigend.

»Warum?«, krächzte er.

Leigh runzelte die Stirn. »Warum was?«

»Warum willst du mir helfen?«

Die Furche zwischen Leighs Augenbrauen wurde tiefer, als verstünde er die Frage nicht. »Damit wir die Person zur Rechenschaft ziehen können, die wirklich für den Mord an der Königin verantwortlich ist«, erklärte er und beugte sich über den Tisch. »Du bist unschuldig.«

Nein, bin ich nicht, dachte Weylin, und zum ersten Mal im Leben war er dankbar für den Schwur, der ihn nun davor bewahrte, Leigh von all dem Blut zu erzählen, das er vergossen hatte.

65. Kapitel – Ceylan

– Nihalos –

Die Nachricht von Kheerans Abdankung verbreitete sich wie ein Lauffeuer. Erst vor wenigen Stunden hatte der Rat bekannt gegeben, dass Kheeran seine Krone an Aldren abtreten würde, dennoch redete bereits die ganze Stadt darüber, soweit Ceylan dies beurteilen konnte. Zumindest in Bryoks Freudenhaus sprach man über nichts anderes. Die Gespielen und Gespielinnen hatten sogar ihre Arbeit niedergelegt, um sich gemeinsam mit den anderen Unseelie im Salon auszutauschen.

»Aldren hat Kheerans Besuche hier nie gutgeheißen«, sagte ein Fae, dessen Namen Ceylan nicht kannte.

»Lionus hat recht«, pflichtete Seoras ihm bei. »Aldren hat immer versucht, Kheeran schnellstmöglich von hier wegzulocken. Manchmal haben sie deswegen sogar gestritten.«

»Glaubt ihr, er lässt das Haus schließen und wir werden festgenommen?«, fragte eine Gespielin, die ein Gewand übergeworfen hatte, das sie jedoch nicht zugeschnürt hatte, wodurch sie jedem einen ungehinderten Blick auf ihre Brüste gewährte.

Daim schüttelte den Kopf. »Das würde Kheeran nicht zulassen, oder?«

Bryok gab ein Grunzen von sich und rieb sich nachdenklich über das Bärtchen an seinem Kinn. »Vermutlich wird er es zu verhindern versuchen, aber er hat jetzt nichts mehr zu sagen.«

»Das stimmt nicht«, warf ein anderer Mann ein. »Der Rat hat vielleicht zugestimmt, Aldren zum Regenten zu machen, aber solange die Götter ihn nicht anerkannt haben, kann Kheeran sein Geburtsrecht zurückfordern. Ihm bleibt also Zeit bis zur nächsten Wintersonnenwende, um seine Meinung zu ändern.«

Ceylan, die das Gespräch von ihrer Sitzecke aus verfolgte, stieß ein Schnauben aus. Es belustigte sie, dass die Fae, die in den letzten Wochen kein gutes Haar an Kheeran gelassen hatten, sich nun wünschten, er hätte seine Krone nicht abgelegt. Nur um weiter ihren gesetzeswidrigen Geschäften nachgehen zu können. Allerdings hoffte sie inständig, dass Aldren mit der Schließung des Freudenhauses wartete, bis sie wieder sicher in Thobria war.

»Wie wäre es mit Bestechungsgeld?«, fragte Lionus an Bryok gewandt.

Dieser schüttelte den Kopf. »Erst wenn es unbedingt nötig wird.«

»Wir könnten umziehen und Kheeran nichts davon sagen. Dann wüssten sie nicht mehr, wo sie nach uns suchen sollen«, meinte Seoras und bejahte mit einem Nicken seine eigenen Worte, als wäre es der beste Vorschlag seit Langem.

»Und wie stellst du dir das vor?«, fragte Daim. »Ein Versteck wie dieses lässt sich nicht eben mal aus dem Hut zaubern, auch nicht mit Erdmagie. Denk nach!«

Plötzlich waren Schritte zu hören, deren Echo bis in den Salon drang. Die Stimmen der Fae verstummten, und alle Köpfe wandten sich in Richtung des Tunnels, durch welchen man das Freudenhaus betrat. Kurz darauf erschien Kheeran im Eingangsbereich. Ihm dicht auf den Fersen folgte Aldren, in die hellblaue Uniform gehüllt, die einst Kheeran gehört hatte. Der ehemalige Prinz hingegen trug schlichte bürgerliche Kleidung, als wollte er jede Verbindung zum Schloss und zum Thron schnellstmöglich kappen.

»Seid gegrüßt«, sagte Kheeran mit fröhlicher Stimme.

»Seid gegrüßt!«, erwiderte einer der Fae kurzatmig. Die anderen Unseelie machten die Hälse lang, offenbar in der Erwartung, dass der Salon jeden Augenblick von Gardisten gestürmt wurde. Doch Aldren und Kheeran kamen nur zu zweit.

Bryok ergriff das Wort und verneigte sich. »Regent Aldren, es ist mir eine große Freude, Euch in meinem bescheidenen Haus willkommen zu heißen. Darf ich Euch etwas anbieten? Ein Glas Wein? Oder eine körperliche Vergnügung?«

Die Worte schienen Kheeran zu belustigen, und er schmunzelte.

»Nein, danke«, erwiderte Aldren, der sich in seiner neuen Rolle als zukünftiger König wohlzufühlen schien, zumindest wohler als Kheeran. Seine Haltung war erhaben, aber gelassen, sein Blick wachsam, aber ohne die Besorgnis, die bei Kheeran stets zu beobachten gewesen war. »Wir sind hier, um mit der Wächterin zu reden.«

Ceylan, die sich auf einen Stuhl gelümmelt hatte, richtete sich auf. »Mit mir?«

»Ja, oder hält Bryok hier noch eine weitere Wächterin versteckt?«

»Nein!«, antwortete Bryok, der wohl eine Anschuldigung und keinen Scherz aus Aldrens Frage heraushörte. »Sie ist die Einzige. Ich schwöre es!«

»Wir müssen unter vier Augen reden«, erklärte Aldren. Es war keine Frage und auch keine Bitte, nur eine Feststellung. Dennoch war Bryok sofort an ihrer Seite und wies sie an, ihm zu folgen. Er geleitete sie an den Fae vorbei, die sich tief verneigten. Kam es Ceylan nur so vor, oder zollten die Unseelie ihm mehr Hochachtung, als sie je für Kheeran hatten aufbringen können?

Im Flur mit den Schlafzimmern war es ausnahmsweise still. Kein Keuchen und auch kein Stöhnen drangen durch die Ritzen der Türen. Nur die aufgeregten Stimmen der Fae, die sie im Salon zurückgelassen hatten, waren zu hören.

Vor einem der Zimmer blieb Bryok stehen. Er öffnete ihnen

die Tür und bedeutete ihnen, sie sollten eintreten. »Lasst euch so viel Zeit, wie ihr braucht. Der Raum wird heute nicht mehr benötigt«, erklärte er, aber das war vermutlich eine Lüge.

»Danke«, erwiderte Aldren und sagte an Kheeran gewandt: »Geht ihr schon mal vor. Ich muss kurz etwas mit Bryok besprechen und komme gleich nach.«

Kheeran schien etwas erwidern zu wollen, nickte dann aber nur und betrat gemeinsam mit Ceylan das Schlafgemach. Die Tür schloss sich hinter ihnen. Ein eigenartiges Gefühl breitete sich in Ceylans Brust aus, als sie sich in dem Raum umsah, der nur eine einzige Aufgabe erfüllte. In der Mitte des Zimmers stand ein Bett mit zahlreichen Decken und Kissen. An der einen Wandseite waren Gerten und Fesseln für jene Freier befestigt, die es gern etwas härter mochten. Angeblich gehörte Kheeran zu ihnen, wie Ceylan munkeln gehört hatte.

Sie verschränkte die Arme vor der Brust. »Ich hätte nicht gedacht, dich so bald wiederzusehen.«

»Ich habe Aldren von deinen Schwierigkeiten erzählt, und er hat darauf bestanden, hierherzukommen, um mit dir persönlich darüber zu sprechen«, erwiderte Kheeran. Er trat an den Tisch, auf dem ein Obstteller bereitstand, und schob sich eine Traube in den Mund.

»Das ist nett von ihm«, sagte Ceylan und lehnte sich gegen die Wand, da sie sich in Kheerans Anwesenheit nicht auf das Bett setzen wollte. »Vor allem, wenn ich bedenke, wie viel er vermutlich gerade zu tun hat mit all seinen neuen Aufgaben.«

Kheeran pflückte eine Handvoll Trauben von der Rispe. »Er ist mir etwas schuldig, immerhin habe ich meine Krone an ihn abgetreten.«

Ceylan lächelte. »Bist du glücklich mit der Entscheidung?«

Kheeran nickte und kam auf sie zu. Allerdings blieb er in gebührendem Abstand vor ihr stehen, als wüsste er, wie gefährlich ihnen Nähe in diesem Raum werden konnte. »Aldren wird ein großartiger König. Ein besserer, als ich jemals sein könnte. Der Meinung ist auch der Rat.«

»Und was hast du jetzt vor?«

»Das weiß ich noch nicht.« Kheeran hob die Schultern und schob sich eine Weintraube in den Mund, auf der er verlegen herumkaute, bevor er sich räusperte. »Glaubst du, ich könnte dich zurück an die Mauer begleiten?«

Ceylan runzelte die Stirn. »Um was zu tun?«

»Um Wächter zu werden.«

»Du willst Wächter werden?«, fragte Ceylan verblüfft. Das hatte sie nicht kommen sehen. Doch wie sie bereits zuvor festgestellt hatte, war Kheeran immer wieder für Überraschungen gut.

»Ja, warum auch nicht?«, erwiderte Kheeran und rollte die letzte verbliebene Weintraube zwischen den Fingern hin und her. »Ich habe mich unter den Fae nie wirklich heimisch gefühlt. Nach Thobria kann ich nicht gehen. Und der Gedanke, allein in ein fremdes Land zu segeln, behagt mir nicht. Daher bleibt mir nur das Niemandsland.«

»Du bist dennoch ein Fae.« Ceylan wollte seine Hoffnung nicht zerstören, aber das Abkommen besagte deutlich, wer ein Wächter sein durfte und wer nicht. Dieses Privileg war nur Menschen vorbehalten, denen die Unsterblichkeit verliehen worden war. Sie vereinten beide Welten und waren vermeintlich unvoreingenommener. Da Kheeran ein geborener Unseelie war, durfte an seiner Neutralität allerdings gezweifelt werden.

»Aldren hätte gewiss nichts dagegen einzuwenden.«

»König Andreus aber vermutlich schon.«

»Ich könnte mit Freya reden«, schlug Kheeran vor.

»Ihr seid also wirklich befreundet?«

»Ja, sie und ich, wir …« Kheeran verstummte plötzlich, und eine tiefe Falte bildete sich zwischen seinen Augenbrauen. »Riechst du das auch?«

Ceylan atmete tief durch. Sofort war ihr klar, wovon Kheeran sprach. Ein scharfer Rauchgeruch hing in der Luft. Kaum hatte sie den Zusammenhang begriffen, erhoben sich schon die gellenden Schreie der Fae, die im Salon zurückgeblieben waren. Ihr Blick zuckte zu Kheeran, dann stürzten sie gleichzeitig zum Ausgang.

Kheeran riss am Türknauf, aber die Tür öffnete sich nicht. Ceylans Puls beschleunigte sich, und Angst kroch ihr den Nacken hoch. Kheeran rüttelte noch fester an dem Schloss.

Nichts bewegte sich.

»Kheeran?« Ihre Stimme klang ungewohnt zittrig.

Er sah sie an. Der Schreck stand ihm ins Gesicht geschrieben, und da wusste sie, welche Worte als Nächstes über seine Lippen kommen würden. »Wir sind eingeschlossen.«

66. Kapitel – Larkin

– Weidar –

Larkin starrte die Tür an, durch die Freya verschwunden war. Er hoffte inständig, dass sie zu ihm zurückkam, denn jede Faser seines Körpers sehnte sich nach ihr. Doch genauso wenig, wie sie hierbleiben konnte, konnte er sie ins Schloss begleiten. Zumindest nicht heute, aber vielleicht eines Tages.

Er ertappte sich dabei, wie er sich ein baldiges Ableben von König Andreus wünschte, damit Freya den Thron besteigen und ihn begnadigen konnte. Was war nur aus seinem Glauben geworden? Sein Ziehvater wäre von ihm enttäuscht, aber er bedauerte seinen Sinneswandel nicht. König Andreus war vielleicht nicht der schlimmste König in der Geschichte Thobrias, dieser Titel gebührte König Darragh, aber ein guter König war er auch nicht. Das hatten Larkin die letzten Monate auf der Straße deutlich gezeigt.

Freya mochte an ihren Fähigkeiten zu regieren zweifeln, er nicht. Sie würde eine ausgezeichnete Herrscherin werden. Gnädig und gütig würde sie ihren Bürgern erlauben, ein selbstbestimmtes Leben zu führen, das nicht von Angst und Gehorsam bestimmt wurde. Mit ihr als Königin standen diesem Land wunderbare Zeiten bevor, selbst mit einem Mann wie Elroy an ihrer Seite.

Die Erinnerung an den Piraten, nein, an den Prinzen überschattete das vollkommene Glück, das Larkin bis zu diesem Augenblick empfunden hatte. Elroy war Freyas nicht würdig, und ein Adelstitel änderte daran rein gar nichts. Doch die letzte Stunde mit Freya hatte Larkin Hoffnung geschenkt. Sie würde Elroy die Stirn bieten, und wenn ihre Zeit gekommen war, würden sie wieder vereint werden. Er musste sich nur in Geduld üben. Und bis es so weit war, würde er seine Pflicht erfüllen und Verbrecher zur Strecke bringen, um das Land für Freya zu einem besseren zu machen.

Larkin schwang die Beine über die Bettkante, um die Gunst der Dunkelheit zu nutzen und Zweihorn zu verlassen. Er schlüpfte in seine Hose, die er zuvor so achtlos beiseitegeworfen hatte, als es abermals an seiner Tür klopfte. Sein Herz machte einen Satz, obwohl er wusste, dass es nicht erneut Freya sein konnte, die auf der anderen Seite auf ihn wartete.

Mit der Waffe in der Hand schlich er zur Tür und öffnete sie. Ein vertrautes Gesicht blickte ihm entgegen, und er stellte fest, dass er nicht im Geringsten überrascht war. »Was willst du hier?«

Elroy lächelte verschlagen. »Einen alten Freund besuchen ...«

»Wir sind keine Freunde«, fauchte Larkin. Er wollte die Tür wieder schließen, doch Elroy stemmte sich gegen das Holz. Dabei haftete das Lächeln auf seinem Gesicht wie eine Kriegsbemalung.

»Wir müssen reden, Welborn.«

»Ich habe dir nichts zu sagen.«

»Du schuldest mir etwas.«

Larkin schnaubte. »Ich schulde dir gar nichts.«

»Ach nein? Du hast mir das Geheimnis der Unsterblichkeit also nicht im Gegenzug zu einer Überfahrt nach Melidrian versprochen?«, fragte Elroy mit der kräftigen, überheblichen Stimme, mit welcher er an Bord der *Helenia* seine Mannschaft herumkommandierte.

»Nicht so laut!«, zischte Larkin und blickte sich links und rechts im Gang um. Zu seiner Erleichterung war der Flur leer. Er packte Elroy an seinem Umhang und zerrte ihn in das kleine

Zimmer, in dem es noch immer nach seinem Liebesakt mit Freya roch.

Elroy rümpfte die Nase und warf dem zerwühlten Bett einen angewiderten Blick zu, bevor er sich wieder zu Larkin umwandte. »Also, wie werde ich unsterblich?«

»Ich habe geschworen, dieses Geheimnis mit meinem Leben zu beschützen, und das gedenke ich auch zu tun.« Er hob das Hemd vom Boden auf, das Freya ihm ausgezogen hatte. Ohne den Dolch aus der Hand zu legen, zog er es über.

Elroy begann, im Raum auf und ab zu marschieren, wie beiläufig legte sich dabei seine Hand auf den Griff des schlangenförmigen Schwertes, das an seinem Gürtel hing. Eine séakische Viper. »Bist du sicher, dass du das Geheimnis mit ins Grab nehmen willst?«

Larkin schnaubte. »Drohst du mir?«

»Nein, so dumm bin ich nicht. Du würdest mir die Kehle aufschlitzen, noch ehe ich meine Waffe ziehe«, erwiderte Elroy. Dabei zuckte sein Blick für den Bruchteil einer Sekunde zu dem Dolch in seinen Händen. »Ich fühle mich heute großzügig und möchte dir ein Angebot machen.«

Larkin hob die Augenbrauen. »Ein Angebot?«

Elroy nickte. »Mir ist nicht entgangen, dass du sehr viel für unsere Prinzessin übrighast. Das beweist Geschmack. Sie ist wirklich ein reizendes Mädchen. Ich kann es kaum erwarten, sie morgen zur Frau zu nehmen. Und sobald wir aus dem Tempel zurück sind, werde ich sie ein zweites Mal nehmen ...«

Larkin stieß ein Knurren aus.

»Ich werde ihr das Kleid wohl nicht ausziehen«, fuhr Elroy gedankenverloren fort, »sondern ihr einfach nur den Rock hochschieben, um mit einem harten Stoß in sie einzudringen. Dank deiner Vorarbeit wird ihr das vermutlich weniger Schmerzen bereiten. Aber wer weiß das schon?« Er zuckte mit den Achseln. »Ich bin ziemlich gut ausgestattet.«

Larkins Hände ballten sich zu Fäusten, und das königliche Emblem am Griff seiner Waffe drückte sich schmerzhaft in seine Haut. Elroy forderte ihn mit Absicht heraus. Dennoch waren seine Worte wie Gift, und es kostete ihn viel Kraft, sich zu beherrschen. Allzu gern hätte er das Blut des Piraten vergossen. »Warum erzählst du mir das?«

Elroy lächelte wie ein Kind, das die Welt nicht verstand. »Um dich wissen zu lassen, was sich morgen zwischen der Prinzessin und mir abspielen wird … oder auch nicht.«

»Was meinst du damit?«

»Du weißt, was ich von dir will«, sagte der Pirat und blieb vor Larkin stehen. »Verrate mir das Geheimnis der Unsterblichkeit, und ich verlasse Thobria noch heute Nacht. Ohne Freya anzurühren. Was sagst du dazu?«

Larkin schluckte schwer, und in diesem Augenblick konnte er sich nicht entsinnen, einen anderen Menschen jemals mehr gehasst zu haben als den séakischen Prinzen. »Du bist ein elendiges Schwein, Elroy.«

Elroy lachte. »Ich? Du bist derjenige, der gerade mit meiner zukünftigen Braut geschlafen hat. Wer ist hier das Schwein?«

»Ich sollte dich umbringen.«

»Tu das, und das nächste Mal, wenn Freya dich sieht, stehst du auf dem Schafott. Das willst du ihr doch nicht antun, oder?«, fragte Elroy und trat mit erhobenem Haupt und ohne jede Furcht noch dichter an ihn heran. »Also, Welborn, was sagt du? Haben wir eine Abmachung?«

67. Kapitel – Ceylan

– Nihalos –

»Wir sind eingeschlossen!«

Diese Worte erzeugten bei Ceylan trotz der ansteigenden Hitze eine Gänsehaut. Sie schob Kheeran beiseite und wollte die Tür selbst aufstoßen. Es ging nicht. Dennoch begann sie mit wachsender Verzweiflung fester daran zu rütteln. Derweil wurden die Rufe hinter der Tür immer lauter und lauter, bis Ceylan glaubte, die Fae stünden dicht neben ihr. »Er hat uns tatsächlich eingesperrt!«

»Warum sollte Bryok das tun?«

Ceylan brachte es nicht über sich, Kheeran zu sagen, dass Bryok gewiss nicht derjenige war, der sie eingeschlossen und das Feuer gelegt hatte. Denn beides zur selben Zeit konnte kein Zufall sein. Wer immer hinter dem Anschlag steckte, wollte sichergehen, dass sie beide in den Flammen starben. Allerdings liebte Bryok sein Freudenhaus viel zu sehr, um es niederzubrennen. Aldren jedoch hatte nicht viel für das Etablissement übrig … und was hatte der Fae gesagt? Kheeran könne als rechtmäßiger Erbe seinen Thron bis zur nächsten Wintersonnenwende zurückfordern. Nicht, wenn er tot war.

»Wir müssen die Tür eintreten!«, rief Ceylan gegen die Schreie von außen an. Sie mussten dem fensterlosen Raum so schnell wie möglich entkommen, bevor das Feuer sie einkesselte. »Am besten, wir werfen uns gleichzeitig dagegen.«

Kheeran nickte. »Auf eins.«

Sie traten einige Schritte zurück.

Das Blut rauschte in Ceylans Ohren, als sie abzählte. »Drei. Zwei. Eins!«

Zur selben Zeit preschten sie nach vorn und schmissen sich mit aller Gewalt gegen das Holz, das unter ihrem Gewicht knarrte und sich durchbog, aber nicht nachgab. Wortlos nahmen sie ein weiteres Mal Anlauf.

»Drei. Zwei. Eins!«

Abermals rannten sie gleichzeitig los und donnerten mit voller Wucht gegen die Tür. Würden ihre blauen Flecken nicht umgehend verheilen, wäre Ceylans Oberarm nach diesem Versuch wohl tagelang blau, sofern sie überhaupt noch tagelang zu leben hatte. In Anbetracht der Situation, in der sie sich befand, war dies unwahrscheinlich.

Ihr Herz raste, und Schweiß trat ihr auf die Stirn aus Angst vor den Flammen und der Hitze, die sich einen Weg zu ihnen bahnten. Unaufhörlich kam das Feuer näher. Rauch quoll unter der Türschwelle hindurch und brannte Ceylan in Kehle und Augen.

»Los, noch einmal!«, befahl Kheeran.

Ceylan zögerte nicht, und sie warfen sich erneut gegen die Tür. Doch das Holz war dick, und die Beschläge bestanden aus schwerem Metall. Das Atmen fiel ihr zunehmend schwer, und Kheeran war anzusehen, dass er auch mit dem Rauch zu kämpfen hatte. Er hustete. Und dieses Geräusch trieb Ceylan fast noch mehr als der Rauch die Tränen in die Augen. Kheeran hatte gerade erst den Mut gefunden, sein Leben in die Hand zu nehmen. Und sie war dem Kerker der Unseelie nicht entkommen, um in einem Freudenhaus als ein Stück Kohle zu enden.

»Lass es uns weiter versuchen!«, keuchte Ceylan, denn was blieb ihnen anderes übrig? Jenseits der Tür wurden die Schreie leiser, aber sie glaubte nicht daran, dass Daim und die anderen den Flammen entkommen waren. Sie waren in ihnen verendet.

Doch Ceylan war nicht gewillt aufzugeben, ebenso wenig wie Kheeran.

»Drei. Zwei. Eins!«, brüllte er.

Sie stürmten gegen die Tür. Dieses Mal splitterte das Holz an mehreren Stellen. Erleichtert rang Ceylan nach Luft. Sie konnten es noch schaffen! Daran musste sie glauben. Obwohl ihr Arm heftig pochte, wich sie erneut einige Schritte zurück, um sich auf den nächsten Anlauf vorzubereiten, als sie unerwartet eine Berührung an der Hand spürte. Sie blickte hinunter und entdeckte Kheeran, der seine Finger um ihre geschlossen hatte. Sie fühlten sich eiskalt an, aber sein Blick flackerte wie im Fieber.

»Bereit?«

Sie nickte ihm zu.

Er nickte zurück.

Und gemeinsam rannten sie los. Sie schleuderten ihre Körper gegen die Tür, die mit einem lauten Knall auseinanderbarst. Sie fiel nach vorn, und beinahe wären Ceylan und Kheeran vor lauter Schwung mitten ins Feuer hineingestolpert, das dicht vor der Tür tobte.

Der Brand hatte sie erreicht.

Die Flammen griffen nach ihnen, und eine unerträgliche Hitze schlug Ceylan ins Gesicht, als hätte sie den Kopf in einen Topf kochendes Wasser gesteckt. Sie zerrte Kheeran zurück in das Zimmer. In ihr Gefängnis. Zu ihrem Scheiterhaufen.

Kheeran keuchte auf. Das Feuer hatte seine freie Hand erfasst. Die Haut war verkohlt, und rotes Fleisch schimmerte darunter hervor. Ceylan hoffte inständig, dass die Heilung einsetzte, aber nichts dergleichen geschah. Natürlich nicht, denn vor ihnen brannte ein magisches Feuer. Es sollte alles und jeden vernichten, egal wer sich ihm in den Weg stellte, wenn sein Befehlshaber es so wollte.

Angsterfüllt blickte sich Ceylan in dem Raum um, während die Flammen sie in die hinterste Ecke drängten. Diesmal würde sie dem Tod nicht von der Schippe springen können. Sie bebte am ganzen Leib. Das konnte es doch nicht gewesen sein! Es musste einen Ausweg geben!

Plötzlich ließ Kheeran ihre Hand los. Sie wandte sich zu ihm um. Die Spitzen seiner Haare waren bereits verkohlt. Mit abwesendem Gesichtsausdruck hatte er die Arme erhoben. Seine Hände bewegten sich. Ceylan wusste, was er versuchte, aber es würde ihm nicht gelingen. Ihre Gabe untergrub seine Magie. Und solange sie sich in seiner Nähe aufhielt, war er machtlos.

»Kheeran?«

Er hörte sie nicht, sondern bewegte weiter seine Hände in dem verzweifelten Versuch, ein Element heraufzubeschwören. Ceylans Blick zuckte zu den Flammen, die sich über die Teppiche einen Weg zu ihr fraßen. Ihnen blieb nicht mehr viel Zeit.

»Kheeran?« Sie schluckte mühsam. Ihre Kehle war vollkommen ausgetrocknet. »Du musst mich töten.«

Kheeran erstarrte, und sein Gesicht wurde leer. Langsam ließ er die Hände sinken und starrte sie an. »Was hast du gesagt?«

»Du musst mich töten«, wiederholte Ceylan und war froh, dass ihre Stimme nicht brach. Sie konnte ihre eigenen Worte kaum begreifen, aber sie war bereit, sich für Kheeran zu opfern. Denn sie würde hier sterben, daran gab es keinen Zweifel mehr. Sie spürte das Glühen des Feuers bereits auf der Haut. »Solange ich am Leben bin, kannst du deine Magie nicht wirken. Aber ohne mich ...« Sie stockte. »Es ist deine einzige Möglichkeit.«

Entschieden schüttelte er den Kopf. »Nein, vergiss es!«

»Kheeran, hör mir zu!« Sie umfasste sein Gesicht mit beiden Händen und zwang ihn, sie anzusehen. Durch die Ascheschicht auf seiner Haut bahnten sich Tränenflüsse ihren Weg. Seine Augen waren allerdings noch immer von einem stechenden Blau. »Wenn du mich nicht tötest, sterben wir beide.«

»Ich sterbe lieber mit dir, als dich zu verletzen.«

Ceylan löste den Dolch vom Gürtel und hielt ihn Kheeran

entgegen. Ihre Hand zitterte. »Tu es! Das Feuer wird mich sowieso gleich verbrennen. So ist es schmerzloser.«

Kheeran griff nicht nach der Waffe. »Ich kann nicht …«

Ceylan stieß einen Fluch aus. Unter keinen Umständen ließ sie zu, dass Kheeran wegen seiner Gefühle für sie in dieser Feuerhölle starb. Nur für ihn bestand die Hoffnung, den Flammen zu entrinnen, und wenn er nicht überlebte, käme Aldren womöglich ungestraft davon.

»Wenn du dich nicht traust, dann tue ich es.« Ceylan umklammerte den Griff ihres Dolches und betete zu jeder Gottheit, die ihr ein Gehör schenkte, dass ein Stich ins Herz sie trotz ihrer neu gefundenen Gabe umbrachte.

»Nein!« Kheeran packte ihr Handgelenk. Seine Finger gruben sich in ihre Haut, als wollte er sie in diesem Leben festhalten.

»Bitte, ich …«

Sie verstummte, als Kheeran einen Arm um sie schlang und sie in einer fließenden Bewegung an sich zog. Ihr Körper presste sich gegen den seinen, als sie einander tief in die Augen sahen. Ein stummer Abschied.

»Ich bin froh, dich kennengelernt zu haben«, sagte Kheeran, und bevor Ceylan etwas erwidern konnte, drückte er seine Lippen in hungriger Verzweiflung auf ihren Mund.

Ein Kuss.

Ein letzter Kuss.

Er schmeckte nach Salz und Asche, die sie ersticken würde. Dennoch empfand Ceylan in diesem Augenblick weder Angst noch Sorge, sondern Geborgenheit. Ein Gefühl, wie sie es im Angesicht ihres Todes eigentlich nicht verspüren sollte. Sie lehnte sich tiefer in Kheerans Kuss, obwohl seine Lippen von der Hitze bereits rau und rissig waren, aber seine Berührungen waren unendlich zart.

Ceylan begann zu weinen. Sie spürte, wie das Feuer sie einkesselte. Die Feuerzungen tasteten nach ihr, doch statt eines brennenden Schmerzes, der ihr das Fleisch von den Knochen schälte, spürte sie nur ein leichtes Anfachen, gefolgt von einem Kribbeln.

Verwundert löste sie den Kuss und blickte auf ihren Arm hinab, wo das Feuer sie berührt hatte. Ihre Kleidung war zu Staub zerfallen, während ihre Haut unversehrt geblieben war.

Wie war das möglich?

Die nächste Feuerzunge leckte nach ihr und versickerte in ihrer Haut wie ein Wassertropfen in der trockenen Erde. Sie hörte Kheeran neben sich scharf einatmen und sah zu ihm auf. Sprachlos erwiderte er ihren Blick. Offenbar verstand er ebenso wenig wie sie, was hier gerade vor sich ging. Doch in diesem Augenblick wollte Ceylan gar nichts verstehen. Sie wollte nur leben!

Mit ausgestreckten Händen näherte sie sich den Flammen. Sie schlüpften ihr unter der Haut. Und das Kribbeln in ihrer Brust wurde stärker, während sie das Feuer in sich aufnahm. Sie hatte keine Ahnung, wohin es verschwand und was es mit ihr anstellte, aber das waren Fragen für später.

»Bleib dicht hinter mir und halt die Luft an!«, befahl sie Kheeran, der sie voller Bewunderung anstarrte. Er nickte, und sie bahnte ihnen einen Weg aus den Flammen, die sich in Rauch auflösten, sobald sie mit ihrer Haut in Berührung kamen.

Sie verließen das brennende Zimmer und liefen den Flur entlang in den Salon, in dem Dutzende verkohlter Leichen auf dem Fußboden lagen. Daim, Bryok, Lionus, Seoras und all die anderen …

Ceylans Herz pochte wild vor Aufregung und Furcht. Sie hatte Angst, dass ihre Fähigkeit plötzlich verschwand und das Feuer über Kheeran und ihr zusammenschlug. Zudem konnte sie nichts gegen den Rauch unternehmen, der ihr unentwegt die Sicht raubte. Doch schließlich erreichten sie den Ausgang.

Diese Tür war ebenfalls versperrt, aber ihr Holz war vom

Feuer bereits so angekohlt, dass Ceylan sie mühelos beiseitetreten konnte. Dahinter lag eine Treppe nach oben, die durch die Rauchschwaden hindurch kaum sichtbar war. Sie stürzten die Stufen hinauf bis in das Haus, das Bryoks Freudenhaus als Deckmantel gedient hatte. Auch hier hatte sich der Qualm bereits ausgebreitet, und vermutlich war es nur eine Frage von Minuten, bis das Feuer bemerkt wurde, das in dem unterirdischen Höhlensystem wütete.

»Wir müssen von hier verschwinden«, sagte Ceylan, in deren Brust Hoffnung aufkeimte. Sie waren dem Feuer entronnen! Nun mussten sie es nur noch aus der Stadt schaffen. Ceylan wandte sich zu Kheeran um und wollte nach seiner Hand greifen, doch sein Anblick ließ die Blüte ihrer Hoffnung welken.

Nein ...

Das Feuer hatte sich seiner bemächtigt und ihm die Kleidung vom Körper gebrannt. Seine Haut war blutig und von Blasen überzogen, und sein Haar, sein goldenes Haar, war beinahe bis auf den Schädel verkohlt. Er sah mehr tot als lebendig aus.

Zitternd trat Ceylan auf ihn zu. »Kheeran?«

»Keine Sorge, mir geht es gut«, sagte er mit einem Lächeln – und sank in sich zusammen.

68. Kapitel – Freya

– Weidar –

»Lasst sie durch!«

Freya traute ihren Ohren nicht, als ihr Vater den Befehl erteilte, der als Echo von den Wänden zurückgeworfen wurde. In militärischem Einklang traten die Gardisten beiseite und bildeten eine Schleuse den Gang entlang, an dessen Ende Freya eine Tür zu erkennen glaubte. Eine Tür, die nur darauf wartete, von ihr geöffnet zu werden. Dennoch rührte sie sich nicht vom Fleck, auch dann nicht, als ihr Vater unmittelbar vor ihr stehen blieb und der Drang zurückzuweichen beinahe übermächtig wurde.

König Andreus war ein Aristokrat vom Scheitel bis zur Sohle. Weder Geröll, Schmutz noch Verrat beraubten ihn seiner Haltung. Er trug einen pelzbesetzten Mantel aus braunem Stoff, der an getrocknetes Blut erinnerte. Und trotz des modrigen Gestanks, der jeden Winkel der Katakomben erfüllte, nahm Freya den süßlichen Geruch des Weines wahr, den ihr Vater während der Festlichkeit reichlich genossen hatte. Sein Blick war dennoch klar, und weder Zorn noch Feindseligkeit spiegelten sich darin.

Trotzdem überkam Freya ein Gefühl der Angst, denn die Anwesenheit des Königs bedeutete, dass man ihr gefolgt war. Aus dem Schloss, in die Stadt und möglicherweise zu Larkin. Vielleicht kauerte der Wächter in diesem Augenblick bereits gefesselt im Kerker der Burg oder schlimmer noch – in der Folterkammer.

Die plötzliche Sorge um Larkin verstärkte das verräterische Brennen in Freyas Augen, doch sie vergoss keine Träne. Vielmehr weigerte sie sich, vor dem Mann zu weinen, der sie ohnehin für schwach und unwürdig hielt. Diese Genugtuung wollte sie ihm nicht geben.

»Was ist?«, fragte ihr Vater. »Hast du es dir anders überlegt?« Sie schüttelte den Kopf, denn sie hatte nichts mehr zu verlieren. Die Falle war bereits zugeschnappt. Mit einer Geste bedeutete ihr der Vater, sie möge vorangehen. Da sie trotz aller Meinungsverschiedenheiten nicht glaubte, hinterrücks von ihrem Vater erstochen zu werden, kam sie seiner Aufforderung nach.

Kaum waren sie an den Gardisten vorbei, schloss sich die Schleuse, welche die Männer gebildet hatten, und zwei von ihnen lösten sich aus der Reihe, um ihnen zu folgen. Der Korridor endete vor einer schmalen Tür. Ornamente, die an Schlangen erinnerten, waren in das dunkle Holz geschnitzt, und auf Augenhöhe befand sich ein Stern. Freya glaubte, dieses Symbol schon einmal gesehen zu haben, konnte sich aber nicht konkret daran erinnern.

Ihr Vater und sie blieben stehen.

Er streckte ihr die Hand entgegen. »Der Schlüssel?«

Verständnislos sah sie ihn an.

»Ich hoffe, du hast ihn dabei.«

»Ich …« Sie unterbrach sich, denn plötzlich hatte sie eine Ahnung, von welchem Schlüssel ihr Vater sprach. Zögernd griff sie in die Tasche ihres Mantels, vorbei an den Feuer-Talenten, bis ihre Finger auf ein kühles Stück Metall trafen. Sie zog den Schlüssel hervor, den sie ihrem Vater beim Bankett an der Mauer abgenommen hatte. Bisher hatte sie noch keine Gelegenheit gehabt, ihn zurückzulegen.

»Du wusstest, dass ich ihn habe?« Freya sah zu ihrem Vater auf.

Seine Augen wurden dunkler, und ein harter Zug bildete sich

um seine Lippen. »Natürlich! Glaubst du, ich habe nicht bemerkt, wie du mich bestohlen hast?«

Er entriss ihr den Schlüssel und schob ihn ins Schloss. Die Tür sprang auf. In dem Raum dahinter herrschte vollkommene Dunkelheit. Nur die Fackeln aus dem Gang warfen Lichtinseln in die Finsternis, die Freya ausnutzte, um einen Blick ins Innere zu erhaschen. Viel war nicht zu erkennen. Doch es roch nach Papier, Leim und alter Tinte.

Wortlos nahm König Andreus seiner Tochter die Fackel aus der Hand und schob sie in eine Halterung an der Wand. Ein Zischen war zu hören, dann ein leiser Knall, und plötzlich entzündeten sich nach und nach weitere Lichter im Raum. Die Dunkelheit löste sich auf und hob ihre Schatten wie einen Vorhang.

Freya stockte der Atem, als sich die Bibliothek in ihrer ganzen Pracht zeigte. Regale aus schwerem Holz, die sie um mehrere Fuß überragten, standen in vielen Reihen dicht beisammen und waren bis auf das letzte Brett mit Büchern gefüllt. Eine Treppe führte in einen höher gelegenen Anbau, in dem ebenfalls Regale mit alten Schriften standen. An den Wänden reihten sich Truhen voller Karten aneinander, und ein großer Tisch aus Kirschholz stand in der Mitte der Bibliothek, darauf ausgerollt eine Landkarte von Lavarus aus der Zeit vor der Errichtung der Mauer.

»Beeindruckend, nicht wahr?«, sagte ihr Vater und trat an Freya vorbei.

Sie nickte, und obwohl sie ihrem Vater nicht vertraute, trugen sie ihre Füße zu einem der Regale. Flüchtig streifte ihr Blick über die Titel, bis sie wahllos eines der Bücher herauszog. Der Ledereinband war zerschlissen, die Prägung auf dem Buchrücken verblasst. Doch die Tinte auf den Seiten ließ sich erstaunlich gut lesen. Freya überflog die ersten Absätze und stellte erschrocken fest, dass der Inhalt des Buches von den Seelie handelte. Allerdings nicht von ihrer Geschichte oder ihren Fähigkeiten, sondern von ihren Mythen und Legenden.

Sie stellte den Band zurück und zog ein zweites Buch mit schwarzem Einband hervor. Es war die Abschrift eines Tagebuches, das zweihundert Jahre vor dem Krieg verfasst worden war und einem jungen Mann gehört hatte. In einem der Einträge erzählte er von einem Abend, den er mit seinem besten Freund verbracht hatte, einem Seelie namens Achone. Gemeinsam waren sie von Schenke zu Schenke getorkelt, um die schönsten Frauen der Stadt aufzuspüren. Sie waren allerdings nicht fündig geworden, denn zuvor waren sie betrunken in einen Graben gefallen.

Dies war kein edler Moment aus dem Leben des jungen Mannes. Und es war keine Geschichte, welche die Welt verändern würde. Dennoch hatten Freyas Hände zu zittern begonnen. Ein Mensch und ein Fae – befreundet. Heutzutage wäre der Verfasser des Tagebuches für seine Zeilen hingerichtet worden.

Freya schloss das Tagebuch und schob es zurück in das Regal, bevor sie sich ihrem Vater zuwandte. Die Lippen hinter dem dichten Bart verborgen, beobachtete er sie mit wachsamen Augen.

»Ist die Bibliothek so, wie du sie dir vorgestellt hast?«, fragte er. Sein Tonfall war so unbestimmt, dass Freya ihn nicht deuten konnte. Und sie wusste auch nicht, was sie auf seine Frage antworten sollte. Sie fühlte sich an wie eine Falle. Weshalb hatte ihr Vater ihr erlaubt, die geheime Bibliothek zu betreten? Und das, obwohl sie ihn bestohlen und hintergangen hatte? Dieser Verrat musste ihn doch bis zur Weißglut erzürnen.

Ihr Vater stieß ein Schnauben aus. »Warum so schweigsam? Ich dachte, du wolltest die Bibliothek sehen. Oder liegt es an mir? Vermutlich wärst du lieber mit deiner Alchemistenfreundin hier, nicht wahr? Wie war noch gleich ihr Name? Mara? Mira? *Moira?*«

Freya erstarrte. Ihr Vater kannte Moira? Ein Knoten aus Angst und Sorge formte sich in ihrer Kehle.

Offenbar sah ihr König Andreus das Entsetzen an, denn ein Lächeln zuckte um seine Mundwinkel. »Mir scheint, du unterschätzt mich. Glaubst du, ich weiß nichts von deinen Ausflügen in den fünften Ring? Für wie dumm hältst du mich?«

Darauf hatte Freya keine Antwort, denn sie versuchte noch zu begreifen, dass ihr Vater von Moira wusste. Er kannte ihren Namen, vermutlich auch ihr Versteck. Womöglich hatte er bereits Gardisten losgeschickt, um sie festzunehmen. Diese Vorstellung ließ Freya erneut mit den Tränen kämpfen. »Hast du …? Ist sie …?«

»Tot?«, fiel ihr Vater ihr ins Wort. »Nein. Noch nicht.«

»Bitte!« Freya trat vor ihren Vater. Gewiss konnte er die unvergossenen Tränen in ihren Augen glänzen sehen. Wenn Moira etwas zustieße, könnte sie sich das niemals verzeihen. »Sie ist harmlos. Sie …«

»Spar dir deine Worte!«, unterbrach der König sie mit barscher Stimme. Er wich vor ihr zurück, als ekelte er sich vor ihr und ihrer Magie, und trat an den Tisch mit der Karte. Mit einem Finger fuhr er an der Westküste von Lavarus entlang. »Sie wird leben, zumindest solange du mir keinen Grund gibst, ihre Hinrichtung zu veranlassen.«

»Was soll das heißen?«

»Tu einfach das, was ich von dir verlange, und der Alchemistin wird nichts zustoßen«, antwortete er und hob dabei gleichgültig die Schultern. Doch Freya konnte er nicht täuschen. Er hatte bis zu diesem Moment gewartet, um sein Wissen um Moira auszuspielen und sie damit zu erpressen, weil er etwas von ihr wollte. Was dies war, wusste Freya bereits. Er hatte es ihr schon vor Wochen gesagt und seitdem immer wieder betont – ihre Vermählung mit Prinz Deèglan. Er erwartete einen reibungslosen Ablauf, der nicht durch sie verhindert oder gar vereitelt wurde.

Freya verabscheute ihren Vater für dieses Kalkül, vor allem, weil er damit durchkommen würde. Unter keinen Umständen würde sie Moiras Leben aufs Spiel setzen. Die Alchemistin hatte ihr immer nur geholfen. Und ohne ihre Unterstützung hätte sie Kheeran niemals aufgespürt.

»Einverstanden«, stimmte Freya ungewollt zu. »Du lässt Moira ihr Leben führen, und ich heirate Deèglan ohne Widerworte.« Nicht, dass sie etwas anderes geplant hatte.

»Braves Mädchen.«

Freya stieß ein Knurren aus. Ihr Vater besaß wirklich keinerlei Rückgrat. Er verabscheute die Magie und jeden, der damit zu tun hatte. Und dennoch war er sich nicht zu schade, seine Prinzipien zu verkaufen. In diesem Fall für Gold und eine Armee.

»Du bist ein Heuchler«, sagte Freya, bevor sie sich zurückhalten konnte. »Was wurde aus den Worten: *Doch ein wirklich guter König stellt sich niemals über sein Volk?* Dein Volk würde diese Entscheidung von dir nicht gutheißen.«

König Andreus stieß ein Schnauben aus. »Wäre es dir lieber, ich würde Moira und dich hinrichten lassen? Denn glaub mir, ich habe darüber nachgedacht«, entgegnete ihr Vater. »Doch dich hinrichten zu lassen, würde diesem Land weitaus mehr schaden als deine Magie. Denn uns stehen schwere Zeiten bevor, die das Volk nur mit der Führung durch einen Draedon überstehen kann.«

»Was meinst du mit schweren Zeiten?«, fragte Freya und musste an die *schlechten Nachrichten* denken, die ihr Vater als Grund für ihre Verlobung mit Elroy angeführt hatte.

»Wir stehen kurz vor einem Aufstand des Volkes«, antwortete ihr Vater. Er klang ehrlich betrübt, als wäre er in Sorge. »Die Bewohner dieses Landes verlieren allmählich das Vertrauen in die Draedons, denn sie verlieren ihren Wohlstand und damit auch ihren Glauben.«

»Und wessen Schuld ist das?«

»Nicht meine«, erklärte ihr Vater. »Das Land ist ausgebeutet. Unsere Bodenschätze neigen sich dem Ende zu, unsere Wälder dezimieren sich, und viele von ihnen sehen das ganze Jahr aus wie im Winter. Unsere Felder liefern kaum noch Erträge. Die letzten Ernten waren eine Katastrophe.«

»Und du glaubst, ich kann daran etwas ändern.«

König Andreus lachte auf. »Mach dich nicht lächerlich! Natürlich nicht. Aber deine Hinrichtung würde dem Volk das Vertrauen in die Draedons nehmen und einen Bürgerkrieg schneller vorantreiben, und dafür haben wir keine Zeit. Unserem Heer stehen bald größere Pflichten bevor.«

Freya runzelte die Stirn. »Was meinst du damit?«

»Kannst du dir das nicht denken?«

Sie *konnte,* aber sie *wollte* nicht. Vielleicht hatte sie auch deswegen die Augen vor den Anzeichen verschlossen. Begonnen mit der Armut der Menschen, die ihr während ihrer Reise mit Larkin erstmals aufgefallen war, über die Flotte, die Kommandant Estdall für die Atmende und die Graue See hatte aufstellen sollen, bis hin zur Geheimniskrämerei ihres Vaters.

»Krieg.« Das Wort kam ihr kaum über die Lippen.

Ihr Vater nickte.

Sie verstand es nicht. Selbstverständlich hatte Thobria seine Probleme wie vermutlich jedes Land, das hatte sie auf ihrer Reise am eigenen Leib erfahren. Sie schüttelte den Kopf. »Es muss eine andere Lösung geben.«

»Nein, die gibt es nicht«, sagte ihr Vater und umrundete den Tisch, wie um mehr Abstand zu ihr zu gewinnen. »Wenn wir nicht bald neues Land erobern, geht Thobria zugrunde.«

Aus den Augenwinkeln nahm Freya wahr, wie die zwei Gardisten hinter ihnen besorgte Blicke miteinander wechselten. Offenbar erfuhren auch sie gerade zum ersten Mal von dem Notstand. »Und deswegen willst du in den Krieg ziehen ... gegen die Fae.«

Er nickte. »Der Frieden währt schon viel zu lange.«

Wie konnte es einen zu langen Frieden geben? »Das wird Tausenden Unschuldigen das Leben kosten«, wandte Freya ein.

»Opfer müssen gebracht werden.«

»Der letzte Krieg dauerte jahrzehntelang. Die Fae ...«

»... sind uns hoffnungslos unterlegen. Im letzten Krieg waren wir nicht vorbereitet, aber diesmal verfügen wir über ein immenses Wissen über unsere Feinde.« Er machte eine ausholende Bewegung mit den Armen, welche die gesamte Bibliothek umfasste. »Und außerdem werden wir nicht allein kämpfen. Die Streitkräfte deines Gatten werden uns zur Seite stehen. Tausende von Kriegern.«

Freya ballte die Hände zu Fäusten. Wie hatte sie nur so blind sein können? Ihr Vater hatte seine Pläne bereits früher angedeutet. *Darum musst du dir keine Sorgen machen, vor allem nicht mit Prinz Deèglan an deiner Seite. Dieses Bündnis wird nicht nur dir, sondern auch unserem Land guttun.*

»Das ist Wahnsinn. Ein Krieg wird keine Ressourcen bringen, er wird sie verschwenden und vernichten. Vielleicht wird es Zeit, das Abkommen mit den Fae neu zu verhandeln. Ein Bündnis ...«

»Ein Bündnis!« König Andreus lachte bitter auf. »Ich lasse lieber jedes Kind in diesem Land verhungern, bevor ich ein Bündnis mit diesen Kreaturen eingehe.«

Fassungslos starrte Freya ihren Vater an. Sie fürchtete nichts mehr als den Krieg, den er anstrebte. Die Angst davor nahm ihr bereits jetzt die Luft zum Atmen. »Du weißt, dass eine dieser Kreaturen elf Jahre lang unter deinem Dach gelebt hat. Nicht wahr?«

Entgeistert, als hätte sie den Verstand verloren, starrte ihr Vater sie an. »Wovon redest du?«

»Du weißt es nicht?« Nun war es Freya, die ein schrilles Lachen ausstieß. Bis zu diesem Augenblick hatte sie nicht gewusst, ob ihr Vater wissentlich einen Fae aufgezogen hatte, aber sein verdutztes Gesicht sprach Bände. Kheeran war nicht Teil eines makabren Plans gewesen, sondern ein schicksalhafter Zufall.

»Talon«, sagte Freya und genoss den Anblick ihres unwissenden Vaters. »Er ist ein Fae und nicht nur das. Er ist derjenige, gegen den du Krieg zu führen gedenkst.«

»Du redest Unsinn.«

»Nein, Talon ist am Leben und ein Unseelie.«

Ein Schatten legte sich auf das Gesicht ihres Vaters, und er betrachtete sie mit forschendem Blick. Seine Gesichtszüge waren hart wie die von Nechtans Statue. »Das kann nicht sein.«

»Ich habe ihn mit eigenen Augen gesehen«, widersprach Freya und schritt die Reihen der Bücher ab, bis sie auf der anderen Seite des Tisches stand. Sie stützte die Hände auf der Platte ab, Staubkörnchen krümelten unter ihren Fingerspitzen. »Wohin glaubst du, bin ich mit Larkin Welborn verschwunden? Wir sind nach Melidrian gereist und haben dort nach Talon gesucht. Und wir haben ihn gefunden. Er lebt in Nihalos. Im Palast, denn er ist nicht irgendein Fae. Er ist der Prinz der Unseelie. Kheeran.«

»Nein! Du lügst. Die Magie macht dich krank!«, bellte ihr Vater, und die Ader auf seiner Stirn trat wieder deutlich hervor. Er mochte es leugnen, aber er glaubte ihr. Weshalb sonst sollte er so zornig werden?

»Wenn ich lüge, dann erklär mir doch, wieso deine Männer ihn nie gefunden haben, weder tot noch lebendig?«, fragte Freya. Sie empfand eine merkwürdige Genugtuung, als sie beobachtete, wie ihr Vater nach und nach seine beherrschte Haltung verlor

»Dafür mag es viele Gründe geben.«

»Und was ist mit Talons Ohren?«, fuhr Freya fort und schritt um den Tisch herum. Wobei sie spürte, wie die Gardisten sie mit ihren fassungslosen Blicken verfolgten. Ihr wäre es lieber, sie könnte dieses Gespräch ohne Zeugen führen, aber dafür war es nun zu spät. »Seine Ohren sahen immer etwas eigenartig aus, nicht wahr? Eigenartig flach an der oberen Seite, als hätte ihm jemand etwas abgeschnitten …«

»Das beweist gar nichts.«

»Vielleicht nicht, aber es stützt meine Geschichte. Kheeran wurde als Säugling aus dem gläsernen Schloss entführt. Man hatte ihm seine spitzen Ohren abgeschnitten und ihn über die Mauer gebracht. Du hast ihn so gefunden und als Talon aufgezogen, weil du den Gedanken nicht ertragen konntest, eine weibliche Thronerbin zu haben. Doch nach elf Jahren haben die Unseelie ihn zurückgeholt.«

»Welch abscheuliche Lüge!«, zürnte Andreus und wandte sich an seine Gardisten. »Nehmt sie fest!«

Die Männer zögerten nicht. Mit festen Schritten kamen sie auf Freya zu, um den Worten ihres Königs Folge zu leisten. Vermutlich rechneten sie mit Gegenwehr, aber Freya versuchte nicht einmal zu fliehen. Sie wusste, sie konnte nicht entkommen, und warum hätte sie es auch tun sollen? Sie war längst eine Gefangene. Ihre Freiheit war eine Lüge.

Die Gardisten packten ihre Arme und zerrten sie hinter ihren Rücken, um sie zu fesseln. Das Seil schnürte sich fest in ihre Haut, aber sie gab keinen Laut von sich. Störrisch hielt sie dem Blick ihres Vaters stand, der durch ihre Festnahme nicht im Geringsten erleichtert schien. »Du weißt, dass ich die Wahrheit sage.«

Zuerst erwiderte König Andreus nichts. Er presste die Lippen aufeinander, bis sie ein heller Strich in seinem ansonsten roten Gesicht waren. Selbst seine Augen schienen vor Zorn rot angelaufen zu sein. »Selbst wenn du die Wahrheit sprichst und dieser Kheeran Talon ist, ändert das nichts. Wenn überhaupt, ist es nur ein Grund mehr, Melidrian einzunehmen. Sie haben das Abkommen gebrochen.«

»Du vergisst dabei aber etwas.«

»Und was?«

»Du hast Kheeran als deinen Sohn aufgezogen. Er kennt dich und deine Strategien. Du erhoffst dir einen Vorteil durch sein Wissen? Vergiss es! Kheeran kennt jeden deiner Schwachpunkte. Du hast sie ihm selbst offenbart.«

»Unser Heer wird dennoch das stärkere sein.«

»Aber werden deine Soldaten auch dann noch kämpfen, wenn sie die Wahrheit kennen?«, fragte Freya mit verschlagenem Lächeln. »Über Kheeran. Über mich. Über die Magie und diese Sammlung. Sie werden dich stürzen.«

»Sie werden nie von alldem erfahren.«

Freya zuckte mit den Achseln, soweit ihre Fesseln dies zuließen. »Wer weiß? Ich rede gern und viel.« Sie würde alles in ihrer Macht Stehende tun, um diesen Krieg zu verhindern, und wenn sie dafür Moira und sich opfern musste.

Ihr Vater trat einen mahnenden Schritt näher. Anscheinend hatte er nun, da ihr die Hände gebunden waren, seine Angst vor ihrer Magie abgelegt. »Das würdest du nicht wagen.«

Herausfordernd hob Freya die Brauen. »Finde es heraus!«

Ihr Vater stieß ein Schnauben aus. »Du verspielst hier gerade dein Leben.«

»Keineswegs«, hielt Freya dagegen und beobachtete, wie das Licht über die Gesichtszüge ihres Vaters flackerte. Der Zorn hatte tiefe Linien in seine Stirn gegraben. »Du tötest mich nicht, denn wenn du das tust, wird die séakische Armee nie dir gehören. Oder hältst du noch irgendwo eine Tochter versteckt, die du an Prinz Deèglan verschachern kannst?«

Der König neigte den Kopf und streckte eine Hand nach ihr aus. Sacht fuhr er ihr damit über die rechte Wange, bevor er plötzlich ihr Kinn packte und sie zwang, ihn anzusehen. Seine Finger drückten sich tief in ihre Haut. Doch der davon ausgelöste Schmerz war für Freya leichter zu ertragen als die Dunkelheit in den Augen ihres Vaters. »Ich muss dich nicht töten, um dich zum Schweigen zu bringen.«

Freyas Magen verkrampfte sich.

Ein fürchterliches Lächeln trat auf das Gesicht ihres Vaters. Er ließ sie los, und sein Blick wanderte von ihr zu den Gardisten. »Schneidet ihr die Zunge raus!«

Epilog – Cernunnos

– Daaria –

Er beobachtete die Stadt, die ihm wie sein eigener Schatten zu Füßen lag, und verfolgte das Treiben auf den Straßen. Ohne zu ahnen, in wessen Gegenwart sie sich befanden oder in welcher Gefahr sie schwebten, gingen die Seelie in aller Ruhe ihrem Tagewerk nach. Gärtner bepflanzten die königlichen Gärten mithilfe von Wasser- und Erd-Talenten der Unseelie, Bauern trieben ihr Vieh auf die Weide, und Kinder lernten unter Anleitung von Meistern den Umgang mit dem Feuer und der Luft.

Dabei bedurfte es nur eines Befehls von ihm, um Daaria ins Unheil zu stürzen. Elva würden sich aus den Wäldern erheben und über die Einwohner herfallen, so wie sie es in Levátt getan hatten. Er hatte die Schreie und den Anblick des Todes genossen. Wie ein Jungtier an der Zitze seiner Mutter hatte er sich an dem Schmerz gelabt und ihn aufgesogen – den Quell seiner Macht.

Sollten Odell und seine Männer lebendig von ihrem Auftrag in das Dorf zurückkehren, würden sie es bereuen, sich seinen Befehlen zuerst verweigert zu haben. Bedauerlicherweise konnte er nicht dabei sein, wenn sie begriffen, dass er ihnen alles genommen hatte, statt ihnen alles zu geben.

Bei diesem Gedanken zuckten seine Mundwinkel. Doch er war nicht hier, um Daaria in ein Schlachtfeld zu verwandeln. Mit den Seelie hatte er andere Pläne. Sein Blick löste sich von den ameisenähnlichen Gestalten unter ihm und schweifte zu der

Flamme, die neben ihm auf der Turmspitze brannte. Sie gehörte zu den sechzehn Feuern, welche die Macht des hiesigen Königshauses symbolisierten. Ewige Flammen, die angeblich niemals erloschen.

Das werden wir sehen, dachte er und trat an den Rand des Turmes. Zwischen ihm und dem Boden lagen sechshundert Fuß. Der Wind fegte ihm durch das blonde Haar, und die goldenen Ringe, die darin eingeflochten waren, stießen aneinander und erzeugten ein glockenhelles Klingeln. Er konnte es kaum erwarten, diesen Körper endlich nach seinen Vorstellungen zu formen. Doch er musste sich noch einige Wochen lang in Geduld üben, um den Schein zu wahren. Aber was waren schon Wochen gegen die Jahrhunderte, die er in der Anderswelt hatte ausharren müssen?

Mit einem letzten Blick in die Flamme, für die er nichts weiter als Hohn übrighatte, trat er über den Rand des Turmes und fiel, ohne zu stürzen. Sein Körper verwandelte sich in Rauch, der durch die Luft und ein offen stehendes Fenster des Palastes getragen wurde. Er rauschte an Gardisten und Bediensteten vorbei und folgte dem Ruf der Macht bis zu einer Flügeltür, deren dunkles Holz mit goldenen Ornamenten verziert war.

Sein Körper manifestierte sich, und er trat wieder auf festen Boden. Ein leichter Schwindel erfasste ihn. Eine Auswirkung seiner noch nicht vollständig zurückerlangten göttlichen Macht. Doch er ließ sich nichts anmerken und schritt entschlossen auf die Wachen zu, die sich an der Tür aufgestellt hatten. Sie bemerkten ihn erst jetzt und wirkten überrascht von seiner Anwesenheit.

»Was wollt Ihr hier?«, fragte der Seelie rechts der Tür. Sein rotes Haar war abrasiert. »Niemandem ist es gestattet, diesen Teil des Schlosses zu betreten. Kehrt um!«

Er dachte nicht daran. »Ich bin hier, um die Königin zu sehen.«

»Die Königin empfängt heute niemanden«, antwortete der zweite Seelie, der nur ein rechtes Auge besaß. Das linke hatte man ihm offenbar erst kürzlich ausgebrannt. Die Haut an dieser Stelle war wulstig und glühte noch rot.

»Die Königin wird mich empfangen, also tretet beiseite!« Die beiden Seelie wechselten einen Blick, dann zogen sie ihre Schwerter. Das dunkle Metall verschluckte jegliches Licht. »Verschwindet!«, knurrte der Einäugige.

»Oder sollen wir Euch in den Kerker werfen?«, fragte der andere.

Er lachte über die Drohung, denn er konnte weder von Gitterstäben festgehalten noch von irdischen Waffen getötet werden. »Wisst ihr, wer hier vor euch steht?«

»Ihr könntet Mabon persönlich sein, und wir würden Euch nicht durchlassen.«

Bei der Erwähnung seines Bruders, des Gottes des Windes, trat ein feindseliges Lächeln auf seine Lippen. »Mabon ist ein elender Drecksack.«

»Das nehmt Ihr zurück!«

»Zwingt mich!«

Der einäugige Gardist machte einen Satz nach vorn, aber seine Klinge schnitt nur durch eine Wolke aus schwarzem Rauch. Erschrocken blickte er sich um. »Er ist verschwunden!«

»Nein, ich bin hier!« Seine Stimme klang körperlos, während er wieder Gestalt annahm. Die beiden Gardisten warfen sich ihm entgegen. Er packte den Arm des einen Fae. Seine Finger bohrten sich hart in dessen Haut, während sein Geist in den Verstand des Mannes eindrang. Der Seelie war schwach und bot ihm keinerlei Widerstand. Ungehindert suchte er in den Gedanken und Erinnerungen der Wache nach dem Quell seiner Macht – dem Schmerz. Doch dieser Fae hatte in seinem Leben noch kaum gelitten, so wie die meisten seiner Artgenossen seit dem Ende des Krieges. Eine Schande.

Er ließ den Fae los, der benommen gegen die Wand torkelte und das Schwert fallen ließ. Sein Geist war von dem plötzlichen Eindringen zerrüttet, aber er würde bald wieder zu sich kommen. Nur zu gern hätte er das Blut des Fae vergossen, doch er wollte Königin Valeska nicht verstimmen, indem er ihre Garde dezimierte. Außerdem brauchte er sie noch für seine eigenen Zwecke.

Entschlossen wandte er sich dem zweiten Wachmann zu. Dieser hatte sein Schwert weggesteckt, stattdessen loderten zwei Feuerbälle in seinen Händen, und er war im Begriff, sie zu schleudern.

»Das würde ich an deiner Stelle nicht tun«, mahnte er.

»Was habt Ihr mit ihm angestellt?« Der Seelie nickte in Richtung seines Kameraden.

Gelangweilt rollte er mit den Augen. Er war dieser Unterhaltung überdrüssig. Unmittelbar verwandelte er sich erneut in Rauch und manifestierte sich hinter dem Fae. Noch bevor dieser ihn mit seinem Feuer angreifen konnte, packte er dessen Hals und wühlte sich in seinen Verstand.

Dieser Mann war widerspenstiger und wehrte sich gegen den Fremden in seinem Kopf, aber er kämpfte auf verlorenem Posten. Im Gegensatz zu dem anderen Fae hatte dieser die eine oder andere schmerzliche Erinnerung zu bieten.

Den Tod seiner Mutter.

Die Trennung von seiner Frau.

Den Verlust seines rechten Auges.

Herrlich!

Er seufzte zufrieden und ließ den Gardisten los, der zu Boden sank. »Ich danke dir«, säuselte er und stieg über den reglosen Körper hinweg. Nun stand niemand mehr zwischen ihm und der Königin. Er öffnete die Tür zu Valeskas Gemächern. Selbst in diesen Räumlichkeiten hing der allgegenwärtige Geruch von Asche in der Luft.

Die Königin saß auf einem Stuhl vor den Fenstern und blickte abwesend in ihren Blumengarten hinab. Mit der einen Hand umklammerte sie ein Wasserglas, mit der anderen strich sie gedankenverloren über ihren Bauch, wie um den Stoff zu glätten. Das rote Haar fiel ihr in strähnigen Wellen über die Schultern. Ihre Wangen waren eingefallen. Sie wirkte erschöpft. »Samia, ich glaube ...«

Valeska verstummte, als sie erkannte, dass es nicht ihre Seherin war, die ihr Gemach betreten hatte. Ihre knospengrünen Augen wurden groß, als sie verdutzt in das ihr vertraute Gesicht blickte. »Wie seid Ihr hier hereingekommen?«, fragte sie und erhob sich von ihrem Platz. Ihre vorher verletzliche Haltung wich straffen Schultern, als sie auf ihn zukam.

»Eure Gardisten haben mich durchgelassen.«

Valeskas Augenbrauen zuckten. »Sie hatten den Befehl, niemanden zu mir zu lassen.«

Er schmunzelte und schloss die Tür hinter sich. »Mir scheint, sie erledigen ihre Aufgabe nicht sonderlich gut.«

Valeska blieb vor ihm stehen. Trotz ihrer Erschöpfung war sie wunderschön. Ihr Gesicht war makellos. Ein Gedicht, von der Natur geschrieben. Sie reichte ihm eine Hand. Er griff danach und presste seine Lippen sanft auf ihren Knöchel. Ihre Haut schmeckte nach Rosen.

»Was führt Euch zu mir?«, fragte Valeska und versuchte sich ihm zu entziehen, doch er ließ ihre Hand nicht los.

»Ich möchte mit Euch reden.«

Valeska zerrte fester an ihrer Hand, aber er gab ihre Finger nicht frei. »Worüber?«

»Darüber, unsere Völker zu vereinen.«

»Vereinen?!« Ein Luftzug fuhr ihm durch das Haar und streifte seinen Nacken in dem ansonsten windstillen Raum. Dies war das einzige Anzeichen dafür, dass die Königin aufgebracht war.

»Es ist an der Zeit, dass Seelie und Unseelie wieder ein Volk werden.«

Valeskas Gegenwehr erstarb, nicht weil sie aufgab, sondern weil sie sich nicht länger die Blöße geben wollte, schwach zu wirken. Das erkannte er an ihrem Blick, denn während ihre Lippen noch immer lächelten, glichen ihre Augen dem Schlund eines brodelnden Vulkans. »Und wie stellt Ihr Euch das vor?«

»Ich werde Euch heiraten.«

Die Königin schnaubte. »Das klingt nicht nach einer Frage.«

»Es war auch keine Frage. Ich lasse Euch keine Wahl.«

»Für diese Überheblichkeit könnte ich Euch festnehmen lassen.«

Sein rechter Mundwinkel hob sich. »Versucht es.«

»Ihr seid anmaßend, aber ich werde es Euch durchgehen lassen und es als unerfahrenen Leichtsinn abtun. Und jetzt verschwindet!« Sie spuckte ihm die Worte förmlich ins Gesicht und versuchte abermals, sich seinem Griff zu entziehen. Er packte allerdings noch fester zu und zerdrückte ihre filigranen Finger mit seiner Hand, bis er das Brechen von Knochen hörte. Ein zauberhafter Klang.

»Lasst mich los!« Das Feuer der Kerzen um sie herum loderte bedrohlich auf, doch er fürchtete keinen Kampf. Valeskas Macht war erschöpft, das bezeugten die dunklen Ringe unter ihren Augen und die Adern, die unter ihrer blassen Haut zu erkennen waren.

»Ihr werdet mich heiraten.«

»Das könnt Ihr vergessen«, zischte Valeska und reckte das Kinn in die Höhe. Ein verzweifelter Versuch, ihre Würde wiederzuerlangen. »Für wen haltet Ihr Euch?«

»Für den zukünftigen König dieses Landes.«

»Die Götter werden Euch ihre Gunst verweigern.«

Er lachte. »Ich brauche die Götter nicht. Ich bin ein Gott.«

Er beobachtete, wie die Wut in ihren Augen panischer Angst

wich. Ein befriedigender Anblick, und er fragte sich, ob die Königin inzwischen erkannt hatte, wen sie wirklich vor sich stehen hatte. »Ihr seid wahnsinnig.«

»Und ihr seid schwanger.«

Valeska schnappte nach Luft und legte die freie Hand schützend auf ihren noch flachen Leib. Verzweifelt sah sie sich um, als vermutete sie geheime Zuhörer in den Ecken ihres Schlafgemachs. »Woher wisst Ihr davon?«

Er neigte den Kopf, als lauschte er. »Ich höre sein Herz schlagen.«

Sie schüttelte den Kopf und versuchte sich abermals von ihm loszureißen, aber mit den gebrochenen Knochen in ihrer Hand gab sie schnell auf. »Ihr lügt!«

»Wer soll mir von Eurem kleinen Geheimnis erzählt haben?«, fragte er mit gesenkter Stimme. »Noch weiß niemand davon, außer Euch und Eurer Seherin, habe ich recht? Nicht einmal der Vater ahnt etwas von seinem Glück. Nun ist er nicht nur durch einen Blutschwur, sondern auch durch ein Kind an Euch gebunden.«

Entsetzt starrte Valeska ihn an. Ihr Mund öffnete sich, aber kein Ton kam heraus.

»Was wollt Ihr Eurem Volk erzählen, wenn Euer Bastard erst einmal geboren ist? Dass es eine unbefleckte Empfängnis war? Dass Euch der Samen der Magie befruchtet hat?« Nachdenklich schürzte er die Lippen. »Was glaubt Ihr, wird Euer Volk denken, wenn es erfährt, dass ein Halbling der Vater ist?«

»Das Volk muss es nicht erfahren.«

»Aber sie werden es, wenn Ihr Euch mir verweigert.«

»Das würdet Ihr mir nicht antun.«

»Oh, ich tue Euch noch viel mehr an«, säuselte er und zerrte Valeska mit einem Ruck zu sich heran. Hart presste er eine Hand auf ihren Leib. Sie keuchte auf, als er mit seinem Verstand nach dem ungeborenen Kind tastete. Es besaß noch keine Erinnerungen. Keine Gedanken. Aber ein Bewusstsein, das er in Stücke reißen konnte wie Papier. Mit weit aufgerissenen Augen starrte Valeska ihn an. Sie zitterte, und eine Träne rollte ihr über die Wange.

»Bitte«, bettelte sie. »Hört auf!«

Er hörte nicht auf.

»Ich flehe Euch an.«

Er kratzte an der Seele des Kindes; zeichnete es.

»Einverstanden!«, rief Valeska. Tränen rannen ihr wie Wasserfälle über das Gesicht. »Ich werde Euch heiraten.«

Er nahm seine Hand von ihrem Bauch, und ihre Schultern sanken nach vorn. Schluchzend schlang sie die Arme um ihre Mitte, um ihren Sohn zu schützen.

»Ich wusste, dass ich Euch überzeugen kann.«

Sie schwieg und vergoss stumme Tränen für das, was sie hätte verlieren können, aber nicht verloren hatte. Es war aberwitzig. Dieses Kind konnte den Untergang ihrer Macht bedeuten, und dennoch beschützte sie es. Er an ihrer Stelle hätte sich das Ungeborene längst aus dem Leib gerissen. Doch das war der Unterschied zwischen ihnen, der ihn zu einem Gott und sie zu etwas Entbehrlichem machte.

»Wir werden morgen unsere Verlobung bekannt geben«, verkündete er. »Ich will keine Zeit verschwenden.«

Benommen nickte Valeska.

Er wandte sich ab, um zu gehen, da er dieser weinerlichen Frau nichts abgewinnen konnte, als ihre zittrige Stimme ihn zum Innehalten bewegte. »Wer seid Ihr?«

Er sah über seine Schulter zu ihr zurück. »Ihr wisst, wer ich bin.«

Sie schüttelte den Kopf. »Ihr seid nicht Aldren.«

»Nein.« Er lächelte. »Ich bin die Dunkelheit, vor der Eure Seherin Euch gewarnt hat.«

Es geht spannend weiter in Band 3:
Die Krone der Dunkelheit. Schicksalsklinge

Glossar

Lavarus (La-waa-russ) = Kontinent, der sich in das sterbliche Land Thobria und das magische Land Melidrian teilt. Nachbarkontinent zu Séakis.

Thobria – das sterbliche Land (To-bri-a)
Amaruné (A-ma-run) = Hauptstadt des sterblichen Landes
Askane (As-kane) = eine Hafenstadt nahe der Mauer
Evardir (Evah-dir) = nördlichste Stadt in Thobria
Limell (Li-mell) = eine Kleinstadt in der Nähe von Amaruné
Weidar (Wei-dar) = Stadt mit dem ältesten Tempel der Königsreligion, Sitz der Burg Leith, Beiname: Zweihorn

Die königliche Familie Draedon (Dra-e-don)
Freya (Frey-ja) = Prinzessin des sterblichen Landes
Talon (Ta-lon) = Prinz des sterblichen Landes
Andreus (An-drois) = König des sterblichen Landes
Erinna (Eriina) = Königin des sterblichen Landes

Weitere Charaktere
Larkin Welborn (Lar-kin Wel-born) = ehemaliger Field Marshal
Moira (Mäu-ra) = Alchemistin und Freyas Mentorin
Roland Estdall (Row-land Est-dall) = oberster Kommandant der königlichen Garde

Séakis – das goldene Reich (See-a-kies)
Deèglan Armandt (Di-gläin Armant) = Prinz und ältester Sohn
von Kaiserin Atessa, Erbe über die séakische Armee
Raeiah Turanij (Rai-ja Tur-anii) = Diplomatin der Kaiserin
Helenia Turanij (He-lenia Tur-anii) = Schwester von Raeiah
Elroy (El-roy) = Pirat (Captain Elroy)

Das Niemandsland – die Grenze zwischen den Ländern
Ceylan Alarion (Säy-lan A-la-rion) = Wächter-Novizin
Leigh Fourash (Li For-äsch) = Wächter (Captain Fourash)
Khoury Tombell (Kori Tom-bell) = derzeitiger Field Marshal
und Ausbilder

Melidrian – das magische Land (Me-li-dri-aan)
Nihalos (Ni-ha-los) = Hauptstadt der Unseelie
Daaria (Daaria) = Hauptstadt der Seelie
Levátt (Li-vatt) = Heimat der Halblinge

Der Königshof der Unseelie
Elemente: Wasser und Erde
Kheeran (Ki-ran) = Prinz der Unseelie, baldiger König
Nevan (Nee-wan) = König der Unseelie (verstorben)
Zarina (Sa-rina) = Gemahlin des verstorbenen Königs
Aldren (Old-dren) = bester Freund und Berater von Prinz Khee-
ran

Der Königshof der Seelie
Elemente: Feuer und Luft
Valeska (Wa-les-ka) = Königin der Seelie
Samia (Sa-mi-ah) = Seherin und Valeskas Beraterin
Weylin (Wäi-lyn) = Blutsklave der Königin

Die Götter der Anderswelt
Yule (Jul) = Gott des Wassers (Element: Wasser)
Ostara (Oss-taraa) = Göttin der Erde (Element: Erde)
Litha (Li-tha) = Göttin des Feuers (Element: Feuer)
Mabon (Mah-bon) = Gott der Lüfte (Element: Luft)
Cernunnos (Zer-nu-nos) = Gott des Todes (kein Element)

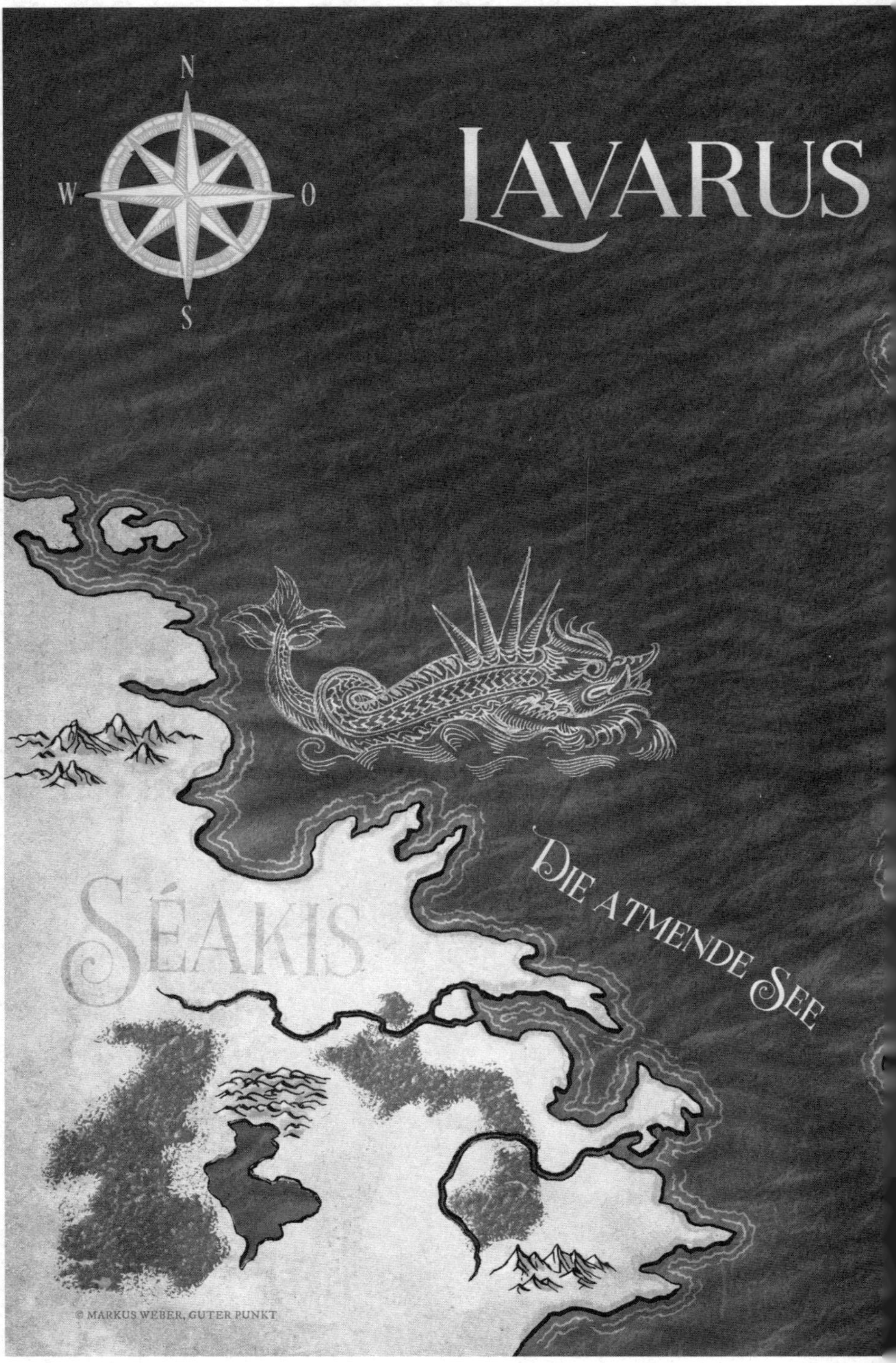
N
W
O
S
LAVARUS
DIE ATMENDE SEE
SÉAKIS
© MARKUS WEBER, GUTER PUNKT

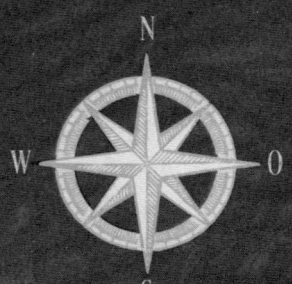

DAS NORDMEER

Evardir

THOBRIA

AMARUNÉ

Askane

Dornenwald

Schatzgebirge

Nebelwald

NIHALOS

Levátt

Feuergebirge

MELIDRIAN

Sonnenwald

Vulkanhöhe

DAARIA

DIE GRAUE SEE

Prinzessin Aurelia kämpft für ihr Königreich

Crystal Smith

Bloodleaf

Roman

Aus dem Amerikanischen von
Karen Gerwig
ivi, 368 Seiten
€ 15,00 [D], € 15,50 [A]*
ISBN 978-3-492-70496-0

Prinzessin Aurelia muss ins verhasste Nachbarland Achleva einheiraten, um einen Friedensvertrag zu erfüllen und sieht darin nur einen Vorteil für sich: In ihrer Heimat steht auf die Anwendung von Magie die Todesstrafe und sie wird als Hexe verschrien. Auf einer Feier wird ein Anschlag verübt und sie rettet einem Freund mit Hilfe ihrer Magie das Leben. Nun bleibt ihr nur die Flucht nach Achleva. Dabei stellt sie fest, dass der Anschlag nur ein kleiner Teil einer weitreichenden Verschwörung ist ...

Leseproben, E-Books und mehr unter **www.piper.de/verlag/ivi**

»Ich bin eine Gefangene der Geschichte.«

Madeleine Puljic

Noras Welten

Durch den Nimbus

Piper Taschenbuch, 336 Seiten
€ 13,00 [D], € 13,40 [A]*
ISBN 978-3-492-26036-7

Nora Winter hat ein Problem. Sobald sie liest, fällt sie in die Handlung des Textes und muss diese bis zum Ende durchstehen: Sie ist eine Gefangene der Geschichte. Dadurch wird ein Werbeplakat zum unfreiwilligen Ausflug ohne Pass nach New York und die Lektüre eines Fantasy-Romans führt in gefährliche, mittelalterliche Welten. Nora sieht nur einen Ausweg: Sie wendet sich an einen Hypnosetherapeuten, um das Lesen zu verlernen. Doch stattdessen landet sie mit ihrem Therapeut in einem Fantasy-Roman ...

PIPER

Leseproben, E-Books und mehr unter www.piper.de

*Cover- und Preisänderungen vorbehalten